杨绛全集

1

·小说卷·

人民文学出版社

图书在版编目(CIP)数据

杨绛全集:全10卷/杨绛著.—北京:人民文学出版社,2022(2023.2重印)
ISBN 978-7-02-016790-6

I.①杨… II.①杨… III.①中国文学—当代文学—作品综合集 IV.①I217.2

中国版本图书馆 CIP 数据核字(2020)第 252099 号

责任编辑　樊晓哲　张欣宜
装帧设计　刘　远
责任印制　任　祎

出版发行　人民文学出版社
社　　址　北京市朝内大街 166 号
邮政编码　100705

印　　刷　北京新华印刷有限公司
经　　销　全国新华书店等

字　　数　2628 千字
开　　本　880 毫米×1230 毫米　1/32
印　　张　129.875　插页 71
印　　数　3001—6000
版　　次　2022 年 4 月北京第 1 版
印　　次　2023 年 2 月第 2 次印刷

书　　号　978-7-02-016790-6
定　　价　730.00 元(全十册)

如有印装质量问题,请与本社图书销售中心调换。电话:010-65233595

杨绛
2013年，于三里河寓所

1980年，于三里河寓所。业余创作间隙读书

1978年，于三里河寓所。自本年11月起，重又开始业余创作短篇小说

1978年秋，《洗澡》定稿

1978年，于三里河寓所

1980年，于三里河寓所

1981年,与钱锺书和钱瑗于三里河寓所。当时工作时间写文论,业余时间创作小说,《干校六记》《倒影集》正相继出版

1981年，与钱瑗和外甥女何肇琛于三里河寓所

1986年11月,于三里河寓所。时正在创作长篇小说《洗澡》

1934年,于北京。时清华大学研究院肄业

2003年底，于三里河寓所

《杨绛文集》,人民文学出版社2004年5月首版

《洗澡》,台湾时报出版公司版

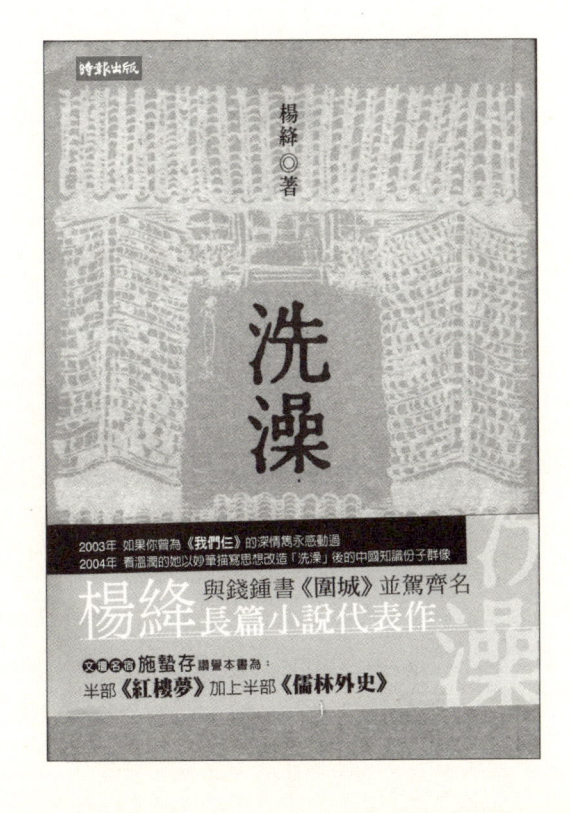

Baptism by Yang Jiang

Translated by Judith M. Amory and Yaohua Shi

《洗澡》英文版(精装本),香港大学出版社版

《洗澡》英文版（平装本），香港大学出版社版

Baptism by Yang Jiang

Translated by Judith M. Amory and Yaohua Shi

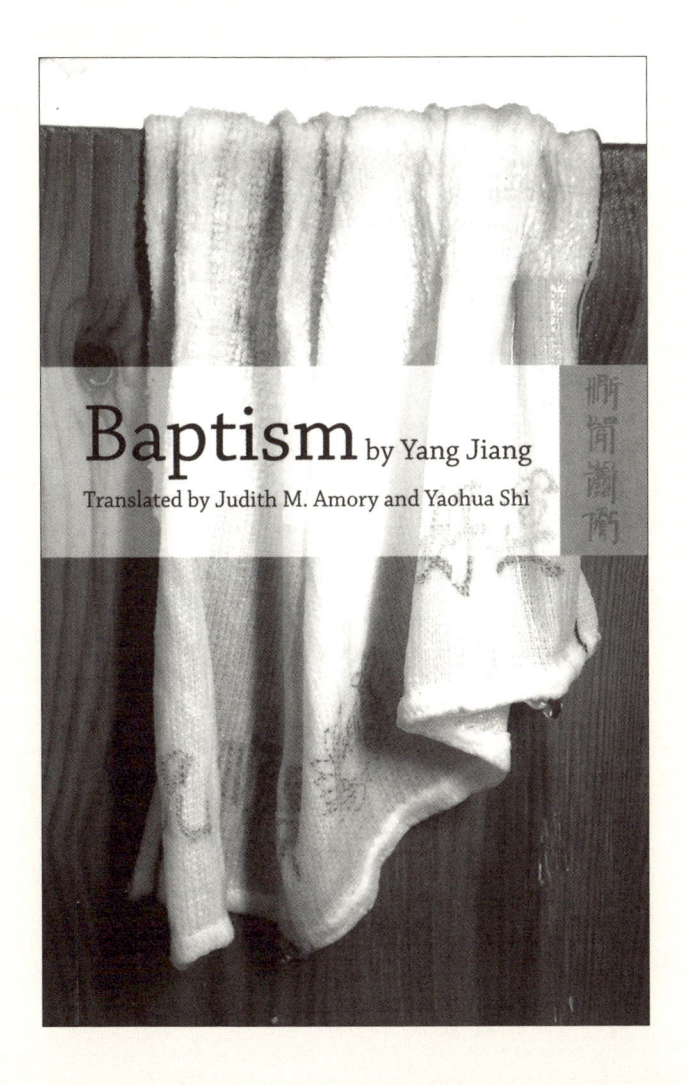

《洗澡》（精装本），人民文学出版社2013年1月首版

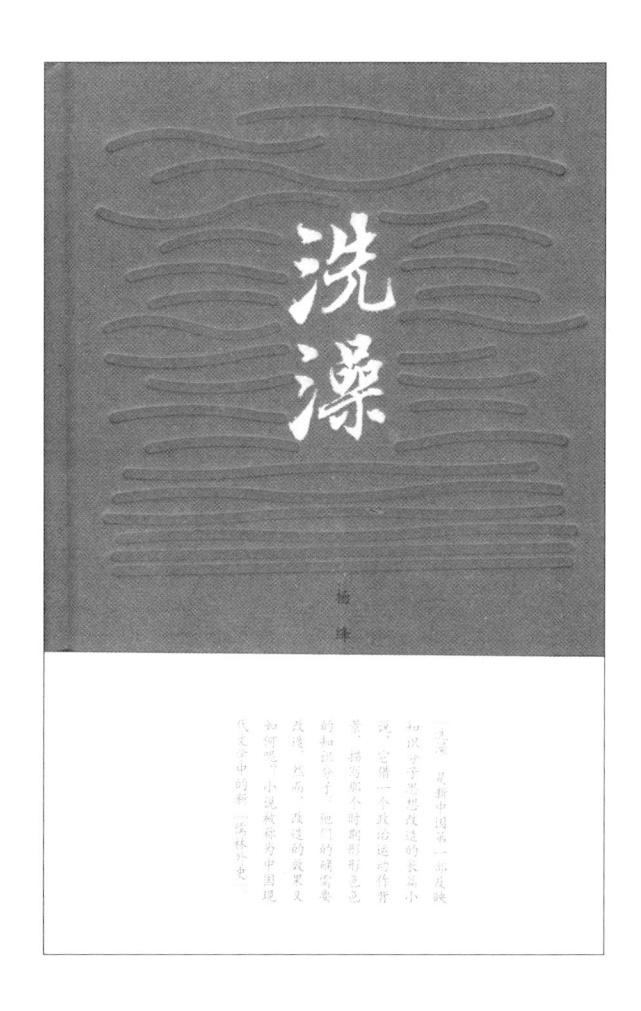

出 版 说 明

杨绛先生是中国当代著名作家、学者、外国文学研究者和翻译家。她创作的散文、小说、戏剧、文论等别具特色,在读者中产生很大影响。这些跨度长达八十年的作品,从一个侧面反映了我们时代的演进轨迹,也展示了一个爱国知识分子的心路历程。杨绛先生的文学创作以散文为主,兼及小说、戏剧和文学评论等。她的长篇小说《洗澡》和散文《干校六记》《我们仨》等出版以来长销不衰,已成为二十世纪中国文学经典,并被译成多国文字出版。她翻译的外国古典文学名著《堂吉诃德》是我国第一部自西班牙语原文翻译的中文本,译文忠实流畅,神形兼具,迄今已印行一百余万套。一九七八年六月,西班牙国王卡洛斯二世偕皇后索菲亚访问中国,邓小平同志把杨绛翻译的《堂吉诃德》作为国礼送给西班牙贵宾。杨绛翻译的《吉尔·布拉斯》,在法国文学史上不算经典之作,可是她的译文优美传神,很为读者喜爱。《小癞子》是流浪汉体小说的鼻祖,杨绛先生先后从英法译本和西班牙语原文翻译了三次,每个译本都受到欢迎。《斐多》,翻译出版于二〇〇〇年,是杨绛先生九十高龄之际,根据勒勃经典丛书版《柏拉图对话集》原文与英文对照本转译的。为了译文的忠实性,她特地参阅了多部重要论著,力求了解文中每个字每句话的原意,进而把这部文辞奥博的对话译成流利畅达的家常话。波恩大学莫芝宜佳教授在为此书所作的序言中称"在西方文化中,论影响的深远,几乎没有另一本著作能与《斐多》相比。因信念而选择死亡,历史上这是第一宗"。

鉴于杨绛先生在文学创作和外国文学研究与翻译中的巨大成就,人民文学出版社于二〇〇四年五月出版了《杨绛文集》(八卷本)。《文集》一经出版立即在读书界引起热烈反响,同年九月即获重印。在此后的二〇〇九年六月、二〇一〇年五月、二〇一三年六月和九月又先后重印四次,总印数达一万六千套,这在同类大型套书中是少见的。

《杨绛文集》二〇〇四年出版时,杨绛先生已九十三岁,令人敬佩的是,此后至今的十年中,杨绛先生又有多篇(部)新作问世。二〇〇七年,她出版了《走到人生边上——自问自答》,这是一个耄耋老人独自在生命的"边缘",面对死亡,探讨"生、老、病、死"这一人生规律,思索人生价值和灵魂有无的作品。作者以渊博的学识和丰富的阅历为基础,诚实幽深地自问自答,让读者从中也得到深刻的启迪和感悟,被人誉为百年中国文学史上"绕不过去"的一部著作。

二〇一一年七月,杨绛先生在她百岁寿辰前夕,又以答问形式发表的《坐在人生的边上》,可视为《走到人生边上》的姊妹篇。同样是"人生边上",一个是"走到",一个是"坐在",显示出境界的微妙差别,似乎作者已进入到一个更为从容的境界。此外,这些年中杨绛先生还写作了几百上千字不等的散文佳作十余篇,《魔鬼夜访杨绛》《俭为共德》,体现出杨绛先生对现实的关怀,《汉文》推崇文字传承的重要性,《锺书习字》以及《忆孩时》中"五四运动""张勋复辟"等五篇,保持了杨绛一贯的灵思妙喻、言简意远的风格。其中,"人生边上""魔鬼夜访"这些题目,读者还可以体会出和钱锺书先生作品的互文性。

小说《洗澡之后》,是作者九十八岁后为长篇小说《洗澡》所写的续作,人物依旧,事情不同,读者可看到小说《洗澡》中有着纯洁感情的男女主角有了一个称心如意的结局。杨先生在前言中说,她"特意要写姚宓和许彦成之间那份纯洁的友情……假如我去世以后,有人擅写续集,我就麻烦了。现在趁我还健在,把故事结束了吧。"这部四万五千字的续作,就是她对她喜爱的角色一个"敲钉转角"的命运的交代和分配。由于高龄,这部作品一直处于没有最后完成的修订状态中,此次收入《全集》,是杨绛先生的心意,也是第一次公开发表,读者能得阅一部百岁老人的小说,也是幸事。

此外,还有做《文集》时尚未收入的作品多篇,如《〈宋诗纪事〉补订手稿影印本说明》,诗作,书信,以及本世纪初同西班牙语文学研究界就翻译理论问题讨论的相关文章等。尤为重要的是,我们找到了作者于四十年代创作的剧本《风絮》和翻译的理论专著《一九三九年以来英国散文作品》这样两个孤本。《风絮》创作于一九四五年,讲的是一个有志青年带着叛逆的富家小姐妻子到农村发展教育,最终失败的故事。杨绛先生除了《称心如意》《弄真成假》两个喜剧和这个悲剧外,还有一个"三幕闹剧",名叫《游戏人间》,可惜今已无处寻觅,只剩下该剧上演时印制的说明书封面和一段文字说明的图片两帧。《一九三九年以来英国散文作品》出版于一九四八年,为一个英国文学评论家的专著,论述第二次世界大战期间英国散文创作的状况及其发展趋势。

基于上述多篇新作的问世和两部重要作品(译作)的复现,为反映作者文学创作和外国文学研究与翻译的全貌,我们在二〇一四年推出了《杨绛全集》(九卷本)。该书已重印了八次。

杨绛先生去世后,我们又发现了过去遗漏的一篇佚文。在清理她的遗物时,还发现了她翻译的《董贝父子》部分手稿。为此,我们决定对她的全集进行修订。

二〇〇四年出版《杨绛文集》时,杨绛先生写有"作者自序"一篇,二〇一四年出版《杨绛全集》,我们觉得那篇"自序"同样适合《杨绛全集》,于是征得先生同意,将原"作者自序"置放于《全集》卷首。作者在"自序"中简要介绍了自己文学创作的立场、观点及方法,这对于读者阅读和理解她的作品将是大有裨益的。

我们相信,经过修订、调整和充实的《杨绛全集》,必将受到读者的加倍欢迎和喜爱。

人民文学出版社

二〇二二年三月

作 者 自 序

　　我不是专业作家；文集里的全部作品都是随遇而作。我只是一个业余作者。

　　早年的几篇散文和小说，是我在清华上学时课堂上的作业，或在牛津进修时的读书偶得。回国后在沦陷的上海生活，迫于生计，为家中柴米油盐，写了几个剧本。抗日战争胜利后，我先在上海当教师；解放战争胜利后，我在清华大学当教师，业余写短篇小说和散文，偶尔翻译。"洗澡"（知识分子改造）运动后，我调入文学研究所做研究工作，就写学术论文；写论文屡犯错误，就做翻译工作，附带写少量必要的论文。翻译工作勤查字典，伤目力，我为了保养眼睛，就"闭着眼睛工作"，写短篇小说。一九七九年社科院近代史研究所因我父亲是反清革命运动的"人物之一"，嘱我写文章讲讲我父亲的某些观点。我写了《一份资料》。胡乔木同志调去审阅后，建议我将题目改为《回忆我的父亲》；我随后又写了另一篇回忆。我又曾记过钱锺书的往事，但不是我的回忆而是他本人的回忆。我在研究和写学术论文的同时，兼写小说和散文，还写了一部长篇小说。一九八七年退休后，我就随意写文章。钱锺书去世后，我整理他的遗稿，又翻译了一部作品，随事即兴，又写了长长短短各式各样的散文十来篇。

全部文章,经整理,去掉了一部分,把留下的部分粗粗分门别类。一半是翻译,一半是创作。创作包括戏剧、小说和散文。散文又有杂忆杂写等随笔以及由专题研究、累积了心得体会的文论。文章既是"随遇而作",分门别类编排较为方便。

不及格的作品,改不好的作品,全部删弃。文章扬人之恶,也删。因为可恶的行为固然应该"鸣鼓而攻",但一经揭发,当事者反复掩饰,足证"羞恶之心,人皆有之";我待人还当谨守忠恕之道。被逼而写的文章,尽管句句都是大实话,也删。有"一得"可取,虽属小文,我也留下了。

我当初选读文科,是有志遍读中外好小说,悟得创作小说的艺术,并助我写出好小说。但我年近八十,才写出一部不够长的长篇小说;年过八十,毁去了已写成的二十章长篇小说,决意不写小说。因为我生也辰,不是可以创作小说的人。至于创作小说的艺术,虽然我读过的小说不算少,却未敢写出正式文章,只在学术论文里,谈到些零星的心得。我写的小说,除了第一篇清华作业,有两个人物是现成的,末一篇短篇小说里,也有一个人物是现成的,可对号入座,其余各篇的人物和故事,纯属虚构,不抄袭任何真人实事。锺书曾推许我写小说能无中生有。的确,我写的小说,各色人物都由我头脑里孕育出来,故事由人物自然构成。有几个短篇我曾再三改写。但我的全部小说,还在试笔学写阶段。自分此生休矣,只好自愧有志无成了。我只随笔写了好多篇文体各别的散文。承人民文学出版社几位资深编辑的厚爱,愿为我编辑文集,我衷心感谢,就遵照他们的嘱咐,写了这篇序文,并详细写了一份"杨绛生平与创作大事记"。

二〇〇三年七月二十七日

目 录

短 篇 小 说

璐璐,不用愁! ……………………………………………… 003
ROMANESQUE ……………………………………………… 013
小阳春 ……………………………………………………… 037
"大笑话" …………………………………………………… 058
"玉人" ……………………………………………………… 107
鬼 …………………………………………………………… 135
事业 ………………………………………………………… 166

长 篇 小 说

洗澡 ………………………………………………………… 209
 新版前言 ………………………………………………… 211
 前　言 …………………………………………………… 212
 第一部　采葑采菲 ……………………………………… 213
 第二部　如匪浣衣 ……………………………………… 283
 第三部　沧浪之水清兮 ………………………………… 386
 尾　声 …………………………………………………… 443

中 篇 小 说

洗澡之后 …………………………………… 451
  前　言 …………………………………… 453
  第一部 …………………………………… 454
  第二部 …………………………………… 482
  结束语 …………………………………… 515

短 篇 小 说

璐璐,不用愁!①

天漆黑,风越刮越大,宿舍都有点震动。璐璐坐在灯下发愁,咬着一股打卷儿的鬈发,反复思忖,不知怎么好。随手扯了四方小纸,把心事写上,揉成团儿,两手捧着摇,心里默默祷告:四个纸团,包含两个问题;如神明——不管是洋教的上帝或土教的菩萨——有灵,该一个问题拈着一个解答。璐璐把纸团撒在桌上,恭恭敬敬,拈了两个。打开看,第一个是"答应汤宓"。璐璐嘴角往上一掀,漾出一丝微笑。再打开第二个,却是"不答应汤宓"。神明也决不定?还是没明白璐璐的意思?璐璐咬着嘴唇,再把纸团摇乱,重新默默祝告一遍,再拈两个。这回是"汤宓明天来","汤宓明天不来"。璐璐可不耐烦了,一顿把纸团扯碎,伏在桌上赌气。听听风,那么大,天更冷了,汤宓明天还冒着风出城来看她?昨天电话里,不该那样决绝。

忽然门上重重敲了两下,把璐璐吓了一跳。伺候女学生的

---

① 这是我一九三四年秋第一次试作的短篇小说。当时我在清华大学研究院外文系肄业,选修了中文系朱自清先生的"散文习作"。一九三五年夏,我把这个短篇(原题是《璐璐,不用愁!》)作为"习作"交卷。承朱先生鼓励后学,为我投入《大公报·文艺副刊》发表,后由林徽因先生选入《大公报丛刊小说选》(题目改为《璐璐》,署的是我的学名)。那时我在国外,萧乾同志寄了书来,我才知道。一九四九年我回清华任教,朱先生已去世;我首次遇见林徽因先生,还承她提及这篇东西。

林妈莽撞地推门进来说：

"张小姐，王先生找。"

可是璐璐已洗过脸，涂了满面润肤油，眉都抹掉了；况且心上也不耐烦。

林妈赔笑说："张小姐，请您下去吧，王先生一脸都是血呢。"

璐璐听说了吃一大惊，赶忙擦脸画眉，慌慌张张走到楼梯边，才发现自己还穿着拖鞋，又急忙回屋里换鞋。

小王摔跤了。天黑、风大，郊外道路不平，洋车翻身，小王磕掉了两个门牙，颊上磕破三处，满脸泥和血，嘴唇又紫又肿。璐璐慌了手脚没办法。还是小王自己勉强打电话找了留校当助教的老朋友来，送他上校医院。璐璐陪去乱了好一阵，闷闷回宿舍。

小王在离北京不远的地区工作，只为急切赶来看璐璐，摔了那么一大跤。他那位朋友看着他点头叹气。璐璐怎么不觉得，这分明是可怜小王受了她玩弄。璐璐本来也可怜小王，就为这一声叹息，心头愤愤，有点恨小王。谁请他来了？谁请他来了??可是璐璐到底又心软，小王像小孩子似的心实。璐璐好像也喜欢他，只嫌他略矮些；自己是个长条儿，跟他走在一起，娘带儿子似的，人家笑。

璐璐觉得自己好像更喜欢汤宓。他不知怎么的叫人撇不下。可是家里嫌他穷。母亲说学化学的一辈子不能做官。小王是学政治的，他父亲现是个大官，家里又有钱，小王脾气又好。据算命的说，璐璐和她母亲一样，都是官太太的命。璐璐自己也想，如果嫁汤宓，就好比和命运作对，不行。况且璐璐还想出洋呢。等美国的免费学额到手(璐璐正等着回音),路费和零用钱是父亲早答应了的。出了洋,谁还说得定——!

璐璐和小王差点儿订婚。小王曾不远千里到璐璐家去见过她父亲;她父亲看了还中意,只嫌他不够气概。她母亲说不要紧,将来到三四十岁,留上胡子就神气了。璐璐喜欢他有趣,和他一起玩,不会厌倦。他们是大学同学,小王比她高两班;两人原是溜冰场上玩熟的。小王毕业那年,他们一起玩了一暑假,照了好些像。小王在照片背面,细细密密记了许多不告诉第三人的回忆。璐璐觉得小王真心;他矮,璐璐也忘了。可是一开学,汤宓又来找璐璐。不知怎么的,汤宓就叫人撇不下。小王又待她这么好。真是愁死了璐璐。怎么办呢?留心把他们分开:这个周末跟汤宓玩,下个周末跟小王玩,他们还尽吃醋。这个周末该小王来,可是璐璐心上有事,正等着汤宓。

因为上礼拜她跟汤宓吵架了。也不是吵架——汤宓又向璐璐求婚,璐璐还是回答"不知道"——璐璐真是不知道自己愿意不愿意。汤宓说璐璐要他,问了两年总说"不知道";不爱他,就别理他,大家撒开手。璐璐哭了。她说:"又没请你来!"汤宓静静地等璐璐哭完,客客气气告辞一声,就走了。汤宓总是这样的,叫人又恨他,又怕他。过几天,他又连连打电话说要来——汤宓从不肯请罪。璐璐赌气,说有事,不要他来。不过——如果骂他、不要他来,他还来,不显得他更痴心吗?所以璐璐在等。

第二天风更大了。璐璐没精打采,胭脂也懒得擦,胡乱抹些粉,也不穿高跟鞋,随便穿双青缎面薄底绣花鞋,懒洋洋地下楼去弹琴。不想才下半楼,就看见汤宓高大的背影;他正和林妈说话。他来了,璐璐倒又不高兴见他,扭转身想上楼。林妈却嚷道:"可不是张小姐下来了!"接着汤宓也回过身来。璐璐想起前星期的事不免又生气,把她那双善于瞪人的大眼瞪了汤宓两眼,无限委屈似的一步步挨下楼来。

汤宓冷冷地说:"有事吧?"

璐璐不理。两人默然进了会客室。璐璐坐下看着地毯,汤宓坐在旁边看着璐璐的侧面,大家不说话。窗外呼呼的大风,震得窗户格棱格棱地响。璐璐心想,小王为她摔掉了牙,满脸紫肿,见不得人,她却陪着汤宓玩,心里七上八下地不安。面对着这一个,却觉得对不住那一个。心上一乱,胃里又隐隐作痛。璐璐委屈地想:"你说我耍你,你知道我为你们添了多少烦恼,吃不下饭,睡不着觉。我说胃气痛,你还笑,说我是孩子,哪来这大人的病——"汤宓的脚尖在地毯上轻轻打着拍子。璐璐回过脸,汤宓的目光正锋利地射着她。璐璐最爱他的眼睛,会说话;也最怕他的眼睛,能放出冷刺来直刺到她心上。因此她避开他的目光,垂下眼皮弄手绢儿。汤宓偏会赌气,尽看她,尽不说话。璐璐更怕他不说话。她不肯照例问"看我什么",心上乱乱的,好像有许多蚂蚁在爬。

又是林妈推门进来:"张小姐,王先生电话。"

璐璐站起身。汤宓是醋罐子,也站了起来。

"对不起,打搅了。"他拿起帽子,躬躬身,一阵风走了。

璐璐满肚子气,手抖抖地拿起听筒。对方却是女人声音,是小王的表妹,怒冲冲地通知璐璐"小王在发烧",又气急声促地问:

"小王摔得那么厉害,怎么回事儿?"

"怎么回事儿!我知道吗?"璐璐大怒,砰一下按上听筒,愤愤回房,躺着生气。

汤宓竟一去不回。有这种没道理的人!巴巴地冒着大风出城来,一句话不说又走了。这一走,一辈子也别再来!——只怕真的不来了。璐璐越想越气恼,又怨汤宓无情,又愁他真的从此不理她。她想起小王这位表妹,恨得牙痒痒地。暑假造谣说她跟小王订婚了,说她图小王有钱,大概就是她——一定是她!这会子又要她从城里赶来,管闲事讨好。

不到五分钟,林妈又跑来送个便条儿,小王在医院写的,请璐璐去瞧瞧他。璐璐只怕那位表妹还没走,又盼着汤宓回来,可是不理小王吧,又说不过去。她起来拢拢头发,失魂落魄地到医院去。

那表妹已经走了。小王靠在软枕上,拉璐璐在床头矮凳上坐下,捉住她的手,喃喃诉苦。璐璐看他没了门牙的嘴,紫肿的唇,颊上贴了纱布橡皮膏,一张脸着实可笑。小王数落着抽抽噎噎地哭起来,简直像孩子,怪可怜的。可是璐璐又忍不住要笑,又怕给人撞见,怪不好意思的。看着他哭,觉得自己心太硬,眼睛里挤不出半滴水,只好干抱歉。好容易小王不哭了,璐璐忙给他倒了一杯白水。小王接了杯子,感激地望着璐璐笑。两人很快乐地消磨了一个上午。

回来问问林妈,汤宓竟没有再来;等他电话,也没有。一天,两天,毫无音信。一个铅坨子压在璐璐心上,挪移不开。小王走,她也没送。第三天,汤宓寄来了双挂号的小包。璐璐脸色一变,拿了包飞跑上楼,锁上房门。完了!一切完了!汤宓把她的信全部退还了。拆开看,果然。英文信、中文信总共一二十封。璐璐不爱写信;写,也只寥寥几语。她看看包里只是自己的旧信,心直往下沉,身子疲软,伏在枕上,呜呜咽咽哭起来。许多亲密的往事又兜上心来。汤宓粗暴得可爱;奇怪的是他又能体贴入微。她去年病后回家,汤宓为她整理的小皮包,药棉、纱布、药水、药片……样样俱全。完了,现在都完了,剩下的只是一个空空洞洞的心。大颗眼泪源源不断地滚出来,把枕头湿了碗大一块。她起来照照镜子,可怜,几天寝食不安,脸都黄瘦了。汤宓涮了她!不理她了!失恋……悲剧的主角……璐璐对着镜子又悲泣起来。她带着满面泪痕翻看自己寄出的金边洋信纸,看见写的称呼,又忍不住滚下泪来。狠心狠心的汤宓!璐璐由怨而恨,拿出他的小照,剪个粉碎;可是两张大的却舍不得剪,叹了一声,塞在抽屉底里。可怜璐璐,伤心得饭也不想吃。

下一天是星期日。璐璐清早就起来,洗了脸,对着镜子,擦了两层粉,仔细匀上胭脂,画好眉,涂上口红,换一件深红色的衬绒袍,进城去看表姐。表姐和汤宓是同学,汤宓和璐璐认识就是表姐介绍的。

璐璐到了表姐那儿,表姐照例打电话找汤宓。汤宓冷冷地回说有事。璐璐嗔怪表姐打了电话。表姐盘问璐璐怎么回事,璐璐就瞪着大眼生气。表姐再打电话给汤宓,那边回说他有事出去了。表姐没办法,回房和璐璐对坐着,闷闷地嗑人家送给表姐的苏州薄荷瓜子。

一会儿,老妈子上来通知,汤宓在会客室等着她们。表姐笑着把璐璐拉下楼,推进会客室;自己不进去,站在门口,听见璐璐抖声说:"我不懂,你算什么意思?"接着汤宓过来轻轻关上门。表姐就回房,写自己的情书去。

好久好久,璐璐轻快的脚步上楼,小鸟儿似的飞进房来,两颊添了红晕,嘴角抖着余笑。问她话,支支吾吾不肯说,躺上床去装睡。半晌,璐璐坐起来,告诉表姐明天要回家。

"回南?"

璐璐点头。表姐对她看了好久,疑疑惑惑地说:"反正也弄不明白你们的事——几时回来?要请我们吃蜜糕了吧?"

璐璐嘴角往上一掀,满脸笑。停一会儿,很正经地说:"家里要是通不过,我不出来了。"

表姐说:"别装蒜了!姑夫什么不依你!姑妈不赞成,也不过嘴里说说。你一定要,他们又怎么样!况且他们又没见过你的心上人儿;见一面,准会中意!不过,哼!璐璐,你的洋可出不成了!"

璐璐认真了,睁大了眼睛。表姐说:"少瞪眼吧!将来出了洋,把那群留学生都瞪糊涂了,把你当奶油点心吞下肚去!汤宓准不肯放你出洋!"璐璐心上快活,啐了一声,又掀起嘴角笑了。明天汤宓要送她上车,约定她到家就写信给他。

晚上八点,璐璐回宿舍,林妈说王先生来了几趟,留下两包东西送她。一包是一盒糖,另一包是一大块百果糕。璐璐想明天回家,这块糕还是送人吃了吧,就叫林妈搁在厨房里,蒸了请王小姐、李小姐吃,她明天要回家呢。正说着,林妈向她身后努嘴,回头一看,原来是小王站在背后摆手,一脸的笑。

"璐璐你好!约定了今天吃饭的,怎么躲了?"小王嘴已不肿,只是牙没镶好,说话有点漏风。

真的!怎么忘了?璐璐不好意思,瞪瞪眼说:"谁答应你了?人家有事。"说着话,两人已进了会客室。

"研究 $C_6H_{12}O_2$ 去了?"小王上下打量着她,话里酸酸的。

璐璐瞪了他一眼:"我看表姐。"

"你明天回家?"

"谁说的?"

"刚才不是你在说吗?"

璐璐不能抵赖,忍笑把脸一板:"回家有事。"

"什么事? 能问吗?"

璐璐说:"大事。"

"一个人走吗? 那位'表姐'送?"

璐璐知道"表姐"指谁,赌气说一个人走,没人送。

"小姐,我能送您吗?"小王开玩笑,半站起,半弓着身子,眼里的表情像讨肉吃的小狗。璐璐看他笑得鼻子眼睛都挤到一处,嘻着没有门牙的嘴,心里起了一阵说不出的感觉,不由自主地坐远了些,不耐烦地请他别送,说有李小姐陪她进城呢。

"那么我到车站等你。"

扭缠不过,璐璐只得告诉他上午十点的车走,不过再三再四请他不要送。他们俩说了一会儿闲话,小王叫璐璐早点儿睡,满面笑容地走了。

第二天,小王买了好些水果、点心、糖食、罐头,到车站等候。左等右等,不见璐璐的影子;看看表,只差六七分钟就开车了。他心里焦急,又怕璐璐早已上车,叫脚夫拿着东西进车厢去找。找遍头、二等,不见璐璐。难道她乘三等?火车轮子已经动了一下。小王想,还是补票到丰台吧。他自己抱着盒儿罐儿,提着两大蒲包水果,打算从火车第一节找到末一节。三等车里他碰到一个老同学,说是和璐璐同汽车进城的,看见璐璐在××大学下的车。××大学! 不是去看汤宓吗? 小王细细一想,恍然大悟,倒抽了一口冷气,下车就回他工作的地方去了。

璐璐是乘下午五点的车动身的。

回家以后,父母都很奇怪,璐璐也不知怎样开口,只说回家过旧历年。转眼一星期过去,璐璐也不知道怎样写信告诉汤宓,愁得没办法。幸亏汤宓连着来了两封信,母亲看见××大学的信封就问:"你还跟那个学化学的来往吗?"这样谈起了璐璐的问题。

父亲还是上次的见解:女儿如果看清楚了喜欢谁,他并不反对,只要不是糊里糊涂地着了迷,分不清好歹。母亲也是这样说。她说有那种男人会迷人;给迷昏了,觉得他一举一动都是好的,将来看穿了一辈子受气。况且璐璐是吃惯用惯的。她那次手边没多带钱,没让璐璐吃冰,璐璐回家不还发了半天脾气吗?这是终身大事,别昏了头,懊悔也来不及。

璐璐回家多天,心里渐渐清醒,听了母亲的话更清醒了。她可不是给迷糊涂了?汤宓有什么好?图他些什么?真的,她越想越觉得自己糊涂。小王的性格就比汤宓好得多,以前功课不错,现在做事也很能干,将来和他一块儿过,一定顶舒服、顶随心的。不像汤宓那样脾气大,爱使性子。璐璐对父亲母亲说,将来要远着汤宓了。新学期就要开始,不能多逗留,而且突然离校,耽搁久了怕招人议论,她打了个电报叫表姐接,冒着冷,再不远千里赶回学校。

车站上只汤宓一人在接;表姐叫他接的。汤宓意定事情圆满,喜冲冲地一把捏紧了璐璐的手,埋怨她不早点儿写信。璐璐避开了他的目光,局促不安。汤宓忙忙地招呼脚夫搬东西到汽车上去,扶璐璐上车,问她累得怎样,坐舒服没有。璐璐心不在焉,勉强敷衍。汤宓只当她累得没精神。汽车快要到学校的时候,璐璐照父亲教她的话对汤宓说:"请不要再来看我,那些问题都谈不到,我还要念书呢。"汤宓呆了,手都冷了,半晌,叹了口气,想说什么又咽下了,脸上结了一层冰,两人都默然。直到车停,汤宓帮她搬出东西,强笑着点点头说:"祝你幸福!"转身就走了。

璐璐心上惭愧;再想想,许多事也对不住小王,也许小王要怪她呢。回到房里,想不到桌上信堆里赫然有小王的笔迹。"一定埋怨我车站迟到了——只说我误了车。"她微笑着拆开信封。怪极了!怪极了!真有这事?小王和他表妹订婚了。真是不要脸的东西!抢人家的!怪道要造她的谣言。璐璐恨恨地把那张订婚帖子扯成四片。"人心是这样难测!所以爸爸老说我太老实。"又气又羞又恨,璐璐愤愤地滚出泪来。想想方才汤宓的细心体贴,想想自己对他说的话,十分懊悔,不该早说的。汤宓的脾气绝不肯再来就她。璐璐觉得浑身没了着落,悬在半空中。定定神,再仔细想想,越觉得无边无际的空虚,思前想后,活着只是没趣。璐璐怔怔地坐着,长叹一声,再把桌上的信一一过目。

璐璐的手指又抖了。美国的来信!呀!她请求免费学额成功了!璐璐快活得心怦怦跳。她对镜掠掠头发,照照自己的脸。镜里一对大眼,似笑非笑地瞪着自己,好像不懂事地那样瞪着;能使懂事的人也不懂事。璐璐嘴角往上一掀,满脸甜笑。璐璐,不用愁!不用愁!

璐璐笑着,轻轻舒了一口气。

一九三四年九月十九日

ROMANESQUE

叶彭年把舅妈的一只钻戒、一只细钻石镶成的镯子去掉盒儿,包上些棉花,塞进一个旧信封,很谨慎地放在贴身口袋里。隔着外衣再摸摸,走近穿衣镜照照,衣服并不鼓起。他把领带拉拉直,一溜烟跑下楼去。客堂外面,抬头喊一声:"我不吃晚饭了!"不等有谁答应,逃也似的干他的要紧事去。

拐了两个弯,彭年想起陈家不远,几天没见令仪了,几分钟也好,这事要告诉她。

令仪好像正等着他。她穿一件淡青衣裳,越显得纤瘦苍白。彭年总不懂令仪为什么只讲穿衣服鞋袜的贵重雅致,从不肯把自己打扮打扮。彭年自愧是俗物,喜欢令仪别那么淡。她在宴会上或逢喜庆大事,略施脂粉,显得清秀端妍;换上柔滑的颜色衣裳,衬出细软婀娜的身材,并不像平时瘦硬。也许她的美,是珍藏着有事用用,不肯家常消耗的。这时她夹着一本青面白线的书,站在阶石上笑,问彭年忙些什么,跑得满头是汗。

彭年没工夫上楼,只能在下面客堂里略坐一会儿。他很了不起地告诉令仪:舅妈赌输了,托他卖东西。

彭年专替亲戚朋友们跑腿。他不爱读书,不会对付抽象问题。可是处理事情,他有天才;又生成一副忠厚心肠,肯替人出力,不怕被利用。近来他偷做了几次生意,认识的人愈多,胆子也愈大了。叶太太直为儿子担忧,人长得比父亲都高大,心地却老实得像孩子。看他相貌俊秀,不像笨,却不肯念书,近来生意上认识了各等各色的人,舞场赌窟,时常走动,难保不被坏女人引诱上斜路。她希望彭年快和令仪结婚,别等毕业。可是彭年并不想结婚,虽然他跟令仪很要好。他们世交,不知从几时起,早有不成文法,规定他们俩是一对。彭年崇拜令仪聪明高雅,自愧不如,只希望将来能赚钱供养她过顶闲适的日子,让她能继续作诗填词画画弹琴,并且希望他们的孩子,别像他庸俗,而能像令仪一般聪明爱读书——只要令仪不嫌弃他。可笑彭年,他从不知道令仪对他的热情,只把她当做一个娴静的小姊姊,只要常看见她,把所做的事都告诉她,就很满意了。结婚,还太早。

舅妈这事是瞒人的。不过令仪当然例外。彭年告诉令仪,已经有个姓钱的有意思要这两件首饰。介绍的朋友姓朱。他一会儿就要到朱家去,因为已约了那姓钱的,他先要看看货。今晚上他们俩请吃晚饭。

"你几时认识了这些朋友?"令仪的口气中,包含着另一句话:"跳舞场里的新相识?"

彭年红了脸道:"喝咖啡时人家介绍的。"

令仪不放心他带了东西晚上跑。彭年说,原先约定今天下午在朱家会那姓钱的,怕我有课,所以改在晚上。

令仪把书卷着卷着,装作不介意地笑道:"少喝酒啊!可别让人家抢了去。"

彭年大笑道:"多大一堆宝贝,人家还绑我的票呢!"

令仪懊悔又说他喝酒,彭年不爱听,她不好意思再提这事。闲话了几句,彭年忙着要走了。他笑着叫令仪放心:姓朱的朋友不是流氓；他有房子，有家眷，绝对靠得住。

彭年还是第一次拜访朱家。应门的是个十分修饰的中年胖太太，声音软腻得调着糨糊一般。她迎出来便问："可是叶彭年先生？我们先生才来电话，说有要紧事给绊住了。请您稍为等一等。"她连声道歉，把彭年让进客堂。

他们住的是公寓房子。这间客堂布置得很讲究，只是头顶上三四尺长的太阳灯太亮，把这位太太脂粉下的原形都显了出来。皱纹不用说，那两弯细细的眉毛下面，乌青青两道浓阔眉痕，上面一根两根劫余的残毛都看得清楚。彭年觉得不好意思抬眼看她，只低着眼。妙在这位太太毫不自觉，只把指上的钻戒耀着光发亮。她应酬了几句，自己殷勤地送茶送烟，又忙去料理别的事。彭年坐在沙发上，翻看旁边堆置的画报。

忽然一阵脚步声，风也似的扫进一个穿深紫衣裳的女人；随着她飘过一阵香。彭年抬头，只看见她的侧影：苗条而又丰腴的身体；一头鬈发，很工整地梳成一个个松松的大圈儿。耳朵上戴着三四圈细金丝大耳环。腕上也戴着四五只细丝金镯子。彭年暗想，看这打扮，不知又是怎么个蠢女人，却生成这么美的身体。

门外软腻的声音轻轻唤了一声"梅"，紫衣女郎立即转过身来。彭年不觉呆了，摄去了神。没料到面前是个光艳照人的女孩子，站在强烈的灯光下，耀得人眼花。她看见了彭年，惊诧地对他打量一两眼，很快地走出客堂，随着门外软腻的笑声，掩入另一个门后去了。

彭年呆瞪着门外，用力要收留住眼前的印象，却已经像筛子盛水，都漏掉了。他只约略记得她肩颈腰肢间绰约的风姿，眼角眉梢的妩媚，和顾盼间流动的光彩。还记得她颔下深深一个窝，把脸衬得怪孩子气的惹人怜爱。彭年很见过些漂亮小姐,还比她打扮得高贵雅致。可是这女人有本事嵌进他心里去。这不相干的人,彭年心上并不要留她。他乱翻着画报,觉得焦躁不安。

外面电话丁零零地响。那主妇去接了,过来请叶先生听朱先生电话。彭年站在电话机前,注意到旁边门缝里,有人在张望他。他觉得很窘,说话都不自在,只连说"好,好,好"。朱先生说:他这时不能脱身,问他东西带了没有。带了?很好。他就约那姓钱的直接上饭馆去,叫彭年也去吧。彭年挂上电话。看见半开的门后面,那紫衣裳女郎毫不客气地正注视着他。

一路上,彭年狠狠地责骂自己是俗物。可是,何必雅呢!令仪就太雅些。她像她所爱喝的苦涩的清茶。彭年从未坦白承认自己不能欣赏清茶风味,可是他老老实实爱喝咖啡,爱咖啡的浓郁。

他才进饭馆,劈面碰到一个招风耳朵龅牙齿的瘦长汉子,穿着簇新的西装,一见彭年,便好似碰见了久别的老友,一手来拉彭年,一手拍着他肩膀,笑道:"嗨,老叶!吃饭?"彭年一愣,觉得面善,却记不起姓名,忙含糊着笑笑点点头。那人却拖住不放道:"我们就在下面大桌上,回头过来说话。"又问彭年在哪一号房间。彭年说等人,一抬头看见面前黑牌子上写着朱先生七号,便问堂倌朱先生来了没有。"朱先生么?楼上。"堂倌殷勤地领他上楼。

七号里坐着一个青蛙似的人,穿一身淡青西装,紧绷绷的,鼓着肚子在抽烟。见了彭年,他就像扳动了弹簧机关的小泥人儿,立刻跳了起来。烟卷儿地下一扔,脚一踹,呼噜噜吐了一口痰,对彭年上下打量了几眼,笑道:"叶先生么?敝姓钱。"彭年忙和他招呼,看见他指上戴着肥肥的透绿翡翠戒指,胸前露出一条小指头粗细的赤金链。他说了一大堆倾倒仰慕的话:夸彭年是好学问,又能干;大少爷,又精明。他大声使唤堂倌换热茶,点香烟,又掏出记事簿,查出两个号头,叫堂倌去打电话;一面向彭年道歉,说糟蹋了你们大学生的宝贵光阴。

一会儿堂倌上来说,两个地方都没这人。彭年想他大概在路上了。钱先生也说,一定快到了,他们不妨先点起菜来。好在两人谈得挺热闹。钱先生满肚子商业新闻,小报消息,杂拌着对彭年的恭维,称他是未来的经理、厂长、行长,又问他几时留洋,问他某某"大亨"近来怎么,好像彭年已经是"大亨"之一。彭年虽觉有些儿反胃,却不过他的好意,并且谦虚得也累了,只把他太肥厚的恭维大口地吞。

菜来了,朱先生还没到。两人正踌躇,门口探进一个头来。不是朱先生,却是方才的瘦长汉子。

"嘿!老俞!"钱先生也认得他。

俞先生笑得一口牙齿闪着光。"你们俩!"

彭年忙又跟他招呼。俞先生看着热气腾腾的菜,忙说:"吃呀,吃呀,我不耽搁你们。"

彭年和钱先生同声说:"不忙,我们还等人。"他们说,朱先生立刻就来了,再等他一会儿。

"朱栋臣么?"俞先生哈哈大笑了,"等他呀!你们还是先吃吧!"他附着钱先生耳朵说了几句话,回过脸对彭年跷起食指,挤挤眼睛道:"对不起啊,不敢教坏了你!"惹得彭年不好意思,像幽居深闺的小姐听见了粗话,讪讪地红起脸来。

钱先生一脸正经,正经得一对青蛙眼睛越发凸出了。他十分慨叹地摇摇头嘿了一声。又问那瘦子:"你看见的?"

"嗳!我才打那儿来!"

钱先生皱着眉头,好像很失望。他强打精神似的对自己说了声"好,好",举起筷子,对彭年道:"咱们趁热吧。"筷子夹,匙子舀,斟酒,换茶——忙着让叶先生吃,"今天能认识你叶先生,就够快活的。生意经,忙什么!"他又鼓起兴致来。俞先生又凑热闹,说他们那边桌上有好酒,这儿菜又做得好,今天大家开怀喝个痛快。桌上本来摆着三份碗筷,俞先生强不过钱先生的盛意,就留下抵了缺。

彭年能喝两斤黄酒,不醉。今晚还没喝满斤半,酒都装在头里似的,已觉重得载不起。昏昏沉沉,右太阳穴一条筋微微抽搐得痛。他们俩还尽灌他,又一杯,又一杯——两人勒起西装袖子,大声猜拳。彭年觉得自己沉浮在热腾腾的烟雾中,一阵阵闹哄哄的声音,像浪头,一浪又一浪,把他越打越远。远远的隔着烟雾,他看得见钱先生的两眼泡一鼻尖闪亮着灯光,俞先生的一排牙齿在光里闪烁。彭年的头直往椅背上沉,还听得他们犬吠也似的嚷,怪声的笑。他心里想,认真我会醉?他合上了眼睛。模模糊糊,记得他们俩扶他下楼,扶他上双人的三轮车,又在什么地方给他喝茶,再以后便完全不知道了。

彭年睁开眼,发现自己躺在一间空屋的地上。太阳光从一扇天窗里照下来,斜斜的一柱灰尘,悠闲地在飞舞。屋子收拾得还干净,空洞洞没一件家具,只有一条草褥,一床被。被,居然也干净,红点子洋布面,白布被单。旁边一个大热水壶。一方报纸上有一个面包。彭年立刻清醒了。赶忙坐起来摸摸口袋里的戒指手镯,当然没有了。旧手表还在腕上,停在四点半。皮夹没有了,皮鞋也给脱了。

对面暗陬里,两扇窗虚掩着。彭年先去推窗。开窗子,三四尺外有一道高墙挡着,和旁边的墙,砌成一个褊狭的深井,有六七层楼那么深。他伸出头往下叫喊一声试试。那声音却回上来,轰隆隆的。他回头看看那扇门,明知打不开,不死心还去试试。门非但锁着,门钮上生满了锈,好像几十年没人摸过了。门缝里张出去,外面亮,隐约可见堆着许多废铁。好像有一个升降机的铁栅门,门口堆满了生锈尘封的铁条。显然这栅门是久废不用的。彭年回到草褥上坐下,拍着袜底的灰,忍不住笑起来。太奇怪了!这算怎么一回事呢!笑声落在空洞的房里,立刻被静寂吞没了。彭年忽然害怕起来。

虽然是白天,只觉四周阴森森的,除了那一柱阳光中悠闲飞舞的轻尘,好像亲切地和他做伴。彭年看着阳光,不知道是上午下午。也不觉得饿。热水壶里的水,不烫也不冷。他抱起瓶子,喝了几口。背靠着墙,手抱着膝,细细盘算:难道一个戒指一只镯子值得人家费这些心思把他关起来么?难道他有什么仇人么?难道他父亲竟那么阔,值得绑他票么?除了已经结婚的哥哥姐姐,他还有五个弟弟妹妹。绑他干吗?

想了一会儿,渐渐平静些,彭年觉得还头晕,又喝了些水,心上想:"怕他们!总不成要害死我!与其坐牢似的闷守着,不如睡觉。"彭年本来会睡,这时候费了大劲儿才清醒,一不费劲,放倒头、闭上眼就睡熟了。

彭年做了许多乱七八糟的梦。忽然一个念头,从睡梦中透入他的意识,快刀似的把他的梦割断。"我不从窗里进来,不从门里进来,难道从墙里进来的?"他这样想着,睁开眼睛。

屋里漆黑;染黑了的静寂,有斤两似的压着他。彭年立刻觉得屋子里还有别人。他屏住呼吸,尖着耳朵听。没一点声息。黑暗变成了活的,黑暗生着眼睛,守着他。彭年从没有这般害怕过。他动都不敢动,只把两手抓紧了身上的被,大睁着眼睛。

过了好一会儿。彭年想:"是我自惊自怕么?"他扪着墙坐起身,鼓足勇气,使大劲咳嗽一声。黑暗里,一声轻轻的咳嗽答应他。彭年一跳站了起来,挑战似的再咳一声。听见轻轻一笑,是女人的笑声。彭年厉声道:"谁?!"

"哦!好凶呀!"柔和的声音,带些讥讽。

"你是谁?"

"来救你的。"

这不是开玩笑么?彭年冷笑了。他说:"多谢。我这儿很舒服。"

脚步移近了,暗中飘来一阵香。一只手摸索着碰到彭年的肩膀。这人两手抱住他胳臂,小声说:"我说的是真话。"

彭年好像记得这香味。他伸手去摸她的手腕,光光的,并不戴一丝镯子。她立刻捉住了彭年的手,低声道:"别动。"又把嘴唇贴近彭年的耳朵道,"当心!这里还有别人!"彭年还以为是防别人知道他们要逃走,没提防自己一双手被这女人紧紧地缚住了。待要挣扎,记起她的话:"还有别人。"原来这是恫吓。也罢,听她安排吧。手缚住了,又叫他闭上眼睛。她用温软的手心抚摩他的眼皮,按上一块绒布似的东西,一个膏药贴上左眼。同样,右眼也贴没了,还替他戴上一副遮风眼镜。她捧住彭年的头,很关切地问:"觉得怎么样?"

彭年没好气得只能笑了。他说:"舒服极了!"平心说,彭年有几分感激她。

她掖着彭年走了几步,摸索一会儿,叫他坐下。彭年预备坐下地去,却撞在一张凳上。他没有跨过门槛,没有踢到任何障碍,难道已经走出了这间空屋子?女人蹲下去替他拉挺了袜子,替他拂拭袜底的灰土,然后替他穿上皮鞋,系好鞋带,扶起彭年,很高兴地笑道:"走吧。"

他们走了些平路,渐渐难走了。女人一手扶住他胳膊,一手围住他腰,叫他跨,叫他低一级、高一级,拐了许多弯。后来她停步说:"慢,这是楼梯。"很陡的楼梯,每十几级便拐个弯,转得彭年头发晕,脚一滑,差些儿摔下去。那女人一把拉住他,两人都坐下地,免得往下滚。那女人喘息着笑起来。彭年恶狠狠地问道:"那么乐么?"她不回答,也不再笑,站起来扶着彭年,慢慢地往下爬。

好容易跨下末一级楼梯,踏着破碎的水泥地,高一脚,低一脚,转东又转西。后来他们跨出了门槛,走在泥地上。晚风吹在脸上,好像已经走出了房子,路又平了。彭年这时又注意到这女人身上的香。挨近了,辨得出发香粉香。紧偎着她的身体,彭年能觉到温软。他忽然停步道:"我知道你是谁。"女人轻轻地笑了,笑得真乐。彭年不耐烦道:"叫你领我搬家?还是叫你送我回去?"女人止了笑,拍着他手背道:"别响。后面有人。"彭年不信后面有人。他没听见后面有什么声响。可是他不冒险,也不必跟这种人说话。两人紧挨着慢慢地走,像一对情人。

走了不知多少路,女人站住了说:"好吧,这儿分手。"她把一包东西塞在彭年口袋里,笑着拍拍那口袋说:"别追究了。"彭年想:"好便宜!"他鼻子里笑了一声。女人凑近耳朵,低声急促地说:"后天下午五点,公园门口电车站等我。别招呼。"

"我又不认识你。"彭年说。

女人不回答,只轻轻一笑。她抽开缚住彭年双手的带子的结,叫他慢慢儿自己解,别嚷也别动,一面扳下彭年的脸,把自己的脸颊一偎,转身便跑了。

彭年把两手扭着扯着,渐渐儿带子松了,脱出手来,拉下眼镜,揭下膏药,舒服得像脱了一层壳。彭年发现自己在一条僻静的小街上,站在一堵高墙外面。他定一定神,随脚跑了一段路,就转入热闹些的街上,还有三轮车载着客人在街上跑。

口袋里摸到自己的皮夹,还有一个纸包,软的裹着硬的。难道是原物?越摸越像。他这时像惊弓之鸟,不敢在街上抖开看。走了些路,雇到一辆三轮车,坐上车,战战兢兢地摸出来,撕开些纸,剥开棉花。昏黑中,光闪闪的,可不是原物!他将信将疑。难道他们已经假造了同样的一对?可是他们何必假造?彭年越想越不明白。难道真是那女人救了他?那么,她不是同党,又怎么会拿到这些东西呢?要是东西换了假的,怎么向舅妈交账?更要紧的,这事怎么向家里说?彭年不会撒谎,没开口先就脸红。怎么办呢?离家不远。他忽然想到眼圈儿上准有膏药的黑痕,忙摘些棉花,耐心地把眼圈擦了又擦,免得带了幌子回去。

到家已经半夜两点多。家里人除了几个小的孩子谁都没睡。他们听见声响,见是彭年回家,都七嘴八舌的急要知道究竟。彭年一听他们问话,就知道事情已经闹开了。失踪了一天一晚,当然令仪要把实情说出来。于是彭年的父亲立刻报了捕房。他母亲立刻通知舅舅。(可见姑嫂间的敌意!)舅舅舅妈吵得要离婚。彭年忙把口袋里的纸封当众解开。灯光下,这戒指,这手镯,谁都认识。大家惊喜地问怎么回事。彭年要开口,忽觉得不能据实说。他预先想不出一句谎话,这时好像现成在口边。他笑道:"那些混蛋!想把我灌醉了,哄我贱卖。我就装醉,睡他一天一夜!他们还看住我不放走。我趁他们打牌,溜了回来。"父亲放了心,狠狠地训了他一顿:"不是真醉,何必睡一天一夜?"彭年也不辩。母亲已经急慌了,幸喜只是一场虚惊。她庆幸不已,再没心肠埋怨儿子了。彭年发现这个谎话意外地成功。

第二天吃完饭,彭年说要去看令仪。但是他先找到朱家。那家人很奇怪,说不姓朱。主人主妇都在家,他们是多年老房客,并不知道什么姓朱的。彭年没奈何,一肚子纳闷,去看令仪。他好容易应酬完了陈伯母,便把经过从头到尾告诉令仪,问她这算怎么一回事。

令仪道:"一个很普通的骗局。"

彭年觉得扫兴,强笑道:"当然——可是,为什么又把东西还我呢?"

"也许害怕了。"

彭年摇头说不会。他想来想去,没有别的解释。照他猜想,那个女人,大概是个女侦探,讲侠义的那类人。

令仪噗嗤一笑,手里一杯茶,都泼溅在身上,忙用手绢去拂拭。彭年羞恼了,赌气说:"你笑,你笑。天下奇怪的事多着呢!我一个同学的姊姊就是要学做侦探的。学骑机器脚踏车,开手枪,跳电车,化装,盯梢,和坏人混在一起!……"

令仪淡淡一笑道:"romanesque!"

"什么?"彭年不爱听她卖洋文,"洋文儿不懂。"他使气说。

"不是么？不像浪漫故事么？"令仪抿不上嘴，又笑起来。

彭年不服气，愤愤地争辩："我亲身经历的事，我哄你不成！你自己没经过，就说是假的！浪漫故事！"他气恼得坐不定，站起身，大踏步走到窗口，又跨大步回到原处，气呼呼地坐下。令仪笑着解释，并不是不信他，不过那女人要不是同党，为什么蒙他眼睛？这句话彭年回答不来。他所说的也不过是猜想，无论如何，经过的都是事实。不料人生能这般新奇有趣。令仪书虫，难道新奇事只能在浪漫故事里找吗？他不甘心。电车站约会的事，彭年不愿意告诉她，免得她再笑他"浪漫故事调儿"。他随口说声："老时候再见。"带三分赌气回家。

巴不得到了约会的时候，彭年早在电车站等了。正是最拥挤的下午五点钟。公事房出来的职员，下课的先生学生，疲倦又焦急，站立不定地等车来。彭年很退让地看电车载走一批，又是一批。他心虚怕人家看透他在等人。（他自己还确不定等谁。）东西张望，只见转角处过来一个十六七岁的女学生。可不就是她！穿着深裥藏青短裙子，白西装衬衫，短袜子，平跟鞋。她夹着两本书，雪白的皮肤，不搽一些脂粉，嘴唇也不涂红。她毫无兴趣地对彭年看看，站在一个胖女人旁边。彭年偷眼看她，越看越疑惑起来。是她么？只十六七岁？她头发随便地披着，她的嘴弯弓一般，她眼睛是这般沉静的么？都记不真了。好像她颔下有个窝，可是她略略别转了头，似乎觉察彭年在偷看。假如约彭年的就是她，为什么不撇个眼风？可是第一眼见她，彭年毫无疑惑地认识。

车来了。这女孩子很轻捷地挤上车。彭年不及思索，忙也挤上去，却又立刻后悔，怕跟错了人。约他的，会是个十六七岁的女学生么?过了四五站路,车还没停,她挤近门口去,看见彭年还看着她。她垂下眼皮,弯弓似的嘴角微微一动,像笑不是笑。彭年心上万分狐疑,不由自主地又跟她下车。

她从热闹的大街转入稍为僻静的小街,走入一家小小的饭店,直往楼上跑。女学生这时不回家,上饭馆?彭年大了胆子,立刻跟上楼去。她掀起布帘子,走进一间仅有的小房间。彭年跟脚也盯进去。这女学生回过身,把两本书往桌子上一扔,对彭年眉一掀,眼一亮,很乐地笑起来。彭年记得这笑声。她演戏似的对彭年一鞠躬说:"请问先生贵姓?"彭年先给她搅傻了,听她这一问,也想着了回答。他说:"小姐,好像哪儿见过。"她两眼跳闪着顽皮的笑,皱起精致的小鼻梁,做个怪可爱的鬼脸。两人都笑起来。

这时堂倌进来倒茶,问吃什么。女孩子立刻敛了笑容,很斯文地坐下。这是个尴尬时候,点心太迟,晚饭太早。店里一个客人都没有。彭年问她吃什么,她说这里头一次到,不知有什么可吃。两人胡乱点了几道菜,打发走了堂倌,对坐在小桌子两面。

彭年替她斟杯茶,看定了她的眼睛笑道:"现在咱们认识了么?"

她摇头半笑半正经地说:"怕你认错了,当我坏人。"

彭年急道:"我那么糊涂么?我要疑心你,会一个人来么?"说着,他忽然想,她不肯招呼,是怕他疑心?怕他会带了别人去捉她吧?他心上疑惑起来。

"可是,你为什么来了?"她微微眯上眼,猫候耗子似的看着彭年。

"第一,要谢谢你。第二,我不明白——"

她嘴一堵,双肩微微一耸,受了冤屈似的睁着怨望的眼睛道:"我明白么?我不过偶然多事。你要真心谢我,就别对我追究。除非是疑心我。"

彭年不很真实地说:从来没疑心她,只是事情太离奇了。女孩子说:"你相信我,就听我这一句话:管他离奇不离奇,别再问;别再找上那些人。他们再碰见你,不饶你。"

彭年道:"当然。"他心里想:"我也不饶他们呢!"

"并且,人家要是知道你东西没丢,知道我混在里面,你就对不起我了。"她诚恳得脸上老了十年。

彭年好像明白了,暗想:"是她把东西偷给我的?"彭年不想再追究了。他很爽气地说:"好,我听你的话。"

"一定?"

"我再也不问。我再不找那些人。再也不!"

她立刻笑了,伸出手,摊开手心。彭年不明白她的意思。她作势向手心唾了一口,和彭年拍一掌。彭年忍不住笑了,她也笑,两个人孩子似的乐。不知谁把一杯茶碰翻了,女孩子用手把桌上汪着的茶抹下地去;湿手不用手绢儿擦,只对手心吹气,要吹干它。彭年掏出大手绢来把她这只手裹住乱揉,问干了没有。她要缩回手,彭年捉住不放,涎着脸道:"我冒昧得很,还没问过尊姓。"她笑笑不回答。"可是我知道芳名。"彭年调皮地笑着说,"梅,梅小姐。"

她立刻缩手道:"谁说的?"

"那天,在那间客堂里头一次见你——"

"噢!"她放下了心,"可是并不是梅花的梅。是五月的梅:M—A—Y。"

"洋名儿!"彭年又奇怪她在哪儿念书,她的确像一个学生,"先生起的?"

她点点头。彭年想:这孩子一定背着家里在外面胡闹,也许跟他一样,不安分读书,交些不三不四的人。他好奇地问:"在什么学校念书?"

她笑笑。不肯说话的时候,她总是笑笑。

彭年要看她的书。她抢过书坐在身下说:"要查问我功课么?我考零。"

这时堂倌已经送进饭菜来。布帘子外面,好像有了一两个顾客。他们也觉得饿了。梅抢做主人,夹菜让彭年。彭年抢做主人,道歉菜不好。两人痴笑乱谈,把饭菜都吃个精光。彭年说,从没吃得那么香。梅说,从来没那么乐。他们互相看着,毫无掩饰地各从各人眼里望到心里。笑渐渐凝成爱恋,停滞在两人眼睛里。

梅全无羞涩,眨眨眼笑了。她问彭年:"今天乐么?"彭年不觉叹了一口气。梅觉得他可笑,问他干吗?彭年也说不上干吗,只问她几时可以再见。

梅想了一会儿,脸上的孩子气全没有了,微皱着眉,也叹了一声,慢慢地说出一个地名。下礼拜今天,下午三点半,彭年可以去找她。那是她好朋友家。可是别的时候切切不能去。并且别去得太早。彭年问:"能通信么?"她摇头。"能通电话么?"她又摇头。彭年站到她旁边直逼着问:"为什么?"她回过脸,看着地下。"那么,"彭年说,"你至少可以打电话或是写信给我。"他说出自己的地名和电话号码,叫她写下。梅说不用写,她记得。

这时候外间屋里很热闹了。梅先掀起帘子张张,对彭年说:

"我要走了。让我先走十分钟,你再出去,行么?"彭年当然答应。梅斟了两杯茶,两人碰碰杯子,喝酒似的一饮而尽。她放下杯子,挨近一步,手搭在彭年肩上,抬起脸,闭上眼睛,微笑着等待。彭年本能地立刻接受了她的请求。左颊,右颊,左眼,右眼,下颔窝儿上,嘴唇上。梅两腕渐渐勾紧了他的脖子,分不清是谁吻谁。

梅突然放开手,挣脱身,灵活地扁着身子挨出布帘,走了。彭年心乱跳,差些儿疯狂地追出去。他定定神,自己再斟杯茶喝了,看见梅座上两本书没拿,心上一喜,想她还会回来。随手翻开书:一本是破残的安全戒烟奇方,剩了后半本,都是些药店的广告;另一本完整些,是佛学会的因果报应劝善篇,都包着簇新的书面。

堂倌打帘子进来抹桌子收碗筷,账早已付清了。

彭年闷闷地回到家里。半楼梯,令仪正慢慢地一步步下来,还扭过头去对楼上说话。彭年不愿意碰见任何人,尤其是令仪。他要关上门一个人静静地想想。他有想不通的事情,想不完的回味。可是令仪已经看见他了,落落地说:"好,彭年,我可要走了。"

彭年随口敷衍:"那么忙!"

令仪忍不住说:"不忙,再等你半天!"她头也不回地出了门。彭年才记起今天是所谓"老时候"。令仪每星期这一天到俄国人家学琴回来,总在彭年家里吃点心说闲话的。他忘得影儿都没了。

彭年从不失眠,这一夜却醒了大半夜,想来想去,这女人蹊跷。假如神秘对别人有吸引,彭年最受不了。分明是坏人,假装什么女学生？她行踪诡秘地安着什么心？并且，在她面前，彭年会没了主意，什么都听她信她。他对自己都不放心了。下次约会，决计不该去。彭年想出一个办法：明天看令仪，对她赔罪，并且挑和梅约会的日子，约令仪看话剧。这样就可以保证自己不赴约。可是要不要告诉令仪梅的约会呢？彭年不愿意。他对自己说："不必了。反正我决心忘记她了。"

下了这个决心，彭年对自己很满意，沉沉地睡熟了。梦中迷糊断续，只和梅在一起。醒来觉得甜蜜；再清醒些，又觉惭愧，不该梦她。穿衣起来，茫茫若失，悒悒不欢，自己没个摆布处。

访令仪，看话剧，上课，吃饭，睡觉。日子特别长，因为无聊。日子又像短，因为没意思。他现在和梅断绝了（她没来信，也没电话），不妨恣意想念。怎么能疑心她呢？无论她行踪多诡秘，彭年只能感激她。即使她是贼是强盗，她还是可爱；并且彭年断定她绝不是。人家对他一片真心，为什么怕她？

百般无聊，彭年用功读起书来。这天黄昏，他想找同学做一道算题。他走错了路，走上一条又脏又挤的小街。人行道一半塌陷成高低不平的泥地。三轮车急急忙忙地乱闯。走路的人，快的杂着慢的，在街中间和两旁乱挤乱推。彭年一会儿闪东，一会儿闪西，在车隙里钻。前面的人，故意拦他似的又不向前，又不让开。彭年正焦躁，看见前面隔着几个人有两个奇装异服的小姐，很闲散的勾着手在散步，说说笑笑，旁若无人。（在这么挤的街上！）一个穿西装长裤，花上衣，蓬松着粗黑的头发。一个穿猩红短大衣，看不清什么衣裳，微带棕黄的细软头发，很工整地梳成一个个大圈儿。彭年立刻认得了，这是梅。

彭年心乱跳，想追上去招呼。再一想，不，他且跟着她们走。

她们才买了东西。梅手里抱着一个大面包,还提一包油渍的纸裹,慢慢地踱进一条很脏的弄堂。弄口几个灰色头发、棕色头发的瘦白孩子在玩"造房子"。一个孩子尖声叫"梅"。穿西装裤的抛给他们一把花生。两人同走进一个后门。门口一个灰色脸的混血胖女人在洗衣裳。彭年站在垃圾箱旁等着,一会儿看见穿西装裤的女人又走出来。她俏丽年轻,皮肤带些灰绿,眼睛比梅的还大。她抬头向楼窗上嚷一声"Bye—bye"。上面照样回答一声,是梅的声音。

彭年站了一会儿,打不定主意,怕人家注意,又跑出弄堂去。他想,绝没有到人家乱闯的道理。他记住了地名,打算写信。可是,睡上了床,他直怪自己怯懦。有什么大不了的?便是走错人家,便是被人赶出来,又有什么了不得!

第二天黄昏,彭年找到这地方。棕色头发、灰色头发的瘦白孩子们还在弄口玩。灰色脸的胖女人还在后门口洗衣裳。彭年跨进门,挤过胖女人的身体,她并不理会。昏暗中摸着楼梯,正对前面厨房。羊肉味,洋葱味,融化的麦淇淋味,浓厚得黏住人挥洒不开。彭年很小心地拾级上楼。第一个拐弯处忽然轰的冒出一尺多高的火来。他忙停步。原来是亭子间里人家在生打气炉,他们居然还有洋油。生火的一个中年男人见有人来,就把炉子搬过一边,让他上去,对上楼的人毫无兴趣,继续忙他自己的事。彭年要问讯,看他那么忙,想还是自己上去看吧。

又跑上几级,是二楼正房,门关着。彭年正迟疑,闻到浓厚的鸦片味。抬头看见上面亭子间的门半开着。他悄悄地跑上去张望。这亭子间裱糊着粉红花纸,圆屋顶,像一间小小的船舱。里面铺着一张大床,床前一张方桌,床上叠着红红绿绿的很脏的绸被。一个大白圆脸的女人,脱了鞋,半跪半坐在床沿上,对着桌上的镜子画眉毛。另一个瘦女人,脸背着他,在搅弄凳子上一小锅鸦片。彭年忙闪过身,蹑足又往上跑。他想,人家熬鸦片,好意思闯进去么?他后悔冒失,想还是回去吧。看见了那一间船舱似的房间,他很明白这是个什么地方了。

再往上八九级便是三楼的正房。彭年走上了五六级,眼前忽然一亮,上面的门砰地开了,随着吵骂声、顿脚声、摔东西声跌撞出一个女人来。她嘴里还在嚷:"倒让大家来评评理!是我错待了你!是我错待了你!"她和彭年撞了个满怀。

"哎?"她站定脚,"你找谁?"

同时门口跑出一个红衣裳女人。可不是梅么!两手叉腰,正预备接口吵架,看见彭年,她愣住了。彭年没来得及开口说话,早被梅一把拉上几级楼梯,直拉进屋里,砰的把门踢上,忙又锁上门。她两手扯住彭年的西装衣领,脸埋在他胸前,又是笑,又是哭,疯了醉了一般。

门外的女人不得进来,把门踢得咚咚响。

彭年看见满屋凌乱。地下乱摔着雪花膏瓶子,拖鞋,高跟鞋,衣裳,丝袜子,衣架,鞋撑。地下、桌上、凳上都是纸牌。梅看看屋里自己的战绩,又看看傻站着的彭年,奇怪起来。"你怎么来了?"她使劲拧自己胳膊上的肉,怕是做梦。

"这是你的家么?"彭年走近一步,低声问。

"不是也是!我偏要住!我偏不走!"她声音越嚷越高,顿着脚。

踢门的声音突然停了。那女人在偷听吧?梅看看门,立刻住了声。一手扯住彭年,把他拉到相连的浴室里,小声急切说:

"你怎么来了？你这儿不能来呀！"她紧捏住彭年的手，很不相连地继续道："我天天想你，天天想得你要死。"说着，眼睛里立刻汪满了泪。彭年不能回答，只把她拉在怀里。

于是他告诉梅，昨天怎么看见她和另一个女孩子。梅说那就是她的朋友。两人都联想到上次的约会。梅叹了一声说："我知道，有一天要看不见你的。想不到今天——"

彭年搂紧了她说："不让你再躲起来，这回找到你的窝了。"

"这是莉莉的房。"她指指门外。门外又继续在踢打。

"她是你的谁？"

"我妈。"她说着忽然笑了，抬脸看着彭年说，"你现在都知道了？你还理我？"她笑得有些凄苦。

彭年吻她头发说："该早告诉我。"

"我要早知道，你正是我心上想的你——"她难得羞涩起来，只说了半句。

外面的女人嚷了："梅！怎么的？"

梅低声匆忙对彭年说："走吧，千万别再来了。她会去告诉。"

"告诉谁？"

"明天细细讲。明天，吃了饭，三点半，还是到我朋友屋里——你知道那地方。"

彭年说记得。

"你一定去？一定一定去？"

彭年看着她恳求的脸，惭愧地说："一定。"梅说，等她一开门，立刻出去，头也别回，快走，省得麻烦。

门外的女人发狠了。背靠着门，咚咚咚，把脚往后蹬。梅无声地把钥匙一转,拉开了门。莉莉顺势跌进房来。彭年侧着身子在旁一溜溜出门,就听得门关上了。他头也不回直往下走,好像在做梦。

第二天,梅坦直地告诉彭年,她父亲是外国水兵,母亲早死了,是莉莉把她带大的。亭子间里的女人都是朋友。她今年十八岁,五月生的。不知谁起的名字,都叫她梅,没有姓,也用不着,因为她没进过学堂。她认得几个字,可是不会写。

彭年捧住她的脸仔细认认,她像十五六岁,又像二十八岁还不止。

梅讲起骗彭年钻戒的事。那些人她都认识。姓朱的这几天躲了。住那房子的也是他们同伙。反正他们做事,节节脱空,活些。

原定的计划很简单:灌醉了他,送他回家,路上就夺了他的东西。可是离开饭店的时候,彭年不能太醉,至少扶住了得站得直。想不到彭年醉了还有几分明白,虽然自己不知道,他扎手舞脚地把自己护得很紧。天还不太晚,同车的瘦子原是个说大话没脑袋的人,不会叫车夫绕冷路(车夫也是他们自己人),却把彭年弄到他们的一个地方,灌了他一杯药。彭年睡得死了一样,车夫当然不肯送他回家了。他们黑夜把他运到那间空屋里。两个糊涂蛋自遮面子,说彭年家有钱,在他身上还可以出豁一笔。后来李永贵知道了——李永贵就是头脑——大发火,于是梅说:"我就打圆场,我说我来放你。"

"你跟他们那么熟么?"

梅凄然笑道:"永贵要了我好久了。我没肯,因为他不是好人。镯子和戒指是他送我的。"静默一会儿又叹道:"我本来不要他的。我从来没要过他什么。——他肯白给么?"

彭年没料到他为舅妈无聊的热心,会叫梅赔上这么大的牺牲。

"因为我替你着急。"梅的解释很简单。她从没问过自己,为什么要替彭年如此着急,甘心为他接受"不是好人"的东西。

彭年说不出话,紧握着梅的手。

"他还有别的女人呢,可是——"她颧上现出两朵红,愤恨地说,"我不爱跟他好,他偏要跟我好,一时一刻不放松,防我。"

"怕你出卖他?"

"也有些。可是他的事我并不知道多少。他冤我和别人好——"她怯怯地抬眼看看彭年道,"因为我从前有别人。"

彭年点头。

"别人也不是我自愿的。况且,他们谁敢!莉莉都不肯留我。——他要看见咱们在一起,我就完了。"她两眼注视着鞋头,眉间隐隐三条皱纹,像个饱经忧患的中年女人。

彭年忽然道:"你不能逃走么?"

"逃哪儿去?除非逃出上海。"

"容易,我带你上天津。"

梅喜得跳起来。彭年告诉她,有个朋友在天津办厂,召过他帮忙。两人认真把这事细细商量,越讲越乐,谈得不着边际了。还是梅记起了时候,急忙要回去。彭年说,他今天立刻进行计划。明天再当面和她约逃走的步骤。梅有些踌躇,不敢相会得太勤。"怕什么!"彭年乐观地笑着说,"明天后天大后天,咱们就走了!"他们太高兴了,很大意地一同走出大门才分手。

彭年筹划了一个夜晚,奔走了整一上午。他吃完饭,兴冲冲地便去会梅。梅的朋友住的那房子,二房东是白俄。每间房连家具租给有职业的单身男女住,多半是白俄和混血儿。吃完饭这段时候,整宅房子沉静得没一点声息。梅小心,锁上了门,两人舒舒畅畅地谈。彭年很乐观,因为他事情办得很顺手。梅也乐观,因为"他"昨天只随便问了几句话,今天出来,也没为难。"不过,"梅很紧张地说,"昨天出门,我好像看见那位'朱太太',你也见过的。我心虚得要命。后来想想,不会那么巧。她要看见了咱们,早去告诉了,我哪还能出来!"彭年也笑她心虚,绝没有这样不巧的事。

正谈着心虚不心虚,门钮忽然轻轻地转动,有人在外面,很小心地想开门进来。他们本来还不会留心,因为没听见脚步声。门钮也许已经转动了几下了。梅说起心虚,才不由自主地把眼光移到门上。她先还以为是错觉。接着,门外轻轻地敲了几下,又重重地敲几下。两人紧拉着手,恐慌地对看着,气都不敢出。屋里小床小桌小橱小椅,没个可躲的地方,除非从窗口跳出去。可是他们在三楼。彭年想,外面人要是破门而入,他就跳上去一把卡住他的脖子——彭年觉得人生愈来愈像浪漫故事了。

敲门的人等了一会儿,就走了。彭年忽想笑。梅对他尽摇手,侧着耳朵听。脚步声一级级下去,她才舒了口气,无力地在床沿上坐下。彭年笑道:"虚心事真不好做,咱们非得赶紧。"梅摇头说,糟极了,她不该把钥匙塞在洞里。外面一定知道里边有人。彭年扶着她肩膀笑了。这么心虚,离神经病还远么?"别忘了这不是你的房间呀!人家没朋友来看她么?也许她在房里睡觉,不高兴开门呢?"梅只是心魂不安。还是彭年讲到了未来,怎么安排,怎么着手,梅才慢慢地定下心,承认自己是神经病。

"你不知道我多怕他。"梅承认。

彭年很英雄气概地拍胸说:"有我护着你了,还怕么?"

梅抬头看着彭年,一脸感激。彭年告诉她,家里兄弟姊妹多,不在乎他一个。将来他们俩做个小小的窝,一个看家,一个找食。"好么?乐么?"彭年指头按在她颔下的窝儿上,扳起她的脸来,"从今以后,人家问你姓什么,你就姓叶。——好吧?答应,对我笑一笑。"

梅笑得像哭。嘴角抖着,好容易,噙着泪笑出来。她说:"我乐得笑不动。"

他们约定了后天怎么走,很轻易地分了手,满以为以后能常在一起了。可是彭年永远没再碰见她。

火车站白等了一天,全没有梅的影子。冒失地找她那朋友,也说很奇怪,找不到她。彭年请她有了消息,打电话通知。什么消息都没有。彭年更冒失地去找莉莉。莉莉搬走了。谁都不知道梅的下落。

电话总是令仪打来的:"彭年么? 别忘了,老时候——"

一九四六年

小 阳 春

其实是秋天,俞斌博士心上只觉得像春天。谁说他老了!四十岁正是壮年有为,他皮底下还流着青年的血。他的兴致,像刚去了盖的汽水瓶里的泡沫,咕嘟嘟直往上冒。他推开满书桌乱堆着的政治思想社会问题的世界名著。什么研究!什么著作!他只觉得一对脚尖儿,着了魔似的站立不定,不由自主地想跳舞。而俞斌从没工夫学跳舞。他哼哼了一会儿,发现唯一会哼的半个调子——他小儿子唱的"小耗子"上半节——太单调些,不够传达胸中生意。跑向窗口,望望楼底下大门前的一小方草地:虽然绿得憔悴,还没枯黄。白石盆里的兰花,正晒在夕阳里,阳光中的绿叶,好像对他会心微笑。俞斌立刻决定要出去散散步。

他还没转身,听见太太的脚步声,便喊:"小宝贝呢?"

俞太太忙接口喊:"小弟!爸爸叫。"

俞斌听见她进来了,灵巧地用跳舞步伐把身子一旋——在一个四十岁稍微发胖的从不运动的人,实在灵活得出人意料。他转过身子,拦腰一把,把太太搂住,在她丰腴的颊上,扑地贴上一个大肥吻,笑道:"这宝贝儿不认得自己!"

俞太太不耐烦地挣脱身,半嗔半恼瞅他一眼道:"你干吗?"一面抽出小手绢儿来擦脸。

俞斌觉得没意思。推开他也罢了,还用手绢儿擦脸,不是分明嫌他?可是他这时的大圆脸儿,连皮带肉都在笑,没处容纳恼怒,只涎着脸道:"秋胡戏妻呀!"不等她回口,忙又拉住她说:"咱们出去走走。"

"走哪儿去?回头裁缝要来,我想把你那件丝绵袍重翻一翻。还有半斤丝绵,不知搁哪儿了。"她忙着开橱开柜子开抽屉——这屋是他们的卧室。俞斌喜欢在这里用功,比楼下兼做客厅的书房亮。

看光景,太太不会肯出门。俞斌故意大声怨叹道:"好!好!我是个老鳏夫,没人陪伴的!"一面跑到太太的梳妆台前去打扮自己。他笨拙地打开太太的杏仁蜜瓶,把瓶盖滚得老远。

"唉!你尽看中我的杏仁蜜!"俞太太捡起瓶盖,过来盖上。看丈夫跷着十个指头,两手心捧着脸颊搽蜜,不禁笑了。"好个老鳏夫!太美了!"

俞斌端详着镜中的自己,很满意地说:"也蛮漂亮呀!也不算老呀!"

太太说:"本来谁说你老!"

俞斌刷着头发,叹道:"不过头发略为秃些,略为!"他故意对镜挤眉弄眼,表示自己很幽默。

太太笑道:"什么秃,越显得脑门子高大呀!"她不耐烦地抢过刷子,替丈夫刷整齐了头发,又给他换一块干净手绢儿,便催他快走。

下了楼,出门之先,他抬头看看卧室的窗口,再叫一声:"蕙芬!"(这回不再叫什么小宝贝了)太太探出头问什么事,俞斌只笑着对她挥挥手说:"回头见。"太太怒道:"人家有事呢!"缩进头就不见了。俞斌头上好像淋了一杯冷水。

表示不屈精神,他脚底下的弹簧,弹力越发振足。他不顾道上行人看他笑他,挺着脖子,挺着肚子,撅呀撅的走得真起劲。可是拐了两个弯,兴致泄了一半,像掉在沟水里的泄了气的皮球,泄掉几分气,灌进几分污水。俞斌渐渐觉得心上重滞得浮不大起。没趣么?真没趣!当然,蕙芬是好太太,头等好太太。可是,一个女人,怎么做了太太便把其他都忘了?太太,便不复是情人,不复是朋友,多没趣!她这样就满足了。做个好太太,称心满意地发了胖,准备老了!俞斌觉得自己的发胖,全是太太传染给他的。难道胖不会传染吗?她心气平和,感情懒怠,影响了自己,便也发胖了。俞斌真不愿意胖呀!没人知道他多么嫌恨肥人。"给我瘦的!全身是筋的瘦人!"他指女人。皮肤白的他也不喜欢。"白有什么好?生面粉似的!给我太阳晒熟的颜色。宁可晒焦,不要生的!"这是俞斌的择妻条件。像一切开列了择妻条件的男人,他恰恰选择了和条件绝对相反的太太。俞斌并没有什么不满于太太的,虽然和他的条件相反。只是有时候,对于现实不满,模糊地希冀着什么——譬如这时候,他就因发胖而联想到皮肤的黑白:"白是没感情的颜色。黑,表示涵蕴着太阳的热——或者——像一朵乌云,饱含着电。"俞斌微微地笑了,知道自己在颂赞谁。反正,胡想想,又不是当了胡若藁小姐的面恭维她!

他已经顺脚进了公园,在僻静的乱石小道上,踏着树影,慢慢地走,做着梦——也不是做梦,不过在想着那俏丽轻健的身体,薄薄脸儿,灵巧的口鼻,修镊得细而弯的黑眉,浓黑的睫毛,乌黑的眼珠,一笑一亮——俞斌脚下一绊,险的摔跤。他就势坐在树下石条上,自己嘲笑自己:想不得!危险!——咄,想她!她眼睛生在头顶上呢!男同学哪一个在她眼睛里呀!从前还虚心常上门向自己讨教,现在把先生都不放在眼睛里了——放在眼睛里又怎么?一个秃了顶的老头子——一阵风过,俞斌觉得冷。原来太阳不知什么时候已经下去了。满地斜长的树影儿都不见了,只剩些半青半黄的落叶,显得冷落可怜。他不觉连叹了两声气。"老了,老了,老了。"他无限感叹地踱回家去。

吃晚饭的时候,太太忽然说:"刚才一个女学生来找你。"

小弟立刻道:"胡若蕖!"

俞太太说:"你知道什么,快吃饭。"

大哥很老成地说:"是她。"

俞斌只觉热烘烘的,不知是心上,还是脸上。他装作满不在乎地问道:"她来干吗?"

俞太太毫无兴趣地说:"谁知道她!"

"你没问问她?"

"我说你刚出门。"太太索然说。

俞斌再要追问,又觉得没什么可问的。看看太太的脸,找不出一丝表情,只得扯淡道:"小弟怎么都认识?"小弟和大哥都忙着啃鸭翅膀。太太微笑道:"我就一辈子也分不清谁叫什么,只记得一个乌黑乌黑的锅底脸,一脸黑毛,说话哼呀哼,像要哭出来似的。"

俞斌大声诧怪道:"胡若蕖么?何至于像你说的那样!"

"也不知道胡若蕖不胡若蕖,就是刚才来的一个。"太太很冷静地放下筷子,起来洗脸。

俞斌满心愤慨。胡小姐黑是黑,可是离锅底还远着。她汗毛重些,又何曾一脸黑毛!人家年轻小姐一股子娇劲儿,怎么是"哼呀哼"!真真的女人全不懂审美,只把自己做标准。俞斌瞪视着热气腾腾的热毛巾后面的太太尊容:鼻子、嘴、脸颊、眼泡,全是油光光的嫩粉红色,半根毛都没有,连眉毛都没有。一个赤裸裸的胖大的嫩粉红脸儿。当然,蕙芬平时并不整个脸儿嫩红。谁都承认她相貌好。不过"美"也有休息的时候,俞斌不是不讲理的男人,一定要太太每一分钟都好看。可是说人家一脸黑毛,叫他不由自主地注意到她那无毛的脸,她真该照照镜子!

恰好这时候,门铃响,张妈开门请进来一位小姐,不是别人,正是那位"满脸黑毛"的胡若蘂。

俞斌丢下饭碗,哑着声急促地赶两个孩子:"快,快,上去吧,上去。"因为他们吃饭的"饭厅",不过是会客室凸出的一小四方。让客气的客人看见,俞斌总觉得很不体面。孩子们果然放下碗要跑了。可是俞太太很坚定地叫大哥小弟坐下慢慢吃。她高声请胡小姐坐坐,自己却坐在饭桌旁看孩子吃饭,替他们夹菜。

俞斌拿湿毛巾抹了一下嘴,忙迎过去。只见胡小姐站在灯底下,穿一件墨红夹呢旗袍,罩一件深灰色狭腰身的夹大衣。她黑得静、软、暖和,像一朵堆绒的墨红洋玫瑰花苞儿。她扇动浓密的睫毛,半含羞、半撒娇地笑道:"我又来了。"

俞斌忙道歉方才失迎,请胡小姐坐,问胡小姐脱大衣么?胡小姐吃了晚饭么?他匆忙得一句句话都互相磕碰,意思都撞乱了;一阵不自在,忙搭讪着回头叫"蕙芬"。可是俞太太不知和孩子谈着什么乐呢,押着他们俩说笑着上楼去了。

胡小姐慢慢地脱下大衣,一面撑起眉头,嘟起小嘴,如怨如慕地看着俞斌道:"我真过意不去,一次两次来打搅俞太太。"俞斌只顾说:"哪里哪里",也没辨明人家是在道歉,还是在告状。她接着很矜持地说:她是负着使命来的,要不然,绝不敢一次两次上门。她在编辑级刊,一定要俞先生大文,以光篇幅。俞斌得意地嘻着嘴道歉:"没有好稿子。"胡小姐歪着脸怪调皮地笑着说:"只怕太好。"俞斌翻着抽屉,踌躇了半天。胡小姐站到抽屉旁边,偷望着宝藏,更顽皮地说:俞先生舍不得,她就抢了。俞斌挑了一篇旧文章,自谦"不好"。胡小姐捧着就读,读着坐下沙发。可是她知道俞先生在读她的脸。顶坏的俞先生!她收起稿子,很正经地道谢。于是——两人忽然觉得没什么话说了。俞斌便问胡小姐近来看什么书?忙得怎样?胡小姐便问俞先生,近来有何新作?说完,两人更觉得没话说了。可是,胡小姐并不想起身,俞斌也生怕她告辞。

此时无言胜有言!俞斌只觉得这时会客室里,充满了"饱含着电的乌云"里流散出来的阴阳电子。他自己活像一支颤巍巍的铜丝,等候着触电。忽然,他灵机一动,拍着腿笑道:"对了!胡小姐请坐一坐——"他起身太急,差点儿踹在胡小姐脚上,忙移开脚尖,身子一倾,正跌在胡小姐坐的沙发上。她立刻两手扶住,没说什么,大家眼对着眼笑了一笑。俞斌这时真是触了电,道歉都忘了。他像个害羞的女孩子,逃也似的往楼上跑。

冲进房间就喊蕙芬,问她:"小弟的糖呢?"俞太太正坐在梳妆台前拢头发,镜子里,看见丈夫兴奋的脸。她手停在半空,也不回头,只看住了镜中的丈夫。她平时吃过饭不再打扮,今晚非但搽粉画眉,还涂了胭脂。不过俞斌并没留意。他不等太太回答,便去开橱门取小弟的糖匣,知道两兄弟都在三楼玩,不会来抵抗。可是俞太太赶过来把他一把推开,关上橱门,再把身子倚在橱门上。她坚定地说:"小弟的!"

想不到太太会这般小气。俞斌赔笑道:"我买还他一匣。"

太太越发铁青了脸:"谁要你还!"她索性锁上橱门,自己下楼。

这又算什么呢! 为一匣糖! 俞斌怪冤屈地跟下去。

太太的脸变得真快。她已经满脸堆笑,对胡小姐道歉:"简慢胡小姐了,不能早来奉陪。"胡小姐怪甜醇地笑着,也一再道歉:"打扰了俞太太。"俞斌忽然发现俞太太在笑的空隙中,两只眼睛里,放射着刀枪剑戟似的目光,在剁人刺人。"胡小姐真能干啊!"——一刀。

"哪里,俞太太!"她满不在乎地笑着,垂下浓密的睫毛做盾牌。

"您真是能者多劳!"——一枪。

"您笑话了,俞太太。"

"啊!!"俞斌恍然大悟。"怪不得!! 胡小姐不来,是太太得罪了她。"他不由自主地对太太起了敌意。看她那敛了笑容的脸,实在替胡小姐难堪。人家那么个骄傲的人,为老师一篇文章,平白无故地受怠慢,看颜色。俞斌感愧之余,更增添了对胡小姐的怜惜。她睫毛掩映着乌黑发亮的眼珠,装作不知不觉。难道她会不知觉! 这么个活泼伶俐的脸! 比了她,太太的脸,真呆滞黯淡得无光无色——俞斌把眼光转向太太,才觉得太太的眼光,一刀一枪地搠向自己脸上来了。俞斌既没本事和她交战,也没浓长的睫毛做盾牌,只把眼睛看着鼻子,不敢再欣赏胡小姐抵御的艺术。听太太小姐技巧纯熟地交换恭维,又插不进话去。

呆坐着,傻笑了两次,不知这般局面如何打破。

胡小姐准备告辞了,一只手慢慢地拿起大衣。唉,真对不起人家。

她还没起身,楼上两个孩子,一递一声地高叫着"妈妈",越叫越响。胡小姐站起来说:"该走了。"太太也站起来,忙得不及留她,匆匆说再见,她得上去看看那两个吵闹的孩子。就这样她先告辞退场。俞斌很抱歉地说:"不再坐会儿?"胡小姐只疲乏地摇头,自己披上夹大衣。

俞斌送她出门,懊悔没帮她穿外衣。他又抱愧太太简慢,无从表白自己,只能利用洋规矩,临别热诚地握一握手。还不知是他太热诚了些,捏痛了胡小姐的手;还不知是他们没行惯这种洋礼貌,时间握得太长了——也不知是怎么一回事,胡小姐一缩手,俞斌还不及放开,她往前一栽,恰好撞在俞斌怀里,俞斌恰好吻着了这位堆绒的墨红花儿小姐。

俞太太打发两个孩子睡了觉,等着等着,怎么丈夫还不上来?她悄悄地蹑足下楼。只见客堂里雪亮的灯下,俞斌独自痴呆呆地坐着。半晌半晌,他没动一动。

钟打十下,俞斌如梦初醒地跳起来。方才打的"补血针"或"刺激针"反应已过,药力已到。他浑身轻健地两步并作一步,哼着"小耗子,上灯台……"跑进房间,只见太太呆呆地坐在镜台前,看他进来了,才忙着拆散头发,拿起刷子,慢慢地刷。俞斌吓了一跳。怎么回事?她知道了么?

他假装打两个呵欠,先表白一句:"我看书看得眼睛都合下来了。"

太太不理。

"胡小姐对你楼窗上招手,看见么?"他再试探一句。

"没看见。"太太非常冷淡。

俞斌越发狐疑了,不敢再多问,怀着鬼胎到洗脸室去洗脸漱口,等待太太发作。可是太太只说:"今儿暖和,少盖一床被吧。"难道这句话是双关?

他躺上床,合眼装睡。在半醉情绪中,一会儿就睡着了。沉沉一觉,醒来已天亮。睁眼一看,向来晚起的太太,已经不在房里。忙看钟,还不过七点。怪么?俞斌一奇怪,便想起昨晚所有的事。恰如酒醒后回味,觉得没意思。假如蕙芬为他气得一夜没睡,怎么对得起她。当初,他们俩不是恋爱而结婚的吗?半老的人了,还跟年轻小姐们胡闹什么?他的春天已经过去了。春天是别人的了。

俞斌披衣起来,一面下决心,一面又觉悲凄。春天是别人的了。自己的春天已经过去了。就没知觉怎么过去的。挣扎着,挣扎着,为生活,为学问。人生真和流水一般,不舍昼夜。他现在是有声望有成就的俞博士。可是,才站定脚跟,才有闲暇睁眼望望这世界,这世界已经枯黄憔悴,变了颜色。

这时,太太进来拿东西。她脸上有些浮肿,却粉刷得很鲜艳。俞斌关切地忙问:"怎么一清早就起来了?"太太很高兴的样儿说:"睡得熟,就起得早。"

"你也不叫我一声?"

太太笑道:"让你多做几个好梦呀!"她头也不回地一直出去了。

俞斌忙叫:"蕙芬!蕙芬!"太太又折回来,脸上冰冷。刚才的笑容原来是勉强的。她一双冰冷的眼睛,打着问号,停在他脸

上。俞斌没看见太太这般冷过,很不舒服地避开了脸,强笑道:

"我说,假如我做的好梦,不跟你——"

太太甩手道:"有你的自由。"

"你不吃醋?"

太太像一块冒着气的冰。冰冻的眼睛里,腾腾地冒出愤怒。"我从来不爱吃醋。"她坚定地只说了这一句,紧抿着嘴,好像真有人要灌她喝醋似的。俞斌讨了老大没趣。原想借此招认求饶的,太太既然拒人于千里之外,叫他也无从亲近了。况且,俞斌想:"她在乎么?她还爱他么?她不过占有着丈夫罢了!逼他一同老,不许他再有春天,不许他在别人的春天里分一份。"

"该放心了!"太太看他半天不说话,心上抱歉起来,忙笑着补上这一句。

俞斌不答理,也没看见太太赔笑的脸。他自言自语地说:"她才不在乎。"

太太赌气也不答理。趁他转背,忙从自己枕头底下挖出一团皱结成一块的手绢儿,拿去浸在水盆子里。

这一天俞斌不上学校。第二天到校,却不见胡小姐。他心上纳罕,她生气了么?好糊涂!现在不能指望胡若蕖上门请教,该自己先看她去!两天浸沉在墨红堆绒花儿的回味中,饥渴着要再看见她。不知道再见她时,该怎么个态度。她在避不见面么?恼了么?俞斌不安得很,打定主意要冒昧到胡小姐家里去一次。

胡小姐住在某街某弄,他早在无意中留心过。这天上完课,且不回家,先到理发店去剃头刮面。修饰整洁了,鼓足勇气到胡小姐家去。借口是:上次那篇稿子有几处要修改——假如需要借口。他找到了弄堂,找到了出入的后门,可是应门的女佣说:"这儿是丁家。"俞斌忙退出来,心想:"糟了!搞错门号了。"那女佣却很伶俐地打量着俞斌道:

"您找胡小姐么?"

俞斌忙应:"是。"

"您贵姓啊?"

俞斌说了姓俞,那女佣越发把他细细地上下端详了好几眼,笑道:

"您是俞博士先生啊?胡小姐不在家,可是有一封信给您的。"她进去拿信,俞斌莫名其妙地站在厨房里等着。一会儿,那女佣拿着一封信来了;信面上没有地名,只有"俞斌先生台启"几个字。

"是您吗?胡小姐没在家。"她再申说一遍。

俞斌很失望。人家不请他进去坐,总不成强赖在厨房里。退出后门,再抬头向楼窗上望望,希望看见胡小姐伸头看他,可以证实他的疑心。但是胡小姐即使偷望,绝不肯让他看见。俞斌怏怏地走出弄堂。

他对于情书早已不感兴趣。好几年前,偶然看到自己结婚前给蕙芬的信,他脸上发烧,身上起鸡皮疙瘩,不敢想蕙芬之外有谁偷看过;趁太太不在家,一顿火烧个干净。叫他再干这一套傻事,他可没本事了。不过他怕胡若藁的这封信还不是情书,十之八九是埋怨他或是和他决绝的信。

信很简短:"俞先生:我不知道该快活还是该害怕。请你教我。——若藁。某月某日"月日旁边,名字底下,两行细字:"这位小姐今晚没洗脸就睡了,猜,为什么?"

为什么？俞斌步出弄堂，恍然大悟。"啊！她怕擦掉了——她愿意留着——"羞愧感激，俞斌恨不能把她搂在怀中挤挤。这孩子可爱，"美人才调太玲珑"，正是为她说的。俞斌又抽出信来，看看日期，正是那天晚上。好糊涂，两天冷搁了她，这孩子一定气坏了。"该快活还是该害怕？"这句话他不喜欢。"请你教我。"语气是严冷的还是撒娇？总觉得有些咄咄逼人。并且，她怎么料定他会上门去取这信？

俞斌对于恋爱，恰像老年人对于生命，只企求安逸的享受，懒得再赔上苦恼挣扎。"我亦阴符满腹中"，可是要他再运用机智，太麻烦些。然而胡小姐这信不能不复。他得搁开正经，费神好好儿回复她。

对着太太写信不方便，借端一人在楼下写。偏偏的太太不识趣，说是节省电灯，抱了一包绒线活儿来坐在对面。俞斌对着手不停织的太太，一个字都落不下纸。

床上翻腾着，又觉写信太落痕迹，不如写一首诗，飘忽，灵动，还可以缚住胸中捉拿不定的情感。他闭上眼睛，抓住这个字，嵌下那个字，把半个恬静的夜，涂抹成一幅字迹模糊的诗稿。末后，合上的眼睛前也模糊了。诗稿像白布幕上的电影，停了电，只剩下一幅白布。俞斌睡着了。

醒来立刻记起，难题还未解决。还是当面讲吧，比动笔省力。可是俞斌虽然有机会看见胡若蕖，却从没机会跟她说半句话。在俞斌面前，她眼皮儿都不抬一抬，分明是恼了。怎么办呢？明知是自寻烦恼，那天晚上他不应该——可是，那是不可避免的偶然呀！

俞斌毕竟是个有学问的人，知道哪里去找参考书本。像学生做论文,他抄袭修改,制成了很长的一封情书,这般交了卷。

第二天早上,夫妇俩正吃早饭——孩子们早已吃了上学了——忽然前门有人按铃,女佣接进来一封俞先生的信。俞斌一看笔迹,就知道是谁的。信封上也分明写着胡缄。他只觉一颗心直往下沉,然后又左右上下乱撞乱跳。这孩子太莽撞,还是她故意捣乱?忙抢过信。觉得脸在发烧,不知怎么好,硬装出一阵咳嗽。下文如何,还没想出来,只得咳个不停,假咳变成了真咳。太太放下筷子问:"怎么了?米到了鼻子里去了?"他借此抓了信直咳到楼上,把信妥藏在里面口袋里,忙在自己书桌上另拿一封同样信封的旧信,一路看下来,一面笑着说:

"我要紧说话,偏罚我说不出话来。可不是一颗粥米跑到鼻子里去了!"

"谁的信?"太太样子很随便。

"没关系的。"他把信一扬,随便放在一旁。

太太偷偷儿斜过眼去看信,于是她问:"你刚才要说什么?"

"忘了。"他把指头擦着太阳穴,笑道:"忘得一干二净。"他拍拍胸口,表示还咳得痛。

太太要说什么,一顿,没说,继续吃她的早饭。俞斌疑疑惑惑放下半个心。

哄过太太么?他不敢探问,只忙忙地吃完上楼,换了衣裳出门。怀了信,躲到公园僻静处,准备在到校之前把这信细读一过。

信却短得不经一读,只两句:"谢谢你的信。我今天下午在家。你的——"

"你的"下面一竖,使他反复玩味,把各式称呼填嵌进去,俞斌试填了几种,觉得是自哄自,觉得失望、无趣,他更怀疑她故意送信上门,是对他太太宣战。可是,除了他家,叫她往哪儿寄信呢。

当天下午,胡小姐在丁家客堂里接待他:很自然,很大方,不太冷,也不太热。她穿着一件软绸夹袍,很清楚地衬出浑身轮廓。怪精致的脚,穿一双半新的绣花鞋。这般动人的打扮,使俞斌局踏不安,不敢看她。她却自在地酬答,告诉他许多细碎的事,同时,放任他吹牛并谈他"自己"。她说,她笑,她静听,她谄媚:好像他们中间从没有过那晚的事——那事好像是俞斌的幻想,他背了人做的梦,只在临别时,胡若薰把她瘦小的手,钻入俞斌肥厚的手掌中,俞斌心醉地捏紧了这一只可怜的彷徨的小手,又跑进了那晚的梦境。可是门外的脚步声,把俞斌从那梦中直拖出来。他笨拙地站起来告辞。胡小姐好像什么都很自然。她送俞斌出门,请他再来。

原来胡小姐课余在丁家处馆。她自己的家在乡下。胡小姐和东家相处得好,能随时借用客厅。俞斌从此做了这客堂里的惯客。这里,幻想是实在,梦是真,白水是酒,谈笑是诗。"你们平庸人,忠实的丈夫,循规蹈矩的公民,你们知道什么叫人生!什么是恋爱!"俞斌胜利地自觉不平凡。他非但年轻了,并且尝到了人生真滋味。他常在图书馆"写稿子",他从胡小姐那儿收到的"稿子",藏在贴身衬衣口袋里的,也愈积愈厚。

俞斌整个人,已经从"散文"改变成"诗"。因此,常嫌恨他的"稿子"(俞太太奇怪丈夫近来灵感之富,写那么多稿子)不配传达自己。诗,还嫌有文字的渣滓,最好用音乐。可是他不能抱一堆音乐送人,所以俞斌到花店去选了一大束紫红玫瑰,买了一大匣非常体面的巧克力糖,等不及胡小姐指定的日期,兴冲冲地去寻他的"梦"、他的"幻想"。

照规矩从常开着的后门进去,穿过厨房进客堂。俞斌一只脚才踏进客堂,便冻结在门口。套着青布套的长沙发上,胡若蘂扭着腰扬着脸坐着,恰好是他看惯的姿势。只是,离她脸不到三寸的另一个脸,不是俞斌的。这位先生,正是俞斌的另一个得意高足陈谦。

胡小姐立刻跑过来,两手护着花,把脸颊偎上去嗅着笑道:"好美的花儿!"

陈谦把礼貌都忘了,只方方正正地坐着,一脸威严,两眼义愤,把俞斌收缩成一个束手就擒的小偷儿。

所谓情急智生,俞斌捏着花不放手,笑道:"不错吧?这是送我内人的生日礼物。"

胡小姐立刻改演另一角色,顽皮地笑道:"师母生日么?啊呀,俞先生,不请我们吃面!陈谦,咱们立刻买了寿礼盯着俞先生回去!"陈谦咕噜了一声不知什么话。俞斌紧捏着花儿,挟着糖匣,也不坐下,只含糊说:

"我路过,进来通知你一声,稿子排好了,让我自己校样。"

胡小姐踢踢陈谦的脚道:"听见没有?"

陈谦懒怠地移动一下座位,眼看着地下道:"好吧。"

胡小姐礼貌周到地送老师出门,陈谦也懒拖拖地跟着送出来。俞斌捧着花,挟着糖匣,尴尬地笑着告辞回去。

可怜俞斌,活像一只雨淋的大公鸡。快到家了,才想起手里的东西怎么处置。扔了?舍不得。送别人?没别人送。好在上面并没写胡若蘂名字,尽可以将错就错,送给太太。只是老夫妇忽然送起花来,未免突兀。而且做家的太太,一定还要怪他不买便宜的菊花,却买珍贵的玫瑰;不买称磅散装的糖,却买匣子。她一定埋怨一顿,留下糖匣送人情。

俞太太非但不嫌突兀,也没怪他浪费。傻女人,傻得不可思议。你以情人待她,她便情人自居;珍重地接过这一束玫瑰,嗅嗅,笑笑,还摘下一朵,戴在鬓上。她抱着糖匣,脸上糖一般甜蜜。这不是丈夫向自己请罪的意思么!俞太太懊悔连日心上冷淡了丈夫,把他撇得老远。原来他都觉得,原来他跟自己还是好好的,是自己太小心眼儿,冤他厌弃自己。其实,还不是自己冷落了他!俞太太怪有意思地看了丈夫一眼,打开糖盒子,自己先吃一块——不像太太,不像母亲,小女孩儿一般。她咬着糖——俞斌偷看太太,确定她不在赌气,才放心陪吃,也叫孩子们来分享。

胡若蕖原约俞斌明晨大清早在公园僻静处等她。昨天没取消这约会,当然他还得赴约。他急要听胡小姐的解释。她有许多男朋友,俞斌早知道。可是他并不必吃醋争风,因为胡若蕖对他的感情,只安慰了他,增添了他的自信,觉得自己原来远在这群追随者之上。可是胡若蕖没欺哄他么?她不过是帮助自己欺哄陈谦么?她没有误会自己的花和糖的原意么?俞斌心上像有蚂蚁在爬。天没亮他就起来了,惊醒了太太。

"起来了?"

"好天气,想到公园走走去——你去不去?看菊花?"俞斌拿定太太绝不肯去,万不料太太吃了情人糖也变成了情人,她一骨碌从被窝里钻了出来。俞斌忙按住她,叫她再睡一会儿。可是,他越体贴,太太越巴结:立刻下床,立刻梳洗,立刻穿衣打扮。俞斌偷不出一分钟的空隙,能让他思索个对付良策。大哥小弟还没吃早饭,他们夫妇俩已经并肩出门了。

俞斌心里直在着急:"糟糕!糟糕!"嘴里却不停地和太太说话。太太今天的话偏多,兴致偏好。她要到池边去看鱼,她要站在桥上照水看自己的影子,她要走那条小路,看青苔多厚……

胡小姐远远看见,实在不能相信自己的眼睛。他们迎面走近来了。可不是俞先生,臂上挂着个鲜妍愉快的俞太太!这分明是俞先生对自己的侮辱。她迎上去笑道:

"俞先生,俞太太,你们早呀!"

俞太太再想不到,他们夫妇游园,正好让"她"瞧见,太称心满意了!她满脸骄傲地笑道:"您也早啊!"

"在等人。"胡小姐说。

俞太太不愿意为胡小姐耽搁,她笑着一点头,扯扯丈夫的衣袖。俞斌没说一句话,傻笑着给太太带走了。走过几步,俞太太鄙夷地说:"一老清早,在等什么情人呢?"一面不由自主地回过头去看她。恰好胡小姐也在回头。她忙回过脸来恶笑着道:"她在看你呢!"

俞斌掏出大手绢来,抹着汗道:"咱们到那边儿看菊花去。"

"哼!"太太想,"这回开了眼吧!人家在等人!"俞太太的胜利,满了一百分。

她哪里知道,情人间的误会,好比木柴上的根节,着了火,燃烧得分外旺。两汪泪,一个吻,俞斌和胡若蘩的交情,又斩进一关。俞太太还自满自傲地兀坐在"太太"宝座上。

这个建筑在错误上的快活,也依照盈虚消长的原则,满了就亏损。她这天偶然尽心,在丈夫换下的衬衣口袋里掏摸一下,防里面有遗忘的钞票。没想到袋里厚厚一大叠纸,正是胡小姐的

"稿子"。她饿鹰抓小鸡似的攫取了这叠情书,看了一封又一封,简直不能相信。她怕丈夫赶回来抢,又怕张妈撞来看见,索性躲进浴室,锁上了门。

假如她读到丈夫的"稿子",也许会伤心。可是,读到胡小姐写给自己丈夫的信,只使她无限鄙夷,几次对信纸狠狠地"啐!"一下。"不要脸的贱女人!讲神圣的爱情呢!讲心!讲灵魂!偏有这种糊涂下流男人把她当真,反把太太蒙在鼓里。"她气愤地倚坐在浴缸边上。事实渐渐沁入意识,她一下子发现自己完全孤独,她被欺骗,她被遗弃了。她成了无人需要的多余的东西。没有一滴眼泪润泽她心上的干枯烦躁,只觉自己是脱了仁的壳,去了酒的渣滓。

"好哇!跟你那黑毛女人去吧!我稀罕!"真的,有了这么个好太太而不知珍贵,他也只配跟那黑毛女人混去!可是,俞太太切实的头脑,立刻又把这话推翻。"为什么?倒让她!没那么容易!我做弃妇免她做姘妇!"单为了不让人家称心,她也绝不退让,得实行《伊索寓言》中占据马槽的恶狗。并且,她还得为孩子们着想啊。

忽然,她敏锐地听得下面开门声。是丈夫记起情书赶回来了么?俞太太警告自己,千万留心,装不知道,别跟他闹。胡小姐不妨当她是个没头脑的当家女人,她可有她的心眼儿,才不闹离婚便宜别人。俞太太很快地把一叠信塞进原来的口袋,扭开水龙头,把脏衣裳连带情书冲了又冲,再在口袋上用力乱捏,让水进去,把那叠肉麻东西融成一块墨糕。这是件快意的事。她擦着手,恶笑着开了浴室的门。

她等待着,故意捡起绒线活,闲闲地编织。只听得张妈滞缓的脚步声一级级上楼,说卖酱油的来问要不要送酱油。打发了张妈下去,俞太太觉得紧张后的松弛,挟着无限烦厌。做一个太太有什么好?还怕别人抢了地盘去?她得占住这地盘,把自己搅拌在柴米琐碎中间。丈夫的世界,她走不进。孩子的世界,她走不进。用剩了,她成了累赘。俞太太觉得不服气。什么地方错了?也许错的是她自己,女人自己。

可是俞太太没力量理论,只觉得无限烦倦。厨下饭菜的味儿在往上浮。一会儿孩子们就回家了,丈夫也就要回来了。俞太太忽然觉得不愿意看见他们。她要独自一个人。已经十一点了。她也不打扮,披上大衣,拿了钱袋,下楼告诉张妈她不在家吃饭,一个人走出门去。

哪儿去呢?出了门又踌躇。一阵风来,冷得很。俞太太抬头看看天,像要下雨。早晨的太阳冷冷淡淡,这时完全给黑云遮没了。她无目的地走了一会儿,买了点儿东西,觉得乏了,便到平日丈夫常带她吃点心的地方去吃饭,赌气自己款待一下。可是她把菜单读了半天,只叫了一碗面;对着一碗面,没缘由地伤心起来,簌簌地眼泪直抛。这时不愿意哭,偏又泪多。勉强怂恿自己,一个人看戏去。无聊无赖地在街上闲荡了一阵,跑进戏院去呆等。上了戏,看了一半,觉得实在没味,没看完便出来了。外面,天已黑沉沉的下雨了。斜斜的细雨,下得很认真。俞太太只能雇了车回家,一路上冷得直哆嗦。

大哥小弟早已吃完热点心,在偷空玩儿。丈夫呢?"刚回家,"张妈笑着说,"先生淋得一身是水。"她正忙着打热水。

俞斌光着一双脚坐在床上,地下是湿了的鞋袜,头发上全是雨水。他瞪着自己的两个大脚指头,在发呆。

"该死！你要着冷了！"俞太太还是习惯地怜惜丈夫。

俞斌抬起脸。从雨湿模糊的眼镜里，雾中看花似的看着太太。他有几分心虚，却厚皮涎脸地笑着说："我说，蕙芬，咱们到杭州去。"

"杭州去？"俞太太眼睛都睁圆了，她只想破口骂他发疯，可是管束住自己，掩饰着心上的怀疑，假装冷静地问道："干吗？"

"玩儿去。"俞斌偷看着太太，把两个大脚趾对碰着。

"杭州去？玩儿？跟谁？"

"咱们俩啊！"

俞太太冷笑了，"咱们俩！到杭州！看菊花去吧？"提起这事，她一肚子怨愤，再也按捺不住。"当我不知道！我跟你上杭州！听你们星呀月呀灵魂儿呀的谈神圣的恋爱去！"

俞斌尴尬着脸在笑。他回家吃饭时，已经发现了那块墨糕了。他手扳着脚，往后一倒，滚了一个元宝。

俞太太越发生气了。原先决定假作痴聋的决心都撇开，她一连串地冷笑道：

"你乐呀！带了你的妍头新娘子度蜜月去，何必再拿我开心！"

俞斌床上爬起来道："你说谁？"

"说谁？还要人家多说几遍你心上人儿的芳名？说谁？我就知道有红莲白莲青莲紫莲，就没听见过黑荷花！"

俞斌认真大笑了："你说胡若蕖么？你放心，人家已经订了婚了。"

"跟谁？跟你？"

"跟陈谦。"

俞太太不言语,猜疑地看着丈夫,然后恍然道:"所以气得你失魂落魄,把自己弄成个雨淋鬼似的。"

俞斌骄矜地自夸道:"我气么!就是我劝她的。"

"为什么要你劝!"太太冷笑了,"你是她的谁?"

"我,我,我绝不肯对不起你——我怎么能够呢。"他一把拉过太太,"你不相信么?我——"

太太摔开手,背过脸去。俞斌赤脚下地又拉她回来。

"她自己要跟我谈,她说陈谦对她怎么怎么有意思,我就劝她——我——我劝她——"他想起方才胡小姐探问他时眼睛里的表情,听了他的劝告伏在桌上呜咽哭泣,使他觉得自己真是个懦夫,对不起胡小姐。幸而事情都过去了,不愿意再想起,便大声唤张妈怎么热水还不来。

张妈等他们夫妇间风平浪静了,立刻提了热水上去。俞斌手指微微在抖,眼看着鼻子,正襟危坐地洗脚。太太挂好自己的大衣,呆站着,长长地吐口气。张妈走了,俞斌强笑着问道:"怎么?"

"什么怎么?"

"我说,咱们杭州去玩儿呀。只许年轻人乐,咱们不乐!"

俞太太强笑着应道:"好呀。"

"咱们明后天就走。"

俞太太叹了一声说:"好呀。"可是她知道,他们绝不会去。

因为毕竟是深秋天气了。十月小阳春,已在一瞬间过去。时光不愿意老,回光返照地还挣扎出几天春天,可是到底不是春天了。窗外的风雨,直往屋里打。俞太太觉得冷,她一手护着肩,过来关上了窗子。

四十年代

"大笑话"

一

从前,北京西南郊有个温贝子坟园。园很大。国民党时期,洛氏基金生物研究所占用了西南角的坟堂、祠堂一带房子。有个法政学社占用了东北角的三馀堂、藏书楼一带房子。两个机构为了前途发展,都要独占这座坟园,各不相让。不久,法政学社也请得洛氏基金的补助,两家就合并为一,增设了几个科学、人文科学的研究室,修葺并兴建了许多房屋,改名平旦学社。

社员名额控制很严,须有学位,有著作,由指定的名流推荐,经专设的委员会批准。学社的经费充足,社员生活优裕,家眷住在园内,称为温家园。里面设备应有尽有,自成天地。社员定期还出国休假。谁进得温家园,仿佛蛆虫钻入奶酪,够钻一辈子的,所以往往忘了园外还有一个世界。

不过,社员资格要求虽严,标准很难捉摸。譬如副社长蔡胖子蔡逵先生,尽管有学位、有著作,却是不学无术出了名的。他是国民党一位大官僚的姑爷,夫人是有名的朱三小姐朱丽。社里也有些知名的学者,如专研近代史的程浼、专研民法的林子瑜、生物学家章润之等。抗日战争前夕,平旦学社大搬家迁入后方,和其他机构合并,从此消失了独立存在,它的名字也许只会在《近代中国学术史》等书里出现，它留下什么成绩，也只在那些书里记载；但有件小事，当时的园中人至今还偶尔谈起。爱嚼舌的，只当做笑话讲。认真的人，当做一个谜，从各方推测。也有些人，心上留下了很深的刻痕。

当时陈倩刚三十岁。她十年前的几张新娘照片——含情凝睇的半身照、亭亭玉立的全身照、和王世骏博士的新婚俪影，平旦学社的社员几乎都瞻仰或鉴赏过。结婚照上不仅新娘是画中人，连新郎都风度翩翩。大家不禁说："唷！王世骏博士真是俊啊！"心上却不免怀疑他那位夫人是否真像照片上那么美。他们俩的一见生情、新娘子的温柔和顺，曾是温家园里流传的佳话。那都是王世骏自己讲的。他无论在谁家，或在办公室里，坐上沙发，点上烟卷，就讲他那位留在上海的夫人，总说要接她北来。可是他的安排无限周到，他的顾虑与日俱增，结婚了七八年，他突然血中毒去世，他那位夫人还在上海，当时流产住院，只有王世骏的姐姐——一位眼科大夫北来参加丧礼，带走了骨灰。谁料王世骏去世将近两年，暑假将尽，他的寡妇夫人忽翩然临社了。

沈凤消息最灵通。人家说她熟悉行情，不愧为金融专家的夫人。她昨晚看见生物研究室主任褚家麟的太太接了这位远客回家，当时不便就去察看，所以清早守在办公大楼后面的大槐树下；那里是主妇们每晨聚会的地方。因为附近就是银行、邮局、合作社和进城班车的停车处，旁边几间旧屋连一个院子是园内的菜市。太太们尽管家里有老妈子，都喜欢亲自出来领领市面。沈凤看见矮胖的褚太太鹅行鸭步而来，忙迎上去，凑在她那花白的鬓边喊喊喳喳了一会儿。她是褚太太的亲戚，前年嫁给《上

海金融史》著者王亚孚做了续弦,是北院宿舍里最年轻的太太。褚太太听着话,两眼直瞪起来。说:

"什么?给她做媒?怎么我倒不知道?"

沈凤圆睁一双白多黑少,可是黑白分明的大眼,高高掀起两弯新月样的纤眉,抿着嘴得意地点头。"有好戏看了吧?"可是她忙又严肃地叮咛:"林太太的妙计,千万不能泄露啊!"

褚太太点头沉吟说:"好倒是好——昨晚冯太太陪我到车站去接的,她知道吗?"

"哦!是冯太太陪你去接的!那就对了!她是林太太的军师,当然知道。"

褚太太忽然笑道:"你知道家麟怎么说?昨晚临睡,他一本正经告诉我:'那陈倩原来是一碗高汤。'"

褚家麟专看显微镜,看得一只眼几乎瞎了,另一只眼也模糊得厉害,除了显微镜里的微生物,其他有生、无生之物都视而不见。沈凤听他如此品评美人,忍不住大笑。沈凤虽然没见过陈倩,她妹妹和陈倩的表妹是朋友,对陈倩略有所知,颇感兴趣。她正要追问究竟,忽见朱丽穿着她那件红红绿绿、叫人看了头晕的花纱旗袍,撑着小花阳伞,挎着个花篮似的菜篮跑来。沈凤立刻止笑,撞了褚太太一肘说:

"奶油咖喱汤来了!"她临时想出这个绰号很得意。朱丽眼里没有她,她也瞧不上这种活一年、小一岁的女人。蔡遴已经五十出头,她亲生的儿女都上中学了,她至少也该有三十七八了吧,还恨不得把自己扮成十七八岁的小姑娘呢。但她是官小姐,又吃过洋面包,又当过官太太,目前是平旦学社副社长夫人。她轻蔑的眼风扫过,叫人不大好受。沈凤瞧她直奔褚太太,就抽身走了。

朱丽果然是找褚太太,她招着手袅娜而来。

"说是你家来远客了?"

"是啊。"

"左不来,右不来,怎么这会儿来了呀?"

褚太太解释说:生物研究室里还留着王世骏一套狗脑子的切片;王世骏的姐姐——王大夫那次拿了骨灰盒,拿不了那一大盒切片,又不能和别的行李一起慢运,研究室里还要借用,就搁下了。现在王大夫要,叫陈倩来取的。

朱丽说:"王世骏的家具还在你那儿吧?我看中他那张书桌,不知那个陈倩打算怎么处理。"

褚太太也看中那张书桌。她说:"我一直没好意思问,回头以为我多嫌那些东西,或者以为我想图她的呢。"

朱丽脖子一扭,脸一扬道:"总不成老搁着呀!图她的也得花钱问她买呀!"

褚太太觉得话里有刺,却不知怎么回敬,只说:

"你自己问她吧。家麟因为王先生向来住在我们家,这回又是自己研究室里的事,所以接他太太在我们家住。我们不认识她,也没有交情。"

朱丽耸耸肩,摊开两手,做了个洋姿势,笑说:"反正你有便问一声就是了——真的,那位太太是什么个样儿?和照片上像吗?"

褚太太记着沈凤说的事,林太太做媒,不正是对付朱丽吗?她思索半晌,句斟字酌地说:"有点儿像吧。"

朱丽不知这是经过一番苦思的外交辞令,又恼又笑道:"真废话!没点儿像还叫相片吗?"

"你也废话,人都来了,还问什么相片!"褚太太回敬了这一句心上舒服些。

朱丽转着挂在小指上的团扇道:"我听说,王博士不死,早离了。"

"你信他们胡说!"褚太太忙着要回去陪陈倩拜访冯家,没工夫闲聊;而且对这位蔡太太向来有三分畏惧,急着要脱身。

朱丽笑道:"咳!你们俩真是好一对!什么也不看见、也不听见。难道你没听说过——"她未说先笑,挥着团扇驱除恶臭似的说:"博士一身烟臭,含着一口痰去吻他的新娘子,新娘子急得哭了。"

褚太太笑道:"谁编的?——倒也像。王世骏就爱含着一口痰,一会儿又咽了。"

"谁编呀!你不问问,谁不知道!新娘子第一个孩子是在娘家生的,博士只寄了十块钱!你真的都不知道?博士死了,你们研究室里'那个人'哭红了眼睛,陈倩却没有来呀。"

褚太太最忌讳人家提这套话。她不愿意人家说褚家麟不知本研究室的事。况且王世骏多年住在他们家,难道他们夫妇倒一无所知!几年前她听到闲话,曾问过王世骏。他红了脸一口否认;当时褚太太确也动了疑心。可是不久"那个人"就和别人结婚了,可见并无其事。她正色说:

"冯先生——还是冯太太?——上海有个亲戚,是王大夫的老病号。上次王大夫来了,冯家不还请她吃饭了吗?王大夫亲口告诉冯太太,陈倩接到电报,急着要去买车票,下楼一滑,从半楼梯直滚下来,就流产了。冯太太亲口告诉我的,我总不会骗你吧?"

冯彦猷是平旦学社的总务长,最一板三眼;冯太太又是最稳重、最识大体的,他们的话当然可靠。不过他们向来"逢人只说三分话",不必向人传播的事也不会去告诉褚太太。王大夫在冯太太探问下曾坦率地告诉她,世骏三心二意,那次回上海原是准备办离婚的,却又让陈倩怀孕了。王大夫把弟弟狠狠训了一顿。王世骏很后悔,答应和他那位助手决裂——确也决裂了。反正事情都已过去,何必再惹陈倩气恼,这事就瞒着了。其实王大夫是忙人,草草收拾了弟弟的遗物运回上海,没看见他女友原封退还世骏的末一封信就插在箱盖的袋里。王世骏没再拆开,只在信封背面抖抖索索写了一个日期。那封信陈倩细读了。

陈倩料想平旦学社里知道这事;这一次满不愿意来。可是王大夫对她说:有人要那套切片,恰逢暑假,顺便可以处理寄存的家具。陈倩不知道姐姐早知弟弟的事,不便推却,只好硬着头皮跑这一趟。她哪会想到这是林子瑜太太周逸群为了平旦学社的声誉、为了朋友的前途、为了照顾丈夫同事的寡妇,精心策划的大好事呢。冯太太是参与机要的。她虽然知道逸群的用心,也承认是好事,所以由她写信给上海那位亲戚,和王大夫商妥办法,把陈倩撮弄了来。可是冯太太见到陈倩之后,忽生疑虑,匆匆吃完早点,忙去找周逸群。

冯太太是个干瘦的小个子,梳着个髻儿,虽然才四十出头,只比逸群大两岁,看来老十年不止。逸群发胖了,像一朵开翻的月季花。她薄施脂粉,淡描着两撇柳叶眉,看见冯太太来,忙问:

"怎么样?"

冯太太笑道:"我真荒唐死了。褚太太糊涂,以为我见过陈倩。我可更糊涂,看熟了陈倩的照片,忘了自己还没见过她本人。你想,上火车站去接几年前照片上的人,哪儿去找啊!"

"没接到吗?"

"后来碰巧在问讯处看见个单身女客,带着些上海的盒儿罐儿,一问果然是陈倩。"

"老了? 不像了?"逸群有点儿担忧。

冯太太慢慢地摇头说:"倒不老,好像还比照片上年轻些呢;眉眼也比照片上清秀;鼻子瘦些,牙齿有一个不很齐;身材不错,顶有风头;皮肤太白些,没一点血色,也不搽胭脂粉;头发也不烫,不像照片上那么时髦——哦! 大概是发型像中学生,短短的,斜挑,所以显年轻了。她不像上海客人:旗袍不长,领子不高,袖子不短,开衩不深,穿一双平底鞋。"

逸群忙问:"邋遢吗?"

"不,太干净些,有点矜持似的。我只怕她不惹眼。而且王世骏和那助手的事,王大夫是瞒她的。你说她知道不知道? 会不会古董脑筋,什么从一而终,要守节一辈子呢?"

周逸群瞧冯太太那么认真担忧,忍不住哈哈大笑道:"我不信谁会对王世骏那么多情! 他的'那个人'没等他死就嫁人了。"

"我怕事情不成,空叫人恨得咬你肉。"

逸群说:"我只问你,她比朱丽怎样?"

"另是一样——你以为赛过朱丽就行吗? 她——我指陈倩那方面,就没问题?"

逸群说:"你放心。她对王世骏都一见倾心呢!"

林子瑜急要到办公室去。可是冯太太来讲陈倩的事,他不

好意思听都不听。他给冯太太倒了一杯冰水,又开了电扇;坐了一会儿,起身转了两圈,又坐了一会儿,这时忍不住插嘴道:

"有意思就有,没意思就罢!"

逸群恼道:"要你不耐烦!你甭管,蔡逴不会怨你!"

林子瑜笑说:"朱丽怨你,蔡逴不怨我?"

逸群没好气说:"朱丽气死了,蔡逴也不会怨你!"

冯太太笑道:"那倒说不定——反正陈倩一会儿要到我们家去,你们撞来看看,怎么样?"

林子瑜说他有事。逸群说:"哪就忙得这样!"她自信会探口风,准有本事套出陈倩的话来,要林子瑜同去,"多一双眼睛帮我看看,多两只耳朵帮我听听。"

林太太驾驭丈夫的本领和林先生的怕老婆是名满温家园的。林子瑜直言不讳,还说他不仅怕自己的老婆,谁家老婆他都怕。同事太太倒不生气,只当做笑话。他这时一心想去写他的讲稿——他兼任城里一个大学的法政系民法教授,正虚拟各种各样的案件,供学生公平审判。学生对他的课很有兴趣。尽管蔡逴背后笑他纸上谈兵,他自己也知道事实上没有这种公平,可是他很固执,认为心目中有这个观念,总比没有强。他这暑假正在搜集些资料,要使那些假设的案件五花八门。逸群的策划他不感兴趣,只嫌她多事;不过管不了她,"免淘气"吧,他懒得为这种细事争执。

二

林氏夫妇到冯家,客堂里不仅有陈倩和褚太太,还有沈凤和程涣的夫人程太太。她们都是要看看陈倩,不约而同都到褚家去扑了个空,就合伙找到冯家来。冯彦猷早已到办公大楼去了,只冯太太在陪客。陈倩穿一件淡青色细白条子的纱旗袍,平底白麂皮凉鞋。她起身和林氏夫妇握手寒暄,风度很斯文。

林太太热情地拉着她说:"啊呀,陈老师,我们不但久闻久仰,也久盼了!"

陈倩带些腼腆,笑说:"不敢当,我不是老师,叫我陈倩吧。"

程太太爽直地说:"我可不客气,就叫她陈倩——陈倩,你不怪我卖老吧?"

她和林太太、冯太太都比陈倩年长十岁左右呢。

陈倩微笑。林子瑜注意到她笑时不喜开嘴,也不像逸群一笑两酒窝。她嗑着上唇,不露牙齿,那样儿并不很大方,可是有几分小女孩儿的娇气,倒也不讨厌。而且她的笑都留在眼里,一双眼睛很活泼顽皮。

程太太接着说:"咱们虽然初见,名字早听熟了。"

逸群"咳"了一声,感叹说:"可不是早听熟了!年年盼着'陈倩'、'陈倩'——"她成功地模仿王世骏的腔调——"现在陈倩来了,世骏却不在了!"

程太太颇怪逸群失言,怕触动陈倩伤心,忙偷看陈倩一眼;只见她静静的,脸上毫无表情,也默不作声。大家都像空谷回声:

"唉!"

"真想不到!"

"真可惜。"

褚太太说:"我们真是一年年的盼哪!"

沈凤埋怨说:"你怎么不早来?"

陈倩低着眼皮,脸上泛出红晕,顿了一下说:"是啊,年年说来,总是来不了。"她好像谈别人的事,也不再多说。

林子瑜想把话漾开去。他说:"北方比不上江南好。"

逸群立即把话扭回来说:"南方人秀气,受不了北方的风沙。"

褚太太老实,重述了王世骏常说的话:"学校出来,没管过家事,一下子又要当家,又要带孩子,也受不了。"

冯太太说:"这里离城远,什么都不方便。"

周逸群接口说:"而且土里土气,你到了这里,就好比城里人下乡来了,怎么过得惯呀!"

陈倩笑道:"哪就那么娇!我从前住王大夫家一个亭子间,后来搬到学校去住。我们那儿,街上死掉的叫花子,雨里淋一天也没人理会。我们学校在弄堂口,后面挨挨挤挤都是小房子。邻居争吵,小孩子哭闹,人静了好像就在耳边。尤其夜里听着小贩叫卖、叫花子讨饭,心上直不安。你们温家花园就是世外桃源了。"

林子瑜说:"坟园,不是花园。"

陈倩满眼是笑,道歉说:"对不起,'温家园'——我老爱说'温家花园'。"

沈凤使劲说:"那你为什么不来呀?"

陈倩诧怪地看了她一眼,咬一下嘴唇说:

"我先是有孩子了——"

周逸群说:"啊呀,谁家没孩子!"

陈倩不理会,接着说:"后来我又有工作了。"

褚太太说:"有了孩子,还工作?"

陈倩也不答理,接着说:"孩子又病。"

大家七嘴八舌,关切地问那孩子是怎么病的,怎么死的,全不理会这也许是陈倩悲痛不忍提的事。她们在关怀的幌子下,无耻地好奇,无礼地盘问。陈倩很有点恼怒的意思,两颊红晕,双目放光,只顾咬嘴唇。大家为那孩子直埋怨她不该工作。她索性坦率说:

"我还有个生病的爸爸,家里还有妈妈、弟弟、妹妹,不成都叫世骏负担。"

逸群笑道:"你管了他的孩子,他管不了你的父母?况且你负担得了多少!他的收入,一人也花不完呀!"

陈倩干脆说:"他留学不是官费,还背着债呢。"

沈凤说:"你不是从小跟你外婆吗?——他们家顶阔——"她看见陈倩眼睛睁得很大,带点儿虚怯说,"你外婆不管你妈妈?"

陈倩约束住自己,只说:"外婆没了。"

她们问到外婆。她声音带哽,不像说到王世骏时平静,也不像说到死掉的孩子时沉着。她们也就不便再多问。

褚太太叹了一声说:"其实,你若来了,添置家具呀,搬房子呀,找老妈子呀,我们都能帮忙。"

陈倩耐着心说:"是啊,我留在上海,本来是暂时的。我也早想来。老扔世骏一人在这边,我也不大放心——"

褚太太忙说:"王先生顶老实,人家闲话你别听。"

陈倩满不是那个意思,脸上越添了红晕。偏偏程太太一片好心,还帮着解释,愤然说:

"有人就是吃了闲饭没事干,专爱捕风捉影,胡说八道。你早来了,闲话就没了。"

冯太太忙打岔说:"陈倩,你这回来了,北京的名胜该去看看,我陪你一处处逛去。"

陈倩说,她打算耽搁一两天就走。她是学校里打杂儿的,开学前最忙。大家哗然说,哪有老远来了,一两天就走的!冯太太说,让陈倩今天休息一下,明晚给她接风,会会几个朋友。逸群说,后晚到她家吃饭。沈凤未及邀请,程太太说时候不早了,当场要拉她家去便饭;程先生带了自己的孩子连同林家的两个儿子到秦皇岛度假,她只一人在家。褚太太说,家里已经准备了午饭。程太太说,让陈倩晚上回去吃,不由分说,硬要拉陈倩一同家去。陈倩却不过情,就和她一起告辞。别的客人也各自辞归。

林子瑜这才舒了一口气。他代逸群一伙人直惭愧,觉得她们简直把陈倩当个口袋似的翻了一个个儿,把她的老底都翻出来了。

冯太太没料到陈倩脸一红、眼一亮,比照片上美得多,她顾虑全消,瞧着逸群点头微笑。逸群凭刚才的盘问,证实自己猜测得不错。她非常满意,颇有把握地说:"行!"

三

陈倩没睡好,清早一人出来走走。褚家在南院宿舍,东边花树丛密,她正站在一簇花前低头沉思,忽见前面添了个高高的影子,回脸一看,是林子瑜站在旁边。她昨天没很注意他,这时瞧他衣服虽然笔挺,身材并不呆板,长手长脚,很潇洒自如。他倒挂眉毛,眉短而毛长,配着和善的眼神,有点可怜相;鼻子是高高的,嘴角往上勾,笑时脸容很滑稽。他问陈倩要不要看看他们的图书楼,他的办公室就在楼下,他正要到那里去,顺便可以带她看看"温家花园"。

陈倩欣然跟着同走。林子瑜约略指点了几处:往南是科学实验楼;园中央苍松翠柏间是办公大楼,往东隔着个小树林子是东院宿舍,那里添造了好些西式平房,冯家、林家都在那院里;北面是新建的图书楼,后面还有北院宿舍;医院和警卫室都在西边。林子瑜指点完毕,带着陈倩绕过办公大楼往北去,好像忘了身边有客,只顾迈着大步走路,陈倩得紧跟着才不致落在后面。他到了图书楼,带她转入楼下一条长廊,拐了个弯,在一个门口停下,掏出钥匙开了门。里面有一张大书桌,还有几张椅子和沙发,沿两壁的书橱里满满是书。屋里很阴凉;他开了窗子,请陈倩坐在书桌旁的沙发上,自己坐在书桌前的转椅上,对陈倩说:

"王太太,我是请你来谈几句话。"

陈倩抗议说:"叫我陈倩吧,谁也不叫我王太太。"

林子瑜听而不闻、视而不见地望着她,好像有话不知从何开口。陈倩料想他是替老婆做说客——可是为什么要他来说呢?昨天程太太把包袱底儿都向陈倩抖搂了。程太太并非周逸群的密友,她是从沈凤那里得知的消息。她对逸群策划的事十分赞成,唯恐朱丽和逸群互相攻击,破坏了好事,所以把事情的底里仔细告诉了陈倩。她请陈倩别笑她"直筒子",她自己就喜欢陈倩那样坦率的人。她说这里的太太们心眼儿多,嘴又贫,惯爱造谣污蔑,显得只有自己第一。她希望陈倩来了就此留下,她可以有个好朋友。她没有讲到林子瑜。

林子瑜单刀直入说:"北京有个很不错的大夫,叫赵守恒,你听见过吧?"

陈倩点头。王世骏的病就是他诊断的。

"这赵大夫和我们这里许多人是老朋友。他常说不愿娶女护士或女医生,不要家庭变成医院。他立意要娶一位会弹钢琴的夫人,并且要'像王世骏太太那样的美人'。他今年三十七了,还没有结婚——"他看见陈倩嘬着嘴笑,自己也笑了。"我大概像个媒婆,可是我并非做媒。逸群和冯太太想做媒,你们姐姐——王大夫也同意,所以打发你来了。当然,王大夫只听到媒人一面之词。我认为做媒该双方公平对待,不能单为一方考虑。彼此的长处短处,该全摊在桌面上,尽管不明说做媒,该让对方心里也有个数。你这里无亲无故,我怕你是蒙在鼓里;我不愿意逸群对你不起。"

陈倩看着他和善恳切的脸,心上感激,脱口说:

"昨天程太太全告诉我了。"

"她怎么说?"林子瑜很诧异。

陈倩笑了。

"她叫我别听信人家造谣胡说。"

林子瑜听了陈倩的口气,看了她讥诮的神色,料想王世骏的事她都知道,所以对程太太所谓"谣言",自有她的认识。他微微点头说:"程太太是头等好人、头等天真。"接着迟疑了一下,笑道:"那我就不用'造谣胡说'了。"

陈倩笑说:"我很感激你的意思,不过说不说都一样,冯太太、林太太很不必多此一举。况且——我昨天也跟程太太说了,我既非美人,也说不上会弹钢琴;我不过跟着表妹学过一点,连世骏都不知道,那准是沈凤说的。"

林子瑜说:"逸群就为听了沈凤这句话,记起赵大夫常称赏照片上的王世骏太太,才起意做媒的。赵大夫的长处,程太太想必都对你讲了。"

陈倩含笑点头。林子瑜看出这笑对守恒不利,忙为他辩护说:"赵守恒是个热心的好大夫,不是拿架子、弄钱的那种。可是他太讨人喜欢——太讨女人喜欢;他又太软弱。这样下去很危险。守恒自己也知道。他如果娶了一位称心如意的夫人,也许从此就专心一意了——我这么希望。可是逸群至少该让你听到些'造谣胡说',让你心里有底,自己把握;而且事先也该透个风,不该蒙着,叫你没一点准备。"

陈倩笑说:"做媒都这样,先让一方看看,中意,再介绍。如果说在前里,对方看了没意思,那一方不丢脸吗?"

林子瑜勾起嘴角,舒坦地往后一靠,放心地笑了。他如释重负。昨天看陈倩脸上红一阵、白一阵,心上怪可怜她。谁料她这么老练,他大可不必为她担心。他老实说:"我直不安,又怕害了人,又怕破坏了好事。"

陈倩敛去笑容,认真地说:"我实在是非常感激。可是我——我也不是十年前了。"

林子瑜坦率地说:"我希望你这次能冷静点儿。"

陈倩苦笑道:"我上次不是不冷静,倒是太冷静——世骏都说我是图他的钱呢。"

林子瑜掀起眉头,眉毛全倒挂下来。他和冯彦猷曾私下讲究:王世骏大概对自己的婚姻有所不足,所以老爱吹卖;也许事实不符理想,后来又失望了。看来两种猜测都对。林子瑜总觉

得王世骏对不起老婆,这时听了陈倩的话,添了义愤,睁大眼睛问道:

"他这么说吗?"

"没这么说。"陈倩不愿提他给女友的末一封信,撒谎道:"我是后来看到了他的日记。——这两年来,我仔细想想,他的话确也不错。那时我外婆没了;我不懂事,却自以为懂事。舅舅家给我介绍了一个可以靠托终身的丈夫,我就同意了。尽管他没拿现钱来买我,我还不是为了他的学问、地位,能够赚钱养家吗?尽管他没有当面说我,他的心思我还是很明白的。我除了一次,没再向他要过钱。不过我毕竟还是花了他的钱。说得难听点,就算我出卖了自己。卖一遭也够多,我不想再卖了。"她顿了一顿强笑说:"程太太直怕我错过好主顾,一再叮嘱我今晚务必好好打扮,压倒朱丽。她生怕主顾看不上眼。"

林子瑜代程太太解释道:"她是怕你太素淡——"

这个"淡"字,触动了陈倩的一个疑团。她在褚家常听到他们讲"高汤",好像指人不指物。昨晚吃饭时,他们小弟拿匙对她做了一个舀汤的姿势说:"妈妈,我喝高汤。"褚先生瞪出近视眼,差点儿要打他,褚太太涨红了脸很不好意思。她这时心上一亮,高汤是淡而无味的,显然是指她。她这么一想,脸上烘烘发热,林子瑜的下半句话都没听。

林子瑜以为她听到当面恭维不好意思,下半句吞掉没说。瞧她双颊嫣红,眼里添了光亮,暗想赵守恒准会着迷,只不知女人烧盘儿是否像开电灯似的能自己控制。他打算几时问问逸群——也许得拐着弯儿问。

陈倩不愿多坐,说认得归路,想各处随意溜达,不要林子瑜陪送,自己一人走了。

四

当晚冯家宴会出了两桩意外——其实都该是意中事。

林氏夫妇到得最早。逸群帮冯太太做鸡茸,林子瑜和冯彦猷同在书房里看吴楷从国外寄来的信。吴楷原是生物研究所所长。成立了平旦学社,他就是社长。去年休假,全家出国已经一年有余。

林子瑜说:"我看他是在另做打算,不想回来呢。"

冯彦猷叹口气说:"我常听他开口激昂慷慨,总怀疑他是个做官的。他那时候别那么圆,稍为硬些,顶一顶,蔡胖子就挤不进来。"

林子瑜说:"蔡胖子荐的修缮科长,后来怎么了?"

冯彦猷说:"我不答应,卡住了。吴楷若老不回来,蔡胖子还会有文章。他荐那种王八蛋来,不贪污才怪。可是现任的修缮科长太无能,恐怕他手下人也靠不住——油水多,招苍蝇。"

林子瑜说:"吴楷不回来,我就走了。"

冯彦猷瞪着眼说:"你走哪儿去?这里若不是靠了洋人的规章——"

正说着,电话铃响。冯太太接完电话,喊了逸群同到书房,大声说:

"你们听见吗?蔡逵谢我'赏饭',说朱丽也许要迟到几分钟,可是一定来,先谢谢!"

四人面面相觑。

冯太太摇头说："我看朱丽是疯了！可是逸群，她怎么知道的呢？"

逸群气得鼻子都尖了，恨恨说："守恒死没出息！"

逸群的鼻子本来是尖的，靠两颊笑窝的温软，像猫爪子藏在毛里，平时隐而不显。她脸一铁青，鹰嘴似的鼻子就伸出来了。逸群大守恒四岁，现年四十一。七年前，她虽然已经不如二十多岁时鲜妍美丽，身段还很苗条，脸盘儿也还不嫌肥大。那时候，赵守恒曾对她有非礼之求。逸群拒绝了他的身体，却霸占了他的心。从那以后，守恒结交什么新相好，得把他们的关系向逸群一一交代。逸群以姊姊的身份责备或警戒，只要守恒毫无隐瞒，她并不吃醋，守恒也乐于从命。反正他们认为这和林子瑜无关，林子瑜也不问他们的账。尽管也有人说他们俩的闲话，逸群自己觉得不同凡俗；知情的朋友也承认她"纯洁"。可是赵守恒自从和朱丽相好，渐渐变了态度，说话不仅不实，甚至把从前承认和朱丽的关系都赖个干净，好像他们俩的交情，也像他和逸群的关系一样"纯洁"。逸群听他有些话分明是朱丽教的；也许他反把逸群的话都告诉了朱丽呢。逸群不仅失去了霸占多年的心，她自谓"纯洁的友谊"也给朱丽拉到污泥里去。她这回煞费苦心，好不容易把他心许的美人和理想夫人老远找来，他却又去告诉朱丽，怎不叫人气恨呢。

紧接着刚才的电话，程太太又来电话问冯太太："刚才是蔡遫的电话吗？他们也来吗？"

冯太太问："你怎么知道？"

"我胃病发了，想告诉你，拿起听筒，听见你们说话呢。我一算，一桌恰恰十三个人。我干脆饭后来吧。"

冯太太说:"不相干,你旁边坐着,我给你准备牛奶。"

冯太太向大家转述了程太太的话,对冯彦猷说:"咱们园里的电话线得好好修理呢,老这么乱!拿起听筒先得听旁人啰嗦。"

冯彦猷说:"去年刚修理过。这得彻底来,不是几条电线的问题,是人的问题。"

冯太太说:"保不定朱丽也是电话里听来的。我不信守恒会告诉她。我只不懂她今天闯来存什么心。"

她和逸群如临大敌,只顾推测。朱丽向例是最后光临的贵宾,这次却一反常态。冯太太和逸群还直在议论她,忽听得她和沈凤的笑声,蔡逵夫妇、王亚孚夫妇已经一同跑进院子来,朱丽勾着沈凤。她穿一件紧紧贴身的深红间银丝的蕾丝纱旗袍,银色高跟鞋,还戴着耳环钻戒,衬得身边的沈凤非常朴素。沈凤得意自己的真眉像假眉,朱丽的假眉却赛过了她的真眉。朱丽眼睛不大,特把眉毛修镊描画得又长又弯又细又黑。她下颌稍尖,嘴稍阔,要和长眉呼应,总把嘴唇涂泽得丰满浓艳。她身材适中,富有曲线。蔡逵和王亚孚还在院子里看冯彦猷栽的花,朱丽勾着沈凤先进客厅。

逸群一见朱丽,暗想:"哦!她'赛新娘'来了!"故意扫她的兴说:"啊呀!朱丽,你哪里找出这么一件衣服来!看着就烘烘发热。"

朱丽笑道:"老啦!胖啦!衣服深色点儿,遮丑呀!"逸群穿的是浅雪青色。

冯太太忙问沈凤和朱丽:"你们约齐了来的?"她们虽然同住北院,平时极少来往。

沈凤两手端着朱丽的胳膊肘儿,笑说:"我一步步扶她来的!"

朱丽横了她一眼,正要开口,蔡逵和王亚孚也进来了。王亚孚短小精悍,唇上留着一撮牙刷胡子,脸刮得干干净净,虽然只小蔡逵两岁,看来并不比他的年轻夫人大。蔡逵比他高得有限,却胖得多,满面红光,笑呵呵地接口说:

"我们顺道找了他们同来的。"

原来蔡逵真以为冯家请他们夫妇作陪。他有他的一套应酬经,照例要打那么个电话接受邀请,又照例先要探听一下主客的底细;所以先去找王亚孚的夫人沈凤,问问陈倩的来历。朱丽今晚闯席有点心虚,也愿意找个女伴同来。她刚才和周逸群交锋了一下,余忿未平。幸亏程太太来了,话题转到胃病上去。

一会儿听得一辆汽车在侧柏围篱外停下。逸群立刻说:"守恒来了!"想迎出去,忙又止住。

赵守恒打扮得非常整齐漂亮。他迎头看见朱丽,愣了一下,几乎要退出去,硬着头皮进来见了主人和其他朋友。朱丽瞅了他一眼,爱理不理地退到一边去,对林子瑜说:

"你看见他们的盆景石榴吗?结了真不少!"

林子瑜很熟悉。他说四盆石榴连大带小总共五十六个。朱丽不信,要一一去数。他们慢慢出来,刚到窗口,只见陈倩打扮得花枝招展,一人急急慌慌跑来。她没看见林子瑜,含羞带窘地直跑进去找冯太太说:

"对不起,我来迟了。"

冯太太不见褚家麟夫妇,忙问:"他们呢?"

陈倩说:"我就为等他们,等晚了。后来我去催褚太太,她说他们不来,叫我替他们谢谢。"

逸群"咳"了一声说:"地道是他们俩!"

冯彦猷也笑说:"地道是他们!"一面过来和陈倩握手。

林子瑜虽然是远远望去,加上刚才的一瞥,看出陈倩是全副盛装。她穿一件水绿色的乔其纱旗袍,长得拖地,新的高跟鞋,身上好像还戴着些首饰,脸上还涂抹着脂粉。他想到昨天亲耳听她讲的话,瞧她这副打扮,大出意外;又看到赵守恒两手捧着她一手,好久没放下,觉得可笑,又有点反胃。他回脸看见朱丽一手紧抓住自己胸前的衣服,直瞪着赵守恒。他好像窥见人家隐私,不大好意思,转过头去,发现沈凤正在偷看朱丽。他避开沈凤的眼光,低声对朱丽说:

"你还没见过这位王太太吧?"

朱丽好像没听见,也不回答。林子瑜就不声不响,靠在窗槛上,看陈倩飘飘然在那里和这个握手、那个说话。一会儿看见大家往饭间走,就推朱丽说:"吃饭了,咱们过去吧。"

冯太太推陈倩坐首席,陈倩红着脸不肯。

逸群说:"你是远客——汽车来的是第二远客。"她推守恒坐在陈倩左边。

冯彦猷说,圆桌不分上下,推蔡遨坐在陈倩右边。朱丽忙抢了离赵守恒两个空座的椅子坐下。冯太太给她介绍陈倩,她只遥遥点头,坐着不肯动身。结果沈凤坐在赵守恒左边,林子瑜坐在沈凤、朱丽之间。王亚孚最仰慕朱丽,欣然坐在她的左边。逸群坐在蔡遨右边,下首是主人,再下是主妇。赵守恒站在陈倩椅后为她挪近椅子,若即若离地扶她坐下。程太太不肯入席,笑说大夫监视着她呢,馋了不好偷吃。她傍着沿墙的茶几坐下,举着

一杯牛奶说:

"祝你们一桌十人十全十美!"

大家领会她含蓄笨拙的言外之意,不禁笑了;只陈倩佯作不解。

大家喝酒欢迎陈倩,蔡逯摇头晃脑说:

"陈倩女士,我在上海见过你舅舅,你们母校的校长我也认识,你们的钢琴老师不是珀莉小姐吗?——"他向赵守恒说,"陈倩女士家学渊源,而且名师出高徒。"

陈倩直不好意思。赵守恒却得意地听着,一点不嫌肉麻。他亲切地问长问短,殷勤地为她夹菜。程太太凑趣插话,沈凤也在旁附和。朱丽虽然笑得勉强,也两三次站起来为陈倩夹菜;陈倩欠身道谢。逸群向来喜欢大说大笑,这时看冯太太一面张罗应酬,好像还直怕朱丽半途杀出来,也就带着几分戒心,和冯彦猷低声说话。她看陈倩喝了点酒添了妩媚,害羞似的别过脸只和蔡逯酬对;赵守恒却对陈倩心醉得把身边的沈凤全忘了。林子瑜得左右照顾两位太太。逸群不时向对面的朱丽偷偷瞥一眼。王亚孚为朱丽夹的菜堆满了一碟,她都没吃。逸群踌躇满志,暗想:"老啦!尽管不发胖,深红色也遮不了丑!"可是朱丽今晚分明是输在她手里了;她不妨宽宏大量,不予计较。

朱丽饭后特地过来和陈倩握手,还应酬了几句。然后,她又要林子瑜陪她到院子里去数石榴。林子瑜说,只怕暮色昏沉数不清,不过他也不耐烦听酒醉饭饱后的废话,尤其对陈倩很反感,借此在外面闲散一下,又在阳台上坐了一会儿。只听得里面说笑得很热闹。一会儿又听得逸群胜利地哈哈大笑,大家随着大笑。陈倩好像在央求,大家笑着叫逸群别理她。林子瑜起身向窗里望了一眼;朱丽只懒洋洋地坐着。阳台上很凉快,他们坐了好一会儿,朱丽就进去找了蔡坒辞谢主人回家。

陈倩坚辞不要赵守恒送。程太太也住南院,她们俩一同辞出。王亚孚夫妇接着也走了。冯太太和逸群就问赵守恒:

"怎么样?"她们都不提朱丽。

赵守恒表示十分满意。他明晚有事,预约后天晚上由林家做东,请个精致的家常晚饭,只他们五人再加上陈倩,大家可以谈得亲近些。

周逸群在她和林子瑜回家路上说:"陈倩一打扮可真有风头!朱丽是一败涂地了!"

林子瑜鼻子里冷气直冒。他说:"何必那么臭打扮!"

"啊呀,我们直怕她小寡妇似的清清淡淡,真像一碗高汤。你瞧朱丽,今晚竟会闯席做不速之客!简直是疯了!就这么情不自禁!她跑了来,可气傻了!——她和你谈什么呢?"

林子瑜说:"数了五十六只石榴。她说要买王世骏遗下的家具,说是褚太太也要,不知陈倩怎么打算。问我多少价钱行不行——我怎么知道。"

逸群说:"陈倩留着那些家具干吗呀!结婚当然再买新的。褚家专爱打小算盘。瞧他们俩!临时又不来,就怕还席呢!你借她敲朱丽一下竹杠,说褚家愿意出多少,反正比朱丽说的价钱再高些,朱丽绝不输这口气;你就叫她付现款成交。"

林子瑜说:"我才不管她们的闲事!"

"这是陈倩的事呀。"

"那我更管不了。她一会儿卖,一会儿又不卖呢?"

"她当然卖。刚才你没听见吗?她忙着要回上海,今天不知乘了哪班车一人悄悄儿进城,预买了车票。我假装不信,叫她拿出来给我瞧。她真从小提包里掏出来;我就势把票抢来了。我说:'你的事还没了呢。'她说都了了:王世骏的那套切片已经送到褚家;世骏的几件家具,她可以托褚太太处理。"

"她真的买了车票?"

"在我这儿呢!"逸群得意地拍拍自己的手提袋说,"明天叫人给她退掉。"

林子瑜说:"她真要走,就让她走。她假要走,不用你留。"

逸群说:"怎么叫'假要走'呀!她算是来取东西的;取到了东西还不该走吗!"

林子瑜瞧逸群那么兴头,没再开口。

五

林子瑜在他的办公室里写讲稿,听见门上轻轻敲了两下,进来的是陈倩。她还穿着他初见时那件细白条儿淡青纱衣,脸色苍白,两手捏着一把小阳伞,迟疑地说:

"对不起——"

林子瑜不欢迎她来打搅,半抬起身子敷衍说:"回来了?"

这一清早,逸群和冯太太带着冯家的三个孩子,陪陈倩进城游北海划船去了。

"刚回来,她们都在休息。"

林子瑜并不请她坐,只勉强说:"你不歇歇?"

"我买了车票,明天下午动身。可是林太太把我的票拿去了,不肯还我。"

她瞧林子瑜不回答,迟迟疑疑地央求说:

"能不能请林先生帮帮忙?"

林子瑜放下笔说:"那是你们的事。"

"我明天得回去。"

林子瑜记得明天是他家请陈倩和赵守恒吃晚饭的日子。他说:

"你明晚不是还——"

"我没答应,我早说要回去的。"

林子瑜不耐烦道:"你们的事我不清楚,没法儿管。"

他拿起笔,低着眼只顾在纸上乱画;再抬眼时,陈倩已转身往外跑。他目送她悄悄出去,又轻轻关上门。

林子瑜放下笔,想了一想,又拿起笔来,继续写他的讲稿;可是给陈倩扰乱了思绪,很没好气。他起身翻了一会儿书,在屋里转了两圈,坐下还觉烦躁,就出门去洗个手。他回来看见陈倩在长廊尽头面窗而立。她等什么?还在等他吗?

林子瑜有点儿厌烦。可是他立即吃了一惊。陈倩虽然乍看好像站着闲望窗外,她的身体在微微震动。是哭吗?——是的;憋不住地直在抽噎呢。林子瑜最怕的是女人哭。他不胜厌恶,走近几步,粗声大气地喊了一声"陈倩!"她索性不加抑制地抽噎起来。他更厉声喊"陈倩!"又怕人听见,就赶上几步,不客气地拉了她胳膊,拦腰一扫,把她直扫到自己办公室里。他说:

"你要哭,也可以找个合适的地方。"说完自己退出,关上门。

他在长廊里慢慢儿踱了一个来回。暑假期间的下午,大家休息呢,没碰见一个人。他回去悄悄开了一缝门,瞧哭完没有;

只见陈倩坐在他的转椅上,一面拭泪,一面看他的讲稿。他含怒直冲进去。

陈倩忙起身让开,打算立即出门去,一面道歉说:"林先生,对不起,打搅了你。"

林子瑜没好气说:"该我道歉,是我无礼。"

陈倩说:"我不是怪林先生,我是和自己生气,昨晚我不该赌气,因为不甘心做'高汤'。"

"——?"

"那不是我的绰号吗?"

林子瑜忙问:"程太太告诉你的吗?"

陈倩虽然泪光满面,听林子瑜老实招认,不禁好笑。她说:"我听了你的话自己想出来的。"她抬眼看到林子瑜惊佩的目光,嘬着嘴笑了。

林子瑜心上好像解开了一个大疙瘩。他往转椅里一坐,往后一靠,说:

"自己想出来,太聪明;赌气,太笨!"他声音的严厉,掩不了眼睛里怜惜的神情。

陈倩好像浸浴在和煦的阳光里,心上很舒坦,不等主人邀请,自己在书桌旁的沙发里坐下说:

"我做事总没个得当。姐姐——王大夫嘱咐我带两件新衣,说做客保不定得打扮打扮。我本来以为不必。昨晚赌气,实在是我太虚荣。'高汤'又怎么?现在倒好像是我有意撩人。可是——蔡先生顶恶心,我还是宁愿敷衍他,也没跟赵大夫说几句话呀。"

林子瑜说:"也许那样更撩人呢。"

陈倩涨红了脸，默然半晌道："那就是活该我了！"她站起身，指指林子瑜的稿子说："你讲的公平，我还没看见过。我相信世界上没有公平，只有活该！"

林子瑜叫她坐下，和悦地解释："我没说你活该，谁也没说，何必跟自己生那么大气？"

陈倩赧然说："假如为了世界上的不公道动义愤，可以理直气壮；自己受了委屈，可以豁达大度；可是做了错事，就只好活该！后悔是最窝囊、最没意思的。"

林子瑜笑道："理直气壮有什么用？豁达大度又谈何容易！错也有个轻重大小，况且'来者可追'。"

陈倩摇头说："我只恨活一辈子不能先打个草稿。"

林子瑜安慰她说："谁没错！后悔至少是知道该怎样、不该怎样。还有不知后悔的呢——只要是自己干的，总没错。"

陈倩低头想了一下，点头说："给你这么一讲，我心上好过些。"她深长地叹口气，站起来说："那我不打搅了。"走近门又回头说：

"林先生，我请你原谅。我从来不爱哭。刚才不知怎么的忽然一下子忍不住了，没有准备，来不及找地方。"

林子瑜看着她的脸，忽然着急说："你这个脸，怎么见人呢！你有梳子吗？"

陈倩摇头。林子瑜过来笨拙地代她掠了一下头发，又不愿再动手碰她，就问："你有镜子吗？"

陈倩只有一块泪湿的小手绢。

林子瑜客观地端详着她，不禁笑起来。陈倩有点不好意思，可是还等他有什么办法。后来林子瑜指指书橱上的玻璃说：

"你照照玻璃吧。"

陈倩料想自己眼肿发乱，玻璃里也照不清。她勉强掠掠头发，擦擦眼角说："不要紧，我撑着伞呢。——林先生不生我的气了吧？"

林子瑜忽悟到自己确是生她的气。陈倩太鬼，给她看透了；而且她分明是为此才大哭的。他没有回答，只慈厚地看了她一眼。陈倩惬意微笑，不需他再回答。林子瑜指着沿墙的沙发说：

"我看，你且坐一会儿——'时间是最好的治疗'。"他把书桌整理一番，过来坐在旁边说：

"我告诉你，陈倩，你的家具，不用托褚太太，我会给你料理。车票呢，听说已经退了，车钱大概交给褚太太了，你可以问问。你一定要走，我托人给你再买。"

陈倩感激点头。

林子瑜说："其实，你何必急着回去打杂儿呢？打些什么杂儿？"

陈倩说，她是校长的秘书，校长是个老姑娘。她给校长写写信——有中文信，也有英文信——帮她记着些该办的事；教师缺席，没请代课，就由她代——什么课都代。林子瑜又问薪水多少，陈倩告诉了他。

林子瑜说："打杂儿是没完没了的，这多少年了，还只那么一点薪水？"

陈倩说："林先生，我是中学都没毕业的，还差一年，就结婚了。假如我外婆在，也许我不致那么糊涂。我爹妈向来不大管我，没有谁为我打算。我那堆杂事，几年来也做熟了，都少不了我了。"

林子瑜说:"这叫价廉物美。你就没想换个工作?"

陈倩说:"不是老准备到这儿来吗?"

林子瑜暗想:假如起初是陈倩不热心北来,往后分明是王世骏不要她来。他惋叹说:

"你那事没有前途。我看,——"他顿了一下慢慢说,"你若在这里找个事——程涣的研究室里,用得着一个整理资料的,要懂外文,中文也通顺,我想你能胜任——我且给你问问。"

陈倩高兴地说:"问问程太太行吗?"

林子瑜忙说:"千万别和她讲。她知道了准热心帮忙,事情就糟了。我告诉你,程涣是个做学问的。做学问的一般只知道爱惜时间,不爱揽权。揽权的有几个能为国家爱惜人才!用一个人,是培植自己一份力量。程涣是不管事的,而且很受排挤,谁是他的来头,准没希望。"

陈倩点头说:"我们那么个小小弄堂中学,芝麻绿豆的权力,也抢得厉害呢。"

林子瑜说:程涣那研究室里他有熟人;另几个研究室里,他也有人可以问问。他为陈倩打着算盘。陈倩毫无掩饰地把她过去、现在的境况一一告诉;林子瑜有许多牢骚感慨,两人谈得很相投。他觉得陈倩的眼睛并不说话,却善于听话,静静地把他没说出来的话都听进去。他们直谈到日暮,把时间都忘了。

朱丽进城忙了一天,晚饭前回家,将近图书楼看见林子瑜和陈倩并肩而来,且说且走,旁若无人;朱丽迎面过来他们都没看见。她忙闪在树后,看他们一路过去,简直情人似的;她从没看见林子瑜和哪个女人这样亲密。他们走过石子小道上一块塌败的地方,林子瑜好像怕陈倩绊脚,还搂了她一把。朱丽骇异得睁大眼睛,眨了好几下。

她躺在床上还直在捉摸。昨晚林子瑜对陈倩够冷淡的,那是怎么回事呢?吃醋?她只恨当时天还不黑,不便跟上去听听他们说什么话。

六

第二天,陈倩由程太太和沈凤陪着游览了故宫,在城里午饭。她回来休息了一下,把王世骏的那盒切片仔细包好,正写信给王大夫。忽见帘外人影一晃,林子瑜来了。她出乎意外,高兴得满脸是笑。林子瑜一手掖在衣袋里,洋洋得意,滑稽的笑容带着几分淘气,好像忽然返老还童,变成了顽皮孩子。他进门就在书桌旁的椅上一坐,看见桌上有半袋糕点之类,倒挂着眉说:

"我饿了。"

陈倩笑问:"真的饿?还是假的饿?"

林子瑜认真想了一想说:"也许是假饿,因为看见这儿有吃的。"

那是火车上吃剩的一点蛋糕,陈倩说已经干了,她另有几片薄脆饼干,也许还好吃些。她像哄孩子似的一一摆出来,含笑看他吃,又要跑到褚太太那边去给他倒水,因为屋里没有水瓶。林子瑜忙摇手悄悄说:

"我刚在褚太太那儿喝过水。"

陈倩住的这间厢房是王世骏从前住的,在小院子门口,里面单独有一套简陋的卫生设备,和褚家一溜正房不相连。

林子瑜低声说:"我只算是来点家具的——我给你卖掉

了。"他从衣袋里掏出一叠钞票,放在桌上说:"我没让朱丽杀贱。"

他按逸群的妙计行事,这时拿了朱丽的现款,又假意来找褚太太,说朱丽愿出多少价钱;褚太太果然表示愿意让给朱丽。他把两边交涉的经过偷偷告诉陈倩。陈倩又要笑,又抱歉,又感激。她说:

"好意思吗?——我上次说过这两把硬木椅子送给褚家,你给我留下没有?"

"留下了,刚才和褚太太也说了。她没有想到,很高兴。我和朱丽讲好,等你走了交货。"

他掏出大手绢来抹抹嘴,起身要走,忙又坐下说:"我刚才跑了几家——问你那事,看来很有希望。可是你先别说——连逸群、冯太太一个也别告诉,免得事情还没有眉目,就传遍了全园。我刚才打电话只说不回家吃饭。"

"啊呀!那你是没吃饭呀!"

林子瑜拍拍肚子说:"这会儿吃了——我现在回家吃西瓜。"他看看陈倩的随身衣服说:

"你这会儿和我一起家去吗?还是待会儿我来接你?"

陈倩说:"昨天划船回来,已经到过你们家,我认得路,不用接;你已经跑得够累了。"

林子瑜确是跑得累了。他说:"那么我就在家里等你了,早点来!"

他一走,陈倩忽觉得很寂寞,许多不愿想的事都兜上心来。她不愿意再见赵守恒,可是无法推掉今晚的晚饭。人家没明说为她做媒,她怎么表白自己无意呢?既然无意,又怎么好意思受人款待,流连不走呢? 即使她谋到了这里的事,也得先回上海,把旧事交代妥帖。她写完信,故意挑了一件最朴素的白夏布旗袍换上,一路投了信,就到林家。

冯彦猷夫妇已经先在。逸群迎出来说:

"我叫子瑜来接你,他说你说的,你认得路,不用接。有这样的主人!"

陈倩笑说:"我是认得! 连你们的后门都认得了!"原来林家后门上的撞锁坏了,键不住,外面从门缝里用头发夹子一拨就开。这是他家的秘密,只有相熟的几个人知道。逸群贪方便,不愿修理,昨天划船回家就是拨开了锁进去的。

逸群哈哈大笑,一面端详着陈倩对冯太太说:

"瞧她一脸喜气! 穿了这么素净的衣裳,就像出水芙蓉。"她顺手摘了盆里一个玫瑰骨朵给陈倩簪在鬓边。陈倩看见林子瑜在旁偷眼看她,好像很欣赏。她脸上泛出红晕,乖乖地戴着花,打算等赵守恒来再摘掉。

林子瑜倒了一杯冰水给陈倩,告诉逸群说:

"好像陈倩屋里连水瓶都没一个。"

冯太太说:"陈倩,我昨天不是跟你说,住到我家来吗?"

逸群说:"搬我这儿来。"

林子瑜说:"住哪间呢?"

逸群偷偷瞪了他一眼,笑说:"陈倩,你听听! 知道的,说他是关心;不知道的,准以为他不要你来,表示没房间呢!"

冯彦猷知道林子瑜最怕逸群留客住宿,捧着烟斗忍不住笑。

陈倩心虚得不敢抬眼。她说:"那套切片,我都包好了。我已经和褚太太讲过,买到车票就回上海。我想明天去买票。"

逸群笑道:"你放心,我们买票有门路,只要一个电话,车票就随着班车来了,还用你自己买去!"

冯太太忽然灵机一动说:"彦猷,你们的宋翩不是明天早车到上海去吗?那盒切片可以托他带去呀。怪沉的,陈倩哪里拿得动。"

冯彦猷立即打电话。逸群按住陈倩说:"你不用客气,我们给你安排。"

冯彦猷掩住听筒,问东西送到哪里。冯太太问了陈倩,代她说了地址。冯彦猷打完电话说:

"没问题,他马上到褚家去拿。"他叫陈倩放心,宋翩是他手下能干的人,绝不误事。

逸群说:"你让朱丽把家具搬走,明天你就搬来,好好多住几天。近郊的名胜,你一处都没去呢。"

陈倩急红了脸说:"一客不烦二主,我马上就要走的,已经有信通知姐姐了。"

冯太太悄悄拉了她说:"我的客房空着,早就准备你来住的。"她以为陈倩看透林子瑜不欢迎她。

林子瑜拿了陈倩还没喝完的水杯说:"我给你换些冰凉的。"

陈倩忙跟过去说:"谢谢,我自己倒。"

林子瑜低声说:"陈倩,你别走,我有话跟你说呢——一大堆话。"

陈倩说:"我也有一大堆话,可是我得走。"她接过杯子,忙着回来。

林子瑜在她耳边恳求说:"陈倩,你别走。"他慢慢地关上冰箱,慢慢地跟过来。

大家说着闲话等赵守恒。逸群越等越焦躁,直说:"怎么还不来。"等到七点多,赵家老太太来了电话,说守恒有急诊,临走嘱咐七点打电话给林家,请别等他,给他留点饭菜,他能来就来。

逸群很失望,说再等会儿吧。林子瑜倒挂着眉,苦着脸,两手捧着肚子。他原是偷偷做给陈倩看的,却给冯太太看见了。她忍笑说:

"饿了吗?"

陈倩关心地说:"林先生饿了。"

逸群看了子瑜一眼说:"咳!子瑜,你怎么办呢!"说着自己也笑了,赌气说:"别等了,咱们吃吧。"

逸群把每一道菜都留下一份温着,不时地看表。幸亏林子瑜谈笑风生,颇能做主人。饭后大家回到客堂喝茶。逸群叫子瑜去洗果子,请陈倩监督,说子瑜洗不干净。她支使开陈倩,悄悄问冯太太:

"你觉得这里有鬼吗?"

"你说朱丽?"

冯彦猷说,好像这两天老看见朱丽进城。冯太太怪他怎么不说。冯彦猷说:"谁管得了她的闲事!"他劝她们别忙着瞎猜,做医生的向例吃不到安顿饭,除非是没饭吃的。她们两个却不放心,只顾捉摸。

林子瑜和陈倩洗果子的水池子,在饭间和厨房之间的过道里,老妈子出出进进收碗碟、抹桌子,他们没机会讲话。林子瑜只能断断续续地说:"陈倩——你别走——你搬来——"

他们吃完果子,聊了半天,赵守恒始终没影儿。逸群打电话到赵家去问,赵老太太反问守恒来了没有。逸群说,等赵大夫回家,请他来个电话。

陈倩先告辞。逸群因为赵守恒没到,非常抱歉。她要等电话,叫子瑜带个手电送送。因为冯家在东,褚家在西南,而且冯家近,他们夫妇还要多坐会儿呢。

到褚家去是小道,四周花树繁密,又没有路灯。林子瑜扶着陈倩说:"小心,这里的树根最爱绊脚。"两人一路走去,林子瑜又说:

"陈倩,你别走,你搬来住。"

陈倩笑道:"你的一大堆话,就这一句吗?"

林子瑜说:"一大堆话并作一句,就是叫你别走。"

陈倩笑道:"今天大好运气,赵大夫来不了。我还特地待着等他!"

林子瑜说:"医生最被动,自己做不了主。守恒总是自己开个汽车,有空就来,约他不容易。所以逸群愿意你来住着,守恒有空,可以常来。"

陈倩说:"可是我又不想常和他见面。"

"见见面怕什么!也许彼此熟了——"

陈倩笑说:"我觉得他好像倒喜欢生,不稀罕熟。他和朱丽的那副样儿,你没看见吗?假如他们那样的交情,见我一面就变了,那样的人,你说——"

林子瑜说:"我确是怕他不能爱惜你、了解你。逸群是为守恒打算。可是,你不愿意,她也不能怪你。过些时,等你事情成了,再回上海结束你那边的事。你本人在这里,事情好办些。"

"这话也对。可是我除非没打定主意,待在你家还说得过去——所以我的一大堆话,并作一句是'我得走'。你再仔细想想,我能不走吗?"

林子瑜说:"好,我再仔细想想,可是我的话也有道理,你也再仔细想想。明天我来找你,好不好?"

陈倩同意。他们已到褚家院子门口。

林子瑜说:"那么明天见,你等着我。"

他走了一段路,回头看见陈倩还在门口站着。两人遥遥招手;林子瑜看陈倩进了院子才回身。

七

林子瑜回家路上,好像瞥见朱丽往北院去,料想是从城里回来,并未放在心上。

朱丽这几天没有闲着。

冯家为陈倩接风是星期二晚上。星期三清早,朱丽乘第一班车进城,直入赵守恒卧房。赵守恒一脸肥皂沫,正对镜剃胡子。朱丽靠门站着,无限怨屈地看了他一眼,叹气说:

"守恒,你就急得这样! 我跟你讲的周小姐,你决计不考虑了?"

赵守恒心上惭愧,幸有肥皂沫遮脸。

朱丽说:"温家园里没有秘密,我都知道。我不怕人家嫌,亲自为你去相了相人。你也见过点世面,怎么千挑万挑,挑上个三十岁的穷寡妇! 娶一个,就娶了她们一家子! 而且十足的寡妇相! 你眼睛花了吗? 你至少也先看看那一位,比一比再说呀! ——人家是对付我,不惜牺牲你。我可不愿意为了我,害了你。"

几句话,说得赵守恒全听她摆布。她没等守恒吃早点,也没见赵老太太,就匆匆走了。

她马上去看张太太。张太太是恒丰银行的经理太太,最慕风雅,专爱结交名流学者,和温家园里许多太太有来往,和朱丽尤其亲密。朱丽说起明晚想借她家请几个城里的客人,张太太一口答应;等朱丽邀定客人,明天上午通知她。朱丽随即到周家——她亲戚家去。她所说的周小姐是有名的大学校花,赵守恒久慕芳名,朱丽说是她的亲戚。这位小姐未必看中赵大夫,朱丽也无意介绍。她去探了一下周太太的口风,透露了一点意思,说哪天带周小姐看张家的金鱼去,因小姐本人不在,没定日期。她打算先稳住赵守恒再说。可是她那天晚饭前回家,将近图书楼看见林子瑜和陈倩并肩喁喁密谈的情景,晚上躺着左思右想,忽然心上开窍,变了主意。

星期四早上,林子瑜为陈倩那几件家具的事去找朱丽。朱丽狡猾地探问了几句,瞧他一片忠心为陈倩卖力,越发坚定了昨夜新打的主意。她本来要再看看那几件家具,可是忙着要进城,就全权委托林子瑜。林一诺无辞,好像陈倩的事他全做得主。他向来最不屑过问这等事,这回却甘心代她去送款子,并和褚太太交涉。朱丽暗暗好笑,立即再进城去找张太太。

张太太说,她丈夫到天津去了,他答应托人明天带些螃蟹来;怕还不饱满,没敢多要,反正够朱丽请客的。朱丽说,她的客人没有邀定,温家园里的太太都爱吃螃蟹,如不多,何不单请女客,不请男客,来个洋人所说的"母鸡会"。张太太欣然听她调度。那天,朱丽就在张家吃午饭;晚上,周逸群痴等赵守恒的时候,朱丽和守恒正在馆子里同吃晚饭,商量怎样约会周小姐而不着痕迹。

朱丽晚饭后末班车回园,心上得意,很想看看逸群是否还在呆等。她下了班车,不往北去,故意往东绕。东院各家的院子只围着矮矮的侧柏,客堂开了灯,外面望得见里面。可是她还没到林家,就看见花树丛中隐约有一对男女缓缓向南院走去,凭身材姿态,看得出是林子瑜和陈倩。她听不见说话,可是两人挽手缓步和依依惜别的情景,都落在她的眼里。

星期五上午,朱丽得了张太太邀吃螃蟹的电话,料想周逸群抓不到赵守恒,上午准进城去。她闪在大槐树附近,果然窥见周逸群和冯太太一起上了班车。她暗暗得意,立即去找林子瑜。

林子瑜本要去找陈倩,偏偏逸群要他打电话找赵守恒。逸群刚走,朱丽来了。他说:

"嘿,朱丽,找我吗?"

"找你们二位,不知赏脸不赏脸?"

"哟!请我们吃什么好东西?"

朱丽笑道:"林子瑜,你可算得一个玻璃人儿,可惜还不是水晶心肝;我们哪有好东西!我请你们吃冰,今天下午四点,好不好?"她家有电冰箱,她做的冰淇淋是温家园里有名的。

林子瑜诧怪说:"啊呀,贵友张太太不是请你们各位母鸡吃螃蟹吗?"

"谁说?现在才几月?——哦!北方的团脐该饱满了。我可看不上这种螃蟹——反正我去不了。"

林子瑜说:"她不是请了你吗?"

"不知道呀。我一早出来了还没家去呢。她们谁去?"她听林子瑜说了,一歪身坐下,丧气地说:"怎么办呢?主客已经邀定了。"

"谁主客?"

朱丽很神秘:"不能告诉你,来了就知道,反正不是生人。逸群她们来不了,你就非来不可,不能拆我的台。"

林子瑜推辞有事。朱丽摆出霸王请客的姿态,用洋文说:"我不接受任何推诿!"她抬身就走,一面回脸说:

"现在我得登门去请那一位主客。"

林子瑜一听,料想是陈倩;已经约定的那一位主客,难道是赵守恒吗?他满处打电话找守恒不到,朱丽又是什么时候约的呢?他冒她一句,问道:

"你是什么时候邀的守恒?"

朱丽并不遮掩是守恒,只说是老蔡邀的。

林子瑜说:"朱丽,你既然要我陪客,总得告诉我陪谁呀。"

朱丽耍无赖道:"我的客人是老虎!吃了你!你放心,我自己去请,我自己会去接,不用你操心。"说得林子瑜反不好意思再问,因为那位客人是谁,已经很分明。

林子瑜不知朱丽捣什么鬼,想不去,又不放心。朱丽既要登门去请,又要亲自去接,他就不便上那门去。他想抢先打个电话给陈倩,话又很难说,电话保不定有人旁听。他送走了朱丽直焦躁不安,却无法和陈倩通消息。

陈倩直在自己屋里呆等,还到褚太太那边借书借报跑了两次,没听说有什么电话。她由失望而气恼而自觉好笑,心想那盒切片既已带回上海,她一身轻轻便便,不必预买车票,随时可走,留在这里等什么呢。正转念,不料朱丽掀帘进来。陈倩以为她

是要看家具,忙起身让座。朱丽一手扶着椅背,目光四扫,把满屋子的东西看了一遍,笑说:

"不坐了,我顺带谢谢你的家具,占了你的便宜;不过我是特来请你,今天下午到我家吃冰去。"

陈倩辞谢。朱丽说:"又不费事,不过是我亲手做的冰淇淋。也算是名牌货呢!你来尝尝。"

陈倩说:"只好心领了,我今天就要回上海去。"

朱丽把嘴一撇,笑道:"别哄我,我刚从林家来;褚太太也说你不走呢。——只几个老朋友聚聚,又不是什么请客——也许我该向你道歉,今天顶不热闹——"她讲了城里张太太请的"母鸡会","我说改期吧,又怕你要走;想想人少也好,静静地说说话,别宴会似的大家尽客套。"

陈倩还要辞谢,朱丽假装生气了,一扭身说:"我本来想托人代邀,怕不够郑重,巴巴地亲自跑来。瞧!就是没面子!"

陈倩盛情难却,只好答应。

朱丽立即回嗔作喜,笑弯了眼说:

"那么,回头见!我让林子瑜接了你一起来。"她忙着走了。

朱丽回家就打电话给张太太,托故辞谢了"母鸡会";又利用温家园里电话走漏消息,叫通了一位专爱传布谣言的太太,假装和别人说话,如此这般,暗示了一个地点、一个时间。蔡遂饭后就要出门,老晚也不会回来;孩子在家反正不相干。朱丽全盘计划都布置妥善,仔细检查,觉得很完密,没一点漏洞。

八

陈倩午睡起来,就洗了脸,换了衣服,等林子瑜来。她心上直纳闷:他分明在家,为什么一上午不来找她,也没个电话;昨晚约她的话全忘了吗?她也想不明白朱丽为什么这样殷勤,要亲手做冰淇淋请她。

她直等到四点,来了个穿短褂的人,说:"蔡太太让我来接您,她说林先生一直到她那儿去了。"

陈倩不知那人身份,不便多问。

蔡家住一所四合院,中式房子,西式布置。冯家、林家都不像褚家邋遢,可是和蔡家一比,又简陋多了。蔡家院子里绿荫一片,进屋踩上厚软的地毯,就觉和别家不同。朱丽为她开了风扇,倒上一大杯冰汽水,请她先歇歇;又要为她放唱片,问她爱萧邦还是贝多芬;又拿出一叠照片簿,是自己历年的美术照相,供她赏鉴。她开了唱机说:

"林先生来了,你请他先等等,我还得洗个脸才见得人呢。"

其实她已经从窗里瞥见林子瑜一面看表,忙忙地进院来。她躲在门后偷看。

林子瑜一进客厅,看见陈倩独坐在长沙发上翻看照片簿,就赶上去说:

"哎!陈倩!我简直没法儿和你通消息!"

朱丽在门后一缩脖子,差点儿笑出来。

陈倩对他摆摆手。林子瑜忙举目四看,然后坐在她旁边说:"你等急了吧?"

陈倩合上照片簿,放在一边,两人低声说话。朱丽听不见讲些什么,因为正放着音乐,只看见他们话真多,见面就说个没完。朱丽故意让他们说去。

林子瑜讲了他为什么不能去找陈倩,也不便打电话。

陈倩说:"可是她说叫你来接我的呀。"

"没那话。她压根儿没肯说客人是谁,只说了赵守恒。逸群如果知道,今天准不肯进城。"

"她没提赵守恒——"

"她没明说有你,只说自己接你去。"

陈倩形容了去接她的人。林子瑜说,也许那是替各家打杂儿的老汪——反正供她使唤的人多的是。两人讲完彼此一天来的焦躁等待,唱片已经快到尽头。陈倩等片子开完,起身关上唱机,回来坐在侧面的单人沙发上。静寂的客厅里,只有呼呼的电扇声,两人的话,简略到一字两字,彼此只会心地点头微笑。

朱丽系上一条洋娃娃式的贴花小围单,故意放重脚步,咚咚地跑出来,高兴地对林子瑜说:

"啊呀,谢天谢地,你来了!老蔡这家伙!我叫他找了赵守恒早点来,这时候还没影儿。"

她又进去,亲自倒了冰汽水给林子瑜说:

"你代我招待陈倩吧,我打个电话去。"

陈倩跑到窗口,假装看院子里的花树。林子瑜跟过去,脸半朝里、半朝外。

陈倩说:"我恨不得马上就走!"

林子瑜笑了笑,转脸向窗说:"我可以打赌,今天守恒绝不来。"

"不来就不来,干吗老叫我等他!"

林子瑜听朱丽在里间正大声打电话——也许是假装打电话,忙悄悄说:"你又笨了!我知道守恒。他绝不是不愿意来。他或是来不了,或是压根儿不知道。我告诉你吧,朱丽在演戏呢!叫你瞧瞧,守恒对你无意。"

"也许他确是表示生气。"

"他哪里生气!决计是朱丽演戏。"

陈倩说:"好吧,咱们就看她演。"

朱丽进来说:"大概快来了吧,赵大夫不在诊所,咱们还等一会儿吗?"

陈倩不置可否;林子瑜说再等等。朱丽陪着说了一会儿闲话。她发现他们俩背着她话可真多,当着她却不言不语,得她想出话来,他们才勉强敷衍。

朱丽出出进进忙了一会儿,说:"咱们先吃吧,别等了。"

老妈子端出几盘精致的什锦小酥饼,放在沙发前的矮几上。朱丽亲自用银盘捧出三银杯粉红色的冰淇淋,上浇绿色的法国薄荷酒。她直道歉简慢了客人,说那些小饼饼还是香港来的,怕不新鲜了;薄荷酒只怕太甜些,可是她知道陈倩不喝茅台。

林子瑜忙对陈倩说:"你别上当,这种酒甜虽甜,也够凶。"

朱丽心想:"要你这么护着!"她差点儿对林子瑜横一眼。

陈倩微笑,只客气地称赞朱丽调味恰到好处。朱丽殷勤地要他们吃完再添,至少添些甜酒,免得胃里寒冷。

吃罢,撤掉杯盘,她从照片簿底下抽出一大本装潢精致的西洋名画影印集,放在矮几上,供陈倩和林子瑜并坐赏鉴;又为他们开了唱机,说抱歉得很,她要再去打电话。

陈倩还是坐在侧面的单人沙发上。林子瑜拿起画册翻看了两页,都是古典裸体画。陈倩瞥了一眼,忽想起方才在一个小红门口看见老妈子抱的一个半裸体的胖孩子。她笑说:

"离这儿不远有个小红门,门外有一棵大杨柳,那是王亚孚家吧?我看见一个孩子活像沈凤。滚胖的男孩子,一张脸却和沈凤一模一样。"

林子瑜说:"没错儿,那是王亚孚家。"他想到那孩子忍不住就笑。"那小子丢不了,谁看见都知道是沈凤的儿子。"

"沈凤是瘦瘦的,那小胖子怎么和妈妈那么像!"

两人都笑。林子瑜合上画册,放在几上。陈倩又看了一遍手表,悄悄说:"咱们可以走了吧?"

可是朱丽久久不出。好半天,她脱了围单出来说:"你们今晚在这儿吃晚饭,都准备好了。"

陈倩说:不行,褚家要等她的。林子瑜说:他家张妈的婆婆有病,这几天每晚回家,他得早早回去。

朱丽说:"放心,早给你们打过电话了。因为老蔡刚来了电话,说他们马上回来吃晚饭——"她还待撒她的一大套谎。

陈倩站起身,客客气气道谢一番,然后放下脸说:"林先生再坐会儿吧。我有点要紧事,不能耽搁。"她不待主人许可,只顾走了。

朱丽本来要他们吃了晚饭才放走,没料到这一着。她急忙对林子瑜说:"不好了,陈倩生气了!我刚才是撒谎,电话还没打呢。你家去有饭吃。快给我送送她,代我道歉。"

林子瑜巴不得这一说,忙脱身出来。只见陈倩走得飞快。她经过王亚孚家,向院里望一眼,才看见林子瑜在后赶来,就停步等了他同走,一面说:"怎么?你也来了!"

林子瑜倒挂着眉说:"赔了冰淇淋,还要赔晚饭,这出戏演得太蠢了!"

陈倩说:"当初就不该赏脸!反正我明天就要走的。"

林子瑜说:"你该赌气不走!她这出戏骗不过我。守恒昨晚不来,准也是她捣鬼!不信你等两天瞧瞧。也许一会儿逸群回来就有分晓。"

陈倩说:"我才不赌这个气!我已经把你的话仔细想过。你说吧,我能不走吗!"

"我认为你对逸群没什么抱歉的。不过,也许在你想来,好像不合适。我尊重你的意思。"

两人默然走了一段路,林子瑜叹了口气,强笑道:"我承认自己有点儿返老还童了。我记得小时候得了第一支气枪,舍不得放一放手,睡觉也抱着,生怕再睁眼就不见了。"

陈倩默然,过一会儿,也轻轻叹了一声说:"我从前听世骏讲温家园,觉得里面都是超人一等的享福人。可是我不羡慕。也许只因为我来不了——是'酸葡萄',也许因为我是做穷亲戚长大的,当然同情和我同样的人;你们的日子,我过了心不安,不会舒服——你大概不能理解。"

"谁说!你怎么知道我不能理解?我还有许多事没跟你讲过。"

陈倩笑道:"是我胡说。我很想听你讲。——我若能换到一个有前程的工作,我是很希望的。可是再想想,假如到头来,也不过是自己能过好日子,那和嫁一个赵守恒又有多大分别呢!"

林子瑜叹息说:"是啊。这类事,你来了我有许多要和你讲究的。"

陈倩笑说:"好吧,希望你为我谋的事成功,我回去了就来——你说我还会来吗?"

林子瑜只把陈倩的胳膊紧紧地掖一下,以示鼓励,也借以坚定自己的希望。两人默然走到分路处。陈倩说:"咱们都得赶紧回去,你不要送我了。"

她声音虽然冷静坚定,林子瑜看见她满眼依恋。他但愿这条路走不完,可是他也得赶早回家,只能相看一眼,点头分手。

朱丽换上平底鞋跟出来远远瞭望,要坐实自己的估计。她没忘记林子瑜说的张妈要回家,以为陈倩不肯留下吃晚饭另有缘故。万不料他们分头各自回去。这是她没有预计的一个大漏洞。幸亏发觉得早,还有补救。

九

陈倩晚饭后回房,看见门缝里夹着个字条,上面说:"倩:晚饭后来我家谈谈,我在卧房等你。逸群、即日。"陈倩忙忙洗完澡,向褚太太说了一声,就到林家去。

林家客堂里电灯亮着,敲门却没人答应。她免得惊动林子瑜,就绕到后门去,用头发夹子拨开锁,很顺利地进去了。

厨房漆黑,下房也漆黑。她穿过后院,走进通连卧房的盥洗室,看见卧房有灯光。她一面进屋去,一面低声喊:"林太太!"

林子瑜特地亮了客堂的灯等逸群回来,知道她带着钥匙呢。他浴后换了一身破麻纱睡衣,光着脚,正歪在床上看书;听见脚步声,以为是逸群,一听是陈倩的声音,吃惊地立即坐起来。他急要穿拖鞋,却把一只拖鞋踢进床底下去,只好坐在床沿上。

陈倩很窘,站在门口说:"林太太呢?"

"她还没回来,末班车还有二十来分钟吧?怎么?有什么事吗?"

陈倩说是逸群留了字条。林子瑜很诧怪,问她要来看。陈倩说,没带着,在屋里呢。

林子瑜不好起身,只叫陈倩过来,反复细问字条上怎么写的。陈倩一字字背给他听。

林子瑜皱着眉头想了一会儿,忽然抬头说:

"我明白了!朱丽对我们报仇呢!可是把你赔在里面,太不公道了!"他瞧陈倩还莫名其妙,拉她坐下,悄悄说:"朱丽下流,想叫逸群抓住咱们俩,闹出来——"

他摸着陈倩的手冰凉,觉得她浑身在哆嗦,忙说:"不怕,你回去找了那字条,明天拿来,咱们瞧瞧笔迹——逸群还不回来呢,你定定神,别慌。"

"你还叫我搬这儿来——我永远也不该再来了。"她簌簌滚下泪来。两人都想到刚才说的:"只怕一放手,再睁眼就不见了。"

逸群还得二十来分钟才会回来。可是程太太胃病没好,没到张家去吃螃蟹。她下午找陈倩不见,晚饭后又去,看见桌上的字条,就直闯到逸群的卧房来,因为林家后门的秘密她是知道的。她看见了卧房里的林子瑜和陈倩,吓得回身就跑,把一块洗衣板都撞倒了。

两人只听见砰的一响,都以为是逸群呢,却听得脚步声直往外跑。

陈倩惊慌地抬起泪眼说:"咱们落网了。"

林子瑜赤脚拉着陈倩穿过客厅,开了大门,悄悄说:"快走!碰到人,堂而皇之,别躲。"他用衣袖拭净陈倩脸上的泪——有她的,也有他的——看她轻快地下了台阶,才慢慢地关上门。

陈倩并没有碰见人,只听见程太太的声音说:"吓死我了!我还以为是他们两口子呢!"和她说话的好像有两个人,却不知是谁。陈倩一口气跑回家去找那张字条,遍觅不见;程太太随手拿走了,哪里去找呢。陈倩想,幸亏撞来的是程太太,又想到自己出门前还特地告诉了褚太太,心上稍安。

她第二天起床又找那字条,白找了半天。她等褚氏夫妇各自出门,就去打电话通知林子瑜。刚叫通,只听得传来一阵哈哈大笑,一个声音说:

"大笑话!要抢人家的情人,给偷掉了自己的丈夫!"

"谁说的?"

"程太太涨红了脸死不肯说。她若不亲眼看见,还不信呢。"

"正在什么阶段?"

"你想吧,程太太干吗涨红了脸!"

陈倩气得放下听筒,不知林家是否也听见了,只自幸褚太太不在旁边。她不知褚太太到了菜场,比电话里更详细的新闻都听见了。逸群那里,更不愁没人传话。

她呆了半响,再叫林家的电话。才"喂"了一声,只听见逸群的声音说:"林子瑜不在家。"电话就挂上了。她又打电话到林子瑜的办公室,只听见电铃响,却没人接。她不死心,过一会儿再打过去,还是没人接;再打到林家,还是逸群的声音,她一定听出是陈倩,一句话不问,只说:"林子瑜不在家。"电话又挂上了。

陈倩想,她还找谁解释呢。她的旅行包早已整理好,半空的,很轻。她开发了褚家老妈子的赏钱,听说褚太太在沈凤家。她得去找褚太太面辞一声,也打算向冯太太辞辞行,不管卧车票能否买到,反正她马上动身了。

陈倩到沈凤家,听见里面大说大笑,十分热闹。她刚一露脸,大家立即鸦雀无声,沈凤脸上的笑容还未敛尽。褚太太呆着脸迎上来,冯太太也在那里。陈倩硬着头皮,老着面皮,向她们辞行道谢,说种种搅扰了她们。冯太太说:"待会儿我们送送你。"陈倩辞谢,含糊说还要进城买点东西,她们并不坚持要送。她刚转身出来,客厅里那群人就哄然大笑,冯太太的"嘘"也禁压不住,像个大炮似的把陈倩直轰出来,陈倩跟跟跄跄跑回褚家,取了东西,赶上班车。

她上了火车只觉得身心俱惫。忽见一人高高的个子,穿一身浅灰西装,好像在远处找人。难道是找她吗?她料想不可能有谁找她。车已经开动,她只怕会有人找她,忙伸出头去,向那边挥手绢儿;反正认错了人,人家也不认识她。她缩回脑袋,擦掉眼角的泪,自觉可笑。全列火车的轮子,有节奏地齐声说:

"大笑话!大笑话!大笑话!"

刚才那阵笑声,一路直追着她。

但温家园里所见不一。有人说:"周逸群发神经病。"有人说:"朱丽是造谣专家。"有人说:"'猪屎拌牛屎'。你知道谁是谁非?你管它谁是谁非!"有人直截了当,悄悄儿去问程太太。程太太总矢口否认,可是制不住又涨红了脸。

一九七七年

"玉 人"

一

宝宝和贝贝在临街的铁门内、大门外等候爸爸回家。一九四三年的上海,街上汽车稀少,来往的除了无轨电车,只有双人或单人的三轮。他们等着等着,果然看见爸爸和妈妈合坐一辆三轮来了;姑夫坐一辆单人的跟在后面。

宝宝忙回屋大叫:"姑姑!爸爸回来了!"

贝贝忙学舌:"嘟嘟!爸爸孩呀呀!"他比哥哥小三岁,才两岁半,舌头还转动不灵。

宝宝睁着大眼看妈妈和姑夫把爸爸扶下三轮,姑姑抢出门去,帮着扶进门,扶上沿墙搭的铺板床。宝宝虽曾跟着妈妈或姑姑到医院去瞧过爸爸,却没注意到他的大石膏腿,这番见了有点害怕,对爸爸也有点陌生,只远远站着,呆呆地看。贝贝却挨在床前,几番差点儿被姑夫撞到。

姑姑觉得屋里挤满了人,三轮车夫帮着提进来的东西都乱放在门口地下,两个孩子碍手碍脚,忙抱起贝贝,又牵了宝宝,大声对姑夫打招呼说:

"我们出去遛一遛就回来。你有事,先回去,别等我。"

她带着两个孩子从后门走了。那条石膏腿好容易安放停当,姑夫也告辞出门。田晓把一个个塞满宝宝贝贝冬衣的枕头垫在靠窗的墙头。郝志杰靠稳了,瞧着自己那条雪白、簇新的石膏腿,没好气地说:

"我就是不服!都还说我好运气!"

"啊呀!还不是好运气!"田晓几乎噙着眼泪,"你那辆自行车都压成铁饼子了。我还直想不明白你是怎么摔的,只断了一根骨头!"

志杰忍气瞪着眼睛:"你还要我摔断多少骨头?"

田晓心想:"若给那辆卡车撞死又怎样。"可是她不忍提这话,只耐心说:

"假如火车票不是在你身上,老方把咱们的行李都结了票,剩咱们一家子光身留在上海,你想想吧。"

这话正碰上志杰的气恼。他说:"正因为半路发现车票在身边,心上着慌,想赶紧把那辆车骑到老张家去交还了他,好搭电车上火车站结票。你想想,拐弯儿只几步路就到他家了。"

田晓说:"若不是老张跑到门口等你——咳,我们直在车站傻等呢。"

志杰不服气道:"当然,多亏你带足现款,到医院来拍胸脯,把我送进头等病房。"

"可不是吗?不住头等,哪来头等大夫马上给你动手术!而且到头来,不还是兴隆洋行赔偿了医药费?你还要怎样呢?"

"我没撞他们的卡车,是他们的卡车撞了我——这就是我的好运气!现在咱们的家呢?拆了!咱们的饭碗呢?砸了!咱们最得力的朋友呢?走了!"

这倒是实话。他们拆掉的那个家,还是三六年志杰结婚以前搬的房子。那时他父母都还健在。志杰和田晓结婚、宝宝出世、志杰的父亲去世、母亲中风瘫痪、贝贝出世，直到最近志杰的母亲去世，全都在那个家里。房子虽然旧式，地段也偏僻，离学校又远，但究竟是他们的家，他们的窝儿。这回是志杰立意不要那个家了，田晓还舍不得。现在他们就像原始森林里失去巢穴的小动物，只觉得四周都是眈眈而视的鸷鸟猛兽。

郝志杰十年前大学毕业，就在二乐中学教高中英文。田晓是二乐附小兼初中一年级的数学老师。二乐的校长一再挽留，说现在行路难；到了大后方，也同样是教书。但他知道田晓家人在抗战初期就随机关转入后方，郝志杰是为了他瘫痪的妈才留在上海的；这回没有牵绊了，又有个新大学聘作讲师，肯留下不走吗！他另聘的英语教师在大学兼课，架子大，从不改课卷，学生很不满意。田晓的课由本校一位职员暂代。那位先生只会用代数方法解四则题；有个学生怎么也不懂，发脾气就此要换学校。校长觉得这对二乐的声名很不好。他听说老郝给卡车撞伤，忙上医院探望，说希望他们夫妇回去，甚至答应把一间储藏室腾出来供他家住。田晓说，早知道，就不用找房子了。可是志杰坚决不肯回去，他说再过三四个月，断骨养好了，还是要走；如果住进那间储藏室，他就一辈子卖给二乐中学了。他只愁聘请他当讲师的大学等不及，又另聘别人。

志杰的同窗老友方谦受，因为他任职的广告公司正需人去后方；他那位胆小的夫人怕上海遭轰炸，撺掇丈夫带着全家老少和郝家结伴同行。那天老张赶到车站，找到田晓，报告老郝出了事。老方上有老太太，下有三个孩子，夫人多病无能，而且行李都结了票，他已经身不由己。田晓跟着老张赶到医院去了。火车马上要开。车站上只剩志杰的姊姊带着宝宝贝贝守着大堆行李。老方临行匆匆,只留下个名片,写了地名,介绍田晓找房子。田晓居然找到这间住房,不用金条顶,十分自幸。志杰性命无忧,未成残废,而且不是当初猜测的双折骨,田晓觉得真是天大的好运。她瞧志杰还只顾发他的"牛脾气",就扬着脸说:

"那就怪你的'玉人'吧!"

"'玉人'?和'玉人'有什么相干?"

"你不是去找你的'玉人'吗?"

这就没什么可说的了。郝志杰闭上嘴巴。

二

说起"玉人"志杰觉得委屈,可是和田晓无理可喻。

田晓初来二乐,人家叫她小甜,或甜俏,或小黑俏。她并不美:狭长脸儿,弯眉毛,细眼睛,右嘴角有个又深又细的笑窝;也许因为她犬牙稍稍凸出,笑时有一副涎皮赖脸的腔。她身躯娇小,细胳膊长腿,穿上高跟鞋,脸上稍加脂粉,确还俏丽。当时颇有人看中她。她最善讲解四则题,难题经她讲解,就明白易晓。她对生活上的困难,也像解答算题一样有兴趣。例如她婆婆半身瘫痪了,她就给床屉开个洞,铺上能开能合的褥子,病人便溺不必下床。家里什么东西坏了,她能修理;缺什么,她会变出来。奶粉罐能变成小炭炉;一对大蛤蜊壳,装进两片破碗屑,用彩色布条糊上,就成了孩子的玩意儿。旧衣破裤,经她一剪裁,都成了孩子的新装。志杰身后靠的垫子就是她临时变出来的。不过她只有这一类的发明和创造,自惭是个俗物。她爱慕风雅,看重郝志杰有才学,尤其怜惜他一双大眼睛忧忧郁郁,像怀才不遇的诗人。他们不久就成了眷属。

志杰确有"诗人"之称,不过那是他的绰号。英语课本上选的英诗,他朗读时感情丰富,几乎饱含着眼泪。学生就送了他这个雅号。他确也有一肚子诗情诗意,只是表达不出,常叹恨自己像不能人言的哑动物,或出水的鱼,张口喘气却吐不出话。他有时也做做歪诗打油,例如他的《自嘲》:

　　老郝好先生,
　　教书死卖命,
　　天天粉笔灰,
　　年年冷板凳。

又如他说田晓眉眼距离远,是快乐相,赠诗一首,题目是《算算》:

　　眉是初二月,
　　眼是月初三,
　　二十四小时,
　　等于一寸半。

田晓不解后两行什么意思。志杰说:"初二到初三不是二十四小时吗?中间距离一寸半。你这个算术老师!怎么算不出来?"田晓笑着特地拿了一支短尺,对镜自量。这种歪诗,她倒欣赏。偏偏他难得写出一首得意之作,却使田晓气伤了心。

那时宝宝已经快三岁了,田晓正怀着贝贝。郝志杰忽感到生活的压力:上有病母,下面将有两个孩子。他想到他父亲常感叹自己像推磨的老牛,蒙着眼,驾在磨上,踏着旧脚印,转一圈,又一圈,走了一辈子,没迈前一步。他是个银行小职员,勤勤恳恳,只保住饭碗,嫁掉了一个女儿,培养志杰这晚年的独子上了大学。志杰在大学的时候,觉得自己前途不知多么远大,多么光明。谁料一转眼,他也快成推磨的老牛了。他年轻时候也算得漂亮:身材不高不矮、眼大、鼻直、口方。虽然鼻骨稍露些,耳朵招风些,下颌略短些,整齐的门牙稍长些,到渐入中年才渐觉显眼。志杰发觉自己的相貌也更像父亲了,因此他对田晓感叹说:他和爸爸同是老牛,一代又一代驾在磨子上,转了多远的路,哪儿都没到。

田晓说:"我宁可老老实实做牛做马,不羡慕人家吹吹牛、拍拍马,就飞上天去。"

志杰说:"我不是要飞黄腾达。不过老驾在磨上当老牛,什么意思?却又由不得自己,我心不甘。"

田晓说:"牛就牛;你发牛脾气也没用,还是得推磨。反正做牛也罢,做马也罢;拉车也好,推磨也好,我只要和你在一起,都好。"

志杰当然也感激她的情意。可是他常有找不到归宿、寻不到出路的彷徨苦闷;田晓既不能体会,只好闷在肚里,有时很感寂寞。他常记起大学二年的暑假在老方家里过夏的快乐。老方的妈妈在苏州租了刘家花园里的几间房子养病,嫌园大人少阴气重,叫儿子带个朋友来陪陪热闹。那时候他年纪多轻,兴致多高呀!园主家的枚枚小姐大概是十五六或十六七岁吧?常随着她妈妈过来做客,"方家哥哥"、"郝家哥哥"叫得很亲热。他闭眼还能看到她新鲜的脸容、轻盈的体态。约莫一年以后,老方忽有一次对他说:

"刘太太问起你呢。"

志杰惊喜地问:"枚枚好吗?"

"唔。刘太太想要你陪她的枚枚出洋去。"

志杰说:"高攀不上呀!"他嘴里这么说,两眼却企望地看着老方。老方一笑,没有接口,随就顾左右而言他,从此再没有提起这话。他看破志杰思慕这位小姐,故意撩逗他吗?老方不是这种人。他把志杰的话当真吗?老方也不至于这么死心眼儿。可是老方既然绝口不再提起,志杰总不好意思追问,因为确是高攀不上。枚枚的父亲是大官僚,枚枚是刘太太的独生女。但他深悔当时回答得太草率。他自己也不明白,怎么脱口而出地就这么回答。老方的话实在也太出人意料。假如——有时他偷偷儿在"假如"后面生出许多幻想。他怀念过去无忧无虑的岁月,似有如无的情意,写了一首诗:

玉 人 何 处

常记那天清晨,
朝霞未敛余晕,
她在篱旁采花,
花朵般鲜嫩!
冰雪般皎洁!
白玉般莹润!
如初升的满月,
含苞的青春,
美好的想望,
蠢动的欢欣!

几度星移月转,
往事皆已成尘,
伊人今复何在?
空自怅惘怆神。

  他读了两遍,自觉不妥。他和那位小姐虽然见过面,说过话,还曾为她攀折过篱笆高处的月季花,彼此究竟没什么交情。可是他押了那几句韵,又舍不得扔掉,便拿来夹在书里,没想到会给田晓看见。

  半夜,他醒来忽听得枕席上"滴"一声、"答"一声,一伸手摸到田晓满眼是泪,吓了一跳。

  "怎么了？甜？"

  田晓一骨碌起来,远远地坐在床尾说:

  "别管我！你找你的玉人去！"

  志杰才知道作诗出了岔子,又急又窘,忙赔笑解释,"那不过是作诗呀！"

  他竭力想把"玉人"解释为乌有,指出那首诗只好比古人的"无题",一再申说:读诗不能死心眼儿。

  田晓不屑寻根究底,只齉着鼻子、哽着声音说:"随她是谁,反正她不是我。你的心到了别处去,就是泼出的水了。哪天你找到你的玉人,你就跟了她去,孩子都归我就行。我现在就休了你了！"若不是她声音哽咽得可怜,志杰骇异得简直要笑。

  志杰不敢多说,怕闹醒小床上的宝宝和相隔一板壁的妈妈。他直惶恐了半夜。第二天,田晓没事人一般,并不再提"休他"的话。志杰自幸一场风波已经平息;可是他渐渐感觉到田晓变了。她有时带些生硬,有时很冷淡。她不再像往常那样打扮完毕、扭头笑着叫他品评。她也不再执意和他争辩什么问题。志杰怎么说，她就照办，好像他的事她管不着似的；尽管有时也指出什么不便，那不过是尽责。譬如这次破釜沉舟的远行，她很不赞成。她正想安顿一下，喘一口气。可是，该说的她都说了。她说："又不是名牌大学。你去了还得打出个新天地。也许人家瞧不起你这个中学教员；你教得好，说不定人家又忌你。"但志杰一意要去，她就不再反对。志杰原是好性子，但有时爱发个"牛脾气"。田晓不复像先前那样温言劝慰，只用"玉人"作棍子打他一下："你找你的'玉人'去吧！"或"谁像你的'玉人'呢！"或"我们不过是你的眼前人，不比你的心上人！"

"玉人"越长越大，一切非现实的想望，都成了"玉人"；一切不满现状的情绪，都是为了"玉人"。这回他要到后方大学去当讲师，也是去找他的"玉人"。这还有什么可说的呢！

志杰由累积的经验，学得一个最好的对策，就是不予理睬。他的不理睬，渐渐由自卫变成进攻，好比是说："对！我确是想我的'玉人'！"今天志杰自仗是死里逃生的伤员，越发闭了眼睛，加上一声长叹。这就好比说："'玉人'哪里去找！"

田晓没有余闲，也没有心情和志杰斗气。她好强，不过也讲理。她既然不合志杰的理想，她并不强求；这不能勉强。不过她当初并没有冒充什么花容月貌的美人去勾引志杰，所以她也不用抱歉。反正你想你的"玉人"，我尽我的本分。她尽管不是理想夫人，却是日常生活里少不了的实际妻子。她的感情也不全在孩子身上，对志杰还是非常尽忠的。她早答应宝宝贝贝等爸爸回家，要庆祝一番，给他们吃大块大块的红烧肉；贝贝已经念叨了几次"红又又"。厨房里煤炉上炖的肉已经开始喷出肉香，她忙着要去加料调味。

姑姑带了孩子回来,没肯留下吃晚饭,只帮田晓把小饭桌挪到志杰床前。他们一家子吃了一餐团圆晚饭。饭后田晓洗净锅碗,洗净孩子和病人,安排他们睡下,自己搭上帆布床,倒头就睡熟了。

志杰独在铺板上转侧。路灯光里,照见这间沿马路的底层房间多么简陋。临街南窗下是他撇在姊姊家的旧书桌,沿东墙是他的床,床尾三只箱子拼成的铺,宝宝贝贝各睡一头。田晓的帆布床搭在旁边,防孩子滚下来。沿北墙整整齐齐堆放着未打开的行李。沿西墙对着大门是不知何处借来的一只长柜,上面放着瓶儿、罐儿、热水瓶和碗碟之类。北窗临后院,窗下是姊姊家借来的小饭桌,旁边是面对楼梯、通往厨房的门。他陷在什么泥坑里了?"找你的玉人去!"哪里去找呀?"玉人"!那是多么遥远的梦!他不禁长吁一声。

三

志杰转侧好久,正待蒙眬睡去,忽听得后院门外一个带苏州语音的女人声音,急不能待地催促说:

"快点!快点!尿急杀哉!"

志杰不禁暗笑,料想这就是他家里人到医院探望时经常痛骂的房东太太——贝贝所谓"猴屁屁"。

姑姑向来厚道,从不品题人,可是对这位房东太太实在看不顺眼,"猴儿屁股"这个绰号是她取的。她一再说:"胭脂也不用搽得那么红呀。"田晓比姑姑眼睛尖,她说:"那么红还不够,压不下脸上那股黑气。"她说那女人准是抽大烟的,至少上过瘾,还没戒净。房东家里经常摆一两桌麻将;有时夫妇俩黄昏出门,半夜三更回来,据说是上赌场。一次他们家的沈妈漏出一句话:"麻将不比轮盘;'小姐'发过誓:再也不赌轮盘了。"据他们家的大丫头巧娣说,沿马路一溜十来幢房子都是他们家的,大部分顶掉了,有两幢卖了。据说那位姓许的少爷——巧娣称"少爷",沈妈有时称"姑爷"——是做交易所的;他有本事只赚不亏,打麻将也只赢不输。可是,他们家为什么还穷得那么刮皮呢?

巧娣曾警告田晓:晚上说话要当心,她家少奶奶爱掩在门后偷听。今晚她高跟鞋的脚步,噔噔噔一口气赶上楼去。后门轻轻关上,滞重的男人脚步声也跟着上楼。

好像就在志杰头顶上,男人咕咕哝哝不知说什么话。只听得澡房兼厕所的门砰的一声,女人尖声争辩。显然是吵架。开始听不清吵些什么。女人嗓子尖,声音越来越大。她朗朗地说:

"你吃的是我家的饭!住的是我家的房!花的是我家的钱!"

男人汹汹然抗议。

女人打断他说:"哦!多亏你!这幢房子是你保下来的!"

男人咕哝了一大串,末了发狠说:"拉倒!我不管!"

"不管?不管也得管!我就吃住你!给我把这家子赶出去!撑拐杖断腿的,知道他们几时走!"

男人的声音也提高了:"当初是谁要出租?叫你别答应,你却贪图房钱和押租。"

女的抢着说:"你的裁缝账老不还行吗?人家王师父坐了包车上门来讨账,还亏我面皮老,只说美金兑不开,改天吧。今天对付过去,明天怎么说？你的钱呢？"

"裁缝账是我的？衣服谁穿的？"

"饭谁吃的？吃到狗肚子里去了？"

"屎谁拉的？也会赖在别人头上！"

田晓不知什么时候已经醒来；听到这句话,轻轻笑了一声,又发恨说："害我兑了一只金戒指。"

"怎么回事？"志杰不明白。

楼上的吵架牵涉到他们家,田晓听得正关心。"待会儿讲给你听。"

可是楼上两人忽然放低了声音。吵架并没停止,声音一会儿又高上来。

男的粗声嚷："都是你的主意！房子只卖不顶了,不是你自己说的？"

女人也嚷："我错了吗？自己的房子,倒眼看着别人家靠它赚钱。"

"租了房客,还卖得出钱？"

"所以叫你赶呀！我又没叫你自己动手,只叫你到写字间去催催。"

两人的声音又低下去。可是一会儿又高上来。女人连声冷笑说：

"你是大贤大德！我是没有人心、人肚肠的！我还是贼！谁叫你买的煤球不发火？一桌子客人等着吃饭呢！夹他们几块钢炭又怎么了？他们不靠我这房子,行李堆在火车站,他们破箱子里尽是金子银子,也给人偷光！几块炭,咱们不烧,他们自己不也烧了！"

男人还低声说个不了。女人尖着嗓子大嚷：

"哟！哟！哟！你的面子！你有面子！我为的是怕蒸破了咱们的细瓷碗；他们家的是粗碗，破了也只是粗碗！胳膊折了往里弯，你倒派起我的不是来了！"

男的声音更小。

女人说："对！我就是有理！没理还跟你讲理？"

男人的话，声音虽小，却伤了女人不知什么要害，她竟哭闹起来。

"亏你说得出！姆妈倒是我气走的！我的姓，你都听不顺耳；我的儿子女儿，你还容得下？姆妈看透你！她不放心，才带着他们走了！是我不好？对！是我不好！顺了你！狗咬吕洞宾！你这个狼心狗肺！倒抬出姆妈来气我！"

男人冷笑了几声，底下的话又多又急，滔滔不绝。

忽听得高跟鞋一阵乱蹬，哐啷一声，摔了一个不知什么东西，把两个孩子同时惊醒。

贝贝像他妈妈，闭眼就能睡着，睁眼就很清醒。他张眼说："猴屁屁。"

男人的皮鞋脚狠狠地顿了两下。

宝宝还蒙蒙眬眬，吓得带哭说："妈妈，楼顶会掉下来吗？"

贝贝说："倒呀呀——爸爸——打——猴屁屁——屁屁。"

田晓说："别胡说，闭上眼睛。"

贝贝睡在妈妈头侧。他伸手拉过妈妈一只手，握住一个指头，闭上眼就睡着了。宝宝在脚边，摸索着把手搭在妈妈腿肚子上。

志杰说："每晚这样吵吗？"

田晓说:"不是每晚——经常闹——没今晚凶。"

"贝贝说的什么?"志杰离家多日,听不懂贝贝的话了。

宝宝翻译说:"楼顶掉下来,就让爸爸打猴儿屁屁的屁屁。"他能连串说这许多"屁"字,十分得劲。

田晓说:"别多嘴,快睡,贝贝都睡着了。"

楼上的高跟鞋一路顿着脚上了三楼。笨重的皮鞋脚来回踱了几趟,也跟上三楼。田晓和志杰都不说话,等宝宝睡熟。然后志杰诧怪说:

"老方哪里去认识的这种人家?"

"我不是跟你说过吗? 不干老方的事,我自己撞上的。"

"会自己撞上? 有那么巧的事?"

"你没听见? 他们不是穷急了要钱吗? 老方介绍的是吴老太太,还有个王太太。这家没有老太太,猴儿屁屁是许太太。"

"刚才不是说'姆妈'吗?"

"谁家没个'姆妈'。"

"也许就是吴老太太呢?"

"那么王太太呢?"

"你不是说猴儿屁屁结婚还不到一年吗? 刚才说什么儿子女儿,以前准嫁过人。"

田晓想了一下说:"对了——我记得巧娣说过,那姓许的不愿意沈妈称姑爷、小姐,要称少爷、少奶奶,说他不是逆赘女婿——是不是从前有个姑爷——下次写信问问老方。他来过一个电报,我也回了一个电报。他还没来信呢。"

"还等你写信去问! 人家都要赶动身了。"

田晓很镇定地说:"没那么容易——"

她发现宝宝并没有睡着,还在悄悄转侧。她脱下贝贝的手,搬过枕头换一头睡,对宝宝又呵又哄,一面小声对志杰说:"睡了,明天讲。"

四

楼上那位少奶奶大概一夜没睡,天没亮就在二楼客堂里大声噫气。每次吵架后照例如此。楼下全家也老早都醒了。

贝贝说:"猴屁屁,啊嗷!啊嗷!"他学着噫气的怪声。

宝宝问:"妈妈,她干吗老那么叫?"

妈妈说:"她生病了。"

宝宝听那声音好像病得很凶险,担心地问:"妈妈,她会死吗?"

贝贝忙学舌:"妈妈,她黑喜吗?"

田晓一起床就忙个不了,只叫孩子别胡说,也不许学那怪声。

尽管志杰还不便行动,有他在家,田晓可以放心把两个孩子撇在临街铁门内,让他们看马路消遣,不必寄放姑姑家去。她也不必挤时间到医院去探望志杰。这天是星期日,她也不用当补习老师。她从卧房到厨房出出进进忙着家务杂事,一面就断断续续把她兑掉金戒指的事讲给志杰听。

田晓租定了那间房,立即把寄存车站库房的行李搬入新居,独单一人去打扫整理了两天。孩子还寄在姑姑家,晚上她也回姑姑家住。第三天早晨,她置备了一些日用必需的东西带往新居;刚转入后门弄堂,就闻到臭气触鼻。她用钥匙开了后门,邻

居一人赶过来,怒气冲冲地指着门外横流的粪水,对田晓说:

"瞧瞧!瞧瞧!"

另二人直闯入后院内的厕所,嚷道:

"可不是!压着块砖呢!"

一人用棍撬起砖,粪水就漫上来;再一拉水箱的链子,立刻粪水流溢,满地都是,直流出后门去。

一人讲理说:"这个坑,是三家合用的。你压上一块砖,你家的马桶不漫水,就算不堵了?淘粪坑就没你家的事了?"

田晓忙解释她是刚搬来的新房客。一个邻居愤然说:"你们房东说了,这个马桶是你们一家独用的。你压上一块砖——"

田晓再次说她没压上砖,马桶是和房东公用的。她请两邻略等等,让她和房东说去。

最愤怒的那人站在后院不肯走,只反复说:

"倒好!压上一块砖!"

田晓又解释自己是新房客,还没来住呢。旁人把那人劝开,让田晓关上后门。

田晓早发现那马桶堵了,不知谁为什么又压上一块砖。她忙上楼敲亭子间的门,一面喊巧娣。

巧娣打着哈欠,只说不知道。

沈妈说:"马桶是你们家的。"

田晓听见那位少奶奶在二楼客堂里大声噎气。当时她还是第一次听到,很惊讶。巧娣在沈妈背后只顾做鬼脸向那边努嘴,示意叫她上去。她就三脚两步跑上那七八级楼梯,去打二楼客堂的门;没人答应,就自己推开了门。

许太太胸口焐着个热水袋,半合着眼倚在长沙发的靠垫上。绣花鞋一只穿在脚上,一只掉在地下。田晓探进半身,说了马桶的事。许太太坐起身,慢慢儿套上地下的那只鞋。田晓乘间进了客堂,可是许太太并不请她坐,只对她叫了一声"田师每"——上海人对秀才娘子不称"太太",也不称"老板娘",只称"师母",读如"师每"。她说:

"我这间房子本来是不出租的。可是——田师每,我们世世代代是书香人家,喜欢和读书人打交道——读书人懂道理。而且,我租这间房给你们,不是凭空一句话,是写字间里订了合同的;白纸黑字,有凭有据。"

田晓曾把合同仔细读过,没看到这间厕所由她一家独用。她忙问:"厕所是我家独用的吗?"

许太太说:"你家能不用厕所吗?"

"可是我们还没来住呢。况且全宅的粪都流进一个坑,不是哪一个马桶的问题。"

许太太说:"有什么问题,你自己找我们的房地产公司讲去,我从来不管这些事。他们吃什么饭,管什么事。能不用他们,我省多着呢!他们汽车洋房,哪里来的?还不是羊毛出在羊身上!可是不靠他们行吗?上海滩上,都是枪刀头上舔血吃!田师每,你们住现成房子的,哪里知道做房主的苦!"

后门外不等这位少奶奶发完牢骚,早又在打门叫嚷。

田晓一面暗打主意,一面问许太太:"照你说,这间厕所是我们一家独用的?"

"由你们一家管。"许太太不耐烦地说。

田晓说:"你白纸黑字给我写上行吗?"

许太太一摆手说:"不是早订了合同吗?"

后门外吵成一片。田晓想:"合同上没说厕所一家独用。许太太口风很紧,绝不肯平白添上这一项。淘粪的钱,看来她是不肯出的。"田晓绝不错失时机,笑说:"由我们一家独用,就由我们一家管。我把你这话写在纸上,贴在门上,行吗?白纸黑字,有凭有据。"

"你写你的。"

"许太太,你说这间厕所归我们一家独用,你这句话算数吗?"

许太太嘴硬,说:"怎么不算数!"

"好!那我就写下,贴在门上,一言为定。"

许太太并不抗议。田晓忙出后门去,承担了三分之一的淘粪费。淘粪工人只等她一句话,就动手干活。刚才火气最大的邻居这时变为最和好的一个。他恨恨地指着二楼对田晓说:

"就只她家!没一次爽爽气气!"

那天田晓把房间整理完毕,又收拾了厕所,冲洗了后院。她找出一对鸡脚钉在厕所门上,加上一把大锁;又在门上贴个字条,写明这间厕所归楼下住户独用。淘粪的钱很可观,可是能有一间独用的厕所是意外收获,田晓兑了金戒指也心甘情愿。她当时没告诉志杰,免得他担心破产。

第二天,她就带了孩子住进新居。可是一进后门,只见厕所门大开。她的锁虽大,鸡脚却不够坚固,断了一只。马桶里还有粪便没冲掉。许家少奶奶正睡觉呢。田晓想找沈妈质问,巧娣却鬼头鬼脑地叫她低声。她悄悄说:

"你换上一把撬不开的锁。"

"谁弄断了我的鸡脚?"

"少奶奶叫我用榔头敲断的。——我们巴不得这扇门打不开;我们用二楼的马桶多方便!"

"是啊,为什么不用二楼的呢?"

"少奶奶不答应啊。那一间好比是她的小厨房。她的精致好小菜都在里面那只绿纱橱里。还有小电炉——煨莲子桂圆的——她不让说——怕你们不肯多摊电费。她自己的屎是香的!我们放个屁就熏臭了她的火腿、熏鱼、肉松、香肠。还怕我们偷嘴呢!——你可别说,我和沈妈都帮你。"

田晓回房去,找出一具旧的弹簧锁,又找出她的一盒子工具——锤子、钳子、锥子、钉子,什么都有。她安排两个孩子在大门外、铁门里玩,自己收拾了厕所,就在厕所门上安装那具锁。她已经安上了一半,正在试那钥匙。忽见房东少奶奶未涂脂粉就下楼来看,笑说:

"田师每,不是我说你,上马桶是风火事,哪有谁要上马桶了,还找钥匙——还把钥匙插进窟窿眼儿——拧开锁——拔出钥匙——"

田晓说:"许太太,你昨天亲口说过,这间厕所归我家独用,你的话是算数的,怎么又把我的锁撬了?"

"啊呀,田师每,巧娣她们在厨房里,急了要用个马桶,总不能叫人家撒在裤子里!"她一面动手翻看田晓的工具盒,问这问那,一面恭维田师每手巧,夸她能干,粗粗细细,件件来得。

田晓回房点数钥匙,记得有四个,找来找去,只有三个。是她记错了吗?后来巧娣告诉田晓,少奶奶偷了一个钥匙,又配了两个。巧娣和沈妈一人一个白钥匙,少奶奶手里有个黄钥匙。

二楼厕所仍是少奶奶的小厨房,不让巧娣和沈妈使用。少奶奶叫她们用小马桶;下午田晓带了孩子出门,她们就开了后院厕所倒马桶、倒痰盂。这事巧娣不说,田晓也能料到。因为她尽管每天把厕所收拾干净,出门回来总发现又臭又脏。一次宝宝坐了一屁股痰,田晓为他洗了两遍,裤子都换过,他还嫌腻得哭个不完。

田晓对志杰说:"我要等你回来了,收回那三个钥匙。"

"她肯还你?"

"我告诉你,三个钥匙得同时收回;若留下一个,她可以再配。"

"你不能换个锁吗?"

"说得容易!那扇门上再也找不出一块能安锁的地方;木头不结实了。"

"可是我有什么用呢?她也不肯交还给我呀。"

"你听我说。我已经和巧娣讲好,我三个钥匙都拿到手,就送她一块花洋布料——我嫌太花的那块。"

田晓怕沈妈狡猾,只和巧娣暗打交道。巧娣已经把沈妈的那个钥匙偷来交给田晓。沈妈找钥匙的时候,巧娣撒谎说,刚在哪里见过,一面慷慨地把自己的钥匙借给她。她又说:钥匙不敢带在身上,怕掉了;藏在针线匣里,又找不到了。她老问少奶奶借用。可是少奶奶防她丢失,等田晓和孩子出门,总亲自用钥匙给她们开厕所的门。田晓曾打算带孩子从后门出去之后,偷偷儿从前门回家——她只要带着铁门内大锁的钥匙。可是她每天得把孩子交给姑姑,得上医院看一下志杰,然后还得到学生家补习。她不愿放弃上医院探望,更怕误了她同事介绍的临时职业。

而且她孤单单带着两个孩子,不敢和房东太太闹翻脸。她心上已经有个主意,只等志杰回来立即实行。

她说:"我今天既不用上医院,也不用到姑姑家去,也不用去补习。可是我还在老时候带着两个孩子从后门出去,过了马路走一段路,再偷偷儿过马路绕回来,从前门回家。猴儿屁屁在楼上只看见我出去,看不见我回来。我先悄悄儿把你扶进厕所,你坐在马桶上等着。她一开门,我就跟上去抢那把钥匙,说是你插在门上的,忘了拔出来。"

"我坐在马桶上,让女人进来,好意思吗?"

"你连裤子坐着呀。"

志杰躺在医院里,老听家里人痛骂猴儿屁屁而自己无能为力,今天能帮一手来对付她,不禁童心复萌,高兴地说:"我就用拐棍狠狠地杵她一下。"

田晓忙说:"那不必。"

"我扮成个恶鬼吓她一下。"

田晓笑了。可是她说:"不行。她真以为见了鬼,忙叫巧娣把小马桶里的尿屎往你头上泼,你不吃了眼前亏?"

志杰想了想说:"她又没见过我,开门忽见马桶上坐着个人,以为是鬼,就把小马桶、痰盂罐都往我头上淋,怎么办?"

田晓说:"不会。"可是再想想,说:"有了,你压根儿不用进那厕所。要悄悄扶你进去就不容易。你只要坐在临后院的北窗前。我不是挂着个布窗帘吗?外面看不见你。你守在帘子后面,瞧她开了厕所门,你就把窗子砰一下推开,大喝一声。我趁她不备,就去拔那钥匙。"

事到临头,志杰又迟疑说:"人家都要赶搬家了;拿回三个钥匙有什么用。"

田晓说:"赶搬家?没那么容易!我先拿到了钥匙,再要和这个猴儿屁屁斗两个回合呢!瞧她有本事把你和这条石膏腿搬到马路上去!"

他们吃午饭的时候,一切都已计议停当。志杰连午觉都没睡,不时地清嗓子,准备砰一下推开窗子,大喝一声。

五

猴儿屁屁喝下烟佛手煎的汤,胃气渐渐平复,不复噫气。楼上已经平静。田晓只愁这位少奶奶午睡不醒,耽误了她按计行事。

两个孩子记着妈妈的叮嘱,悄悄从前门回家后,一声儿不响。田晓没等多久,果然听到巧娣和少奶奶下楼。窗帘缝里,张见巧娣端着小马桶和痰盂跟在许太太背后,许太太掏出钥匙开了厕所的门。志杰立即把窗子砰一下推开;田晓立即赶入后院,掩在许太太身后。

"啊呀——啊呀!——郝家哥哥!!"

志杰未及大喝一声,却哑声说:"枚枚吗?"

许太太回身就往里走。田晓一颗心全在那个钥匙上,听见许太太嘤然作声,并未注意到"郝家哥哥"和"枚枚"的称呼,只以为她仓皇逃跑了呢。田晓抢前去拔下门上的黄钥匙,一面伸手向巧娣要了她的白钥匙,得意地向她笑笑、点点头。她没料到许太太闯进她家,忙也跟进去。

许太太好像他乡逢故知,尽管志杰不是苏州人,她却是一口吴侬软语：

"喔唷！郝家哥哥呀！！方家哥哥说啥个'田先生'，落里想到就是倷！！"

志杰坐在窗前的藤椅里，一只石膏脚搁在凳子上；窗没关，窗槛上那支拐棍的头还直指着厕所。

田晓进来关上窗，请许太太坐。许太太挑个背光的地方坐下，斜对着志杰。志杰指着田晓说：

"是她姓田。"

"哦！田师——"她赶忙改口，"郝家嫂嫂。"

志杰说："老方当时还不知我的死活呢。他大概急昏了头，把刘伯母说成吴老太太。"

许太太叹了口气说："唉，讲起来话长。我爹爹看上了一个野女人。要和她正式结婚，请了律师讲条件，把刘太太让给她做，姆妈姓娘家的姓——当然，我还姓刘，我的一男一女生下来就姓刘……"她说到这里，急忙收住，口风一转，笑着说：

"田师每——郝家嫂嫂，你真是好福气！我姆妈常说：郝家哥哥好脾气，要他方就方，要他扁就扁，人才又好，又有出息，真是打了灯笼也没处找！"

志杰涨红了脸，问老伯母现在哪里，身体可好。

"她不喜欢上海，带了我的大毛和香囡回苏州，和王福卿的姆妈住在一起……"许太太忙又收住口。

志杰记得枚枚的表哥王福卿。志杰在方家过夏的时候，常看见他到刘家去。他和老方很熟。

"啊，王福卿！他好吗？"志杰话刚出口，立即想到这人准是枚枚的前夫，觉得不好意思。

许太太悠然说:"他好——郝家哥哥,你倒还是这个样。"

田晓陪坐一旁,不时伸手到衣袋里去盘弄刚到手的两个钥匙。姑姑曾说:"'猴儿屁股'其实长得还蛮端正的。"今天田晓第一次看见她的笑脸。背着光,只见她眼波欲流,还颇有几分姿媚,料想这就是志杰的"玉人"了。她起身泡了一杯茶端上。

许太太欠身连说:"折杀",然后端起茶杯,又放下说:"真想不到,原来是郝家哥哥家里!咱们自己人,好说话。当初我只是看方家哥哥面上,想到人家遭了难,尽管不认得,也该帮帮忙。你看,郝家哥哥,我这幢房子原是自己住的。三楼是姆妈的房;她人走了,她一房红木家具我不能动。我只好把自己新房里一套新式柚木家具贱价扔了出去;我搬上三楼,客堂挪上二楼。田师每——"她忙道歉改口:"郝家嫂嫂,我知道你着急,马上给你腾出房子,我是为你应急,我没有对不起方家哥哥。"

志杰正要道谢,给田晓看了一眼,就没开口。

许太太接着扯谎说:"前不久,有人要我这幢房子。我就让了人了。郝家哥哥,郝家嫂嫂,上海滩上是人吃人的世界。买房子的都有来头:认得日本鬼子,认得巡捕房,认得白相人;咱们是干不过人家的。我看郝家哥哥这条腿,一时还不能上路吧?"

田晓说:"医生说,至少还得养半年。"

"是啊,所以我趁早说明白,让你们先想想办法,或是到姑太太家去挤挤吧,免得人家来赶。你们吃了眼前亏,我也对不起你们。"

田晓笑道:"我们租这房子,也不是凭空一句话,白纸黑字订着合同呢。谁买这房子,就连我们这家房客一并买下来了。许太太,你让掉了房子,就不用再管我们的事。"

许太太忙说:"我是为了大家的好。郝家哥哥只有一条腿,郝家嫂嫂瘦小伶仃,能有多少力气?你打得过人?"

田晓笑道:"我们也有点来头,也认识些人:东洋人、南洋人、巡捕房、包打听……"

许太太一双眼睛,灵活地在田晓脸上打转,不知她几分是真、几分是假。

志杰好像和房东有了交情,情况都变了。他老实说:"许太太,正是你说的:'自己人,好说话。'我没处搬。养半年不必,三四个月却少不了。"

田晓看了他一眼说:"别打如意算盘!一年八个月还怕养不好呢!我们一家四口,姑太太家里实在挤不下,所以我顾不得房价辣,还要出两个月的押租……"

许太太忙说:"你们马上搬,押租可以退还。"

田晓说:"许太太,你难道不晓得,现在的钱,一天是一个价吗?"

"你们真是搬出去,好商量,给你们硬币折价。"

志杰听了田晓的话怪不好意思,只软商量说:"我现在没处搬;过三四个月——三个月吧——我腿没完全养好也走。"

许太太斩截地说:"若是我家的房子,住三年也不要紧;可是让了人了,由不得我……"

田晓笑说:"许太太,你放心。自己人呢,好说话。不是自己人呢,我也会不好说话!叫他们等着瞧吧!"

志杰却负气说:"许太太,你不用操心,我们总有办法!不靠你这间房!"

许太太满面堆笑说:"郝家哥哥,谢谢你!你是最通情达理的,我知道你说一是一,靠得住!我心上放下了一块石头。"她说了一堆好话,才告辞出去。

田晓怒得闭紧嘴唇一声不响。

两个孩子给田晓安排在爸爸床前玩儿。他们没什么可玩儿,听着大人说话的口气似懂非懂,各有见解,直在小声吵架。贝贝只顾骂"猴屁屁";他瞪着眼,咬着牙,顿脚说:"透屁屁!打喜她!"宝宝只觉得"猴屁屁"不复是"猴屁屁"了,不许贝贝骂。其实贝贝的话,外人也不懂。

宝宝告状说:"妈妈,贝贝说猴屁屁、臭屁屁,打死她!"

田晓转怒为笑说:"不打死。贝贝跟妈妈出去买糖吃。"

宝宝也要去。田晓带了两个孩子要出门,回头问志杰:"你刚才的话,就是答应她了?"

志杰气愤愤说:"和那种女人有什么可说的?"

"你的'玉人'吧?"

志杰发狠说:"你的玉人!"

"我的?"田晓忍不住笑了。她看看志杰气恼的脸,对宝宝和贝贝说:"你们在家陪着爸爸的'白白腿',叫爸爸讲个《大老虎》。妈妈一人去买糖。"

她出外转了一圈。"玉人"原来如此!田晓不复酸溜溜地委屈。她带着胜利者的大度,买糖回家。

晚饭后两个孩子吃了糖乖乖地睡了。志杰专等着田晓发话,可是她不说什么。志杰假装睡熟,却直在思忖捉摸。忽然他心上一亮,解了一个谜。

他记起方伯母向来不喜欢刘家的枚枚,常说她不要好,不肯念书,只贪玩;又说,这样娇纵的小姐,将来谁娶了一辈子倒霉。

他当时只以为方伯母防儿子看中枚枚。现在想来,准是刘老太太看中自己"好脾气",要他做女婿;准是方老太太一力反对,不准老方做这个媒。也地道是老方:刘老太太要他传话,他就传到;方老太太不赞成这门亲,他就凭志杰的话回绝了刘老太太——据老方后来回信,确是这么回事。但当时志杰不用证实,深信自己没猜错。

他躺着思前想后,听听田晓好像还醒着呢,就说:"你没睡着吗?"

她说:"呣,我说呀——"

"我专等着你的话呢。"

田晓笑了一声说:"不是你等着的话。"

"你说呢。"

"我在想——我倒错怪你的'玉人'抢了我的丈夫——原来是我抢了她的!"

"胡说八道!"志杰愤然;可是他心上有点惭愧。

"假如你娶了她——"

"早离了!"

"也不见得。假如她有个好爸爸,就不会让她老早结婚;假如她结了婚称心,就不会赌钱;假如不赌,大概不会抽大烟——你瞧她那脸色,我怀疑她是抽了大烟——假如——"

志杰代她接口说:"假如她不抽大烟,脸上没那股黑气,就不用搽成猴儿屁屁——"

"仍然是你的玉人!"

"别废话!我现在承认自己确是好运气,天大的好运!明天你到二乐去一趟,咱们搬去住那间储藏室吧。我不走了。"

"哟！为了你的'玉人'，甘心一辈子卖给二乐了！"

志杰躺在医院里，曾一再想起田晓劝阻他去大后方的话。他郑重声明："我是想明白了。我原是驯良的牛马，不是吃人的老虎狮子——或臭虫跳蚤。走千家不如守一家。吉凶悔吝生于动。一动不如一静。反正我到了后方，照样还是推磨。推磨是我的活儿，推磨也顶好。"

田晓说："你不走是一回事，我可不怕你那位'玉人'！我出了好大代价换来的厕所，还得享用一下；让她的熏鱼火腿熏得臭烘烘，我也开心！"

许太太的小厨房当然只好开放。不过她居然找到了买房子的主顾，买主急要租户出屋，直接和田晓交涉，很慷慨地按硬币折算了那笔押租。志杰家不久就搬入二乐中学的储藏室。他们搬家那天，许太太把脸搽得比往常更红，娇滴滴一口苏州话说：

"郝家哥哥，郝家嫂嫂，有空来白相相，搓两圈小麻将。"但她家将搬到哪里去呢？志杰夫妇当然没问。

志杰不免还要发他的"牛脾气"，田晓照旧还说："找你的'玉人'去吧！"于是她嘴角的细酒窝一现，加上一句苏白："有空来白相相，搓两圈小麻将。"

志杰气呼呼地说："好了，好了，你那位'玉人'已经砸得粉碎了！"

"我那位'玉人'也许是砸碎了；你的'玉人'却砸不碎，好比水里的月亮，碎了又会拼上。"

一九七八年

鬼

一

胡彦说他遇见过一个真的鬼。

人家问他:"怎么叫真的鬼呢?"

"着着实实的,不是影子,也不是心里想出来的。"

"就是说,你真的见鬼了?"

胡彦固执地说:"不是,我遇见过一个真的鬼。"

胡彦并不逢人诉说遇鬼的事,怕人家不信。他只在自己结婚之后,才和亲人和知友当做一件自己也不信的奇事来讲。他对自己的老婆讲得尤其仔细,因为对别人讲来还有不便。

那是在一九三二年秋天,他大学刚毕业。

他是物理系的高才生,自以为已经内定留校当助教,谁知以善吹、善拍、善钻绰号"三宝"的同班生,竟把他满以为拿稳的职位占去。胡彦坐实这项消息之后,再求人荐事,已经晚了。

他爸爸直唉声叹气,他妈妈直埋怨:

"没到口的馒头,怎么就拿稳了?"

胡彦的那位"她",当然也是"没到口的馒头"。可是他曾对两个妹妹夸下海口,说等八月中秋,准带"她"给她们看看。他不得留校,"她"忽然变得非常冷淡,三封信去,没一字回音。胡彦不仅觉得前途渺茫,不仅觉得无颜在家坐吃,还怕到了中秋佳节,不识趣的家里人会扫他面子。他经人介绍,得了一个补习英文的馆地。他自以为可以胜任,暑假里忙赶去就业,打算等谋到合适的事,随时脱身。

馆地离他家居的上海不远。学生姓王,是个多病的大少爷,因寡母姑息,从未上过学,只延师在家课读,英文还是初学。

王家少爷拜门的先生,都是名师宿儒,只胡彦到他家处馆。因为王家少爷认为英语教师起码要上海来的才够洋,本地的太土。胡彦不过是个大学毕业生,王太太不屑请上大厅待茶,只带着儿子到安顿先生的外书房来见见。她是个端重的胖太太,五十多年纪,冷静的目光,把先生一览无余,然后慢吞吞地转文说:"小儿寿楠生来单弱,在家有养无教,只怕朽木不可雕,屈抑了先生大才。"又说她家的老门房赵荣年迈耳聋,打杂的阿福是个傻小子,伺候不周,还请先生海涵。那位少爷却一言不发,只嘻嘴笑着连连鞠躬。他是个长脸的瘦高个儿,背微驼,头发乌黑油亮,眉淡目秀,很像女人,只是那狭长的下巴和"一"字形的宽嘴若生在女人脸上就怪了,生在王少爷脸上还可以。他笑时露出疏疏的短牙,那副露齿的笑,给他脸上添了几分稚气。他跟着王太太走出书房,还回脸对胡彦嘻嘴点头。

胡彦站在门口,目送他们母子穿过轿厅①进里面去。他转身继续整理自己的房间。这间外书房在轿厅西侧,很大,还连着个厢房。厢房朝东,一排明角窗,外临轿厅前铺黄石的大院,窗

---

① 旧时官邸大厅外面的一进是轿厅,歇官轿,搁置"肃静"、"回避"的头行牌以及×府大灯笼等。

下摆着书桌和椅子;面窗壁上挂着字画,沿墙一溜是茶几、椅子、书箱、书架。朝北又有一排明角窗,靠东墙铺一张床,挂着夏布帐子。这是给先生铺设的床,床尾还摆着脸盆架等日用什物。

北窗尽西头一扇的关插坏了,只虚掩着。推开一看,窗外是个极幽静的死院子,三面高墙,遍地青苔,成片的白海棠,从西到东蔓延了大半个院子。北墙正中是一堵水磨砖砌的门楼,下面两扇紧闭的大黑门。黑门后面想是王家内院,但静寂得没半点声息。

破落的轿厅虽是出入必经之处,也阒无人声。西边歇一顶旧的绿呢大轿,遮着些黄不黄、灰不灰的帆布。东边歇一辆簇新的包车。靠东墙歪歪斜斜竖着些"肃静""回避"的头行牌,还有好些大灯笼,上面有"王府"两个很大的红字,都是些保存着的清朝官绅家排场的遗迹。

胡彦踱过轿厅,步入后轩,伸出头去,望见一个铺青石的大院,前面想是大厅。关闭的门窗和四周游廊的柱子、栏杆,油漆犹新。大厅前廊,东、西两头都有门。西头的门是锁着的;东头的门是开的,大概通里面内室。胡彦又慢慢踱回来,站在轿厅前面的台阶上,望望铺黄石的大院。这个院子的出口不在南而在东,是个大圆洞门。洞门以外是门房赵荣、车夫阿二、小打杂阿福的世界,他们乘凉都不进洞门。胡彦觉得自己的领域很安静,大可偷闲读书。

一日三餐,送饭的总是赵荣。胡彦问他黑门后面是不是他们家。那老头儿自己耳聋,却怕人家听不见,大声说:"白海棠!"

胡彦指点黑门说:"那后面——"

老头儿更大声说:"就是秋海棠!"

胡彦不便再问。

收碗碟的总是阿福。胡彦问他几岁了。他一目斜视,瞪着不一致的两眼,嘻嘻笑着说:

"七、八、十几岁。"说完逃也似的端起食盘就走。

胡彦想起少爷嘻着的嘴。少爷也是个傻小子吗?

少爷到外书房来上课,不像拜见先生的时候那样缄默。他彬彬有礼,问先生起居如何;又问先生住这屋里怕不怕。

"怕什么呢?"

"一个人,不怕吗?"

少爷坦白承认怕鬼,他深信凡是他感到怕惧的地方,一定有鬼,只是肉眼不见罢了。他掉转话题,向先生问这问那,一面介绍自己,说英文也学过,到上海逃难的时候,跟外国人都说过话。胡彦想不到他几句洋泾浜很漂亮,口音比自己的正确。

胡彦问:"逃什么难?"

"呀,数不清啊!奉直之战,齐鲁之战……"

胡彦觉得他一蹙眉、一定神的表情很老成,像他妈妈,远不是什么傻小子。他请问少爷"多少贵庚"。

"三十。"

胡彦吃了一惊,少爷光光的脸,看来好像十八九岁,想不到比自己还大着七八岁呢。

"结婚了吧?"

"十年了。"少爷很老成地说。

"多少孩子了呢?"

"啊!"少爷笑着叹息说,"这是我不孝之大焉者。"

胡彦觉得问错了话,改口问他为什么要学英文。

"有用啊!我和家母所见不同,我是个不肖子!"他嘻着嘴笑,笑得像阿福。

他对课本毫无兴趣,只叮着问上海的生活、上海的金融市场、跑马厅、跑狗场、回力球场、电影院等等。他知道的事真不少,胡彦自愧不如。两人胡聊了半天,无所不谈。胡彦只抱愧没教他英文,打算明天从文法入手。

少爷走了,胡彦想起没问问黑门后面是哪里。饭后,轿厅前后寂无一人,胡彦悄悄跳出北窗,踏过青苔,就门缝张望。两门中间有缝,但后面有竖闩挡住;门和墙之间,左右都有空隙。他从东边张到西边,只看见地下的白海棠和一所关着门窗的房子。过一天少爷来了,胡彦问他黑门后面是不是他们家。少爷说,那边是他家的祠堂,祠堂前面是个死院子。

胡彦诧异道:"那边也是死院子?"

少爷点头:"也是个死院子。"

胡彦想了想:"祠堂是南北开门的?或者东、西还有门?"

"不,祠堂北面是墙,没有门,东、西都没有门。"

"那院子怎么进去呢?"

少爷笑了。他说:"大厅前廊的西头有门出入,不过经常锁着,过节向祖先上供才开。那个院子就好比是个死院子。"

"哦!"胡彦见过大厅前廊西头那两扇锁着的门。

当晚他写信给妹妹夸口,说他一人享用的房子、院子,比他全家人住的大七八倍不止。

少爷不爱文法,上一两堂课要病三五天。胡彦闲时居多,就坐在厢房书桌前用功,看自己带来的物理学书本。开窗正对圆洞门,他看得见住外面的男用人进去,里面的丫头、老妈子出来。她们或到门房去吩咐什么事,或出门上街。有一个年轻的不像丫头,也不像老妈子,好像也从不上街,只到门房就回里面去。胡彦猜想她大概就是少奶奶。胡彦想认认她,可惜自己有点儿近视,还没钱配一副好眼镜,远远望去看不清,而且也不敢放肆看人家内眷。他的处境,从没像当前这样宽畅清闲的,可是他却感到从来没有的寂寞无聊,因为成天只一个人。他要用功而心不能专,只无聊无赖,看着窗口解闷。

他凄凄凉凉,独在王家外书房过了中秋节。十六晚上,月亮比中秋晚上的还圆。只是天上有白云,也有乌云,又有风,使一轮满月不得安定,忙忙地直在云后疾驰:一会儿隐入乌云,一会儿裹着轻罗也似的白云,一会儿又滑进黝黑的深潭,清光四射,照出碧蓝的天空。

胡彦在西厢看月,心情恰似那轮月亮时明时昏。他妹妹来信劝他投考留学;那位"她"还是不理他。胡彦正对月伤感。忽听得北窗外有声响,好像滞重的大黑门在开阖。他向来胆壮,立即赶到窗前去;从虚掩的窗缝张望,只见月光下一个浑身雪白、没头没脸的怪,站在黑门前。胡彦身上的汗毛一根根竖立起来。一晃眼,那怪变成了一个女人,浮浮荡荡直向窗前飘来。胡彦忙闪到床前。虚掩的窗咿呀一声自己开了,那怪已跳上窗台,原来是个艳装少女——不是女人,是一具艳尸。死白的粉脸,两颊鲜红胭脂;嘴下唇印着个樱桃大小的血红点儿,比圆规画的还圆。她不是时装,也不是古装,穿一身浅妃色钉黑花边的袄裤,上截是大圆角的紧身,下截是大腿裤,像多年前烟草公司月份牌上的美人。脚上一双白布底的绣花鞋,分明是棺材里死人穿的。说时迟,那时快,她在窗台上一扭身,轻盈地跳下地来。

胡彦厉声大喝道:"谁?!"

"不认得我吗?"细小的声音,嘤嘤然不像人声。

真所谓"人怕鬼、鬼也怕人",那女鬼听了胡彦厉声呵叱,彷徨畏怯,转身就要逃跑,给胡彦冲上去一把揪住。

不揪时万事全休。这一揪啊,他立即着了鬼迷。他刚接触那只鬼手的时候,还觉得彻骨冰冷。一碰之后,却感到了温软。看她回眸一笑,只觉楚楚可怜,柔媚动人。她不像艳尸,像个艳丽的少女。

胡彦回忆中最可怕的是着了鬼迷,使他失掉理智,失掉意志,完全不由自主。他就像《聊斋》里的书生一样,把鬼拥入帐中。

他告诉自己的老婆:"她和你一样一样。"

他老婆说:"也许她压根儿不是什么鬼呢?"

胡彦保证说:"我不是个见神见鬼的,你听下去就知道。她若不是鬼,定是妖,也许是海棠花妖。"

胡彦天明醒来,床上空无所有。枕上被里,没留下脂粉的余香,只隐约有点草木的生腥味和刺鼻的凉气。那扇北窗还虚掩着;两扇紧闭的大黑门,照样好好儿关着。满地青苔潮润润的,海棠叶上还带着水滴,好像下过雨了。死院子里,不见有践踏的痕迹。胡彦想,主人家中秋夜里上供后,大厅前廊西头的门没上锁吗?他悄悄走出轿厅去侦察。只见那两扇门关得严严的,广漆的门闩和光亮的铜锁上蒙着一层轻尘,谁要碰过,准留下手迹。

他回到床前细细回忆。忽见床脚边半幅花笺,捡起一看,上面淡墨写着两行细字:"西厢看月上,北窗待我来。"字迹稚嫩,墨淡得快要没有了。胡彦只怕那几个字会渐渐变浓,或渐渐隐没不见。他看到这两行字,忽记起昨夜耳边听到的话。她说:"我是跟定你的了。水里火里,我也跟着你。"她说:"我马上再会来看你,等着我。"对了,她还说:"我会墙里过来,谁也挡不住我。"当时他都没想想,血肉之躯,能从墙里过来吗!

  赵荣送上早饭,先生还没有刮脸。早饭后,阿福撤走食盘,他还在发呆。怪道少爷问他怕不怕,他可真有点怕了。倒不是怕鬼,怕的是又着鬼迷。他瞪着那几个淡墨的细字,想划根火柴烧掉了一干二净。再一想又觉不妥,烧纸怕会把鬼又招来。忽记起书架顶上有一只研朱砂的砚台,据中国旧迷信,鬼怕这件东西。他上过洋学堂,又知道十字架能压邪。他小时也曾模仿道士驱鬼,会把五个手指绾成个驱鬼的"王灵官结"。这时他土洋并用,把那半幅花笺拿到书桌上,取下朱砂砚,右手绾成"王灵官结",中指蘸些剩茶,染上朱砂,在那半幅花笺的周围画上无数的十字,然后用朱砂砚镇在桌上,料想过一会儿纸上的淡墨会消失无存。

  他觉得书房里阴森森地待不住,可巧看见阿福又出来,就想抓住他说说话。

  阿福照例又是来找车夫阿二;阿二就把包车拉出去。胡彦常看见阿二把空车拉出去、又拉回来,不知干什么,向来也没有理会。这时他就跑出来问阿福:拉一辆空车出去干什么。

  "少爷上茶馆。"

  "少爷呢?"

  阿福回身往里指指。

胡彦想了一想,恍然说:"到后门去接他?"

阿福瞪着一只斜眼,一只正眼,嘻着嘴使劲点头。

当然,他早该知道,少爷不过是称病,不好意思当着先生坐车出门。胡彦心想:"我傻了吗!我在这里着了鬼迷,少爷只嫌我碍着道儿!他最近索性十来天没上课,这碗闲饭吃不了多久,难道还等人家来辞我?三十六计,走为上计!"他回房收拾了自己几件衣物,留下个条儿给少爷,托门房转交,只说家有急事,召他回去,自己叫个车就上车站了。

胡彦从此没有再回这间外书房。王家由介绍人转给胡先生一笔"车马费",没有再请他回去。他始终不知道自己为王家立了多大的功劳;也不知道王家给了他多么优厚的报答。

二

王家少爷结婚十年没生孩子。早在四五年前,太太就对少奶奶说:"少奶奶,你总不能眼看我们王家断了香烟。"

少奶奶满面含笑、满口应承说:"只要妈妈'相'中了人,寿楠愿意,马上讨来,生了儿子,和她姐妹相称。"

少奶奶从不顶撞人。她说的话和她的笑容一样甜软。她是正室夫人的独生女,继母没生孩子就死了,弟弟都是姨娘生的;太太那番大道理,她哪有不懂的。可是每逢亲友家有姨太太进门,她总"勒令"少爷再一次发誓:"绝不讨小。"少爷发誓都发腻了,常另出心裁,结合当时娶小老婆的人,发个别开生面的誓。比如说:

"我若讨小,就变成一只秃头胖乌龟。"

少奶奶笑得把一杯茶都泼翻了。她说:"我倒愿你讨一个来,让我瞧瞧你变成什么样儿。"

太太虽然听不到小两口子的私房话,也能料定儿子受少奶奶的牵制。他们每次"相"了人,少奶奶的品评总和太太的一致,少爷却另唱一调:不是太单薄,就是太壮硕;不是太轻浮,就是太粗蠢。他还提出要好人家的女儿,还要识字的。他一方面又提醒太太:不论他顶几房香烟,重婚都犯法;买卖人口也犯法。太太总不露声色,安详地说:"没有死法有活法。"或说:"慢慢挑,总有合适的。"

胡先生来处馆的那年春天,果然挑到一个合适的。她出身没落的书香门第,还上过几年学,据说人才不错,而且性情和婉。王家约定地点,"相"过那姑娘,确是相貌端正,身材适中,更难得的是举止很大方。少爷无可挑剔,就嫌她面黄肌瘦?

太太说:"啊呀,要像少奶奶这样好皮肤、好颜色,打着灯笼也找不到第二个呀!"

少奶奶说:"人家给哥哥嫂子逼得要投井上吊,天天眼泪拌饭吃,哪得不面黄肌瘦?"

少爷说:"脸黄不要紧,怕的是有病。"

太太沉吟不语,半晌说:"只怕她本人还不愿意呢。"

这件事暂又搁下不谈了。

原来那姑娘的妈妈是个无能的"才女",丈夫一死,只为没有儿子,家产全被过继的儿子占去,连她箱笼里的私蓄都给儿媳偷光。她不知是气死的,还是吃了什么藤黄花青。那姑娘如今虚岁十八,嫂子要把她嫁给自己娘家一个不成才的独眼侄儿,哥哥贪图财礼,要她嫁个老头儿当续弦。据说那姑娘想投井,又怕井底寒森森;想上吊,又怕吐出舌头。有个好心肠的远房姑妈说这孩子可怜,听说王家在物色一个二房,就介绍了她。

那位姑娘果然不愿意。她说:"做丫头老妈子都行,小老婆可不做。"

做媒的姑妈说:"也该看看是什么人家、少爷什么人才。人家好,人才好,做二房胜如给老头儿做填房,胜如给混蛋做花烛夫妻。他家少奶奶身体虚弱,不生育;你生了孩子,就是你大了。"

哥嫂听说王家愿出三百聘金,不要一文钱的陪嫁,而且和娘家断绝关系,都千肯万肯,只怕姑娘闹别扭。对付这位姑娘并不容易。人家只说她是受气包,不知她是个惹气精。哥嫂在屋里关着门说私房话,她总会听见。一事不随心,就眼泪汪汪,饭也不吃。当着哥嫂,装得稳嘴善面,背后却会逢人哭诉,东告状、西告状。以前她同学来家,都对她嫂子瞪眼睛。后来不让她上学,同学朋友都渐渐断了。可是东邻西舍、亲戚朋友在她哥嫂面前背后,常说些批评哥嫂的话,不都是她捣的鬼!甚至有人唆使她找律师和哥嫂打官司呢。所以非趁早打发她不可。幸亏她年纪还轻,胆子还小,哥嫂也摸透她的脾气。当面的好话,她是一句不听的;背后骂她,却有意想不到的效力。哥嫂不肯放过王家的亲事,关了门在屋里一吹一唱。

哥哥说:"真想不到,一贞倒交上狗运了!哎,也就算我们吴家的体面吧。"——那姑娘原名懿贞,哥哥改为一贞。

嫂嫂说:"别胡说,我们侄儿没死心呢。她有了这样阔人家,还肯嫁我们侄儿!——我告诉你,有些话你千万不能说,你记着。你千万别说王家少爷顶两房香烟,她是去做二房奶奶。

千万别提大少奶奶的话:什么'姊妹相称'。千万别说王家太太厚道,少奶奶脾气好。"

哥哥说:"不说不说。"

"就算我侄儿不要她,我也不输她这口气!她飞上高枝儿,倒远比我好了!哼!休想!"

哥哥说:"我看她就没这么大福气。"

一贞的家,是哥嫂的家了。她孤独无援;不偷听,怎能知道自己的处境?怎么保护自己呢?可是她毕竟年幼,还是受了哥嫂的操纵。她把姑妈和哥嫂的话告诉她相熟的裁缝娘子和西邻的大丫头阿桂。

裁缝娘子说:"贵妃娘娘、西施娘娘、昭君娘娘,哪一个不是小老婆?我朱大嫂倒是大老婆呢!怎么样?"

阿桂说:"依我看,大老婆是拴死的,跑也跑不掉;跑了还可以抓回来。小老婆却是活的:好就好,不好就逃走。"

那姑娘急要跳出哥嫂的手心,听了各方的议论,就答应了。做媒的姑妈说她脸色不正,还带她到医院去看了一次病。

王太太拿出医院证明,说吴家姑娘身体健康,毫无疾病。少爷一时上竟没话可说。太太打铁趁热,说吴家哥嫂既然那么混账,不该让那姑娘尽受气受欺,还是叫她赶早过门,再挑好日子圆房;衣服首饰,等进了门慢慢添置。这样,王家就"讨"来了一个"贞姑娘"。

少奶奶偷偷儿哭了两场。她是哭自己命苦,自小没了亲娘,有委屈没处告诉。她心里最明白:少爷便是讨十八个"小",也生不出一个儿子来。讨了"小"再不生孩子,眈眈虎视的自族兄弟就要开口立嗣子了。况且她和少爷至少是亲密的伴侣;少爷讨"小",扫她的面子。圆房的吉日选定后,她借故到上海的亲戚家去回避了十来天,因为照她当时的心情,实在不愿回娘家。

少爷对于娶小老婆一点不热心。少奶奶是戚友间公认的美人;虽然近年来身体发福,仍然是个雍容华贵的美人。少爷并不讲究什么用情专一,不过他对别的女人从来不感兴趣。他的心意另有所属。

少爷是三十岁的人了。王家的田地房产都在他名下。王太太觉得她过世的丈夫虽然无能,还守得住家业;她看透这个儿子是不能守的。所以她把家产抓得死紧,尽管不放心经管账房从中私肥,也不敢让少爷插手,连小夫妇的月费她都交给少奶奶管。少奶奶自己有奁田,有房产,有存款,可是她也把拳头攥得一缝不漏。少爷常劝说她卖掉些家产,搬到上海去住。他说:"家产死搁着,白养肥了经管的人。变了活钱,我拿点儿来给你开个馄饨铺,也稳给你发财。"

少奶奶笑得甜软,主意却拿得坚固。她只见少爷钱到手就光,不信他会赚钱。少爷手里不名一文,成天盘算的只是怎样弄钱。人家并不知道他的底里。他凭自己的身份,对产业买卖等事经常打听行情,议论价钱,各方比较;碰到关键问题,他就刹住口或避而不谈。人家觉得他倒有一手算盘。他在茶馆结识的三朋四友,什么人都有。有想做掮客图回扣的;有想借钱的;有想合股同谋的。太太看不顺眼,吩咐门房一概回答"少爷不在家"。尽管这些人不能上门,少爷在外边门路很广。少奶奶娘家常派车来接姑奶奶家去听说书——她姨娘在家里请着个说书的。少爷同去,倒不是去听说书。他和少奶奶家的经租账房等人混得很熟。少奶奶有个叔叔在上海工商界做事,她娘家常有上海来往的人;少爷爱和他们谈生意经。假如少爷手里有钱,说不定早已上了不少当。可是他只在"模拟演习",打"假想战"。他忙着演习种种交易,多年来倒也累积了不少学问,略略识透了些人。

少奶奶到了上海去,少爷可苦了。他没钱上茶馆,少奶奶家也不来接他去听书。少奶奶常带他出去吃个小馆子,看个电影。她走了,他只好成天闷在家里。平时太太要他每天临帖、读古文,他却只要看看白话小说;连小说都不大爱看。他对黄瘦的贞姑娘毫无情意;贞姑娘讲她娘家的琐碎,他更不耐烦听。好容易盼到少奶奶回家,他简直快活得又哭又笑,两口子谈了半夜体己。

贞姑娘住在祠堂后面的西小院里。那儿一溜三间房:西头一间是少爷的书房,中间全是书柜、书箱,东头一间是贞姑娘的房,和少爷少奶奶的卧房后厢通连。少爷和少奶奶夜间私语,贞姑娘当然很关心。她至少听到了大半。他们说到她,照常还称"黄面丫头"。少爷说的有几句话听不清,大概不是好话,是糟蹋她。他还冤枉她说:"黄面丫头想要我给她买胭脂粉。"贞姑娘气得恨不能抗声辩白。她当时不过说:她嫂子连胭脂花粉都没给她买一点。

少奶奶问:"你怎么说呢?"

"我说我们王家不兴得搽胭脂抹粉;我们家没有胭脂粉。"少爷说的是真话。因为王太太是青年守寡的,少奶奶爱惜自己的好皮肤,怕脂粉伤皮肤;她只用西洋货的什么油、什么蜜。

"咳!你也真是!"少奶奶笑着埋怨,"我来给她买!"

少爷说:"哼!瞧妈妈不说你嫌她脸黄!"

少奶奶笑说：“黄是黄，不过她顶老实，不声不响的，像个可怜巴巴的养媳妇儿。”

他们一点没想到那个不声不响的、可怜巴巴的"黄面丫头"，正在黑地里偷听。贞姑娘在王家，日子过得不错。太太慈厚，少奶奶和善；可是她希望依靠终身的少爷却无情无义，私下里只叫她"黄面丫头"。她觉得自己上不上、下不下，仍然是最孤独的人。她是什么心情，谁也不知道，谁也不理会。

三

祠堂的北墙上爬满薜荔。祠堂和大厅之间有一条一尺来宽的"落水"，两边墙上也爬满薜荔，掩合了墙缝。贞姑娘问丫头阿土：缝里是否走得通，出去又是哪里。阿土对这事从没注意过。她说，问张妈就知道。可是贞姑娘绝不敢问张妈。张妈睡在太太卧房外间放箱子什物的房里，她什么细事都报告太太。贞姑娘曾想和阿土一起探个险，钻一次试试。不过阿土虽然只比贞姑娘小两岁，却是个小正经。她已有婆家，动不动说："婆婆家不喜欢的。"她绝不肯胡闹，而且她是个矮胖子，也许挤不过去。

西小院三间屋全归贞姑娘收拾，那边是她的天地。有一天，她特地起个早，偷偷钻了一次墙缝。只要闭着气、扁着身子横走，很容易过，因为祠堂只有大厅一半的进深。钻出墙缝就是祠堂前的院子，满地白海棠，南墙正中是一堵雕花水磨砖砌的门楼。两扇大黑门不但有竖闩上下顶住，还有个大横闩，左右有铁圈套住。竖闩上有个大铁搭，攀住横闩，上面锁着一把大铜锁。

钥匙挂在门旁钉上；贞姑娘踮起脚就够得着,只是她没工夫开锁。门两侧的缝里,张得见前面也是个满地海棠的院子,贞姑娘不知那边是哪里。直到胡先生来处馆前不久,太太叫她帮张妈去布置外书房,推开北窗,才知道窗外那个海棠院子就是她门缝里张见的。

贞姑娘当时对这项发现并不在意。可是不久以后,她就老在想着这条通路。

少爷常和少奶奶笑话那位先生的英语口音,说他把英文单数的"你"字读成"杂污"——就是江浙土语的"拉屎"。又形容他塌鼻子、厚嘴唇,却多情得很,正在失恋伤心。

贞姑娘借故出轿厅去,望见那位先生粗眉大眼,相貌不错。

少爷还告诉少奶奶,胡先生把女朋友的照片带在身上,看看,叹叹气。

少奶奶说:"女学生漂亮吧?"

"我看了照片。一对小眼睛凑得很近,嘴巴却很大,脸形像只梨。"

少爷接着说:"我就安慰安慰他,叫他再找个更漂亮的。可是他说,他对恋爱早已看破,而且再也不找女学生了。他只要找个老老实实的当家女人,吃得苦、耐得穷就行;女学生心大眼高,没有情分。"

贞姑娘觉得自己正是那位先生要找的人,而且拿定自己比他的女友美——只要他别瞧她脸黄而不屑一顾。她几次到门房去,发现那先生已经注意到她,常隐在窗后偷偷看她。有时贞姑娘独在房里,他忽然会闯到她心上来。贞姑娘就怀疑是那先生在想她。他大概老在想她,直在她身边打转,赶都赶不开。贞姑娘为太太抄《地藏经》,给他缠扰得连连写错字,只好放下笔来做针线。他甚至睡梦里都跑来,还不老实,要调戏她。贞姑娘想正色告诫先生不要那样。她在王家不过是个"黄面丫头",并没给王家拴死,尽可以和他光明正大做夫妻。她进了王家的门,看明自己先前的种种希望全是妄想;只有阿桂的话最中肯,她经常放在心上一再思索,打算哪一天和先生从长计议。

八月节太太给少爷的拜门老师都送了节敬。太太和少奶奶商量,给胡先生送礼?还是送钱?她们认为该送钱;只是少了不好看,多了又怕先生当做每月的薪水。她们打算过些时一总送。这次过节,王家只给胡先生添了菜,还送了一盘月饼。

少爷说:"不如把钱送我,把胡先生送回家。"

太太说:"当初要学英文,也是你的花样。"

贞姑娘听在耳里,担心胡先生待不久了。她不敢再迟疑,决计大着胆子,过去找他谈谈。

八月十五祠堂里要上供。她得过了节才能过去。十六日饭后,贞姑娘趁大家歇午,悄悄挨过墙缝。她本想马上和先生隔窗谈心。可是时间太匆促,又保不住先生那边会有人撞去,而且她还想把自己打扮得美些。所以她先去开辟道路,准备晚上和他细谈。她开了锁,把钥匙挂在原处,把锁放在门臼旁边。她脱下横闩,靠在门左边墙上;然后抱住竖闩往上一顶,松脱了臼,抱过去靠在门右边墙上。大黑门很重。她慢慢儿轻轻、轻轻地推开一缝,扁着身子挨进门,蹑足走过院子,直到外书房的北窗下。她记得西尽头的窗走扇,窗缝里张见先生躺在床上,大概睡得正熟。她拿出口袋里的半幅花笺再看一遍:是她学做的对句,不知通不通;纸是捡少爷写残的;墨太淡,因为她匆匆忙忙,只蘸水在砚上淹了两下。她把纸条送进窗缝,忙抽身回房。

她已经准备好当夜穿着的衣服和鞋子。少奶奶曾叫她拆一套旧衣裤,因为上面的花边还有用,衣服已经过时,而且小得不能再穿。贞姑娘偷偷试穿,衣服恰恰合身,裤子略长些,提高点就行。她镜中自照,觉得俏丽极了,所以那套衣服还舍不得拆。鞋是她为少奶奶绣的。她还特地做了一双布底,用簇新的白布包了边,亲自绱了鞋。因为少爷不信贞姑娘会自己绱鞋。她一来要卖弄本领,二来是要讨好少奶奶——少奶奶说过,布底鞋比皮底鞋舒服。少奶奶试穿了这双鞋直笑,说"好极了"。可是背后她偷偷儿问沈妈:"像不像死人下棺材穿的?"少奶奶是沈妈带大的。沈妈嫌这话不吉利,沉着脸责怪少奶奶"胡说!"她自作主张把鞋给了贞姑娘,只说少奶奶嫌紧些——其实她们脚寸相仿。

贞姑娘一天事毕,故意还在张妈屋里坐了一会儿,因为张妈睡得最晚。沈妈和其他女用人睡在下房,贞姑娘不用提防。她回房先铺好床,放下帐门,洗过脸,就对镜理装,细细致致地搽脂抹粉。她把一堆夜来香的花子一一剥了壳,研去皮,搓成粉,一层又一层往脸上抹。要抹得匀净不容易,好在那只是粉底。她留着些擦银器的牙粉,这时匀匀地敷在脸上,灯光下照着,觉得一张脸粉团儿也似,没一点黄色。厨房里有的是胭脂棉,因为糕团上印红点儿要用胭脂水。贞姑娘扯了些胭脂棉,这时蘸水匀在掌心,拍在颊上。然后她撕了一块包赏钱的大红纸,剪成樱桃大小的圆形,贴在下唇,舐上唾沫,过一会儿揭下,唇上便印着一颗樱桃——她妈妈出门就这样打扮。她还学她妈妈烧些杨柳炭,描了眉毛;因为她把眉毛都糊白了。她对着镜子浅笑轻颦,转侧自看,非常满意。得这样雪白的脸,才配得上那套浅妃色的衣服。

她换上衣裤,穿上绣花鞋,放下帐门,把换下的黑布鞋端端正正放在床前,然后拿了一条被单,准备裹着过墙,免得沾脏衣服。她掩上门,站在阶下。事到临头,不免犹豫。可是人家在等着她呢。天上一轮满月,在云后疾驰,没一刻停留,贞姑娘看着心上也着忙起来。她把白单子兜上脑袋,浑身裹住,一纳头钻入墙缝。

她简直生了翅膀似的飞落在那位先生面前。这还是第一次和他相近,只觉他完全陌生,并不是她闭眼常见的模样。她几乎想回身逃跑。可是他认出她来了。他确是看中她的!显然他就是睡里梦里常来纠缠她的人。贞姑娘满肚子的话都不用开口说,彼此都已心照。以后事情怎么安排,也就好商量。

可是倒也不好商量,因为他睡着了;睡得烂熟,便把他身下的褥子抽掉,他也不会醒。贞姑娘不忍搅扰他,又不敢逗留,反正她还得再来呢。她推开窗。觉得风里寒飕飕地带些潮润。月亮刚从云后出来,照见满地海棠叶上湿漉漉闪着水光。不知什么时候下过雨了。她跳下窗台,轻轻掩上窗,蹑足找没有花叶的地方走。

她背着窗走向大黑门的时候,背后还好像有人护着。可是挨过门缝,转身摸到门环,拉上了大黑门,背后就寒凛凛地没了保障。当初她来的时候,不知是哪儿来的一股子劲,竟没想到害怕;她卸下笨重的横闩,竖闩,也不知是哪儿来的力气,竟没觉得沉重。这时抱起那根竖闩,真不知有几千百斤。月亮恰隐在轻云后面,她找不到上下的臼,只狠命往上乱顶。上面忽然落臼,下面却撞死了,再也挪移不动。她没奈何,且去抱那横闩,用力托起,居然把一头套入铁圈。可是竖闩既没有落位,横闩就不肯服帖。她正挣扎着想把那一头纳入右边的铁圈,月亮忽然全给乌云盖没。一阵风过,只听得墙缝里的薜荔稀里哗啦乱响,远近的门窗,有的咯噔咯噔震动,有的咿咿呀呀叫。她冷汗直冒,一失手,把横闩没套上的那头掉下地去。她蹲下去把横闩扛起,正伸手去摸索右边的铁圈,忽觉冰冷的一只手搭在腕上,吓得失声惊叫,把扛起的那一头又跌落地下。她这才发现贴在腕上的,不过是一角沾湿的被单——她蹲下时沾湿的。她觉得背后不知多少鬼在笑她;祠堂里的祖宗都在那里指指点点。她连打两个寒噤,浑身冰冷,两腿发软,顾不得横闩还倾斜在地,忙把被单蒙在头上,直往墙缝逃跑。她一阵乱窜乱撞,挣扎出墙缝,身后的那一群鬼还盯着不放。她喘着气甩掉被单,连揪带扯地脱下衣服,一头钻进帐子,把被蒙上脑袋,才松了一口气,开始发起抖来。这一阵抖是她硬撑着忍住的,这时开了头,咬着牙也收不住,直抖得骨头都疼。好久好久才渐渐抖定,觉得热烘烘浑身发烧。贞姑娘昏沉沉失去知觉。

四

沈妈早在灶上为贞姑娘打好热水,只等她去提。水都快凉了,还不见她出来,沈妈到西小院看看贞姑娘怎么回事。只见她房门也没关,一条被单横拖在地下,少奶奶叫她拆的一套软缎衣裤撂在床前凳上,一双泥污的绣花鞋一颠一倒落在黑布鞋旁边,贞姑娘在帐子里哼哼呢。沈妈掀起帐门,吃了一惊。贞姑娘抹着个大花脸,两手摆在被外,手心也搽得鲜红,额头、身上,摸来滚热沸烫。沈妈出门,看见一路泥脚印,由浅到深,从贞姑娘床前直到墙缝。

沈妈背着张妈,悄悄告诉了太太,陪着太太同到西小院来。太太看了,半晌不语,只低声问:"张妈知道吗?"

沈妈说:"没告诉她。"

太太点头说:"很好。"她顿了一下,吩咐沈妈:"你给收拾了吧。"

等张妈知道贞姑娘发烧、跑来探望的时候,贞姑娘乱扔的被单、衣服、鞋子都已收好,她的大花脸和泥脚印都擦洗干净了。

贞姑娘昏睡到黄昏醒来,热还没退清,心里却明白。她睁眼看看屋里一切如常,暗想:难道她只做了一场梦吗?

阿土端来半碗粥汤,问她怎么病了。贞姑娘装傻,反问阿土,自己是怎么病的。阿土说:"沈妈说你没给少爷奶奶提洗脸水,发烧了。"

贞姑娘略为放心。沈妈不爱多话,很可能她把少奶奶的东西一一收好了。至于泥脚印,贞姑娘压根儿没想到。她只惦着大黑门没闩好——可是她还得过去呢。她还不知道胡先生叫什么名字;还得问明他家的住址。她想,最好别跟他同跑,各走各的,比较妥当。太太和少奶奶给的首饰和历次得的见面钱、赏钱,都由少奶奶给她收着,她打算一件不拿,一文不要。她在王家半年,别的不说,针线活儿也做了不少,没白吃他家的饭。她准备只穿自己的一身旧衣服动身,料想胡先生不会嫌她光身。

第二天大清早,她不顾头重脚轻,急急忙忙又挨过墙缝去。大黑门关得好好的。一个竖闩,一个横闩,一具铜锁,都和原先无异。难道她只是做了一场梦吗？可是她一抬眼，钉上不见了钥匙。她明明挂在钉上的，难道她没挂好吗？她在花叶间找了一番，不敢耽搁，又回房躺下。

她要侦察的事正多，不能孤零零躺在床上生病。她硬撑着起来；到了厨房，就知道胡先生已经回家。据张妈说，太太说的，胡先生回家成亲去了。据赵荣说，胡先生的家信是前几天来的。阿土估计说，先生是要领了节礼再回家。

贞姑娘仿佛心上扎了一刀。假如他们讲的是实，胡先生就是一个大混蛋。贞姑娘心上的伤口里，含着一大包血泪。

可是胡先生说家去成亲，安知不就是打算娶她呢？他也得和家里人先谈谈，做点准备再来接她同去。这样一想，她又欣喜得心怦怦跳。

可是外书房都锁上了，床也拆了。太太大概是趁此把先生辞了。胡先生怎样再和她通消息呢？他能想到她连他的名字都不知道吗？他知道她的名字吗？其实他可以假意写信给少爷，开上自己的详细地址；他会有这心眼儿吗？

可是少奶奶的那套衣裤，还有给了她的那双绣花鞋又哪里去了呢？贞姑娘始终没敢问。大黑门怎么又闩好了呢？钥匙哪儿去了呢？听见太太和少奶奶商量，要托人给先生送一点车马费。先生结婚，该送贺礼呀！看来先生是给太太赶走的。——假如先生是赶走的，她贞姑娘就会没事儿？

她像蜗牛似的伸着触角，四向探索。她有时怒，有时喜，有时忧虑，有时希冀，有时怕惧；一颗心只在这种种感情的漩涡里浮沉打转，弄得茶饭无心，梦魂不安，一天天越见黄瘦。

一天清早，她到厨房打热水，一阵头晕恶心，吐了两口酸水，恰给张妈撞见。张妈忙把腌桂花用的制酸梅拿来,掰了一块给贞姑娘含在嘴里,问她觉得怎样。贞姑娘觉得舒服些,闭着眼含笑点头。她歇了一下,提水回上房。

张妈悄悄儿把贞姑娘的情况报告太太。她说:"太太恭喜!贞姑娘有喜了!"太太却皱着眉,半晌才郑重吩咐说:"张妈,别乱说。"

张妈想是太太顾虑到少奶奶突然听到这个消息不好受。她答应了太太,忙就悄悄告诉沈妈。沈妈说:"太太说得是,咱们都别说。"

沈妈立即背了人告诉少奶奶。贞姑娘不规矩的事,她早告诉少奶奶了。少奶奶因为贞姑娘是太太"讨"的人,太太自己没告诉她,她就只作不知。这会儿听沈妈讲了,她呆呆地坐着,眼里滚下泪来。沈妈肚里直为少奶奶叫屈;看她流泪,自己也心酸。她说:"不能让!小姐,我倒有个主意。"她把自己的主意向少奶奶讲了。少奶奶咬着手指不响,但是她并不反对。

沈妈得空就找了太太说:张妈告诉她,贞姑娘有喜了。

太太不言语。

沈妈试探着说:"不论生下来是男是女,对咱们王家门里,总是好事——可是,少爷还不知道呢,就瞒着他吗?"

太太叹了一口气。沈妈也明白:家丑不可外扬;可是连少爷都瞒着,太太也对不起儿子。

"我说呀,太太,少爷不用瞒,也不用告诉;我有个主意。"

沈妈把她的主意告诉太太。太太听着听着,展开眉头,点了几下头。她十分赞许。

过一天下午,少爷跟少奶奶回她娘家了,太太叫张妈出去买一批南货,又叫阿土到厨房去剥莲子;然后把贞姑娘叫到自己屋里,问她是不是有喜了。

贞姑娘不敢回答。她正在疑惑,怀着鬼胎心魂不定呢。

太太问:"过期多少天了?"

贞姑娘还是低头不语。

沈妈不声不响从外屋进来,拿出一双泥污的布底绣花鞋,一张打着许多红黄色××的字条,上面那两行字,便烧成灰,贞姑娘也认得是自己的笔迹。

贞姑娘画着大花脸发烧那天,胡先生不辞而别。太太带着沈妈到书房去,一眼就看见了那张字条。她们打开大厅前廊西头的门,看见大黑门前倾斜的横闩,彼此会意地看了一眼。这件事,她们两人心照不宣。沈妈奉命把绣花鞋和纸条收藏在太太外屋里,她只偷偷儿告诉了少奶奶。

贞姑娘看了泥污的鞋和那张字条,吓得脸更黄了,簌簌地掉眼泪。

太太说:"你打算怎么样?"

沈妈补充说:"少奶奶听说你有喜,很高兴,只是——少爷跟前,怎么交代?"

怎么交代呢?贞姑娘无言可对。不过她已经横下一条心,如果赶她回娘家,她就上吊——她已经决定上吊比跳井好,至少是干的。

沈妈沉静地催促说:"问你有什么打算。"

贞姑娘哽咽道:"吃点儿毒药把它——把胎——毒死,或者叫我死,都行,我可怎么也不回去!"

太太忙安慰说:"哪能有这种事!"

沈妈也安慰说:"你可以让少奶奶替你生。"

贞姑娘不懂怎么能替。沈妈对她细细解释,怎样叫少奶奶装假肚;又屈指计算着月份说:"目前不相干,冬天衣服宽大些也看不出。让少奶奶把穿不下的大肚皮衣服撩给你穿;你只说舍不得改小。到春天,你跟着张妈下乡去住一程。"

沈妈和太太商量过,这事瞒不过张妈,并且也要用到她;但不必向她露底,只说少爷定要自己的孩子是嫡妻正出,不是庶出,所以不说贞姑娘怀孕。

贞姑娘对沈妈的建议完全同意;她恨透了那个混蛋的胡先生,绝不愿为他生孩子。沈妈就点上香烛,叫贞姑娘对天发誓:她的胎给了少奶奶了,她绝不对少爷说破,绝不对任何别人说破,将来也绝不对孩子本人说破。贞姑娘很感激少奶奶给了她这条出路,一片诚心向天叩了头,发了誓。从此贞姑娘包扎起肚子,少奶奶就怀孕了。少奶奶也真会糊弄少爷,他认真相信。

张妈只是太爱拍马屁,人还是很热心的。她带着贞姑娘住在乡下的时候,代抱不平说:

"贞姑娘,你太老实。少爷也不讲理——我看还是沈妈的主意,她死护着少奶奶。孩子是你生的,或是少奶奶生的,有什么上下?一样是少爷的骨血。"

贞姑娘说:"到底还是做少奶奶的孩子体面。"

张妈说:"你只为着孩子,忘掉了自己。我只怕……"她忽然住口不说。

"你意思是,他们有了孩子,会把我撵走?"

"撵走也不会。太太总要好好儿打发你,给你找个好人家,再陪你一份嫁妆。"

贞姑娘自从对天发了那个誓，觉得肚里的孩子已经不是自己的，只等把孩子交还少奶奶，就可以一身轻。她对王家并不留恋。她也断定那个胡先生不是好人，她恨他，为什么把她的字条打满了肮里肮脏的××扔给王家。

贞姑娘产期将近，张妈带她回王家，给她裹着一床薄被，说是发疟疾。

沈妈看了张妈一眼，悄悄说："还不到秋天呢，发疟疾？"

张妈不买账，辩解说："贞姑娘有这个老毛病，你看她的脸色就知道。去年八月半，不就是犯了这个病？"

沈妈不得不承认，疟疾是很合适的病，不怕传染，也不惹麻烦。贞姑娘发疟疾，少奶奶就很顺利地生下一个大胖儿子。

"顺利"，全靠太太、张妈、沈妈等周密的策划。贞姑娘产前曾作过验查，一切正常。奶妈已选定，随叫随到；她奶着自己的新生孩子等待接替。接生婆是个富有经验的，不认得少奶奶，也不认得贞姑娘。那天黄昏时分，贞姑娘在少奶奶屋里生产，太太、张妈、沈妈都在屋里守着，都称她"少奶奶"。产妇头上蒙着一幅极讲究的花纱，遮去大半个脸，太太等人也留心不让接生婆看清产妇嘴脸。贞姑娘负痛哼哼。接生婆只管说："少奶奶，放开些，要大声叫喊；叫得越响，出得越快。"贞姑娘先还低声哼哼，后来她嘶声叫号，没叫多久，孩子就出来了。接生婆说声"恭喜！"太太也看到了，是个男孩！

王家款待接生婆吃茶点，太太开发了接生钱和赏钱，还让她到少奶奶床前，领取少奶奶亲手给的一个红包。少奶奶头上照样蒙着那幅花纱，这时露出了脸还有气无力地说了话。贞姑娘早由张妈、沈妈裹着被子包着头，挪入她自己屋里去了。这一出偷梁换柱的戏演得很成功。张妈奉太太命好好调理贞姑娘,还给她吃了什么偏方,干掉奶汁,免得奶胀生奶疮。

少爷快活得把他几个月来为儿子起的一大堆名字一一写在红纸上,请太太挑选,太太都嫌不雅,叫他浓墨工楷,写信求老师给娃娃取名。她自己只取了一个小名,叫"望"。因为是望了十年才来的,也是她一切希望的寄托。她当初指望少爷读书成名,虽然少爷才三十岁,她已知无望。现在靠这阿望,王家又有了读书种子。少爷呢,另有他的希望。他要阿望大了上大学,读洋书,还要送他出国留学。少奶奶得了这么个健硕的儿子,也非常得意。三朝戚友来看望,有的说娃娃像外公,有的说像祖母,有的说娃娃皮肤现在又红又皱,将来一定白嫩,像少奶奶。少爷早把阿望一再端详,断定阿望一副耳朵完全像他自己。

少奶奶的娘家和亲戚朋友,陆续不断地给少奶奶送月子。淡的白炖蹄髈,淡的白煮鸡汤,淡的鲜鲫鱼汤……少奶奶在人前总得呷两口;强不过少爷的关切,还得勉强吃点。她产前已有一星期不思饮食,产后吃这些淡而腻的东西,不胜其苦。她怀孕九个月,实在够吃力的。当然都是靠沈妈的艺术,可也难为她始终没露马脚,从"爱吃酸"到"只吃淡",她的模仿都力求适合身份,谁也没觉察她不合真实。

天下事常出人预料,所谓"人有千算,天有一算"。往往说来万无此理的,却会真有其事。少奶奶装产妇装得太像,竟害"产褥热"去世。她只连发几天高烧,就昏迷不救。

少奶奶初发病,太太只以为她是寒暖不调,当着人捂得太热,背着人把被全掀掉,下床也不披上些。少奶奶平时小有病痛,总请她信任的老西医来家诊视。这九个月里,她硬撑着没请过一次医生,怕给他识破底里。九个月都熬过了,怎肯功亏一篑。所以她说那位老西医不是妇科,不请他。少爷请来一位素不相识的妇科大夫,断定少奶奶是产褥热。少奶奶几乎笑出来,竟把自己的病也看成笑话。太太不信西医,瞧少奶奶迷迷糊糊眼都不睁,热度只顾上升,忙请了熟识的中医来。大夫诊完脉,皱着眉沉吟半晌,脉案上虽然断为产后的病,太太略知医理,认为他用的药不是为产妇的,可是太太仍然怀疑大夫开错了药,或用药太轻。后来沈妈向太太透露:少奶奶从来不喝汤药。她也不公然抗拒,可是有本事变戏法似的把药变掉——经常是倒在毛巾里。所以少奶奶压根儿没有服药。也不知她害了什么病,一下子就送了命。

少奶奶年纪轻轻,才二十八岁,虽说身弱多病,其实并没什么病,只不过是娇些。好端端一个人,怎么一下子就没了。人人震惊,觉得世事无常,都慨叹"空得很"。事后大家纷纷揣测,都要说出个理来。烧饭的陈妈引一句老话说:女人生一个孩子,就是在开着盖儿的棺材边上走一圈。赵荣说:一个人不能太美满,少奶奶福气十全了,所以不能长久。张妈说少奶奶人中稍短,是短寿相。奶妈说,少奶奶太疼小宝宝,不顾自己身体,夜里听见宝宝哭,黑地里就赶到后厢房去,她还不该下床呢。少爷当时睡在太太的套间里,听了奶妈的话,认为少奶奶是撞到了鬼;他坚信家里空房太多,有鬼。

沈妈伤心得糊涂了,直哭少奶奶苦命。她说:"你们只见她笑得甜蜜蜜,谁知她心里肚里。"现在少奶奶人都没了,少奶奶有没有子息,和她沈妈还有什么相干。她在王家的地盘,不妨都让给张妈。她淌着眼泪,在老赵的聋子耳朵里大叫大嚷着口述了一封家信,请老赵代笔,叫女儿来接她回乡。少奶奶的棺材抬出大门没几天,沈妈就回老家了。

少爷像小孩子般号哭了几场,仍睡在太太的套间里,再不肯住自己原先的房,除非偶尔回去拿些东西。他帮着料理少奶奶的后事,心上老惦着阿望,怕奶妈不尽心,又怕太太事忙照顾不到,常抽空到后厢房去侦伺。贞姑娘已经"扶病"起床。她倒是顶关心,自己不吃饭,守着望宝,叫奶妈去吃饭;自己不睡午觉,叫奶妈好好歇午,晚间警醒些;还叫奶妈别睡歪了望宝的脑袋,喂奶小心,别挤塌了望宝的鼻子。

少爷都看在眼里。他告诉了太太,并说:

"贞姑娘倒顶有良心。"

太太说:"姨娘也是娘。"

少爷把贞姑娘叫来,当着太太嘱咐说:"少奶奶就这一点骨血,你好生照看,我们不会亏负你。太太在说呢,'姨娘也是娘'。"

贞姑娘怀着鬼胎的时候,对肚里的孩子毫无情分。她暗暗希望孩子下地后,太太把她嫁出去。可是孩子出世之后,她刚能下床,就去看了宝宝,觉得他眉清目秀,很像她妈妈,也像她。她一片心都在孩子身上了。这个望宝是她唯一的亲人,她只怕太太要把她嫁出去。是少奶奶替她生了孩子,还是她替少奶奶生了孩子,这笔账她也算不清楚。反正少奶奶生的望宝,是她的骨血,她和王家连上了亲。太太封她做姨娘,她觉得有了靠傍,成了王家的人。贞姑娘从此安心做姨娘了。

一天,太太神色仓皇,问贞姑娘知不知,少爷把少奶奶的田地房产全卖了,她偶尔听见少奶奶娘家人说的。贞姑娘怎会知道呢。少爷那天一早出门,整天没回来。她们俩好像同遭了祸事,晚饭也无心吃,急要等少爷回来问个究竟。左等右等,到八九点钟,少爷才兴冲冲地回家,直嚷肚子饿;他还没吃晚饭,刚从上海回来。

太太等晚饭后才慢慢盘问少爷。他两手一拍,嘻着嘴说:"都送还少奶奶娘家了!"

太太铁青了脸说:"这是少奶奶留给阿望的家当。"

少爷说:"放心!没杀贱!昨天成交。今天我到上海去买下了一所两上两下的小洋房。咱们搬上海去!这里我不住了!"他早已肯定这宅子里有鬼。

太太说:"咱们这许多家具,这许多书,哪里搁?"

少爷头头是道。哪家书铺肯出多少价,哪个家具店收买哪些货。反正有用的留几件,多余的一概出脱,包括全部书和一套丛书的木版。少爷说:"留着喂蛀虫,干什么?"

太太一听书价出乎意外。她默默盘算,少爷的办法确也不错,没想到他倒是相当精明。少爷还说:撑着个空架子花冤钱,不如紧紧凑凑过舒服日子。他们这所房子太大,没买主。后园可卖给东邻,已经议过价。前面房子可分租五六家。卖书的钱可用做押金,他凭这笔押金可在上海弄到一只好饭碗……

"我们家的田租呢?"苏州人的田租是大厅上设柜台,佃户上门交租的。

少爷说:"大厅正好租给咱们家的账房,照常挂牌收租。"

太太愣了一下,再想想,实在拿不定是她儿子精明,还是她自己糊涂。好在房地契都在她手里呢。

贞姑娘给少爷去拿洗换的衣服,少爷跟过来,递给她一包东西。原来是香粉、胭脂、口红,都是名贵的外国货。贞姑娘这回坐月子,虽然没满月就下床,却替少奶奶吃了不少滋补品,已养得皮肤光润,颜色由黄转白。当然脂粉还是她喜爱的,可是她不客气地问少爷:

"我的首饰和钱,少爷也都花了?"

少爷拿出一串钥匙,挑了个最小的,开了少奶奶的小铁箱,拣出一个红绸小包,里面是贞姑娘的全部家当,还附有少奶奶记的一笔细账。然后他把少奶奶的首饰盒打开给贞姑娘看看,他说:"这些留给阿望娶亲用——你好好给他收着吧。后房一箱箱都是她的衣服,你也见过,她理得多整齐……"少爷含着眼泪把一串钥匙交给含着眼泪的贞姑娘。

贞姑娘紧紧握着这串钥匙。短短一年多,她已经眼看自己和旁人的许多希望,许多算计,都像肥皂泡似的吹出来又破灭了。这串钥匙虽是铜的、铁的,安知不也只像肥皂泡一样。可是少爷母子对她母子的这一片心,她只有感激惭愧,不知是她成全了少爷母子,还是少爷母子成全了她母子,因为放定她儿子已是一家之主了。假如儿子不认得妈妈,张妈肯定会悄悄儿告诉他。

一九七九年

事　业

一

她们聚在长走廊的灯底下，等着周默君先生——她们的"默先生"（其实该称周先生，可是从前还有她的母亲"周太先生"呢，做女儿的只称"默先生"）。有些人是来看情势的，因为大家都很关心。

五六十年前，私立求实女中的校舍还很小，没有校园可以散步；因此造成一个特殊传统，叫做"站弄堂"。大教室外面有条长走廊——本地人称为弄堂。正对教室门口挂着一盏昏暗的电灯。每天晚饭后、夜课前，校长、学生，偶尔也有部分住校教师总站在走廊灯下胡说乱道，什么话都说，师长没有架子，学生也没有顾忌。

这晚上"站弄堂"的只是几个初中学生。这伙十三四到十五六岁的姑娘，倒像落草的强盗，都有诨名。

"花生米"华绳以爱吃花生。她说将来死了，棺材里不用石灰，要满满垫上五香花生米，面上撒带壳儿花生——透气些。"花生米"和华绳以谐音，就叫开了。

"晨莺"是陈倚云自己取的。她最佩服红十字会的创始人芙萝伦斯·南丁格尔女士。她知道这个姓的意思是"夜莺"。

她姓陈,就取名晨莺,还杜撰了一个洋名字,叫莫宁格尔(Morningale),自以为和英文的夜莺(Nightingale)对仗很工,特地写在纸上,趁"站弄堂"的时候请教校长而兼任英语教师的默先生。默先生脸上似笑非笑——这就表示她肚里在呵呵大笑。她故意把字条儿在灯下横看竖看,皱着眉头一本正经地说:

"没见过这个字呀。是早起喝的什么啤酒吗?你改名陈酒了?"

大家哄然大笑。陈倚云急得一把抢过纸条来撕了。幸亏"晨莺"比"陈酒"语音更近原名,而且她那么认真地省下零用钱来买纱布药棉,为同学裹伤口、洗冻疮,这份痴心谁也不愿辜负,所以还是叫她"晨莺",除非故意惹她才叫"陈酒"。

裘亦善是皮球脸,没有下巴颏儿,大家就叫她"皮球",她可一点儿也不顽皮,非常老实,只是爱笑。越是上课不该笑的时候她偏爱笑,只好死命忍住,把一张嘴紧紧收住,两颊的笑窝逼得又深又圆,肚子里逼不住的笑把她坐的凳子震得噔噔噔噔响。她的笑最坏事,等于告发。老师看见她笑成那副模样,就知道有人在调皮捣乱。

国文老师方先生班上淘气事最多。一次华绳以在他班上"弹古琴"——一支打毛衣的钢针插在金属的缝里,能弹出高低不同的声音。方先生本来没注意,看见裘亦善低着头使劲儿忍笑,就听见了"琴"声,立即转着眼睛满教室寻找。幸亏罪证已及时销毁。方先生目光扫向年岁最小也最爱淘气的陈倚云身上,接着就停在华绳以脸上打转。白白胖胖的华绳以和不白而瘦的陈倚云是朋友。她们在班上并不坐在一起,可是能互相通气,彼此包庇。华绳以是透明人儿。别人犯了规,她就笑得眼睛眯成两弯细缝;自己犯了规,就眼观鼻、鼻观心、正襟危坐。老师一眼就知道她不是"正犯"就是"从犯"。陈倚云比她难捉摸。倚云有个"抹笑法",经常和绳以一起练习。用手心从额上抹到颔下,凡是手心抹过的部分,笑容得抹净无余。倚云练习得很有功夫,再加她嘴角天生那么斩绝地坚决,她的"抹笑术"可得一百分;华绳以至多只能得七十分。当时倚云听到"古琴"声,也随着老师东看西望,偷眼瞧见华绳以销毁了罪证笑嘻嘻坐着,就睁着惊奇的大眼望着老师。方先生一时上给考倒了,没有追究。

有一次是在默先生班上。默先生教课最严厉,谁都不敢分心。她左耳微聋,上课就耳里插个助听的小管子。陈倚云坐在最前排,故意把个铅笔套塞在左耳里。裘亦善在后面看见了,紧闭着嘴,两个笑窝不断地隐现。默先生眼里什么都逃不过。她口不停讲,跑到倚云身边,把她耳里的笔套拔出来。裘亦善吓得一肚子笑都从半开的嘴里逃跑了。倚云却会撒赖。她大声埋怨说:"我要听得清楚点儿呀!"默先生把自己耳里的管子取出来,和铅笔套并放在手心里说:"瞧瞧!傻子,我这是两头通的!"满堂紧张之余,都放心大笑。下课后裘亦善挨陈倚云打了两拳,可是亦善怎么也无法控制自己的笑。

刘霭青是"小霭",她个儿最矮小;她比倚云大两岁,却矮半个头。"小霭"自然而然地成了"小矮"。她很在乎"霭""矮"之分,叫错了她绝不答应;人家只在她背后叫"小矮"。可是倚云没心没肺,直嚷"小矮!小矮!你怎么不理我呀?小矮!"霭青只好理她。这晚上她是倚云硬拉来的。倚云说:"你是好学生,帮我们说说好话。"可是霭青打定主意不开口。她知道说也没用;她向来不爱多话。

吴澍的绰号"呜呼"是强加于她的。"呜呼法"并不是她提倡的,是倚云的"发明"。吴澍比倚云、绳以等高一班,个儿也最高,年岁也较大。她能演讲,善作文。华绳以和陈倚云常偷了她的课卷来数双圈。倚云恍然说:"明白了!只要'呜呼',就有双圈。开头只要说:'呜呼,人生在世……'或'呜呼,光阴如箭……'或者到结尾说:'古人云或孔子曰什么什么……呜呼,斯之谓欤——'"她这个"发明",引起了作文课上一阵"呜呼潮"。方先生火冒三丈,拍着桌子说:"什么你也'呜呼'、我也'呜呼','呜呼'可以当饭吃吗?"他当众把不通的"呜呼"一一列举。可是挨骂的人太多了,她们只厚皮老脸地笑。下了课华绳以悄悄问陈倚云:

"你'呜呼'了吗?"

"我没有——我不敢。你呢?"

"我也不敢。只有吴澍是'呜呼大王'。"

她们先是背后称吴澍是"呜呼",也不知怎么的吴澍真成了"呜呼",连她本人也承认了。

这时她们虽然在弄堂里,外面的风风雨雨还听得清楚。大家焦虑地等着。

忽一人说:"来了!来了!"

刘霭青猜得不错,默先生准是在厨房里和大师傅商量明天的包子。她是从饭堂那边过来的。

她们等她走近,一哄而上,同声喊:"默先生!"

默先生两手护着耳朵问:"怎么了?"

陈倚云涎皮赖脸说:"默先生!我们要跟你闹!"她末了一字说得特别使劲。

默先生看看手表说:"今天没夜课,叫你们闹的?"

华绳以噘嘴说:"我们睡不着。"

裘亦善规规矩矩说:"我们在等你,默先生。"

"等我来闹?"

倚云软声说:"不是——我们大伙儿齐声求求你——"她推吴澍说:"'呜呼',你说呀!你说呀!——'小矮',你说——"

吴澍怪倚云开错了头,不愿接口。刘霭青最能察言观色。她乖觉地说:"默先生有事呢。"

真的,默先生还等着带领春游的老师,要和她商谈些事;还有话嘱咐学生的领队。她还要掏出随身带的记事本子来查查,有没有遗忘什么该办的事。可是她两眼盯住陈倚云,耐心等着。

倚云急了。她说:"默先生,一年好容易只有一次春游——"

默先生带些讥讽说:"一辈子只有一个春天!"

倚云没听出默先生的语气,急切点头说:

"对呀!可是一阵雨就断送了我们的春游,我们不甘心!"

默先生说:"天要下雨,有什么办法!"

倚云大嚷说:"有办法!有!!"

华绳以说:"只要多给一天假!明天下雨呢,春游别取消,改后天出发。"

吴澍委婉说:"明天下雨,也许后天就晴了。"

裘亦善补充解释:"明天晴了就不用多给假。"

倚云央求说:"一天!只要一天!"

默先生说:"对呀,只要一天!明天不晴等后天;后天不晴等大后天!"她不再多说。

倚云看着默先生的脸，觉得她们那套非常充足的理由，一下子全驳倒了，失望得发狠说："我做了校长，才不那么小气！"

默先生说："好，等你做了校长，天天放假。"

倚云把整个嘴都噘起来，表示不满。

默先生说："还不快回宿舍去准备准备，明天得早早起来打铺盖。"

倚云赌气说："我们早就打好了！"她话刚出口，知道说漏了嘴，转身一溜烟往楼上宿舍逃跑。绳以、亦善两个"从犯"不打自招，也跟着就跑。她们听见默先生在说：

"吴澍，别忘了你是小队长。谁打了铺盖得拆开。陈倚云今晚不好好睡，明天不许春游。"

倚云对两人做了个鬼脸。三人悄悄说：

"快！把铺盖藏掉。"

偷偷儿预先打好的铺盖不止一个。早有别人替她们把铺盖塞在床底下了。大家都在检点随身带的衣服，打成小包。有人用白纸剪了一个"扫晴娘"贴在门旮旯儿里。还有人剪了连成一串的七只乌龟，据说也有"扫晴"的功用，不过得点上独生女儿的血才灵验。

华绳以说："'皮球'，你是独生女，快挤点儿血出来，为我们大家牺牲。"

"牺牲"是求实女中的口头禅，因为默先生经常要求大家为什么什么事业做出牺牲。

亦善急得涨红了脸，亟口否认自己是独生女，因为她后母生的弟妹一大堆呢。可是倚云不由分说，一把抱住她大叫："'花生米'！拿个大针来！"

她抱得好紧,亦善挣不脱身,急得直叫。

绳以在抽屉里乱翻,一面说:"只有绣花针,行吗?"

倚云说:"多扎两下,也行。"

亦善叫得好像人家要宰她似的。

忽有人对倚云说:"你也是独生女呀!你不是只有一个哥哥吗?"

"两个呢。小哥哥死了,剩一个大哥哥。"

"女儿只你一个呀。"

倚云很爽气,立即松了手,认真地问:

"我算独生女吗?"

绳以说:"也许比'皮球'还'独'些。"

倚云忙把左手中指挤成紫红,接过绣花针来就要扎血,一面抬头问:"假如我不是独生女,我算不算冒牌骗人呢?"

绳以说:"没骗人,骗乌龟。"

吴澍劈手夺掉倚云手里的针说:"别胡闹,你算什么独生女!乌龟也不信!"

大家正笑吴澍自比乌龟,忽听得邻室欢呼。

"什么事?"

"听呀!"

"听什么?"

"听雨!"

原来雨停了。她们拥到窗口,伸出手去试探。雨果然停了。

裘亦善满面惊诧地说:"默先生竟是未卜先知。她怎么就知道天会晴?她准是算定了,才叫厨房里做好咱们路上吃的包子呀。"

霭青说:"也许大师傅知道。"

大家正在捉摸,全宿舍的电灯忽然熄灭,因为提早睡觉,明晨提前起床。可是谁都不想睡。分布各房间的朋友,趁熄灯就偷偷儿聚到一处来。照这次春游的规定,每人限带一床被,三人合打一个铺盖。预先打好铺盖的,就得挤在一处睡。所以这晚上全乱了套。各号房间的门也开着,黑地里大家直在说笑。

三号说:"咱们默先生是诸葛亮!"

"女诸葛周默君!"

"不对!不是诸葛亮,默先生是万世师表!"说话的好像是吴澍。

六号说:"咱们便宜了。我姐姐学校里春游得出好多钱呢。出不起只好不去。"

"咱们的钱哪儿来的?"

"膳余。"

"厨房不亏本?"

"你们可知道——我三妹念书的学校里,教师只和教师一起吃饭,伙食比学生的不知好多少;校长单独吃,顿顿像酒席——学生身上的油水不给捞光了吗?咱们的厨房不会亏本。"

四号传来一阵笑。

二号问:"'皮球',她们说什么呢?"

"'花生米'说,等默先生死了,咱们给她立铜像。"有人代裘亦善回答。

"'晨莺'要'呜呼'做墓志铭。"

"胡闹!立铜像要什么墓志铭!"

陈倚云仿着吴澍的调儿说:"呜呼,周默君先生岂非万世师表哉!鞠躬尽瘁,死而后已……"

"不通!孔夫子不是诸葛亮!"

二号说:"默先生还不鞠躬尽瘁?一天忙到晚,不拿一个钱的薪水——哎,默先生出不出饭钱?"

"当然出!"

"当然不出!"

"她就是个没工钱、白吃饭的?"

"求实女中是周太先生倾家创办的,默先生还不该吃一口白饭?和咱们一桌吃,又没吃好的。"

"你这是公私不分!默先生自己有钱;要不,怎么不拿薪水呢?"

"我说,她为什么不嫁人?"另一人问。

"真的,为什么?她又不丑……"

"她顶庄严……"

"'庄严'?又不是庙宇!"

"反正咱们默先生该说是很好看的。"

"她不是等那位大博士第三次求婚吗?人家求了两次灰心了,没敢再求……"

"这套胡说早戳穿了。我问真的为什么?"

"太先生不让她嫁,要她办学校……"

"胡说!她自己愿意为事业牺牲!为咱们!"

"'晨莺'!听见吗?该写在你的墓志铭里。"

倚云大嚷:"那是'呜呼'的事儿!"

"嘘!嘘!"学生会会长睡在一号房,一号传出话来:"别闹了！睡吧！"

倚云假装正经说:"大家别闹！早睡早起！再闹,天又要下雨了！"

几间房里都传出压低的笑声。雨声虽已停止,大家还没放心。宿舍里渐渐静下来,可是还蠢动着希望和忧虑、欢欣和期待。默先生的反话说对了:一辈子只有一个春天。

二

倚云脱了鞋,抱膝坐在床上,背靠着蚊帐后面的板壁,感叹说:"真是'呜呼光阴如箭、一转瞬间……'记得那年春游下雨吗?"

绳以靠着床前的书桌说:"那时候咱们还在老校舍里呢。"迁校后的求实女中,无论教室、礼堂、宿舍、校园,都规模宏大,远非昔比了。

裘亦善坐在对床,笑说:"那时候咱们还梳辫子……"

刘霭青说:"'呜呼'还穿裙子。"

"还梳个'牛屎头'。"

大家记得吴澍的头发又多、又长、又不服约束,梳的头像一堆牛屎。一次演讲会上她正讲得慷慨激昂,"牛屎"忽塌下一股。绳以和倚云在台下笑得肚子痛,因为不敢出声。吴澍现在已经上了大学,倚云大概和她一般儿高了。如果妇女没兴得剪发,没兴得穿旗袍,她们都该梳"头"并穿上裙子。

她们这时聚在陈倚云和刘霭青的房间里,打算理一理该温习的功课,准备毕业考试。可是她们上星期刚了却一桩大事——全班的大心事,人人肚里都有想说没说的话要在一起吐吐,像冒着气泡的汽水平静不下。连最用功的刘霭青都不能专心。

绳以知道倚云的心情,她笑了一声,接着倚云的话说:"咱们都要为默先生立铜像呢。"

裘亦善说:"咱们那时候,对默先生简直是崇拜。"

绳以扮个鬼脸,责问道:"现在你不崇拜默先生了?只崇拜——"她假咳嗽两声。亦善涨红了脸。

倚云的脚尖在绳以的腿上轻轻踢了一下。人家是"父母之命",亦善经不起取笑,又该哭了。她看了绳以一眼,眼里含着一句话;别人不理会,绳以却心里明白。倚云不赞成绳以再和她那位表哥通信——其实也不是什么表哥,是表姐的丈夫的朋友。倚云说那人的信愈来愈像情书,看着怪肉麻的,劝绳以别再理他。可是这天上午绳以又得了"表哥"的信,偷偷儿藏过了。倚云只作不见,不过绳以知道她已经看见,这时她眼里的话就是责备。

裘亦善红着脸解释道:"崇拜还是崇拜,可是我不服气了——尽叫咱们'牺牲',什么都是为了她的'求实'。"

绳以只怕自己脸红,忙附和说:"我从前很感激她,好像她都是为咱们——"

霭青坐在倚云身边,笑说:"可是她总不是为自己呀!她得了什么好处吗?还不都是为了'求实'!"

倚云说:"'求实'是她变的!她就是'求实','求实'就是她!"

绳以说:"'求实'是默先生扩大的自我!"绳以自从交了男

朋友,学问顿长,用的词儿不像倚云那么幼稚。

倚云说:"所以她叫人家为'求实'牺牲,就是为她牺牲!——我现在懂了!——"她先心虚地笑了一笑,因为自知是偏激之谈:"她不拿薪水是苦肉计,就是叫大家都别拿薪水!'小矮',你明儿就得和她一样,一辈子为'求实'牺牲!"

霭青家境不好,无力升学,默先生已经约定她留校教附小和初中的课,还表示要培养她。霭青虽说不抱幻想,还是抱着几分幻想。她很谨慎,不肯胡说乱道,只打官腔:

"能为'求实'牺牲也是光荣啊!瞧,咱们'求实'现在多神气!该说是全城第一流的女中了吧?"

倚云气呼呼地说:"当然第一流!毕业生可直升什么什么大学!曾考取什么什么大学!我明明不要进的大学,她偏要我考!我就给她考不取!"

"默先生拿定你不肯给她考不取!"霭青调皮地笑。

倚云赌气说:"只有'求实'才是事业!"

绳以取笑道:"'晨莺'有'晨莺'的事业!开医院!上午给穷人看病,施诊施药;下午给阔人看病,叫他们出钱!"

倚云不服气说:"也不见得就是笑话!——难道只有'求实'至上、'求实'唯一!人家正要准备大考,还要考学校呢。可是不行!'不要念死书'!得为'求实'筹款!咱们上学没交学费吗?"——私立学校的学费是相当贵的。

绳以说:"还有杂费呢!——杂费做什么用?"

她们不知道,学费加杂费,可保持学校的收支平衡。

霭青别有见地,微笑着问:"可是,你们说吧,默先生叫咱们为'求实'筹款了吗?"

大家搜索记忆,默先生从没提出过任何要求。是她们自己觉得该对母校有所贡献,留作纪念。默先生只禁止她们伸手向家里要钱。历届毕业生都送纪念品,而上一届的贡献尤其大。她们演了一场戏,募得好一笔款子,在校园里修筑了纵横两条路。开了这个例,叫后来的班不好办。她们也没忘记吴澍累了一身大汗,还气得大哭一场。

蔼青很公平地说:"是'呜呼'自己觉得默先生好像说了她——说她爱出风头吧?其实默先生并没有那么说。"

绳以和倚云不明白是吴澍心眼儿多呢,还是默先生真的怪了她。反正她们班上没人能演戏,而且觉得吴澍演得并不好。所以她们挖空心思,想出开个"恳亲游艺会"。"恳亲会"当然不卖门票,可是走进她们的"游艺场",处处都非钱不行。那一排缀着纸花、飘着彩带的教室,进去都要钱。

她们是模仿别校的游艺会,稍加改头换面。例如一角钱一看的"穿心美人"。她们不愿借"美人"卖钱,招牌上大书"活捉得'穿心国'人一名,一角钱一看"。下面小字说:"加翻译费一角,可交谈三句话。"她们叫班上最瘦的人穿上宽大的衣服,化妆得神头鬼脸,穿心插一根管子——其实是从腋下穿过的,让看客从面前通过管子看到背后。华绳以当翻译。"穿心国"人叽里咕噜几声,绳以瞧问话的人是何身份,回答得或正经或胡闹;"交谈三句"的人个个满意而出。

"哈哈镜"是她们的创造。高中新考进一个善于模仿的学生,她们借她来做"镜子"。屋里架着一个大镜框,那学生站在镜框后面模仿照镜的人。门口招牌上写"哈哈镜!照三照,一角钱;看人照镜,二角钱"。可惜那个学生不会模仿生人,还老爱笑。全亏陈倚云板着脸在旁赞礼似的把来客"照三照"的表情和举动妄加形容,逗得照镜和看照镜的人笑声不断。例如一位中年太太来照镜,倚云就赞:"一照:哈,我说我还年轻呢!二照:可我是这副嬉皮赖脸吗?三照:行!反正哈哈镜里都不丑!"一位老先生来照镜,倚云就赞:"一照:咦?!二照:我原来是个姑娘家!三照:咳!人苦不自知!"许多人挤在门口,听见笑声,就问出来的人"说什么?说什么?"

有一间"非卖品展览室",她们借用了学校历年留成绩的字、画、绣片等。另外又有她们搜集的"业余工艺品",如一串串缠五色丝的小粽子,缠五色丝的铜钱,绣花的香袋,抽丝的桌布,彩线结的樟脑球袋等。一个角落拦着绳子,招牌上大书"西洋镜"。下面小字:"只供本校师生观看"——这也是她们的创造。进去当然又要另加门票。里面只一张桌子,桌上放一个纸盒,盒盖上有个铜元大小的圆孔,糊着一层红玻璃纸。刘霭青管这一摊。她让人隔着玻璃纸观看本校教师的一张张肖像:有漫画、有速写,显然不是一人的手笔。大部分是华绳以的杰作。她上课爱给老师画像,画得很神似。有些画像很拙劣,但多少都有些特殊标识,一望而知画的是谁。虽是"非卖品",每张都标着价,说是"赎价"。标价一般也不过六角、四角,方先生的肖像最多,所以最便宜,只五六个铜板一张。方先生嗤之以鼻,一张也没"赎"。只陈倚云画的默先生有题名:"我们最敬爱的默君先生";下署"晨莺特写"。这幅"特写"像七八岁小孩画的,但标价是"五元"。教师闻风赶来,有的笑,有的恼,都花钱把自己赎出。方先生虽然不"赎",也来看了。他觉得一撮胡子、一副眼镜并不代表自己,所以满不理会。默先生却欣然付高价"赎"出了她的像。小桌四周聚了一大群学生,家属只能好奇地远远观望。据说其中有裘亦善婆家的人。有人认识的说,她们看了亦善的绣片啧啧称好。亦善自幸她没管这一摊;她主管小吃部。

她们全班都出了大力,游艺会竟是意外地成功。霭青已把募得的款子结算清楚。将来建造什么"馆"、"室"、"轩"、"堂",只等方先生题名,由校方自作具体安排。她们都松了一口气。

不错,默先生确实没有命令或要求她们为"求实"募款。可是,她们不为"求实"做出贡献,行吗?

倚云负气说:"我敲了她一笔!"那幅"特写"标价五元,原是闹着玩的,没想到默先生会当真。

绳以笑说:"其实默先生很不必花钱来赎。画得又不丑,又不怪——而且也不像。"

亦善忽然说:"默先生要破产了。"

她们知道默先生靠很小一笔存款的利钱过日子,生活俭朴到极点。

倚云忙伸下她的长腿,穿上鞋。

霭青问:"你干什么?"

倚云站起身,又局促不安地坐下。

绳以忍不住笑了:"瞧'晨莺'这性急鬼!——你这会儿把钱还她去?"

倚云好半晌看着霭青的脸。她很认真地问:

"就说咱们算账的时候,发现写错了:五角写了五元。"

霭青说:"默先生会听你的!"

倚云像泄了气的皮球。她咕哝说:"反正她也愿意。都是为她的'求实'。"

裘亦善愣头愣脑地说："所以我出了'求实'的大门,再也不跨进来!"

绳以笑说:"你这个'所以',真是方老头儿说的'糨糊也黏不上'。"

亦善只继续说她的话,"默先生太会利用人了!"

绳以和霭青异口同声说:

"干事业能不利用人?"

"不利用人,成得什么事!"

倚云点头说:"咱们的默先生呀,把自己牺牲得精光精光了……"

霭青说:"'晨莺',你说话老那么不通。什么'精光精光'?"

"我说她弄得谁都不跟她好了。"

亦善说:"她就像个纵容孩子的妈妈。'求实'好比是她的儿子,她不觉得自己孩子讨厌。"

倚云说:"那种妈妈也不知道自己讨厌。可是默先生不一样。她明知道人家不愿意,也有本事叫人家乖乖地顺着她的意思干去。随你恨她、嫌她,她害死了自己都不计较。"

绳以总结说:"反正只要对'求实'有利,不管对自己有害!"

亦善愤愤说:"'求实'最不是东西!"

绳以也学着她说:"所以我出了'求实'……哼!我也不回来了!"

霭青叹口气:"我呢?"

倚云忙说:"小矮,你放心,我们当然得来看你!"

她们话又说回来,承认自己太自私自利,为"求实"尽了几分力,就满肚子冤屈似的。

正说着话,传来了晚饭的钟声。那口钟也是前届毕业生赠送的纪念品。默先生嫌钟太小;在发达的"求实"中学里,那口钟的声音已显得太单弱了。

她们一同向饭堂走去,互相警戒说:大家得收收心好好用功。可是她们的心早已收束不住;都挣脱了"求实"的羁绊,准备各奔前程。

三

求实女中刚发展到规模齐全,所在的城市被日寇占领了。

默先生并不像倚云所说的"精光精光"。学生和同事之外,她还有朋友。她有事到上海,就住在老朋友王太太家——一宅花园洋房里。这次她要"求实"在孤岛的上海复课,到王家住了二十来天,招了吴澍等几个在上海的校友连日商谈,分头办事。

王太太说:"默君,你们'求实'栽培了一批批贤妻良母,却没有给你栽培一个接班人。"

两人饭后在客堂闲聊。默先生的助听器已改用一个牛角式的铜喇叭,可拆成两截,盛在一只黑布口袋里。这时她把牛角尖塞入耳内,喇叭口朝着对方。

她说:"目前有用的还是吴澍、刘霭青这批人。再老的多半是贤妻良母,再年轻的资历不够——"

"你们有个出洋的陈什么——陈九?——"

"陈倚云——绰号晨莺——我叫她陈酒——她出去了才一年,我上次写信,叫她别忙着回国。"

"吴澍很能干,那老新娘子——刘什么——也不错。"

"刘霭青——她哪里老！矮一点——就叫'小矮'。"默先生想到向来不打扮的霭青现在电烫了头发,穿了高跟鞋,乐得直笑。"我这次要她当会计主任。可是不行,那位丈夫爱惜得不得了,说她身体虚——每天早起诊诊脉,临睡再诊诊,咳嗽一声就忙着开药处方——是个中医,大概除了自己的夫人没别的病人。这是第三个夫人了。"

"哟！别又把三夫人医死了！"

默先生呵呵大笑："甘草薄荷医不死人。"

"前头有孩子吗?"

"两个女儿都出嫁了,还欠个儿子。——霭青当'求实'附小的主任很得用,不知谁给她做了这个媒,暑假结了婚就到上海来了。"

王太太不客气说："谁愿意一辈子当'求实'的老师！"

默先生慨叹说："有丈夫这么宝贝,就算是福气吧。"

"你们那个毕业就结婚、结婚就做寡妇的——教书怕脸红的——"

"哦！裘亦善——'皮球'。她一直在医院里当配药员——抱了个孩子——还在家乡。她倒也罢了。她同班的华绳以最糟糕。多年的朋友,什么表哥介绍的,结了婚水火不相容,闹了几年离婚,生了两个孩子,还在闹。据说他们夫妇没有随校内迁,也到上海来了。我却没敢找她。"

"吴澍嫁得称心吧?"

"她那丈夫比她要小两岁,比她矮,比她白,比她嫩。我只怕——"

正说着,女佣报道有客,正是吴㵽。她已是熟客,跟脚就进来。

王太太听了默先生没说完的话,对吴㵽添了兴趣,偷眼细看,发现她十分打扮。她历年在上海教会女中教国文,服装看似朴素却非常入时,质料也讲究。头发是自己做的,很自然。脸上不敷粉,两颊润润地晕出暗红色,和唇膏一色而略淡。她招呼了王太太,不及坐下就说:"默先生,倚云回来了!"

"她毕业了?"

"她还毕什么业?"

"她没念学位?"

"李大夫休假,带她出去一年,念什么学位?"

"还是没学成医?"默先生把牛角尖往耳朵里更塞进些,把喇叭口朝着刚坐下的吴㵽。王太太已抽身走了。

"她早从医预转了生物化学——默先生,你忘了吗?"

"我怎么忘!我说倚云傻。爸爸没了,可以叫大哥负担。她又不肯。李大夫不是那时候就看中她了吗……"

"啊呀,还没成朋友呢,就叫他负担她学医?倚云肯吗!"

"所以我说她傻。现在她那娃娃有她妈妈照管,她出去了不多学几年?非跟着丈夫一步不离!"

"没有一步不离。李大夫香港下船转内地,还回到他那个医院当内科主任去了。倚云前几天刚到上海,小矮去接的。"

默先生忙拔出牛角,好像是要把这句话留在耳里。她顿了一下,问吴㵽:"她还住在哥哥家吧?"

吴㵽点头,又在她耳边嚷:"霭青会约了她一起来看你。"

默先生虽又戴上牛角和吴㵽谈复校的事,但没谈多久;送走了吴澍,跟脚也出门去。她虽然耳聋,也上了年纪,却十分灵敏,哪儿都去得,像个老上海。她立即找到陈倚云哥哥住的一宅弄堂房子里。

倚云背着门站在窗口,一回脸,默先生吃惊地看见她满眼是泪。她连连眨了几下眼睛,才惊讶说:"默先生!"然后像小孩子那样把两眼使劲一挤,挤净泪水,只睫毛上还有点儿湿。她右手扯过左臂的短袖来擦掉腮边的泪。

默先生记不起什么时候见过倚云哭,也没见过大人这般哭法,又笑又怜,不禁说:

"怎么了,陈酒?"她一面打开她的黑布口袋,戴上牛角式的喇叭。

倚云住在她妈妈和娃娃的房间里。她拉过一只椅子请默先生坐,又忙着倒茶,然后坐在自己的床上。

"我来接妈妈和娃娃,可是她们一个都不肯跟我走。"她脸上已经"雨过天晴"。她说:"小矮约我一起来看你——是她告诉你的吧?"

"我有耳报神,我先来看你了!"

"怎么敢当呢!"

"因为我有事求你。"默先生单刀直入。

"可是我马上就要离开上海的呀!"

默先生鼻子里出气说:"哦!你知道我求你什么事吗?"

倚云不好意思,哑口无言。

"你的娃娃呢?"

"跟我妈妈上公园去了。"

"你准备把她们扔下就走?"

倚云咬着嘴唇。

"我告诉你,你写信向李大夫请半年假……"

"我干吗要向他请假呀!"

"那就更好了——反正你知道了吧?'求实'要在上海复课——"

倚云不响。

"我只要你帮一点点忙——半年。"

"可是我帮得了什么忙呢?"

"只要你扶一把——"

"我不会扶,默先生,真的,我不会……"

"霭青也斩钉截铁——好!好!——我白为'求实'干了一辈子——到关键时刻,求校友伸手扶一把也休想!"默先生长叹一声,嘴角微抖,眼角好像有点润润的。

倚云这时才注意到默先生灰白的两鬓和枯瘦的面颊,惶恐说:"默先生,只要是我能做的事——"

"能不能只看你愿不愿呀!"

"我当然愿意,可是我能做什么呢?我又不会管事情。"

默先生立即说:"你放心,反正是你能做的事。你能什么、不能什么,我还不知道!——这就是说定了!"

倚云着急道:"没说定。"

"又反悔了?"

"不是,默先生,我也许能教一门两门课——"

默先生把手一挥说:"不用先开细账。我知道你最爽气。你说愿意,就是愿意了。这话你还收回吗?"

"只半年。"

"半年——你愿意了?"她看着倚云的脸,"好!——你做什么事,只听我调度,你不用管。"

倚云笑道:"你调度吧!你说,我能做什么?"

默先生从耳里拔出牛角,收入袋内,一面起身说:"咱们明天再谈,我这会儿还有事呢。"她留下自己的住址,约定时间,匆匆告辞。

倚云如约到王家,预料会碰到吴澍等许多人。可是她只见到王太太。王太太把她带到默先生住的客房里。倚云一看没别人,忙把带给默先生的一包礼物拿出来说:

"默先生,千里鹅毛,我的一点小意思。"

"什么东西?"默先生好像很有兴趣。

"两件羊毛衫。"

默先生笑说:"谢谢你,我心领了。——你该知道吧?我从来不接受礼物。"

"这不是礼物,是学生的孝敬。"

"你不是常爱说,'我做了校长就怎么怎么'吗?你做了校长就接受学生的孝敬,我只能心领。"

"默先生,你就是不领情!你这是魔鬼式的骄傲!"

默先生把手指在倚云额上点了两下说:"你才是魔鬼式的骄傲!"

倚云知道默先生是说她不要男朋友的资助——虽然男朋友后来成了丈夫。她觉得默先生为了自己认为有价值的事,可以不择手段;可是倚云只着重心意。她气呼呼地鼓着嘴。

默先生看看手表说:"咱们没工夫说废话,一会儿咱们还出去吃饭呢。"她看着倚云睁大的眼睛,一本正经说:"校董请你吃饭。"

"请我？我又不认识校董！我不去！"

"倚云，你不是听我调度吗？"

"可也不能专制呀！"

"你也不能一味孩子气。你听我说——吴澍呢，可以做个教务长；你呢——"

"只要不是'长'，都行。"

默先生看看手表说："倚云，我和你约法三章。第一，"她扳下左手大拇指："我请你做的事是非你不可的。第二，"她不让倚云开口，又扳下第二指头，"也是你胜任愉快的。"

倚云也屈下了两个指头，捏着自己左手的中指说："第三呢？"

"得听我调度。"

"可得讲理。"

"当然——现在校董会请你做校长。"

倚云急得大嚷："啊呀！那怎么行！默先生自己不做！我怎么会做！"

"咱们已经约法三章。"

"这可完全不合约法呀！况且吴澍比我大，比我班次高，什么都比我行——"

"吴澍，她很热心。她已经帮我们干了许多事。校舍就是她找的。事情其实也办得差不多了。吴澍有自己的工作；教务长也不用她，有别人。目前就是欠一个校长——你听我说，校董的意思，这个时候，在孤岛上，我不宜自己出面。吴澍呢——资格还差些。"

"这不是气死人的话吗!我只比吴澍多坐了一趟大轮船。她不够格,我就够格了?"

"够不够格,是校董会决定的。"

"默先生别打官腔!谁是校董会呀!"

默先生正色说:"董事长就在上海;还有部分校董——我昨天会见了他们——都同意你做校长。你记得最关心咱们'求实'的赵先生?他亲自到教育局立案去了。"默先生故意说得木已成舟,其实她只托了赵先生去办立案手续。"董事长一会儿放车来接咱们。"

"赵先生为什么自己不做呢?"

"又胡说!赵先生肯做'求实'的校长!——你是最合适的,没有别人。我不是说只要你扶一把吗?你不是答应了吗?有什么不会的?我在这儿教你呢!"

倚云低头想想。事情很明白:默先生要找个无名小子充当门面,实际上校长还是默先生自己。可是她全没想到,好比囫囵吞下了一个糯米团子。她还未及消化,汽车已经来接她们了。

饭后,倚云随默先生回到王家,陆续会见了几个"求实"的老同学和教职员。默先生得意地对倚云说:"多半是你认识的吧?'求实'的旧人,有不少在上海呢!你瞧着,等你一招生,老学生都会来。"她再次"心领"了倚云的礼物,郑重退还。然后嘱咐倚云明天别出门,在家等着她。

倚云回家把经过告诉妈妈;妈妈很乐意,因为解决了她的难题,不用再考虑走不走。哥嫂下班回来,听说了都一口赞成。倚云气呼呼地说:"校董一定想我是个妄人,不自量力,就想当校长。他们谁都不肯当！"可是她家的人只觉得倚云意外得了体统差使。

默先生到了倚云家，坐下就说："咱们来看看，还有多少事。"她看见倚云也学她用个小记事本，不禁笑了，拿来和自己的对照，连连点头。

"对！教职员的班子——这些还落空。对！预算！将来招生多少、收费多少、薪水多少都是连着的。校长的薪水由校董会议定，教职员的还待教职员会议评定——其实是你校长定的。"默先生已经大致定下。"——看校舍——嗯，你可以找吴澍陪你去。订约最好你亲自出马，因为对方也是学校，也是女校长。添置家具可以交给事务主任去办。"

默先生教倚云把该办的事都写在本子上；完一件，注销一件。她把自己的本子给倚云参看，又传授好些秘诀，例如怎样挑选教师，怎样约束教师，怎样教一门拿手课、取得威信等等。然后她交出"求实"的银行存折和钤记印章说："归你全权处理。我就走了。"

这可是倚云没料到的。她急得说："啊呀，事情刚刚开始，你怎么能走呢！"

默先生似笑非笑说："我还不知道你的脾气！我在这里，你什么都不会！我走了，瞧你会不会！"她只叮嘱："有事，给我来信——平常的事，教职员班子里的人都可以商量——还有，我说呀，刘霭青会答应你做会计主任。"

她当天就离开了上海。

四

吴澍的笑虽然勉强,她的话还是从心里出来的。她歪着脑袋端详着陈倚云对刘霭青说:

"很漂亮的一位年轻校长!"她和霭青同在饭馆为倚云接风。

倚云苦着脸说:"都是你,'呜呼'——"

霭青笑说:"得佩服咱们的默先生!她就像盘空的老鹰,看见你这只小鸡,呼一下,扑下来就抓住了。"

倚云叹气说:"我当时软了一软——"

霭青说:"我对你不也是软了一软?"

吴澍问:"会计主任你答应了?"

"我只怕'晨莺'做了校长比默先生还厉害;她会缠人。"

"大概只有默先生能一硬到底。"

倚云摇头说:"也不见得。默先生是学物理的。她自己说:女学生很少学物理;还顶得意自己的成绩——她怎么改行了呢?还不是对太先生软了一软?"

吴澍笑说:"所以,'晨莺',你真是她的好学生;你确也可以学她的样儿,把头发梳成鬏儿。"倚云下船后还没理发,她说不剪不烫,要学默先生的打扮,老成些。

霭青笑说:"你把自己打扮成个传道婆婆,也不够老成。"

倚云一本正经说:"我得再画一张默先生的特写,天天对着学——狗耕田吧,反正只半年。"

跑堂的送上菜单,问客人是否全了。

霭青忙说:"'花生米'昨天给我通了电话,她今天不能来。"

她们吃着饭谈论起绳以的家庭纠葛。倚云说:

"其实'花生米'横横心,离了也罢。"

吴澍说:"你懂个什么呀,事情就这么简单!过半年,看你对默先生横横心吧,你脱得了身我才不信!"

倚云只笑笑,觉得有言在先,"横横心"都不必。

可是半年之后,默先生接到倚云辞职的信就赶到上海,对她说:"倚云,你怎么还尽孩子气!在社会上做事,哪有做半年就罢手的!至少也得做一年呀!"

"默先生,你言而无信。"

默先生得意地笑:"你回忆回忆!我先是要求你'半年',可是我答应你只干半年吗?"

倚云终究给默先生制伏。不过她着实和默先生讲定,到暑假,得让她辞职。

倚云防默先生作难,把暑假后、下学期的事都安排就绪,可以顺利交卸。大考前她又向默先生提出辞职。默先生立即赶到上海。

她当着王太太对倚云说:"我已经摸出你的规律。最好是英文信:'亲爱的默先生';其次是白话信:'默先生';再其次是文言信:'默师';假如文言而称'默君夫子大人',那就是来寻事吵架的。"她压根儿不肯戴她的牛角喇叭,只说自己的话:"我先问你,是我不信任你吗?同事不合作吗?学生不服你吗?还是有什么事不好办吗?——当然,李大夫是年轻一代的杰出人才,放定是头号名医!你只打算做个名医夫人了!坐在客堂里,应酬应酬各种名流夫人,请请客,吃吃饭,听听音乐,享福!"她随

倚云在她耳边大嚷,只似笑非笑地不加理睬。她自己理由充足,却对倚云说:

"你只给我说出一个理由来!"

倚云强迫她戴上铜喇叭,然后说:"我是学生物化学的。"

"我是学物理的。"

"人各有志。我最——"她想说"最不喜欢校长",却咽住说:"默先生你知道吗?我做了一年校长,没有训话一次。"

默先生呵呵大笑:"这就是你爱说的'我做了校长怎么怎么……'——也由得你呀!"

"默先生,你明知有人比我做得好,也愿意做,你为什么偏不要呢?"

默先生强不过倚云,承认吴澍可以做代理校长——如果她愿意。倚云探问了吴澍,告诉默先生吴澍愿意。放了暑假,默先生答应召开校董会。这次所谓校董会,连董事长都没请,只有赵、钱、孙三位先生。孙令仪先生是女界泰斗,默先生的老朋友。"求实"的高才生她多半认识。这时她对倚云卖老说:"记得我一次到'求实'授奖,倚云,你还像只'长脚鸡'呢。"

默先生忽然问:"吴澍怎么还不来?"

"她等冯益先生的汽车接她和沃尔德先生一起来。"

"什么?"默先生眼睛都瞪圆了,"冯益和沃尔德?他们也来?"

"我听见吴澍问过你,要不要请他们,你说可以。"

"可是我没请他们呀!——坐他们的汽车来?"

当然那两位也是校董,但只是挂名的,默先生从不找他们决策事情。倚云知道"求实"的校董会和别校不同,不过是个门面,实权全在校长手里。

默先生立即和赵、钱、孙三位先生关在一间屋里密谈。然后赵、孙两位先生找倚云谈话。他们表示"局面"严重,要倚云合作。

赵先生说:"现在事情很尴尬。咱们自己人,有话好商量;可是怎么也不能在外国人面前丢脸。倚云,你得顾全默先生。"

倚云莫名其妙。

孙先生说:"倚云,你得听我们的话。你辞职,可以,我们让你辞。辞完了,我们留你,你可不许再开口。"

倚云睁大了眼睛。她对孙先生不敢像对默先生那样想说什么就说什么。

孙先生笑说:"你放心,倚云,过了今天,我保证,默先生一定让你辞。可是——今天,倚云,你得听我们的话。赵先生已经说了,咱们是自己人,当着外人,不能拆默先生的台。知道吗?——你辞——我们留你——你就不响了。"

楼梯上已传来吴澍的笑声和冯先生、沃尔德先生的脚步声和谈话声。

孙先生说:"倚云,你去做主人吧。我们的话——记着。"

赵先生只对她点头,表示叮嘱。

吴澍十二分打扮。她新换了发型,很有点贵妇人气派。脸上薄施脂粉,容光焕发。身上一件米色旗袍,虽然在汽车里的软垫上坐过,并不见一点皱纹。沃尔德先生是洋人,曾是吴澍的老师。洋人洋礼貌,扶着她上楼。

倚云只修炼过"抹笑法",只会抹去笑容,没本事抹去窘态。她这时的脸,和她被委任校长那天同样尴尬。假如刚才是默先生盼咐她那些话,她准要问个为什么。可是两位校董那么郑重其事地叮嘱,再加时间匆促,不容她多问,也不容违拗。

吴澍微笑着瞧倚云不够老练地主持会议,并提出辞职。然后赵、钱、孙三位校董和默先生都把她夸赞一通,一致挽留。倚云低了头一声不响。冯益和沃尔德先生都是老于世故的;他们也附和了几声,散会后神色自若地送吴澍回家。倚云看着吴澍铁青的脸,衬着俏丽的打扮,不禁想起她演讲那次散塌的"牛屎头"。假如她对吴澍不是深切同情,假如华绳以也在场,她们俩会彼此捏一把,肚里忍笑。可是倚云没心情笑。她自觉丢脸,也代吴澍不平;散会后急要找默先生,默先生已走了。

吴澍的小家庭只夫妻两人。倚云一早去看吴澍,她丈夫已到银行办公,她还穿着睡衣呢。吴澍开门一见倚云,就指着她说:

"倚云!你把我耍着玩吗?"

倚云只觉得她和吴澍一起受了作弄,同有委屈。她气恼中没想到自己多么对不起吴澍。

她忙说:"我——我——"怎么说呢?实在无法解释。她不能把默先生背后的决策说出来,而且吴澍知道了只会气上加气。

吴澍眼睛哭得肿肿的,满面气愤:"你要他们挽留,要他们称赞,不用拿我来垫脚呀!"

倚云小声说:"我向你赔罪——"

吴澍冷笑:"我要你赔什么罪!"她并不请倚云坐,说自己生病呢。她重又上床躺着,背过了脸。

倚云站了一会儿,吞声叫"呜呼",吴澍不理。倚云坐下又等了一会儿,吴澍背着身子一动不动。倚云悄悄起身,悄悄开了门;吴澍还是不理。倚云只好出去;才关上门,就听见吴澍下床跑过来,把弹簧锁使劲键上,分明表示决绝。

倚云慢慢下楼,到王家见了默先生。默先生满面疲倦,不耐烦地说:"倚云,你还要和我闹?"她坚不肯戴听筒,只说:"你妈妈又不想走。李大夫也舍不得让你一人带着娃娃上路。我实在不明白你为什么要辞职。你这一年的成绩就是不错的。我们都在夸你。可你就是一味任性。倚云,你该让我回去歇歇了;我是你一封信招来的。"

孙令仪先生住得不远。孙先生居然在家。她很勉强地招呼了倚云,直截了当,问她有什么事。

倚云说:"默先生不让我辞。"

孙先生说:"还为这事吗?"

倚云道歉说:"孙先生保证她答应我辞的。"

孙先生呆着脸说:"我也弄不清你和默先生的账;我实在无能为力了。对不起,我这会儿还有事,你自己再找她谈谈吧。"

倚云晚上没睡好,早起只胡乱喝了几口粥,这时又饿又累,急要找个地方歇歇,没劲儿赶回家吃饭。她也不愿回家,因为妈妈和哥哥都不赞成她辞职;嫂嫂嘴里不说,心上却以为她和默先生为什么事闹翻了呢。倚云只觉得自己是逆水行舟。谁都认为她没必要辞职。辞是千难万难,做下去是一顺百顺。可是倚云觉得这番是她和默先生斗法。若让默先生做了她的主去,她一辈子都不由自主了。她的心情,也许只有霭青和绳以可以了解。可是霭青已经和丈夫到普陀游玩去。绳以自己苦恼不堪,只怕没心情理会她。

倚云进了一家西菜馆,打个电话给华绳以探探,说饭后想去看她。绳以却意外地问倚云何不到她家吃饭。倚云告诉她自己在什么饭馆,邀绳以吃饭。想不到绳以高高兴兴,答应"就来!"倚云叫了一杯汽水,坐在电扇下慢慢儿喝。喝了几口,忽然心上开窍,自己对自己说:"我傻了吗!我还不够负责?不够守信?默先生临时变卦,倒害我背黑锅!我要走就走,何必等她批准!"她打定主意,气恼渐消,一面喝汽水,一面打着腹稿,准备回家就写信给"默君师座",声明她马上要离开上海。默先生不愿出面当校长,让她自己再求吴澍去。

绳以跑来,她正捧着杯子出神呢。她起身高兴地说:"'花生米'想不到你今天肯出来!"

"我自由了!""花生米"坐下舒了一口气。

"离了?"

"离?那么容易!我上次不是跟你说,我妈妈要来吗?她把两个孩子带走了——孩子我要的!——我也好找事。"原来绳以的丈夫谋得上海一个私立大学的副教授,不肯随校内迁。绳以原是同校历史系的教师,换了新环境,给孩子和家务缠住身,一年来只干些临时的零活儿,例如为广告公司画画美人儿,为时装公司设计个时装——都是她业余的爱好。

"找到了事吗?"

"找到一个——等一会儿讲给你听。"

绳以说不想吃饭,只要吃个冰淇淋。

"我也不想吃饭,可是咱们得好好儿吃顿饭,我有一大堆笑话给你下饭呢。"

她们一起点了菜。绳以比以前瘦多了,可是她一笑两眼还眯成缝;笑话,她也还爱听。

"昨天校董会,我大出丑。今天早上,我到'呜呼'家去,领了她一顿臭骂;跑到王公馆,给默先生推出来;又找到孙令仪先生府上,挨了她一下耳光。"

绳以笑得两眼成缝:"别胡说!"

"都是真的! 差不多是真的。"

她们一面吃饭,倚云把事情一一告诉。

绳以点头说:"默先生是看中了你,要把'求实'传给你。"

"不对。她因为我不肯做,就硬叫我做;'呜呼'愿意,就偏不要她。"

"也不对。她因为'呜呼'没出洋,怕低了'求实'的名头;而且,她对'呜呼'也许有点儿偏见。"

"也不对。她因为我是临时的,只怕'呜呼'是永久的——"

"也不对。她要'求实'是'默君记',不要'吴澍记'。你是'默君记'——至少是'默莺记'。"

"我想,也许是为了那两位校董。默先生不要他们插手'求实'的事。"

"'呜呼'不该坐他们的车,好像投靠了他们。"

"咱们该请教'小矮',她准有讲究。我可弄不清这些微妙的心思。反正我不干就完了。"她把自己的主意告诉绳以,"我回去再写个信向'呜呼'道歉:只说我一时窘了,不会说话了。她知道我无能,你说她会相信我吗?"

绳以想了一想,笑眯了眼:"她会相信!"

"我让她想想我在校董眼里多么愚蠢、多么可笑,她准会笑我。她就不生气了。"

"她不会老生你的气。"

"我的事就完了。"

"就走吗?"

"可走可不走。"

绳以不胜羡慕,长叹一声说:"我现在只要有个地方可走。"

"你找的事呢?"

"找是找到一个,没什么好,也没用。我不管什么事,只要有个地方可住——就这点困难。"

倚云忽然灵机一动说:"有啊!"

她为"求实"续订租约的时候,房东不同意事务主任住校,说假如是女先生,可以;男先生不便。

"你做校长吧!默先生知道你脱掉了牵绊,准会找你——我看她不会再找'呜呼'。"

"她要用到'呜呼',还是会找她。"

"默先生有了你就不找'呜呼',我可以打赌!"倚云只怪绳以不早把孩子送走。

绳以说:"都像你这么现成吗?我妈妈添了两个外孙不知要添多少麻烦呢!所以我的事一直是瞒着的。我家里人多,不知道也就不关心;知道了呢,爸爸就生气,怪我;妈妈又生气,护我;别人就七嘴八舌。我已经够烦的,你说我受得了吗?可是这次我们到了上海,离家近了,我知道要瞒不住了。"绳以差点滚下泪来。"妈妈那天跑来,我们俩正吵得欢呢——"她含着泪忍不住又要笑,"现在孩子带走了,两个孩子就是我一人的负担了。"

倚云料想绳以不但急要有个地方可住,也急要有个正式的工作。她给"默君师座"的信上,透露了绳以的近况。

默先生果然来信嘱她找绳以问问,是否愿意接替倚云。但是信尾附了一句——是第二天早上写的,说她突然吐血了,要求倚云暂缓离开上海。下面又附一句,说她右手抬不起,梳头都不能。

倚云暗笑,心想:"分明是假的!如果单说吐血,也许还可信——我也不信!"

她回信只答应找绳以接替,然后敷衍说,希望默师保重身体。她取得主动非常得意,立即把默先生的信给绳以看。

五

默先生从来不病,这回却是真病。她在上海动身前只觉烦躁,回家来疲乏不堪,想不到自己会这样全身无力,鼓不起一点劲来;也不思饮食。

她日常的饭食也实在太糟。半碗豆瓣酱炖糠虾不知要吃多少天,蘸点儿咸味下饭罢了。法币跌价,默先生的存款已经不值几个钱了。她有几间房子;自己住了前后两间,多余的出租给人,收几个房钱。钱不值价,她的生活愈来愈清苦。她和房客却相处得和洽。默先生多亏房客家的母女时常照应,走做的女佣也是两家合用。

她那天回了倚云的信,觉得不舒服,没吃晚饭就睡了。醒来右肋刺痛,起床连吐了两口带泡沫的鲜血。她惊讶得瞪着痰盂直发呆。默先生小时候得过肺结核;十八九岁曾发过一次,可是没大口吐血。幸亏她只吐了几口,以后是痰里带上些。她给倚云的回信只好托房客家大嫂代她投邮,也拜托了她去通知裘亦善,嘱亦善在医院里代找个床位。

裘亦善却不在原医院工作了。据她婆婆说,她靠娘家什么人的大面子,改在一个设在风景区的疗养院工作。过了两天,亦善才赶来看默先生,特地雇了船接她到疗养院去。

"我住得起吗?"默先生先要问问清楚,怕付不起账。

亦善笑嘻嘻地说:"默先生,你不是病人。我已托人和院长讲好,给你安排了职位。"

默先生烦躁得满面潮红,咳了两声,挣出一句:"我病得都要死了!"

亦善忙解释:"不是真的做事,是去看病、养病。那个疗养院——哎,你得看见了才会明白。反正放心!不要钱!"亦善本来说不清话,着急了更说不清。

默先生恼怒地说:"我生了病要看病住院,又不是不想出钱;我不过先问问,我出得起、出不起。"

"默先生,你出得起。"亦善像哄孩子似的耐心说,"不贵的。"

默先生发了火自觉惭愧,可是她的脾气,向来一是一、二是二,有条有理,最厌恶这种糊涂账。她说:"我是穷人,可是还不用别人替我花钱治病呢!"

亦善涨红了脸说:"默先生别生气,是我讲得不明白。反正,默先生——船钱都由你自己出。"

默先生料想亦善也无力代她垫付医院的账。她平静下来,抱歉自己火气太旺。住院既然不贵,她就随亦善帮她挽上头发,由亦善和房客母女扶着出门,走几步就上船了,据说水路直达。

亦善让默先生靠舒服了,还给她打着一把大洋伞。小船悠

悠荡荡从内城河出去。亦善看到远处一带房子,忍不住说:

"默先生,瞧!柳树后面那一带房子是咱们'求实'的校舍!"

默先生闭着眼睛。"求实"的校舍,她不用睁眼也历历如见。"求实"是她的创造,是她一生的心血凝成的。但"求实"好像只由砖瓦砌成,毫无情谊地蹲在那里,对创造它的默先生茫无感觉;她病也罢、死也罢,"求实"满不理会。

亦善担心地说:"别给日本人占去才好。"

默先生并不睁开眼睛,只说:"他们要占去,你有什么办法!"

默先生不再说话。她想到自己还得从水上到陆上、到房间里、到床上——不知该有多远,得攒起所有的力气来对付。可是也不过半天,她已安然躺在亦善单独一人住的房间里——亦善腾给她的。不一会儿就有医生、护士为她诊视,还照了 X 光。

默先生以为亦善捣鬼,让她住了特等病房,担忧这番出院,怎么付账。过了五六天,亦善经不起她一再追问,吐露了实话。默先生真有职务,不是住院的病人。疗养院长是她娘家的至亲,看情面为默先生在配药室挂了一个名;薪水很少,伙食却是哪儿都没那么好的。这所疗养院地点在风景区,收费高昂;不过有人肯花钱,不计较。这里的病房舒服,伙食非常讲究。肥鸡、火腿、鲜鱼、活虾任凭选择。医生、护士、管事人员吃得和病人一样好。病人究竟胃口差些;吃不了的,得有人帮着吃。疗养院的职员一大堆呢,多半是揩面子来的,人浮于事,默先生尽可躺着生病。

默先生躺不住,坐了起来。她拉下脸说:"亦善,我病了,求你帮我找个住院的地方。你怎么卖了我?"

亦善说:"我没用默先生的名字,我把这名字改成君珊——默先生不是行三吗?谁也不知道周君珊是谁——"

"我自己知道啊!我不肯和敌伪合作,倒靠着汉奸,揩油活命了!"

亦善委屈得哭了;她愣头愣脑地说:"我又没做汉奸,我不过是个配药员。一所疗养院没人配药行吗?配错了药是性命交关的。这里真有经验的配药员只有我和另外一两个人——反正默先生把自己的名誉看得比别人的性命还重!"

默先生倒笑起来:"我没说你不该当配药员,只说我不能冒充配药员。"

亦善抹着眼泪说:"我这两天一人顶着两人的事呢——因为另一个有经验的病了。我就算是替你干活吧。默先生你不过是睡在我屋里,给你看病的都是我的同事和朋友,该付的费用照职员的规章付,不就行了?"

默先生沉吟不语。亦善不知默先生在打什么算盘。她一面赌气不肯问,一面心虚不敢问。

第二天默先生忽然找到配药室,说躺着无聊,找点儿事干,要亦善教她配药。亦善不敢违拗。默先生稍经点拨,再加认真小心,很快就能帮着配。她工作半日,休息半日,不多几天就成了亦善的得力助手。她觉得这种事很简单,干一天也不累,渐渐延长了工作时间。

默先生对亦善声明,她不领薪水,帮着干点活儿吃口饭。亦善记起从前同学中间议论默先生是"没工钱、白吃饭的",不禁暗笑。她一口赞成。可是过了一个月,亦善告诉默先生:她名下那份薪水没处可退;钱天天在跌价,不用退,放几天,那几个钱的薪水就和废纸一样了。

默先生说:"反正我不要,随你怎么处置吧。"

亦善又愣头愣脑地说:"领了薪水又怎么?默先生有本钱,可以清高;我们靠薪水吃饭的都是贪污!"

默先生向来瞧不大起衮亦善,觉得她思路不清,东牵西扯的。谁知她愣头愣脑的话,两次使她自觉理亏,并感到惭愧。她接受了薪水。亦善代她领来兑成硬币,准备她出院后能贴补一个时期的生活。默先生的工作简单,也不繁重,和同事又很和洽;她一面服药打针,天天牛奶鸡蛋,伙食又好,她的病渐渐地好了。

默先生当然放不下她的求实女中。

陈倚云的妈妈对倚云说:"默先生若知道你没离开上海,校长不做,倒做个家庭补习教师,一定大生气。"

倚云说:"她早知道了。反正那是我自己的事——她也不会再来找我。"倚云已由绳以接替;绳以已住在校内。

可是学期终了之前,一个星期天,默先生忽又来找倚云;见面就说:"陈酒,你还理我不理?"

倚云道歉说:"默先生,你上次假如只生一个病,没生两个病——"

默先生学着她的话说:"两个病原是一个病呀!吐血、右肋痛、右胳膊抬不起——连着的。你以为是假的吗?"

倚云满心抱愧:"我太浑了!我要早知道——"她忙咽住,心想:"幸亏没知道!"一面改口说:"可是绳以比我强,强多了。"

默先生把手一挥说:"我无事不登三宝殿;咱们先谈正经。"

倚云睁大了眼睛。默先生看透她还心有余悸,故意郑重其事地说:"你知道吗?你这校长是教育局立了案的,总不能一年换一个——不是吗?"她瞧着倚云不安的神色,故意顿了一下,才慢条斯理说:"学生的成绩报告单上,将来的毕业文凭上,都得借用你的图章。我是正式来向你借图章的。"

倚云立即拿出自己的图章,交给默先生。

"你倒爽气!"

倚云说:"我就是爽气。"

默先生满面似笑非笑:"我就是不爽气!啊?"接着却很妩媚地说:"不爽气有用,就不爽气;不爽气没用,我也就爽气了!怎么样?咱们讲和了吧?"

默先生总有本事叫人认错抱歉。倚云心虚惭愧地笑,把娃娃的小椅子挪近默先生,挨着坐下,表示"讲和",一面关切地问默先生的病。

"啊呀,倚云,我这回可享福了!我还以为要死了呢!"她把生病和治病的经过笑着讲了一遍,"我现在还是那个疗养院的配药员呢!亦善一定要我回去复查一遍,才放我正式离院。亦善不是瘦得笑窝儿都拉长了吗?现在又圆了,人也胖了——所以,倚云,我现在觉悟了……"

倚云认真地望着她,两眼里两个大问号。

默先生说:"我从此再也不要求人家为'求实'牺牲了。'求实'也算办得不错吧?可是'求实'待人,不如一个腐败透顶的疗养院!——真是天地之大,无所不包,腐败也有腐败的用处!没那么个腐败的地方收容我,我哪儿养病去!我们这种人都等你陈酒开了医院来救济?你很不必费心,我糊里糊涂,也得了施医施药!"

倚云望着默先生的脸,觉得她那些话好比老虎的尾巴,在扫她——扫她的"大志"。她说:

"默先生,你灰心了?"

默先生把头一昂说:"我从来不灰心!"

她拔出耳里的牛角喇叭,拆成二截,套在一起,慢慢装入她的黑布口袋;一面看着倚云点头,讥诮的神色,分明是说:"瞧你的事业吧!"她拿了倚云的图章,不再听她开口就告辞走了。

一九八〇年

长 篇 小 说

洗　澡

新 版 前 言

　　《洗澡》不是由一个主角贯连全部的小说，而是借一个政治运动作背景，写那个时期形形色色的知识分子。所以是个横断面；既没有史诗性的结构，也没有主角。

　　本书第一部写新中国不拘一格收罗的人才，人物一一出场。第二部写这些人确实需要"洗澡"。第三部写运动中这群人各自不同的表现。"洗澡"没有得到预期的效果，原因是谁都没有自觉自愿。

　　假如说，人是有灵性、有良知的动物，那么，人生一世，无非是认识自己，洗练自己，自觉自愿地改造自己，除非甘心与禽兽无异。但是这又谈何容易呢。这部小说里，只有一两人自觉自愿地试图超拔自己。读者出于喜爱，往往把他们看作主角。

　　人民文学出版社将首印《洗澡》，我趁便添补几句，是为"新版前言"。

杨　绛
二〇〇三年十月十五日

前　　言

　　这部小说写解放后知识分子第一次经受的思想改造——当时泛称"三反",又称"脱裤子,割尾巴"。这些知识分子耳朵娇嫩,听不惯"脱裤子"的说法,因此改称"洗澡",相当于西洋人所谓"洗脑筋"。

　　写知识分子改造,就得写出他们改造以前的面貌,否则从何改起呢？凭什么要改呢？改了没有呢？

　　我曾见一部木刻的线装书,内有插图,上面许多衣冠齐楚的人拖着毛茸茸的长尾,杂在人群里。大概肉眼看不见尾巴,所以旁人好像不知不觉。我每想起"脱裤子,割尾巴"运动,就联想到那些插图上好多人拖着的尾巴。假如尾巴只生在知识上或思想上,经过漂洗,该是能够清除的。假如生在人身尾部,那就连着背脊和皮肉呢。洗澡即使用酽酽的碱水,能把尾巴洗掉吗？当众洗澡当然得当众脱衣,尾巴却未必有目共睹。洗掉与否,究竟谁有谁无,都不得而知。

　　小说里的机构和地名纯属虚构,人物和情节却据实捏塑。我掇拾了惯见的嘴脸、皮毛、爪牙、须发,以至尾巴,但绝不擅用"只此一家,严防顶替"的货色。特此郑重声明。

一九八七年十一月九日

第一部　采葑采菲

第　一　章

　　解放前夕,余楠上了一个不大不小的当——至少余楠认为他是上了胡小姐的当。他们俩究竟谁亏负了谁,旁人很难说。常言道:"清官难断家务事",何况他们俩中间那段不清不楚的糊涂交情呢。

　　余楠有一点难言之苦:他的夫人宛英实在太贤惠了,他凭什么也没有理由和她离婚。他实在也不想离。因为他离开了宛英,生活上诸多不便,简直像吃奶的娃娃离开了奶妈。可是世风不古,这个年头儿,还兴得一妻一妾吗!即使兴得,胡小姐又怎肯做妾?即使宛英愿意"大做小",胡小姐也绝不肯相容啊!胡小姐选中他做丈夫,是要他做个由她独占的丈夫。

　　胡小姐当然不是什么"小姐"。她从前的丈夫或是离了,或是死了,反正不止一个。她深知"如花美眷,似水流年",所以要及时找个永久的丈夫,做正式夫人。在她的境地,这并不容易。她已到了"小姐"之称听来不是滋味的年龄。她做夫人,是要以夫人的身份,享有她靠自己的本领和资格所得不到的种种。她的条件并不苛刻,只是很微妙。比如说,她要丈夫对她一片忠诚,依头顺脑,一切听她驾驭。他却不能是草包饭桶,至少,在台面上要摆得出,够得上资格。他又不能是招人钦慕的才子,也不能太年轻,太漂亮,最好是一般女人看不上的。他又得像精明主妇雇用的老妈子,最好身无背累,心无挂牵。胡小姐觉得余楠具备她的各种条件。

胡小姐为当时一位要人(他们称为"老板")津贴的一个综合性刊物组稿,认识了余楠。余楠留过洋,学贯中西,在一个杂牌大学教课,虽然不是名教授,也还能哄骗学生。他常在报刊尾巴上发表些散文、小品之类,也写写新诗。胡小姐曾请他为"老板"写过两次讲稿。"老板"说余楠稍有才气,旧学底子不深,笔下还通顺。他的特长是快,要什么文章,他摇笔即来。"老板"津贴的刊物后来就由他主编了。他不错失时机,以主编的身份结交了三朋四友,吹吹捧捧,抬高自己的身价。他捧得住饭碗儿,也识得风色,能钻能挤,这几年来有了点儿名气,手里看来也有点儿积蓄;相貌说不上漂亮,还平平正正,人也不脏不臭;个儿不高,正开始发福,还算得"中等身材"。说老实话,这种男人,胡小姐并不中意。不过难为他一片痴心,又那么老实。他有一次"发乎情"而未能"止乎礼仪",吃了胡小姐一下清脆的耳光。他下跪求饶,说从此只把她当神仙膜拜。好在神仙可有凡心,倒不比贞烈的女人。胡小姐很宽容地任他亲昵,直到他情不自禁,才推开说:"不行,除非咱们正式结婚。"

余楠才四十岁,比胡小姐略长三四年。他结婚早,已有三个孩子。两个儿子已先后考上北平西郊的大学,思想都很进步,除了向家里要钱,和爸爸界限划得很清。女儿十六岁,在上海一个教会女中上学,已经开始社交。宛英是容易打发的。胡小姐和她很亲近,曾多方试探,拿定她只会乖乖地随丈夫摆布,绝不捣乱牵掣,余楠可以心无挂虑地甩脱他的家庭。可是余楠虽然口口声声说要和胡小姐正式结婚,却总拖延着不离婚。胡小姐也只把他捏在手心里,并不催促。反正中选的人已经拿稳了一个,不妨再观望一番。好在余楠有他的特点,不怕给别的女人抢走。

余楠非常精明,从不在女人身上撒漫使钱。胡小姐如果谈起某个馆子有什么可口的名菜,他总说:"叫宛英给你做个尝尝。"宛英得老太太传授一手好烹调,余楠又是个精于品尝的"专家"。他当了刊物的主编,经常在家请客。这比上馆子请客便宜而效益高。他不用掏腰包,可以向"刊物"报销。客人却就此和他有了私交,好像不是"刊物"请客组稿,而是余楠私人请的,并且由他夫人亲手烹调的。胡小姐有时高兴,愿意陪他玩玩,看个电影之类。余楠总涎着脸说:"看戏不如看你。"当然,看戏只能看戏里谈情说爱,远不如依偎着胡小姐诉说衷情。不过,胡小姐偶尔请他看个戏或吃个馆子,他也并不推辞。因为他常为胡小姐修改文章,或代笔写信。胡小姐请他,也只算是应给的报酬。有一次胡小姐请他看戏,散场出来,胡小姐觉得饿了,路过一家高级西菜馆,就要进去吃晚饭。余楠觉得这番该轮到自己做东了,推说多吃了点心,胃里饱闷,吃不下东西。胡小姐说,"我刚听见你肚里咕噜噜地叫呢",一面说,就昂首直入餐馆。余楠少不得跟进去,只是一口咬定肚里作响是有积滞,吃不进东西。他愿意陪坐,只叫一客西菜,让胡小姐独吃。胡小姐点了店里最拿手的好菜;上菜后,还只顾劝余楠也来一份。余楠坚持"干陪",只是看着讲究的餐具,急得身上冒汗;闻着菜肴的香味,馋得口中流涎。幸喜账单未及送到他手里,胡小姐抢去自己付了。胡小姐觉得他攥着两拳头一文不花,活是一毛不拔的"铁公鸡"。听说他屡遭女人白眼,想必有缘故。不过,作为一个丈夫呢,这也不失为美德。他好比俭啬的管家婆,绝不挥霍浪费。反正她早就提出条件,结了婚,财政权归她。余楠一口答应。在他,财政权不过是管理权而已,所有权还是他的,连胡小姐本人也是他的。

时势造英雄,也造成了人间的姻缘。"老板"嘴里说:"长江天险,共产党过不了江。夹江对峙是早经历史证实的必然之势。"可是他脚下明白,早采用了"三十六计"里的"上计"。他行前为胡小姐做好安排,给她的未来丈夫弄到联合国教科文组织的一个主任。这当然是酬报胡小姐的,只为她本人不够资格,所以给她的丈夫。余楠得知这个消息,吞下了定心丸,不复费心营求。他曾想跟一个朋友的亲戚到南美经商,可是那个朋友自己要去,照顾不到他。他又曾央求一个香港朋友为他在香港的大学里谋个教席。那个朋友不客气,说他的英语中国调儿太重,他的普通话乡音太浓,语言不通,怎么教书,还是另作打算吧。他东投西奔,没个出路。如今胡小姐可以带他到巴黎去,他这时不离婚,更待何时!

他对胡小姐说,家事早有安排。他认为乘此时机,离婚不必张扬,不用请什么律师,不用报上登什么启事,不用等法院判定多少赡养费等等,他只要和宛英讲妥,一走了之。胡小姐很讲实际,一切能省即省,她只要求出国前行个正式婚礼。余楠说,婚礼可在亲友家的客堂里举行,所谓"沙龙"结婚。胡小姐不反对"沙龙"结婚,不过一定要请名人主婚,然后出国度蜜月;"沙龙"由她找,名人也由她请。她只提出一个最起码的条件——不是索取聘礼。她要余楠置备一只像样的钻戒,一对白金的结婚戒指。余楠说,钻石小巧的不像样,大了又俗气,况且外国人已不兴得佩戴珍贵首饰,真货存在保险库里,佩戴的只是假货。至于白金戒指,余楠认为不好看,像晦暗的银子,还不如十八K的洋金。

胡小姐并不坚持,她只要一点信物。余楠不慌不忙,从抽屉深处取出一对椭圆形的田黄图章。他蘸上印泥,刻出一个阳文、一个阴文的"愿作鸳鸯不羡仙",对胡小姐指点着读了两遍,摇头晃脑说:

"怎么样?"

胡小姐满面堆笑说:"还是古董吧?"

胡小姐见识过晶莹熟糯的田黄。这两块石头不过光润而已。余楠既不是世家子,又不是收藏家,他的"古董",无非人家赠送他和宛英的结婚礼罢了。即使那两块田黄比黄金还珍贵,借花献佛的小小两块石头,也镇不住胡小姐的神仙心性呀!她满口赞赏,郑重交还余楠叫他好好收藏。她敛去笑容说,还有好多事要办,叫余楠等着吧。她忙忙辞出,临走回头一笑说:

"对了,戒指我也有现成的!"

用现在流行的话,他们俩是"谈崩了"。

胡小姐择夫很有讲究,可是她打的是如意算盘。不,她太讲求实际,打的是并不如意的算盘。她只顾要找个别的女人看不中的"保险丈夫",忘了自己究竟是女人。她看到余楠的小气劲儿,不由得心中大怒。她想:"倒便宜!我就值这么两块石头吗?我迁就又迁就,倒成了'大减价'的货色了!"那个洋官的职位是胡小姐手里的一张王牌,难道除了你余楠,就没人配当了!她现成有她爱恋的人,只为人家的夫人是有名的雌老虎,抱定"占着茅房不拉屎"主义,提出口号:"反正不便宜你,我怎么也不离!"胡小姐只好退而求其次,选中了余楠。多承余楠指点了她"一走了之"的离婚法和"沙龙"结婚法。她意中人的夫人尽管不同意,丈夫乘此时机一走出国,夫人虽然厉害,只怕也没法追去。反正同样不是正式的离、正式的结,何必委曲求全,白便宜你余楠呢!她在敛去笑容,叫余楠"等着吧"的时候,带些咬牙切齿的意味。他害自己白等了一两年,这会儿叫他白等几天也不伤天地。她临走回头说的一句话,实在是冷笑的口吻。她只是拿不稳她那位意中人有没有胆量担着风险,和她私奔出国。所以当时还用笑容遮着脸。

余楠哪里知道。他觉得胡小姐和他一样痴心,不然,为什么定要嫁他呢。

他"痴汉等婆娘"似的痴等着她的消息。不过也没等多久。不出十天,他就收到胡小姐的信,说她已按照他的主意,举行了一个"沙龙"婚礼,正式结婚。信到时,他们新夫妇已飞往巴黎度蜜月。行色匆匆,不及面辞,只一瓣心香,祝余楠伉俪白头偕老,不负他"愿作鸳鸯不羡仙"的心意。

第 二 章

这封信由后门送进厨房,宛英正在厨下安排晚饭。她认得胡小姐的笔迹,而且信封上明写着"南京胡寄"呢。胡小姐到南京去,该是为了她和余楠出国的事吧?宛英当然关心。她把这封信和一卷报刊交给杏姊,叫她送进书房去。她自己照旧和张妈忙着做晚饭的菜。

这餐晚饭余楠简直食而不知其味。他神情失常,呆呆地、机械地进食,话也不说。熏鱼做得太咸些,他也没挑剔。一晚上他只顾翻腾,又唉声叹气。余楠向来睡得死,从没理会到宛英睡得很轻,知道他每次辗转不寐的原因。第二天他默默无言地吃完早饭就出门了。宛英从字纸篓里找出那封撕碎又扭捏成一团的信——信封只撕作两半,信纸撕成了十几片。宛英耐心抚平团皱的碎片,一一拼上,仔细读了两遍。她又找出那一对田黄图章,发现已换了簇新的锦盒。

宛英不禁又记起老太太病中对她说的话:"阿楠是'花'的——不过他拳头捏得紧,真要有啥呢,也不会。"西洋人把女人分作"母亲型"和"娼妓型"。"花"就相当于女人的"娼妓型"。不过中国旧式女人对于男人的"花",比西洋男人对女人的"娼妓型"更为宽容。宛英觉得"知子莫若母"。显然这回又是一场空,证实了老太太所谓"真要有啥呢,也不会"。宛英和余楠是亲上做亲。余楠的母亲和宛英的继母是亲姐妹。宛英和余楠同岁,相差几个月。一个是"楠哥"一个是"英姐"。余老太太只有这个儿子。她看中宛英性情和婉,向妹妹要来做干女儿,准备将来做儿媳妇。宛英小时候经常住在余家,和余老太太一个床上睡,常半懂不懂地说自己是"好妈妈的童养媳妇"。她长大了不肯再这么说,不过她从小就把自己看作余家的人。她和余楠结婚后连生两个儿子,人人称她好福气,她也自以为和楠哥是"天配就的好一对儿"。她初次发现楠哥对年轻女学生的倾倒,初次偷看到他的情书,初次见到他对某些女客人的自吹自卖,谈笑风生,轻飘飘的好像会给自己的谈风刮走,全不像他对家人的惯态,曾气得暗暗流泪。她的胃病就是那个时期得的。她渐渐明白自己无才无貌,配不过这位自命为"仪表堂堂"的才子,料想自己早晚会像她婆婆一样被丈夫遗弃。她听说,她公公是给一个有钱的寡妇骗走的。她不知哪个有钱的女人会骗走余楠,所以经常在侦察等待。假如余楠和她离婚,想必不会像他父亲照顾他母亲那样照顾妻子。

余楠每月给老太太的零用钱还不如一个厨娘的工钱。宛英的月钱只有老太太的一半。宛英曾发愁给丈夫遗弃了怎么办。她想来想去只有一个办法。她可以出去做厨娘,既有工钱,还有油水,不称意可以辞了东家换西家。如果她不爱当厨娘,还可以当细做的娘姨。她在余家不是只相当于"没工钱、白吃饭"的老妈子吗!出去帮人还可以扫扫余楠的面子。不过宛英知道这只是空想,她的娘家和她的子女绝不会答应。

余楠"花"虽"花",始终没有遗弃她。老太太得病卧床,把日用账簿交给宛英说:"这是流水账,你拿去仔细看看,学学。"宛英仔细看了,懂了,也学了。老太太不过是代儿子给自己一份应给的管家费。宛英当然不能坏了老太太的规矩。余楠查账时觉得宛英理家和他妈妈是同一个谱儿。老太太病危,自己觉得不好了,趁神志还清,背着人叫宛英找出她的私蓄说:"这是我的私房,你藏着,防防荒,千万别给阿楠知道。"她又当着儿子的面,把房契和一个银行存折交给宛英,对儿子说:"你的留学费是从你爹爹给我的钱里提出来的,宛英的首饰,也都贴在里面了。这所房子是用你爹爹给我的钱买的。宛英服侍了我这许多年,我没什么给她,这所房子就留给她了。存折上是你孝敬我的钱,花不完的,就存上;没多少,也留给宛英了。""留给宛英"是万无一失地留在余家,因为余楠究竟是否会"有啥",老太太也拿不稳。

老太太去世后,宛英很乖觉地把老太太的银行存折交给余楠说:"房契由我藏着就是了。钱,还是你管。"余楠不客气地把钱收下说:"我替你经管。"其实宛英经常出门上街,对市面很熟,也有她信得过的女友,也有她自己的道路。不过她宁愿及早把存折交给余楠,免得他将来没完没了地算计她那几个钱。

宛英料定余楠这回是要和胡小姐结婚了。据他说,"老板"报酬他一个联合国教科文组织的什么职位。共产党就要来了,他得趁早逃走。尽管他儿子说共产党重视知识分子,叫爸爸别慌,他只说:"我才不上这个当!"不过他说宛英该留在国内照看儿女,他自己呢,非走不可。宛英只劝他带着女儿同走,因为他偏宠女儿,女儿心上也只有爸爸,没有妈妈,从不听妈妈一句话。余楠说,得等他出国以后再设法接女儿,反正家里的生活,他会有安排。宛英明白,余楠的安排都算计在留给宛英的那所房子上。不过,她也不愁,她手里的私房逐渐增长,可以"防防荒"。两个儿子对她比对爸爸好;女儿如不能出国,早晚会出嫁。宛英厌透了厨娘生活,天天熏着油气,熏得面红体胖,看见油腻就反胃,但愿余楠跟着胡小姐快快出洋吧,她只求粗茶淡饭,过个清静日子。

可是老太太的估计究竟不错。胡小姐还是和别人结婚了。宛英的失望简直比余楠还胜几分。这会影响余楠的出国吗?她瞧余楠惶急沮丧的神情,觉得未可乐观。他连日出门,是追寻胡小姐还是去办他自己的事呢?

黄金、美钞、银元日夜猛涨,有关时局的谣言就像春天花丛里的蜜蜂那样闹哄哄的乱。宛英忍耐了几天,干脆问余楠:"楠哥,你都准备好了吗?要走,该走了。听说共产党已经过江了。"

余楠长叹一声,正色说:"走,没那么容易!得先和你离了婚才行。你准备和我离婚吗?"

宛英不便回答。

余楠说:"我不知道出洋是个骗局,骗我和你离婚的。"

宛英说:"你别管我,你自己要紧呀!"

余楠说:"可是我能扔了你吗?"

宛英默然。她料想余楠出国的事是没指望的了,那个洋官的职位是"老板"照顾胡小姐的。

她不说废话,只着急说:"可是你学校的事已经辞了。南美和香港的事也都扔了。"——余楠对宛英只说人家请他,他不愿去;宛英虽然知道真情,也只顺着他说。

余楠满面义愤,把桌子一拍说:

"有些事是不能做交易的!我讨饭也不能扔了你呀!"他觉得自己问心无愧,确实说了真话。

宛英凝视着余楠,暗暗担忧。她虽然认为自己只是家里的老妈子,她究竟还是个主妇,手下还有杏娣和张妈。如果和楠哥一起讨饭,她怎么伺候他呢?

余楠接着说:"共产党来也不怕!咱们趁早把房子卖了,就无产可共。你炒五香花生是拿手,我挎个篮子出去叫卖,小本经营,也不是资本家!再不然,做叫花子讨饭去!"

宛英忽然记起一件事。二三月间,北平有个姓丁的来信邀请余楠到北平工作。余楠当时一心打算出国,把信一扔说:"还没讨饭呢!"宛英因为儿子都在北平,她又厌恶上海,曾捡起那封信反复细看,心上不胜惋惜。这时说起"讨饭",她记起那封

信来。她说:

"你记得北平姓丁的那个人写信请你去吗?你好像没有回信。"她迟疑说:"现在吃'回头草',还行吗?——不过,好像过了两三个月了。那时候,北平刚解放不久——那姓丁的是谁呀?"

余楠不耐烦说:"丁宝桂是我母校的前辈同学,他只知道我的大名,根本不认识。况且那封信早已扔了,叫我往哪儿寄信呀?"

宛英是余楠所谓"脑袋里空空的",所以什么细事都藏得住。她说她记得信封上印就的是"北平国学专修社"几个红字,上面用墨笔划掉,旁边写的是"鹅鹅子胡同文学研究社"。

余楠知道宛英的记性可靠。他想了一想,灵机一动,笑道:"我打个电报问问。"

他草拟了电报稿子,立刻出去发电报。

宛英拼凑上撕毁的草稿。头上一行涂改得看不清了,下面几行是"……信,谅早达。兹定于下月底摒挡行李,举家北上"。他准是冒充早已写了回信。宛英惊讶自己的丈夫竟是个撒谎精。

电报没有退回,但杳无回音。不到月底,上海已经解放。她越等越着急,余楠却越等越放心,把事情一一办理停当。将近下月底,余楠又发一个电报,说三天后乘哪一趟火车动身。

宛英着急说:"他们不请你了呢?"

余楠说:"他们就该来电或来信阻止我们呀。"

宛英坐在火车上还直不放心。可是到了北平,不但丁先生亲自来接,社里还派了两人同来照料,宿舍里也已留下房子。宛英如在梦中,对楠哥增添了钦佩,同时也增添了几分鄙薄。

第 三 章

北平一解放,长年躲在角落里的北平国学专修社面貌大改。原先只是一个冷冷清清的破摊子,设在鹅鹚子胡同"东方晒图厂"大院内东侧一溜平房里。中间的门旁,挂着个"北平国学专修社"的长牌子,半旧不新,白底黑字,字体很秀逸,还是已故社长姚謇的亲笔。这里是办公室和图书室。后边还有空屋,有几间屋里堆放着些旧书,都是姚謇为了照顾随校内迁的同事,重价收购的。姚謇的助手马任之夫妇和三两个专修生住在另几间空屋里。

姚謇是一所名牌大学的中文系教授。北平沦陷前夕,学校内迁,姚謇患有严重的心脏病,没去后方。他辞去教职,当了北平国学专修社的社长。这个社也不知是什么时候建立的,好像姚謇辞职前早已存在。反正大院里整片房屋都是姚家的祖产。姚謇当时居住一宅精致的四合院连带一个小小的花园,这还是他的家产。此外,他家仅存的房产只有这个大院了。有人称姚謇为地道的败家子,偌大一份田地房屋,陆陆续续都卖光了。有人说他是地道的书呆子,家产全落在账房手里,三钱不值两钱地出卖,都由账房中饱私肥了。这个大院里的房子抵押给一个企业家做晒图厂,单留下东侧一带房子做"北平国学专修社"的社址。

社里只寥寥几人:社长姚謇,他的助手马任之和马任之的夫人王正,两三个"专修生",还有姚謇请来当顾问的两三位老先生,都是沦陷区伪大学里的中文教师,其中一位就是丁宝桂。社的名义是"专修国学",主要工作是标点并注释古籍;当时注释标点的是《史记》。姚謇不过是挂名的社长,什么也不管。马任之有个"八十老母"在不知哪里的"家乡",经常回乡探亲。王正是大学中文系毕业生,是个足不出户的病包儿,可是事情全由她管。她负责指点那三两个"专修生"的工作,并派他们到各图书馆去"借书"、"查书",或"到书店买书"。至于工作的成绩和进度,并无人过问。顾问先生们每月只领些车马费,每天至多来社半天;来了也不过坐在办公室里喝茶聊天。姚謇也常来聊天。

胜利前夕,姚謇心脏病猝发,倒下就没气了。姚太太是女洋学生的老前辈,弹得一手好钢琴。他们夫妇婚姻美满,只是结婚后足足十五年才生得一个宝贝女儿。姚太太怀孕期间血压陡高,女儿是剖腹生的,虽然母女平安,姚太太的血压始终没有下降。姚謇突然去世,姚太太闻讯立即中风瘫痪了,那是一九四五年夏至前夕的事。他们的女儿姚宓生日小,还不足二十岁,在大学二年级上学。正当第二学期将要大考的时候。她由账房把她家住房作抵押,筹了一笔款子,把母亲送入德国医院抢救,同时为父亲办了丧事。

姚太太从医院出来,虽然知觉已经回复,却半身不遂,口眼歪斜,神志也不像原先灵敏了。大家认为留得性命,已是大幸,最好也只是个长病人了。姚太太北平没有什么亲人,有个庶出的妹妹嫁在天津,家境并不宽裕,和姚家很少来往。姚宓的未婚夫大学毕业,正待出国深造。他主张把病人托付给天津的姨妈照管,姚宓和他结了婚一同出国。可是姚宓不但唾弃这个办法,连未婚夫也唾弃了。她自作主张,重价延请了几位有名的中医大夫,牛黄、犀角、珠粉等昂贵药物不惜工本,还请了最有名的针灸师、按摩师内外兼施,同时诊治。也真是皇天不负苦心人,姚太太神志复元,口眼也差不多正常了,而且渐渐能一瘸一拐下地行走。可是她们家的四合院连小小的花园终究卖掉了,账房已经辞走,家里的用人也先后散去。母女搬进专修社后面的一处空屋去居住。姚宓还在原先的大学里,不当大学生而当了图书馆的一名小职员,薪水补贴家用,雇街坊上一位大娘早来晚归照看病人。好在大院东侧有旁门,出入方便。

这时抗日战争已经胜利,马任之却一去无踪。专修生已走了一个。社长去世后并无人代理,专修社若有若无。王正照旧带领着一两个专修生工作,并派遣他们到各处图书馆和书店去"借书"、"查书"或"买书"。丁宝桂等几位老先生还照常来闲坐聊天,不过车马费不是按月送了。

北平解放后,马任之立即出现了。不仅出现,还出头露面,当了社长。不过这个社不仅仅专修国学了,社里人员研究中外古今的文学,有许多是专家和有名的学者。

马任之久闻余楠的大名,并知道他和丁宝桂是先后同学。据丁先生说,这余楠是个神童,没上高中就考取大学,大学毕业就出国留学。马任之对这种天才不大了解,不过听说他没有逃跑,还留在上海。他出于"统战"的原则,不拘一格收罗人才,就托丁宝桂写信邀请。余楠究竟什么时候写了回信,也许王正记得清楚,反正马任之并不追究,丁宝桂自认健忘,还心虚抱歉呢。

那时候社里人才济济。海外归来投奔光明的许彦成和杜丽琳夫妇是英国和美国留学的。在法国居住多年的朱千里是法国文学专家。副社长傅今是俄罗斯文学专家。他的新夫人江滔滔是女作家,著有长篇小说《奔流的心》,不久就要脱稿。还有许多解放区来的文艺干部,还有转业军人,还有大学毕业分配到社里来研究文学的男女毕业生。专修社的人员已经从七八人增至七八十人。

不出半年,专修社的房屋也修葺一新,整片厂房都收来改为研究室和宿舍。马任之夫妇搬出大院,迁入分配给他们的新居。姚太太母女搬到宿舍西尽头的一个独院去住。只有姚謇家藏的书还占着图书室旁边的一大间屋子,因为姚太太母女的新居没地方安放这一屋子书,姚宓只拿走了她有用的一小部分。姚宓已调到文学研究社,专管图书。

"北平国学专修社"的招牌已经卸下,因为全不合用了。社名暂称"文学研究社",不挂牌,因为还未确定名称。

第 四 章

旧国学专修社的办公室已布置成一间很漂亮的会议室。一九四九年十月中旬,文学研究社就在这间会议室举行了成立大会。

大院里停放着一辆辆小汽车,贵宾陆续到会,最后到了一辆最大最新的车,首长都到了,正待正式开会。

余楠打算早些到场,可是他却是到会最迟的一个。他特地做了一套蓝布制服,穿上了左照右照,总觉得不顺眼。恰好他女儿从外边赶回来,看见了大惊小怪说:

"哟,爸爸,你活像猪八戒变的黄胖和尚了!"

余楠生气地说:"和尚穿制服吗?"

宛英说,她熨的新西装挂在衣架上呢,领带也熨了。

余楠发狠说,这套西装太新,他不想穿西装,尤其不要新熨的。

余楠的女儿单名一个"照"字。她已经进了本市的中学,走读。这时她是出了门忙又赶回来的。她解释说:

"我刚出去,看见'标准美人'去开会。她穿的是西装。不识货的看着很朴素,藏蓝的裙子,白色长袖的上衣,披一件毛茸茸的灰色短毛衣,那衣料和剪裁可讲究,可漂亮呢! 我忙着回来看看爸爸怎么打扮。"她说完没头没脑地急忙走了。

"标准美人"是回国投奔光明的许彦成夫人杜丽琳,据说她原是什么大学的校花,绰号"标准美人"。她是余照目前最倾慕的人。

余楠听了"黄胖和尚"之称很不乐意。经女儿这么一说,越觉得这套制服不合适,他来不及追问许彦成是否穿西装,忙着换了一套半旧的西服,不及选择合适的领带,匆匆系上一条就赶到会场,只见会场已经人满,各占一席,正待坐下。

中间一条长桌是几张长桌拼成的,铺着白桌布,上面放着热水瓶、茶杯茶碟和烟灰缸。沿墙四面排着一大圈椅子,都坐满了人。长桌四面都坐满了。面南的一排显然是贵宾、领导和首长的位子,还有空座。余楠惶急中看见傅今在这一排的尽头向他招手,把自己的位子让给他,自己坐在最尽头的空椅上。余楠不及推让,感激不尽地随着大众坐下。他看见丁宝桂就在近旁,坐在长桌侧面,下首就是许彦成。他还是平常装束,西装的裤子,对襟的短袄,不中不西,随随便便。"标准美人"披着"嘉宝式"的长发坐在长桌的那一侧面,和许彦成遥遥相对。

社长马任之站起来宣布开会。全室肃然。余楠觉得对面沿墙许多人的目光都射着他,浑身不自在,生怕自己坐错了位子。他伸头看看他这一排上还有什么熟人,只见那位法国文学专家朱千里坐在面南席上那一尽头,也穿着西装。他才放下心来——不仅放了心,也打落了长期怀在肚里的一个鬼胎。看来马任之并没有看破他捣鬼,当初很豪爽地欢迎他,并不是敷衍,而确是把他看作头面人物的。他舒了一口气,一面听社长讲话,一面观看四周的同事。

长桌对面多半是中年的文艺干部,都穿制服。他认识办公室主任范凡,中国现代文学理论专家黄土。年轻人都坐在沿墙椅上,不过他对面的那位女同志年纪不轻了,好像从未见过。她身材高大,也穿西装,紧紧地裹着一身灰蓝色的套服。她两指夹着一支香烟,悠然吐着烟雾。烟雾里只见她那张脸像俊俏的河马。俊,因为嘴巴比例上较河马的小,可是嘴形和鼻子眼睛都像河马,尤其眼睛,而这双眼睛又像林黛玉那样"似嗔非嗔"。也许因为她身躯大,旁边那位女同志侧着身子,好像是挤坐在她的怀抱里。余楠认识这一位是女作家江滔滔,傅今的新夫人,余楠的紧邻。她穿一件蓝底绿花的假丝绒旗袍,涂了两颊火黄胭脂。她确是坐在河马夫人的怀抱里,不是挤的。余楠忽然明白了,河马夫人准是他闻名已久的施妮娜,"南下工作"刚回来。她曾和前丈夫同在苏联,认识傅今。听说江滔滔是她的密友,傅今的婚事是她一手促成的。

马任之约略叙说文学研究社怎样从国学专修社脱胎发展,还有许多空白有待填补,许多问题有待解决。余楠一只耳朵听讲,两只眼睛四处溜达。他曾听丁宝桂说,社里最标致的还数姚小姐,尽管这几年来太辛苦,不像从前那样娇滴滴的了。余楠到图书室去过多次,从没有看见标致的小姐,难道姚小姐比"标准美人"还美?他眼光一路扫去。一个女同志眉眼略似他的胡小姐,梳着两橛小辫儿,身体很丰满,只管和旁边一个粉面小生式的人交头接耳,一面遮着脸哧哧地笑,一面用肩膀撞旁边的"小生"。难道她是姚小姐吗?那边还有个穿鹅黄色毛衣的年轻姑娘,白白的圆脸,一双亮汪汪的眼睛,余楠认识她是上海分配来的大学毕业生姜敏。两侧椅上挤坐着好些穿制服的。余楠不敢回过头去。他自信美人逃不过他的眼睛,可是他没有看见标致的小姐。

马任之简短地结束了他的开场白。他很实际地说,俗话"麻雀虽小,五脏俱全",这个文学研究社还只是蛋里没有孵出来的麻雀呢。有一位贵宾风趣地插话,说文学研究社是个"鸵鸟蛋",或者可称"凤凰蛋",凤凰就是大鹏鸟。

一位首长在众人笑声中起立,接着"凤凰蛋"谈了他的期望,随即转入正题,说要团结一切可以团结的人,齐心协力,为新中国的文化做出贡献,为全人类做出贡献。他说:知识分子要发挥自己的一技之长,为人民服务;文武两条战线同样重要,而要促使全国人民同心协力,促使全世界人民同心协力,笔杆子比枪杆子的力量更大。

余楠觉得这倒是自己从未想过的,听了大为兴奋,并觉得老共产党员确像人家说的那样,像陈年老酒,味醇而厚。他忘掉了"最标致的小姐",正襟危坐,倾听讲话。

丁宝桂却在伤感。这间会议室是他从前常来喝茶聊天的办公室。姚謇突然倒地,就在这间屋里——就在他目前坐着的地方。那时候姚謇才五十五岁。姚太太和他同岁,看来还很年轻很漂亮呢,现在却成了残废,虽然口眼不复歪斜,半边脸究竟呆木了,手不能弹琴,一只脚也瘸了。姚小姐当年是多么娇贵的小姐呀,却没能上完大学,当了一名图书室的职员,好好一门亲事也吹了。马任之那时候不过是姚謇的助手,连个副社长都不是,现在一跃而当了社长!那时候,他和丁宝桂最谈得投机。丁宝桂常常骂共产党煽动学生闹事罢课。另两位老先生谈到政治都有顾忌,只有马任之和他一吹一唱地骂。丁宝桂听说马任之当了社长,方知他原来是个地下党员,不觉骇然,见了马任之又窘又怕,忍不住埋怨说:"任之兄,你太不够朋友了。我说话没遮拦,你也不言语一声,老让我当着和尚骂贼秃。"他说完马上后悔失言,心想糟糕,马任之尽管不拿架子,他究竟是社长了呀,怎么还把他当做姚謇的助手呢!马任之只哈哈大笑说:"共产党不怕骂。你有什么意见,尽管直说,别有顾虑。"他还邀请丁宝桂到文学研究社来当研究员。据丁宝桂了解,研究员相当于大学教授呢,他原先不过是个副教授,哪有不乐意的。马任之对他还是老样儿,有时也和他商量事情(例如聘请余楠的事)。丁宝桂渐渐忘了自己原是反共老手,而多少以元老自居了。他的好饭碗是共产党给的,他当然感激。只是想到去世的姚謇和他的寡妇孤儿,不免凄恻。

他看见姚宓坐在沿墙的后排,和王正在一起。几个年轻人可能都是对她有意思的,也坐在近处。她在做记录,正凝神听讲。忽然她眼睛一亮,好像和谁打了一个无线电,立即低头继续写她的笔记。"呀!"丁宝桂别的事糊涂,对这种事却特别灵敏,"姚小姐不是随便给人打'无线电'的女孩子,她给谁打'无线电'呀?"他四顾寻找。坐在面南一排的余楠一脸严肃,他当然看不见后排的人。他旁边的许彦成呆呆地注视着他的"标准美人"。俊俏的河马夫人已经停止抽烟,和女作家仍挤坐在一处。那个粉面"小生"在打瞌睡。他一路看过去,都是他还不知姓名的中青年,看来并没有出色的人物。谁呢?丁宝桂未及侦察出任何线索,首长的讲话已在热烈的掌声中结束,来宾的自由发言也完了。傅今站起来请大家别动,先让来宾退席。他通知全体人员下星期开会谈谈体会。

文学研究社就此正式成立了。

第 五 章

我国有句老话:"写字是'出面宝'。"凭你的字写得怎样,人家就断定你是何等人。在新中国,"发言"是"出面宝"。人家听了你的发言,就断定你是何等人。

傅今召集的会未经精心布置,没有分组,只好仍在会议室举行。大家济济一堂,彼此相熟的中青年或政治水平较高的干部就不发言了,专听几位专家先生发表高论。负责政治工作的范凡不肯主持这个会,只坐在一隅,洗耳旁听。

傅今坐在长桌面南的正中做主席。他是个广颡高鼻、两耳外招的大高个儿,虽然眼睛小,下巴颏儿也往里缩,他总觉得自己的耳鼻太张扬,个儿也太高,所以常带些伛背,做主席也喜欢坐着。姚宓坐在他对面做记录。她到社较早,记得快,字又写得好,记录照例是她的事。

经过一番冷场,傅今点了余楠的名。余楠显然是早有准备的。他从自己听了首长的讲话如何受到鼓舞谈起,直谈到今后要发挥一技之长,和同志们同心协力,尽量做出贡献。他谈得空洞些,却还全面,而且慷慨激昂,因为他确信自己是爱上了社会主义,好比他确信自己绝不抛弃宛英一样。可惜他乡音太重,许多人听不大懂。那位居住法国多年的朱千里接着谈。他说同意余楠先生的话,接下就谈他几十年寒窗,又谈到他的种种牢骚,海阔天空,不知扯到了哪里去,也不知谈的是什么。许彦成但愿他把时间谈完,自己得以豁免。谁知朱先生忽然咳嗽两声说:"扯得远了,就到这里吧。"大家舒了一口气。许彦成生怕傅今点他的名,只顾低着头。他觉得这种发言像小学生答课题。答得对,像余楠那样,他也觉得不好意思。答得不在点儿上,当然更可笑了。首长的话他不是没有仔细听;他还仔细想过,感慨很多。可是从何说起呢?在这个会上谈也不是场合。杜丽琳这次开会还是坐在许彦成对面,瞧他低着头不肯开口,就大大方方地接着谈了几点"粗浅的体会",内容和余楠的相仿,只是口齿清楚,层次分明,而且简简短短。大家对这位十足的"资产阶级女性"稍稍刮目相看。许彦成看见傅今眼睛盯着他,对他频频点头,知道逃不过了。可是这一套正确的话又让杜丽琳说过一遍了,他怎么再重复呢?

他平日常在图书室翻书,又常和年轻同事们下棋打球,大家觉得他平易近人,和他比较熟;又因为他爱说笑,以为他一定会"发"一个很妙的"言"。谁知他只蚊子哼哼一般,嗡嗡地自己对自己说了一串话。大家带着好意并好奇,齐声嚷:"听不见!"他急得抬头向着大家,结结巴巴吐出几句怪话来。他说:"人、人、人类从从有历、历、历史以来,只是互相残、残、残杀,怎么能同、同、同心协、协、协力呢！谁都觉得自己的理是唯一的真、真、真理……"他说不下去，就把手心当擦脸的毛巾那样在脸上抹了一把。大家都笑起来。

杜丽琳笑着举手，请主席让她插句话。她替彦成说："所以关键是要有正确的思想，要用马列主义为指针，统一思想，统一行动。"

余楠不示弱，忙也插话说，他们的重要任务是加紧学习马列主义。

施妮娜为了抽烟方便，带着江滔滔坐在长桌侧面。她这时忍耐不住，把她那双似嗔非嗔的眼睛闭了一闭，用低沉哑涩的声音，语重心长地说：

"首先是把屁股挪过来。"

余楠正坐在她近旁。他瞪着她的这个部分，肥鼓鼓地裹在西装裤子里稳稳地坐着。他竟不敢当众重复她用的名词，只好顿口无言。杜丽琳却不知轻重，笑说：

"我们万里迢迢赶回祖国，我们是整个人都投入了。"她忘了自己是一脑袋的资产阶级思想，浑身散发着资产阶级的气息呢。她的话引起会场上一段语言空白，接着是乱哄哄许多议论。傅今立刻掌握了会场，请许先生继续谈。

许彦成如梦初醒，惊跳一下，口吃都停止了，只傻乎乎地说："忘了——哦，没有了，完了。"接着又赶忙说，"我同意大家的话。"大家又都笑了。

姚宓认真地想了一想，走笔如飞连写了好多行。许彦成不知她记录了什么，只看着她发怔。

经过这段插曲，会场活跃起来，很多人都围绕着刚才的论点阐发一句两句。丁宝桂坐在角落里,本来打定主意不说话的,这时也参加了"大合唱"。

傅今总结了这个会。他要求各研究人员本着首长讲话的精神,拟订自己的工作计划,并把自己前一段的工作写出小结。

杜丽琳随着散会的群众挤出会议室,站在门口等待许彦成,只见他还没出来,正在翻看姚宓的记录;看完后,他很有意思地一笑,把本子还给姚宓。姚宓背门而立,丽琳看不见她的脸,只看见彦成微笑着和姚宓点点头,才随着人流走向门口。

他们俩同回宿舍。丽琳装作不在意,随口问:"记录上把你的话都记上了吗?"

"都记上了。"

丽琳冷眼看着他说:"你好像很满意。"

彦成认真地说:"难为她,记得好极了。"他想着姚宓的记录,的确很满意,并没注意到丽琳的脸色和她的沉默。

丽琳看看左右没有旁人,才叹口气说:"说笑也该看看什么场合。范凡同志坐在一边听着呢,你就为了逗人笑,装起小丑来了。你什么时候学会了说话结结巴巴的呀?"

彦成委屈说:"我要是逗人笑,早不结巴了。小时候我妈妈打我,我就结巴。后来对老师也结巴。我伯父费了不少心思,我自己也下了好大功夫才纠正过来的。我又不是假装。他们笑我,我也没办法呀。"

丽琳也委屈说:"我拉你一把,帮你接上一句,你却当众给我没脸:'忘了!没有了!完了!'"

"是完了呀。我开头说同心协力的重要。接下说,要促使全体人民同心协力,首先要彼此了解,相互同情,团结一致,不能为个人或个体的私利忘了全体的福利;因为一有私心,就看不清是非,分不出好歹,造成有史以来人类的互相残害——当然,这话也只是空话,可是,话没有错呀。"

丽琳睁大了一双美目,诧异说:"这套话,我怎么没听见呀?"

"我声音小了些,也谈得有点乱——可是你又不在听,你在看人。"

"我看人?"丽琳不怒而笑了,"倒说我看人! 不知谁只顾看人,连话也不会说了。"

他们已到了家门口。两人都住嘴,免得女佣看见了以为他们吵架。

第 六 章

许彦成和杜丽琳结婚五年了。他们同在国外留学,一个在美国,一个却在英国,直到这番回国,才第一次成立家庭。这也许是偶然,也许并非偶然。据说,朋友的友情往往建立在相互误解的基础上。恋爱大概也是如此。

杜丽琳家在天津,是大资本家的小姐。她中学毕业后没考上天津的大学,爱面子,补习一年后再次投考,就撇开天津而考进了上海的一个教会大学。她身材高而俏,面貌秀丽,又善于修饰,长于交际,同学送了她一个"标准美人"的称号。据说追求她的人多于孔门成名弟子七十二。

许彦成家也在天津。他是遗腹子,寡母孤儿由伯父赡养;伯父是在天津开业的西医。彦成的寡母是了不起的人物——至少在她自己心目中是如此。因为她是一位举人老爷的小姐,而她听说,守节的寡妇抵得大半个举人。举人当然了不起,该享特权。她父母在世的时候,她是"最小偏怜女"。父母去世后哥嫂把她嫁了个短寿的姑爷,对得起父母和妹妹吗?他们凡事都让她三分,也是应该呀。至于许家,更不用说了。新郎是"寒金冷水"的命,"伤妻克子",害得新娘子没做妈妈先成了寡妇,许家人凡事当然更让她七分。唯一不纵容她的是自己的不孝之子彦成,一两岁的娃娃时期就忤逆。妈妈要他吃甜的,他偏要吃咸的。甜藕粉糊喂到嘴里,他还不肯咽下去,"噗噗"地喷了妈妈一脸,气得妈妈一巴掌把他从凳上打得滚落在地,还放声大哭。伯母把他拣了去,他竟忘本不要妈妈,专和伯母好。他上小学的时候,放学回家只往伯母屋里跑。做妈妈的说:儿子是她生的,大房有大房的儿女,不该抢她的儿子。彦成上中学,伯父干脆让他寄宿在校,省些口舌。他妈妈寂寞,不知哪里去买了个小丫头来陪伴并伺候自己。彦成中学毕业,小丫头已十七八岁,长得也还不错。彦成的妈妈想叫儿子收了房,好让丫头死心塌地,更要紧的是趁早给她生下个孙子。彦成干脆不回家。他要到大后方去读大学。他妈妈当然死也不放,她认为大后方就是战场。伯父伯母说好说歹,讲定折中办法,让彦成到上海投考大学。他考进了一个有名的教会大学,和杜丽琳恰在一校,并且同在外文系。

　　杜丽琳比许彦成大一岁而低一班。她是个很要强的学生,十分用功而成绩只在中上之间,一心倾慕有学问的博士。她又像一般教会中学毕业的女学生,能阅读西洋小说,爱慕西洋小说里的男主人公:身材高,肤色深,面貌俊秀,举止潇洒。许彦成虽然不是博士,他学习成绩出人头地,杜丽琳认为他是博士的料。他虽然衣着不修边幅,在杜丽琳眼里,他很像西洋小说里的主人公。

许彦成有时也注目看看这位"标准美人",觉得她只是画报上的封面女郎,对她并没有多大兴趣。他中学时期,周末怕回家,宁愿在图书室翻书,因而发掘到中外古典文学的宝藏,只可惜书不多。上了大学,图书馆里可读的书可丰富了,够他仔细阅读和浏览欣赏的。他性情开朗,脾气随和,朋友很多,可是没有亲密的朋友,也不交女朋友。这也许因为他有书可读,而且一心追寻着他认为更有意义的东西。

大学三年有一门必修课。那是一个美国哲学家讲授的伦理学。老师十分严厉,给的分数非常紧,学生都怕他。学期终了的大考,大家看做难关,因为不及格就不能毕业。可是许彦成大考前在图书馆看书,竟把考试忘了。等他记起,赶到考场,考试的时间已过了一半。老师生气,不让他考。彦成笑嘻嘻地说,他正在看一本书,思索一个伦理问题,想到牛角尖里去了。他一面说,一面自己动手从老师手里抽了一份考题,擅自到教桌上取了一份考卷,从容坐下,不停笔地写答题。他的笑容软化了老师的严厉。他交卷也不太晚。老师好奇地当场就看了他的考卷。比他后交卷的人告诉他说:"老头子对你的考卷好像很满意。"果然,那位老师不久就找彦成谈话,说他正在写一本有关中国伦理的书,要彦成做他的助手。约定一年后带他同到美国去。

杜丽琳偶见许彦成注目看她,以为是对她有意。彦成从不追求她,她认为这是彦成的自尊,自知是穷学生,不愿高攀有财有貌的出风头小姐。彦成不追求她,在她心目中就比所有追求她的人高出一头。她明显地当众表示她对彦成的仰慕,同学间因此常常起哄,弄得彦成看见她就躲了,越发使丽琳拿定他是看中自己的。她倒是很大方,见了彦成总笑脸相迎。彦成却显得很窘,甚至红了脸。转眼彦成在大学四年级的第一学期将要结束,过了阳历年就大考;再过一学期,彦成毕业就出国了。丽琳还有机会和他亲近吗?

新年一九四四年是闰年。按西洋风俗,每当闰年,女人可向男人求婚。男方如果不答应,得向求婚的女人赠送一套绸子衣料。杜丽琳拿定许彦成是怕羞而骄傲,虽然对她有意也不敢亲近。她凭自己的身份,不妨屈尊向彦成求婚。

那天飘着小雪,丽琳拿了一把大伞到图书馆去找彦成,说有事和他面谈。她叫彦成打着伞,自己勾着他的胳臂,带他走入校园的幽僻处,一面当笑话般告诉他闰年的规矩,然后就向他倾吐衷情。她满以为彦成会喜出望外,如痴如狂。可是许彦成却以为杜丽琳作弄他,苦着脸说:"我不会买衣料。"

她笑说:"你非买衣料不可吗?"

彦成急得口吃的老毛病几乎复发,结结巴巴说:"你你不是说,得送送送……"

她打断了他,干脆说:"你非拒绝不可吗?"

彦成那时候正给他妈妈逼得焦头烂额。他家那个小丫头已经跟人逃走,他妈妈自觉丢脸,不再提丫头收房的事。可是她自从知道儿子毕业了要出国,就忙着为他四处求亲,定要他先结了婚,生下个孙子再"远游"。她已求得好几份庚帖,连连来信催促儿子回家挑选一个,因为庚帖不兴得留过年,得在除夕以前退还人家。如果彦成再不答理,她决计亲自赶到上海来。许彦成对妈妈还应付不了,怎禁得半路上又杀出一个程咬金来!他苦着脸把自己的苦经倒核桃似的都倒出来。

丽琳却笑了,认为这都是容易解决的事。她问彦成:"你就没跟你那些朋友谈谈吗?"

彦成说:"这种事怎么跟他们谈呢?"

丽琳觉得彦成把这些话都跟她讲,就是把她看得超过了朋友。她既是求婚者,就直截了当,建议如此这般,解决一切问题。

彦成没想到问题可以这么解决,而丽琳竟是侠骨柔肠,一片赤心为自己排难解忧,说不尽的感激。但是他说:

"我怎么可以利用你来对付我妈妈呢?"

丽琳觉得他老实得可爱。她款款地说:

"别忘了我在向你求婚呀!我愿意这么办,因为我爱你。我对你没有别的要求,只要求你爱我。你爱我吗?"她问的时候不免也脉脉含羞。

他们俩同在一把伞下紧紧挨着。丽琳不复是画报上的封面女郎,而是一个暖烘烘的人。她大衣领上的皮毛,头上大围巾的绒毛,软软地拂着他的脸颊。彦成很诚恳地说:

"你待我这样好,我什么都应该对你老实说。我——我——"

丽琳凉了半截,以为彦成要拒绝她。可是他只说:

"我实在不知道,我从来没有经验。"

丽琳笑他傻,她自己也没有经验呀。在她的诱导下,谈话渐渐转入谈情的正轨。雪仍在飘,两人越谈越亲密。一个是痴心,一个是诚恳;一个是爱慕,一个是感激。丽琳说,她只爱他一个,永远永远只爱他一人,问彦成嫌她不嫌。彦成当然不嫌,可是他

很惶恐,只怕不配受她的爱重,只怕辜负了她。丽琳拉着他的手说:

"答应我,彦成,我只要你永远对我真诚,永远对我说实话。"

彦成一口答应。他们直谈到晚饭时,丽琳送彦成回宿舍。她的求婚算是成功了。

彦成都按丽琳的建议办事。寒假两人同回天津举行婚礼。两家都无异议,彦成的妈妈更是喜出望外。婚礼完毕,新人到北平度蜜月——其实不满一月,然后又同回学校。彦成毕业后出国,丽琳准备迟一年毕业后也出国。

可是丽琳没有毕业,因为她生了孩子,旷课太多了。她父亲年老多病,已把企业交付给两个儿子。丽琳的大哥在天津经营,二哥到了美国。二哥已为妹妹办好入大学的手续。丽琳母亲早亡,庶母没有孩子,很巴结丽琳兄妹。丽琳把孩子托给庶母,自己就到美国就学。彦成的妈妈因为丽琳生的只是个孙女,急要儿媳妇和儿子团聚,多生几个孙子,所以一力赞成。

彦成却已离开美国,到了英国。那位哲学家的书已经写完。有个英国汉学家要彦成和他合译《抱朴子》,为彦成弄到一笔伦敦大学的奖学金。彦成可以进修,还能省些余款寄家。彦成夫妇分居两地,只在假期同出旅行,延长了他们断断续续的蜜月。

一年来,一年去,丽琳已经得了一个普通的文学学士学位和一个教育硕士学位。她二哥在美国经营商业很成功,已把妻子儿女都接到美国。彦成如果愿意到美国去,二哥可帮他找到合适的工作。从前带他出国的美国哲学家已当上一个州立大学的校长,也召他去教书。丽琳只为等待彦成得一个响当当的博士,没有强他到美国和自己团聚。谁知彦成把学位看作等闲,一心只顾钻研他喜爱的学科。

祖国解放,丽琳的大哥大嫂和庶母等都已逃往香港。丽琳的父亲已于解放前夕去世。丽琳的女儿小丽早由许老太太接去。丽琳准备留在美国,设法把小丽接出来。彦成却执意要回国。他向来脾气随和,丽琳以为他都会依顺她,不料他却无情无义地说:"你自己考虑吧。如果你不愿意回去,我绝不勉强。"他自己是打定主意要回国的,尽管回去后工作还没有着落。

丽琳跟他一同回国了,倒也并不后悔。丽琳在国内大学里有个要好的女同学,曾和傅今交过朋友,虽然没成眷属,傅今对那位女友还未能忘怀。他认识丽琳,偶尔在朋友家相逢,便把他们夫妇延请到文学研究社,并为他们留下了最好的房子。丽琳的姑妈从天津为侄女运来了她家早为她置备的整套卧房、书房、客堂的家具。丽琳布置了一个非常漂亮的新家。

第 七 章

杜丽琳认为彦成算得是一个模范丈夫。他忠心——从不拈花惹草;他尊重她,也体贴她,一般总依顺着她。例如他爱听音乐,丽琳爱看电影,他总放弃了自己的爱好,陪丽琳看电影。不过他们俩不免有点儿生疏。彦成对她界限分明,从不肯花她的钱;有时也很固执,把她的话只当耳边风。放着好好的机会可得博士,他却满不理会。祖国解放了,他也不看"风色",饭碗还没个着落,就高兴得一个劲儿要回国。丽琳觉得夫妻不宜长期分居,常责怪自己轻易让他独去英国。现在他们有了自己的家,可以亲密无间了。

丽琳从小没有母亲,父亲对女儿不甚关心,家里有庶母,有当家的大哥大嫂,有不当家的二哥二嫂,加上大大小小的侄儿侄女,还有个离了婚又回娘家的姐姐。她在这个并不和谐的家庭里长大,很会"做人",在学校里朋友也多,可是她欠缺一个贴心人。她一心追求的是个贴心的丈夫。她自幸及时抓住了彦成。可是她有时不免怀疑,她是否抓住了他。

他们布置新家,彦成听她使唤着收拾整理,十分卖力。可是他只把这个家看作丽琳的家。他要求丽琳给他一间"狗窝"——他个人的窝。他从社里借来些旧家具和一个铺板,自己用锯子刨子制成一张木板小床,床底下是带格子的架子,藏他最心爱的音乐片。丽琳原想把这间厢房留给四年不见的女儿小丽。她忙着要接她回家团聚。自从许老太太硬把这孩子从杜家接走,三年来没见过这孩子的相片儿。彦成对这个从未见面的孩子却毫无兴趣。他回国后一人去看了一趟伯父母和老太太,却不让丽琳去。理由是他对老太太撒了谎,说丽琳不在天津。为什么撒谎他也不说,只承认自己撒了谎。问他小丽怎样,他一句也答不上,因为小丽不肯叫他,也不理他;他觉得孩子长得像她奶奶,脾气都像。丽琳直在盘算,如有必要,得把老太太一起接来。彦成只叫她"慢慢再说"。

以前他和丽琳只是一起游玩,断断续续地度蜜月。现在一起生活了,丽琳感到他们之间好像夹着个硬硬的核;彦成的心是包在核里的仁,她摸不着,贴不住。以前,也许因为是蜜月吧,彦成从没使她"吃醋"。现在呢——也许是她多心,可是她心上总不舒服。

彦成天天跑图书室,有时带几个年轻同事来家,不坐客厅却挤在他那"狗窝"里,还放唱片。丽琳嫌他们闹,彦成就不回家而和他们在外边打球下棋。没有外客,他好像就没有说话的人了。

他从图书室回来,先是向丽琳惊讶"那管书的人"找书神速。后来又钦佩"那管书的人"好像什么书都看过。后来又惋惜"那管书的人"只不过中学毕业,家境不好,没读完大学。他惊诧地说:"可是她不但英文好,还懂法文。图书室里的借书规则,都是她写的,工楷的毛笔字,非常秀丽。"有一天,彦成发现了大事似的告诉丽琳:"那管书的人你知道是谁?她就是姚小姐!"

丽琳也听说过姚小姐,不禁好奇地问:

"怎么样儿的一个人?美吧?"

"美?"彦成想了半天,"她天天穿一套灰布制服,像个三十岁的人——不是人老,是样子老;看着也蛮顺眼的,不过我没细看。"

丽琳相信彦成说的是真话,可是她为了要看看姚小姐,乘彦成要到图书室去还一本到期的书,就跟着同去。这是她第一次到图书室。姚宓和她的助手郁好文同管图书出纳,姚宓抽空还在编目。丽琳看见两个穿灰布制服的,胖的一个大约是郁好文,她正在给人找书,看见又有人来,就叫了一声"姚宓"。另一个苗条的就站起来,到柜台边接过许彦成归还的书,为他办还书手续。丽琳偷眼看这姚宓。她长得三停匀称,五官端正,只是穿了这种灰色而没有式样的衣服,的确看老。姚宓见了丽琳,就一本正经地发给她一个小本子请她填写。她说:"这是借书证,您还没领吧?"她说完就回到后面去编目了,对他们夫妇好像毫无兴趣,只是例行公事。

丽琳放了心,回家路上说:"干吗穿那么难看的衣服呀!其实人还长得顶不错的。"她随就把姚宓撇开了。

研究社的成立大会上,丽琳看见彦成眼睛直看着她背后,又和不知谁打招呼似的眼睛里一亮,一笑。她当时没好意思回头,回家问彦成跟谁打招呼。彦成老实说,没跟谁打招呼。

"我看见你对谁笑笑。"

"我没笑呀。"彦成很认真地说。

"我看见你眼睛里笑一笑。"

彦成死心眼儿地说:"眼睛里怎么笑呀?得脸上笑了眼睛才笑呢。不信,你给我笑一个。"

丽琳相信彦成不是撒谎。彦成从不对她撒谎,只对他妈妈撒谎,撒了谎总向丽琳招认自己撒谎。可是,这回彦成看完姚宓的记录,眼睛里对她一笑,和研究社成立会那天的表情正是一样。

吃饭的时候,她试探着说:

"姚小姐真耐看;图书室那个旮旯儿里光线暗,看不清。"

彦成很有兴趣地问:"怎么耐看?"

"问你呀!你不是直在看她吗?"

彦成惶恐道:"是吗?"他想了一想说:"我大概是看了,因为——因为我觉得好像从来没看见过她。"

"你过不了三天两天就上图书室,还没看够?"

"我只能分清一个是郁好文,一个是姚宓。我总好像没看清过她似的。"

"没看清她那么美!看了还想看看。"丽琳酸溜溜地说。

"美吗?我没想过。"彦成讲的是老实话。可是他仔细一想,觉得丽琳说得不错。姚宓的脸色不惹眼,可是相貌的确耐看,看了想再看看。她身材比丽琳的小一圈而柔软;眼神很静,像清湛的潭水;眉毛清秀,额角的软发像小儿的胎发;嘴角和下颏很美很甜。她皮肤是浅米色,非常细腻。他惭愧地说:

"丽琳,下次你发现我看人,你提醒我。多不好意思呀。我成了小孩子了。"

丽琳心上虽然还是不大舒服,却原谅了彦成。

饭后她说:"彦成,你的工作计划拟好了吗?借我看看好不好?"

彦成说,拟好了没写下来,可是计划得各定各的,不能照抄。他建议和丽琳同到图书室去找些资料,先看看书再说。

图书室里不少人出出进进,丽琳想他们大概都是为了拟订工作计划而去查找资料的。他们跑到借书的柜台前,看见施妮娜也在那儿站着。江滔滔在卡片柜前开着抽屉乱翻。施妮娜把手里的卡片敲着柜台,大声咕哝说:

"规则规则!究竟是图书为研究服务,还是研究为图书服务呀?"

郁好文不理。她刚拿了另一人填好的书卡,转身到书架前去找书。姚宓坐在靠后一点的桌上打字编目。她过来接了许彦成归还的一叠书,找出原书的卡片一一插在书后。

施妮娜发话道:"哎,我可等了好半天了!"

姚宓问:"书号填上了吗?"

妮娜生气说:"找不到书号,怎么填?"

姚宓说:"没有书号,就是没有书。"

"怎么会没有呢！我自己来找,又不让!"妮娜理直气壮。

姚宓接过她没填书号的卡片,念道:

"《红与黑》,巴尔扎克著。"她对许彦成一闪眼相看了一下。彦成想笑。

姚宓说:"《红与黑》有,不过作者不是巴尔扎克,行不行?"

妮娜使劲说:"就是要巴尔扎克!"

姚宓说:"巴尔扎克的《红与黑》,没有。"

妮娜说:"你怎么知道没有呢？这边书架上没有,那个书库里该有啊!"

"那个书库"就指姚謇的藏书室。

姚宓说:"那是私人藏书室。"

"既然借公家的房子藏书,为什么不向群众开放呢?"

姚宓的眼睛亮了一亮,好像雷雨之夕,雷声未响,电光先照透了乌云。可是她只静静地说:

"那间房,还没有捐献给公家,因为藏着许多书呢。里面有孤本,有善本,都没有编目,有的还没有登记。外文书都是原文的,没有中文译本,也都没有登记,所以不能外借,也不开放。"

她在彦成的借书证上注销了他归还的书,坐下继续编目。

彦成看施妮娜干瞪着眼无话可答,就打圆场说:"妮娜同志,你要什么书,我帮你找书号。"

妮娜气呼呼地对遥望着她的江滔滔一挥手说:"走!"

她对彦成夫妇强笑说:"算了！不借了!"她等着江滔滔过来,并肩一同走出图书室。

彦成夫妇借了书一起回家的时候,丽琳说:

"她真厉害!"

彦成并没有理会丽琳的"她"指谁,愤然说:"那草包!不知仗着谁的势这么欺人!管图书的就该伺候她研究吗?"

"我说那姚小姐够厉害啊,两眼一亮,满面威光。"

彦成接口说:"那草包就像鼻涕虫着了盐一样!真笑话!巴尔扎克的《红与黑》!不知是哪一本文学史上的!跟着从前的丈夫到苏联去待了两年,成了文学专家了!幸亏不和她在一组!谁跟她一起工作才倒霉!"

姚宓和彦成相看的一眼没逃过丽琳的观察,她说:

"让姚小姐抓住了她的错儿吧?"

"留她面子,暗示着告诉她了,还逞凶!"

丽琳想不到彦成这么热诚地护着姚宓。她自己也只知道《红与黑》的书名,却记不起作者的名字。她除了功课,读书不多,而她是一位教育硕士。

她换个角度说:"这位姚小姐真严肃,我没看见她笑过。"

"她只是不像姜敏那样乱笑。"

丽琳诧异说:"怎么样儿乱笑呀?"

"姜敏那样就是乱笑。"彦成的回答很不科学。

丽琳问:"我呢?"

"你是社交的笑,全合标准。"

丽琳觉得不够恭维。她索性问到底:"姚小姐呢?"

彦成漫不经心地说:"快活了笑,或者有可笑的就笑。"

"她对你笑吗?"

彦成说:"对我笑干吗?——反正我看见她笑过。我看见她的牙齿像你的一样。"

这句话可刺了丽琳的心。她有一口像真牙一样的好假牙,她忘不了彦成初次发现她假牙的神情。

她觉得彦成是着迷了,不知是否应该及早点破他。

第 八 章

姚宓每天末了一个下班。她键上一个个窗户,锁上门,由大院东侧的小门骑车回家。从大院的东头到她家住的西小院并不远。这几天图书室事忙,姚宓回家稍晚。初冬天气,太阳下得早。沈妈已等得急了,因为她得吃完晚饭,封上火,才回自己家。

姚宓一回家就减掉了十岁年纪。她和姚太太对坐吃饭的时候,鬼头鬼脑地笑着说:

"妈妈,你料事如神,姜敏的妈真是个姨太太呀,而且是赶出门的姨太太。妈妈,你怎么探出来的?"

姚太太说:"你怎么知道的?"

"我也会做福尔摩斯呀!——姜敏的亲妈嫁了一个'毛毛匠'——上海人叫'毛毛匠',就是洋裁缝。她不跟亲妈,她跟着大太太过。家里还有个二太太,也是太太。她父亲前两年刚死,都七十五岁了!妈妈,你信不信?"

姚太太说:"她告诉你的吗?"

"哪里!她说得自己像是大太太的亲生女儿,其实是伺候大太太眼色的小丫头。"

姚太太看着女儿的脸说:"华生!你这是从陈善保那儿探

来的吧?"

"妈妈怎么又知道了?"

可是姚太太好像有什么心事,她说:"阿宓,咱们今天没工夫玩福尔摩斯,我有要紧事告诉你呢。"

姚太太要等沈妈走了和女儿细谈,不料沈妈还没走,罗厚跑来了。

罗厚和姚宓在大学同班,和姚家还有点儿远亲。姚家败落后,很多事都靠他帮忙。解放前夕,他父亲继母和弟妹等逃往台湾,他从小在舅家长大,不肯跟去。舅舅舅妈没有孩子,他等于是舅家的孩子了。舅舅是民主人士,颇有地位,住一宅很宽畅的房子。可是舅舅舅妈经常吵架,他又是两口子争夺的对象,所以宁愿住在研究社的宿舍里。他粗中有细,从不吹他的舅舅。同事们只知道他父母逃亡,亲戚家寄居不便,并不知道他舅家的情况。罗厚没事也不常到姚家去。这时他规规矩矩先叫声伯母,问伯母好,接下就尴尬着脸对姚宓说:

"姚宓,陈善保——他——他……"

罗厚诨名"十点十分",因为他两道浓眉正像钟表上十点十分的长短针,这时他那十点十分的长短针都失去了架势,那张顽童脸也不淘气了。他鼓足勇气说:

"陈善保问我,他——他——伯母,您听说过一个新词儿吗?……"

沈妈正要出门,站在门口不知和谁说了几句话,就大喊:"小姐,小姐,快来!"

姚宓急忙赶到门口。

罗厚巴不得她一走,立刻说:"陈善保问我是不是跟姚宓

'谈'呢——'谈',您听到过吗?"

姚太太点头。

罗厚接着说:"我告诉他我和姚宓认识多年了,从来没'谈'过。"

这确是真的。罗厚好管闲事爱打架,还未脱野男孩子的习性。他有鉴于舅家的夫妻相骂,而舅妈又娇弱,一生气就晕倒;他常诧怪说,一个人好好的结什么婚!他假如结婚,就得娶一个结结实实能和他打架的女人。他和姚宓同学的时候很疏远,觉得她只是个娇小姐。姚宓退学当了图书馆员,回家较晚,一次他偶然撞见街上流氓拦姚宓的自行车。他从此成了义务保镖,常遥遥护送,曾和流氓打过几架。他后来对姚宓很崇拜,也很爱护,也很友好,可是彼此并没有什么柔情蜜意,他从没有想到要和她"谈"。

他接下说:"善保对我说,你不谈,我就要谈了。伯母,我可怎么说呢?我怕姚宓回头怪我让他去找她谈的,我得先来打个招呼。"

姚太太抬头听听门口,寂无声息。

罗厚也听了听说:"我看看去,什么事。"

他回来说:"大门关上了(姚家的大门上安着德国式弹簧锁),一个人都没有。开门看看,也不见人。"他哭丧着脸说:"准是陈善保找她出去了。"

姚太太说:"不会,准有什么急事。"

"也许陈善保自杀了。"

姚太太忍不住笑了。

"人家转业军人,好好的,自杀干吗?——他还是团支部的宣传组长呢,是不是?"

罗厚说:"陈善保是头等好人,长相也漂亮,可是姚宓……"

姚太太说:"好像姜敏对他很有意思。"

"可不!她尽找善保谈思想,还造姚宓的谣……"罗厚说了忙咽住,深悔说了不该说的话。他瞧姚太太只笑笑,毫不介意,也就放了心,转过话题,讲图书室这几天特忙。他说:"那老河马自己不会借书,还拍桌子发脾气。幸亏那天我没在……"

"你在,就和她决斗吗?"她接着问是怎么回事。

"姚宓没告诉伯母?糟糕,我又多嘴。伯母,可惜您没见过那老河马,怎么长得跟河马那么像呀!她再嫁的丈夫像戏里的小生,比她年轻,人家说他是'偷香老手',也爱偷书。真怪,怎么他会娶个老河马!"

姚太太早听说过这位"河马",她不问"河马"发脾气的事,只说:"罗厚,我想问问你,姚宓和姜敏和你,能不能算同等学力?"

"哪里止同等呀!她比我们强多了!"

姚太太说:"你的话不算。我是要问,一般人说起来,她能和大学毕业生算同等学力吗?当然,你不止大学生,你还是研究生呢。"

罗厚说:"姚宓当了大学里图书馆的职员,以后每次考试都比我考得好。"

"她考了吗?"

罗厚解释:"每次考试,她叫我把考题留给她自己考。我还把她的答卷给老师看过。老师说她该得第一名。可是,在图书馆工作就不能上课;不上课的不准考试,自修是不算的,考得再好也不给学分。图书馆员的时间是卖死的!学分是学费买的!"

他气愤愤地说着,一抬眼看见姚太太簌簌地流泪,不及找手绢,用右手背抹去脸上的泪水,又抖抖索索地抬起不灵便的左手去抹挂在左腮的泪。

罗厚觉得惶恐,忙找些闲话打岔。他说,听说马任之升官了;又说,傅今入党了,他的夫人正在争取。他又怕说错什么,看看手表说:"伯母要休息了吧?我到外边去等门。"他不敢撇姚太太一人在家。

姚太太正诧异女儿到了哪里去,姚宓却回来了,问沈妈有没有讲她到了谁家去。

原来沈妈在外边为姚宓吹牛,说她会按摩,每晚给她妈妈按摩,有什么不舒服,一经按摩就好了。那晚余楠到丁宝桂家吃晚饭,他们的女儿余照晚饭后不知到哪里去玩了。余太太忽然胃病发作,面如黄蜡,额上汗珠像黄豆般大。她家女佣急了,慌慌张张赶到姚家,门口碰到沈妈,就说:"我们家太太不好了,请你们小姐快来看看。"姚宓不知是请她当大夫,听到告急,赶忙跟着那女佣赶到余家,准备去帮帮忙。宛英以为女佣请来了大夫。她神志很清楚,说没什么,只因为累了,胃病复发了。姚宓瞧她的情况并不严重,按着穴位给她按摩一番,果然好了。宛英才知道这位"大夫"是早已闻名的姚小姐,又是感激,又是抱歉,忙着叫女佣沏茶。要不是姚宓说她妈妈在家等待,宛英还要殷勤款待呢。

姚宓笑着告诉妈妈:"我给她揉揉肚子,放了——"她当着罗厚,忙改口说:"气通了,就好了。"

罗厚说:"姚宓,你出了这个名可不得了呀!"

姚宓说:"我辟谣了——谢谢你,罗厚,亏得你陪着妈妈。沈妈真糊涂,也不对妈妈说一声就自管自走了。"

姚太太等罗厚辞走,告诉女儿:"今天午后王正来看我,对你的工作做了安排。据她讲,领导上已经决定,叫你做研究工作,你和姜敏一伙大学毕业生是同等学力。你原先的工资高,所以和罗厚的工资一样,比姜敏的高。她说,你这样有前途,在图书室工作埋没了你。"

姚宓快活得跳起来说:"啊呀,妈妈!太好了!太好了!"她看看妈妈的脸,迟疑地问:"怎么?不好吗?"

"我只怕人不如书好对付。他们会看不起你,欺负你,或者就嫉妒你,或者又欺负又嫉妒。不比图书室里,你和郁好文两人容易合作。"

姚宓说:"那我就不换工作,照旧管我的图书。"

姚太太说:"没那么简单。你有资格做图书室主任吗?图书室放定要添人的。将来派来了主任,就来了个婆婆,你这个儿媳妇不好当,因为你又有你的资格。假如你做副主任,那就更倒霉,你没有权,却叫你负责。"

"反正我不做副主任,只做小职员。"

姚太太摇头说:"由不得你。小职员也不好当——我看傅今是个爱揽权的,他夹袋里准有人。你也没有别的路。做研究工作当然好,我只怕你太乐了,给你泼点儿冷水。——还有,咱们那一屋子书得及早处理。这个图书室规模太小,规章制度定了也难行,将来保不定好书都给偷掉。"

"索性捐赠给规模大的图书馆。"

"我就是这个意思。你得抽空把没登记的书都登记下来。"

姚宓服侍妈妈吃了药,照常读她的夜课。可是时候已经不早,她听妈妈只顾翻腾,想到以后黑日白天都可以读书,便草草敷衍了自定的功课,上床睡在妈妈脚头,挨着妈妈的病腿,母女安稳入睡。

第 九 章

姚宓不知为什么,忙着想把她调工作的事告诉许彦成先生,听听他的意见,并请教怎样订她的工作计划。她觉得许先生会帮她出主意。他不像别的专家老先生使她有戒心。那位留法多年的朱千里最讨厌,叼着个烟斗,嬉皮赖脸,常爱对她卖弄几句法文,又喜欢动手动脚。丁宝桂先生倚老卖老,有时拍拍她的肩膀,或拍拍她的脑袋,他倒也罢了,"丁老伯"究竟是看着她长大的。朱千里有一次在她手背上抚摩了一下。她立刻沉下脸,抽回手在自己衣背上擦了两下。朱千里以后不敢再冒昧,可是尽管姚宓对他冷若冰霜,他的嬉皮赖脸总改不掉。余楠先生看似严肃,却会眼角一扫,好像把她整个人都摄入眼底。只要看他对姜敏拉手不放的丑相,或者对"标准美人"毕恭毕敬的奴相,姚宓怀疑他是十足的假道学。许先生不一样。他眼睛里没有那副馋相。是不是因为娶了"标准美人"呢?看来他的心思不在这方面。许先生即使注视她,也视而不见,只管在想别的事似的。他显然是个正派的人。

许先生曾探问姚宓的学历,对她深表同情,偶尔也考考她,或教教她。姚宓觉得许先生有学问,而许先生也欣赏姚宓读书不少,悟性很好。许先生常到图书室来翻书或借书,姚宓曾请他到她父亲的藏书室去看书。他们偶尔谈论作家和作品,两人很说得来;人丛里有时遥遥相见,他会眼神一亮,和她打个招呼。姚宓觉得许先生虽然客客气气,却很友好,准会关心她的事。不过那天是星期日,她不会见到他,得再等机会。

星期日姚家常有客来。姚宓母女商量好,免得陈善保来"谈",姚宓趁早到她父亲的藏书室去登记书目。

姚宓未及出门,姜敏就来了。她穿一条灰色西装裤,上衣是墨绿对襟棉袄,胸口露出鲜红的毛衣,小鸟依人般飞了进来。姜敏身材娇小,白嫩的圆脸,两眼水汪汪地亮。她惯爱垂下长长的睫毛,斜着眼向人一瞄,大有勾魂摄魄的伎俩。她两眼的魅力,把她的小尖鼻子和参差不齐的牙齿都掩盖了。她招呼了姚伯母,便拉了姚宓说:

"我特来向你道歉——也许不用道歉,可是我做了一桩冒昧的事。我没有征求你的同意,我向傅今同志建议,调你做研究工作!别管什么图书了!你看怎么样?我是不是冒失了?"

姚宓说:"我有资格吗?"

姜敏说:"我叫他们大家都保证你有!"

姚宓笑说:"嗬!好大口气!大家都听你的!"

姜敏说:"反正大家都会同意。"

姚宓满不理会说:"姜敏,我要替妈妈去办点儿事,你陪妈妈坐会儿。"姚宓知道姜敏是来等善保的。善保来了,她会跟着一起走。

姚宓赶忙推着自行车出门。她骑车过大院中门,忽有个小孩儿蹿出来,拦着车不让走。姚宓急忙一脚下地,刹住了车。那孩子她从没见过,大约四五岁,穿一件和尚领的厚棉袄,开裆裤,脚上穿一双虎头鞋。头发前半面剪得像女式的童化头,后半面却像和尚头。

姚宓说:"小妹,乖,让我走。"

那孩子拉着车不放,只光着眼睛看人,也不答理。

姚宓说:"你是小弟吧?你是谁家的孩子?"

孩子一口天津话:"我要骑车。"

门里赶出来的是许家的女佣。她说:"小丽,不能街上乱跑呀!快进来!"她认识姚宓,解释说:"昨晚老太太带着孙女儿来了。这孩子一刻也看不住。"她抓了孩子进去。姚宓忙又上车。

分房子的时候,她听说许家有个老太太,孙女儿是许先生的女儿吗?她名叫小丽,该是丽琳的女儿吧?怎么长得不像许先生,也不像杜先生。那一身打扮,更是古怪。

姚宓进了大院东侧的小门,推着车往图书室去,只见有个人在前廊踱步,正是许先生。

姚宓说:"呀,许先生,今天星期日,图书室不开门的。阅览室要下午开呢。"

许彦成举手拍拍脑门子说:"忘了今天星期日!我说怎么还不开门!可是,我不是要借书。"他看着姚宓诧怪说:

"你怎么来了呢?你值班儿?"

姚宓说了她的任务,许彦成吐一口气说:"那么,对不起,让我进来躲一躲,我糟糕了。"

原来许彦成应付不了他妈妈的时候就撒谎,撒完谎他又忘了。他在国外的时候,每一两个星期会接到伯父母的信,里面总夹着他妈妈一纸信。伯母每次解释说,同样的信还有几张,因字大纸厚,内容相同,只寄一纸。信上翻来覆去只是一句话:"汝父仅汝一子,汝不能无后也。"然后急切问:"新妇有朵未?"(他妈妈看不起白话文,也从不承认自己会写错别字。"孕"字总写成"朵"字。)彦成知道伯父事忙,伯母多病,他免得妈妈常常烦絮,干脆回信说:"新妇已有朵。"过些时他妈妈又连连来信询问生了儿子还是女儿。他就回信说:生了儿子。他从未想到该把这些谎话告诉丽琳,也记不清自己生了多少孩子。他妈妈却连孩子的生日都记得,总共三个,都是男的。彦成回国,先独自去看望伯父母和母亲。他母亲问起三个孩子,彦成推说都在丽琳身边,没来天津。他撒完谎就忘了,直到丽琳要去看女儿,才想起无中生有的三个儿子。他觉得这种谎话太无聊,只告诉丽琳他撒了谎,阻止丽琳去看女儿,并未说明缘由。彦成打算稳住老太太仍在天津定居,每月尽多寄她家用钱。

丽琳的姑母为侄女儿运送了一批家具,最近偶逢许老太太,便告诉她,彦成夫妇已布置好新居。老太太立即带了孙女赶到北京来。彦成夫妇得到伯母打的电报,亲自到车站去接。老太太问起三个孙子,彦成说,都托出去了。丽琳一心在女儿身上,也没追究三个孙子是谁。她为小丽寄回一套套漂亮的洋娃娃式衣服,老太太嫌穿来不方便,又显然是女装,都原封藏着,这次带来还给丽琳。小丽那副不男不女的怪打扮,是象征"招弟"的。丽琳瞧她前半面像小尼姑,后半面像小和尚,又气又笑,又觉丢脸,管住她不让出门。老太太直念叨着三个孙子,星期六不接回家,星期天总该接呀。彦成事到临头,才向丽琳招供出他那三个儿子来。他这会儿算是出来接儿子的。

彦成跟着姚宓进书室,一面讲他的糟糕事。姚宓先还忍住不笑,可是她实在忍不住了,跨进她父亲的藏书室,打开了窗子,竟不客气地两手抱住肚子大笑起来。

在这一刹那间,彦成仿佛眼前拨开了一层翳,也仿佛笼罩着姚宓的一重迷雾忽然消散,他看清了姚宓。她凭借朴素沉静,装出一副老成持重的样儿,其实是小女孩子谨谨慎慎地学做大人,怕人注意,怕人触犯,怕人识破她只是个娇嫩的女孩子。彦成常觉得没看清她,原来她是躲藏在自己幻出来的迷雾里,这样来保护自己的。料想她是稚年猝遭家庭的变故,一下子失去依傍,挑起养家奉母的担子,少不得学做大人。彦成觉得满怀怜惜和同情,看着她孩子气的笑容,自己也笑起来。

姚宓忍住笑说:"许先生,你可以说,孩子都在外国,没带回来,不结了吗?"

彦成承认自己没脑子,只图眼前。他实在是不惯撒谎的。他说:

"我也不知道儿子已经生了三个。一个还容易,只说死了。两个一起死吧,该是传染病。三个呢!分别死的?还是一起死的呢?没法儿谋杀呀。反正随丽琳怎么说吧,她会对付妈妈。"他长叹一声说:"我心里烦得很。让我帮你干干活儿,暂时不去想它。"

姚宓讲了自己可能调工作,只是还不知事情成不成,也不知自己够不够格。

彦成大为高兴,把他的三个儿子都忘了,连声说:"王正真好!该说,新社会真好!不埋没人!"他接下来一本正经告诉姚宓:"你放心,你比人家留学的硕士强多了,怎会不够格!"

他帮姚宓登记书,出主意说:"外文书凡是你有用的都自己留下,其余的不用一一登记书目,咱们分分类,记个数就行。"

姚宓也是这个意思,两人说着就干。英文书她早就留下了大部分,彦成帮她把法文书也挑出来,一面还向她介绍什么书易读,什么书难懂。彦成把姚宓需要的书从架上抽出,姚宓一叠堆在地下。其他的分类点数。两人勤勤谨谨地干活,直到姚宓觉得肚子饿了,一看表上已是十一点半。她问许先生饿不饿,要不要跟她家去吃饭。彦成在书堆里坐下说,先歇一会儿吧。两人对面坐下。

彦成说:"你妈妈看见我这种儿子,准生气。"

"不,我妈妈准喜欢你。"姚宓说完觉得不好意思,幸亏彦成并没在意。他把自己家的情况告诉姚宓,又说他的伯母待他怎么好。

他们歇了一会儿,彦成说,不管怎么样,他得回家去了,说着自己先站起来,一面伸手去拉姚宓。姚宓随他拉起来,她笑说:

"假如你不便回家,到我家来吃饭。"

彦成笑说:"我得回家看看我那群儿子去了。姚宓同志……"

"叫我姚宓。"

"好,姚宓,我得回家去了。"

姚宓因为藏书室冷,身上穿得很厚,看许彦成穿得单薄,担心说:"这个窗口没风,外边可在刮风了,许先生,你冷不冷?"

许彦成说:"干了活儿暖得很,趁身上还没凉,我先走吧。"他说声"再见",匆匆离去。

姚宓回家,姜敏和善保都走了。姚太太对女儿说:"你调工作的事,王正准是和傅今谈妥了,傅今已经和别人说起,所以姜敏也知道了。"

姚宓说:"姜敏,她听了点儿风声就来居功。她就是这一套:当面奉承,背后挖苦,上面拍马,下面挤人。她专拍傅今的马屁,也拍江滔滔,也拍施妮娜,也拍余楠,也拍'标准美人';许彦成她拍不上,'标准美人'顶世故,不知道吃不吃她的。"

接着她讲了许彦成的"三个儿子"和不男不女的女儿,姚太太乐得直笑。

第 十 章

宛英虽然早看破了余楠,也并不指望女儿孝顺她,可是免不了还要为他们生气;而且她对两个儿子太痴心,把希望都寄在他们身上。余家来北京后,两兄弟只回家了一次,从此杳无音信。宛英胃痛那天是星期六。她特意做了好多菜,预先写信告诉儿子,家里已经安顿下来了,她为他们兄弟布置了一间卧房,星期六是她的四十岁生日,她叫两兄弟回家吃一顿妈妈的寿面,住一宵再回校。他们没有回音。余家中午已吃过面,宛英左等右等,到晚上直不死心,还为他们留着菜。

余照早不耐烦说:"妈妈,你就是死脑筋,没法儿进步,该学学爸爸,面对现实,接受新事物呀!做什么好菜!还不是'糖衣炮弹'!"她的语言表示她的思想近期内忽然大有进步了。

余楠附和说:"现在的大学生不但学习业务,还学习政治呢。你别扯他们的后腿。我叫你做两个菜给隔壁傅家送去,睦睦邻,你就是不听!"

"他们又不认识我。"

"啊呀,做了邻居,面也得送两碗!你亲自送去,不就认识了吗?"

宛英说:"现在还兴这一套吗?我是怕闹笑话。"

余楠使劲"咳"了一声说:"你睁眼瞧瞧,现在哪个'贤内助'只管管油盐酱醋的!傅今是当权的副社长,恰好又是紧邻。礼多人不怪。就算人家不领情,你反正是个家庭妇女,笑话也不怕呀。"

他说完就到丁宝桂家去吃晚饭了。丁宝桂是他新交的酒友,经常来往,借此打听些社里的新闻和旧事。

余照直嚷肚子饿,催着开饭。她自管自把好的吃了个足,撂下饭碗,找人扶她学骑自行车去了。

宛英忙了一天,又累又气。她对两个儿子还抱有幻想,不料他们也丝毫不把她放在心上。她勉强吃下一碗饭,胃病大发。

她发现找来治病的不是大夫,而是听人说是为了妈妈丢了未婚夫的那位姚小姐。别瞧她十指纤纤,劲头却大,给她按摩得真舒服。她想到自己的女儿,不免对姚小姐又怜又爱,当时不便留她,过了几天,特地做了一个黄焖鸡,一个清蒸鳜鱼,午前亲自提着上姚家致谢。

她把菜肴交给沈妈,向姚太太自我介绍了一番说:"前儿晚上有劳姚妹妹了,又搅扰老伯母,心上实在过不去,特地做两个菜,表表心意。"她有私房钱,可以花来结交朋友。

姚太太说:"余太太,您身体不好,做街坊的应该关心,您太客气了。"

余太太忙说:"叫我宛英吧,我比老伯母晚一辈呢。"她知道姚太太已年近六十。

姚太太喜欢宛英和善诚恳,留她坐下说闲话,又解释她女儿只是看见大夫为她按摩,胡乱学着揉揉。

正说着,忽听门铃响。沈妈领来一位高高大大的太太,年纪五十左右,穿一件铁灰色的花缎旗袍,带着个四五岁的小女孩,鼓鼓囊囊地穿一身紫红毛衣,额前短发纠结成两股牛角,交扭在头顶上,系上个大红缎带的蝴蝶结子。后脑却是光秃秃的。姚太太拄着拐杖站起来迎接,问来客姓名。

那位客人说:"您是姚太太吧? 这位是余太太呀! 我是许老太太。"

姚太太说:"许太太请坐。"

"许老太太了! 许太太是我们少奶奶,许彦成是我犬子。"

姚太太看了那女孩子的头发,记起姚宓形容的孩子,已猜到她们是谁。她一面让座,一面请问许老太太找谁,有什么事。

那孩子只光着眼珠子看人,忽然看见姚太太的拐杖,撒手过去,抢了拐杖,挥舞着跑出客厅,在篱笆上乱打。

许老太太也不管孩子,却笑着说:

"这孩子就是野! 活像个男孩子,偏偏只是个女的。"她长叹一声说:"也亏得是女的。她爷爷、她爸爸两代都是寒金冷水的命,伤妻克子,她要是个男孩子就招不住了,所以我也不指望她招弟弟了。"

宛英追出去,捉住了孩子说:"小丽,手杖给我! 你昨天砸了我们的花瓶,我还没告诉余伯伯找你算账呢!"

小丽不知余伯伯是谁,有点害怕,让宛英夺回手杖,给拉进客厅。

许老太太听说小丽砸了余家的花瓶,也不敢护着孩子,只说:"我也就是为了她呀！四岁了！女孩子嘛，都说女孩子最有出息是弹琴，这玩意儿得从小学起，所以三岁半我就叫她学琴了。我听说您家有架钢琴，现在没用了。我来商量商量，借我们孩子用用，或是让她过来弹，或是让我们把琴搬回去。"

姚太太说:"我的琴多年不用,已经坏了。"

许老太太说:"不要紧，找个人来修修，我花钱得了。反正或是出租，或是出借，总比闲搁着好。"

姚太太沉下脸说:"我这个琴,也不出租,也不出借。"

宛英捉不住小丽,忙说:"许老太太,你们小丽要回家呢——钢琴的事,我替您跟老伯母谈吧。"

许老太太并不是泼妇，也不是低能，只是任性别扭，只有自己，从不想别人。她碰了姚太太的钉子，看到宛英肯为她圆转，就见风扯篷，请宛英代她"说说理"，牵着孩子走了。

宛英叹气说:"这些孩子，就欠管教。可是，老伯母，不是我当面奉承，像姚妹妹这样的好女儿，不是管教出来的，是老伯母几世修来的——我听到她就佩服，见了她就喜欢。"她紧紧捏着姚太太的手说:"老伯母，我有缘和您做了街坊，以后有什么事，让沈大妈过来叫我一声，我是闲人。"

姚太太喜欢她真诚，请她有空常来坐坐。至于钢琴的事，姚太太说，不用再提了。

午饭时姚太太和女儿品尝着宛英做的菜,姚宓说:

"妈妈,咱们怎么还礼呢?"

姚太太说,不忙着"一拳来,一脚去",人家是诚心诚意来交朋友的。她只追问女儿,傅今找她谈话没有。

姚宓上心事说:"还没有呢。可是那个陈善保看来直在想找我。幸亏我躲得快。但愿再躲几回,他知趣别来找我了。"

那天下午,天阴欲雪,陈善保好像在等机会和姚宓说话。正好许彦成到图书室来,对她说:

"姚宓,我有件事想问问你。咱们到外间去谈谈,可以吗?"

他们坐在阅览室的一个角落里,彦成低声说:

"我妈妈昨天早上到你们家去闯祸了,你知道吧?"

"知道——也不算闯祸。"

"余太太说得很委婉,可是我知道我妈妈准闯祸了。而且她的脾气是犟极了的,不达到目的就没完没了,准缠得你们厌烦。我呢,忽然想出个好办法,不知你赞成不赞成。"

他告诉姚宓,他从国外带回一只新式唱机和许多古典音乐唱片,可是他只可以闲搁着,因为丽琳嫌他开了唱机闹个没完。丽琳读书的时候怕搅扰,连手表都得脱下,包着手绢儿,藏在抽屉深处,免得"滴答""滴答"的声音分心。他想姚太太准爱听音乐。

姚宓高兴说:"我懂你的意思了,交换,是不是?"

彦成点头说:"琴,搁在我们家客厅里做摆设。我负责保管。小丽压根儿没耳朵,唱个儿歌都走调,弹什么钢琴!我们送她上学就完了。唱片,你们可以听听,消遣消遣。"

"太好了!妈妈经常也看看书,可是大夫不让多看。她有时候叫我弹琴解闷儿,可是这几年来我哪有工夫练琴呀?指头都僵了。妈妈渴着要听点好音乐呢——你也可以到我们家来听。"

"可以吗?谢谢你。反正我闲搁着唱片不用,和你们的钢琴正是一样。今晚,丽琳要我和她一起到府上来向你妈妈道歉。

丽琳准也赞成我这个建议,不过我还没有告诉她,先问了你再说。"

姚宓看见善保守在一边。等他们谈完,善保却走了。

许彦成的建议得到丽琳赞成,也受到姚太太的欢迎。"交换"的事,双方很顺利地一下子就谈妥了。

彦成夫妇告辞出门。姚太太对女儿说:

"这位'标准美人'看上去顶伶俐的,怎么竟是个笨蛋,听音乐嫌闹!她说她爱听静静的音乐。什么'静静的音乐'呀,就是电影里的情歌。我看她实在有几分俗气,配不过她那位不标准的丈夫。"

姚宓不及答话,陈善保就来了。她无处可躲,只好硬着头皮等他"谈"。

陈善保说:"我等了你两天,只好等你们的客人走了再来,也许时间晚了。"

他接着就告诉姚宓,领导上调她做研究工作,叫她快制订自己的工作计划。她不用写小结,不过得把书目编完。他说,姚宓和他和姜敏都算同等学力,施妮娜、杜丽琳和许彦成大概也算同等学力吧?他不大知道。

"罗厚呢?"

"不清楚。他和江滔滔算是同等吧?以后施妮娜和江滔滔都到咱们外文组来了。"

"她们来干吗?——哦,施妮娜是苏联文学专家。江滔滔是什么学历、什么专业呀?她不是作家吗?她难道也和罗厚一样是研究院毕业的?"

"她原在现当代组,可是咱们这里需要她。她在不知什么学院的研究班上旁听过。"

姚宓说:"我的书目哪年才能编完呢？我干脆还是继续管图书吧,不用订什么研究计划了。"

善保做了个鬼脸说:"编目呀,你把手里的一本编完就算,留给施妮娜吧,你不管了。"

"什么？留给施妮娜？她不是在外文组吗？"

"她兼任图书室的什么主任。"

姚宓忍住没说什么。等陈善保一走,她苦着脸对妈妈说:"我怎么办呢？连退路都没有了。"

姚太太安慰她说:"研究工作总比管图书好些——而且,姜敏准对善保做了些工作,他找你只谈了公事。别多想了,过一天咱们一起听唱片。"

第 十 一 章

余楠有意"睦邻",伺得机会,向傅今倾吐钦佩之情,博得一声"有空请过来"。余楠就到傅家去请傅今夫妇吃个"便晚饭"。当时施妮娜在座,他知道妮娜和江滔滔的交情,顺口也邀请了妮娜"伉俪",指望对方客气辞谢。不料施妮娜欣然一诺无辞。

请两个客人"便饭"是方便的,称得上"便饭"。四个客人,规模稍大,就不那么方便了。余楠只知道妮娜有丈夫,却不知那位丈夫在哪里工作,是何等人,是否和傅今夫妇合得来。四个客人,加上三个主人,八仙桌上还空一席。请客添双筷,乘机也把范凡请来。范凡和傅今合作得很紧密,两位都是当权派。这么一想,他觉得不方便也值得。他和宛英商定菜单,比酒席简单些,比"便饭"丰盛些。四冷盘可合成一拼盘。热炒只两个,一大碗汤加四大菜,这就行了。他等候机会也邀请了范凡,范凡并不辞谢。只是他女儿余照不肯陪客,胡乱吃了几口晚饭就往外跑。家里已经生火,外面又冷又黑,难道还学骑车?宛英怀疑她新交了什么男朋友。

傅今夫妇和施妮娜夫妇是结伴同来的。余楠没想到施妮娜的丈夫就是研究社成立大会上和梳两橛小辫儿、略像胡小姐的女人并肩而坐、窃窃密谈的那位"小生"。余楠说:

"这位见过,只是没请教尊姓大名。"

"区区姓汪名勃"——他简直像戏里"小生姓张名君瑞"或"小生柳梦梅"是一个腔调。他晃着脑袋说:"这是经过一番改革的名字。原名汪伯昕。'伯'字有封建味儿。'昕'字多余,不妨去掉。再加上点儿革命气息,就叫汪勃。"

江滔滔掩口而笑。施妮娜似嗔非嗔地瞅了他一眼,回脸对江滔滔说:

"滔滔,训他几句。"

傅今一本正经说:"汪勃同志其实是咱们古典组的,可是他只来报了个'到'。他是一位能诗能文的大才子,又是《红楼梦》专家。他瞧不起古典组专管标点注释,所以至今还在学校讲课,从没到组里去过,怪不得余先生不熟。"

施妮娜说:"他是独木不成林,要等明年组成了班子才来呢。"

余楠忙向这位年轻才子致敬意。

汪勃涎着脸对宛英说:"不才的大才是做菜,今天特来帮忙,听余太太使唤的。调和五味是我的专长。"

江滔滔故意板着脸说:"汪勃,少吹牛!"

施妮娜笑说:"余太太,小心他会偷您的拿手本领。"

宛英只老实说她没有拿手本领,一面让座奉茶。

汪勃端详着她说:"余太太,看来您是喜欢朴素的,衣服'带些黯淡大家风'。您如果请我做顾问,黯淡之中,还可以点染几分颜色,保管让您减去十岁年纪。"他不等余太太回答,指点着妮娜和滔滔说:"瞧!她们俩都采用了区区的审美观,效果很明显。这位滔滔同志喜欢淡妆,衣服只穿青绿,胭脂不用大红。哎,滔滔西湖之水,'淡妆浓抹总相宜'啊!瞧她不是今日胜往昔吗?"

江滔滔已脱下簇新的驼色呢大衣。她穿一件深红色的薄丝棉袄,搽着深红色的胭脂和口红,果然比平日艳丽。傅今顾盼中也流露出他的赞许。

"滔滔穿上妮娜嫌瘦的衣服,多合适!我区区的小袄,妮娜穿了不也稳稳地称身吗!她这样'铅华淡淡妆成',比她平日的浓妆不更大方吗!余太太,'画眉深浅入时无?'不用'笑问夫婿',问我汪勃更在行!余先生不怪我狂妄吧?"

汪勃一张嘴像漏水的自来水龙头,滴滴答答不停地漏水。宾主间倒也不拘礼节地热闹起来。

一会儿范凡来了。汪勃抢着代宛英捧上茶,便跟着宛英同下厨房,把孙妈称为"大妈",又用尊称的"您",乐得孙妈一口一个汪先生,不知怎么巴结才好。汪勃确会帮忙。他很在行地替主妇装上拼盘,自己端出去,请大家就座,又给大家斟酒。他站着指点盘里的菜一一介绍。

宛英不知道自己是嫌恶汪勃,还是感谢他。他确会帮上一手,可是他不停嘴的废话,扰得她听不清客堂里宾主的高声谈话了。他们好像在谈论图书室的事。余楠朗朗地说:"他!他怎么肯干图书室的事呢!他也太年轻些。这事还得傅今同志自己兼顾……"宛英不知"他"指谁,很为姚宓关心。

汪勃向余太太建议,两个热炒连着炒了一起上。他拉了宛英一同坐下喝酒吃菜。傅今不喝酒。范凡对主人一同举了举酒杯,笑说:

"余太太辛苦了!汪勃同志,你也辛苦了!"

汪勃扬着脸说:"我呀,不但鼓吹男女平等,也实行男女平等。余先生大概是'大男子主义者'吧?"

施妮娜瞪了他一眼说:"去你的!你就是'大男子主义者'!"

余楠一面请客人吃菜,一面以攻为守说:

"汪勃同志是'大女子主义者'!"

汪勃说:"'大女子主义'我也反对!"他一面忙着吃,满口赞好,又转移目标,嬉皮赖脸对范凡说:

"范凡同志,您别生气啊,我看见您出门,您爱人抱着个包袱跟在后面。我说范凡同志还是'夫权至上'呢!"

范凡谦虚认错说:"哎,我们农村里兴得这样。这是多年的老习惯了,一时改不过来。汪勃同志几时下乡去看看,农村里落后的地方还多着呢。"

江滔滔说:"我和妮娜想参加土改去,范凡同志,我们先向您挂个号,等合适的时候下去。目前还得做好规划工作呢。"

汪勃喝了几杯酒,兴致愈高,废话愈多,大家杂乱地说笑。孙妈上了汤又端上四大菜,汪勃抢着为大家盛饭。

饭后,沏上新茶。范凡因为还要开个会,最先告辞。

施妮娜和江滔滔脸上都添了油光,唇上都退了颜色。

余楠忽然说:"宛英,你不是说,要把你那支变色唇膏送给傅太太吗?那颜色可真是最合适不过的——哈,汪勃同志,你瞧啊,我可不是'大男子主义者',我为太太服务,我拿去!"他笑着走进里屋,傅今好奇地等着。

宛英傻呆呆地不知她哪来什么变色唇膏。她只管做她的主妇,为客人斟茶,又为妮娜点烟。一会儿余楠出来,向江滔滔献上一支口红。江滔滔刚接在手里,汪勃抢过去,看看牌子说:

"嚄!进口的名牌儿货!"他脱下口红的帽子一看,说,"又是黄色,淡黄色!"

余楠得意说:"不,这是变色的,擦上嘴唇就变玫瑰色。"汪勃把口红交给江滔滔,问余楠要镜子。宛英忙去拿出一面镜子。汪勃双手捧着镜子,矮着身子,站在江滔滔面前问:

"自己会上吗?"

江滔滔娇羞怯怯地对着镜子听汪勃指导:

"先画上唇,涂浓些,对!上下唇对着抿一下,印下个印儿,对!照着印儿也涂上,浓些!"他拍手说,"好!好极了!果然是玫瑰色,比妮娜那支深红的还鲜艳。太美了!太美了!"

傅今显然也十分欣赏。

余楠说:"我内人早想把胭脂送与佳人,这回她如愿以偿了。"

宛英怪不好意思地站在一旁,不知怎么接口。

汪勃放下镜子说:"滔滔,你就笑纳了吧!我替大家谢谢余太太,因为抹口红的人看不见自己的嘴巴,欣赏的却是旁人——

傅今同志,我这话没错吧?"妮娜瞟了他一眼说:"别尽疯疯癫癫的,看余太太笑话。"

宛英真不知汪勃是轻薄,还是疯疯癫癫。她只说:

"汪先生不见外,大家别拘束才好。"

江滔滔收下口红,谢了余太太。当晚宾主尽欢而散。

宛英料想口红是解放前余楠在上海买的。她很识趣,一字不问那支口红当初是为谁买的,只问余楠:"你刚才说谁不肯当图书室主任?"

余楠说:"我探探傅今的口气。图书室副主任已经定了施妮娜,可是正主任谁当呢?傅今说,他问过许彦成,许彦成推辞说没有资格。许彦成!他!他当然没有资格!当这个主任得懂行,中外古今的书籍都得熟悉。傅今当然也兼顾不了。这事只有我合适。"

"他请你了吗?"

"等着瞧吧,不请我请谁!"

宛英说:"你兼任啊?不太忙吗?"

余楠很有把握地笑着说:"能者不忙,忙者不能。许彦成准是嫌事情忙,官儿也不大。其实,官儿大小全看你怎么做呀。悄悄儿加上两个字,成立一个'图书资料室',规格不就高了吗!'图书资料室'正主任,下面有个副主任,再设个'秘书处',用上正副两秘书,日常的事就都有人管了。目前先有一个秘书也行。"

"谁当秘书呢?"

"瞧谁肯听指挥,肯做事。"

宛英心想:"为什么姚小姐不当主任呢?她是内行,管了好几年图书了,而且听说图书室的不少书都是她家捐献的。难道她还得让这个施妮娜来管她吗?"她暗打主意,一定要把这事告诉姚太太,别让姚宓吃亏。

第 十 二 章

姚家钢琴和许家唱机交换的事,没过两天就照办了。傍晚姚宓下班回家,姚太太自己开着唱机在听音乐呢。

姚宓惊喜说:"啊呀,妈妈,都搬完了?怎么我都不知道呀?"

"那位'犬子'办事可利索。他上午先来看定放唱机的地方,帮沈妈出清了这个柜子,挪在这里。下午就叫人来搬运钢琴。来了六个人,稳稳地抬到门口车上。随后他把唱机和唱片运来,帮我整理好,教了我怎么使用。这会儿他刚刚走。美人来打了一个'花胡哨',接他一起走的。"

姚宓心里一动。杜丽琳是来监视丈夫吗?这完全是直觉。她总觉得杜丽琳对她有点心眼儿。不过这是毫无道理的感觉。姚宓第一次没把她的"福尔摩斯心得"拿出来和妈妈一同推理,只问妈妈为什么午饭的时候没把这事告诉她。

"你自己没看见柜子挪了地方呀!不过,也是那位'犬子'叫我瞒着你的。他说他是擅用工作时间,是违法行为,你那边办公室里都是耳目。"她转述许彦成的话,显然只当做笑话。她是存心给女儿一个意外之喜。她关上唱机,问女儿搬到研究室去完事没有。

姚宓说:"没什么搬的。图书室的钥匙交掉了。外文组的办公室是里外相通的两间,我们年轻人在外间工作。姜敏、善保、罗厚各人一个书桌,还剩下一只旧桌子是没主儿的。罗厚和陈善保把里面套间里最新的书桌搬过来换了旧桌子。姜敏说,那只新书桌是施妮娜的,抽屉里还有她一本俄文本的《共产党宣言》呢。罗厚和善保都说,她又不来上班,把组长的大书桌给她和江滔滔'排排坐'不更好吗!他们就把她的书放在组长办公桌的抽屉里了。"

"你说什么了吗?"

"我只说,旧书桌一样,不用换。姜敏把她临窗的好位子让给我,我没要。"

她告诉妈妈,图书室调去两个新人。一个叫方芳,顶打扮,梳两橛小辫儿。还有一个叫肖虎,年纪大些,男的。

从此姚宓天天到办公室去上班了。她知道许彦成经常溜到她家去听音乐。她很有心眼儿,从不往家跑,尽管研究室里自由得很,不像在图书室不得空闲。反正她如要听音乐,回家后她妈妈会开给她听,她自己也学会了使用唱机。

姚宓预料得不错,她妈妈确是喜欢许彦成。最初她称"那位犬子",过两天就"彦成"长,"彦成"短,显然两人很相契了。这也很自然。两人有相同的爱好,很说得来。两人又都很寂寞。彦成喜欢姚太太能了解,能同情;姚太太喜欢彦成真率、坦白。他们往往听罢唱片,就围炉坐着说闲话。(他们都喜欢专心听音乐,不喜欢一面听一面说话。)每天姚宓回家,姚太太总有些关于彦成的新鲜事告诉女儿。短短几天之内,彦成的身世以及他目前的状况姚太太几乎都知道了。

她常笑说:"这不是福尔摩斯探出来的,这是当事人自己讲的。"不过她们往往从"当事人"自己讲的话里,又探索出"当事人"自己没讲的情况。譬如,姚太太谈了杜丽琳闰年求婚的故事,就说:"美人选丈夫是投资,股票市场上抢购'有出息'的股份。可是彦成大概不会承认。他把他的'美人'护得很紧,看来是个忠心的好丈夫。"姚宓却觉得许杜夫妇并不融洽。不过,她便在妈妈面前,也绝口不说这话。

　　姚宓自从在她爸爸藏书室里和许彦成一同理书之后,好多天没见到他,只是天天听她妈妈讲他。不知为什么,她心上怪想念的。接下的一个星期日,她独在藏书室里一面整理书,一面希望许彦成会闯来。他却没有来。姚宓觉得失望,又自觉可笑。转眼又是星期天了,她得把爸爸的遗书赶早登记完毕。她暗暗希望,这回许彦成该想到她了。真怪,许彦成好像知道她的希望,又在前廊来回踱步等待。

　　姚宓高兴地说:"许先生,好久没见你了。"

　　"我天天到你家去,总希望有一天看见你。"

　　姚宓笑说:"如果人家发现我们家开音乐会,只怕你就不能随意跑来了。"

　　彦成感激说:"真谢谢你想得周到——我今天想——我在希望,你星期天会到这儿来。"

　　"我也希望你今天会来。"姚宓说完自觉冒失,亏得彦成毫不理会,只说:

　　"我上星期天想来帮你,可是分身不开。你又来过吧?书登记得差不多了吗?"

　　姚宓说她上星期日一个人干的活儿不多,不过书也登记得差不多了。

两人进了藏书室,姚宓把窗户打开。彦成记起上次她打开窗户时,他见到笼罩着她的迷雾忽地消失,犹如在目前。这几天,他和姚太太经常会晤,增添了对姚宓的理解和关怀。他自己意识到,他对姚太太什么都讲,多少因为他愿意姚宓知道。有些事,自己是明白的,只是不愿深究,也不由自主。

他们理着书,彦成说:"姚宓,我想问你一句话,不知道你会不会生气。"

姚宓不知他要问什么,惊愕地看着他。

"伯母说,她毁了你的婚姻,是真的吗?"

姚宓眼睛看着鼻子,静默了好一会儿说:"许先生——"

"叫我彦成。"

"不,许先生。"她很固执,尽管许先生大不了她几岁,她不愿逾越这条界限。她说:"许先生,我很愿意跟你讲讲,听听你的判断。我妈妈和我从来没有争执。不过,她说毁了我的婚姻,就是她心上在为我惋惜。她总原谅我的未婚夫,好像是我负了他。我心上顶不舒服。我不承认自己有什么错。"

彦成说:"你讲,我一定公平判断。"

姚宓又沉默了一会儿才说:"妈妈都告诉你了吗?"

"伯母说,她和你爸爸五十双寿那年,你十五岁,比你的未婚夫小两岁,是吧?他跟着他父母来拜寿——故意来的吧?他家看中了你,你家也中意他。"

姚宓解释道:"我爸爸妈妈年纪都大了,忙着要给我订婚——我妈妈还说什么来着?"

"伯母说,那位少爷很文秀,是高才生,也是独生子——有两个姐姐都出嫁了。你们俩年貌相当,门户也相当,很现成地订了婚,常来往,也很亲密。"

姚宓说:"也相当客气,因为双方都是旧式家庭。"

彦成点头了解。他说:"所以他们家紧着要求结婚。"

姚宓轻轻叹了一声气:"我父亲还没去世的那年,他家提出等他毕业就结婚,我家提出再迟两年,等我也大学毕业。就在那年,抗战胜利的前夕,夏至前两天,我爸爸突然去世,我妈妈中风送进医院抢救。我的未婚夫当然来帮忙了。可是他什么忙也帮不上,因为我最艰难的是筹钱,我总不能向他们家开口要钱呀。他母亲要接我过去住。我也懂得些迷信,热孝里,不兴得上别人家的门。我只说,家里男女用人都还在,不能没个主人。那一段艰难的日子不去说它了。不久抗战胜利,我爸爸已经安葬,我妈妈已经脱险,我未婚夫已经大学毕业。他对我说,我妈妈没准儿还能拖上三年五年,甚至十年八年,叫我别死等了,还是早早结婚。我妈妈可以找个穷亲戚伺候。他说趁这时候出洋最方便,别错过机会。我不答应。"

"伯母也说了。"

姚宓说:"妈妈没有亲耳朵听见他说话的口气。我怕伤了妈妈的心,我没照样说——以下的事妈妈也说了吗?"

"伯母说,他硬逼着要和你结婚。"

"妈妈还是护着他。什么结婚!他卑鄙!"

彦成了解了几分,想了一想说:"他是未婚夫呀。"

姚宓犹有余愤。她要说什么,又制止了自己,慢慢儿绕到书架对面,才接着说:

"我家三个女用人走了一个,另一个又由她女儿接去过夏,要等我妈妈出院再回来。伺候我的是门房的老婆。她每天饭后回到门口南屋里去歇午。我的未婚夫趁这时候就引诱我。我不懂事,不过我反感了,就不答应。他先是求,说的话很难听;接着是骂,话更难听;接着就威胁说,'你别后悔!要我的人多着呢!'再下去就要强迫我。我急了,抓起一把剪指甲的小剪子,我说:'我扎你!我铰你!'他就给我赶走了——我都告诉妈妈的。妈妈没说吧?"

"伯母说了点儿。"

姚宓气呼呼地接着说:"第二天我没理他——我忙着许多事呢。第三天,我想想有点过意不去。我知道他是个娇少爷,爱面子,好胜,计较心很重。我怕自己过分了点儿。我就打了个电话给他,报告我妈妈的情况,一面请他别生气。他也请我原谅,随后又来看我。可是他还是想引诱我。我这回不糊涂了,立刻拒绝了他。他说,凭我对他的态度,分明是不爱他。我想到自己拿着把小剪子把他吓跑,简直想笑。可是,那时候在我面前威胁我的人是个完全陌生的人,完完全全是个陌生人。他说我不爱他,我觉得可能是真的。我只知道他是我的未婚夫,应当爱他,就没想过我是不是爱他。"

彦成默然听她说下去。

"他那天干脆对我说,我们该结婚了。明的不便,可以暗里结。我说,不能公然做的事,暗里也不做。我坚持妈妈病中我怎么也不离开她。他表示什么条件都可以依我,只要我依他这一个条件。他露骨地说:他要'现的',不要'空头支票'。我觉得他的确是个陌生人。我们未婚夫妇之间,连起码的信义都没有。我就告诉他说:我们订婚的时候,双方家境相同,现在可大不相同了。我们的家产全卖了,连住房都押出去了。他先是不信,说绝不可能,准是账房欺我。我告诉他我已经请教过律师——罗厚的舅舅介绍的律师,很有名的。凭契约,抓不住账房的错。他就怪我爸爸糊涂。末了他说,那就更简单了,他又不贪图我的嫁妆,我们母女并到他家去就完了。我郑重告诉他,我和妈妈都不会叫他们家负担,我也没有力量出国。我们的婚事请他重做考虑。"

"他怎么呢?"

"他不肯干脆解约,可是一直坚持他的先决条件。我怎么能答应他呢!我妈妈当然也不能说我错,可是她总怪自己害了我。"

彦成问:"他现在呢?"

"他不久就和一位很有钱,据说也还漂亮的小姐结了婚,同到美国去了。听说还在美国。妈妈说他伤透了心,假如我和他结婚,他大概会回来。这不是护着他吗?好像是我对他不起,好像是我太无情。"

彦成说:"伯母绝不是怪你。谁也不能怪你。我想,伯母只是埋怨她自己。"

姚宓静默了一下,缓缓流下两行眼泪,忙偷偷儿抹了,半晌才说:"大概你的话不错。我妈妈是娇养惯的,恨不得也娇养我一辈子。她也羡慕留洋,希望我能出国留学。其实,我要不是遭逢这许多不顺当的事,哪会一下子看透我那位未婚夫的人品呢?假如我嫁了他,即使不闹翻,也一辈子不会快活。妈妈很不必抱歉。"

许彦成脱口说:"美满的婚姻是很少的,也许竟是没有的。"

"照你这话,就是我不该了。"

"不！不！不！不！不！"彦成急了，"你完全应该。我佩服你的明智。"

姚宓解释说："我讲这些不光彩的事，为的是要分辨个是非。不对的，就是不该的，就是坏的。对的，就是应该的，就是好的。不管我本人吃亏占便宜，只要我没有错，心上就舒服了。"

彦成不禁又笑又怜，他说："我认为你完全对——伯母也没有怪你不对。好，你该心上舒服了？"

姚宓舒了一口气说："谢谢你。"

彦成忍不住说："可是，你知道，许多人没有什么是非好坏，只凭自己做标准。"

姚宓猜想他指的是他妈妈，或者竟是"标准美人"。她不愿接谈，转过话题问："许先生，你那三个儿子呢？"

"都化为乌有了。我妈妈不好对付，可是也好对付。她信命。丽琳告诉她，我命里没有儿子——也许她们真的算过命。反正她就服命了。可是她把小丽惯得不像话，而且她的教育和丽琳各有一套。丽琳教小丽喝粥别出声。小丽说，奶奶说的，要呼噜噜地喝，越响越乖。现在孩子不肯上学，也不肯学琴。我堂姐能弹琴，家里有琴，小丽算是跟她学的。其实是胡说，她只会乱打。我现在把琴锁上，把钥匙藏了。奶奶说，让她乱打打也好，打出滋味来，就肯学了。我撒谎说钥匙丢了。上星期支吾过去。今天这会儿我算是出来找钥匙的。"

他们已经快要把书理完了。姚宓问许先生是不是先回去。彦成说："奶奶跟小丽一样，眼前对付过去，事情就忘了。"他不忙着回去，只问姚宓研究计划订好没有。

姚宓说："善保告诉我，计划都没用了，得重来，咱们要开组会呢。许先生没听说要开组会吗?"

"好像听说了,我没放在心上。"

姚宓忽然记起一件事:"许先生,是不是傅今同志请你当图书室主任,你不肯?"

"你怎么知道?"

"余太太来讲的。"

"我当然不肯。我和施妮娜一正一副做主任,我才不干呢!余太太怎么知道呀?"

"我妈妈说,余楠在巴结傅今,想当正主任。"

"咱们开组会就为这个?还是为计划?"

"当然为计划,还要分小组。余楠想当图书室主任是背地里的勾当,又不等咱们选举。"

彦成说:"最好咱们能分在一个小组里。"

姚宓说:"我也希望咱们能在一个小组里。我瞧你的计划怎么变,我也怎么变。我跟着你。"

两人都笑了。姚宓又想起一件新闻。

"余先生的女儿看中了善保,余太太向我妈妈打听他呢。"

"陈善保不是看中另外一个人吗?"

姚宓知道指的是她,只笑说:"善保是很可爱的,可是太单纯,太幼稚了,配个小姑娘正合适。我就怕和他分在一组,让余楠把他拉去吧。"

彦成说:"我告诉你,姚宓,分小组的时候,咱们得机灵着点儿。"

姚宓说:"一定!一定!"

"今天下午你在家吗?"

"我为这一屋子书,得去找王正谈谈。"

彦成说:"反正星期天我不到你家来。要来,我得和丽琳一起来。"

姚宓笑了:"许先生快回去吧!杜先生要到我们家来找你了。"

彦成果然匆匆走了。姚宓慢慢地关上窗,键上,又锁上门。她一面想:"刚才怎么把那些话都告诉许先生,合适吗?"

可是她得到许先生的赞许,觉得心上踏实了。

第二部　如匪浣衣

第 一 章

外文组的两间办公室离其他组的办公室略远些。善保、罗厚、姜敏、姚宓同在外间。里间有组长的大办公桌,有大大小小新旧不同的书桌,还有一只空空的大书橱。不过那几位职称较高或架子较大的研究人员并不坐班,都在家里工作,只有许彦成常去走走。傅今有他自己的办公室,从没到过外文组。姚宓趁姜敏不在,早已请善保和罗厚把施妮娜占用的新书桌搬回原处。他们为她换了一张半新的书桌,按姚宓的要求,把书桌挪在门口靠墙的角落里。

这天是第一次召开外文组的组会,里外两间的炉子都生得很旺。外间的四个人除了姜敏都早已到了。许彦成吃完早点就忙着准备早早到会,可是丽琳临出门忽记起朱千里的臭烟斗准熏得她一身烟臭。她换了一件旧大衣,又换上一件旧毛衣,估计办公室冷,又添一件背心。彦成等着她折腾,一面默念着他和姚宓的密约:"咱们得机灵着点儿。""机灵"?怎么机灵呢?就是说:他们得尽量设法投在一个小组里,却不能让人知觉。他憬然意识到自己得机警,得小心,得遮掩。

他们夫妇到办公室还比别人早。罗厚、善保和他们招呼之后说:"许先生好久没来,我们这儿新添了人,您都不知道吧?"

彦成进门就看见了角落里的姚宓。他很"机灵",只回头向她遥遥一点头,忙着解释家里来了亲人,忙得一团糟。丽琳过去欢迎姚宓,问她怎么坐在角落里。姜敏恰好进来,接口说:"姚宓就爱躲在角落里。"姚宓只笑说:"我这里舒服,可以打瞌睡。"

他们大伙进里间去,各找个位子坐下。善保还带两把椅子,姚宓也带了自己的椅子。丽琳注意到彦成和姚宓彼此只是淡淡的。彦成并不和她说话,也不注意她,好像对她没多大兴趣。丽琳觉得过去是自己神经过敏了,自幸没有"点破他"。

余楠进门就满面春风地和许杜夫妇招呼,对其余众人只一眼带过。他挨着组长的大办公桌坐下。朱千里进门看见姚宓,笑道:"哟!我是听说姚小姐也来我们组了!今天是开欢迎会吧?"他看见丽琳旁边有个空座,就赶紧坐下。姚宓沉着脸一声不响。朱千里并不觉得讨了没趣,只顾追问:"来多久了?"

姚宓勉强说:"四五六天。"

余楠跷起拇指说:"概括得好!"

正说着,施妮娜和江滔滔姗姗同来。妮娜曾到组办公室来过,并占用了新书桌。彦成并不知道,看见两人进来,就大声阻止说:"我们开会呢!"

丽琳在他旁边,忙轻轻推了他两下。

彦成却不理会,瞧她们跑进来,并肩踞坐在组长的大办公桌前,不禁诧怪说:"你们也是这一组?"

丽琳忙说:"当然啊!外文组呀!"

朱千里叼着烟斗呵呵笑着说:"一边倒嘛!苏联人不是外人,俄文也不是外文了!"

彦成不好意思了。他说:"我以为苏联组跟我们组合不到一处。"

施妮娜咧着大红嘴——黄牙上都是玫瑰色口红——扭着头,妩媚地一笑,放软了声音说:"分不开嘛!"她看看手表,又四周看了一眼,人都到齐了。她用笔杆敲着桌子说:"现在开会。"

彦成瞪着眼。丽琳又悄悄推他两下。

妮娜接着说:"傅今同志今天有事不能来,叫我代他主持这个会,我就传达几点领导的指示吧。"她掏出香烟,就近敬了余楠一支,划个火给余楠点上,自己也点上,深深吸了一口,两指夹着烟卷,喷出一阵浓烟。

朱千里拔出嘴里的烟斗,站了起来。他是个干干瘦瘦的小个子,坐着自觉渺小,所以站起来。他说:"对不起,我有个问题。我是第一次来这儿开会,许多事还不大熟悉。我只知道傅今同志兼本组组长,还不知其他谁是谁呢?施妮娜同志是副组长吗?"

妮娜笑得更妩媚了。她说:"朱先生,您请坐下——姚宓同志,你不用做记录。"

姚宓只静静地说:"这是我自己的本子。"

罗厚的两道浓眉从"十点十分"变成"十点七分",他睁大了眼睛说:"领导的指示不让记吗?"

妮娜说:"哎,我不过说,组里开会的记录,由组秘书负责。我这会儿传达的指示,是供同志们讨论的。"

陈善保是组秘书,他扬扬笔记本问:"记不记?"

妮娜说:"我这会儿的话是回答朱先生的,不用记——朱先生,咱们的社长是马任之同志,这个您总该知道吧?他是社长兼古典文学组组长。傅今同志是副社长兼外国文学组组长。现当代组和理论组各有组长一人,没有副组长。古典组人员没全,几个工作人员继续标点和注释古籍,纯是技术性的工作,说不上研究。以前王正同志领导这项工作,现在她另有高就,不在社里了。古典组开会,马任之同志如果不能到会,丁宝桂先生是召集人。我今天呢,就算是个临时召集人吧。"她停顿了一下,全组静静地听着。

她接着郑重地说:"咱们这个组比较复杂。别的组都已经工作了一段时间了,只咱们组连工作计划还没定下来呢——各人的计划是定了,可是全组的还没统一起来。"

她弹去香烟头上的灰,吸了一口,用感叹调说:"一技之长嘛,都可以为人民服务。可是,目的是为人民服务呀,不是为了发挥一技之长啊!比如有人的计划是研究马拉美的什么《恶之花儿》。当然,马拉美是有国际影响的大作家。可是《恶之花儿》嘛,这种小说不免是腐朽的吧?怎么为人民服务呢!——这话不是针对个人,我不想一一举例了。反正咱们组绝大部分是研究资本主义国家的文学。什么是可以吸收的精华,什么是应该批判的糟粕,得严加区别,不能兼收并蓄。干脆说吧,研究资产阶级的文学,必须有正确的立场观点,要有个纲领性的指导。你研究这个作家呀,他研究那个作家呀,一盘散沙,捏不成团,结不成果。咱们得借鉴苏联老大哥的先进经验,按照苏联的世界文学史,选出几个重点,组织人力——组织各位的专长吧,这就可以共同努力,拿出成果来。我这是传达领导核心小组的意见,供大家参考讨论。"

朱千里的计划是研究马拉美的象征派诗和波德莱尔的《恶之花》。他捏着烟斗,鼻子里出冷气,嘟嘟囔囔说:

"马拉美儿!《恶之花儿》! 小说儿! 小说儿!"

可是没人理会他。大家肃然听完这段传达,呆呆地看着妮娜吸烟。

余楠问:"领导提了哪几个重点呢?"

江滔滔娇声细气地说:"莎士比亚,巴尔扎克,狄更斯,勃朗特姐。"

彦成等了一等,问:"完了?"

江滔滔说:"咱们人力有限,得配合实际呀!"

彦成这时说话一点不结巴,追着问:"苏联文学呢?"

施妮娜慢慢地捻灭烟头,慢慢地说:"许先生甭着急,苏联文学是要单独成组的,可是人员不足,一时上还没成立,就和古典组一样,正在筹建呢。"

江滔滔加上一个很有文艺性的注释:"苏联文学,目前就融化在每项研究的重点里了。"

朱千里诧异说:"怎么融化呀?"

滔滔说:"比如时代背景是什么性质的,资产阶级的上升时期和下落时期怎么划分,不能各说各的,得有个统一的正确的观点。"

许彦成"哦"了一声,声调显然有点儿怪。丽琳又轻轻推他一下。他不服气,闪过身子,歪着脑袋看着丽琳,好比质问她"推我干吗"?窘得丽琳低眼看着自己的鼻子,气都不敢出。

朱千里却接过口来:"就是说,都得按照苏联的观点。就是说,苏联的观点驾凌于各项研究之上。"

余楠纠正说:"不是驾凌,是供我们依傍——我觉得这样就有个纲领性的指导,很好。照滔滔同志的解释,我们就是取四个重点……"

妮娜说:"对!取四个重点。分四个小组。"

余楠赶紧说:"我想——我——就研究莎士比亚吧。陈善保同志做我的助手,怎么样?"

姜敏没想到余先生挑了善保没要她。她估计了一下情势,探索性地说:"我跟杜先生研究勃朗特,杜先生要我吗?"

杜丽琳乖觉地说:"好呀,咱俩一起。"

彦成暗暗得意。他从容说:"我就研究狄更斯了。"

罗厚欣然说:"我也狄更斯。"

姚宓急忙说:"我也是狄更斯。"

朱千里看着姚宓,取笑说:"假如你是狄更斯,我就是巴尔扎克了!"他指望逗人一笑。可是谁也没有闲情说笑。

施妮娜说:"姚宓同志,你懂法文,你做朱先生的助手——就这样:咱们成立四个小组,四位小组长,四个助手。以后凡是指导性的讨论,只要组长参加就行。"

姚宓着急说:"我不是法文专业,法文刚学呢。"

朱千里说:"我教你。"

妮娜说:"专家是发挥专长,助手跟着学习。咱们好比师徒制吧,导师领导工作,徒弟从工作中提高业务。"

罗厚说:"我也懂点法文,我跟朱先生做徒弟。"

朱千里却说:"我的专业不是小说,我是研究诗歌戏剧的。"

妮娜卖弄学问说:"朱先生可以研究巴尔扎克的《人间喜剧》呀!"

朱千里使劲说:"我已经声明了,我的专业不是小说!我也懂英文,也研究过莎士比亚,我加入余楠同志的小组,做他的助手。"

江滔滔轻声嘟囔:"这不是捣乱吗?"

妮娜反问说:"那么巴尔扎克呢?总不能没有巴尔扎克呀!"

彦成忍不住说:"没有的还多着呢!且不提俄罗斯文学,不提德国文学、意大利文学,单讲法国英国文学,雨果呢?司汤达呢?福楼拜呢?莫里哀呢?拜伦、雪莱呢?斐尔丁呢?萨克雷呢?倒有个勃朗特!"

善保忍耐了一会儿,怯怯地说:"我水平低,莎士比亚太高深了,我——我——"

姜敏忙说:"我跟你换。"

丽琳笑说:"干脆取消了我们那个小组。我也跟余先生学习。"

余楠说:"我又不是莎士比亚专家!我向朱先生、杜先生学习。"

妮娜忙用笔杆敲着桌子说:"同志们,不要抱消极态度,请多提建设性的意见!"

朱千里说:"好啊!我建设!我女人——我爱人和我同在法国生活了十年,请她来做小组长,我向她学习!"

"您爱人是哪一位呀?"妮娜睁大了她那双似嗔非嗔的眼睛。

"她不过是个家庭妇女,无名无姓。"

江滔滔气愤地说:"这不是侮辱女性吗?"

罗厚乘机说:"该吃饭了,建议散会,下午再开。"

妮娜看看手表,确已过了午时。她把刚点上的烟深深吸了两口,款款地站起来说:"咱们今天的会开得非常成功,同志们都畅所欲言,表达了各自的意见。我一定都向领导汇报。现在散会。"

"下午还开吗?"许多人问。

"对不起,我不是领导。"她似嗔非嗔地笑着,一手夹着烟卷,一手护着江滔滔,让近门的人先退。

第 二 章

姚宓午后到办公室,不见一人。里间的窗户大开着,不知谁开了没关。烟味倒是散了,大炉子已经半灭。姚宓关上窗,又关了分隔里外室的门,自幸善保和罗厚都不抽烟——至少在办公室不抽。

一会儿罗厚跑来,先向里屋看看,又看看门外,然后很神秘地告诉姚宓:"他们开秘密会议呢。"

"他们谁?"

"老河马一帮——包括善保,上海小丫头,当然还有余大诗人。"

"许先生、杜先生呢?"

"没有他们。我在侦察,你知道吗,那老河马……"

姚宓打断他说:"罗厚,你说话得小心点儿。什么老河马呀,小丫头呀,你说溜了嘴就糟了。"

罗厚不听她的训斥,笑嘻嘻地说:"我不过这会儿跟你说说。你自己对朱先生也够不客气的。"

姚宓苦着脸:"把我分在他手下,多别扭啊!"

"放心，"罗厚拍胸脯说，"我一定跟你对换，我保证。"

姚宓信得过罗厚，不过事情由得他吗？

姚宓说："朱千里的臭烟斗就够你受的。"

罗厚一本正经说："我告诉你吧，朱千里的学问比余楠好多着呢。他写过上下两大册法国文学史——也许没出版，反正写过，他教学当讲义用。他娶过法国老婆，法文总不错吧；在法国留学十来年，是巴黎大学的博士——大概是，因为他常恨自己不是国家博士，他瞧不起大学的博士。他回国当教授都不知多少年了。"罗厚自诩消息灵通，知道谁是谁。

"他夫人是法国人？没听说过呀。"

"他的法国夫人没来中国。现在的夫人还年轻，是家庭妇女。他家的宿舍紧挨着职工宿舍。听他们街坊说，那位夫人可厉害，朱先生在家动不动罚跪，还吃耳光，夫人还会骂街。"

"当小组长得会骂街吗？"

"咳，朱千里是故意损那老河马——该死该死，我真是说溜了嘴了。我说，朱先生刚才是故意捣乱，你不明白吗？他意思是老河马——妮娜女士不过是家庭妇女之流。朱千里认为自己应该当副组长。"

罗厚坐不定，起身说："我溜了，打听了消息再来报告。"

罗厚不爱用功。他做学生的时候有个绝招，专能揣摩什么老师出什么考题，同班听信他的总得好分数。他自己却只求及格。他的零用钱特多，他又爱做"及时雨"，所以朋友到处都是。在研究社里他也是群众喜爱的。他知道的消息比谁都多。

姚宓一人坐着看书——其实她只是对着书本发呆。因为总有个影子浮上书面，掩盖了字句，驱之不散，拂之不去，像水面上的影子,打碎了又抖呀抖的抟成原形。姚宓觉得烦躁。她以前从没有为她的未婚夫看不进书。她干脆把椅背斜靠在墙上,暂充躺椅,躺着合上眼,东想西想。

也许她不该对他讲那些旧事。可是他也不该问呀。不过,他好像并没有嫌她,也没有瞧不起她。他不是还嘱咐她得机灵着点儿,争取同在一个小组吗!他为什么对她那么冷淡呢?准是他后悔了,觉得应该对她保持相当的距离。

姚宓忽然张开眼睛。她不该忘了人家是结了婚的!她可不能做傻瓜,也不能对不起杜丽琳。

她对自己说:"该记着!该记着!"可是她看了一会儿书又放下了。书里字面上的影子还像水面上的影子,打不破,驱不开。

许彦成对姚宓的冷淡也许过分了些。别人并不在意。杜丽琳先是受了蒙骗,可是她后来就纳闷:彦成对姚宓向来那么袒护,怎么忽然变得漠不关心似的?做妻子的还没有"点破他"呢,他已经在遮遮掩掩了?

彦成下午四点左右照例又出门去。他只对丽琳说:"我出去走走。"丽琳料想他又是到姚家去。彦成回来照例到他的"狗窝"里去用功,并不说明到了哪里,干了什么。丽琳曾经问过,他只说:"到姚家去了",此外就没有别的话。丽琳自觉没趣。他既然不说,她也争气不问,只留意他是往姚家的方向跑。她想姚宓在图书室呢,不会回家。这次开组会,丽琳才知道姚宓已调入研究组。她急切要知道姚宓是否下午回家;究竟是她自己多心,还是彦成做假。她等彦成出门,就跑到办公室去。

姚宓听见轻轻的脚步声,以为是姜敏回来了。她张眼看见杜丽琳,忙起身摆正了椅子,问杜先生找谁。

丽琳说:"问问几时开会。"

"还没通知呢。"

"就你一人上班?"

"只罗厚来了一下,又走了。"

丽琳掇一只椅子坐下,道歉说:"我打扰你了。"

"哪里!"姚宓笑着说,"我在做个试验,椅子这么靠着墙,可以充躺椅。"

丽琳很关心地说:"干吗不回家去歇歇呀?"

姚宓心里一亮,想:"哦!她是来侦察我的!"她很诚恳地回答说:"我上班的时间从不回家,养成习惯了。当然,在这里比在图书室自由些,可是家里我妈妈保不定有客人,在家工作不方便。我要是工作时间回家,妈妈准会吓一跳,以为我病了呢。"

丽琳指着三个空座儿问:"他们都像你这么认真坐班吗?"

"平常都来,今天他们有事。"

丽琳正要站起来,忽见姚宓无意间掀起的一角制服下露出华丽的锦缎。她不客气伸手掀开制服,里面是五彩织锦的缎袄,再掀起衣角,看见红绸里子半掩着极好的灰背,不禁赞叹说:"真美呀!你就穿在里面?"

姚宓不好意思,忙把制服掖好,笑说:"从前的旧衣服,现在没法儿穿了。"

丽琳是个做家的人,忍不住说:"多可惜!你衬件毛衣,不经磨得多吗?"

姚宓老实承认不会打毛衣。

"你这制服也是定做的吧?"

姚宓说,她有个老裁缝,老了,肯给老主顾做做活。她瞧杜先生不想动身,怕她再深入检查,就找话说:

"杜先生,您家来了老太太和小妹,不搅扰您吗?"

"走了!昨天下午走的。我们老太太就像一阵旋风,忽然的来了,忽然的又走了。我想把小丽留下,可是孩子怎么也不肯。"她叹了一口气。

"反正天津近,来往方便。"

"谁知道呀!"丽琳又叹了一口气,"家家都有一本难念的经。我们的老太太是个'绝'。就拿钢琴的事儿说吧,我打算给小丽买一架。老太太说:'现成有,何必别处去买呢?'简直'你的就是我的'。她忽然想来,信都没有一封,马上就来了。我只好让彦成睡在他的小书房里(姚宓从妈妈处知道那是彦成的'狗窝')。我们卧房里是一对大中床。我让老太太睡在我对床,让小丽跟我睡。可是孩子硬是要跟奶奶睡,而且要睡一个被窝。床又软,老的小的滚在一堆,都嫌垫子太厚。我想把我的书房给老太太布置一间卧房。她老人家一定要买一张旧式的大床——你知道,那种四个柱子带个床顶还有抽屉的床。哪儿去找啊?我说是不是把她天津的大床运来。老太太说她住不惯北京;她天津的房子大,北京的房子太小。昨天小丽嘴角长口疮,她说是受热了。说走就走,一天也没留。我想把小丽留下,孩子怎么也不肯。她只认奶奶,爸爸妈妈都不认。奶奶对儿子是没一句话肯听的,对小丽却是千依百顺。"丽琳长叹一声说:"真没办法。孩子是我的,惯坏了还是我的孩子呀!"她克制了自己,道歉说:"对不起,尽说些啰嗦事,你听着都不耐烦吧?"

姚宓安慰她说:"孩子上了学会好。"

"彦成也这么说。他——他并不怎么在乎,只担心他妈妈回天津又去麻烦他的伯母。可是我——哎,我想孩子!"她眼里汪出泪来,擦着眼睛说:"我该走了。"

姚宓十分同情,正不知用什么话来安慰,丽琳已站起身,晃一晃披肩的长发,强笑说:

"我觉得女人最可笑也最可怜,结了婚就摆脱不了自己的家庭,一心只惦着孩子,惦着丈夫。男人——"她鼻子里似冷笑非冷笑地哼了一声,"男人好像并不这样。"她撇下这句话,向姚宓一挥手,转身走了,让姚宓自去细细品味她的"临去秋波那一转"。

杜丽琳那天临睡,有意无意地对彦成说:"你那位姚小姐可真是够奢侈的,织锦缎面的灰背袄,罩在制服下面家常穿。"

彦成一时上有好几句话要冲口而出。一是抗议姚小姐不是他的。二是要问问她几时看见了姚小姐制服下面的锦缎袄。三是姚小姐从前的衣服想必讲究,现有的衣服为什么不穿呢?四是穿旧衣不做新衣,也不算奢侈。可是他忍住没有开口。他好像是没有听见,又好像是不感兴趣,只心中转念:"丽琳准是又到办公室去了。去干吗?去侦察!不然为什么不说?"

丽琳低声自言自语:"毛衣都不会打。"

彦成又有话要冲口而出。他想说:"她早上有早课,晚上有晚课,白天要上班,哪来工夫打毛衣!"可是他仍然没做声,只是听了丽琳的末一句话,坐实了他的猜想:丽琳确是又到办公室去过。

丽琳也不多说了。彦成难道没听见她说话吗？他分明是不肯和她谈论姚宓。他和姚宓中间有点儿共同的什么，而她却是外人。

第 三 章

范凡承认自己对知识分子认识不深，不知应该怎么对待。所以这方面他完全依赖傅今了。傅今觉得评比知识分子不是易事，他们互有短长。就拿外文组的几位专家来说吧。论资历，余楠是反动政客的笔杆子，杂牌大学毕业，在美国留学不到两年，回国也是在杂牌大学教书。他补交的那份履历上填的是美国某校毕业，没说有学位。许彦成虽然也没有洋学位，却是国内名牌大学毕业的，傅今熟知他学生时期的才名。他曾在英国伦敦大学进修，伦敦大学是谁都知道的呀。而且他和美国学者、英国学者同出过书。回国后，他母校曾敦请他回校当教授。年纪虽轻，资格可不弱。杜丽琳呢，有两个响当当的洋学位呢。她家客厅里不挂着两张镶镜框的英文证书吗！一张学士证书，一张硕士证书，上面都有照片，可谓货真价实。夫妇俩都曾留学多年。至于朱千里，他是伪大学的教授，留学的年份更长，不知是法国什么大学的博士。博士当然比硕士又高，伪大学也不比杂牌大学差，他回国已当了多年教授。究竟谁高谁下，也许该看他们的"政治"了。那么，许彦成杜丽琳是投奔光明回来的，当然该数第一。可是论表现，谁比得过余楠呢？也数他最"靠拢"。最糟的是朱千里，觉悟不高，尽说怪话，说话着三不着两。他爱人压根儿没有文化，是家庭妇女。傅今听了外文组开会的汇报，觉得朱千里要他爱人当小组长的话很可能是挖苦施妮娜,因为妮娜在外国并没有学历,不过跟着从前的丈夫出国当太太罢了。好在"同等学力"的说法,不是他傅今提出来的。妮娜确也有她的才干。至于滔滔,她是女作家,以她的才华,在现当代组自有地位,只因为她是自己的爱人,他还有意压低了她的级别呢。反正目前且让大家发展专长,对他们注意平衡就是了。不过话又说回来,求得平衡,不是容易。这天傅今听过汇报,请来几个平日"靠拢"的人在自己家里随便谈谈,摸摸群众的底。

姜敏义愤填膺地说:"朱先生太不应该了!"她忽又咽住,鼓着嘴,气呼呼的,像小孩儿受了委屈。

傅今说:"随便讲呀。"

余楠说:"我同意姜敏同志的看法。"

姜敏垂着睫毛,瞄了他一眼,好像是壮了胆。她赌气似的说:"我觉得他是存心找碴儿。不能人人都是法国文学专家呀!波德莱尔的《恶之花》,不能要求人人都读过呀!把《恶之花》说成小说,也没什么相干,反正是腐朽的嘛!"

妮娜装作不介意,笑问:"我说了那是小说吗?我好像没说啊!"

余楠忙说:"没有,我没听说。"

善保说:"您把朱先生计划上的两个人并成了一个。"

妮娜不认账,反问:"是吗?我准是说急了。"

余楠说:"我记得你有一句话说得顶俏皮。朱千里自称戏剧专家,你就指出巴尔扎克的小说是《人间喜剧》。"

可是余楠这下马屁也拍在痛疮上了。妮娜没想到《人间喜剧》倒是小说,只好假装故意说了俏皮话,一笑不答。

善保很老实地又补上一句:"该是勃朗特姐妹吧?滔滔同志只说了一个姐。"

余楠说:"也对呀,咱们要的是姐,没要妹。"

没人接口,大家静默了一会儿。

傅今说:"常识性的错误,得尽量避免。妮娜,你应当仔细对照各人原定的计划,写下底稿。拿不稳的先请教专家。"

妮娜说:"我有稿子,只是没有照念。讲的时候也许脱落了字句。"

滔滔咕嘟着嘴说:"我是照着念的,可是稿子上的字不清楚。"

妮娜说:"我们苏联组的人力太薄弱了。"

余楠好像经过一番深思熟虑,沉着地说:"依我看,苏联组虽然还没有独立,目前,单为了在我们组里起领导作用,任务就不轻。将来小组交出来的成果,只能是半成品,也许不过是一堆杂乱的资料,得她们两位加工重写,再交傅今同志总其成。这份工作太庞大些。"他叹了一声说,"可惜我不通俄语。不然,我倒是出了名的快手。以前我一个人主办一个刊物,缺什么稿子,我一气化三清,用几个笔名全部包了!要多少字,有多少字!"

妮娜说:"余先生到我们组里来帮一手吧。姜敏,你也可以来。"

姜敏说:"我正要学俄语呢,善保也想学。"

余楠不服老,忙说:"我也想呀!"

姜敏说,大学里正在开办俄语速成班,她有朋友在大学里当助教,她可以弄到教材。她说,他们还可以请妮娜同志当老师呢。

妮娜忙笑着摆手说："你问我高深的倒好讲，初级的我可不会教。不信，问傅今同志吧。比如请大学教师去教小学一年的语文：'羊'、'大羊'、'小羊'、'大羊跑'、'小羊跑'，一个字两个字就是一堂课，大学教授也不能对付呀！初学再加速成，那就更是专门的学问了。不过，不要紧，我爱人也进过俄语速成班，他懂。"

姜敏自愿担任班长，负责弄教材，议定每天在余家学习，有问题请妮娜的爱人来指导。他们越谈越认真，只傅今默不作声。因为他已经请余楠当了图书室主任，觉得不能太倒向一边。况且许杜夫妇究竟是他邀请来的。

过一天，他和范凡商谈之后，特到许彦成家访问，听取意见。傅今向许彦成杜丽琳委婉解释：四个小组里，杜丽琳的小组不是重点；两夫妇如果各踞一重点，力量太偏重，或许会导致旁人不满。许杜夫妇都表示赞成。傅今又亲自去拜访了朱千里，看见他住处偏远简陋，很过意不去，说以后得为他们调整。朱千里生活很简朴，倒并不计较房子。傅今亲来看望慰问，足见重视和关怀。他受宠若惊，一下子变得绵羊一般驯顺。傅今说，四个小组是并重的，巴尔扎克非但不输莎士比亚，还更有现实意义。朱千里很爽气地说，他没有意见，一切听从领导的安排。

原先的四个小组依然如旧，四个助手却略有更动。余楠还是要善保做助手。傅今不知他是相中了女婿，只以为他拘谨，不要女助手，当然一口答应。他对善保说："你是培养的对象，该知难而进，不能畏难退缩。"善保很想跟许彦成，可是他只好乖乖地服从。罗厚已向范凡反映：朱太太是有名的醋罐子，家里来了女客，朱先生得罚跪，还保不定吃耳光。如果叫姚宓做朱先生的助手，准引起家庭风波。范凡告诉了傅今。他们认为罗厚的态度不错。他不计较自己是研究院毕业生，服服帖帖当学徒，只为顾全大局，愿和姚宓对换导师，当然完全同意。傅今拜访朱千里的时候，就顺带说起，让罗厚做他的助手，因为朱先生住得远，组里有什么通知，或是朱先生要借书还书，有个小伙子为他跑跑腿，比较方便。朱千里也很乐意，事情就这么安排停当了。

傅今召开了组会。他安排工作的时候，只杜丽琳提出一点修补意见。她说，勃朗特作品不多，也不如狄更斯重要，她的小组算个附属小组吧。傅今说："两组都研究英文小说，算姊妹组吧，可分可合。"朱千里笑说："姊妹有大小，夫妻却平等，妻者，齐也。该称夫妻组。"余楠敷衍性地笑了一声。傅今却不爱说笑，只一本正经说："随你们自己结合吧。"

姚宓和许彦成当初只怕不能同在一个小组里，如今恰恰两人一小组，私下都不喜而惧，一致赞成两组合并。丽琳要求做附属小组当然有她的缘故，彦成和姚宓不约而同，都有相同的理解。另一方面，丽琳也怕驾驭不了姜敏。姜敏不愿意单独和杜丽琳拴在一起，却也不想单独和许彦成同一小组，因为许彦成对她从来不敷衍。所以两小组合并，四人都由衷赞成。怎么结合，当时没有细谈。

第 四 章

许杜夫妇早上到组办公室去找姜敏和姚宓开了一个小会。两位导师开了必读的书和参考书单，商谈怎么进行研究，怎么分工等等，谈完就散会了。姜敏把两张书单都抢在手里，亲亲热热地送杜丽琳出门。许彦成知道自己处于严密监视之下,保持"机灵",对姚宓很冷淡,一散会就起身走了。姚宓牢记着她对自己的警戒,只站起身等候导师退出,并没敢送。她等了一会儿不见姜敏回来,猜想她或是送导师回家了。

自从分设了小组,善保常给余楠召回家去指导工作。罗厚呢,经常迟到。他这天过了十点才到办公室,看见屋里静悄悄的,只姚宓一人在那儿看书。他进屋说:

"嘿!姚宓!"

姚宓抬头说:"你这会儿才来呀?"

罗厚不答,只问:"他们呢?"

姚宓说:"善保大概在余先生家。我们两个小组刚开完小组会,姜敏大概送他们回家了。我在这儿替你看书呢。"她曾答应替罗厚读一本巴尔扎克的小说,并代做笔记。

"不用了,姚宓。朱老头儿对我讲,我什么都不用干,他有现成的货。满满的好几抽屉呢,要什么有什么!"

"他就这样推你出门吗?"

"哪里!老头儿人顶好,像小孩子一样,经不起我轻轻几下马屁,就给拍上了,把私房话都告诉我了——抽屉里的现成货是秘密,你可不能说出去。"

姚宓笑问马屁怎么个拍法。

罗厚说:"妙不可言,等有空再谈。咱们这会儿有要紧事呢——我问你,你爸爸藏书室有个后门,钥匙在你手里吗?"

"那扇门早用木板钉死了。"

"木板可以撬开呀。我只问你钥匙。"

姚宓说,钥匙在她手里。

罗厚叮嘱说:"你回家去把钥匙找出来,交给伯母,我会去拿。大院东侧门的钥匙我记得你有两个呢,也给我一个。"

他告诉姚宓,捐赠藏书的事已经和某图书馆谈妥。他手里虽然有书单,还得带人去估计一下:那一屋子书得用多少箱子装,去几辆卡车,得多少人搬运。他说,卡车可以停在大院东侧的门外,书从藏书室的后门出去,免得兴师动众。他打算一次搬完。两只大书橱留下,书架子他已经约定卖给一个中学了。

姚宓说:"还有我自己留的一堆书呢。"

罗厚说:"知道!你不是说,都堆在沿墙地下吗?我把那两个书橱给你留下,装你的那些书。问题是你家那间乱七八糟的小书房怎么布置?得预先挪出地方搁那两个大书橱——你懂吗?书橱得先进去,不然,就挤不进了。"

姚宓为难说:"满屋子都是土,沈妈老也不去收拾。"

罗厚很爽气地说:"得,你甭管了,我找人去收拾。不过书怎么整理,得你自己,我可是外行。"

姚宓笑说:"当然我自己来,不成还叫你整理!"

罗厚说:"你都甭管了,照常上你的班。反正你帮不了忙,我也误不了事。我这里面有一条妙计——闪电计!别让上海丫头知道了去报告老河马。"

"这又不是瞒人的事,也瞒不了呀。"

"哼!老河马准在算计那一屋子书呢!我就给她一个出其不备!——还有一句话,舅舅叫我转达的:给你们钱,别说不要。"

姚宓郑重声明:"书是捐赠的,妈妈绝不肯拿钱。"

"给的不是书价,有别的名目,反正你们收下就完了。我警告你,姚宓,你以后得多吃鸡鸭鱼肉,你再瘦下去,就变成鬼了。你太抠门儿,你在省钱给妈妈买补药。"

"你胡说。"

"我才不胡说呢! 我告诉你,这么办正好叫老河马没话可说,不能埋怨你不把书留给本单位。哼! 给重价收买了! 家里穷! 要钱! 怎么着!"

姚宓忍笑说:"你把我当做老河马,练习吵架吗?"

罗厚昂然说:"练习吵架,不怕! 即使当面是真的老河马,我也绝不会动手打她。"

他回身要走,姚宓叫住了问他朱千里是否真的什么都不要他干。

罗厚说:"当然真的。"

姚宓说:"那么,我替你看的书就不用做笔记了,我自己看着玩儿了。不过,我问你,你是怎么拍上他的?"

"咳,没做坏事,不过帮他捣鬼,瞒着他夫人为他汇了些钱给他乡下的外甥——他瞒着夫人在赚稿费。这都是秘密。"他不肯多说,忙着走了。

姚宓等着姜敏回来,她想看看书单。可是直到吃饭,姜敏也没有回办公室。

姚宓回家找出钥匙,向妈妈转述了罗厚的话。姚太太接过钥匙,放在镜台上,慢慢地说:

"刚才郁好文来,说姜敏借了许许多多书,施妮娜说研究用的书没有限制,她们把书不知藏在哪里了,没见姜敏拿出去一本书,只听见她们说占有资料,取得主动,小组里露一手,她又听见施妮娜反复叮嘱方芳:'只说没有书,没有! 就完了。'她说她们大概是对付你的。"

姚太太知道他们四个人的两小组,姚宓回家都向妈妈讲过。这时她吩咐女儿且别到图书室去讨没趣。

这天下午,罗厚跑来和姚太太商谈搬运藏书的事。恰好许彦成也来了。他和彦成是很相投的。上次许家搬运钢琴,姚太太事后知道就是罗厚帮彦成找的人。姚太太就对彦成讲了郁好文透露的消息。罗厚怒得竖起他的"十点十分",摩拳擦掌。

彦成笑对罗厚说:"不用你打架的,我自有办法。"

办法很简单。他说,如此这般,把小组里需要的书集中在组办公室里。三人一商议,觉得没有问题。姚太太就和罗厚继续商谈搬运那一屋子书的事。

罗厚把拳头在自己膝盖上猛捶一下说:"我觉得更得'闪电'!我准备半天搬完!"

彦成说:"办不到。"

罗厚瞪着眼说:"我跟你打赌!赌脑袋!"

姚太太责备似的看了他一眼,低声说:"罗厚!"

罗厚忙两手打拱说:"对不起,许先生,我说急了。不过,伯母放心,打赌,不是打人。"

姚太太也说办不到,而且没有必要。

罗厚又气又急,又不敢得罪姚伯母。他忍耐了一下说:"伯母,善本、孤本,拿到手就有利可图,想占便宜的坏人多着呢。还有更坏的人,自己占不到便宜,捣捣乱,制造点儿麻烦他也高兴。公家是糊里糊涂的。你偷了他的,他也不知道,知道了也不心痛;越是白送的他越不当一回事。要办事,就得抓紧,得快!"

彦成说:"可是半天怎么行呢?"

罗厚很内行地说:"得有办法呀!要有准备,要有安排,最要紧是得力的人手。"

他有得力的人手。他待人慷慨,人家愿意为他效劳。他也懂得"重赏之下,必有勇夫",从不惜小费。

他解释说:"成套的书都带书箱,好书都有书套。散的装木箱或纸箱,硬面的或是不怕挤压的可以装麻袋。我带人去估计现场,不会空着手去傻看。"姚太太说:"反正由你全权办理。"

罗厚得意地说:"好,我组织三路大军,三路进军。一路是主力,搬书;二路是把书架子运走;三路是把书橱和剩下的一些书悄悄儿搬往您家,谁也不让知道。"

姚太太说:"又不是偷!"

罗厚认真说:"可是人家知道了,就要来利用了。书啊!不能独占啊!得让大家利用啊!好!从此多事了。你借,我借,他又转借,借了不还,或者丢了——干脆悄悄儿藏着吧。"

姚太太说:"干脆也交公,交给图书室。"

罗厚着急说:"不行!都交给老河马?让她占有?那是许先生给姚宓挑出来的。"

彦成说:"谁家没有几本书,藏着就完了,不张扬也对。"

姚太太说:"好,罗厚,都照你说的办。"

罗厚说他马上找人来收拾姚宓的小书房;又问那间书房别人知道不知道。

"什么书房!只不过是一间储藏室罢了。"姚太太隔窗指点着小院对面的屋子,问许彦成:"那间房,看见吗?"

彦成说:"没注意过。"

罗厚得意地说,只有他知道。他拉彦成一起去看看将来书橱放在哪里合适。小书房挨近大门口,要经过一个长圆形的墙门洞。洞门后面堆着些什物:不用的火炉子,烟筒管,大大小小带泥的花盆之类。走过去还要上五六级台阶,才是一扇旧门,门上虚锁着铁锈的大锁。姚太太行走不便,从没进去过,只吩咐沈妈经常去打扫屋子,擦擦玻璃。天气冷,沈妈已多时不去打扫。屋里寒气逼人,灰尘扑鼻。他们看了一下,罗厚指点着说:"书橱这么搁。"彦成也同意,两人商量了一番,就忙着出来。

他们回到姚太太的客堂里,彦成不及和姚太太同听音乐,就要和罗厚同去办交涉,把研究资料集中在组办公室里。

罗厚临走对姚太太说:"伯母,您瞧啊,做研究工作也得打架,而且得挖空心思打!"

姚太太笑说:"好吧！打吧。"她把藏书室后门的钥匙和东侧门的钥匙都交给罗厚,重又说:"告诉你舅舅,钱,我们是不领的。就算是愚忠,我们反正愚忠到底了。书架子随你去卖。"她看着罗厚不服气的脸,抚慰说:"你放心,罗厚,伙食是我管的,没克扣阿宓。"

罗厚心里嘀咕:"这姚宓！她什么话都给我捅出来！"他嘴里却忙着辩解:"我不是这个意思！不过,伯母,我还是不赞成您的愚忠。公家只是个抽象的词,谁是公家？哼!"他不敢说下去,怕挨训,只妩媚地一笑说:"我是不懂公德的！"

姚太太不和他多说,只赶他说:"去吧,打架去吧！"

罗厚披上大衣,很有把握地说:"伯母,您等着瞧,我们一定胜利。"许彦成已经穿上大衣,围上围巾,戴上手套,站在一边等着罗厚。他心上却不像罗厚那么拿得稳。

第 五 章

许彦成想的办法的确很简便。他叫罗厚代表朱千里,随同他和杜丽琳去找傅今,建议为了工作方便,把研究用的书籍集中在组办公室里,那儿现成有空着的书橱。罗厚拍胸脯担保他能代表朱千里,而且他知道傅今什么时候在家。他们商定,如果江滔滔在家,让杜丽琳和她敷衍,稳住她,彦成就和傅今谈公事。

恰是天从人愿,他们三个跑到傅家,正好傅今在家,江滔滔却不在。他们三言两语就把事情讲明。彦成建议让罗厚到隔邻余家去把余楠请来,四小组一起商谈。

余楠完全同意他们三组的建议,不过他说,组办公室的书橱搁不下那么许多书,他那个小组的书不妨搁在他家的书橱里。(因为图书室新到一部版本最好的《莎士比亚全集》。他来北京的时候,把家里大部分的书都处理了,带来的不多,宛英买的书橱还空落落的,正需要几部装潢精美的名著装点门面。)

他说:"由我负责保管就是了。"

彦成迟疑:"不方便吧?"他指的当然是对别人不方便。

余楠却慷慨地表示他不怕"不方便"。他说:"没关系!我多点儿事不要紧。"他说:"谁要看,到我家来看得了。况且莎士比亚不止一套,图书室有几个版本呢。"

傅今说:"社里添置了好些书橱和书架;办公室里的书橱不够用,可以取用。"

余楠连说不必,他家有书橱。"书由我保管,我们小组使用也方便。"

罗厚竖起他的"十点十分",等着听傅今怎么说。他瞧傅今并不反对,好像是默许了,不免心头火起,故意问道:

"巴尔扎克都搬到朱先生家里去吗?"

傅今说:"书太分散,不好。"

余楠只图把他要的莎士比亚放在自己家里,并不主张把巴尔扎克送到朱千里家去,所以附和说:

"他家也没处放吧?又住得那么远。"

罗厚露骨地说:"朱先生不会要把公家的书藏在自己家里的。"

余楠好像一点不觉得罗厚话中有刺儿,或许感到而满不理会,认为不值得理会。因为他知道罗厚全家逃亡,料想他出身不好;他又不像别的年轻人积极要求进步,只是吊儿郎当,自行其是,而且愣头愣脑。余楠对年轻人一般都很敷衍,对罗厚只大咧咧地说:

"负责保管公家的书,够麻烦的,而且责任重大。"凭他的口气,他还是为人民服务呢!

傅今那晚还要出去开会,他们不多耽搁,谈完公事一起辞出。余楠近在隔邻,大家顺道送他回家。

罗厚气愤愤地说:"图书资料室主任倒是自己方便,也与人方便。"

彦成叹口气说:"咱们总算达到目的了。"

丽琳只诧怪说:"那江滔滔晚饭也不回家吃吗?"

罗厚说:"准在老河马家呢。太好了!太好了!我只怕她在家,准两个一起在家,咱们今天就没这么顺利了。"

第二天早上,许彦成和杜丽琳同到办公室,正好四个助手都已到齐,罗厚刚到朱千里家去跑了一趟赶来。姚宓为杜丽琳搬了个椅子,丽琳说声谢谢就坐下了。彦成却不愿坐姜敏为他搬的椅子,善保同时也为他搬了把椅子,他倒不好意思坐了。他站在炉边,两手捧着烟筒管,从容说:

"昨天,我们……"

他刚说了这四个字,忽见余楠气喘吁吁撞进办公室,连说:"对不起,对不起,我来迟了!"他指指空椅子请彦成坐下。这姿态带些命令的意思,彦成傻乎乎地坐下了。余楠就站在彦成站的地方,两手也捧着烟筒管儿,咳嗽两声说:

"昨天,我们四个小组在傅今同志家开了一个小会。我们图书资料室为了保证研究工作的顺利进行,制定了一些规章。今天我来向大家宣布一下。"

彦成夫妇和罗厚都以为事情又有变卦。可是余楠宣布的只是昨天商定的办法。彦成恍然明白余楠只是来抢做主席,以图书资料室主任的身份来执行他的任务。他感到意外的高兴。觉得真是罗厚所说的"太好了!太好了!"

余楠接着轻描淡写地说,他们莎士比亚小组的书就集中在他家里,把书橱让给夫妻组。善保可以在他家里工作,他书房里为善保留着书桌呢。哪位同志要看他们小组的书,欢迎到他家去看。他又说,巴尔扎克小组的书大概书橱里还挤得下,挤不下的话,办公室里还可以搬进一个书架,反正他的小组一切退让,尽量把空余的地方让给别的小组。

罗厚举手说:"朱先生叫我说,他要求图书室把我们小组需要的书冻结起来,不出借——也不是绝对不出借,只要求我们小组有优先权,出借的书如果我们有需要,就得收回。"

余楠点头说:"好办法!也省事。"

罗厚说:"余先生,你们组也可以学样儿。"

余楠却不赞成。他说:"昨天是四个小组和傅今同志一起讨论之后,给图书室制定了各小组集中图书的办法。现在虽然四个小组都有人在这里,傅今同志没有来。已经决定的事,不必再翻案了。各小组各有方便的办法,不妨灵活着点儿,不必一律求同。好,就这样了,你们照办吧。"

他大衣都没脱,说完就走了。

罗厚在姜敏背后缩着脖子做了一个大鬼脸。彦成假装没看见。

丽琳说:"怎么办?咱们就去把书都借来吗?"

善保和罗厚都愿意帮忙。

彦成考虑着说:"是不是让女同志干轻活儿,烦她们去办借书手续。我们小伙子搬运。书单在组里吧?"

姜敏万想不到余楠会忽然跑来下这一道命令。他和妮娜没有接头吗?还是故意找妮娜的碴儿?她昨天已经把书单给姚宓看了。姚宓说:"你收着吧,别让我给丢了。"所以书单还在她手里。她借的书都暗暗藏在一只大纸箱里,纸箱藏在一个隐僻的地方。怎么办呢?

她赶忙说:"借书,我去!书单在我这儿呢。让善保帮我搬书吧,好不好?"

彦成很识趣地说:"姜敏同志去借,善保帮她搬,罗厚去借个小推车,我帮着把书一起都运过来,顺便还可以看看有什么书忘了借。丽琳,你和姚宓同志管上架,怎么样?"

姚宓建议先把书橱抹拭干净,她们俩就动手干活儿。

姜敏很想问问妮娜余楠宣布的规章是怎么回事。图书室新近隔出小小一间图书资料办公室,可是妮娜并不经常上班,那天她恰恰不在。幸亏姜敏藏书的纸箱太大,没存在妮娜的办公室里。姜敏对付善保绰有余力。她支使善保在借书柜台前等待,自己先把书从纸箱里三本五本地搬上柜台,然后叫善保往外间搬,等待装车。她暗藏的书没敢扣留一本,怕彦成会追根究底地找。

众人齐动手,他们两小组为进行研究所需要的书,凡是图书室所有的,当天都整整齐齐地排列在办公室的书橱里了。

彦成唯恐丽琳瞧破他为姚宓如此尽心,所以非常"机灵",恰如其分地疏远,恰如其分地冷淡。姚宓呢,她牢记着自己的警戒。而且,假如只是为了"别对不起杜丽琳",那么,说不定会辜负另一个人。如今姚宓看到彦成的疏远和冷淡,觉得自己只要做到"别做傻瓜"就行。虽然心上隐隐有些伤痛,她自己的"恰如其分"非常自然。丽琳开始相信自己确是神经过敏了,或者因为她警觉,已经及时制止了丈夫的心猿意马。

彦成说:"这些书都不准拿出去,就在办公室里使用。姜敏同志,你负责保管。"

姜敏心想:"好个体统差使!多承照顾了!"她并不推辞,也并不表示接受,只暗暗为自己打主意。

第 六 章

姜敏曾对姚宓说:"你觉得吗,姚宓,假如你要谁看中你,他就会看中你。"她自信有这股魅力。

姚宓只说:"我不知道。我也不要谁看中。"

姜敏觉得姚宓很不够朋友,说不上一句体己话。

姜敏在大学里曾有大批男同学看中她。不过,她意识到自己是个无依无靠的人,不能盲目谈爱情,得计较得失利害。在她斤斤计较的过程里,看中她的人或是看破了她,或是不愿等着被"涮"而另又看中旁人。转眼她大学毕业了,还没找到合格的人,只博得个"爱玩弄男性"的美名。姜敏为此觉得委屈,也很烦恼。谁有闲情逸致"玩弄"什么男性呀!她已经二十二岁,出身并不好,无论在旧社会或新社会都不理想。而离开了大学,结交男朋友的机会少了。她的自信也在减退。

她要善保看中她。可是善保这个新社会的好出身,不像旧社会的好出身,一点也不知情识趣,常使她感到"俏眉眼做给瞎子看"。当然,朴质是美德,可是太朴质就近乎呆木了。罗厚够呆的,还比善保机灵些。姜敏煞费苦心把善保拉在身边,管着他同学俄语,每天两人同背生字。善保很佩服她,也感激她。可是,自从余楠提出他们小组研究用的书集中在他家里,让善保在他家工作和学习,善保就忙着按余楠开的书单把书从图书室借出来,往余家送,连天没到办公室去。

姜敏几次去找妮娜,都没碰见。又过了几天才在妮娜的图书资料办公室见到她。妮娜正在那里生大气。

妮娜两天没到办公室,那天跑去,才知道姚家的藏书忽然一下子全搬空了。她觉得这是姚宓对付她的。她虽然嘀咕那些书占了一大间有用的房子,她只指望姚家早早把屋里的书供大家利用。她丈夫对那批书抱着好大的兴趣呢。谁料那么一屋子的书呢,忽然一本都没有了。这姚宓!够奸的!她正在对姚宓咬牙切齿。

姜敏来探问图书新规章的事,妮娜心不在焉,说余楠告诉她了,那是许彦成夫妇和罗厚一同去找了傅今提出来的。姜敏说,她怀疑这和姚宓有关,因为她怀疑图书室里有她的耳目。这句话恰好撩起了妮娜的愤怒。她愤愤说:

"你那位贵友实在太神出鬼没了!"她点上一支烟吸了一口,"咳"了一声说:"你知道吗?姜敏,把我吓了好大一跳啊!"

"怎么了?"

"她家那间藏书室不是老锁着的吗?她调到研究组去,就在门上又加上一道锁。昨天下午我跑来,他们都告诉我,那屋里的书全搬走了,屋子空了。我推开虚掩的门一看,可不是!里面空荡荡的,我都傻了。咱们图书室不是没有人啊。郁好文说那天上午好像听见点儿声响,当时没在意,后来也没声息了;下班出来看看,没见什么,也就不问了。方芳也听见的,以为那边闹鬼,吓得直往人多的地方躲,也没敢说。肖虎什么也没听见,因为他在那边工作,离得远。他们告诉我,昨天上午,你那位贵友……"

姜敏不承认"那位贵友"是她的。可是妮娜不理会她的抗议,继续说:"好神气啊!带着老傅和范凡一同进来,脱了锁,交出了那间空房,她就走了。老傅告诉大家,那屋里的书,按姚謇先生的遗命,已经捐赠给一个图书馆了,图书馆派了大卡车来拉书,都运走了。"

"准是高价出售了!"姜敏说。

"谁知道!连书架子也没留下一个!"

"为什么不捐赠给自己社里呢?"

"就是啊!我要知道了,我就不答应!所以她们家只敢鬼鬼祟祟呀!社里对她还照顾得不够吗?同等学力!同什么等?你也得拿出个名堂来呀!比如说,你是作家,有作品。比如说,你留洋进修了,有学问。左不过在图书室里编编书目!什么学力!"

她又深深吸一口烟,吐出一大团烟雾,同时叹出一大口气,说道:"现在是正气不抬头,邪魔外道还猖獗着呢!善本书偷偷儿拿出去卖钱,捐献一间空屋子也算是什么了不起的贡献呢!老傅够老实的,和范凡同志还特意一起到姚家去谢那位老太太呢。"

"听说这个大院儿全是她们家的。"

"是剥削来的,知道吗?剥削了劳动人民的血汗,还受照顾!"

姜敏听了这话很快意,因为伸张了她愤愤不平之气。她是货真价实的大学毕业生,可是受照顾的都和她"同等学力"了,这不是对她的不公平吗!她感慨说:

"反正一讲照顾,就没有公道。没有文凭,也算大学毕业生。"

妮娜觉得这话未免触犯了她,笑了半声,说道:"有文凭又怎么?还得看你的真才实学啊!"

姜敏觉得自己说错了话。不过话已出口,追不回来,只好用别的方式来挽救。她鼓着嘴,把睫毛眨了两下,撒娇说:"妮娜同志,我跟你做徒弟,你收不收?"

妮娜莞尔而笑。她嘴角一放松,得忙着用手去接住那半截染着一圈口红的烟卷。烟灰簌簌地落在簇新的驼色绸子的丝绵袄上,落在紧裹着肚子的深棕色呢裤子上。她抬起那双似嗔非嗔的眼睛瞅了姜敏一下:

"怎么?夫妻组里你待着不舒服?"

"憋气!!"姜敏任性地说,"不是我狂妄,资产阶级的老一套,我们在大学里,还是外国博士亲自教的,不用请教二毛子三毛子!我就不信他们夫妻把得稳正确的立场观点。"

"哎,咱们都在摸索呢!"妮娜得意而自信地笑着。

"余先生至少还能虚心学习。"

妮娜说:"你愿意到他们小组里去吗?可是你们那边也少不了你呀。"

姜敏冷笑一声:"让咱们'那位贵友'发挥同等学力吧!"

妮娜把眼睛闭了一闭,厚貌深情地埋怨说:"姜敏,你当初不该退让,该自己抓重点。"

"可是重点还在我的手里呀!我说了,勃朗特的作品不多,英国十九世纪的时代背景等等都归我抓吧。那都是纲领性的。她只管狄更斯几部小说的分析研究。得等我先定下调子,她才能照着分析研究呀!我不动手,瞧她怎么办!我现在加班学俄语呢!脱产学俄语呢!"她看着妮娜会心地笑了。

"妮娜同志,你可得支持我!咱们说定了,你做我的导师,啊?"她半撒娇半开玩笑地伸出手掌,要妮娜和她拍掌成交。妮娜像对付小孩子似的在她掌心轻轻拍了一下。姜敏不敢多占妮娜的时间,笑着起身走了。她还忙着要到余先生家去分发俄语速成教材呢。善保已有两天没见面了。

她没进余家的门,就听到里面一阵阵笑声。走近去,她听出善保和余楠笑着抢背俄语生字,中间还有个女孩子的声音。原来是余照在教他们基础俄语。

余照是单眼皮,鼻子有点儿塌,嘴唇略嫌厚,笑起来有两个大酒窝,都像她的妈。体格该算健美,身材很俏,大约余太太年轻的时候也是细溜的。她有一副自信而任性的神态。姜敏见过余照。姜敏一进门,余照就说:

"嘿!班长来了!我们正在说你呢!"

"说我什么来着?"姜敏不好意思。

"说你要气死了!"

姜敏听着真有点气,可是她只媚笑着问:"为什么要气死呀?"

"我新收了两名徒弟。大徒弟名叫爸爸,二徒弟名叫陈哥儿。他们不当你的兵了!当我的徒弟了!"她又像开玩笑,又像挑衅。

余楠忙解释:"我们觉得欲速则不达,速成则不成,还得着着实实,一步步慢着走。"

善保说:"速成俄语太枯燥,学了就忘,不如基础俄语好学,也不忘记。"

姜敏强笑说:"好呀,我就做个三徒弟吧。"

余照一点不客气说:"你不行!你太棒,我教不了。我是现买现卖的。"

余楠帮着女儿说:"我们是跟不上,只好蹲班。你和我们一起学没意思,太冤枉了。你该赶在头里,加快学。等你速成班毕业,可以回过头来教我们。"

善保的话更气人。他说:"我们跟不上你,又得紧张。"

恰好孙妈端着一盘三碗汤团进来,姜敏看清楚是三碗。余照的大嗓门儿,难道余太太没听见?这不是逐客吗!

她忙说:"那么,你们不用教材了,我就不打搅了。"她忙忙辞出,忍着气,忍着泪,慢慢地回办公室。

第 七 章

施妮娜在图书资料室的小办公室里和姜敏谈姚家那批书的时候,罗厚正在组办公室和姚宓谈同一件事。运书是前天的事。那天罗厚亲自押送那批书到图书馆,然后还得照着书单对负责接收的人一一点交,傍晚才把书单和收据连同两把钥匙送交姚太太。昨天他又到那边图书馆去了结些手续。今天再要回家去央求他舅舅,事情还没完。

他告诉姚宓:"我巧施闪电计,吓倒老河马,倒是顶痛快的。可是替你们捐献,却献得我一肚子气。那批书偷偷儿从那间屋逃走,可以按我的闪电计。要把书送进那个了不起的图书馆,却不能随着我了。献给国家!我问你,怎么献?国家比上帝更不知在哪儿呢!"

姚宓说:"你的意思我也懂,可是你连语法都不通了。"

"反正你懂就完了。我问你,你昨天把空屋交给社里了吗?"

"交了。妈妈说的,事情是你舅舅和马任之同志接洽的,社里不会知道,叫我去通知了他们,把空屋交出去。"

"老河马见了你,怎么样?"

"她没在。"

"等她知道,准唬得一愣一愣!"罗厚说到施妮娜,又得劲了。

"妈妈说你作弊了,不是半天搬完的,你们星期天偷偷儿进去干了一整天的活儿呢!"

罗厚说:"那是准备工作呀,不算的。搬运正好半天。第一批,是书。一箱箱也不太大,也不太小,顺序搬上卡车,鸦雀无声!是我押着走的。第二批,书架子。不过是些木头的书架子,好搬;当场点交了拉走了。那是二路指挥办的。第三批是你的东西,书橱大些,可是空的,才两只,书又不多。你的书房是老郝带人收拾的,都交给他了。他是殿后。"

姚宓笑说:"老郝说你们纪律严着呢,打喷嚏都不准。"

罗厚也笑了:"你调出了图书室,那间屋子大概没收拾过吧?积了些土。我们刚进去,大家都打喷嚏,幸亏那天这边图书室没人。"

"打喷嚏怎么能忍住不打呢?"

罗厚说:"谁叫你忍啊!打开窗子,扫去尘土,当然就不打了。我们约定不许出声的。老郝告诉我,他临走把连在门上的木板照旧掩上了,好像没人进去过一样。"

姚宓说:"我不懂,你收据都拿来了,还有什么手续呢?"

罗厚叹了一口气说:"我昨天把那边的感谢信交给伯母了,那只是一份正式收据。我还瞒着些事情没敢说。舅舅和马任之当初讲好的是把书专藏在一间屋里,不打散,成立一间纪念室,就叫姚謇遗书或藏书室,还挂上一张像。可是点收的人说没这个规矩,也办不到。我另找人谈,他以为我是讨价还价——姚宓,你知道,他们不了解为什么不要钱。我看了那几个人的嘴脸不舒服。献给国家,为的是献。可是接收的人,我觉得和老河马夫妻没多大分别。我心里不踏实,好像没献上。"

姚宓沉默了一会儿说:"纪念馆什么的就不用了,你也别再争。反正不要他们的钱就完了,随他们怎么想吧。"

"主要是,他们不懂为什么不要钱。姚宓,这话可别告诉伯母,等我舅舅再去找他们的头儿谈谈。我总觉得我没把事情办好。——你那间小书房,我也去看了。老郝没照我说的那样布置,可是他说照我的安排放不下。你等天暖了再去整理,纸箱出空了可以叠扁,交给沈妈收着……"他还没说完,很机警地忽然不说了,站起身要走。

原来是姜敏来了。她也不理人,嘴脸很不好看。罗厚也不理她,一溜烟地跑了。姜敏沉着脸说:"你们谈什么机密吗?"

姚宓赔笑说:"他得到朱先生家去当徒弟呀。"

姜敏没精打采地坐下,拿出俄语速成教材,大声念生字,旁若无人。生硬的俄语生字,像倾倒一车车砖头石块。姚宓暗想,她要是天天这样,可受不了。她以为善保不来,姜敏也不念了呢。他们两人一起念,轻声笑话,还安静些。姜敏念了一会儿,放下教材,换了一副脸问姚宓:

"听说你们家的书高价出卖了,是不是罗厚给你们跑腿的?"

姚宓静静地看着她,静静地问:"谁说的?"

这回是姜敏赔笑了:"好像听说呀。"

"谁听见的? 听见谁说了?"姚宓还是那么静静地看着她。

姚宓这副神态,姜敏有点怕。她站起身说:"我不过问问呀! 不能问吗?"她不等回答就跑了。

姚宓暗想:"可惜不能告诉妈妈(她不愿招妈妈生气),经不起我们福尔摩斯和华生的推断,准是她和老河马造谣呢!"

姜敏那天受了余照的气,满处活动了一番,两天后兴冲冲地跑来找姚宓。

"姚宓,我请你帮个忙。你替我向咱们夫妻组长请个长假。"

"什么长假?"

"长假。领导上批准我脱产学习俄语——速成班的俄语。余楠和善保两个跟不上,半途退学了。因为只我一个跟了上去,而且成绩顶好,领导要我正式参加大学助教和讲师的速成班,速成之后再巩固一下,所以准了一个长假。两位导师都让你一人专利了!该谢谢我吧?"

"可是我怎么能替你请假呢?得你自己去请呀。"

姜敏说:"假,不用请,早已准了。通知他们一下就行。"

"那也得你自己去通知呀。"

"你陪我去,帮我说说。"

姚宓说:"领导都准了,还用我帮什么!"

姜敏斜睨着她说:"可是你还这么拿糖作醋的,陪陪都不肯!"

"我从没到他们家去过。"

姜敏大声诧怪道:"是吗?听说你们家的钢琴都卖给他们家了。"

"他们家老太太来问我妈妈借的,和我无关。"

"你这个人真是!上海人就叫'死人额角头'!我带你到他们家去看看,走!"

姚宓笑着答应了,跟姜敏一起到许家。

许彦成出来应门,把她们让进客堂,问有什么事。

姜敏说:"我是来请假的,姚宓是陪我来的。"

彦成说:"你该向你的小组长请假呀。"他喊丽琳出来,又叫李妈倒茶,自己抽身走了。

丽琳从她的书房里出来,满面春风地请两人坐。她听姜敏说了请假的理由,一口答应,还鼓励她快快学好俄语,回来帮大家做好研究工作。她说,两位难得来,请多坐会儿大家谈谈;还拿出"起士林"咖啡糖请她们吃。她仔细问了姜敏长假的期限,问她分内的工作是否让大家分摊等等。姜敏说她不能添大家的事,她窝的工,回来再补。

丽琳说:"领导上批准的假,当然不用我再去汇报,我只要告诉一声就行吧?"

姜敏说:"除非您反对。"

"我当然赞成,十分赞成。只是,姚宓同志,你要少一个伴儿了。"

她们说笑了几句,姜敏就和姚宓一同辞出。许彦成没再露面,送都没送。

过一天,姚宓傍晚回家,姚太太交给她一本苏联人编写的世界文学史的中文译本,说是彦成托她转交的,叫姚宓仔细读读。

姚宓心想:"我到了他家,他正眼也没瞧我一眼。可是,我们三人的谈话,也许他都听见,也许杜先生都搬给他听了,反正他是关心的,准也理解姜敏存心刁难,以为没有她就没法儿知道苏联的观点了。"她不知道自己心上是喜欢还是烦恼。

彦成照例下午到姚家去。丽琳好像怕姚宓一人寂寞,常到办公室去看她,因为她知道罗厚和善保都不常到办公室,尤其下午。姚宓是一个安静的伴侣,丽琳不和她说话,她就不声不响地只埋头看书写笔记。有一次,彦成竟到办公室来接丽琳了。他说:"我知道你在这儿呢!回家吧。"他只对姚宓略一点头,就陪着丽琳回家。以后丽琳天天下午到办公室看书,许彦成来接,偶尔也坐下说几句话,不过恰如其分,只是导师的话。

转眼过了春节,天气渐渐转暖。姚宓趁星期天,想把小书房的书整理一下。她进门一看,吃了一惊。里面整整齐齐、干干净净。满地的纸箱都已出空,叠扁了放在角落里。书都排列在书橱里。原先架上乱七八糟的书也掸干净了放得整整齐齐。门后挂着一把掸子,一块干布,一块湿布。临窗那张小书桌前面添了一只小圆凳,原是客堂里的。是"他"干的事吧?打开抽屉,里面已垫上干净纸,几支断了头的铅笔都削尖了,半本拍纸簿还留在抽屉里,纸上却没有一个字。她难道指望"他"留一两句话吗?她呆了一下,出来问妈妈:"谁到我的书房里去过了!"

姚太太说:"彦成要求去看看书。他不怕冷,常去。我让他去的。他没弄乱你的书吧?"

姚宓装作不介意,笑说:"我发现多了一只小圆凳。"她没敢说许先生为她整理了书,故意等过了两天才把纸箱交沈妈搬走,好像书是她自己整理的。

她看着整洁的书房,心上波动了一下,不过随即平静下来。因为她曾得到一点妙悟。她发现自己烦恼,并不是为自己,只为感到"他"在为她烦恼,"他"对她的冷淡只是因为遮掩对她的关切。这不是主观臆想吗?据她渐次推断,许彦成对她的冷淡很自然,并非假装。他的眼神不复射过来探索她的眼神。也许他看明了她的"误解",存心在纠正她。可是,他为什么又悄悄地为她整理书房呢?也许是为了自己方便,也许是对她的一种抚慰,不然,为什么不留下一两句话呢?她本想在纸上写个"谢谢",表示知感,可是她抑制了自己。她不需要抚慰。

自从小书房里的纸箱搬走以后,许彦成常拣出姚宓该读的书放在小书桌上,有时夹上几个小纸条,注明哪几处当细读。他是个严格的导师。姚宓一纳头钻入书里,免得字面上的影子时常打扰她。

大学放暑假的时候,研究社各组做了一个年中小结。傅今在全社小结会上表扬了各组的先进分子。姚宓因为超额完成计划,受到了表扬。

姚太太问女儿:"姜敏回来了吗?她该吃醋了。"

姚宓说:"也表扬她了,因为她学习俄语的成绩很好。她回来了,只是还没有回到小组里来。"

第 八 章

夏天过了。绿荫深处的蝉声,已从悠长的"知了""知了"变为清脆而短促的另一种蝉声,和干爽的秋气相适应。许彦成家的老太太带着小丽在北京过完暑假,祖孙俩已返回天津。彦成夫妇松了一口气。正值凉爽的好秋天,他们夫妇擅自放假到香山去秋游并野餐。回家来丽琳累得躺在床上睡熟了。

照例这是彦成到姚家去听音乐的时候。可是他很想念姚宓。虽然他们除了星期日每天都能见面,却没有机会再像以前同在藏书室里那样亲切自在。丽琳总在监视着,他不敢放松警惕,不敢随便说话。姚宓又从不肯在上班的时候回家。她只是防人家说她家开音乐会吗?这会儿趁丽琳睡熟,他想到办公室去看看姚宓,他觉得有不知多少话要跟她说呢。

办公室里只姚宓一人。彦成跑去张望一下,只见她独在窗前站着。他悄悄进屋,姚宓已闻声回过头来。

"阿宓!"彦成听惯姚太太的"阿宓",冒冒失失地也这么叫了一声。

姚宓并不生气,满面欢笑地说:"许先生,你怎么来了?"

这就等于说:"你怎么一个人来了?"她从心上扫开的只是个影子,这时袭来的却是个真人。

"我们今天去游了香山。"他看见姚宓小孩儿似的羡慕,立即后悔了,忙说:"我现在到你家去,你一会儿也回去,好不好,破例一次。"

姚宓只摇摇头,不言语。然后她若有所思地说:

"香山还是那样吧?"说完自己笑了。"当然还是那样——你们上了'鬼见愁'吗?"

彦成叹气说:"没有。我要上去,她走不动了,坐下了。"

姚宓说:"我们也是那样——我指五六年前——我要上去,他却上不去了,心跳了。我呀,我能一口气冲上一个山头,面不红、心不跳、气不喘!'鬼见愁'!鬼才愁呢!"她一脸妩媚的孩子气,使彦成一下子减了十多岁年纪。

他笑说:"你吹牛!"

"真的! 不信,你——"她忙咽住不说了。

"咱们同去爬一次,怎么样?"

姚宓沉静的眼睛里忽放异彩。她抬头说:"真的吗?"

"当然真的。"

"怎么去呢?"姚宓低声问。

办公室里没有别人,门外也没人。可是他们说话都放低了声音。

"明天我算是到西郊去看朋友——借一本书。你骑车出去给你妈妈配药——买西洋参。西直门外有个存车处……"

"我知道。"

"我在那儿等你。你存了车,咱们一同去等公共汽车。"

他们计议停当,姚宓就催促说:"许先生快走吧,咱们明天见。"

彦成知道她是防丽琳追踪而来,可是不便说破丽琳在睡觉呢——也说不定她醒了会跑来。他也怕别人撞来,所以匆匆走了。

姚宓策划着明天带些吃的,准备早上骑车出门的路上买些。她整个夏天穿着轻爽的旧衣,入秋才穿上制服。这回她很想换一件漂亮的旧衣裳,可是怕妈妈注意,决计照常打扮。她撒谎说:听说某药铺新到了西洋参,想去看看,也许赶不及回家吃饭。以前她至多只对妈妈隐瞒些小事,这回却撒了谎,心上很抱歉。可是她只担心天气骤变,减了游兴。

姚宓很不必担心,天气依然高爽。她不敢出门太早,来不及买什么吃的,只如约赶到西直门存车处,看见许彦成已经在那儿等待了。她下车含笑迎上去,可是她看见的却是一张尴尬的脸。许彦成结结巴巴地说:

"对对对不起,姚宓,我忘忘忘了另外还还有要要要紧的事,不能陪陪陪……"

姚宓唰的一下满脸通红，强笑说："不相干，我也有别的事呢。"可是她脸上的肌肉不听使唤，不肯笑，而眼里的莹莹泪珠差点儿滚出来。她急忙扶着车转过身去。

彦成呆站着看她推着车出去，又转身折回来。他忙闪在一旁。只见她还是存了车，一人走出城门，往公共汽车站的方向走。彦成悄悄跟在后面。她走到站牌下，避开一群等车的人，背着脸低头等车，并没看见彦成。彦成很想过去和她解释几句。可是说什么呢？昨晚他预想着和姚宓一同游山的快乐，如醉如痴，因而猛然觉醒：不好！他是爱上姚宓了；不仅仅是喜欢她，怜惜她，佩服她，他已经沉浸在迷恋之中。当初丽琳向他求婚的时候，问他是否爱她。彦成说他不知道，因为没有经验。这是真话。他们结婚几年了，他也从没有这个经验。近来他感觉到新奇的滋味，一向没有细细品尝和分辨。这回他忽然明白是怎么回事了。假如他和姚宓同上"鬼见愁"，他拿不定自己会干出什么傻事来。姚宓还只是个稚嫩的女孩子，他该负责，及早抽身。他知道自己那番推却实在不像话。可是怎么解释呢？

公共汽车开来了。彦成看见姚宓挤上了车。他不放心，忙从后门也挤上车。这辆车一路都很挤。到了终点站，姚宓下车又走向开往香山的公共汽车站。彦成不放心，还是遥遥跟着。他想劝她回家，又想陪她同游。姚宓仍是背着脸低着头等车，没看见彦成。开往香山的车来了，他们两人还是各从前后门上了车。彦成站在后面，看见姚宓在前排坐下了。这辆车不挤。他慢慢儿往前挨，心想，假如前去叫她一声，她会又惊又喜吗？可是他看见姚宓一直脸朝着窗外，不时拿手绢儿擦眼睛。彦成想到刚才看见她含着的泪，忙缩住脚，慢慢儿又退到后面去，不敢打搅她。

车到香山,他料定姚宓是前门下车。他从后门挤着下了车,急忙赶往前去找姚宓。可是车上的乘客从前后门全都下来了,却不见姚宓,想必早已下车,走向香山公园去了。彦成在人丛里寻找,直找到公园门口,不见踪迹。他退回来又在汽车的周围寻找,也不见踪迹。她大概已经进园,独自去爬"鬼见愁"了。彦成忙买了门票进园,忽忽若有所失。

往"鬼见愁"的游客较少,放眼望去,不见姚宓;寻了一程,也不见她的影儿。他颓然坐下,心想偌大一个香山,哪里去找姚宓呢。假如他等到天晚了回去,而姚宓还未到家,他怎么向姚太太交代呢?她一个人谅必不会多耽搁,或许转一转就回家了。如果她还没回家,早发现总比晚发现好。这么一想,他又急不能待,要赶回城里去。

彦成回城已是午后。他还空着肚子,却不觉得饿。他跑到姚家,看见姚宓的自行车靠在大门内过道里,心上放下一块大石头。姚宓反正是回家了。她准是看见了他而躲过了他。她还在家吧?没去上班吗?彦成见了姚太太,问起那辆自行车,知道姚宓照常回家吃过午饭,这时已去上班。据说她因为吃得太饱,要走几步路消消食,所以没骑车。

姚宓是快到香山临下车才看见彦成的。她原是赌气,准备一人独游;见了彦成,她横下心绝不和他同游。她挤在头里下车,一下车就急步绕过车头,由汽车身后抄到汽车后门口,看见彦成下了车急急往前去找她。她等后门口的乘客下完,忙一钻又钻上车去,差点儿给车门夹住。售票员埋怨说:"这里不上人,车掉了头才上人呢。"

姚宓央求说：她有病，让她早上来占个座儿。售票员看她和气又可怜，就没赶她下去，让她蜷坐在后排角落里，随着车拐了一个大弯。她这样就躲过了彦成。可是她心上又不忍，所以故意把自行车留在家里。

她上午就赶回办公室，不见一人。她觉得又渴又累，热水瓶里却是空的。她正要去打水，恰巧碰见勤杂工秀英。秀英是沈妈的侄女儿，抢着给她打水。姚宓做贼心虚，正需要有人看见她上班，就把热水瓶交给她，自己扶头独坐，暗下决心。她曾把心上的影儿一下子扫开，现在她干脆得把真人也甩掉。

她把罗厚求她校改的一份稿子整理好，准备交还他。她自己的一大叠稿子给善保借去了，因为她受到了表扬，善保借去学习的，可是至今还没有还她。她写了一个便条，托罗厚转交善保，催讨稿子，因为她自己要用了。然后她取出大叠稿纸，工工整整写下题目，写下一项项提纲，准备埋头用功。假如"心如明镜台"的比喻可以借用，她就要勤加拂拭，抹去一切尘埃。

可是过去的事却不容易抹掉。因为她低头站在开往香山的公共汽车站牌下等车的时候，有人看见她了。不但看见她，也看见了许彦成。

第 九 章

余照和陈善保已交上朋友，经常一起学习，一起玩笑。恰逢这般好秋天，两人动了游兴，约定同游香山。余照到了北京，只到过颐和园，还没游过香山呢。他们避免星期日游人太多，各请了一天假。宛英为他们置备了糕点水果等等，特地还煮了茶叶蛋。她和余楠老两口子看小女儿成对出游,满心欢喜。

余楠这个暑假也并不寂寞。他从妮娜处得知姜敏愿意加入他的小组,不胜得意。年中工作小结会上姜敏得了表扬,余楠就去贺她。姜敏一扭头似笑非笑说:

"我们不过是速成的呀!学完就忘了!"

"哎,"余楠拍着她的肩膀说,"学不进的才忘记。我不是早说了吗,希望你快快学成,回过头来教我们。老实告诉你吧,我慢班都没跟上,现在都退学了。"

他把姜敏邀到家里,满口称赞她,一面又探问她工作的计划。姜敏当然不会白喝他的米汤。她带着娇笑回敬的米汤,好比掺和了美酒,灌得余楠醉醺醺的。他兴致也高了,话也多了,自吹自卖,又像从前在上海时款待他喜爱的女学生那样。宛英只防姜敏媚惑善保,破坏余照的姻缘。现在余照和善保已经好上了,宛英不防她了。至于余楠,宛英是满不在乎的。余照和善保现在不在身边了,余楠觉得落寞,常到丁宝桂家去喝酒。如今来了个姜敏,平添了情趣。他们谈工作,谈批判,有时施妮娜和江滔滔也过来加入讨论。整个夏天,余楠很少出门,姜敏经常来。有时两人低声谈笑,有时热烈地讨论。宛英只听到他们反复提到什么"观点不正确"呀,"阶级性不突出"呀,什么"人性论"呀等等,也不知他们评论什么。她曾悄悄问过善保,善保茫然不知。一次她听见善保问姜敏,她和余先生讨论什么问题呢。姜敏说她是来帮余先生学习俄语,她自己也借此温温旧书。宛英觉得蹊跷,不信自己竟那么糊涂,连外国话和中国话都不能分辨。

余照和善保游山归来,宛英安排他们在饭间里吃点心。余楠和姜敏正在书房里谈论他们的文章,立即放低了声音。

余照大声说:"妈,你知道我们碰见谁了?"

善保有心事似的不声不响。

宛英问:"碰见谁了?"

"你猜!"

宛英说:"我怎么知道呀。"

"姚宓啊!姚宓!!还有许彦成!!"

"你该称姚姐姐和许先生——还有谁?"

"就他们两个!!"

"别胡说!"宛英立即制止了余照,"你们哪儿碰见的?和他们说话了吗?"

"去香山的汽车站上,两人分两头站着!我们赶紧躲了。"

"你们准是看错人了。"宛英一口咬定。

"善保先看见,他拉拉我,叫我看。我们赶紧躲开,远远地看着他们一个前门、一个后门上了车。"

宛英说:"干吗要一个前门、一个后门上车呢?"她不问情由,先得为姚宓辟谣。"远远看着像的,不知多少呢。像姚小姐那样穿灰布制服的很多,她怎么会和许先生一起游山呢!你们在香山看见他们两人了吗?"

余照不服气说:"香山那么大,游客那么多,哪会碰见呢?"

"你们只远远看见一个人像姚小姐,又没近前去看,就躲开了,却把另一人硬说是和她一起的。你们准是看错了人。"

余照觉得妈妈的话也有道理,承认可能是看错了人。

善保却固执地说:"是姚宓。我一眼就看出是她。我绝不会看错。"

余照听了这话不免动了醋意,因为她知道善保从前看中姚宓。她说:"哦!是姚宓,你就不会看错!反正你眼睛里只有一个姚宓!穿灰制服的都是姚宓!"

善保不争辩,却不认错。宛英不许余照再争。余照哪里肯听妈妈的话,嘀嘀咕咕只顾和善保争吵。

他们的话,姜敏全听在耳里。她不好意思留在那里隔墙听他们吵嘴,借故辞别出来。

姜敏相信善保不会看错。她想到办公室去转转,料想姚宓不会在那里,不如先到姚家去看看。

她入门看见姚宓的自行车,就问开门的沈妈,姚宓是否在家。沈妈说:"没回来呢。"姜敏自以为得到了证实,不便抽身就走,不免进去向姚伯母问好,说她回社后还没正式上班,敷衍了几句,有意无意地问:"姚宓还不回家?"

姚太太说:"她还没回来呢。"

姜敏暗想:不用到办公室去了,且到许彦成家去看看。她辞了姚太太又到许家。

许彦成从姚家回来,就闷闷地独在他的"狗窝"里躺着。李妈出来开门,遵照主人的吩咐,说"先生不在家"。杜丽琳一听是姜敏,忙出来接待。她恭喜姜敏学习成绩优异,又问她有没有什么事。

姜敏说:想问问几时开小组会。

丽琳说,没什么正式的会,他们小组经常会面,不过星期一上午他们都在办公室碰头,安排一星期的工作。她和姜敏闲聊了一会儿。姜敏辞出,觉得时间已晚,没有必要再到办公室去侦察。姚宓这时候即使跑到办公室去工作,也不能证实她没有游山。她拿定自己侦得了一个大秘密。不过她很谨慎,未经进一步证实,她只把秘密存在心里。

星期一,罗厚照例到办公室去一趟(别的日子他也常去转转,问问姚宓有没有什么事要他办的)。他跑去看见姚宓正在读他请姚宓看的译稿,就问:"看完了吧?看得懂吗?"

姚宓说:"懂,当然懂。可是你得附上原文,也让我学学呀。"

罗厚笑嘻嘻地说:"原文宝贵得很,是老头儿从法国带回来的秘本,都不大肯放手让我用。"

"那你怎么翻译呢?"

罗厚说:"不用我翻译呀。他对着本子念中文,我就写下来,这就是两人合译。我如果写得一塌糊涂,他让我找原文对对。我开始连原文都找不到,现在我大有进步了。"

"这也算翻译?他就不校对了?"

"校对?他才不耐烦呢!所以我请你看看懂不懂。"

"发表了让你也挂个名,稿费他一人拿?"

"名字多出现几次,我不也成了名翻译家吗?"

两人都笑了。

正说着,只见姜敏跑来。罗厚大声说:"哟!你怎么来了?你不是改在余先生家上班吗?"

姜敏横了他一眼:"谁说的?"

"还等傅今同志召开全体大会正式公布吗?"罗厚说着扮了个鬼脸。

姜敏装出无可奈何的样儿说:"他们拉我呀。"

姚宓微笑着说:"听说你天天教余先生俄语呢。"

姜敏忍不住了,立即回敬说:"听说你某一天陪某先生游香山了!"

姚宓的脸一下子转成死白,连罗厚都注意到了。可是姚宓很镇静地说:"我没有游香山。"

"没游香山,游了樱桃沟吧?"姜敏一脸恶笑。

姚宓说:"我没有游樱桃沟。我天天在这儿上班。"

这时候,姜敏等待着的许彦成和杜丽琳正好进门。姜敏只作不见,朗朗地说:"可是有人明明清清看见你们两人去游山了!你,还有一个人……"

罗厚深信姚宓说的是实话,所以竖眉瞪眼地向姜敏质问:"你亲眼看见的?"

姜敏说:"有人亲眼看见了,我亲耳朵听见的。"

他们大家招呼了许先生和杜先生。

姜敏接着说:"星期五上午,在去香山的汽车站上,你们一个在这边,一个在那边,一个前门上车,一个后门上车……"她瞥见许彦成脸色陡变,杜丽琳偷眼看着彦成。

罗厚指着姜敏说:"你别藏头露尾的!谁亲眼看见了?我会去问!我知道你说的是陈善保。善保告诉我的,他星期五和朋友一同去游香山。我会当面问他!"

姜敏鄙夷不屑地笑道:"我说了陈善保吗?我一个字儿也没提到他呀!反正姚宓在这儿上班呢,当然就是没有游山。游山自有游山的人。"她料定姚宓在撒谎。

许彦成和杜丽琳都已经坐下。丽琳笑着说:"姜敏同志,你说的是我们吧?"

"我说的是游山的人。"

丽琳说："就是我和彦成呀。我们俩,上班的时候偷偷出去游香山了。彦成自不量力,一人爬上了'鬼见愁'。挤车回来,有了座儿还只顾让我坐,自己站着,到家还兴致顶高。可是睡一宵,第二天反而睡得浑身酸痛,简直像个泄了气的皮球,力气全无。你来的时候他正躺着,我让李妈说他不在家,让他多歇会儿。谁看见我们的准是记错了日子。我们游山是星期四,不是星期五。"

姚宓仍静静地说："不论星期四、星期五,我都在这里上班。可以问秀英,她上下午都来给咱们打开水的。"

姜敏没料到她拿稳的秘密却是没有根,忙见风转舵说:"罗厚,听见没有？人家说的准是星期四。假如是星期五,那就是陈善保和他的朋友。反正我听见人家说,亲眼看见咱们社里有人游香山了。我以为是姚宓,随便提了一句,你就这么专横！"

罗厚卷起自己的稿子,站起来说："你们是开小组会吧？我也找我的导师去。"

他出门听见姜敏在说："他们拉我加入他们的小组。我不知该怎么办好……"

罗厚不耐烦,夹着稿子直往余楠家跑。

第 十 章

罗厚气愤愤地到余楠家去找善保,正好是善保开的门。罗厚不肯进屋,就在廊下问善保："你香山玩儿得好吗？"

善保说："玩得顶好,可是回来就吵架了。"

罗厚不问吵什么架,只问:"你碰见姜敏了吗?你跟她说什么来着?"

"什么也没跟她说呀。她在前屋和余先生讨论什么文章呢。"

"听她口气,好像是你告诉她游山看见了什么人。她没说你的名字。可是星期五游香山的,不就是你吗?她说,有人亲眼看见了谁谁谁。"

善保急忙问:"她说了谁?"

"一个是姚宓,还有一个没指名。可是姚宓说,她每天上下午都上班,没有游山。"罗厚随即把姜敏、姚宓和杜丽琳在办公室谈的话一一告诉了善保。

善保说:"姜敏准是听见我们吵架了——我说看见一个人像姚宓,还有一人像许先生——当然是我看错了。余照就说不可能。我太主观,不认错。给你这么一说,分明是我看错了人。其实我自己都没看清,也没让余照再多看一眼,我们赶紧躲开了。回来她说我看错人了。她使劲儿说我错,我就硬是不认错。哎,我这会儿一认错,觉得事情都对了,我浑身都舒服了。我现在服了,罗厚啊,一个人真是不能太自信的。可是姜敏不该旁听了我们吵架出去乱说,影响多不好啊!"

"她没想到我会追根究底,也没想到许先生恰好前一天和杜先生游了香山。她就趁势改口,说她说的是星期四。"

善保说:"我一定去跟她讲清楚。这话我该负责。姜敏不应该乱传。可是错还是我错。而且错得岂有此理,怎么把姚宓和许先生拉在一起呢。看错了人不认错,还随便说,也没想到姜敏在那儿听着。真糟糕!我得了一个好大的教训。我实在太主观唯心了,还硬是不信自己会错。一会儿我得和姜敏谈谈,她太轻率。"

余楠在屋里伸着耳朵听他们说话。如果许彦成和姚宓之间有什么桃色纠纷,倒是个大新闻。可是他护着女儿,不愿意看到女儿向善保认错。现在听来,分明错在善保。善保已经满口认罪,他抱定"不痴不聋,不做阿姑阿翁"的精神,对善保和罗厚的谈话,故作不闻。他只顾专心干他自己的事。

余楠的书房和客堂是相连的一大间,靠里是书房,中间是客堂,后间吃饭。客堂的门是他家的前门。临窗近门处有一张长方小几,善保常在那里看书做笔记。余楠为他安排的书桌在后厢房,是余照的书桌。善保虽然享有一只抽屉,总觉得不是他的书桌,他自己的书桌还在组办公室里。他喜欢借用客堂里的小长方几。如有客来,外面看不见里面,他隔着纱窗却能看到外边亮处来的人,他可以采取主动。

罗厚走了不多久,姜敏就来了。善保立即去开了门,对她做了手势叫她在沙发上坐下。他自己坐在一只硬凳上,低声说:

"你有事吗?我有要紧话跟你说呢。"

姜敏对低头工作的余楠看了一眼,大声回答:"说吧,反正你的事总比别人的要紧。"

善保怕打搅余楠,说话放低了声音。姜敏却高声大气。只听得她说:

"我早知道呀!我知道罗厚准来挑拨是非了。"

善保低声不知说了什么话。她声音更高了:

"我说错了吗?星期四,许先生杜先生游了香山。星期五,你和你的对象去游了香山。工作时间,咱们社里的人游山去了!

这是我乱传的谣言吗？倒是我轻率了！"

善保又说了不知什么。她回答说：

"我扯上姚宓了！又怎么？她说了我一句，我不过还她一句罢了！她说我天天教余先生俄语，我就说她某一天陪某先生游山。"

善保说："可是她没有陪某先生游山呀！"

姜敏说："请问，我教余先生俄语了吗？"

善保的声音也提高了："那是你自己说的呀！"

姜敏说："她陪某先生游山，不也是你自己说的？"

善保大声说："我在告诉你，是我看错了人。"

姜敏说："我也告诉你，是我看错了事。我不知道余先生不学俄语了。你传我的话，是慎重！是负责！我传你的话，是轻率！是不负责任！"

善保气得站起来说："咳！姜敏同志，你真是利嘴！你明明知道自己错了，却把错都推在我身上。你、你、你——简直可怕！"他忘了自己是在余先生家，气呼呼跑出门去，砰一下把门关上。

姜敏抖声说："自己这么蛮横！倒说我可怕！"她咽下一口气，簌簌地掉下泪来。

余楠已放下笔，在她身边坐下。

姜敏抽噎着说："他护着一个姚宓，尽打击我！"

余楠听她和善保说一句，对一句，虽然佩服，也觉得她厉害，善保这孩子老实，不是她的对手。可是看到她底子里原来也脆弱，不禁动了怜香惜玉的心。他不愿意派善保不是，只拍着姜敏的肩膀抚慰说：

"姜敏,别孩子气!他护不了姚宓!姚宓有错,就得挨批,谁也袒护不了!她的稿子在咱们手里呢!由得咱们一篇篇批驳!"

他把姜敏哄到自己的书房那边,一起讨论他们的批判计划。

且说陈善保从余家出来,心上犹有余怒。不过他责备自己不该失去控制,当耐心说理。对资产阶级的小姐做思想工作不是容易。他还不知道姚宓会怎样嗔怪呢。

善保发现姚宓一个人在办公室静静地工作。她在摘录笔记。善保找个椅子在她对面坐下说:

"罗厚告诉我,你气得脸都白了。我很抱歉……"

姚宓说:"我没有生气。事情都过去了,别再提了。"

"我太岂有此理,看见一个人像你,就肯定是你,而且粗心大意,没想想后果,就随便说。我以为和余照在她家里说话,说什么都不要紧,没想到还有人听着。"

姚宓说:"善保,你看见了谁,我不能说你没看见。可是我真的没有游山。"

"当然真的。我自己看错了人,心上顶别扭。听罗厚一说,才知道都是我错了。可是,姚宓,你没看见那个人,和你真像啊!我没看完一眼,就觉得一定是你,绝没有错,不但没看第二眼,连第一眼都没看完。"

姚宓又惭愧又放了心,笑个不了。她说:"也许真的是我呢!"

善保一片天真地跟着笑,好像姚宓是指着一只狗说"也许它真的是我"一样可笑。

接着善保言归正传,向姚宓道歉,说她要讨还的那份稿子还在余先生那里。"

姚宓急得睁大了眼睛。"你交给余先生了？我以为你是拿回宿舍去看看。"

善保着急说："要紧吗？他说我该向你学习，是他叫我问你借的。后来他也要看看，可是他拿去了那么久，也许还没看呢。我问他要了几回，他有时说，还要看，有时说，不在他手里，傅今同志在看。"

姚宓不愿意埋怨善保，也不忍看他抱歉，反安慰他说："不要紧，反正你记着催催，说我要用。"她心上却是很不安，不懂余先生为什么扣着她的稿子不还，还说要给傅今看。这事，她本来可以和许先生谈谈，现在她只可以闷在心里了。

第 十 一 章

杜丽琳和许彦成那天从办公室一路回家，两人没说一句话。吃罢一顿饭，丽琳瞧许彦成还是默默无言，忍不住长叹一声说：

"咳，彦成，我倒为你睁着眼睛说瞎话，你却一句实话都没有。"

"说我爬上'鬼见愁'是瞎话。这句瞎话很不必说。"

"那就老实说你一老早出门看朋友去了？"

"我是看朋友去了。"

"得乘车到香山去看！"

"我的朋友不在香山。我看什么朋友，乘什么车，走什么路，有必要向那个小女人一一汇报吗？"

"可是她看见你们两人了，你怎么说呢？"

"她并没有看见。"

"有人看见了。一个你,一个她。"

"笑话!压根儿没说我。她点的人已经证明自己没去游山,你叫我怎么和她一起游山呢。"

"姜敏看透那位小姐在撒谎。"

"撒谎?除非她有分身法。有人看见她在办公室上班,怎么又能和我一起游山呢?"

"你很会护着她呀!可惜你们俩都变了脸色,不打自招了。我给你们遮掩,你还不知好歹。"

彦成叹气说:"随你编派吧。我说的是实话,你硬是不信,叫我怎么说呢。"

丽琳更深深地叹了一口气说:"你的心,我也知道。我知道自己笨,不像人家聪明。我是个俗气的人,不像人家文雅。我只是个爱出风头的女人,不像人家有头脑。"

"我几时说过这种话吗?"彦成觉得委屈。

"还用说吗?我笨虽笨,你没说的话,我还听得出来啊。"

彦成觉得丽琳真是个"标准女人"。他忍气说:"她怎么怎么,都是你自己说的,我只不过没跟你分辩,这会儿都栽到我头上来了。"

"都说在你心坎儿上了,还分辩什么!"

彦成觉得她无可理喻,闷声不响地钻入他的"狗窝"去。

丽琳在外用英语说:"我现在也明白了。你欠我的那三个字,欠了我五六年也不想还,因为你不愿意给我,因为我不配。现在你找到了配领你那三个字的人了。我恭喜你!"

彦成心上隐隐作痛。丽琳很会剖析他的心。他感觉到而不敢对自己承认的事,总由丽琳替他抉发出来。他脸色非常难看,耐着性子跑出来,对丽琳说:"好容易妈妈她们走了,咱们才清静了几天,你又自寻烦恼,扯出这些没头没脑的话来。"

丽琳很不合逻辑又很合逻辑地说:"感情是不能勉强的,我并不强求。我只要求你履行诺言。你答应我永远对我忠实,永远对我说真话。可是你说了哪一句真话呀!"她愤愤走入卧房,呜呜咽咽地哭了。

彦成最怕女人哭。像姚宓那样悄悄地流泪悄悄抹掉,会使他很感动。可是用眼泪作武器就使他非常反感,因为这是他妈妈的惯技。他迟疑了一下,还是耐着性子跟进卧房,悄悄地说:"丽琳,你知道李妈在外边说的话吗?'先生太太说外国话,就是吵架了。'"

丽琳带着呜咽,冷笑一声说:"你倒也怕人家闲话!"

彦成恳切地说:"丽琳,我对你说的确实是真话。我并没有和别人去游山。"

丽琳扭头说:"我不爱看你虚伪。"

她坐在镜台前,对着自己的泪脸,慢慢用手绢拭去泪痕,用粉扑拂去泪光。

彦成从镜子里看到丽琳很有节制,绝不像他妈妈那样任性。他忍住气,再次向她陈情:

"丽琳,我为的是对你真诚……"

丽琳睁着她泪湿的美目,注视着彦成,没好气地冷笑一声说:"那么请你问问自己,我说你爱上了别人,我说错了吗?"

彦成以退为进说:"你从来没有错!错的终归是我。"

丽琳转过身,背着镜子,一脸严肃地说:"彦成,你听我讲。

我有一个大姐,一个二姐,我是最小的妹妹。我大姐夫朝三暮四……"

彦成笑说:"你意思是'朝秦暮楚'吧?"

丽琳没一丝笑容:"对不起,我出身买办阶级,不比人家书香门第,家学渊源。我留学也不过学会了说几句英语,我是没有学问的人。谢谢你指点。'朝秦暮楚'——我以前以为只有我姐夫那种人是那样的——我大姐向来睁一只眼,闭一只眼。香港美人多,我料想他们现在还是老样儿。我二姐离婚两次,现在带着个女儿靠在娘家,看来也不会再找到如心的丈夫。她知道自己是家里的背累,只是个多余的人,有气只往肚里咽。我看了她们的榜样,自以为学聪明了。我不嫁纨绔公子,不嫁洋场小开,嫁一个有学问、有人品的书生。我自己也争口气,不靠娘家,不靠丈夫。可是,唉,看来天下的乌鸦一般黑!至少,我们杜家的女儿,个个是讨人厌的……"

彦成打断她说:"何必这样大做文章呢?我又没有'朝秦暮楚',又没有和你离婚……"

"随你怎么说,反正我心里明白。我生着三只眼睛呢!闭上两只,还有一只开着!我也知道怎么保护自己,不会随人摆布!"她起身把彦成推出门,一面说:"钻你的狗窝去!想你的情人吧!"她把彦成关在门外。

彦成躺在他"狗窝"里的小板床上,独自生气。他当初情不自禁,约了姚宓游山。只为了丽琳,为了别对不起她,临时又取消了游山之约,几乎是戏弄了姚宓。想不到丽琳只图霸占着他,不容他有一点秘密,一点自由。他说的"真话"当然不尽不实,可是牵涉到第三者呢,他不能出卖了第三者呀。他并没有要求丽琳像姚宓那样娴静深沉,却又温柔妩媚,不料她竟这样生硬狰狞。他也知道丽琳没有幽默,可是一个人怎会这样没趣!

"好吧!"他愤愤地想,"你会保护自己,我也得保护自己!我也不会随你摆布!"

他交叉着两手枕在后脑下,细想怎样向姚宓请罪。不论她原谅不原谅,他必须请罪。

他起来写了一封信,夹在随身携带的记事本里,到姚家去听音乐,顺便到姚宓的小书房去翻书,就在小书桌上的书里夹一个签条,注明参看某书某页。他就把写给姚宓的信取出来,抚平了折成双折,夹在那本书的那一页里。信是这样写的:

姚宓:

　　我不敢为自己辩护,只求你宽恕。请容我向你请罪。

　　假如我能想到自己不得不取消游山之约,当初就不该约你。假如我能想到自己不得不尾随着你,我又不该取消这个约。约你,是我错;取消这个约,是我错;私下跟着你,是我错。你如果不能宽恕,那么我只求你不要生气,别以为我是戏弄你。因为我错虽错,都是不得已。

许彦成

　　你可以回答一声吗?或者,就请你把这张双折的信叠成四折,夹在原处,表示你不生我的气了,可以吗?

又及

彦成临走还对姚太太说:"伯母,请告诉姚宓,她要参考的书,我拣出来了,在她的小书桌上。"

过了一天,彦成到了姚家,又到姚宓的小书房去,急忙找出那本书来,翻来翻去,那张双叠的信压根儿不见了。

彦成把小书桌抽屉里的拍纸簿撕下一页,匆匆写了以下一封短信。

姚宓:

> 我诚惶诚恐地等待着,请把这张纸双叠了,也一样。
>
> 彦　成

过一天,这张纸也没有了。彦成就擅自把一张白纸双折了夹在书里。又过一天,他发现这张白纸还在原处。他就在纸上写道:

姚宓:

> 纸虽然不是你折的,你随它叠成双折了,可以算是默许了吧?
>
> 彦　成

彦成自己觉得有几分无赖。果然惹得姚宓发话了。她已把信抽走,换上白纸,上面没头没尾的只写了八个字:"再纠缠,我告诉妈妈。"

彦成觉得惭愧,仿佛看到姚宓拿着一把小剪刀说:"我扎你!""我铰你!"

他不能接受这个威胁。他就在这张纸的背面草草写了几行字。

> 假如你告诉妈妈,那就好极了,因为我要和丽琳离婚,正想请她当顾问,又不敢打搅她。我离婚之前,不能畅所欲

言,只能再次求你不要生气。急切等着你告诉伯母。

这回姚宓急着回答了。话只短短两句。

许先生:

请不要打搅我妈妈,千万千万。顾问可请我当。

姚　宓

彦成回信如下:

姚宓:

感谢你终于和我说话了。遵命不打搅伯母。那么,我们在什么地方可以会谈呢?你家从前藏书的屋子听说至今还空着。后门的钥匙还在你手里吗?

许彦成

彦成又在信尾写了几个小字:

顾问先生:我的信请替我毁了吧,谢谢。

他把信夹在书里,吐了一大口气,一片痴心等待姚宓回信。

第 十 二 章

姚宓简直没有多余的心情来关念她那份落在余楠手里的稿子。她不愿意增添善保心上的压力,也不愿意请教许先生该怎么对付,暂时且把这件事撇开不顾。

当初,年中小结会上姚宓受了表扬,余楠心上很不舒服,因为他的小组没有出什么成果。他叫善保把这份稿子借来学习,其实是他自己要看。他翻看了一遍。恰好施妮娜到他家去,他把善保支使出去,请施妮娜也看看。两人发现问题很多,都是当前研究西方文学的重要问题。

妮娜认为姚宓的主导思想不对头,所以一错百错,一无是处。应该说,他们那个小组出了废品。妮娜不耐烦细看,一面抽烟,一面推开稿子说:"该批判。"

余楠问:"你们来批吗?"他的"你们"指未来的苏联组。

"大家来,集体批。不破不立,破一点就立一点。"她夹着香烟的手在稿子上空画了一个圈说:"这是一块肥沃的土壤,可以绽放一系列的鲜花呢。将来这一束鲜花,就是咱们的成果。"

花当然可以变果。可是余楠有一点顾虑,不能不告诉妮娜。这份稿子是善保借来的,善保已经几次问他讨回。如要批判,就得瞒着善保。集体批,不能集体同时看一部稿子;稿子在集体间流通,就很难瞒人。他迟疑说:"滔滔同志要看看这部稿子吗?"

妮娜干脆说:"不用!姜敏闲着呢,叫她摘录了该批的篇章,复写两份或三份。反正我们俩只要一份。余先生你是快手,你先起个稿子,我们再补充。""我们俩"和"我们"当然是指她和江滔滔。

"姜敏没来,得你去吩咐她,她不听我的指挥。"余楠乖巧地说。

妮娜把手一挥,表示没问题。他们暂时拟定的题目是"批判西洋文学研究中的资产阶级的老一套"(一)。题目上的"(一)",表示还有(二)、(三)、(四)等一系列文章。

姜敏还未明确自己究竟属于余楠的小组,还是属于尚未成立的苏联组。她对妮娜自有她的估价,她自信自己能支配妮娜。妮娜这样指挥她,她很不乐意。不过她急要显显本领,而且是批判姚宓,所以很卖力。余楠摇动大笔,立即写出一篇一万多字的批判文章。妮娜认为基调不错,只是缺乏深度和学术性。她提出应该参考的书,江滔滔连抄带发挥补充许多章节,写成一篇洋洋洒洒四五万字的大文章。姜敏在俄语速成班上结识了好些大学里的助教和讲师,就由她交给他们去投给大学的学刊发表。因为是集体创作,四个作者的名字简化为三个字的假名:"汝南文。"

他们盼了好久,文章终于发表了,只是给编者删去很多字,只剩了九千多字。江滔滔为此很生气。可是姜敏认为登出来已经不容易,还是靠她的面子。妮娜觉得幸好题目上的"(一)"字没有去掉,删节的部分下一篇仍然可用。他们自以为爆发了一枚炸弹。不料谁也不关心,只好像放了一枚哑爆仗。

姜敏给几个研究组都寄了一份,除掉外文组没寄,料想外文组一定会听到反响。图书室里也给了两份。可是好像谁都没看见,谁都不关心。江滔滔说:"咱们该用真名字。"余楠也这么想。妮娜说:"可能是题目不惊人。下次只要换个题目,'汝南文'慢慢儿会出名的。"姜敏却不愿意再写第二篇了。摘录,复写,誊清,校对,都是她。滔滔写的字又潦草难认,上下文都不接气,她一面抄,一面还得修改,还不便说自己擅自修改了。她本来以为读者都会急切打听谁是"汝南文",现在看来,连姚宓本人都在睡大觉呢,谁理会呀!

她说:"干脆来个内部展览,把姚宓的稿子分门别类展览出来,一个错误一个标题。红绿纸上写几个大字标题就行。从前姚謇的藏书室不是空着吗,放两排桌子就展开了。"

妮娜笑说:"这倒有速效,展一展就臭了。"

姜敏说:"不是咱们搞臭她,只是为了改正错误。改正了,大家才可以团结一致地工作呀。"

妮娜也赞成。可是隔着纱窗帘能看到余楠支使出去的善保回来了。他们约定下次再谈,就各自散去。

其实他们那篇文章确也有人翻阅的,不过并不关心罢了。关心的只有罗厚。他在文章发表了好多天之后,一个星期六偶然在报刊室发现的。新出的报刊照例不出借,他看见有两份,就擅自拿了一份,准备星期一上午给姚宓许彦成夫妇等人看了再归还。

这个星期天,姚家从前藏书的空屋里出了一件大事——或细事,全社立即沸沸扬扬地传开了。谈论的,猜测的,批评的,说笑的,无非是这一件事。人家见了面就问:

"听说了吗?"

"咳!太不像话了!"

"捉住了一双吗?"

"跑了一个,没追上,那一个又跑了。"

"那傻王八出来喊捉贼,把人家都叫出来了,他又扭住老婆打架。"

"在他们家吗?"

"不,在图书室。"

"哟!是图书室的人吧?"

"你说那傻王八吗? 他是外头的,不住这宿舍。"

"我问的是奸夫。"

"遮着脸呢。说是穿一身蓝布制服,小个子,戴着个法国面罩。"

"什么是法国面罩呀？"

谁都不知道。

各种传闻和推测渐渐归结成一个有头有尾的故事。原来方芳每个星期日上午到图书室加班。她丈夫动疑，跟踪侦察，发现搬空的藏书室反锁着门，里面有笑声。他绕到后门，看出门上钉的木板是虚掩着的，闯进去，就捉住了一双。可是方芳抱住丈夫死也不放。那男的乘间从后门跑了。方芳的丈夫挣脱身追出去，一面喊"捉贼"。方芳穿好衣服，开了前门，悄悄儿溜出来，不防恰被大喊"捉贼"的丈夫看见，一把扭住了问她要人。夫妻相骂相打，闹得人人皆知。方芳脱身跑了，她丈夫还在指手画脚地形容那个逃跑的男人。究竟那人是谁，还是个谜，因为他很有先见，早已做了准备，听到有人进屋，立即戴上一个涂了墨的牛皮纸面罩，遮去面部。罩上挖出两个洞，露出眼珠子。他穿好衣服逃出门，当然就除去面罩，溜到不知哪里去了。

大家纷纷猜测，嫌疑集中在两人身上。一个是汪勃，因为方芳和汪勃亲密是人人知道的。虽然汪勃不穿蓝布制服，而且他是中等身材。可是穿上蓝布制服，也许会显得个儿小。不过据知情人说，方芳已经和汪勃闹翻，还打了他一个大耳光。关于这点，又是众说纷纭。有的说是因为汪勃又和别的女人好上了，有的说汪勃是"老实孩子"，虽然喜欢和女人打打闹闹，却有个界限，"游人止步"的地方他从不逾越。丁宝桂先生却摇头晃脑说："非不为也，是不能也。他偏又喜欢玩儿恋爱，吃一下耳光正是活该。"另一个受嫌疑的是小个儿，也穿蓝布制服。他是社里一个稍有地位的人，人家只放低声音暗示一两个字。

朱千里只有灰布制服。那天他因为前夕写稿子熬夜，早上正在睡懒觉。他老婆上街回来,听说了"法国面罩"和"小个子",就一把耳朵把他从被窝里提溜出来,追究他哪里去了。

"我不是正睡觉呢吗?"

老婆不信,定要他交出法国面罩。朱千里在家说话,向来不敢高声。可是他老婆的嗓门儿可不小。左邻右舍是否听见,朱千里拿不稳。他感到自己成了嫌疑犯。他越叫老婆低声,她越发吵闹。朱千里憋了一天气,星期一直盼着罗厚到他家去,罗厚说不定会知道那男的是谁。可是左等右等不见罗厚,他就冒冒失失地找到办公室去。他要问出一个究竟,好向老婆交代。

办公室里,罗厚正同许彦成和杜丽琳说话。姚宓在看一本不厚不薄的刊物。

罗厚见了朱千里,诧异说:"朱先生怎么来了?"

朱千里想说:"你们正在谈傻王八吧?"可是他看着不像,所以改口说:"你们谈什么呢?"

罗厚把姚宓手里的刊物拿来,塞给朱千里,叫他读读。朱千里立即伸手掏摸衣袋里的烟斗。可是他气糊涂了,竟忘了带。他一目十行地把罗厚指着给他看的文章看了一遍,还给罗厚说:"全是狗屁!"

许彦成笑了。杜丽琳皱着鼻子问:"作者叫什么名字?"

朱千里说:"管他是谁!我两个脚指头夹着笔,写得还比他好些!"

罗厚翻看了作者的名字说:"汝南文。"

朱千里立即嚷道:"假名字!假之至!一听就是假的。什么'乳难闻',牛奶臭了?"

彦成问:"余楠的'楠'吗?"

罗厚说:"去掉'木'旁。"

彦成问:"三点水一个女字的'汝'吗?文章的'文'吗?"

罗厚点头。

姚宓微笑说:"有了,都是半边。"

彦成钦佩地看了她一眼,忙注目看着丽琳。

罗厚说:"对呀!老河挨着长江,'楠'字去'木','敏'字取'文'。"

朱千里傻头傻脑地问:"谁呢?"

丽琳知道"老河"就是施妮娜,想了一想,也明白过来了。她说:"哦!江滔滔的'水',施妮娜的'女',余楠的'南',姜敏的'文',四合一。"

朱千里呵呵笑道:"都遮着半个脸!"

许彦成说:"很可能这是背着傅今干的,不敢用真名字。矛头显然指着我们这小组。"

罗厚问:"姚宓,你几时说过这种话吗?"

"你指他们批判的例证吗?那些片段都是我稿子里截头去尾的句子。"

"你的稿子怎么会落在他们手里呢?"罗厚诧异地问。

姚宓讲了善保借去学习,余楠拿去不还的事。

丽琳建议让姚宓写一篇文章反驳他们。

姚宓说:"他们又没点我的名,我的稿子也没有发表过。他们批的是他们自己的话。随他们批去,理他们呢!"

彦成气愤说:"这份资料是给全组用的。有意见可以提,怎么可以这样乱扣帽子,在外间刊物上发表了攻击同组的人呢!太不像话了!得把这篇文章给傅今看看,瞧他怎么说。"

罗厚竖起眉毛说:"先得把稿子要回来!倒好!歪曲了人家的资料,写这种破文章,暗箭伤人!他们还打算一篇篇连着写呢!咱们打伙儿去逼着余楠把稿子吐出来。"

朱千里几番伸手掏摸烟斗,想回家又不愿回家,这时忍不住说:"他推托不在手边,在傅今那儿呢。你们怎么办?"

彦成说:"还是让善保紧着问他要。咱们且不提'汝南文'的破文章,压根儿不理会。等有机会我质问傅今。"

姚宓不愿叫善保为难,也不要许先生出力,也不要罗厚去吵架。她忙说:"干脆我自己问余楠要去。假如他说稿子在傅今那儿,我就问傅今要。"

大家同意先这么办,就散会了。

朱千里看见大家要走,忙说:"对不起,我要请问一件事。你们知道什么是法国面罩吗?"

彦成说:"你问这个干吗?"

"戴面罩的是谁,现在知道了吗?"朱千里紧追着问。

罗厚说:"朱先生管这个闲事干吗?"

"什么闲事!我女人硬说是我呢!"

大家看着哭丧着脸的朱千里,忍不住都笑起来。

彦成安慰他说:"反正不是你就完了。事情早晚会水落石出。"

丽琳说:"朱先生,你大概对你夫人不尽不实,所以她不信你了。"

"谁要她信!她从来不信我!可是她闹得街坊都怀疑我了。人家肚子里怀疑,我明知道也没法儿为自己辩护呀!我压根儿没有蓝布制服,连法国面罩都没见过,可是人家又没问我,我无缘无故的,怎么声明呢?"

丽琳说:"咳,朱先生,告诉你夫人,即使她明知那人是你,她也该站在你一边,证明那人不是你。"

朱千里叹气说:"这等贤妻是我的女人吗!罗厚,我是来找你救命的。她信你的话。你捏造一个人名出来就行。"

罗厚说他得先去还掉偷出来的刊物,随后就到朱先生家去。他们两个一同走了。许杜夫妇也走了。姚宓默默地坐了一会儿,独自到余楠家去讨她的稿子。

第 十 三 章

余楠知道每星期一许彦成、杜丽琳的小组在办公室聚会。他也学样,星期一上午在家里开个小会谈谈工作。其实善保压根儿没什么工作。他也在脱产学俄语,不过学习俄语之外,在余楠的指导下,对照着中译本精读莎士比亚的一个剧本。他不习惯待在余家,渐渐地又回到办公室去。所以一周一次的聚会也有必要。

姜敏并没有脱离许彦成和杜丽琳的小组。她觉得自己作为未来的苏联组成员,每个小组开会她都有资格参加。只是"汝南文"的批判文章发表之后,她有点儿心虚,怕原来的小组责问她或围攻她,所以也跑到余家去开会。开会只是随便相聚谈论。谈了一点工作,余楠又坐到自己的书桌前去干他自己的事,随姜敏和善保一起比较他们学习俄语的进程。

余楠隔着纱窗帘忽见姚宓走进他家院子。他非常警惕,立即支使善保到图书室去借书。善保刚出门,余楠对姜敏使个眼色,姜敏就跟出去。他们劈面碰见姚宓。姜敏说:"姚宓,找我们吗?"姚宓说她找余先生。姜敏回身指着屋里说:"余先生在家呢。"她催着善保说:"走吧,我也到图书室去。"余楠就这样把善保支使出去了。

余楠也许感到自己是从善保手里骗取了姚宓的稿子,所以经常防着善保。他却是一点也没有提防宛英。善保一次两次索取这份稿子,宛英都听见。余楠和施妮娜计划批判姚宓,余楠对姜敏说姚宓得挨批等等,宛英都听在耳里,暗暗为姚宓担心。后来又听说要办什么展览,搞臭姚宓,宛英更着急了。她想,假如能把稿子偷出来还给姚宓,事情不就完了吗?可是她满处寻找,找不到姚宓的什么稿子。假如她找到了,假如她偷出去还给姚宓,余楠追究,怎么说呢?

宛英想出一个对付楠哥的好办法。她也找到了姚宓的稿子。

她有一天忽然灵机一动,想起余楠那只旧式书桌的抽屉后面有个空处,余楠提防善保,很可能把姚宓的稿子藏在那里。她趁余楠歇午,轻轻抽出抽屉,果然发现一个牛皮纸袋,里面是一大叠稿子,第一页上姚宓写着自己的名字呢。她急忙把牛皮纸袋取出,塞在书架底层的报章和刊物底下。这是她按计划行事的第一步。

这天善保到余家开会,宛英有点担心,怕善保看见那个牛皮纸袋,说不定会横生枝节。善保和姜敏走了,她听见余楠请进一个客人,正是姚宓。

余楠开了门,满面堆笑,鞠躬说:"姚宓同志!请进!请进!请坐!不客气,请坐呀!"

姚宓不坐,进门站在当地说:"余先生,我有一份资料性的稿子,善保说是余先生在看。余先生看完了吧?"

余楠说:"姚宓同志,请坐,请坐下……"

姚宓说:"不敢打搅余先生,余先生请把稿子还我就完了。"

余楠没忘记丁宝桂的话:"最标致的还数姚小姐。"他常偷眼端详。她长得确是好,只是颜色不鲜艳,态度不活泼,也没有女孩子家的娇气。她笑的时候也娇憨,也妩媚,很迷人。可是她的笑实在千金难买。余楠往往白赔着笑脸,她正眼也不瞧,分明目中无人。余楠有点恨她,总想找个机会挫辱她一下。她既然请坐不坐,他做主人的也得站着不坐吗?

"姚宓同志,你不坐,我可得坐下了。"

"余先生请先把稿子还我。"

"姚宓同志,请坐下听我说。"他自己坐下了,随姚宓站着。"你的稿子,我已经拜读了,好得很。可是呢,也不是没有问题,所以傅今同志也要看看呢。"

"傅今同志要看,可以问我要。不过这份稿子只是半成品,得写成了再请领导过目。"

"你太客气了,怎么是半成品呢。年中小结会上,你们小组不是报了成绩吗? 既然是你们小组的成绩,领导总可以审阅啊。"

"当然得请领导审阅。可是我还要修改呢,还没交卷呢。"姚宓还站着,脸上没一丝笑容。

余楠舒坦地往沙发背上一靠,笑说:"姚宓同志,别着急,等领导审阅了,当然会还你。"

"可是余先生怎么扣着我的稿子不还呢?"姚宓不客气了。

余楠带些轻蔑的口吻说:"姚宓同志,你该知道,稿子不是你的私产,那是工作时间内产生的,我不能和你私相授受。"

姚宓冷静地看着余楠说:"稿子是我借给陈善保的。"

余楠呵呵笑着说:"别忘了,善保是咱们的组秘书啊!"

姚宓"哦"了一声,顿了一顿说:"那么我得问傅今同志要去了。再见,余先生。"

余楠也不起身,只说:"那是你的事。不过,我奉劝你,还是别着急。"

姚宓憋着一肚子气出门。她知道余楠和傅今勾结得很紧,傅今的夫人和她的密友对自己又不知道哪来的满腔敌意。她不敢冒冒失失地找傅今告状。她不愿告诉妈妈添她的烦恼。她这时也不便向许彦成求救。罗厚未必能帮忙。她只好听取余楠的劝告"不着急",暂且忍着。

余楠和姚宓的一番话宛英听得清清楚楚,觉得事不宜迟。她已经扬言要找裁缝,预先把衣料和一件做样子的衣服用包袱包上。这天饭后,她等余楠上床午睡,立即把姚宓的一袋稿子塞入衣包,抱着出门。

她慌慌张张赶到姚家,沈妈正吃饭,开门的恰好是姚宓。宛英神色仓皇,关上门,就拿出那袋稿子交给姚宓说:"你要的是这个吧?"

姚宓点看了一下,喜出望外。她诧异地说:"余先生让您送来的吗?"

宛英向前凑凑,低声说:"我给你偷来的!千万千万,谁也别告诉;除了妈妈,谁也别告诉。"她看到姚宓迟疑,忙说:"你放心,我会对付,叫他没法儿怪人,谁也不会牵累。你好好儿藏着,别让他们害你。记着别说出去就是了。"

姚宓感激地把宛英抱了一抱,保证不说出去。宛英不敢耽搁,她卸掉贼赃,不复慌张,轻快地走了。

姚宓回房,姚太太问谁来了。姚宓紧张得好像自己做了贼,喘了两口气,才放下手里的稿子,把善保借看,余楠扣住不还等等,一一告诉。她也讲了"汝南文"的文章和宛英说的"别让他们害你"。

姚太太听完说:"怪道呢,我说你这一程子好像有什么心事似的。"她连声赞叹:"宛英真好!你只给她揉了几下肚子,她竟这样护着你!"她叫姚宓快把稿子藏好。

姚宓快活的是稿子回来了。可是她暗暗惭愧,也暗暗担心。妈妈看出她的心事!她的心事就为这一叠稿子吗?她说不出话,只把脸偎着妈妈。

且说宛英回家,余楠正拉出抽屉,伸手在空处摸索,又歪着脑袋,觑着眼向里张望。他对宛英说:

"我这里有一包东西不见了。"

宛英说:"一个牛皮纸袋儿吧?"

余楠忙问:"你拿了吗?"他舒了一口气。

宛英说:"那天我因为抽屉关不上,好像有东西顶着。我拉开抽屉,摸出个肮脏的纸袋,里面都是字纸——不是你的稿子,也不是信,大约是书桌的原主落下的……"

"你搁哪儿了?"

"搁书架底层了。"她说着就去找,把书架底层的报章杂志都翻了一遍。余楠也帮着找。

宛英说:"我拿了出来,放在这里的。"她用手拍着她塞那袋稿子的地方。

"你几时拿出来的?"

"是你的吗?有用的吗?"

余楠不愿回答。他的抽屉向来整齐,也不塞得太满,东西绝不会落到抽屉后面去。为什么那袋稿子会在抽屉后面呢?他不便说,只重复追问:"你几时拿出来的?"

宛英想了想:"好多日子了吧,都记不起了,是什么要紧东西吗?"

"当然要紧!"余楠遮盖不了他的满面怒色。

"哟!"宛英着急说,"别让孙妈当废纸卖了。"

原来余楠持家精明,废纸都卖了钱收起来。

宛英叫了孙妈来问。孙妈说:"没看见,不知道,反正都是先生扔在书架底层的,卖的钱都交给太太了。"

孙妈认为卖废纸的钱应该归她。东家连卖废纸的钱都收去,那么,她即使多卖了些废纸,她又没捞到什么油水,还不是东家自己得的好处吗!

宛英反倒埋怨说:"是什么要紧文件吗?啊呀,你怎么不告诉我一声。"

余楠不愿多说,只挥手把宛英和孙妈都赶走,自己耐心又把书架底层细细整理一过,稿子确实没有了。

他暗暗咒骂宛英,咒骂孙妈。以后善保再来追索这份稿子,他怎么推诿呢?妮娜要批判这份稿子,姜敏要展览这份稿子,他怎么说呢?他得动动脑筋。

第 十 四 章

姚宓想：假如她约了人在她家从前的藏书室密谈，而方芳和她的情人由前门闯入，那该是多么尴尬的局面呀！不过她当时立即回信拒绝了许彦成，认为没有必要；当顾问，纸上谈也许比当面谈方便些。

接着她以顾问的身份说：

我妈妈常说："彦成很会护着他的美人。尽管两人性情不很相投，彦成毕竟是个忠诚的好丈夫。"如果你要离婚，妈妈一定说："夫妻偶尔有点争执，有点误会，都是常情，解释明白就好了，何至于离婚呢！"我也是这个意思。

（信尾她要求许先生别把信带出书房，请扔在书桌的抽屉里，她自会处理。）

彦成到办公室去接丽琳，经常见到姚宓。她总是那么淡淡的，远远的。彦成暗想："她只是我的顾问吗？她还在生我的气吗？"最初他们不甚相熟的时候，他们的眼神会在人丛中忽然相遇相识。现在他们的眼神再也不相遇了。她是在逃避，还是因为知道自己是在严密的监视下呢？

彦成得为自己辩解。他忙忙写了一封信。

姚宓：

你错了。我和丽琳之间，不是偶尔有点争执，有点误会，远不是。我自己也错了。我向来以为自己是个随和的人，只是性情有点孤僻，常闷闷不乐，甚至怀疑自己有忧郁症,并且觉得自己从出世就是个错,一言一行,事后回想总觉不得当。我什么都错。为什么要有我这个人呢?

我现在忽然明白了一件大事。我郁郁如有所失,因为我失去了我的另一半。我到这个世上来是要找"她",我终于找到"她"了!什么错都不错,都不过是寻找过程中的曲折。不经过这些曲折,我怎会找到"她"呢!我好像摸到了无边无际的快乐,心上说不出的甜润,同时又害怕,怕一脱手,又堕入无边无际的苦恼。我得挣脱一切束缚,要求这个残缺的我成为完整。这是不由自主的,我怎么也不能失去我的"她"——我的那一半。所以我得离婚。

(他照旧要求姚宓把信毁掉,也遵命把姚宓的信留在书桌的抽屉里。)

姚宓的回信只是简短的三个问句:

一、"杜先生大概还不知道你的意图,如果知道了,她能同意吗?"

二、"你的'她'是否承认自己是你的'那一半'?"

三、"你到这个世界上来,只是为了找一个人吗?"

彦成觉得苦恼。她好冷静呀!她还没有原谅他吗?他不敢敞开胸怀,只急忙回答问题。

姚宓:

你问得很对。我到这个世上来当然不是为了找一个人,我是来做一个人。可是我找到了"她",才了解自己一直为找不到"她"而惶惑郁闷。没有"她",我只能是一个残缺的人。

我把"她"称为自己的"那一半"是个很冒昧的说法。我心上只称她为"ma mie"(请查字典,不是拼音)。我还没有离婚,我怎能求"她"做我的"那一半"呢?

我还不知道丽琳是否会同意离婚。她求婚的事,你谅必知道。我没有按规矩说"我爱你",因为我没有这个感情,她也没有勉强我,只要求我永远对她忠实,对她说真话。那么,我现在不就该老实把真话告诉她吗?假如我不告诉她,就是对她不忠实;假如老实告诉她,她难道就会觉得我忠实吗?

我当初不该随顺了她。可是,难道我这一辈子,就该由她做主吗?

许彦成

姚太太看出女儿有心事,正是姚宓收到这封信的时候。姚宓还是留心以顾问的身份回信。

许先生:

你的事,经我反复思考,答复如下。

说不说老实话,乍看好像是个进退两难的问题,其实早已不成问题。杜先生无非要求你对她忠实。你对她已不复忠实。而且,从她那天对朱先生说的话里,听得出她压根儿不信你的话了。你呢,也不是为了忠实而要告诉她真情,你只是为了要求离婚,不是吗?

我料想杜先生初次见到你的时候,准以为找到了她的"那一半"。她一心专注,把你当做她不可缺少的"那一半"。她曾为了满足你妈妈的要求,耽误了学业。她为了跟你回国,抛弃了亲骨肉。她一直小心周密地保卫着"她和你的整体"。你要割弃她,她就得撕下半边心,一定受重伤,甚至终身伤残。

你不会为了满足自己的要求而听不到自己对自己的谴责。你不是那种人。你会抱歉,觉得对不起她。你会惭愧,觉得自己道义有亏。你对自己的为人要求严格,你会为此后悔。后悔就迟了。

我作为你的顾问,不得不为你各方面都想到。我觉得除非杜先生坚持要离婚,你不能提出离婚。当然,这并不是说,你一辈子该由她做主。

姚 宓

彦成把姚宓的话反复思忖,不能不承认她很知心,说得都对,也很感激她把自己心上的一团乱麻都理清了。可是他没法儿冷静下来,只怨她"好冷静"。

他写信感谢姚宓为他考虑周到,承认自己的确会对丽琳抱歉,也会自己惭愧,也会鄙薄自己而后悔。但是他说:"我是从头悔起。"

他接着说了两句怨望的话:"可是,顾问先生,你好比天上的安琪儿,只有一个脑袋,一对翅膀。我却是个有血有肉的凡人,有一颗凡人的心。要我舍下'她'——或者,要是'她'鄙弃我,就是撕去我的半边心,叫我终身伤残。"

他又觉得不该胡赖,忙又转过来说:他知道人世间的缺陷无法弥补,可以修补的是人。他会修改自己来承受一切,只求姚宓不要责怪。随她有什么命令,他都甘心服从。

他到姚家去把信带在身上。他和姚太太同听音乐,心上只顾想着这封信,料想这是他和姚宓之间末一次通信了。他闷闷从姚家出来,往办公室去接丽琳,走到半路才想起忘了把信送入姚宓的书橱。他不便再退回去,心想反正立刻会见到姚宓,设法当面传递吧。

办公室里只有外间生个炉子,丽琳和姚宓同坐在炉边看书。彦成跑去站在一边,问问她们看的什么书,随即走入里间,从书橱里找出一本书,大声说:"姚宓,你看了这本书吗?"他随就把信夹在书里交给姚宓。丽琳看见书里夹着些纸,伸手说:"什么书?我也看看。"姚宓忙着点头,一面把指头夹在书里说:"让我先记下页数,别乱了。"她把书拿到书桌上去,翻出纸笔记完,立即递给丽琳。彦成看见书里仍然夹着些纸,心想:"糟了!糟了!"屋里并不热,他却直冒汗。可是他偷眼看见丽琳偷偷儿从书里抽出来的只是一张白纸。姚宓像没事人儿一样。彦成觉得姚宓真是个"机灵"的知心人;姚宓想必已经原谅他了。

过一天,他到了姚家,带着几分好奇,到书房去看看姚宓是否回信。他夹信的书里有一张纸条儿,上写"随你有什么命令,我也甘心服从"。

彦成想:"她说得好轻松!她知道我对她服从,多么艰难痛苦吗?"他也有几分气恼,又有几分失望,觉得她不是个有血有肉的人。他憋不住从拍纸簿上撕下一页白纸,也写了一句话:"假如我像你的未婚夫那样命令你,你也甘心服从吗?"他回家后自觉孟浪,责备自己不该使气。他只希望姚宓还没来得及看见,他可以趁早抽回。可是姚宓已把字条拿走了。

姚宓只为彦成肯接纳她的意思,对他深有同情。她写那句话,无非表示她很满意,并未想到其他。经他一点出,自觉鲁莽;可是仔细想想,她为了彦成,什么都愿意,什么都不顾,只求他不致"伤残"。所以她只简单回答一句话:"我就做你的方芳。"

彦成看到她的回答,就好像林黛玉听宝玉说了"你放心",觉得"如轰雷掣电","比肺腑中掏出来的还恳切"。他记起他和姚宓第二次在那间藏书室里的谈话,如今她竟说愿意做他的方芳!他心上搅和着甜酸苦辣,不知是何滋味。不过他要求的不是偷情;他是要和她日夜在一起,永远在一起。

他回到自己的"狗窝"里去写回信,可是他几次写了又撕掉,只写成一封没头没尾的短信:"我说不尽的感激,可是我怎么能叫你做我的方芳呢。我心上的话有几里长,至少比一个蚕茧抽出的丝还长,得一辈子才吐得完,希望你容许我慢慢地吐。"

他和姚宓来往的信和字条儿,姚宓没舍得毁掉,都夹在一张报纸里,竖立在书橱贴壁。自从"汝南文"的批评文章出现后,姚宓不复勤奋工作,尽管她读书还很用功。她每天上班之前,总到她的小书房去找书。每天——除了星期日,总在办公室上班。看信写信,在办公室比在家方便。

第 十 五 章

余楠丢失了姚宓的稿子,有点心神不安。过了好多天之后,他的忧虑渐渐澄清。他觉得自己足智多谋,这点子小事是不足道的。善保容易打发。他如果再开口讨这份稿子,就说姚宓已经亲自向他索取。他不用说稿子还了没有,反正这事姚宓已经和他直接联系,不用善保再来干预。如果施妮娜或姜敏建议要批判或展览这部稿子,他只要说,姚宓亲自来索还了。他得留心别把话说死,闪烁其词,好像已经还了。如果姚宓自己再来索取呢,那就得费些周折。不过他看透这个姚宓虽然固执任性,究竟还嫩,经不起他一唬,就退步了。她显然没敢向傅今去要。对付她可以用各种方法推诿,或者说不记得放在哪儿,或者说,记得已经还了,或者,如果她拉下脸来,就干脆说,稿子已经归还,她不妨到他家来搜寻。看来她碰了一次钉子,不会再来。

他不知道姚宓和她妈妈商量之后,确是说,稿子已经归还她了。不然的话,罗厚会捏着拳头吵上门去,许彦成也会向傅今去告状。

姚宓的稿子即使没有丢失,余楠也懒得再写什么批判文章。他为那篇文章很气恼。因为施妮娜大手大脚,擅自把稿费全部给了姜敏,只事后通知余楠一声,好像稿费全是她施妮娜的。尽管没几个钱,余楠觉得至少半数应该归他。文章是他写的,江滔滔加上许多不必要的抄袭,结果害他余楠的原稿都给斫掉二三千字。事务工作姜敏是做了不少,施妮娜除了出出主意,却是出力最少的一个。"汝南文"四人里,姜敏是工资最低、最需要稿费的人。可是,如要把稿费都给姜敏,也该由他余楠来卖这个情面呀!可笑姜敏又小姐架子十足,好像清高得口不言钱,谢都没谢他一声。余楠觉得当初幸亏也没有用心写,因为是集体的文章,犯不着太卖力。现在他打定主意,关于姚宓的事,他能不管就撒手不管了。只是对施妮娜他不敢得罪,她究竟是傅今夫人的密友。

这天施妮娜来找他,他忙叫宛英沏上妮娜欣赏的碧螺春,一面拿出他最好的香烟来敬客。

施妮娜脸色不怎么好看,可是见到余楠的殷勤,少不得勉强

敷上笑容。她让余楠为她点上了烟,坐在沙发上叹了一口长气,说道:

"余先生,要年终总结了。我听了听老傅的口气,咱们图书资料室的事不用提了。"

"什么事?"余楠茫然。他只觉得图书资料室的事妮娜应该先和他谈。

"就是方芳闹的事,图书室是咱们管的。不过这是属于私生活的事,还牵涉到有面子的人呢,干脆不提了。老傅也同意我的意见。问题只在咱们外文组,报不出什么像样的成果。说来说去,只有姚宓那一份宝贝资料吗?"

"傅今同志对'汝南文'的批评文章怎么说呢?"

"我叫滔滔给他看看。滔滔乖,先不说是谁写的。他一看不是什么最高学府的刊物,就瞧不起,看了几眼,说'一般,水平不高'。滔滔就没说破'汝南文'是谁。反正只那么一篇,不提就不提吧。没有成果也不要紧,只是得先发制人,别等人家来指摘,该自己先来个批评。"

"批评谁呢?"

"自我批评呀!该批评的就挨上了。你说吧,要是大家眼往一处看,劲儿往一处使,一部《简明西方文学史》早写出来了,至少,出一本《文学史大纲》没有问题。"

余楠附和说:"要大家一条心可不是容易啊。"

"依我说,也并不难,"她夹着香烟一挥手,烟灰掉了一地,"多一个心眼儿只是白费一份力气!苏联的世界文学史也不是每一部都顶用,出版的日期新,理论却是旧的!外行充不得内行。自作聪明,搞出来的东西少说也是废品!不展览也得批评。

老傅却说什么'算了,不必多此一举了'。好!放任自流吗?让腐朽思想泛滥吗?"

余楠暗想,准是傅今没有采纳她的意见。他试探说:"做领导也不容易。"

"就是这个话呀!老傅现在是代理社长,野心家多的是,总结会上,由得他们提出这个缺点,那个错误。得要抓紧风向,掌握火势,烧到该烧的地方去,别让自己燎上。你不整人,人家就整你。老傅真是书生气十足,说什么'你不整人,人不整你'。那是指方芳的事呀。姚宓他们那个小组也碰不得吗?"

余楠很有把握地说:"他们反正是走不通的。"

"完全脱离现实,脱离人民。抗美援朝,全国热火朝天,他们却死气沉沉。我和滔滔都在沸腾了。我对姜敏说:'我要是做了你,我就投军去。不上前线,留在后方也可以审讯俘虏。'她,到底是娇小姐,觉悟不高。知识分子不投入火热的斗争,没法儿改造灵魂。我们俩可是坐不住了。我们打算下乡土改去,或者在总结前,或者总结以后。"

"你们不投军吗?"

妮娜笑了。"我老了,滔滔身体又那么弱,能上前线吗?留在后方审俘虏,我们不会说英语,不比姜敏呀。"

余楠笑说:"我行吗?"

妮娜大笑,笑得直咳嗽:"你得太太跟去伺候呢!"

他们转入说笑,妮娜的恼怒也消了。

余楠从妮娜的话里辨清风向,按自己的原计划,像模像样地写了一份小组工作的年终总结,亲自去交给傅今,傅今看了很满意。余楠顺便说起,姚宓的那份资料,好多人认为有原则性错误,应当批判。可是他认为已经肯定的成绩,不必再提,当做废品就完了。这只怪小组长把关不严,却不该打击年轻人的积极性。他建议傅今作为外文组的组长,在合适的时候,向小组长指出他的职责就行,不要公开批判,有伤和气——当然他不主张一团和气,可是外文组只是个很小的组,除了傅今同志,还没有一个有修养的党员,恐怕还不具备批评——自我批评的精神,目前是团结至上,尽量消除可以避免的矛盾。

一席话,说得傅今改容相敬,想不到他竟是个顾全大局的热心人。这就好比《红楼梦》里贾宝玉挨贾政毒打以后,王夫人听到了袭人的小报告,想不到这个丫头倒颇识大体。余楠自己大约也像袭人一样,觉得自己尽忠尽责,可以无愧于心。

傅今的年终总结会开得很成功,他肯定了成绩,例如基本上完成了什么什么工作,写出了多少字的初稿等;同时指出缺点,例如政治学习不勤呀,工作纪律松弛呀,思想上、生活上存在资产阶级思想的腐蚀呀等等。总的说来,欠缺出色的成果。因此他提出如何改进工作的几点建议和几点希望。会开得相当顺利,谁也没有非难他。

至于方芳的事,她曾在一个极小的小会上作了一个深刻的检讨,承认自己"情欲旺盛"而"革命意志薄弱",和她的丈夫恰恰相反。以后她不能向自己的苦闷低头,要努力向她的丈夫学习。范凡认为她是诚恳而老实的。方芳也承认自己是主动的一方,所以被动的那方只写了一个书面检讨,范凡向他提出劝诫和警告,没有公开批评。傅今总结里所说的"生活上存在资产阶级的腐蚀"就指这件事。

倒霉的是朱千里,他没法向老婆证明自己不是方芳的情人,罗厚也没能确切证实是谁。不过朱千里自己说:"反正我也是虱多不痒了。不管哪个女人跟我说一句话,她就是我的姘头。"

新年以后,各组进一步明确了工作计划,大家继续按计划工作。只许彦成在春分前后接到天津家里的电报,说老太太病重。他和杜丽琳一同请假到天津去住了些时候。

第 十 六 章

罗厚记得姚宓有几本法文小说的英译本,想借来对照着读原文。姚宓却反对这样学外文,说罗厚偷懒,不踏实。她主张每个生字都得亲自查字典,还得认认这个字上面和下面有关的字,才记得住。罗厚不和她争辩,趁她不在家,私下见了姚伯母,就到姚宓的小书房去找书。自从他帮姚家搬书以来,他曾进去过几次,看见里面收拾得整齐干净,他并没在意。他没有站在书橱前浏览阅读的习惯,所以难得去。

他要的书没找到,却发现了许彦成和姚宓来往的信和字条儿,夹在折叠的报纸里,塞在书柜靠边。因为不像一般情书,他拿来就看了几页。原来两人秋游确有其事!他一口气读完,自己缩缩脖子,伸伸舌头。好家伙!姚宓疯了吗?要做方芳了!妈妈都不顾了!老许也疯了吗?要离婚!咳,这是从何说起呢?信上没有日期,看来后面还有长信,可是姚宓准是藏在别处了。姚家的事他向来关心,许彦成和他也够朋友,他该找姚宓切实谈谈,又觉得不好开口,还是等老许回来,男人和男人好说话。不过这种事,他能介入吗?

许彦成离京很匆促,他向领导请了假就急忙和丽琳同回天津。姚太太过了两天才接到他的信,说是他妈妈得了胃癌,正待开刀。他没留地址,只说过些时再写信。过了很久,他又来信,说他妈妈已经动过手术,很顺利。他每次给姚太太写信,也给领导写信,所以善保知道他的情况。外文组办公室里都知道。

许老太太安然出院,虽然身体虚弱,恢复得很快。她还是坚决不愿意到北京来。小丽还是不肯离开奶奶,也不肯离开她的姑姑,对父母总是陌生,不肯亲近。彦成夫妇不能再多耽搁,辞别了天津的家人又回北京。

他们是临晚到北京的。彦成当晚就要到姚家去送包子,丽琳说:"咱们先得向领导销假,再看朋友。"彦成说,领导那里反正早有信续假了。丽琳说,这早晚姚太太该已休息了,不能为几个包子去打扰她。丽琳说的都对,彦成无可奈何。他已经多时不见姚宓,也无法通信,只能在给姚太太的信尾附笔问候一句,他实在想念得慌。他知道丽琳是存心不让他见到姚宓。如果明天白天去拜访姚太太,姚宓在上班呢,他见不到。

他们俩明早到傅今的办公室去向傅今销假。傅今问了许老太太的病情,就给他们看一份社里的简报。彦成还在和傅今谈话,丽琳看了简报,立即含笑向傅今道贺。原来他已由代理社长升做正社长了。范凡当了副社长。彦成接过简报看下去,古典组成立了《红楼梦》研究小组,由汪勃任小组长。另一个小组是"古籍标点注释小组",丁宝桂是小组长。外文组由余楠和施妮娜分别担任正副组长,原先的四个小组完全照旧,傅今不再兼任组长。彦成看完用手指点着给丽琳看。

傅今正留意看他们夫妇的反应。他承认自己多少失去了点儿平衡,太偏向余楠了。可是余楠靠拢组织,接受新事物的能力也比较强,对立场观点方面的问题掌握得比较稳,和妮娜也合作得好。社里人事变更的时候正逢彦成夫妇请假,组长一职就顺顺当当由余楠担任了。不过傅今觉得这事还需解释一番,所以赔笑说:

"我考虑到许先生学问渊博,组长该由许先生当。可是我记得上次请许先生当图书资料室主任,许先生表示对行政工作不大感兴趣。余先生呢,对行政事务很热心。他年纪大些,人事经验也丰富些。我想,请许先生当组里的顾问或许更合适些,没事不打搅,有事可以请教。"

彦成说:"我现成是小组长,又当什么顾问呢?"

傅今说:"小组长只管小组,顾问是全组的。"

彦成笑说:"不必了,小小一个外文组,正副两个组长,再加四个小组长,官儿已够多,还要什么顾问!"

傅今偷看了他一眼,忙说:"这样:领导小组的扩大会议,请许先生出席。"他觉得女同志也得照顾,接下说:"社里现在成立了妇女会,正会长是一位老大姐,我想再加一位副会长,请杜先生担任。"

丽琳忙摇手说:"算了,我不配。我连小组长都要辞呢,单我一个人,成什么小组。不过我不懂,别的组只有一个组长,为什么我们组要一正一副呀?"

傅今忙解释:"研究外国文学得借重苏联老大哥的经验。苏联组因为缺人,还没成立单独的组,暂时属于外文组,当然该还它相当的地位。"

丽琳表示心悦诚服,不过她正式声明妇女会的副会长绝不敢担当,请傅今同志别建议增添什么副会长。许彦成郑重申明他不当组里的顾问,他如有意见,会向组长提出;领导核心小组的扩大会议如要他参加,他一定敬陪末座(他想:反正我旁听就是了)。傅今唯恐他们俩闹情绪,看样子他们不很计较,外文组的人事更动算是妥帖了。他放下了一件大心事,居然一反常态,向丽琳开玩笑说:"小组长你可辞不得。你们不是夫妻组吗?取消了妻权,岂不成了大男子主义呢!"

丽琳不愿多说,含糊着不再推辞。

他们俩回到家里,彦成长叹了一口气。

丽琳说:"趁咱们不在,余楠升了官,咱们在他管下了——也怪你不肯巴结,开会发言,只会结结巴巴。"

彦成只说:"傅今!唉!"他摇头叹气。

丽琳埋怨说:"请你当顾问,干吗推?"

彦成说:"这种顾问当得吗?"

"挂个名也好啊。"

彦成说:"你干吗不当妇女会的副会长呢?"

两人默然相对。丽琳叹息说:"这里待不下去了。"

彦成勉强说:"其实,局面和从前也差不多。"

"现在他们可名正言顺了!我说呀,咱们还是到大学里教书去,省得受他们排挤。"

"可是大学里当教师的直羡慕咱们呢。不用备课,不用改卷子,不用面对学生。现在的学生程度不齐,要求不一,教书可不容易!不是教书,是教学生啊。咱们够格儿吗?你这样的老师,不说你散布资产阶级毒素才怪!况且咱们教的是外国文学。学生问你学外国文学什么用,你说得好吗?"

"咱们也只配做做后勤工作,给人家准备点儿资料。"丽琳泄了气。"他们要怎么利用,就供他们利用。"

"他们两眼漆黑,知道咱们有什么可供利用的吗!只要别跟他们争就完了。咱们只管种植自己的园地。"

丽琳不懂什么"种植自己的园地"。彦成说明了这句话的出处,丽琳说她压根儿没有"自己的园地"。她呆呆地只顾生气。彦成在自己的"狗窝"里翻出许多书和笔记,坐在书堆里出神。

饭后三四点钟,丽琳跟着彦成去看望姚太太,并送些土仪。他们讲起外文组的新班子。姚太太说,据阿宓讲,余楠已经占用了办公室的组长办公桌,天天上午去坐班,年轻人个个得按时上班,罗厚只好收紧骨头了。丽琳问起姚宓,姚太太说她在乱看书,正等着你们两位回来呢。

彦成想多坐一会儿,等姚宓回家,因为他写了一个便条要私下交给她。他不能让姚太太转交,也没有机会去塞在小书房里;即使塞在小书房里,怎么告诉姚宓有个便条等着她呢。丽琳却不肯等待,急要回家。彦成不便赖着不走,只好怏怏随着她辞出。

可是他们出门就碰见姚宓骑着自行车回来。她滚鞍下车说:"许先生杜先生回来了!"她扶着车和他们说了几句话。

彦成趁拉手之便,把搓成一卷的便条塞给姚宓。丽琳的第三只眼睛并没有看见。

第 十 七 章

许彦成请姚宓星期日上午准十点为他开了大门虚掩着,请姚宓在小书房里等他。

天气已经和暖,炉火早已撤了,可是还没有大开门窗。他可以悄悄进门,悄悄到姚宓的书房里去。

姚宓惴惴不安地过了两天。到星期日早上,她告诉妈妈要到书房用功去,谁来都说她不在家。那天风和日丽,姚家的小院里,迎春花还没谢,紫荆花和榆叶梅开得正盛。她听见先后来了两个客人。将近十点,姚太太亲自送第二个客人出门。姚宓私幸没把大门开得太早。她从半开的一扇窗里,看见她妈妈送走了客人回来,扶杖站在院子里看花。姚宓直着急。如果妈妈站着不进屋,她怎么能去偷开大门呢?她不开门,叫许彦成傻站在门口,怎么行呢?

她跑出来说:"妈妈,别着凉!"

妈妈说:"不冷!这么好太阳,你也不出来见见阳光——陆姨妈特意挑了星期天来,为的是要看见你(陆姨妈是罗厚的舅妈),可是我替你撒谎了。"

姚宓一面听妈妈讲陆姨妈,一面焦急地等着一分钟一分钟过去。十点了,许彦成在门口吗?

姚宓假装听见了什么,抬头说:"谁按铃了吗?"她家门口的电铃直通厨房,院子里听不真。

姚太太说:"没有。你不放心,躲着去吧。"

姚宓说:"悄悄儿的,让我门缝里张张。"

她从门缝里一张,看见有人站在门外,当然是许彦成来了。她怕许彦成不知道她妈妈在院子里,一开门,就大声叫:"妈妈,许先生来了。"她关上门,自己回书房去,心上却打不定主意。她该出来陪客呢?还是在书房等待?许彦成也许以为她是故意借妈妈来挡他,那么,他就不会到书房来了。假如她出来陪客,她不是早对妈妈说过,什么客都不见吗?

姚太太带着彦成一同进屋。彦成礼貌地问起姚宓。

姚太太说:"这孩子,变成个死用功了! 她是好强? 还是跟不上呀?"

彦成问:"她在忙什么?"

姚太太说:"一大早对我说,她要用功,谁来都说不在家。"

彦成想:"她是在等我。"心上一块石头落地。他说:"我看看她去,行不行?"

姚太太点头说:"你是导师,叫她放松点儿吧。"

她拿起一本新小说,靠在躺椅里看。大概书很沉闷,她看不上几页就瞌睡了,也不知睡了多久,等她睁眼,眼前的人不是许彦成,却是杜丽琳。

丽琳惶恐说:"伯母,把您吵醒了——沈大妈说彦成没有来,待会儿他如果来了,请伯母叫他马上回家去,有人等着他呢。"

姚太太说:"彦成来了,在阿宓的书房里。"她指指窗外说:"半开着一扇窗的那里。"她一面想要起身。

丽琳忙说:"伯母不动,我找去。"

"你去过吗? 靠大门口,穿过墙洞门,上台阶。"

丽琳说她会找,向姚太太连连道歉,匆匆告辞,独自找到墙洞门口。她曾看见墙洞门后有个破门,门上锁着生锈的大铁锁,书房想必就在那里。她轻悄悄穿过墙洞门,轻悄悄走上台阶,看见门上的铁锁不见了,就轻轻地开了门,轻轻地推开。

她站在门口,凝成了一尊铁像。

许彦成和姚宓这时已重归平静。他们有迫切的话要谈,无暇在痴迷中陶醉。不过他们觉得彼此间已有一千年的交情,他们俩已经相识了几辈子。

小书房里只有一张小小的书桌,一只小小的圆凳。这时许彦成坐在小书桌上,姚宓坐在对面的小圆凳上,正亲密地说着话儿。她的脸靠在他膝上,他的手搭在她臂上。彦成抬头看见了丽琳,姚宓回头一看,两人同时站起来。

姚宓先开口。她笑说:"杜先生,请进来。"她笑得很甜,很妩媚。丽琳觉得那是胜利者的笑。

彦成说:"我们有话跟你谈呢。"

丽琳走进书房铁青了脸说:"谈啊。"

姚宓说:"杜先生先请坐下,好说话。"她请丽琳坐在小圆凳上,彦成还坐在桌上,姚宓拉过带着两层台阶的小梯子,坐在底层上。她郑重说:

"杜先生,我只有一句话,请你相信我。我绝不走到你们中间来,绝不破坏你们的家庭。"

彦成说:"我绝不做对不起你、对不起她、对不起姚伯母的事。我也请你相信我。"

丽琳没准备他们这么说。可是这种话纯是废话罢了。她不想和姚宓谈判,这里也不是她和彦成理论的地方。她一声不吭,只对彦成说:"家里有人找你,姚伯母说,你在这里呢。"

"谁找我?"

"要紧的人,要紧的事,我才赶出来找你的。"

姚宓说:"杜先生、许先生快请回吧。"

彦成还要去和姚伯母说一声。姚宓说:"不用了,我会替你们说。"

丽琳说:"我已经告诉姚伯母了。"

彦成一出门就问丽琳:"真的有人找吗?"

丽琳冷笑说:"我是顺风耳朵千里眼?听到你们谈情说爱,看到你们 necking,就赶来了?"

彦成不服气说:"你看见我们了,是 necking 吗?"

"还有没看见的呢!从看到的,可以猜想到没看见的。"

"别胡说,丽琳,你亲眼看见了,屋子里还开着一扇窗呢。"

"可是书房比院子高出五六尺,开着窗,外边也看不见里边。况且开的是西头的窗,你们俩都在东头——真没想到,姚家还有这么一个幽会场所!"

彦成说:"我可以发誓,这是我第一次在那儿和姚宓见面。"

"见面!你们别处也见面啊!在那屋里,何止见面呀!"

彦成生气说:"哦!你是存心来抓我们的?"

丽琳说:"真对不起,打搅了你们。我要早知道,就识趣不来了——刚才是余楠来看我们。"

"他还等着我吗?"

"他亲自来请咱们吃饭,专请咱们俩。一会儿咱们到他家去。"

"你答应他了?"

"好意思不答应吗?他从前请过,你不领情。现在又不去,显得咱们闹情绪似的。组长赏饭,吃他的就完了。"

"有朱千里吗?"

"没说,大概没有。"

"哼,又是他的手段,拉拢咱们俩,孤立朱千里。"

他们说着话已经到家。丽琳一面找衣服，一面叹气说："我真得向你们两位道歉，打断了你们的绵绵情话。可是，她已经走到咱们中间来了，你们还说那些废话干吗呢！"

"我们是一片至诚的话。"

"'我们'！！你们两个成了'我们'了，我在哪儿呢？不是在你们之外吗？还说什么'不走到你们中间来'！多谢你们俩的'一片至诚'！我不用你们的'一片至诚'！她想破坏咱们的家庭吗？叫她试试！你想做对不起人的事吗？你也不妨试试！我会去告诉傅今，告诉范凡，告诉施妮娜、江滔滔，叫他们一起来治你！"

彦成气得说："你一个人去吃饭吧，我不去了。"

丽琳已经换好鞋袜，洗了一把脸，坐在妆台的大圆镜子前面，轻巧地敷上薄薄一层脂粉，唇上涂些天然色唇膏，换上衣服，对着穿衣镜扣扣子。她瞧彦成赌气，就强笑说：

"我都耐着气呢，你倒生我的气！咱们一家人不能齐心，只好让人家欺负了。"

"你不是和别人一条心吗？我等着你和别人一起来治我呢！"

"难道你已经干下对不起人的事了，怕得这样！你这会儿不去，算是扫我的面子呀？反正我的心你都当废物那样扔了，我的面子，你还会爱惜吗——还说什么对得起、对不起我！"

彦成心上隐隐作痛，深深抱愧，沉默了一会儿，他说："我对不起你。"

丽琳觉得这时候马上得出门做客，不是理论的时候。况且他们俩的事，也不是三言两语就说得完的。说得不好，彦成再闹别扭,自己下不来台。她瞥了彦成一眼,改换了口气说:"你不用换衣裳,照常就行。"

彦成忽见丽琳手提袋里塞着一盒漂亮的巧克力糖,他诧怪说:"这个干吗?"

"他家有个女儿啊,只算是送她的。你好意思空手上门吗?"

彦成乖乖地跟着丽琳出门。他心上还在想着姚宓,想着他们俩的深谈。

第 十 八 章

许彦成回来几天了。罗厚已经等待好久,准备他一回来就和他谈话。可是事到临头,罗厚觉得没法儿和许彦成谈,干脆和姚宓谈倒还合适些。

余楠定的新规章,每星期一下午,他的小组和苏联组在他家里聚会——也就是说,善保和姜敏都到他家去,因为施妮娜和江滔滔都下乡参与土改了。办公室里只剩了罗厚和姚宓两人。

罗厚想,他的话怎么开头呢?他不知从何说起,只觉得很感慨,所以先叹了一口气说:

"姚宓,我觉得咱们这个世界是没希望的。"

姚宓诧异地抬头说:"哟,你几时变得悲观了呀?"

"没法儿乐观!"

"怎么啦?你不是乐天派吗?"

"你记得咱们社的成立大会上首长讲的话吗?什么要同心协力呀,为全人类做出贡献呀,咱们的使命又多么多么重大呀……"

"没错啊。"

"首长废话!"

"咳,罗厚!小心别胡说啊!"

"哼!即小见大,就看看咱们这个小小的外文组吧。这一两年来,人人为自己打小算盘,谁和谁一条心了?除了老许,和你……"

姚宓睁大了眼睛,静静地注视着他。

"可是你们俩,只不过想学方芳!"

罗厚准备姚宓害臊或老羞成怒。可是她只微笑说:"哦!我说呢,你干吗来这么一套正经大道理!原来你到我书房里去过了。去乱翻了,是不是?还偷看。"

罗厚扬着脸说:"我才不偷看呢,我也没乱翻。我以为是什么正经东西。我要是知道内容,请我看都不要看。我是关心你们,急要知道是怎么回事。只怪我自己多事,知道了你们的心思又很同情。偏偏能帮忙的,只有我一人。除了我,谁也没法儿帮你们。我一直在等老许回来和他谈。现在他回来了,我又觉得和他谈不出口,干脆和你说吧。"

"说啊。可是我不懂你能帮什么忙,也不懂这和你的悲观主义有什么相干。"

"就因为帮不了忙,你们的纠缠又没法儿解决,所以我悲观啊!好好儿的,找这些无聊的烦恼干什么!一个善保,做了'陈哥儿',一会儿好,一会儿'吹',烦得要死。一个姜敏更花样了,又要打算盘,又要耍政治,又要抓对象。许先生也是不安分,好好儿的又闹什么离婚。你呢,连妈妈都不顾了,要做方芳了!"

姚宓还是静静地听着。

罗厚说："话得说在头里。我和你,河水不犯井水。我只是为了你,倒霉的是我。"他顿了一下说："我舅舅舅妈——还有你妈妈,都有一个打算——你不知道、我知道——他们要咱们俩结婚。你要做老许的方芳,只好等咱们结了婚,我来成全你们。我说明,我河水不犯你井水。"

姚宓看着他一本正经的脸,听着他荒谬绝伦的话,忍不住要大笑。她双手捧住脸,硬把笑压到肚里去。她说："你就做'傻王八'?"

"我是为你们诚心诚意地想办法,不是说笑话。"罗厚很生气。

姚宓并没有心情笑乐,只说："可你说的全是笑话呀!还有比你更荒谬的人吗?你仗义做乌龟,你把别人都看成了什么呢?——况且,你不是还要娶个粗粗壮壮、能和你打架的夫人吗?她不把我打死?"

罗厚使劲说："我不和你开什么玩笑,这又不是好玩儿的事。"

姚宓安静地说："你既然爱管闲事,我就告诉你,罗厚,我和许先生——我们昨天都讲妥了。我们当然不是只有一个脑袋、一对翅膀的天使,我们只不过是凡人。不过凡人也有痴愚的糊涂人,也有聪明智慧的人。全看我们怎么做人。我和他,以后只是君子之交。"

罗厚看了她半天,似信不信地说："行吗?你们骗谁?骗自己?"

"我们知道不容易,好比攀登险峰,每一步都难上。"

罗厚不耐烦说:"我不和你打什么比方。你们明明是男人女人,却硬要做君子之交。当然,男女都是君子,可是,君子之交淡如水,你们能淡如水吗?——不是我古董脑袋,男人女人做亲密的朋友,大概只有外国行得。"

"看是怎么样儿的亲密呀!事情困难,就做不到了吗?别以为只有你能做英雄好汉——当然,不管怎样,我该感谢你。许先生也会感谢你。可是他如果肯利用你,他成了什么了呢!"

罗厚着慌说:"你可别告诉他呀!"

姚宓说:"当然,你这种话,谁听了不笑死!我都不好意思说呢。况且,'若要人不知,除非己莫为',谁也帮不了忙。我认为女人也该像大丈夫一样敢作敢当。"

"你豁出去了?"罗厚几乎瞪出了眼睛。

姚宓笑说:"你以为我非要做方芳吗?我不过是同情他,说了一句痴话。现在我们都讲好了。我们互相勉励,互相搀扶着一同往上攀登,绝不往下滑。真的,你放心,我们绝不往下滑。我们昨天和杜先生都讲明白了。"

"告诉她干吗?气她吗?"

姚宓不好意思说给她撞见的事,只说:"叫她放心。"

罗厚说:"啊呀,姚宓,你真傻了!她会放心吗?好,以后她会紧紧地看着你,你再也别想做什么方芳了!我要护你都护不成了。"

姚宓说:"我早说了不做方芳,绝不做。你知道吗,'月盈则亏',我们已经到顶了,满了,再下去就是下坡了,就亏了。"

罗厚疑疑惑惑对姚宓看了半晌说:"你好像顶满足,顶自信。"

姚宓轻轻吁了一口气,摇摇头说:"我不知道。我也没有自信。"

　　罗厚长吁短叹道:"反正我也不懂,我只觉得这个世界够苦恼的。"

　　他们正谈得认真,看见杜丽琳到办公室来,含笑对他们略一点头,就独自到里间去看书,直到许彦成来接她。四个人一起说了几句话,又讲了办公室的新规章,两夫妇一同回去。

　　罗厚听了姚宓告诉他的话,看透许杜夫妇俩准是一个人监视着另一个。等他们一走,忍不住对姚宓做了一个大鬼脸,跷起大拇指说:"姚宓,真有你的!不露一点声色。善保和姜敏假如也在这儿,善保不用说,就连姜敏也看不破其中奥妙,还以为他们两口子亲密得很呢!"他瞧姚宓咬着嘴唇漠无表情,很识趣地自己看书去了。

　　且说许杜夫妇一路回家,彼此并不交谈。

　　昨天他们从余楠家吃饭回家,彦成说了一句"余太太人顶好"。丽琳就冷笑说:"余楠会觉得她好吗?"彦成就封住口,一声不言语。

　　丽琳觉得彦成欠她一番坦白交代。单单一句"我对不起你",就把这一切岂有此理的事都盖过了吗?他不忠实不用说,连老实都说不上了。她等了一天。第二天他还是没事人一般。

　　彦成却觉得他和姚宓很对得起杜丽琳。姚宓曾和他说:"咱们走一步,看一步,一步都不准错。走完一步,就不准缩脚退步,就是决定的了。"彦成完全同意。他们一步一步理论,一点一点决定。虽然当时她的脸靠在他膝上,他的手搭在她臂上,那不过是两人同心,一起抉择未来的道路。

彦成如果早听到丽琳的威胁,准照样回敬一句:"你也试试看!"她要借他们那帮人来挟制他,他是不吃的。他虽然一时心软,说了"我对不起你",却觉得他和姚宓够对得起她的。姚宓首先考虑的是别害他辜负丽琳。丽琳却无情无义,只图霸占着他,不像姚宓,为了他,连自身都不顾。所以彦成觉得自己理长,不屑向丽琳解释。况且,怎么解释呢?

他到家就打算钻他的"狗窝"。

丽琳叫住了他说:"昨天的事,太突兀了。"

她向来以为恋爱掩盖不住,好比纸包不住火。从前彦成和姚宓打无线电,她不就觉察了吗。游香山的事她动过疑心,可是她没抓住什么,只怕是自己多心。再想不到他们俩已经亲密到那么个程度了!好阴险的女孩子!她那套灰布制服下面掩盖的东西太多了!丽琳觉得自己已经掉落在深水里,站不住脚了。彦成站在"狗窝"门口,一声不响。

丽琳干脆不客气地盘问了:"她到底是你的什么?"

"你什么意思?"彦成瞪着眼。

"我说,你们是什么关系?她凭什么身份,对我说那种莫名其妙的话?"

彦成想了一想说:"我向她求婚,她劝我不要离婚。"

"我不用她的恩赐!"丽琳忍着气。

彦成急切注视着她,等待她的下一句。可是丽琳并不说宁愿离婚,只干笑一声说:"我向你求婚的时候,也没有她那样嗲!"

彦成赶紧说:"因为她在拒绝我,不忍太伤我的心。"

"拒绝你的人,总比求你的人好啊!"丽琳强忍着的眼泪,簌簌地掉下来。

彦成不敢说姚宓并不是不愿意嫁他而拒绝他。他看着丽琳流泪,心上也不好受。他默默走进他的"狗窝",一面捉摸着"我不用她的恩赐"这句话的含义。她是表示她能借外力来挟制他吗?不过他又想到,这也许是她灰心绝望,而又感到无所依傍的赌气话,心上又觉抱歉。

丽琳留心只用手绢擦去颊上的泪,不擦眼睛,免得红肿。她不愿意外人知道。她是爱面子的。不过彦成如要闹离婚,那么,瞧着吧,她绝不便宜他。

他们两人各自一条心,日常在一起非常客气,连小争小吵都没有,简直"相敬如宾"。彦成到姚家去听音乐,免得丽琳防他,干脆把她送到办公室,让她监守着姚宓。他从姚家回来就到办公室接她。不知道底里的人,准以为他们形影不离呢。

不过他们两人这样相持的局面并不长。因为"三反"运动随后就转入知识分子的领域了。

第三部　沧浪之水清兮

第 一 章

朱千里懵懵懂懂地问罗厚："听说外面来了个'三反',反奸商,还反谁?"

"'三反'就是'三反'。"罗厚说。

"反什么呢?"

"一反官僚主义,二反贪污,三反浪费。"

朱千里抽着他的臭烟斗,舒坦地说:"这和我全不相干。我不是官,哪来官僚主义?我月月领工资,除了工资,公家的钱一个子儿也不沾边,贪污什么?我连自己的薪水都没法浪费呢!一个月五块钱的零用,烟卷儿都买不起,买些便宜烟叶子抽抽烟斗,还叫我怎么节约!"

因此朱千里泰然置身事外。

群众已经组织起来,经过反复学习,也发动起来了。

朱千里只道新组长的新规章严厉,罗厚没工夫到他家来。他缺了帮手,私赚的稿费未及汇出,款子连同汇票和一封家信都给老婆发现。老婆向来怀疑他乡下有妻子儿女,防他寄家用。这回抓住证据,气得狠狠打了他一个大嘴巴子,顺带抓一把脸皮,留下四条血痕。朱千里没面目见人,声称有病,躲在家里不敢出门。

他渐渐从老婆传来的话里,知道四邻的同志们成天都在开会,连晚上都开,好像三反反到研究社来了。据他老婆说,曾有人两次叫他开会,他老婆说他病着,都推掉了。朱千里有点儿不放心。最近又有人来通知开紧急大会,叫朱先生务必到会。朱千里得知,忽然害怕起来,想事先探问一下究竟。

他脸上的伤疤虽然脱掉了,红印儿还隐约可见,只好装作感冒,围上围巾,遮去下半部脸,出来找罗厚。办公室里不见一人,据勤杂工说,都在学习呢。学习,为什么都躲得无影无踪了呢?他觉得蹊跷。

他和丁宝桂比较接近,想找他问问,只不知他是否也躲着学习呢。他跑到丁家,发现余楠也在。

朱千里说:"他们年轻人都在学习呢。学习什么呀?学习三反吗?咱们老的也学习吗?"

丁宝桂放低了声音诧怪说:"你没去听领导同志的示范检讨吗?"

朱千里说他病了。

余楠说:"没来找你吗?朱先生,你太脱离群众了。"

朱千里懊丧说:"我老伴说是有人来通知我的,她因为我发烧,没让我知道。"

余楠带些鄙夷说:"明天的动员报告,你也不知道吧?"余楠和朱千里互相瞧不起,两人说不到一块儿。这时朱千里只好老实招认,只知道有个要紧的会,却不知道究竟是什么会。

丁宝桂说:"老哥啊,三反反到你头上来了,你还在做梦呢!"

"反我?反我什么呀?"朱千里摸不着头脑,可是瞧他们惶惶不安的样儿,也觉得有点惶惶然。

据丁宝桂和余楠两人说,社里的运动开始得比较晚了些。不过,傅今和范凡都已经做过示范检讨。傅今检讨自己入党的动机不纯。他因为追求资产阶级的女性没追上,争口气,要出人头地,想入党做官。群众认为他检讨得不错,挖得很深,挖到了根子。范凡检讨自己有进步包袱,全国解放后脱离了人民,忘了本,等等。群众对两位领导的检讨都还满意。理论组的组长检讨自己自高自大,目无群众,又为名为利,一心向上爬。现当代组的组长检讨自己好逸恶劳,贪图享受。群众还在向他们提意见。后一个是不老实,前一个是挖得不深。古典组和外文组落后了,还没有动起来。因为丁宝桂不过是个小组长(古典组的召集人已由年轻的组秘书担任)。他也并没有意识到自己该做什么检讨。汪勃是兼职,运动一开始就全部投入学校的运动了。外文组的余楠是新任的组长,范凡并没有要求他做检讨。图书资料室也没动,施妮娜还和江滔滔同在乡间参加土改,一时不会回来。据说运动要深入,下一步要和大学里一个模式搞。所以要召开动员大会。

丁宝桂嘀咕说:"我又没有追求什么资产阶级女性,叫我怎么照模照样的检讨呢?我也没有自高自大,也不求名,也不求利,也不想做官……"余楠打断他说:"你倒是顶美的!你那一套是假清高,混饭吃!"

丁宝桂叹气说:"我可没本事把自己骂个狗血喷头。我看那两个示范的检讨准是经过什么'核心'骂来骂去骂出来的。只要看看理论组组长和现当代组组长的检讨,都把自己骂得简直不堪了,群众还说是'不老实','很不够'。"

余楠原是为了要打听"大学里的模式"是怎么回事。丁宝桂有旧同事在大学教课,知道详情。可是丁宝桂只说:

"难听着呢!叫什么'脱裤子,割尾巴'!女教师也叫她们脱裤子?!"

朱千里乐了。他说:"狐狸精脱了裤子也没有尾巴,要喝醉了酒才露原形呢。"

丁宝桂说:"哟!你倒好像见过狐狸精的!"

余楠不愿意和他们一起说怪话。和这一对糊涂虫多说也没用,还是该去探问一下许彦成夫妇。他觉得许彦成虽然落落难合,杜丽琳却还近情。上次他请了一顿饭,杜丽琳不久就还请了。他从丁家辞出,就直奔许家。

杜丽琳在家。如今年轻人天天开会,外文组的办公室里没人坐班了,余楠自己也不上班了。丽琳每天下午也不再到办公室去。她和彦成暂且除去前些时候的隔阂,常一同捉摸当前的形势,讨论他们各自的认识。

余楠来访,丽琳礼貌周全地让座奉茶,和悦地问好。余楠问起许彦成,丽琳只含糊说他出去借书了。余楠怀疑丽琳掩遮着什么。可是问到大学里的三反,她很坦率地告诉余楠,叫"洗澡"。每个人都得洗澡,叫做"人人过关"。至于怎么洗,她也说不好,只知道职位高的,校长院长之类,洗"大盆",职位低的洗"小盆",不大不小的洗"中盆"。全体大会是最大的"大盆"。人多就是水多,就是"澡盆"大。一般教授,只要洗个"小盆澡",在本系洗。她好像并不焦心。

余楠告辞时谢了又谢,说如果知道什么新的情况,大家通通气。丽琳不假思考,一口答应。

彦成这时候照例在姚家。不过这是他末了一次和姚太太同听音乐。姚太太说：

"彦成，现在搞运动呢。你得小心，别到处串门儿，看人家说你'摸底'，或是进行什么'攻守同盟'。"

这大概是姚宓透露的警告吧？他心虚地问："人家知道我常到这儿来吗？"

"总会有人知道。"

"那我就得等运动完了再来看伯母了，是不是？"

姚太太点头。

彦成没趣，坐了一会儿就起身说："伯母，好好保重。"

姚太太说："你好好学习。"

彦成快快辞出，默默回家。他没敢把姚太太的话告诉丽琳。不过，他听丽琳讲了余楠要求通通气，忙说：

"别理他。咱们不能私下勾结。"

丽琳说："咱们又没做贼，又没犯罪。"

彦成说："反正听指示吧。该怎么着，明天动员报告，领导会教给咱们。"丽琳瞧他闷闷地钻入他的"狗窝"，觉得他简直像挨了打的狗，夹着尾巴似的。

第 二 章

范凡做了一个十分诚挚的动员报告。大致说：

"新中国把旧知识分子全部包下来了，指望他们认真改造自我，努力为人民做出贡献。可是，大家且看看这一两年的成绩吧。大概每个人都会感到内心惭愧的。质量不高，数量不多，错误却不少。这都是因为旧社会遗留下来的封建思想和资产阶级思想使我们背负着沉重的包袱,束缚了我们的生产力,以致不能充分发挥作用,为当前的需要努力。大家只是散乱地各在原地踏步。我们一定要抛掉我们背负的包袱,轻装前进。

"要抛掉包袱,最好是解开看看,究竟里面是什么宝贝,还是什么肮脏东西。有些同志的旧思想、旧意识,根深蒂固,并不像身上背一个包袱,放下就能扔掉,而是皮肤上陈年积累的泥垢,不用水着实擦洗,不会脱掉;或者竟是肉上的烂疮,或者是暗藏着尾巴,如果不动手术,烂疮挖不掉,尾巴也脱不下来。我们第一得不怕丑,把肮脏的、见不得人的部分暴露出来;第二得不怕痛,把这些部分擦洗干净,或挖掉以至割掉。

"这是完全必要的。可是要做到这一点,首先得本人自觉自愿。改造自我,是个人对社会的负责,旁人不能强加于他。本人有觉悟,有要求,群众才能从旁帮助。如果他不自觉,不自愿,捂着自己的烂疮,那么,旁人尽管闻到他的臭味儿,也无法为他治疗。所以每个人首先得端正态度。态度端正了,旁人才能帮他擦洗垢污,切除或挖掉腐烂肮脏或见不得人的部分。"

他接下讲了些端正态度的步骤。他组织几位老知识分子到城里城外的几所大学去听些典型报告,让他们照照镜子,看看榜样。然后开些座谈会交流心声。然后自愿报名,请求帮助和启发。

动员大会是在大会议室举行的。满座的年轻人都神情严肃,一张张脸上漠无表情,显然已经端正态度,站稳立场。丁宝桂觉得他们都变了样儿:认识的都不认识了,和气的都不和气了。朱千里本来和大家不熟,只觉得他们严冷可怕。就连平日和年轻人相熟的许彦成,也觉得自己忽然站到群众的对立面去了。他们几个"旧社会过来的知识分子"觉得范凡的话句句是针对他们说的。这虽然不能表明他们知罪,至少可见那些话全都正确。他们还未及考虑自己是否问心有愧,至少都已觉得芒刺在背。

大会散场,丁宝桂不敢再和朱千里胡说乱道,怕他没头没脑地捅出什么话来。朱千里也有了戒心,对谁都提防几分。余楠更留心不和他们接近。他们这一伙旧社会过来的资产阶级知识分子驯服地按照安排,连日出去旁听典型报告。不仅听本人的自我检讨,也听群众对这些检讨提出来的意见。意见都很尖锐,"帮助"大而肯定少。他们还时时听到群众逢到检讨者"顽抗"而发出愤怒的吼声。这仿佛威胁着他们自己,使他们胆战心惊。

丁宝桂私下对老伴儿感叹说:"我现在明白了,一个人越丑越美,越臭越香。像我们这种人,有什么可检讨的呢。人越是作恶多端,越是不要脸,检讨起来才有话可说,说起来也有声有色,越显得觉悟高,检讨深刻。不过,也有个难题。你要是打点儿偏手,群众会说你不老实,狡猾,很不够。你要是一口气说尽了,群众再挤你,你添不出货了,怎么办呢?"

朱千里觉得革命群众比自己的老婆更难对付。他私赚了稿费,十次里八次总能瞒过。革命群众却像千只眼,什么都看得见。不过,守在他身边的老婆都能对付,革命群众谅必也能对付。兵来将挡,水来土掩,走着瞧吧。

余楠听了几个典型报告,十分震动,那么反动的思想,他们竟敢承认,当然是不得不承认了。他余楠可以把自己暴露到什么程度呢?他该怎么招供呢?

许彦成和杜丽琳认真学习,一面听报告,一面做笔记。每听完一个报告,先在笔记上写下自己的批语,如老实不老实,深刻不深刻等等。不过他们认为诚恳深刻的,群众总说不老实,狡猾。下一次再听这人重做检讨,总证实他确实不够坦白,的确隐瞒了什么。两人回家讨论,不免心服群众水平高,果然是眼睛雪亮。好在群众眼睛雪亮,可以信任他们。夫妇俩互相安慰说:"反正咱们老老实实把包袱底儿都抖搂出来就完了。"

他们听了好些检讨和批判,范凡就召集他们开一个交流心得的座谈会。除了他们几个"老知识分子",旁听的寥寥无几。

余楠第一个发言,说他看到资产阶级知识分子的丑恶,震撼了灵魂。他从没有正视过自己,不知道自己有多臭多脏。他愿意在群众的帮助下,洗个干净澡,脱胎换骨。

丁宝桂因为到会的人不多,而且不是什么检讨会,只是交流心得,所以很自在。他改不了老脾气,只注意人家字眼儿上的毛病,脱口说:"哎,洗个澡哪会脱胎换骨呀!——我是说,咱们该实事求是。"

朱千里打圆场说:"这不过是比喻,不能死在句下。洗澡是个比喻,脱胎换骨也是比喻。只是比在一起,比混了。我但愿洗个澡就能脱胎换骨呢!"

余楠生气说:"我建议大家严肃些!咱们这时候还有心情开玩笑说这些无原则的话吗?"

杜丽琳忙插口表白自己和余楠有同样的感受,要求洗心革面,重新做人。

彦成很真诚地说:"我常看到别人这样不好、那样不好,自己却是顶美的。现在听了许多自我检讨和群众的批判,才看到别人和我一样的自以为是,也就是说,我正和别人一样地这样不好、那样不对。我得客观地好好检查自己,希望能得到群众的帮助。"

丁宝桂忽然明白,这是个表态的会,忙也说,他赞成"洗心革面"的词儿,说他听了这许多检讨和批判,感到非常惶恐,自惭糊涂半生,一向没有认识自己,渴望群众给他帮助,让他自新。

朱千里忙也郑重声明:他需要群众的帮助和启发,让他能找到自新的途径。

范凡赞许了各位先生的觉悟,宣布散会。散会后,他和到会旁听的几人磋商一番,安排怎么给予帮助和启发。

第 三 章

也许丁宝桂的问题最简单,也许丁宝桂的思想最落后,他是第一个得到启发和帮助的人。

会仍在会议室开。到会的人不多,只坐满了中间长桌的周围。几个等待洗澡的"老先生"都到了。他们没看见一个同组的熟人。参加这个会的都只在大会上见过几面,大约都是些理论组和现当代组的进步干部。丁宝桂看着一个个半陌生的脸都漠无表情——不仅冷漠,还带些鄙夷,或者竟是敌意,不免惴惴不安。

主席是一位剃了光头的中年干部,丁宝桂也不知他的姓名。他说明这个会是应丁先生的要求,给他点儿启发和帮助的。丁宝桂对"帮助"二字另有见地。他认为帮助就是骂,就是围攻,所以像一头待宰的猪,抖抖索索地等待开刀。

经过一番静默,一个微弱的声音迟迟疑疑提出一个问题:"丁先生对共产党是什么看法?"

丁宝桂暗暗松了一口气,忙回答说:"共产党是全国人民的大救星。"

长桌四周一个个冷漠的脸上立刻凝出一层厚厚的霜。

丁宝桂以为自己回答得太简略,忙热情歌颂一番,连"推倒三座大山"都背出来。可是谁也不理他。谁都没有表情。

丁宝桂慌了。他答得对吗?"很不够"吗?他停顿了一下说:"请再问吧。"好像他是面对着一群严峻的考官。

主席说:"行了,丁先生显然不需要启发或帮助。散会。"

丁宝桂着急说:"请不吝指教,给我帮助呀。"

主席说:"丁先生,你还没有端正态度,你还在抗拒。"

长桌周围的人都合上笔记本,纷纷站起来。

丁宝桂好似丈八的金刚,摸不着头脑。他想:"你们问我,我马上回答了,还是抗拒吗?该怎么着才算端正态度呀?"当然他只是心上纳闷,并不敢问。

余楠忙说:"请在座的给我一点启发和帮助吧?"

杜丽琳也说:"我们都等待帮助和启发呢。"

主席做手势叫大家坐下。

沉默了一会儿,一个声音诧怪说:"听说有的夫妻,吵架都用英语。"

许彦成瞪着眼问:"谁说的?"

没人回答。合上的笔记本压根儿没打开,到会的人都呆着脸陆续散出,连主席也走了。剩下五个肮脏的"浴客"面面相觑。

丽琳埋怨说:"彦成,你懂不懂? 这是启发。"

余楠也埋怨说:"瞧,好像我们都在抗拒似的。"

朱千里很聪明地耸耸肩,做了个法兰西式的姿势,表示鄙夷不屑。

五个人垂头丧气,四散回家。

过了一天,才第二次开会。这次是启发和帮助余楠。到会的人比帮助和启发丁宝桂的那次会上多。沿墙的椅子都坐满了。外文组的几个年轻人都出席,只是一个也没有开口。

主席仍旧是那位剃光头的中年干部。余楠表示自己已端正了态度,要求同志们给予启发和帮助。

第一个启发,和丁宝桂所得的一模一样。余楠点点头,在自己的笔记本上写下。

有人很谨慎地问:"余先生也是留美的?"

余楠好像参禅有所彻悟,又点点头记下。

"听说余先生是神童。"

余楠得意得差点儿要谦逊几句,可是他及时制止了自己,仍然摆出参禅的姿态,一面细参句意,一面走笔记下。

忽有人问:"余先生是什么时候到社的?"

余楠觉得一颗心沉重地一跳,不禁重复了人家的问句:"什么时候到社的?"

问的人不多说,只重复一遍:"什么时候到社的?"

余楠不及点头,慌忙记下。

好像给他的启发已经够多,没人再理会他。

就在这同一个会上,接下来受启发的是朱千里。很多人踊跃提问:"朱先生哪年回国的?"

"朱先生为什么回国?"

"朱先生有很多著作吧?"

"什么时候写的?"

"朱先生是名教授,啊?"

"朱先生对抗美援朝怎么看法?"

"朱先生还有个洋夫人呢,是不是?"

"朱先生的稿费不少吧?"

朱千里从容一一记下。他收获丰富,暗暗得意。

有人对许彦成和杜丽琳也提出一个问题,问他们为什么回国。

以后大家便不说话了。

丁宝桂哭丧着脸为自己辩解说:"我上次不是抗拒。"可是谁也不理他。

这天的会,就此结束。

许彦成回家说:"我还是不懂。当然我也没有开口。'为什么回国?'这又有什么奥妙?夫妻吵架用英语,又怎么着?咱们这一程子压根儿没吵架。准是李妈听见咱们说英语,就胡说咱们吵架。"

丽琳说:"我想他们准来盘问过咱们的李妈。因为我听说他们都动员爱人帮助洗澡。他们没来动员我,大约咱们是同在一组,对我来问这问那,怕露了底。"

彦成皱眉说:"也不知李妈胡说了些什么。"

丽琳说:"他们要提什么问题,总是拐弯儿抹角地提一下,叫你好好想想。反正每一句话里,都埋着一款罪状,叫你自己招供。"

彦成忽有所悟:"我想,丽琳,'吵架也用英语'和'月亮也是外国的圆'一个调儿。就是说,咱们是'洋奴'——这话我可不服!咱们倒是洋奴了!"

"留学的不是洋奴是什么?"

"洋奴为什么不留在外国呢?"

"留在外国无路可走,回国有利可图,还可以捞资本,冒充进步。"

彦成想一想说:"哦!进步包袱!"

他叹气想:"为什么老把最坏的心思来冤我们呢?"

丽琳说:"你不是要求客观吗?你得用他们的目光来衡量自己——你总归是最腐朽肮脏的人。"

"资产阶级没有好人。争求好,全是虚假,全是骗人!"彦成不服气。

丽琳忽然聪明了。"也许他们没错。比如我吧,我自以为美,人家却觉得我全是打扮出来的。这里描描,那里画画,如果不描不画,不都是丑吗?我自己在镜子里看惯了,自以为美。旁人看着,只是不顺眼。"

彦成听出她的牢骚,赌气说:"旁人是谁?"

丽琳使气说:"还是我自己的丈夫呢!"

"这可是你冤我。"

"我冤你!你不妨暂时撇开自己,用别人的眼光来看看自己呀。你是忠实的丈夫!你答应对我不撒谎的!可是呢……"

彦成觉得她声音太高,越说越使气,立刻改用英语为自己辩解。

丽琳没好气地笑说:"可不是吵架也用英语?"

彦成气呼呼地,一声不响。

过两天,在他们俩的要求下,单为他们开了一个小会,给了些启发和帮助。回家来彦成说:

"洋奴是奴定了。还崇美恐美——这倒也不冤枉。我的确发过愁,怕美国科学先进,武器厉害。"

丽琳说:"看来我比你还糟糕。我是祖祖辈辈吸了劳动人民的血汗,吃剥削饭长大的。我是'臭美',好逸恶劳,贪图享受,混饭吃,不问政治,不知民间疾苦,心目中没有群众……"

彦成说:"他们没这么说。"

"可我得这么认啊!"

"你也不能一股脑儿全包下来。"

"当然不,可是我得照这样一桩桩挖自己的痛疮呀。"

彦成忽然说:"我听人家议论,现当代组那个好逸恶劳的组长,检讨了几次还没通过,好像罪名也是什么资产阶级思想。他是好出身,又是革命队伍里的,哪来资产阶级思想呢?难道是咱们教给他的?"

丽琳想了想说:"不用教,大概是受了咱们这帮人的影响,或是传染……"

"这笔账怎么算呢? 都算在咱们账上?"

两人呆呆地对看着。

第 四 章

朱千里回到家里,他老婆告诉他:"他们要我'帮助'你,我可没说什么。咱们胳膊折了往里弯! 我只把你海骂了一通。"

"海骂?骂什么呢?"

"家常说的那些话呀。"

"哪些话?"

他老伴儿扭过头去,鼻子里出气。"瞧!天天说了又说,他都没听见。"

朱千里没敢再问。想来,稿费呀什么的,就是他老婆说的。

他虽然从群众嘴里捞得不少资料,要穿成一篇检讨倒也不是容易。他左思右想,东挖西掘,睡也睡不稳,饭也吃不下。他原是个瘦小的人,这几天来消瘦得更瘦小了。原先灰白的头发越显灰白,原来昏暗的眼睛越发昏暗,再加失魂落魄,简直像个活鬼。他平日写文章,总爱抽个烟斗,这会子连烟斗都不抽了。他老婆觉得事态严重,连"海骂"都暂时停止。

朱千里觉得怎么也得洗完澡,过了关,才松得下这口气。权当生了重病动手术吧,得咬咬牙,拼一拼。

专门帮助他的有两三人。他们找他谈过几次话。

"帮助"和"启发"不是一回事。"启发"只是不着痕迹地点拨一句两句,叫听的人自己觉悟。"帮助"却像审问,一面问,一面把回答的话仔细记下,还从中找出不合拍的地方,换个方向突然再加询问。他们对伪大学教授这个问题尤其帮助得多。他们有时两人,有时三人,有"红面",也有"白面"。经过一场帮助就是经过一番审讯。

朱千里从审讯中整理出自己的罪状,写了一个检讨提纲,分三部分:

1. 我的丑恶。下面分:(1)现象;(2)根源。

2. 我的认识。

3. 我的决心。

他按照提纲,对帮助他的两三人谈了一个扼要。凭他谈的扼要,大体上好像还可以。也许还不大够格,不过他既有勇气要求在大会上做检讨,他们就同意让他和群众思想上见见面。他们没想到这位朱先生爱做文章,每个细节都不免夸张一番,连自己的丑恶也要夸大其词。

他先感谢革命群众不唾弃他,给他启发,给他帮助,让他能看到自己的真相,感到震惊,感到厌恶,从此下决心痛改前非。于是他把桌子一拍说:

"你们看着我像个人样儿吧?我这个丧失民族气节的'准汉奸'实在是头上生角,脚上生蹄子,身上拖尾巴的丑恶的妖魔!"

他看到许多人脸上的惊诧,觉得效果不错,紧接着就一口气背了一连串的罪状,夹七夹八,凡是罪名,他不加选择地全用上。背完再回过来,一项项细说。

"我自命为风流才子!我调戏过的女人有一百零一个。我为她们写的情诗有一千零一篇。"

有人当场打断了他,问为什么要"零一"?

"实报实销,不虚报谎报啊!一人是一人,一篇是一篇。我的法国女人是第一百名,现任的老伴儿是一百零一。她不让我再有'零二'——哎,这就说明她为什么老抠着我的工资。"

有人说:"朱先生,你的统计正确吧?"

朱先生说:"依着我的老伴儿,我还很不老实,我报的数字还是很不够的。"

有人笑出声来,但笑声立即被责问的吼声压没。

有人愤怒地举起拳头来喊口号："不许朱千里胡说乱道,戏弄群众!"

群众齐声响应了一两遍。

另一人愤怒地喊:"不许朱千里丑化运动!"

群众齐声响应了三四遍。

接着是一片声的"打下去!打下去!"

朱千里傻站着说不下去了。帮助他的那几个人尤其愤怒。一人把脸凑到他面前说:

"你是要我们玩儿吗?你知道我们为了研究你的问题,费了多少时间和精力吗?"

朱千里抱歉说:"我为的是不辜负你们的一片心,来一个彻底的交代呀。"

五年十年以后,不论谁提起朱千里这个有名的检讨,还当做笑话讲。可是当时的朱千里,哪会了解革命群众的真心诚意呢!哪会知道他们都经过认真的学习,不辞烦劳地搜集了各方揭发的资料,结合他本人的政治表现,来给予启发和帮助,叫他觉悟,叫他正视自己的肮脏嘴脸,叫他自觉自愿地和过去彻底决裂,重做新人。朱千里当时远没有开窍,以为使出点儿招数,就能过关。大火烧来,他就问罗刹女借一把芭蕉扇来扇灭火焰,没知道竟会越扇越旺的。他尽管自称来个彻底检查,却是扁着耳朵,夹着尾巴,给群众赶下来。

愤怒的群众说:"朱千里!你回去好好想想!"

朱千里像雷惊的孩子,雨淋的蛤蟆,呆呆怔怔,家都不敢回。

第 五 章

余楠虽然没有跟着革命群众喊口号,或呵骂朱千里,却和群众同样愤怒。这样严肃的大事,朱千里跑来开什么玩笑吗?真叫人把知识分子都看扁了。

他苦思冥想了好多天。自我检讨远比写文章费神,不能随便发挥,得处处扣紧自己的内心活动。他茶饭无心,只顾在书房里来回来回地踱步。每天老晚上床,上了床也睡不着,睡着了会突然惊醒,觉得心上压着一块石头。他简直像孙猴儿压在五行山下,怎么样才能巧妙地从山石下脱身而出呢?

他听过几次典型报告之后,有一个很重要的心得。他告诉宛英,怎么也不能让群众说一声"不老实",得争取一次通过。最危险的是第一次通不过再做第二次。如果做了一次又做一次,难保前后完全一致;如有矛盾,就出现漏洞了,那就得翻来覆去地挨骂,做好几次也通不过。

他很希望善保来帮助他。可是这多久善保老也不到他家来,远远看见他也只呆着脸。大概群众不让善保来,防他向善保摸底。他多么需要摸到个着着实实的底呀!可是他只好暗中摸索。帮助他的小组面无表情,只叫他再多想想。等他第三次要求当众检讨,他们没有阻挠。余楠自以为初步通过了。

帮助他的小组曾向宛英做思想工作,宛英答应好好儿帮助余楠检查,所以她很上心事,要余楠把检讨稿先给她看看。她看完竟斗胆挑剔说:

"你怎么出身官僚家庭呢?我外公的官,怎么到了你祖父头上呢?"

余楠不耐烦说:"你的外公,就等于我的祖父,一样的。你不懂。这是我封建思想、家长作风的根源。"

宛英说:"他们没说你家长作风。"

"可是我当然得有家长作风啊——草蛇灰线,一路埋伏,从根源连到冒出来的苗苗,前后都有呼应。"

他不耐烦和死心眼儿的宛英讨论修辞法,只干脆提出他最担心的问题。

"我几时到社的?当然是晚了些。为什么晚?问题就在这里。怎么说呢?"

"你不是想出洋吗?"宛英提醒他。

余楠瞪出了眼睛:"你告诉他们了?"

"我怎会告诉他们呢。"

"那就由我说。我因为上海有大房子,我不愿意离开上海。我多年在上海办杂志,有我的地盘。这都表现我贪图享受,为名为利,要做人上人——这又联到我自小是神童……"

余楠虽然没有像朱千里那样变成活鬼,却也面容憔悴,穿上蓝布制服,不复像猪八戒变的黄胖和尚——黄是更黄些,还带灰色,胖却不胖了,他足足减掉了三寸腰围。他比朱千里有自信,做检讨不是什么"咬咬牙""拼一拼"。因为他自从到社以来,一贯表现良好,向来是最要求进步的。他自信政治嗅觉灵敏过人,政治水平高出一般。每次学习会上,他不是第一个开炮定调子,就是末一个做总结发言。这次他经过深刻反省,千稳万妥地写下检讨稿,再三斟酌,觉得无懈可击,群众一定会通过。他吩咐宛英准备点儿好酒,做两个好菜。今晚吃一顿好晚饭慰劳自己。

那次到会的人不少,可算是不大不小的"中盆澡"。余楠不慌不忙,摆出厚貌深情的姿态,放出语重心长的声调,一步一检讨,从小到大,由浅入深,每讲到痛心处,就略略停顿一下,好像是自己在胸口捶打一下。他万想不到检讨不到一半,群众就打断了他。他们一声声地呵斥:

"余楠!你这头狡猾的狐狸!"

"余楠!你把自己包裹得严严密密,却拿些鸡毛蒜皮来搪塞!"

"余楠休想蒙混过关!"

"群众的眼睛是雪亮的!"

"余楠!你滑不过去!"

"不准余楠捂盖子!"

余楠觉得给人撕去了脸皮似的。冷风吹在肉上只是痛,该怎么表态都不知道了。

忽有人冷静地问:"余楠,能讲讲你为什么要卖五香花生豆儿吗?"

余楠轰去了魂魄,张口结舌,心上只说:"完了,完了。"

他回到家里,犹如梦魇未醒。宛英瞧他面无人色,忙为他斟上一杯热茶。不料他接过来啪嚓一声,把茶杯连茶摔在地上,砸得粉碎。他眼里出火说:

"我就知道你是个糊涂蛋!群众来钓鱼,你就把鱼缸连水一起捧出来!"

宛英说:"我什么都没告诉他们,只答应尽力帮助你。"

"卖五香花生谁说的?除了你还有谁?"

宛英呆了一呆,思索着说:"你跟阿照说过吗?或者咱们说话,她在旁边听见了?"

余楠立即冷下来——不是冷静而是浑身寒冷。他细细寻思,准是女儿把爸爸出卖给男朋友了。人家是解放军出身,能向着他吗?非我族类呀!

他忽然想到今晚要庆祝过关的事,忙问宛英:"阿照知道你今晚为我预备了酒菜吗?"

宛英安慰他说:"不怕,只说我为你不吃不睡,哄你吃点儿东西,补养精神。"

余楠又急又怕,咬牙切齿地痛骂善保没良心,吃了他家的好饭好菜,却来揭他的底。他不知道该怪自己在姜敏面前自吹自擂闯下了祸。可怜善保承受着沉重的压力。姜敏怨恨他,说他是余楠选中的女婿,不但自己该站稳立场,还应该负责帮助余楠改造自我。她听过余楠的吹牛和卖弄,提出余楠有许多问题。她不知道详情,善保应该知道。善保只好探问余照。他和余照都是一片真诚地投入运动,要帮助余楠改造思想。余楠却是一辈子也没有饶恕陈善保。他始终对"年轻人""怕得要死,恨得要命",从来不忘记告诫朋友对"年轻人"务必保持警惕。善保终究没有成为他家的女婿,不过这是后话了。

余楠经宛英提醒,顿时彻骨寒冷。余照最近加入了青年团,和家里十分疏远。而且,余楠几乎忘了,他还有两个非常进步的儿子呢。卖五香花生的话,他们兄弟未必知道。可是他们知道些什么,他实在无从估计。

宛英亲自收拾了茶杯的碎片和地上一摊茶水。两口子说话也放低了声音。可怜余楠在宛英面前都矮了半截。

第 六 章

革命群众不断地号召资产阶级知识分子:别存心侥幸,观望徘徊,企图蒙混过关;应该勇敢地跳进水里,洗净垢污,加入人民的队伍;自外于人民就是自绝于人民,绝没有好结果。

杜丽琳虽然在大学里学习远远跟不上许彦成,在新社会却总比彦成抢前一步。该说什么,该做什么,她从不像彦成那样格格不吐,迟迟不前。她改不了的只是她那股子"帅"劲儿。她近来的打扮稍稍有所改变:不穿裙子而穿西装长裤,披肩的长发也逐渐剪短。她早已添置了两套制服,只是不好意思穿。帮助她"洗澡"的小组有一位和善的女同志,曾提问:"为什么杜先生叫人不敢接近?""为什么杜先生和我们中间总存着一些距离?"丽琳立即把头发剪得短短的,把簇新的制服用热肥皂水泡上两次,看似穿旧的,穿上自在些。小组的同志说她有进步,希望她表里如一。他们听过她的初步检讨,提了些意见,就让她当众"洗澡"。

丽琳郑重其事,写了个稿子,先请彦成听她念一遍,再给帮助她的小组看。

彦成听了她的开头:"我祖祖辈辈喝劳动人民的血,骑在他们头上作威作福,饭来开口,衣来伸手,只贪图个人的安逸,只追求个人的幸福,从不想到自己对人民有什么责任。我只是中国人民身上的一个大毒瘤;不割掉,会危害人民。"

彦成咬着嘴唇忍笑。

丽琳生气说:"笑什么?这是真心话。"

"我知道你真心。可是你这个'大毒瘤'和朱千里的'丑恶的妖魔'有什么不同呢?"

"当然不一样。"

"不一样,至多是五十步与一百步的区别,都是夸张的比喻呀!"

"那么,我该怎么说呢?"

彦成也不知道。他想了想,叹口气说:"大概我也得这么说。大家都这么说,不能独出心裁。"

"又不是做文章。反正我只按自己的觉悟说真话。"

彦成说:"好吧,好吧,念下去。"

"我从没有意识到自己有什么对不起人民的地方。我觉得自己的享受都是理所当然。这是因为我的资产阶级出身决定了我的立场观点,使我只觉得自己有理,看不见自己的丑恶。"

彦成又笑了:"所以都不能怪你!"

"那是指我还没有觉悟的时候呀。我的出身造成了我的罪过。"

她继续念她的稿子:"我先得向同志们讲讲我的家庭出身和我的经历,让同志们不但了解我的病情,还知道我的病根,这就可以帮助我彻底把病治好。

"我祖上是开染坊的,父亲是天津裕丰商行的大老板,我是最小的女儿,不到两岁就没了母亲。我生长在富裕的家庭里,全不知民间疾苦,和劳动人民简直没什么接触,当然说不到对他们的感情了。我从小在贵族式的教会学校上学,只知道崇洋慕洋。我的最高志愿是留学外国,最美的理想是和心爱的人结婚,有一个美满的家庭。我可算都如愿以偿了。

"祖国解放前夕，我父亲去世，我的大哥——他大我十九岁——带着一家人逃往香港。我的二哥——他大我十七岁，早在几年前就到美国经商，很成功，已经接了家眷。我们夫妇很可以在美国住下来。那时候，我对共产党只有害怕的份儿，并不愿意回国。我也竭力劝彦成不要回国。可是他对我说：'你不愿意回去，你就留下，我不能勉强你，我可是打定主意要回去的。'

"我抱定爱情至上的信念，也许还有残余的封建思想，'嫁鸡随鸡，嫁狗随狗'吧——我当然不是随鸡随狗，丈夫是我自己挑的，他到哪里，我当然一辈子和他在一起。所以我抛下了我的亲人和朋友，不听他们的劝告，跟许彦成回国了。我不过是跟随自己的丈夫，不是什么'投奔光明'。"

丽琳停下来看着彦成。"我说的都是实情吧？"

"人家耐烦听吗？"彦成有点儿不耐烦。

"这又不是娱乐，我是剖开真心，和群众竭诚相见。"

"好呀，说下去。"

丽琳看着彦成，故意说："我回国后才逐渐发现，我的信念完全错误，我的理想全是空想。"

彦成正打了半个呵欠，忙闭上嘴，睁大眼睛。

丽琳接下去说："爱情至上的资产阶级思想把我引入歧途。爱情是最靠不住的，欺骗自己，也欺骗别人，即使是真正的爱情，也经不了多久就会变，不但量变，还有质变，何况是勉强敷衍的爱情呢！而且爱情是不由自主的，得来容易就看得轻易，没得到的，或者得不到的，才觉得稀罕珍贵。"

彦成说："你是说教？还是控诉？还是发牢骚？"

"我不过说我心里的话。"

"你对帮助你的小组也是这么说的吗?"

丽琳嫣然一笑说:"我这会儿应应景,充实了一点儿。"她把稿子扔给彦成,"稿子上怎么说,你自己看吧。"

彦成赌气不要看。他说:"你爱怎么检讨,我管不着。你会说心里话,我也会说心里话。"

丽琳说:"瞧吧,你老实,还是我老实。"

彦成气呼呼地不答理。可是他有点儿后悔,也有点儿不安,不知丽琳借检讨要控诉他什么话。他应该先看看她的稿子。

丽琳的检讨会上人也不少。主持会议的就是那位和善的女同志。她是人事处的干部,平时不大出头露面。她说了几句勉励和期待的话,大家静听杜丽琳检讨。

杜丽琳穿一套灰布制服,方头的布鞋,头发剪得短短的,脸色黄黄的。她严肃而胆怯地站起来,念她的检讨稿。开场白和她念给彦成听的差不多,只是更充实些。彦成眼睛盯着她,留心听她念。她照原稿直念到回国以后,她一字不说爱情至上的那一套,只说:

她看到新中国朝气蓬勃,和她记忆中那个腐朽的旧社会大不相同了。她得到了合适的工作,分得了房子,成立了新家庭,一切都很如意。可是她渐渐感到,她和新社会并不融洽。她感到旁人对她侧目而视,或另眼相看,好像带些敌意,或是带些鄙视。她凭一个女人的直觉,感到自己在群众眼里并不是什么美人,而是一个标准的"资产阶级女性"。她浅薄,虚荣,庸俗,浑身散发着浓郁的资产阶级气息。当然,并没有谁当面这么说,不过她相信自己的了解并没有错。因为她自己也看到了自己的浅薄、庸俗和虚荣。她也能看到朴素的、高尚的、要求上进的女同志是多么美,只是她不愿意承认。

彦成竖起了耳朵。

她却并不多加发挥,只接着说,外表体现内心。她的内心充满了资产阶级的信念,和她的外表完全一致。在她,工作不过是饭碗儿,工作的目的是为了赚钱,学识只是本钱。她上大学、留学、读学位都是为了累积资本,本钱大,就可以赚大钱。这都是说明自己是唯利是图的资产阶级,斤斤计较的都是为自己的私利。

彦成这时放松警惕,偷眼四看。他同组的几个年轻人:姜敏、罗厚、姚宓、善保挨次坐在后排,都满面严肃,眼睛只看着做检讨的人。

丽琳谈心似的谈。她说:"我从没想到为谁服务。我觉得自己靠本事吃饭,没有剥削别人。我父亲靠经营资本赚钱也没有榨取什么血汗,许多人还靠他养家糊口呢。所以我总觉得不服气,心上不自在,精神上也常有压抑感。三反开始,我就从亲戚朋友那边听到好些人家遭殃了,有人自杀了。我心上害怕,只自幸不是资本家,而是知识分子。可是,三反运动又转向知识分子——要改造知识分子了。我又害怕,又后悔,觉得千不该、万不该,不该跟许彦成回来。当时他并没有勉强我,是我硬要跟着他的。现在可怎么办呢?我苦苦思索,要为自己辩护——就是说,我没有错,没有改造的必要。可是我想来想去,我的确是吃了农民种的粮食,的确是穿了工人织的衣料,的确是靠解放军保卫国家,保障了生活的安宁,而我确实对他们毫无贡献。我谋求的只是个人的安逸,个人的幸福。我苦恼了很久,觉得自己即使自杀了,也无法偿还我欠人民的债。

"我有一天豁然开朗,明白群众并不要和我算什么账,并不要问我讨什么债。他们不过是要挽救我,要我看到过去的错误,看明白自己那些私心杂念的可耻,叫我抛去资产阶级和封建社会留给我的成见,铲除长年累积在我心上的腐朽卑鄙的思想感情,投身到人民的队伍中来,一心一意为人民服务。"

她接着批判自己错误的人生观,安逸的生活方式等等,说她下定决心,不再迷恋个人的幸福,计较个人的得失,要努力顶起半边天,做新中国的有志气的女人。

彦成觉得丽琳很会说该说的话,是标准的丽琳。她确也说了真话,她的决心也该是真的,不过彦成认为只是空头支票。她的认识水平好像还很肤浅幼稚。她的检讨能通过吗?

主席说:"杜先生的检讨,虽然不够全面,却是诚恳的。她敢于暴露,因为她相信群众,也体会到党和人民要挽救她的一片苦心。能把错误的、脏的、丑的亮出来,就是因为认识到那是错误的,或是脏的丑的,而决心要抛弃它。尽管杜先生的觉悟还停留在表面阶段,她的决心还有待巩固,她能自愿改造自己是可喜的,值得欢迎。同志们有什么问题,不妨提出来给她帮助。"

有人说:"杜先生对过去虽有认识,批判却远远不够。"

有人说:"抽象的否定,不能代替切实的批评。"

有人说:"杜先生对于靠剥削人民发财的父亲和投机取巧的哥哥,好像还温情脉脉,并没有一点憎恨。"

有人问:"是不是脱去一套衣服,就改换了灵魂的面貌?"

主席让丽琳回答。

丽琳说:问题提得好!都启发她深思。她不敢撒谎,她对自己的亲人,仇恨不起来,足见她的思想感情并没有彻底改变。她只能保证,从此和他们一刀两断,划清界限。

她说着流下眼泪——真实的痛泪。这给大家一个很好的印象。她是舍不得割断,却下了决心,要求站稳立场。

主席总结说:"自我改造,不是一朝一夕的事,不是一下子就能改好的。我们人人都需要长期不懈地改造自己。杜丽琳先生决心要抛弃过去腐朽肮脏的思想感情,愿意洗心革面,投入人民的队伍,我们是欢迎的。让我们热烈鼓掌,表示欢迎。(大家热烈鼓掌)杜先生,谈谈你的感受吧。"

丽琳在群众的掌声中激动得又流下泪来。这回不是酸楚的苦泪而是感激的热泪。她说,第一次感受到群众的温暖,这给了她极大的鼓舞。希望群众继续关心她,督促她,她也一定努力争取不辜负群众的期望。

几个等待"洗澡"的"浴客"没有资格鼓掌欢迎,只无限羡慕地看她过了关。

第 七 章

帮助"洗澡"的几个小组召集"待浴"的几位先生开个小会,谈谈感想。

余楠仍是哭丧着脸。他又灰又黄,一点儿也不像黄胖和尚,却像个待处的囚犯。许彦成忧忧郁郁,不像往日那样嬉笑随和。朱千里瞪出两只大眼,越见得瘦小干瘪。丁宝桂还是惶惶然。不过他听了杜丽琳的检讨,大受启发。会上他摇头摆脑,表现他对自己的感受舔嘴咂舌的欣赏,觉得开了窍门。

他说:"我受了很深的教育。以前,我以为'启发'是提问题,'帮助'是揭我的短,逼我认罪,或者就是'衬拳头',打我'落水狗'。现在我懂了。帮助是真正的帮助。"他很神秘地不再多说,生怕别人抄袭了他独到的体会。他只说:"我现在已经了解群众对我的'启发',也接受了群众给我的帮助,准备马上当众洗个干净澡。"

朱千里瞪着眼,伸出一只手拦挡似的说:"哎,哎,老哥啊,我浑身湿漉漉的,精着光着,衣服都不能穿,让我先洗完了吧。"

彦成几乎失笑,可是看到大家都很严肃——包括朱千里,忙及时忍住。

余楠鄙夷不屑地说:"朱先生谈谈自己的感受呀。"

朱千里也鄙夷不屑地看了他一眼说:"感受嘛,很简单。咱们如果批判得不深刻,别人还能帮助。主要是自己先得端正态度,老实揭发问题。"

余楠气短,没敢回答。

但有人问:"朱先生上次老实吗?"

朱千里说:"我过于追求效果,做了点儿文章。其实我原稿上都是真话,帮助我的几位同志都看过的。我为的是怕说来不够响亮,临时稍为渲染了一点儿。我已经看到自己犯了大错误,以后决计说真话,句句真话,比我稿子上的还真。"

有人说:"这又奇了,比真话还真,怎么讲呢?"

朱千里耐心说:"真而不那么恰当,就是失真。平平实实,一分不多,一分不少,是我现在的目标。"

这次会上,许彦成只说自己正在认真检查。余楠表示他严肃检查了自己,心情十分沉重,看见杜先生洗完了澡,非常羡慕,却是不敢抱侥幸的心,所以正负痛抠挖自己的烂疮呢。

会后朱千里得到通知,让他继续做第二次检讨,并嘱咐他不要再做文章。

朱千里的第二次检讨会上,许多人跑来旁听。朱千里看见到会的人比上次多,感到自己的重要,心上暗暗得意。他很严肃地先感谢群众的帮助,然后说:

"我上次做检讨,听来好像丑化运动,其实我是丑化自己。我为的是要表示对自己的憎恨,借此激发同志们对我的憎恨,可以不留余地,狠狠地批判我。我实在应该恰如其分,不该过头。'过犹不及'呀。我要增强效果,只造成了误会,我由衷向革命群众道歉。"

有人说:"空话少说!"

朱千里忙道:"我下面说的尽是实话了。我要把群众当做贴心人,说贴心的实话。"他瞪出一双大眼睛,不断地抹汗。

主席温和地说:"朱先生,你说吧。"

朱千里点点头,透了一口气说:"我其实是好出身。我是贫下中农出身——不是贫农,至少也是下中农。我小时候也放过牛。这是我听我姑妈说的,我自己也记不得了,只记得我羡慕人家孩子上学读书。我父亲早死,我姑夫在镇上开一家小小的米店,是他资助我上学的。我没能够按部就班地念书,断断续续上了几年学。后来我跟镇上的几个同学一起考上了省城的中学,可是我别说学费,到省城的路费都没有。恰巧那年我姑妈养蚕收成好,又碰到一个好买主,她好比发了一笔小财。"

有人说:"朱先生,请不要再编《一千零一夜》的故事了。"

朱千里急得说:"是真的,千真万真的真事!我就不谈细节吧,不过都是真事。不信,我现在为什么偷偷儿为我外甥寄钱呢！我老婆怀疑我乡下有前妻和儿女,防得我很紧。我只能赚些外快背着她寄。因为我感激我的姑夫和姑妈——他们都不在了,有个外甥在农村很穷。我想到他,就想到自己小时候,也就可怜他。"

"可是朱先生还自费留法呢？是真的吗?"有人提问。

朱千里说:"旧社会,不兴得说穷。我是变着法儿勤工俭学出去的。可是我只说自费留法。钱是我自己赚的,说自费还是真实的。我在法国三四年——不,不止,四五年吧？或是五六年——我从来记不清数字,数字在记忆里会增长——好像是五六年或六七年。我后来干脆说'不到十年',因为实在是不到十年。不过随它五年八年十年,没多大分别,只看你那几年用功不用功。我是很用功的。有人连法语都不会说,也可以混上十几年呢。"

又有人提问:"不懂法语,也能娶法国老婆吧？"

朱千里说:"对法国女人,只要能做手势比画,大概也能上手。说老实话,我没娶什么法国老婆,谁正式娶呀！不过是临时的。那也是别人,不是我。我看着很羡慕罢了。我连临时的法国姘头都没有。谁要我呀！"

"这是实话了。"

"是啊！我也从来没说过有什么法国老婆,只叫人猜想我有。因为我实在没有,又恨不得有,就说得好像自己有,让人家羡慕我,我就聊以自慰。我现在的老婆是花烛夫妻。她是我从前邻居的姑娘,没有文化,比我小好多岁。她也没有什么亲人,嫁了我老怀疑我乡下还有个老婆,还有儿子女儿,其实我只是个老光棍。"

"这都是实话吗?"

"不信,查我的履历。"

"履历上你填的什么出身?"

"我爹早死,十来岁我妈也没了。资助我上学的是我姑夫,他开米店,我填的是'非劳动人民'。"

"可是你还读了博士!"

朱千里很生气,为什么群众老打断他的检讨,好像不相信他的话,只顾审贼似的审他。他又只好回答。

"我没有读博士,不过,我可以算是得了博士,还不止一个呢!我从来没说过自己是博士。假如你们以为我是博士,那是你们自己想的。我只表示,我自恨不是法国的国家博士。我又表示瞧不起大学的博士。也许人家听着好像我是个大学博士而不自满。其实呢,我并没有得过大学博士。"

"你又可以算是得了博士,还不止一个!怎么算的呢?"

"就是说,到手博士学位的,不是我,却是别人。"

"那么,你凭什么算是博士呢?"

"凭真本领啊!我实在是得了不止一个博士。我们——我和我的穷留学朋友常替有钱而没本领的留学生经手包写论文。有些法国穷文人专给中国留学生修改论文,一千法郎保及格,三千法郎保优等,一万保最优等。我替他们想题目,写初稿,然后再交给法国人去修改润色。我拿三百五百到六七百。他们再花上几千或一万,就得优等或最优等。有一个阔少爷花了一万法郎,还得了一笔奖金呢,只是还不够捞回本钱。当然,我说的不过是一小部分博士。即使花钱请人修改论文,口试还得亲自挨剋。法国人鬼得很,口试剋你一顿,显得他们有学问,当众羞羞你,学位终归照给。你们中国人学中国文学要靠法国博士做招牌,你们花钱读博士,我何乐而不给呢!"

有人插话:"朱先生不用发议论,你的博士,到底是真是假呢?"

朱千里直把群众当贴心人,说了许多贴心的真话,他们却只顾盘问,不免心头火起,发怒说:

"分别真假不是那么简单!他们得的博士是真是假呢?我只是没花钱,没口试,可是坐着旁听,也怪难受的,替咱们中国人难受啊。"

"朱先生不用感慨,我们只问你说的是句句真话呢?还是句句撒谎呀?"

"我把实在的情况一一告诉你们,还不是句句真话吗?"

"你不过是解释你为什么撒谎。"

"我撒什么谎了!"朱千里发火了。

"还把谎话说成真话。"

"你们连真假都分辨不清,叫我怎么说呢?"

"是朱先生分不清真假,还是我们分不清真假?告诉你,朱千里,群众的眼睛是雪亮的!"

朱千里气得说:"好!好!好个雪亮的群众!好个英明的领导!"

有人发问了:"朱千里,你怎么学习的?英明的领导是群众吗?你说说!"

朱千里嘟囔说:"这还不知道吗!共产党是英明的领导。"

有人忍笑问:"群众呢?"

"英明的尾巴!"朱千里低声嘟囔,可是存心让人听见。

有人高声喊:"不许朱千里诬蔑群众!"

"不许朱千里钻空子向党进攻!"

"打倒朱千里!"

忽有人喊:"打倒千里猪!"笑声里杂乱着喊声:

"千里猪?只有千里马,哪来千里猪?"

"猪冒牌!"

"猪吹牛!"

"打倒千里猪!打倒千里猪!!"许多人齐声喊。有人是愤怒地喊,有人是忍笑喊,一面喊,一面都挥动拳头。

朱千里气得不等散会就一人冲出会场。他含着眼泪,浑身发抖,心想:"跟这种人说什么贴心的真话!他们只懂官话。他们空有千只眼睛千只手,只是一个魔君。"他也不回家,直着眼在街上乱撞,一心想逃出群众的手掌。可是逃到哪里去呢?他走得又饿又累,身上又没几个钱;假如有钱,他便买了火车票也没处可逃呀。

他拖着一双沉重的脚回到家里,老婆并不在家。正好!他草草写下遗书:"士可杀,不可辱!宁死不屈!——朱千里绝笔。"然后他忙忙地找出他的安眠药片,只十多片,倒一杯水一口吞下。他怕药力不足,又把老婆的半瓶花露水,大半瓶玉树油和一瓶新开的脚气灵药水都喝下(因为瓶上都有"外用,不可内服"字样),厨房里还有小半瓶烧酒,他模糊记得酒能帮助药力,也一口气灌下,然后回房躺下等死。

可是花露水、玉树油、脚气灵药水和烧酒各不相容,朱千里只觉得恶心反胃,却又是空肚子。他呕吐了一会儿,不住地干咽,半晌精疲力竭,翻身便睡熟了。

朱千里的老婆买东西回家,看见留下的午饭没动,朱千里倒在床上,喉间发出怪声,床前地下,抛散着大大小小的好些空瓶子,喊他又不醒,吓得跑出门去大喊大叫。邻居跑来看见遗书,忙报告社里,送往医院抢救。医院给洗了胃,却不肯收留,说没问题,睡一觉就好。朱千里又给抬回家来。

他沉沉睡了一大觉,明天傍晚醒来,虽然手脚瘫软,浑身无力,精神却很清爽。他睁目只见老婆坐在床前垂泪,对面墙上贴着红红绿绿的标语:

"朱千里!你逃往哪里去?"

"朱千里!休想负隅顽抗!"

"奉劝朱千里,不要耍死狗!"

他长叹一声,想再闭上眼睛。可是——老婆也不容许他。

第 八 章

朱千里自杀,群众中有人很愤慨,说他"耍死狗"。可是那天主持会议的主席却向范凡自我检讨,怪自己没有掌握好会场,因为他是被临时推出来当主席的,不知道朱千里的底细。他责备自己不该让朱千里散布混淆真假的谬论,同时也不该任群众乱提问题,尤其是"打倒千里猪"的口号,显然不合政策。关于这点,罗厚一散会就向主席提出抗议了。范凡随后召开了一个吸取经验的会,提请注意勿造成失误,思想工作应当细致。

丁宝桂看到朱千里的检讨做得这么糟糕,吓得进退两难。他不做检讨吧,他是抢先报了名的。小组叫他暂等一等,让朱千里先做。他不能临阵脱逃。做吧,说老实话难免挨剋,不说老实话又过不了关。怎么办呢?

丁宝桂是古典组唯一的老先生。他平时学习懒得细读文件,爱说些怪话。说他糊涂吧,他又很精明;说他明白吧,他又很糊涂。大家背后——甚至当面都称他"丁宝贝"。现当代组和理论组的组长都是革命干部,早都做了自我检讨。这位丁先生呢,召集人都做不好,勉强当了一个小组长。他也没想到要求检讨,所以自然而然地落单了,只好和外文组几个旧社会过来的知识分子一同"洗澡"。

他先还抗议,说自己没有资产,只是个坐冷板凳的,封建思想他当然有,可是和资产阶级挂不上钩,他家里连女婿和儿媳妇都是清贫的读书人家子女。年轻人告诉他:"既是知识分子,都是资产阶级知识分子。"这话他仿佛也学习过,可是忘了为什么知识分子都是资产阶级的,却又不敢提问,只反问:"你们'洗澡'不'洗澡'呢?"他们说:"大家都要改造思想,丁先生不用管我们。这会儿我们帮丁先生'洗澡'。"

丁先生最初不受启发,群众把他冷搁在一边。他后来看到别人对启发的态度,也开了窍,忙向群众声明他已经端正了态度。以后他也学朱千里把群众启发的问题分门别类,归纳为自己的几款罪状。帮助他的小组看破他是玩弄"包下来"的手法,认为他不是诚心检查,说他"狡猾"。丁宝桂正不知如何是好。那天他听了杜丽琳的检讨和主席的总结,悟出一个道理:关键是不要护着自己,该把自己当做冤家似的挑出错儿来,狠狠地骂,骂得越凶越好。挑自己的错就是"老实",骂得凶就是"深刻"。他就抢着要做检讨。可是朱千里检讨挨剋,他又觉得老实很危险,不能太老实。反正只能说自己不好,却是不能得罪群众。

他只好硬着头皮到会做检讨。他先说自己顾虑重重,简直没有胆量。"好比一个千金小姐,叫她当众脱裤子,她只好上吊啊。可是渐渐的思想开朗了。假如你长着一条尾巴,要医生动手术,不脱裤子行吗?你也不能一辈子把尾巴藏在裤子里呀!到出嫁的时候,不把新郎吓跑吗?我们要加入人民的队伍,就仿佛小姐要嫁人,没有婆家,终身没有个着落啊。"

他的话很有点像怪话,可是他苦着脸,两眼惶惶然,显然很严肃认真。大家耐着心等他说下去。

丁宝桂呆立半晌,没头没脑地说:"共产党的恩情是说不完的。只说我个人在解放前后的遭遇吧。以前,正如朱千里先生说的,教中文也要洋招牌。尽管十年、几十年寒窗苦读,年纪一大把,没有洋学位就休想当教授,除非你是大名人。可是解放以后,我当上了正研究员。这就相当于教授了,我还有不乐意的吗?我听说,将来不再年年发聘书,加入人民的队伍,就像聘去做了媳妇一样,就是终身有靠了。我还有不乐意的吗!我们靠薪水过日子的,经常怕两件事:一怕失业,二怕生病。现在一不愁失业,二不愁生病,生了病公费医疗,不用花钱请大夫,也不用花钱请代课。我们还有不拥护社会主义的吗!"

他又停了半晌,才说:"我的罪过我说都不敢说。我该死,我从前——解放前常骂共产党。不过我自从做了这里的研究员,我不但不骂,我全心全意地拥护共产党了。我本来想,我骂共产党是过去的事;现在不骂,不就完了吗?有错知改,改了不就行了吗?可是不行。说是不能偷偷儿改,一定得公开检讨。不过,我说了呢,又怕得罪你们。所以我先打个招呼,那是过去的事,我已经改了,而且承认自己完全错误。过去嘛,解放以前啊,我在这里国学专修社当顾问。姚謇先生备有最上好的香茶,我每天跑来喝茶聊天,对马任之同志大骂共产党。我不知道他就是个共产党员,瞧他笑嘻嘻的,以为他欣赏我的骂呢,我把肚肠角落里的话都骂出来了。"

他看见群众写笔记,吓得不敢再说。有人催他说下去。他战战兢兢地答应一声,又不言语。经不起人家催促,他才小心翼翼地又打招呼说:"这些都是糊涂话,混账话。我听信了反动谣言,骂共产党煽动学生闹事——这可都是混账话啊——我说,'十年树木,百年树人',人才是国家的根本;利用天真的学生闹事,不好好读书,就是动摇国家的根本,也是葬送青年人。我不知道闹风潮是为了革命,革命正是为了救国。现在当然谁都明白这个道理了。可是我那时候老朽昏庸,头脑顽固。咳,那时候姚謇先生劝我到大后方去,我对他说,我又不像你,我没有家产,我得养家糊口,我拖带着这么一大家人呢,上有老,下有小,挪移不动,伪大学里混口饭吃,蹲着瞧吧。我心上老有个疙瘩,怕人家骂我汉奸。我很感谢共产党说公平话,说不能要求人人都到大后方去,我不过在伪大学教教课,不是汉奸。好了,我心上也舒坦了。"

他接着按原先的计划做检讨。

"1. 我不好好学习。我学不进去,不是打瞌睡,就是思想开小差,只好不懂装懂,人云亦云,混到哪里是哪里。

"2. 因为不学习,所以改不好,满脑袋都是旧思想。封建思想不用说,应有尽有。资产阶级思想也够多的。我虽然是老土,也崇洋慕洋,看见洋打扮,也觉得比土打扮亮眼。再加我听信了反动宣传,对共产党怕得要命,虽然受了党的恩情,还是怕的。

特别怕运动,什么把群众组织起来呀,发动起来呀等等。这就好比开动了坦克车,非把我轧死不可。我这个怕,就和怕鬼一样。你说压根儿没鬼,可我还是怕。我现在老老实实把我的怕惧亮出来,希望以后可以别再怕了。

"3. 没有主人翁感。老话说:'国家兴亡,匹夫有责。'我却是很实际——不是很实际,我是很——很没有主人翁感。我觉得我有什么责任呀!国家大事,和我商量了吗?我是老几啊!我就说:'肉食者谋之矣。'譬如抗美援朝吧,我暗里发愁:咳!我们打了这么多年的仗,'民亦劳止,迄可小休',现在刚站稳,又打,打得过美国人吗?事实证明我不用愁,胜利是属于我们的。我现在对共产党是五体投地了。可是我承认自己确实没有主人翁感。我只要求自己做个好公民,响应党的号召,服从党的命令。

"4. 谨小慎微。我对自己要求不高,不求有功,但求无过,把自己包得紧紧的,生怕人家看破我不是好公民,响应党的号召是勉强,服从党的命令是不得已。我自称好公民是自欺欺人。

"总括一句话,我是个混饭吃的典型。"

丁宝桂坐下茫然四顾。像一个淹在水里的人,虽然脑袋还在水上,身子却直往下沉。

主席问:"完了吗?"

丁宝桂忙站起来说:"我的提纲上只写了这么几条,还有许许多多的罪,一时也数不清,反正我都认错,都保证改。我觉悟慢,不过慢慢地都会觉悟过来。"

主席说:"丁先生的检讨,自始至终,表现出一个'怕'字。这就可见他与党和人民的距离多么远!只觉得共产党可怕,只愁我们要剋他。解放前骂共产党有什么罪呢！共产党是骂不倒的。解放以后，你改变了对共产党的看法，可见你还不算太顽固。你也知道忧国忧民，可见你也不是完全没有主人翁感。可是你口口声声的认罪，好像共产党把你当做仇人似的。丁先生这一点应当改正过来。应当靠拢党，靠拢人民。别忘了共产党是人民的党，你是中国的人民。你把自己放在人民的对立面，所以只好谨小慎微，经常战战兢兢，对人民如临大敌，对运动如临大难，好像党和人民要难为你似的。丁先生，不要害怕，运动是为了改造你，让你可以投入人民的队伍。我们欢迎一切愿意投入我们队伍的人，团结一切可以团结的力量，共同努力，为人民做出贡献。"

　　提意见的人不多。接着大家拍手通过了丁宝桂的检讨。

　　丁宝桂放下了一颗悬在腔子里的心，快活得几乎下泪。他好像中了状元又被千金小姐打中了绣球，如梦非梦，似醒非醒，一路回家好像是浮着飘着的。

第 九 章

　　丽琳瞧彦成只顾默默沉思，问他几时做检讨。她关心地问："他们没有再提别的问题吗？没给你安排日子？"

　　彦成昂头大声说："我不高兴做了！"

　　"不高兴？由得你吗？"

　　"我也不会像你们那样侃侃而谈。我只会结结巴巴——我准结结巴巴。"

　　丽琳很聪明地笑了。"你是看不起我和丁宝桂的检讨，像你看不起有些人的发言一样,是不是?你可以做个深刻的检讨呀,至少别像丁宝桂那么庸俗。"

彦成不答理,只说:"我越想越不服气了。帮助我'洗澡'的人比我的年纪还大些呢,我倒成了'老先生',要他们帮助我'洗澡'!笑话呀?谁不是旧社会过来的!"

"他们是革命干部吧?"

"可是咱们组里的年轻人呢?比我年轻多少呀?"

"谁叫你职位高呢。而且在外国待了那么多年。我不也受他们帮助了吗?他们自己也是要改造的——至少也得互相擦擦背吧?"

彦成摇摇头说:"我不是计较这些。我只是觉得这种'洗澡'没用——白糟蹋了水。"

"好啊,让你来领导运动吧,你有好办法。"

"我没有办法。我看这就是没办法的事。丑人也许会承认自己丑,笨人也许会承认自己笨,可是,有谁会承认自己不好吗?——我指的不是做错了事'不好',我不指'过失和错误',我说的'不好'就是'坏'。谁都相信自己是好人!尽管有这点那点缺点或错误,本质是好人。认识到自己的不好是个很痛苦的过程。我猜想圣人苦修苦练,只从这点做起。一个人刻意修身求好,才会看到自己不好。然后,出于羞愧,才会悔改。悔了未必就会改过来。要努力不懈,才会改得好一点点。现在咱们是在运动的压力下,群众帮助咱们认识自己这样不好,那样不好;没法儿抵赖了,只好承认。所谓自觉自愿是逼出来的。逼出来的是自觉自愿吗?况且,咱们还有个遁逃。千不好,万不好,都怪旧思想旧意识不好,罪不在我。只要痛恨封建社会和资产阶级，我的立场就变了，我身上就干净了。"

丽琳大睁着她那双美丽的眼睛，呆呆地注视着他。她老实说："我不懂你发这些牢骚什么意思。"

彦成想："你是不会懂的。"他只叹气说："'牢骚'吗？我是'发牢骚'？"

丽琳说："反正我觉得现在不是发议论的时候。你的检讨还没做呢，他们为什么到现在还不安排你做？是不是你还隐瞒着什么问题？"

"我有什么隐瞒的问题呀？"彦成干脆不耐烦了。

"唉，我不过是帮助你。"她倒了一杯茶，一面喝，一面慢吞吞地说："做导师的，带着徒弟去游山，给人撞见了，硬说是别人看错的——我还帮着你圆谎，你忘了吗？"

"我除了和你同游香山，没有和任何别人一同游山，我早已对你说过了。"

"亲眼看见的人如果问你，你也睁着眼睛说瞎话吗？我当时将信将疑，也没有再追根究底。可是凭后来的事情，不免叫我记起那次游山；看来没有冤枉你。那天，你们俩在她家小书房里的情景，我是亲眼目睹的。那个亲密劲儿，总该有个前奏啊！我一次两次问你，你就是死死地捂着盖子。你不说就没事了吗？你不怕人家会控诉你吗？"

彦成的眼睛越睁越大。他说："哦！你去控诉我了？"

丽琳只接着说："据你说，你在向那位小姐求婚。你是有妇之夫，你忘了吗？"

"是你控诉我了！"

"我控诉你？还没到时候呢！'夫妻同林鸟'，现在正是患难与共的时候。我是在提醒你。"

"多谢费心了。"彦成站起身想钻"狗窝"去。

丽琳放下茶杯,指着沙发叫他坐下,一面说:"我是已经洗完澡的人,我知道的事总该比你多些吧?"

彦成有点儿心惊,不由自主地坐下了。

"你知道余楠卖五香花生豆儿的话是谁捅出来的?是他的宝贝女儿和善保,他们是真心诚意地帮助他。你虽然不服气自己是'老先生',你究竟和年轻人不一样了。他们经过学习,经过'发动',他们和平常的自己也不一样了。你那位小姐如果不自觉,旁人也会点拨她。姜敏是积极分子。我记得你们游山的事是她先说起的。你保得住她不再提吗?我听说有个女学生把老师写给她的情书都交出来了。你没有白纸黑字留下手迹吗?"

她的第三只眼睛盯住彦成,好像看到他脸上变了颜色。她说:"我是为你担忧。你又没什么别的问题,为什么到现在还不安排你做检讨呢?"丽琳是真的担忧。

彦成强笑说:"你放心好了。"他自己心上却很乱。可是他静下来想想,又放下心来。

丽琳却放不下心,她说:"你公开检讨之前,得把稿子给我看看。我也给你看的。"

"现在就可以给你看啊,左不过是那一套。"

"你已经写好了吗?"

彦成从"狗窝"里找出几张乱七八糟的稿子,有的纸大而薄,有的纸小而厚。丽琳整理之后,看到没头没脑的几条:进步包袱;个人主义;狂妄自大;崇美恐美;自由散漫;不守纪律;贪图享受等等。她说:"就这点?你的恋爱呢?包括在哪一项下面呀?"

"我没有恋爱。"

"没有?你经得起检查吗?就说没有!"

"我和她已经检讨过了。"

"你和她!你们早订了攻守同盟吗?我正要问你,为什么你现在不到她家去了?"

"丽琳,帮助得够了。"他要站起身,丽琳仍叫他坐下。

"你该知道,攻守同盟不是铁板一块。你知道怎么粉碎攻守同盟吗?对这一个说,对方供出了什么什么;对另一方说,对方供出了什么什么。就这样,非常简单。彦成,我都是为你。为什么他们不叫你做检讨呢?因为你不老实,捂着盖子。假如下一个做检讨的还不是你,就证明我没错。"

彦成一声不响,退到了他的"狗窝"里去。

不久他们得到通知,下一个做检讨的是余楠。

第 十 章

向来温婉的宛英,忽然一改常态,使余楠很惊诧。她生气说:"你不要脸了,可叫我什么脸见人呢?"

余楠放下手里的检讨稿说:"怎么了?"他看着宛英的脸,扬扬他的稿子说:"你看了?"

"你一声高,一声低,一声快,一声慢的演说,一会儿捶胸,一会儿顿脚的,我还听不见吗?"

余楠叹气说:"是你引来了家贼呀!我不就地打滚,来一番惊人的坦白,我可怎么过关呢?"

宛英且不争辩"家贼"是他自己的宝贝女儿,女儿的朋友是他自己看中的。她只说:

"你会做文章啊!有的说成没的,没的说成有的。你就不能漂漂亮亮给自己做一篇好文章吗?"

"啊呀,宛英,你难道不知道现在是搞运动吗?我不对群众说实话,他们肯饶我吗?我不把心灵深处的烂疮暴露出来,我过得了关吗?我还能做人吗?"

"可是你说的全是假话呀!什么出身破落官僚家庭!你爹又是什么不负责任的风流才子!他赘给有钱的寡妇做了倒插门女婿,每月还津贴你们家用,还暗地里塞钱给你家,你妈妈亲自告诉我的。"

余楠慌忙问:"这话你和他们小辈说过吗?"

"告诉他们干吗?你可是知道的呀。"

余楠放了心,耐心解释道:"宛英,你不懂,事情有现象,有本质。现象上的细节,不是真实。真实要看本质。"

宛英不会争辩,只满面气恼地说:"我只问问你,我的本质是什么?"

她向来有气只背人暗泣,并不当着余楠淌眼抹泪。这回余楠看着她浮肿的脸上泪水模糊,也有点惶恐,忙辩解说:"我只检讨自己,没说你一句坏话,都是说你好。"

宛英不理,进房去收拾行李,说要回南去。余楠问她哪里去。她说:"三妹妹几次写信叫我去。不去她家,我还可以找个人家'帮人'呢。"

余楠说她小题大做。她只流着泪说:"我这一去,再也不回来了。"

余楠一想,宛英走了,他可怎么做人呢?他检讨的话都站不住了。而且他怎么过日子呢?他也知道触犯宛英的是些什么话,所以他也一改常态,温言抚慰,答应修改他的检讨,删掉宛英所谓"把老婆当婊子"的话。余楠由此也证实了自己确确实实是个忠于妻子的好丈夫,他的检讨也都是肺腑之言。

他是一名组长。他洗的这个澡,在社里就算是大盆。会议室里挤满了人,好比澡盆不够大,水都扑出来了。

余楠虽然刮了胡子,却没有理发,配上他灰黄的脸色,颇有些囚首垢面的形象。不过这不足为奇,一般洗澡的人都那样。他穿一套旧西装,以前嫌太紧的,现在穿上还宽宽绰绰。他低着头,声音嘶哑,开始他的检讨。

他先讲自己早年的遭遇,讲他母亲被丈夫遗弃之后,常勉励他说:"阿楠啊,你要争气!"这句话成了他从小到大的指导思想。

"要争气",加上"人不为己,天诛地灭"的资产阶级个人主义世界观,再加上资产阶级"爱情至上"的糊涂信念,使他成了国民党反动政客的走狗,重婚未遂的罪人。

大家都竖起耳朵,连不屑听余楠检讨的许彦成也看着他的脸听他往下说。

据余楠讲,他从小由母命订婚,留学回国就成了家,生两男一女。大家都说他是好福气。可是他学的是西洋文学。他研究的诗歌、戏剧、小说等等,主题几乎都是恋爱,不免使他深受影响。他当初是为了孝顺母亲而结了婚。他生平一大憾事是没有享受到自由的恋爱。当然,他的妻子是非常贤惠的,可是妻子是强加于他的。他看着别人自由恋爱,只有艳羡的份儿。

并不是没有女人看中他。他在学校里既有神童之名,当然就有女孩子对他钟情。他后来发表了一些新诗和散文,又赢得好些女读者的崇拜。她们或是给他写信,或是登门拜访。他当时很年轻,那些多情的小姐多半也很漂亮。不过他不敢拂逆他的母亲,也不愿背弃他温柔的妻子。后来他当了一个刊物的主编,来往的女作家很多,对他用情的也不少,有的还很主动,甚至表示"愿为夫子妾"。不过,资产阶级"爱情至上"的思想尽管深深地打动他,他想到自己的母亲和妻子,觉得万万不能步他父亲的后尘,做一个不负责任的风流才子。

他说,"要争气",无非出人头地,光大自己。这和"人不为己,天诛地灭"的个人主义是一致的。这种思想导致他为名为利,一心向上爬,要为他的老母亲争气。可是"爱情至上"的观念却和封建道德背道而驰。英雄美人或才子佳人,为了恋爱就顾不得道德,也顾不得事业。他向来把道义看得比私情重。他要求做一个铁骨铮铮的男子汉,道义上无愧于心,事业上有所成就。他自信英雄难过的"美人关",他已经突破了。想不到他竟会深深陷入爱情的泥淖,不能自拔。

他接下来轻描淡写地介绍了他主编的那个刊物和组稿的小姐,简约说明自己怎么由一个普通的撰稿人升为主编,刊物由反动政客资助,那位组稿的小姐就是他迷恋的美人。她真是"才调太玲珑",她的绵绵情丝把他缠住了。他最初只在"心有灵犀一点通"的阶段陶醉,并没意识到堕入情网的危险。可是两心相通就要求两心相贴,然后就产生了更进一步的要求。这是最热烈、最迷人,也最痛苦的阶段。接下来几句话就是宛英斥为

"把老婆当婊子"的话,怪他"不要脸"。他认为自己用词隐晦,也力求文雅。可是宛英竟为此要出走,他只好把这段诚挚而出自内心深处的自白删掉,只说那位小姐守身如玉,她要求的是结婚,而他是有妇之夫。

他说,这时他已完全失去主宰,已把道义全都抛弃,他已丧尽廉耻。他把事业也都丢了,只求有情人成为眷属。他自以为想出了一个兼顾道义和爱情的两全法。他出国和那位小姐结婚,抛下妻子叫她留在国内照看儿女,算是让她照旧做一家之主。

余楠停下来长叹一声说:"可是爱情要求彻底的、绝对的占有。那位小姐不容许我依恋妻子儿女,一气而离开了我。"他伤心地沉默了一会儿,带几分哽咽说:"我不死心,还只顾追寻。我觉得妻子儿女跑不了是我的,可是她——她跑了,我就永远失去了她。"他竭力抑制了悲痛说:他虽然已经答应了本社的邀请,还赖在上海,等待那位小姐的消息。他想,即使为此失去这里的好工作,他卖花生过日子也心甘情愿。他直到绝望了、心死了才来北京的。

他接着讲本社成立大会上首长的讲话对他有多大的鼓舞。他向来只知道"手中一支笔,万事不求人";他的笔可以用来"笔耕",养家糊口。这回他第一次意识到手中一支笔可以为人民服务,而一支笔的功用又是多么重大。他仿佛一支蜡烛点上了火,心里亮堂了,也照明了自己的前途。从此他认真学习,力求进步,把过去的伤心事深深埋藏在遗忘中,认为过去好比死了,埋了,从此就完了。

"可是痛疮尽管埋得深,不挖掉不行。我的进步,不是包袄,而是痛疮上结的盖子。底下还有脓血呢,表面上结了盖子也不会长出新肉来;而盖子却碰不得,轻轻一碰就会痛到心里去。比如同志们启发我,问我什么时候到社的,我立即触动往事,立即支吾掩盖。我爱人对我说:'你不是想出国吗?'我不敢承认,只想设法抵赖。我不愿揭开盖子。我怕痛。我只在同志们的帮助下才忍痛揭盖子。"

他揭下疮上的盖子,才认识到"两全的办法"是自欺欺人。他一方面欺骗了痴心要嫁他的小姐,一方面对不住忠实的妻子。他抠挖着脓血模糊的烂疮,看到了腐朽的本质。他只为迷恋着那位小姐,给牵着鼻子走,做了反动政客的走狗——不仅走狗,还甘心当洋奴,不惜逃离祖国,只求当洋官,当时还觉得顶理想。

余楠像一名化验师,从自己的脓血中化验出种种病菌和毒素,如"人不为己,天诛地灭"的个人主义思想呀,自高自大呀,贪图名利呀,追求安逸和享受呀,封建家长作风呀等等,应有尽有。他分别装入试管,贴上标签。(遗失姚宓稿子的事,因为没人提出,这种小事他已忘了。如有人提出,他就说忘了,或者竟可以怪在宛英身上,归在"家长作风"项下。)

他这番检讨正是丁宝桂所谓"越臭越香"、"越丑越美"的那种。群众提了些问题,他不假思索,很坦率地一一回答。大家承认他挖得很深很透,把问题都暴露无遗。他的检讨终于也通过了。

余楠觉得自己像一块经烈火烧炼的黄金,杂质都已炼净,通体金光灿灿,只是还没有凝冷,浑身还觉得软,软得脚也抬不起,头也抬不起。

第 十 一 章

彦成回家后慨叹说:"恋爱还有实用呢！倾吐内心深处的痴情,就是把心都掏出来了。"

丽琳说:"你有他的勇气吗？你还不肯暴露呢!"

"我不信暴露私情,就是暴露灵魂;也不信一经暴露,丑恶就会消灭。"

"可是,不暴露是不肯放弃。"丽琳并不赞许余楠,可是觉得彦成的问题显然更大。

彦成看着丽琳,诧异说:"难道你要我学余楠那样卖烂疮吗？"

"我当然不要你像他那样。可是我直在发愁。我怕你弄得不好,比他还臭。"

彦成不答理。

丽琳紧追着说:"你自己放心吗？我看你这些时候一直心事重重的,瞒不过我呀。"

"丽琳,说给你听你不懂。我只为爱国,所以爱党,因为共产党救了中国。我不懂什么马列主义。可是余楠懂个什么？他倒是马列主义的权威么？都是些什么权威呀!"

丽琳说:"彦成,你少胡说。"

彦成叹了一口气:"我对谁去胡说呢？"

丽琳只叫他少发牢骚,多想想自己的问题。

偏偏群众好像忘了许彦成还没做检讨。施妮娜和江滔滔土改回来,争先要报告下乡土改的心得体会。余楠的检讨会他们俩都赶来参加了。两人面目黧黑,都穿一身灰布制服,挤坐在一个角落里,各拿着笔记本做记录,好像是准备洗澡。

范凡很重视她们的收获。施妮娜讲她出身官僚地主家庭,自以为她家是开明地主,对农民有恩有惠。这次下乡,扎根在贫农家,和他们同吃同住同劳动。控诉会上听到他们的控诉,真是惊心动魄。她开始从感性上认识到地主阶级的丑恶本质。她好比亲自经历了贫下中农祖祖辈辈的悲惨遭遇。她举出一个个细节,证实自己怎样一寸一分地转移立场观点,不知不觉地走入无产阶级的行列。江滔滔讲她出身于小资产阶级,学生时代就向往革命,十七岁曾跟她表哥一同出走,打算逃往革命根据地去,可是没上火车就给家里人抓回去。她只有一颗要求革命的心,而没有斗争的经验,虽然是燃烧的心,却是空虚的,苍白的,抽象的;这次参加土改,比"南下工作"收获更大。她自从投入火热的实际斗争,她这颗为革命而跳跃的心才有血有肉了。可见一个作家如果没有生活,没有斗争,就不可能为人民写作。她热情洋溢,讲得比施妮娜长。主席认为她们都收获丰富。她们好像都已经脱胎换骨,不用再洗什么澡。大约她们还是在很小的澡盆里洗了洗,只是没有为她们开像样的检讨会。

朱千里在她们报告会的末尾哭丧着脸站起来,检讨自己不该和群众对抗,他已经知罪认错。帮助他的小组曾到人事处查究他的档案,他的确没有自称博士。据他出国和回国的年月推算,他在法国有五六年。他也没当汉奸,只不过在伪大学教教书。他检讨里说的多半是实话,只是加了些油酱。他们告诫朱千里别再夸张,也不要即兴乱说,只照着稿子一句句念。他的检查也通过了。他承认自己是个又想混饭吃、又想向上爬的知识分子,决心要痛改前非,力求进步,为人民服务。

彦成这天开完会吃晚饭的时候,忽然对丽琳说:"明天就是我了。"

"你怎么?"

"我做检讨呀。"

"叫你做的?"

"当然。"彦成没事人儿一般。

丽琳忙问是谁叫他做检讨。

"我不认识他。他对我说:'明天就是你了。'"

"这么匆忙!他说了什么时候来和你谈话吗?"

"他只说:'明天就是你了。'"

"态度友好不友好呢?"

"没看见什么态度。"彦成满不在乎。

丽琳晚饭都没好生吃。她怕李妈吃罢晚饭就封火,叫她先沏上点儿茶头,等晚饭后有人来和彦成谈他的检讨。可是谁也没来。丽琳像热锅上的蚂蚁,坐立不安,直到临睡,还迟迟疑疑地问彦成:"你没弄错吧? 是叫你做检讨?"

彦成肯定没弄错。丽琳就像妈妈管儿子复习功课那样,定要彦成把他要检讨的问题对她说一遍。

彦成不耐烦地说:"进步包袱:我在旧社会不过是学生,在国外半工半读,仍然是学生,还不到三十岁。什么'老先生'!"

"你怎么自我批判呢?"

"我受的资产阶级影响特别深啊。事事和新社会不合拍。不爱学习,不爱发言,觉得发言都是废话。"

丽琳纠正他说:"该检讨自己背了进步包袱,有优越感,不好好学习等等。"

彦成接下来说:"自命清高,以为和别人不同,不求名,不求利。其实我和别人都一样,程度不同而已。"

丽琳说:"别扯上别人,只批判你自己。"

彦成故意说:"不肯做应声虫,不肯拍马屁,不肯说假话。"

丽琳认真着急说:"胡闹!除了你,别人都是说假话吗?"

"你当我几岁的娃娃呀!你不用管我。别以为我不肯改造思想。我认为知识分子应当带头改造自我。知识分子不改造思想,中国就没有希望。我只是不赞成说空话。为人好,只是作风好,不算什么;发言好,才是表现好,重在表现。我不服气的就在这点。"

丽琳冷冷地看着他说:"你是为人好?"

彦成说:"我已经借自己的同伙做镜子,照见自己并不比他们美。我也借群众的眼睛来看自己,我确是够丑的。个人主义,自由散漫,追求精神享受,躲在象牙塔里不问政治,埋头业务不守纪律……"

"就这么乱七八糟的一大串吗?"丽琳实在觉得她不能不管。她怕彦成的检讨和余楠第一次检讨一样,半中间给群众喝住。

彦成说:稿子在他肚里,反正他绝不说欺骗的话,他只是没想到自己这么经不起检查,想不到他的主观客观之间有那么大的差距,他实在泄气得很。

丽琳瞧他真的很泄气,不愿再多说,只暗暗担心。

许彦成的检讨会是范凡主持的。他的问题不如别人严重,所以放在末尾。丽琳觉得很紧张。不过彦成虽然没有底稿,却讲得很好,也不口吃。做完大家就拍手通过了。他没说自己是洋奴,也没人强他承认。

范凡为这组洗澡的资产阶级知识分子做了短短的总结,说大家都洗了干净澡,也得到不同程度的提高,勉励大家继续努力求进。

年轻人互相批评接受教育,不必老先生操心。老先生的洗澡已经胜利完成。

第 十 二 章

发动群众需要一股动力,动力总有惰性。运动完毕,乘这股动力的惰性,完成了三件要紧事。

第一件是"忠诚老实",或"向党交心"。年轻人大约都在受他们该受的教育。洗完澡的老先生连日开会,谈自己历史上或社会关系上的问题。有两人旁听做记录。其中一个就是那位和善可亲的老大姐。

丁宝桂交代了他几个汉奸朋友的姓名。朱千里也同样交代了他几个伪大学同事的姓名以及他自己的笔名,如"赤兔"、"撇尾"、"独角羊"、"朱骐"、"红马"等等。人家问"撇尾"的意思。他说不过是一"撇"加个"未"字,"独角羊"想必是同一意义,"未"不就是羊吗。其他都出自"千里马"。余楠也交代了他的笔名。他既然自诩"一气化三清",他至少得交出三个名字。据他说,他笔名不多,都很有名。一是"穆南",就是"木南"。一是"袁恶",这是余楠两字的切音。一是"水生",因为照五行来说,水生木。太反动的文章是他代人写的,他觉得不提为妙。他只交代了他心爱的小姐芳名"月姑",以及他那位"老板"的姓名,不过他和他们早已失去联系。丽琳交代了她的海外关系,她已经决定和他们一刀两断了,只是她不敢流露她的伤心。彦成也交代了他海外师友的姓名,并申明不再和他们通信。一群老先生谈家常似的想到什么成问题的就谈,听了旁人交代,也启发自己交代。连日絮絮"谈心",平时记不起的一桩桩都逐渐记起来。大家互相提醒,互相督促,虽然谈了许多不相干的琐碎,却也尽量搜索出一切不该遗忘的细节。他们不再有任何隐瞒的事。

第二件是全体人员填写表格,包括姓名、年龄、出身、学历、经历、著作、专长、兴趣、志愿等等。据说,全国知识分子要来个大调整。研究社或许要归并,或取消,或取消一部分,归并一部分。交上表格,大家就等待重新分配了。配在什么机构,就是终身从属的机构。有人把这番分配称为"开彩",因为相当于买了彩票不知中什么彩。知识分子已经洗心革面,等待重整队伍。

第三件是调整工资。各组人员自报公议,然后由领导评定。各人按"德"、"才"、"资"三个标准来评定自己每月该领多少斤小米。这是关系着一辈子切身利益的大事,各组立即热烈响应。譬如余楠自报的小米斤数比原先的多二百斤。他认为凭他的政治品德,他的才学和资格经历,他原先的工资太低了。谁都不好意思当面杀他的身价。朱千里就照模照样要求和余楠同等。施妮娜提出姚宓工资太高,资格不够。罗厚说施妮娜的资格也差些。不过主要的是德和才。许彦成以导师的身份证明姚宓的德和才都够格,他自己却毫无要求。丽琳表示她不如彦成,可是彦成不输余楠。

姜敏说:"有的人,整个运动里只是冷眼旁观,毫无作为,这该是立场问题吧?这表现有德还是无德呀?"

江滔滔立即对施妮娜会意地相看一眼,又向姚宓看一眼。

善保生气说:"我们中间压根儿没有这种人。"

罗厚瞪眼说:"倒是有一种人,自己的问题包得紧紧的,对别人的事,钻头觅缝,自己不知道,就逼着别人说。"

善保忙说:"关于运动的事,范凡同志已经给咱们做过总结,咱们不要再讨论这些了。"

姜敏红了脸说:"我认为经过运动,咱们中间什么顾忌都没有了,什么话都可以直说了,为什么有话不能说呢?"

姚宓说:"我赞成你直说。"

姜敏反倒不言语了。

余楠想到姜敏和善保准揭发了他许多事。他对年轻人正眼也不看。社里三反运动以来,这还是他第一次和年轻人一起开会。他对他们是"敬而远之"。

这类的会没开几次,因为工资毕竟还是由领导评定的,一般都只升不降。余楠加添了一百多斤小米,别人都没有加。朱千里气愤不平,会后去找丁宝桂,打听他们组的情况。

丁宝桂说:"咳!可热闹了!有的冷言冷语,讥讽嘲笑,有的顿脚叫骂,面红耳赤,还有痛哭流涕的——因为我们组里许多人还没评定级别——我反正不减价就完了。"

"你说余楠这家伙,不是又在翘尾巴了吗?"

丁宝桂发愁说:"你瞧着,他翘尾巴,又该咱们夹着尾巴的倒霉。"

他想了一想,自己安慰说:"反正咱们都过了关了。从此以后,坐稳冷板凳,三从四德就行。他多一百斤二百斤,咱们不计较。"

"不是计较不计较,洗了半天澡,还是他最香吗!"

丁宝桂说:"反正不再洗了,就完了。"

"没那么便宜!"朱千里说。

丁宝桂急了,"难道还要洗?我听说是从此不洗了。洗伤了元气了!洗螃蟹似的,捉过来,硬刷子刷,掰开肚脐挤屎。一之为甚,其可再乎!"

朱千里点头说:"这是一种说法。可是我的消息更可靠。不但要洗,还要经常洗,和每天洗脸一样。只是以后要'和风细雨'。"

"怎么'和风细雨'?让泥母猪自己在泥浆里打滚吗?"

丁宝桂本来想留朱千里喝两杯酒,他刚买了上好的莲花白。可是他扫尽了兴致。而且朱千里没有酒量,喝醉了回家准挨骂挨打。他也不想请翘尾巴的余楠来同喝,让他自己得意去吧。

余楠其实并不得意。他并不像尚未凝固的黄金,只像打伤的癞皮狗,趴在屋檐底下舔伤口。争得一百多斤小米,只好比争得一块骨头,他用爪子压住了,还没吃呢。他只在舔伤口。

杜丽琳对许彦成说:"看来'你们俩'的默契很深啊!怎么你只怀疑我控诉你,一点儿不防她?她也不怕人家说她丧失立场,竟敢包庇你?"

彦成生气说:"丽琳,你该去打听了姜敏,再来冤我。"

洗澡已经完了,运动渐渐静止。一切又回复正常。

尾　　声

星期天上午,彦成对丽琳说:"我到姚家去,你放心吗?要陪我同去吗?"

丽琳还没有梳洗。她已稍稍故态复萌,不复黄黄脸儿穿一身制服。她强笑说:"好久没到她们家去了。我该陪你去吧?等我换件衣服。"

丽琳忙忙地打扮,彦成默然在旁等待。他忽听得有客来,赶忙一人从后门溜了。

姚太太在家。彦成问了姚伯母好,就好像不关心似的问:"姚宓上班了吗?"

姚太太笑说:"你开会开糊涂了。今天礼拜,上什么班!她和罗厚一同出去了。"

彦成赶紧背过脸去。因为他觉得心上抽了几下,自己知道脸上的肌肉也会抽搐,刹那间仿佛听到余楠的检讨"爱情就是占有",羞惭得直冒冷汗。

姚太太好像并没有在意,她说:"彦成,我还没向你道喜呢,因为我不知道你们到底喜不喜。听说你们俩中了头彩了?你们高兴吧?"

彦成说他不知道中了什么彩。

"你们俩分到最高学府去了。昨晚的消息。你们自己还不知道?"

"别人呢?"

"朱千里分在什么外国语学院,姜敏也是。别人还没定。你们两个是定了的,没错。"

彦成呆了一会儿,迟疑说:"我填的志愿是教英语的文法,丽琳填的是教口语。不知道由得不由得自己做主。"

"为什么教文法呢?"

彦成羞涩地一笑说:"伯母,我曾经很狂妄。人家讲科学救国,我主张文学救国;不但救国,还要救人——靠文学的潜移默化。伯母,不讲我的狂妄了,反正我认识到我是绝对不配教文学的。如果我单讲潜移默化的艺术,我就成了脱离政治,为艺术而艺术。我以后离文学越远越好。我打算教教外系的英文,或者本系的文法。假如不由我做主,那就比在研究社更糟了。"

"阿宓填的是图书工作或翻译工作,"姚太太说,"罗厚的舅舅舅妈特地来看我,说要罗厚和阿宓填同样的志愿,将来可以分配在一处工作。可是我不知道罗厚填了什么志愿。"

彦成忙说:"罗厚是个能干人,大有作为的。他有胆量,有识见,待人顶憨厚,我很喜欢他。"

姚太太说:"他野头野脑,反正他自有主张。他可崇拜你呢!他向来不要人家做媒,总说他要娶个能和他打架的粗婆娘。最近,他舅妈来拜访以后,我问他粗婆娘找到没有,他说不找了,将来请许先生给他找个对象。"

彦成脱口说:"还用我吗!他不是已经有了吗?"

"你说阿宓吗?"姚太太微笑着,"我也问过她。她说她不结婚,一辈子跟着妈妈。"

"从前说的,还是现在说的?"

"从前也说,现在也说。"

彦成听了这话,心上好像久旱逢甘霖,顿时舒服了好些,同时却又隐隐觉得抽搐作痛。他说:"结了婚照样可以跟着妈妈呀。"

姚太太说:"反正我不干涉,随她。"

"他们不是一起玩儿得很好吗?"

姚太太抬头说:"他们不是一起玩儿,今天他们是给咱们俩办事去的。"

姚太太告诉彦成,三反初期,市上有许多很便宜的旧货,都是"老虎"抛出来卖钱抵债的。罗厚偶然发现一台簇新的唱机,和彦成的是同一个牌子。他买下来了。可是卖唱机的并没有出卖唱片,不知是什么缘故,也可能给别人买去了。罗厚陆续买了好多唱片,有的是彦成没有的,有的是相重的。现在他们想到彦成不久得搬家,姚太太说罗厚选唱片是外行,叫他们两个一同出去采购了准备分家的。

彦成说:"唱机唱片都留在伯母这里好了。"

姚太太说:"我老在替那只'老虎'发愁,不知他是不是给关起来了?还是穷得不能过日子?阿宓说,省得妈妈成天为'老虎'担忧,买来的新唱机给许先生吧,他的那只换给咱们。不知你同意不同意?"

彦成连说同意,自己也不知道心上是喜是悲。他不等姚宓回家就怏怏辞别了姚太太回家。姚太太叫他问问丽琳,几时方便,要请他们夫妇吃顿晚饭,一是为贺喜,二是为送行。姚太太说:"咱们不请外客,我有个老厨子还常来看我,叫他做几个干干净净的家常菜,咱们聚聚。"

到许家去的客人是报喜的,到了几批客人。丽琳正拿不定主意是否到姚家去接彦成。她听彦成回来讲了姚宓不在家以及姚太太请饭送行的事,很高兴,都忘了责怪彦成撇了她溜走。

许彦成夫妇不久得到调任工作的正式通知,连日忙着整理东西准备搬家。丽琳虽然很忙,总乐于陪彦成同到姚家去。姚家的钢琴已由许家送回。新唱机已经送往许家,唱片已由姚太太和许彦成暂时分作两份,各自留下了自己喜欢的。姚宓和许多人一样,工作还没有分配停当。她只顾担忧别再和余楠、施妮娜等人在一起。姚太太说,哪里都是一样,"莫安排"。

许彦成夫妇搬家的前夕,在姚家吃晚饭。女客只请宛英作陪,罗厚是彦成的陪客。姚宓听从妈妈的吩咐,换上一件烟红色的纱旗袍。她光着脚穿一双浅灰麂皮的凉鞋。八仙桌上,她和丽琳并坐一面,彦成和罗厚并坐一面,姚太太和宛英相对独坐一面。菜很精致,还喝了一点葡萄酒。饭后沏上新茶,聚坐闲谈,也谈到将来彼此怎么通信,怎么来往。

丽琳第一个告辞,她说还有些杂事未了,明天一早大板车就要来拉家具的。许彦成知道杂事都已安排停当,老实不客气地求她说:

"你先回去吧,我还坐一坐。"

丽琳只好一人先走。罗厚代主人送她到门口。

过一会儿,宛英告辞,罗厚送她回家,自己也回宿舍。

彦成赖着坐了一会儿,也只好起身告辞。姚太太说:"阿宓,你替我送送吧。"

他们俩并肩走向门口,彦成觉得他们中间隔着一道铁墙。

姚宓开了走廊的灯,开了大门。

彦成凄然说:"你的话,我句句都记着。"

姚宓没有回答。她低垂的睫毛里,流下两道细泪,背着昏暗的灯光隐约可见。她紧抿着嘴点了点头,想说什么,没说出来,等彦成出门,就缓缓把门关上。

彦成急急走了几步,又退回来。他想说什么?他是要说:"快把眼泪擦了。"可是,这还用他说吗?她不过以为背着灯光,不会给他看见;以为紧紧抿住嘴,就能把眼泪抿住。彦成在门口站了一会儿,然后绕远道回家。

姚宓在门里,虽然隔着厚厚的木门,却好像分明看见彦成逃跑也似的疾走几步,又缩回来,低头站在门前,好像想敲门进来,然后又朝相反方向走了。她听着他的脚步声一步步远去,料想是故意绕着远道回家的。

姚宓关上走廊的灯,暗中抹去泪痕,装上笑脸说:

"妈妈,累了吧?"

姚太太说不累。母女还闲聊了一会儿才睡。

姚宓想到彦成绕远回家的路上有个深坑,只怕他失魂落魄地跌入坑里,一夜直不放心。

第二天早上,罗厚抱着个镜框跑来,说老许他们刚走,他"狗窝"里有一张放大的照相忘了取下,临走才发现,叫他拿来送给姚伯母。他嬉皮赖脸地说:

"伯母不要就给我。"

那是许彦成大学生时期的照相。

姚太太说:"拿来,我藏着,等你将来自己有了家再给你。"

姚宓忽然有一点可怕的怀疑。她刻意留心,把妈妈瞒得紧腾腾,可是,这位爱玩儿福尔摩斯的妈妈只怕没有瞒过吧?至少,没有完全瞒过。

罗厚坐下报告社里各人最新分配的工作。接受姚謇赠书的图书馆要姚宓去工作,还答应让她脱产两年,学习专业。他自己的工作也在那个图书馆。

当时文学研究社不拘一格采集的人才,如今经过清洗,都安插到各个岗位上去了。

中篇小说

洗澡之后

前　言

　　《洗澡》结尾,姚太太为许彦成、杜丽琳送行,请吃晚饭。饭桌是普通的方桌。姚太太和宛英相对独坐一面,姚宓和杜丽琳并坐一面,许彦成和罗厚并坐一面。有读者写信问我:那次宴会是否乌龟宴。我莫名其妙,请教朋友。朋友笑说:"那人心地肮脏,认为姚宓和许彦成在姚家那间小书房里偷情了。"

　　我很嫌恶。我特意要写姚宓和许彦成之间那份纯洁的友情,却被人这般糟蹋。假如我去世以后,有人擅写续集,我就麻烦了。现在趁我还健在,把故事结束了吧。这样呢,非但保全了这份纯洁的友情,也给读者看到一个称心如意的结局。每个角色都没有走形,却更深入细致。我当初曾声明:故事是无中生有,纯属虚构,但人物和情节却活生生地好像真有其事。姚宓和许彦成是读者喜爱的角色,就成为书中主角。既有主角,就改变了原作的性质。原作是写知识分子改造思想;那群知识分子,谁是主角呀？我这部《洗澡之后》是小小一部新作,人物依旧,事情却完全不同。我把故事结束了,谁也别想再写什么续集了。

二〇一〇年六月十一日

第一部

第 一 章

姚宓正帮助妈妈整理四季的衣服,把衣服叠在床上,细心地分别装入姚太太的大皮箱,忽见罗厚抹着汗赶来,先叫了一声"姚伯母",然后规规矩矩地等候姚宓放好了手里的衣服,才试探着说:"姚伯母,我舅舅、舅妈要请伯母和姚宓到我家去住,不知道伯母赏脸不赏脸。"

"你家?你家在哪儿呀?"姚太太笑着说。

"对不起,姚伯母,我在舅舅家住下了,就说成'我家'了。还有更要紧的没说呢。舅舅说:这一带房子,地契上全是姚家的,公家征用了,要给一笔钱。舅舅只怕伯母又不要钱……"

姚太太说:"钱,我不要,我只求老来有个归宿的地方。阿宓卖掉的那个四合院,我倒常在记挂,阿宓,你还记得吗?咱们那宅四合院前一进是餐厅兼客厅,东西厢房家里用人住。咱们家那时有六个用人呢。男的住外面的一进。女的跟咱们一起,住里面的一进。"

姚宓想起往事,不胜感慨。她说:"当时为给妈妈治病,我急得没办法了,匆匆忙忙地卖了,现在还买得回来吗?"

罗厚说:"大概没问题,舅舅面子大,关系广,办法多,什么都好商量。只是怕姚伯母吃亏了。"

姚太太说:"吃亏不吃亏,我不计较,反正便宜的是公家。"

罗厚说:"伯母,您答应了?"姚宓笑说:"你舅舅、舅妈吵架,叫我们去劝架吗?"

罗厚说:"什么吵架呀,他们从来不吵架。我刚到文学研究社的时候,舅舅对我说:'你舅妈爱生气,一生气就晕倒。你不理她,她过会儿自己会好;你要是理她,她就鼻涕眼泪的没完没了。你以后看到我们吵架,趁早躲开。'我想,我压根儿躲到文学研究社那集体宿舍去,只是星期天回家;如果看见舅舅、舅妈好像要吵架,就连忙回宿舍。现在我住舅舅、舅妈家了,听他们要吵架,我没处躲,只好躲在自己卧房里。"他哼了一声,接着说:"见鬼的吵架!舅妈哪敢吵呀。她一句话都没说就晕倒了。我等舅舅晚上出去开会,偷偷儿问舅妈。她果然鼻涕眼泪的哭了,哭得好伤心。我安慰她说:'谁欺负你,我和他打架!'"

罗厚接着说:"嗐,舅妈哪里敢和舅舅吵呀。我从小听我爹妈说起舅妈,他们都瞧不起她。这些年来,他们信儿都没有,我好像是给了舅舅家了。"他顿住说:"伯母耐烦听吗?"姚太太说:"你讲下去。"罗厚就接着说:"陆舅妈是可怜人,她对我说:'我哪里生气呀,我是伤心。我家穷,嫁给陆家是高攀。亲事是我爹定的。可是我妈妈很早去世了。我后妈要了陆家好大一笔聘礼,却没陪什么嫁妆。陆家人向来看不起我。'舅舅是最小的少爷,任性惯的。舅妈盼姚伯母到他们家一块儿住,舅舅就不好意思发少爷脾气了。"

姚太太说:"唷!"她从没想到陆舅舅家如此情况。

姚宓说:"你不是对陆舅妈说,谁欺负你,你就跟他打架吗?打过没有?"

罗厚嘻嘻笑着说:"我不过背后说说呀,我敢吗?"

姚太太和姚宓都笑了。接着姚太太叹了一口气说:"我住在西小院里,不过是图阿宓上班方便。你们那边,听说院子很大,比这儿大多了。"

罗厚说:"房子也不少,我一个人住一间房,还有一个书房。姚伯母愿意去那边住了?"

姚太太答道:"那边去住,愿意;只是我得有个后路。要不,我把这边住的西小院放弃了,我想收回的老四合院又收不回来,不就两头落空了吗?"

罗厚说:"伯母放心,舅舅肯定会想法把您那老四合院给买回来。"

罗厚觉得完成了任务,很高兴,笑嘻嘻地说:"伯母,我还要告诉您一件事。昨天余太太——余楠的太太叫我代她问您好。她告诉我说:'余先生因为最高学府没要他,气得饭也不吃,发了两天脾气。他这会儿又在吹牛了,说他当了人民大学的什么主任了,说最高学府培养学生,人民大学却是培养管教学生的干部。'我家有电话,就把家里的电话号码告诉了她,有事可以给我打电话。余先生'洗澡'瘦了一圈,据说现在又胖回来了。余太太却是又瘦又憔悴,比前次伯母请她吃晚饭的时候老多了。大概是搬家忙坏了。"

姚宓说:"罗厚,你可知道,她是我的大恩人!他们打算批判我的那份稿子,是她为我'偷'出来的。不知她怎么'偷'的。将来请她讲,一定好听。"

罗厚说:"哎,只她一个人忙搬家,别人都不帮忙,不过她能留在北京就很称心了。她舍不得离开那两个宝贝儿子。她还顶俏皮呢,说她那位'香夹臭'的老公……"

"什么'香夹臭'?"姚宓不懂。

"'香夹臭'呀,我也不懂。我问了,余太太说:我说的上海话,你们不懂。打个比方好吧,狐臊臭的女人洒上香水,就是'香夹臭'。"

姚宓想起了余楠的"洗澡",姚太太也知道。母女俩都忍不住大笑。

罗厚说:"我只见余太太不声不响,忍气吞声,规规矩矩的,谁知她还顶俏皮。她把那位'香夹臭'老公一定看得很透,伯母面前她不说笑,那天她笑得酒窝都出来了。她跟女儿长得很像。"

正说着,他忽然看看手表,忙说:"伯母,我得走了,叫姚宓送送我吧。"

姚宓送他到门口,他鬼鬼祟祟地说:"你劝伯母搬过来吧。许先生来了,你可以躲在我屋里;杜先生来找他,你就躲到陆舅妈屋里去,叫杜先生心痒难挠。"

姚宓沉下脸说:"我不是早说过,我不做方芳吗。况且许先生、杜先生连我们搬哪儿去都不知道呢。"

"真的,姚宓,你决定搬我舅舅家去吧。伯母可以和舅妈做伴儿,舅舅就不好意思发脾气了。舅舅家的厨子做菜很好,你家不用开伙,你也不用打扫卫生、拖地、擦玻璃了。对了,我想起上海小丫头了。伯母还不知道我不愿意做图书馆的工作,已经分配到外国语学院去了,我现在做朱千里先生的助教……"

"你又不懂法文。"姚宓打断他。恰好沈妈来做晚饭,罗厚忙忙地走了。

姚太太问:"阿宓,怎么说了这么长的话,又是秘密吗?"

姚宓说:"罗厚在外国语学院当助教呢,他和'上海小丫头'同事了。"她也告诉妈妈,"罗厚说,搬陆舅舅家去,我们家就不用另外开伙。"

姚宓收拾了床上一叠叠衣服,母女俩从容商量搬家问题。她们决定搬到罗厚的舅舅家去。姚太太叫姚宓先写信问问王正、马任之,搬陆家去是否合适。王正、马任之是政治和生活经验都很丰富的老同志,考虑问题比较客观周全,姚家母女和王正、马任之是很亲密的。

王正特地去看了姚太太和姚宓,说马任之正挂念她们搬往哪儿去合适,就搬陆舅舅家去吧。

一个月后,罗厚拿了姚家老四合院的房契和钥匙交给姚太太,说他舅舅让手下办事人员买了一具结结实实的大锁,锁在四合院的门上了,这是钥匙。姚家的老四合院,已由舅舅派人同现在的房主商妥签约买回来了! 姚太太就叫姚宓收好。姚宓把房契藏在妈妈的大皮箱箱底,把钥匙和妈妈另外几把重要的钥匙穿在同一个钥匙圈上。

姚太太心里踏实了,放放心心地收拾了家里的东西,搬往陆家去。

第 二 章

得姚家赠书的图书馆是博文图书馆,姚宓得到了通知,就到博文图书馆去报到。图书馆长亲自接见了她。

馆长面带笑容,却很严肃。他拿着一张姚宓亲自填写的表

格,对姚宓端详了两眼,他问:

"你就是姚宓?"

姚宓忙回答:"我就是姚宓。"

"今年二十八岁?"

"快二十八岁了。"

"你是民盟陆先生的侄女?侄媳?"

姚宓摇头说:"我和他没有任何亲戚关系。"她只知道馆长姓朱,也懂得小辈对长辈不兴称名,她只称"朱馆长"。

馆长在沙发上坐了,也请姚宓坐。姚宓不敢和馆长并坐长沙发,拉过一张木椅,坐在馆长的斜对面。馆长觉得这个姑娘知礼,他脸上的笑容加深了一层。他慢吞吞地说:"当初令堂要求另设'纪念室',本馆从来没有个人的'纪念室',很抱歉。不过府上捐赠的善本、孤本,都有姚謇先生的印章,我们一律不出借的。请告诉令堂,请她放心。"

姚宓听馆长把她背后嘀咕的话都说出来了,很不好意思,红了脸说:"那是我私下嘀咕,家母并不知道。"她那副羞惭的容色,很妩媚可爱,可是馆长视而不见,只说他心上的话。他说:"你该知道,管理图书是专门之学。咱们国家从前曾经派送好多位专家出国学习,如今健在的只有梁思庄先生一人了。你虽是新来的一个最年轻的职员,却是我们打算培养的人。我们博文图书馆是为人民服务的,只有付出,没有收回,没有能力送你出国深造。目前燕京大学并入新北大了。燕京大学的编目属全国一流,每本书有两套卡片,一套以作者为主,一套以作品为主。查了作者卡,你就知道这位作者还有什么其他作品;查了作品卡,你就知道这件作品出自哪位作者。其他图书馆认为这是笨工作,都偷懒不肯费功夫了。清华、燕京相去不远,清华图书馆就只有一套卡片。你以后见见梁思庄先生,向她当面请教。燕京的宿舍,你挤不进去,我已经拜托你那位陆舅舅和清华的有关领导打过招呼,试试让你借住一下清华女生宿舍,也许没多大问题。"

姚宓心想在新北大进修不如留在本校宿舍方便,她自己想办法。

馆长接着问姚宓:"你通几门外语?"

姚宓说:"学过英文、法文。"

馆长说:"不行,凡是有代表性的文字,你都得学,也别忘了咱们本国的古文。"

姚宓说:"古文,家母也教过我。"

馆长说:"中文系李主任的课,你可以去旁听。"他概括说:"有一位杨业治教授,英文、德文、意大利文都好,不过,他现在只教德文,你可以旁听他的课。许彦成先生,你在文学研究社就由他指导,你可以旁听他的课。最高学府现在有哪位法文好,我不知道了。温德先生的法国文学不错,但是口音不行。俄文,你学过吗?"

姚宓说:"从没学过,只读过英文翻译的托尔斯泰的《战争与和平》,陀思妥耶夫斯基的《卡拉马佐夫兄弟》,还有《契诃夫全集》。"

馆长说:"译者是专译俄文的有名女专家,能读她的译文就行,你年纪也不小了,还要从'阿、勃、勿、格、得'读起,也太累了。好,你到隔壁去,请赵明同志过来。"隔壁只隔着一片薄薄的木板,显然是特意这样隔的,这边的话,隔壁全听得清清楚楚。

姚宓把隔壁的赵明同志请了过来。馆长说:"这位赵明同志是博文图书馆员工班的主任。你业务学习,请梁馆长指教,政治学习,由赵明同志领导。"他说完,点点头就起身走了,姚宓对他深深鞠躬,他也没看见。

赵明同志笑着看姚宓向馆长的背后鞠躬,他说:"姚宓同志,你好大面子,馆长亲自接见。馆长的话你都听见了吧。我们这儿,每星期一上午政治学习,时间不长,顶多一上午,有时候两三个小时,别忘了。"

第 三 章

姚宓回家把博文图书馆馆长如何接待她告诉了妈妈。姚太太说:"既然你在学校已找好了住的地方,你就搬到学校去住吧,反正要带的东西不多。"姚宓就收拾了必要的东西准备到学校去。

这天下午,她找罗厚为她扛了铺盖卷儿,提了其他行李,她自己也拎了大包小裹乘公交车到学校,找到了女生宿舍。罗厚又不会什么客,他立即回家,让姚伯母知道女儿已经安然到校了。

姚宓同宿舍的学生帮姚宓把行李搬上三楼,同房间的是个高个儿的女孩子。她很热心,帮她打开铺盖卷儿,还帮她铺床,还带她到洗漱室安放了脸盆脚盆,并告诉姚宓厕所就在洗漱室旁边,洗澡有分隔的小间。她们俩回房,这女孩子又帮她整理书桌。

姚宓说:"我得到图书馆去报到吧?"

同房间的学生说:"你向谁去报到呀?这会儿梁馆长又不在图书馆里。一会儿就要吃晚饭了,我带你上饭厅吃晚饭。你还没买饭票呢。不要紧,用我的就行。我叫小李。"

姚宓说:"我叫姚宓。"

"叫你姚姐姐行吗?"

"我就叫你李妹妹。"

那女孩子说:"我学名李佳,大家都叫我小李。我没有妹妹,我是独养女儿。我要有个妹妹多好啊!我就可以做李姐姐了!"

姚宓觉得她天真可爱。她跟小李同吃了晚饭,小李又为她画了一张学校的地图,带她上四楼屋顶一一指点:哪里是图书馆,哪里是大礼堂,哪里是教学楼等等。她忽然遥遥指着说:"快看!快看!"

真是无巧不成书,姚宓看见杜丽琳挽着许彦成的胳膊,亲密地向校门走去。两人的脸色都很难看。姚宓暗想:"他们准是又在吵架呢。"

她问小李:"你认识他们?"

小李说:"啊呀,姚姐姐,他们是新来的外语系教师,女的专教口语,咕噜咕噜一口英国话,还会说美国话。英国话、美国话不都是英语吗?她还有个分别,真了不起!她最洋,绰号'标准美人',可是我爸爸不喜欢她,说她太'标准'。姚姐姐,你是天然美,你是一级,她只是二级。"

姚宓笑说:"从没听说美人还有一级二级。你也是美人,一级还是二级?"

"我是野小子。我会跳高跳远,还会撑杆跳。妈妈怕我摔伤,爸爸警告我,千万不能做运动员——呀,该回屋了,你明天还得见梁馆长呢。"

姚宓确也累了,不过上了心事。许彦成是经常跑图书馆的人。她见了许先生,不管是许先生独自一人或是有杜丽琳陪着,她怎么说呢?她把陆家的地名夹在笔记本里,准备面交。

第 四 章

姚宓料得不差,许彦成和杜丽琳这夜确在吵架。杜丽琳逼许彦成交代他和姚宓的关系呢。经过了一番"洗澡",又忙着搬了一个家,许彦成肯定自己没有对不起杜丽琳,是杜丽琳对不起姚宓。他冷气直冒,干脆不客气说:"你以为她是我的情人吗?"

杜丽琳冷笑两声,不搭理。

许彦成冷气换成了火气,使劲儿说:"无耻!"

"谁无耻?"

"这用问吗?"

"这是你对我说的?"

许彦成说:"去告诉你的党委书记大人,去告诉你新交的那几位名师吧!"杜丽琳气得眼泪直流,抖声说:"家丑不可外扬,你是要逼我闹离婚吗?"

"我逼你?你不是在逼我吗!"

杜丽琳改用英文说:"小声,别让阿姨听见了外面说去。你不顾我的脸面,我还要做人呢。咱们是新来的老师呀。"

许彦成一声不响,照例钻他的"狗窝"。他现在的"狗窝"却是一间很大的书房。杜丽琳独在客厅灯下哭泣。

姚宓看到杜丽琳勾着许彦成的那副亲密劲儿，确也窥到了亲密中的文章。

第二天早饭以后，她问小李："梁馆长哪儿去找？"

小李说："你到了图书馆，碰到随便谁，你就说要见梁馆长，他会带你去。"

姚宓见到一个学生，就请他带她去见梁馆长。据小李说，紧贴着图书馆，有一间馆长办公室。馆长是有名的女专家，顶和气的，她的办公室挨着借书处，很容易找。

姚宓刚到图书馆，就碰见了许彦成。她立即把那张抄着陆家地名的纸，塞给许先生，一面说："现在我就在这儿学习编目。今天我来向馆长报到。"

许彦成很出意外，他看了姚宓交给他的地址，点点头，随就领她到馆长办公室去，一面说："告诉姚伯母，这星期六准来看伯母。"他说完低着头走了。

馆长见了姚宓，笑说："姚宓，博文图书馆馆长早给我打过招呼，叫我照顾你。你的活儿很轻的，你就在这里学习编目。你得看些书。有关图书管理的各种主要学术论著，最好都熟悉一下。我这会儿先给你开个书目，你找几本来看了再说。"

她开了书目，对姚宓说："你不是我们图书馆的职员，你是来进修的，和学生一样，周末休息。"她亲自把姚宓送进书库。

姚宓忙去找书，忽见许彦成走到她身边说："阿宓，我好想你。"

姚宓吓了一跳。她说："这是书库呀。"

许彦成说："教师可以进书库。"这也等于说："以后我们可以天天见面。"

姚宓激动得书也不会找了，全是许彦成帮她找到的。幸亏这天书库里没几个人。

姚宓回宿舍吃饭，小李在等她。姚宓看了她的笑脸，不由得心上喜欢。她说："小李啊，我真是好运气，能和你同房间。"

小李说："哪里是好运气呀，是我挑的。这屋里原来是三个人住，派给你同房间的人不愿意和陌生人同住，我就和她交换了。"

"你不爱三个人一间？"

小李说："我嫌她们闹。她们爱说说笑笑，我爱看书。"

姚宓说："太好了，我也爱看书。"两个人都高兴得笑了。

小李带姚宓进了宿舍里的女生食堂，先为姚宓买了饭票，又要了两份饭，三样菜，找了个僻静的角落，俩人分端了饭和菜一同吃饭。

姚宓忍不住说："小李，你真好！"

小李一团孩子气地说："姚姐姐，你真美！我最崇拜美人。"

"你自己不也是美人吗？"

"我是野小子，谁也不赞我美。"

姚宓笑说："我也没人赞我美呀。"

两人都笑了，很亲密地一同吃了午饭。

小李笑嘻嘻地说："姚姐姐，我发现你的被子和衣服都特讲究，干吗罩着一件灰布制服呀？你是假装朴素吗？"

"为什么要假装呀？"

"我爸爸是这里中文系的主任，主任还没钱吗？不过这儿主任多着呢，孩子多了，就穷了。同学里有阔学生，吃穿都讲究，同学看不起她们，不跟她们好。"

姚宓笑说:"你会装穷,所以人人喜欢你?"

小李笑出两个深深的大酒窝。她说:"姚姐姐,我很会假装呢!"

这话引发了姚宓的孩子气。她说:"我就揭发你!"

小李说:"我嗅觉灵敏,嗅出了姚姐姐最可靠,不做对不起人的事。我还假装……不说了,咱们得吃饭了。"

姚宓看着小李单纯可爱,心里一动,有了一个好主意。周末回家,她要和妈妈谈一件要紧事。

这天下午四点左右,图书馆长又来看姚宓,看见她还认认真真地看书呢。她说:"你读完了?"

姚宓说:"都读完了,也许读得不够仔细,只粗粗地看过,知道一个大意。"馆长点点头说:"这样就行。照你这样进修专业,不用两年,一年就足够了。"

她拍拍姚宓的肩膀说:"还有一句话我忘了说。我不是答应照顾你吗,你星期六吃完午饭就可以回家,免得下班的时候,挤不上公交车。"

姚宓感激得站起身说:"谢谢馆长。"她恨不得对馆长鞠躬呢。馆长笑了,姚宓也笑了。

姚宓很愉快地回宿舍,和小李吃完晚饭,手挽着手,同到校园散步。

许彦成想到姚宓在本校图书馆进修,不能不告诉杜丽琳,她迟早会知道,准会怀疑他隐瞒着什么。但是杜丽琳到吃晚饭时才回家。

晚饭以后,阿姨在厨房洗碗。许彦成把姚宓在本校图书馆进修的事告诉了杜丽琳。

杜丽琳看了许彦成递给她的姚家的新地址,没说一句话。

许彦成说:"我星期六进城去看姚伯母,你也同去吗?"

杜丽琳长叹一声说:"你放心吧,我已经认命了,命里注定,我这一辈子是丈夫厌弃的妻子。感情是不能勉强的。我痴心等待你对我说的那三个字,你早已给了别人了。我何苦一辈子泡在醋里呢!你已经承认你们没有一点不正当关系。这种话何必多说呢。"

这个星期六午饭以后,姚宓不回从前文学研究社的西小院了,她直接到陆舅舅家去,她以前去过。姚太太正在那边等她呢。姚太太带着姚宓看了她们的新居,又带她去见了陆舅舅、陆舅妈。大家都很高兴。

第 五 章

姚宓和许彦成先后脚到姚家新居。姚宓刚和妈妈说:"妈妈,我今晚有要紧话告诉妈妈呢。"许彦成跟脚就来了。他问了姚伯母好,说:"丽琳有事不能来,叫我问伯母好"。

姚宓说:"她不是教口语吗?她也集体备课?"

许彦成说:"咳,她现在是系里的大红人。她结交了许多学校里走红的朋友,忙着呢!"

许彦成和姚太太谈了些别后的事,姚太太又介绍她见了罗厚的舅舅和舅妈,罗厚却不见人影儿。陆家舅舅、舅妈要留许先生吃饭。许彦成说:"我说定要回家吃晚饭的,得走了。"他匆匆回校了。

姚太太问女儿:"你的要紧事是关于许彦成的吗?"

她看到许彦成对阿宓留恋的情意,却好久没看到阿宓这么轻松愉快了。

姚宓说:"和许先生不相干,是关于罗厚的,妈妈,从搬到了这里来,陆家舅舅、舅妈都把我看作未来的外甥媳妇了。就连罗厚,恐怕也这么想了。可是,我和罗厚性情不相投。他很能干,将来会成实业家,不过他毫无头脑,没有理想。我是喜欢有理想的人。"

"实干和理想也许相反相成呢。"

"不,妈妈。妈妈知道相反不一定相成。"

妈妈点头说:"彦成是有理想的,可是他那位夫人很有点俗气。"

姚宓又轻快地笑了。她说:"我是为罗厚找到了一个合适的伴侣,才和妈妈提这个话的。她天真、活泼、聪明、爱读书。"

妈妈还想听她说下去,阿宓却不肯多说了,只问妈妈:"假如我嫁了罗厚,我会称心吗?"

妈妈想了一想,慢吞吞地说:"你讲的确也有理,我早说过,我决不干涉你的婚事,决不勉强你。"

姚宓说:"我这会儿跟妈妈声明了,心上舒服多了。"

姚太太好久没看见女儿轻快的笑容了。她想:"阿宓和年轻女孩子一起生活,也活泼快乐了。"

母女还像从前一样,睡在一张床上。姚太太听女儿一会儿就睡得声息全无,她却反侧了好久才入睡。

姚宓一老早就乘公交车到校,小李正在食堂吃早饭呢。书桌很整齐,小李是爱整齐的女孩子,姚宓也是爱整齐的。她们的书桌上放着整整齐齐一叠版本很好的《左传》,不是图书馆借的。书架上却都是英文书,有诗歌,小说更多,也是家藏的。桌子上摊着一本笔记本儿,本儿上是小李摘录的《左传》。

小李吃完早饭上楼,看见姚宓正在看她的笔记,忙双手掩住笔记本儿说:"姚姐姐,我的字太糟了。"

姚宓说:"小家伙,你不是杜先生的学生吗?怎么又在用功读古书呀?"

小李笑得酒窝都出来了。她说:"我是中文系的学生呀!偶然也旁听外文系的课。"

"哦,中文系的。我明白了。可那天吃饭的时候,你说了半句话,没说完,你说'你会假装',你是中文系,却假装外文系,对不对?"

小李说:"不对,我是名正言顺的中文系的学生。我爸爸说:'现在中学里只着重数理化和英文,学生对中国旧学,简直一窍不通。'所以叫我读中文系,补读些必读的旧书。我那天说的'假装'……"她忙咽住不说了,只说:"不能说的,我对谁都不敢说。不过,姚姐姐,我嗅觉很灵敏,我是小狗,我闻得出人。姚姐姐和别人不一样,说给你听也不怕。"她却怕人听见似的附在姚宓的耳上,轻声说:"我怕做运动员,我就假装晕倒,晕两次不够,我晕了三次。"她眨巴着眼睛对姚宓笑。"我妈妈还在找大夫开请假条儿,免我剧烈运动。"她接着说,"姚姐姐,你快上图书馆去吧,我今天第一堂没课。咱们吃完饭再讲。"

姚宓估计自己还不太晚,她缓步走到图书馆。她换了一件很考究的薄夹衣。许先生还没看见她从前的好衣服呢。她只对妈妈说"学校里没有人穿灰布制服了",她带了几件好衣服到学校去,姚太太没注意。小李却立即看到了。她说:"姚姐姐,你的衣服真美。幸亏你只躲在书库里学习,要不,准有人要追你了。"

"有人追你吗?"

"没人敢。"

"为什么?"

"我假装不认识他是谁。别人指出了他,我就当众把信还给他,一面说:'你敢把你写的那些肉麻话念给大家听吗?'别人就会把他的信抢去,念给大家听。他的脸都丢光了。"

"是你爸爸还是你妈妈教你的?"

"他们不管我的事,我自己想出来的。姚姐姐,肯定有人追过你。"

姚宓摇头说:"从来没有。"她说罢觉得自己不够老实。她也不能说没和谁通过信。她换个话题说:"自从我爸爸去世,我就得挣钱养家了。"

小李说:"有钱人家,哪会一下子就穷呀?"

姚宓说:"我讲的是真话。"她说了她父亲怎样耗尽了全部家产。

"我家也差不多。我们原先是官僚地主。一解放,我家忙把田地卖了,'李氏义学'也捐给国家了。不过,你家可算无产阶级了吧?我家还是资产阶级。大学教授不都是资产阶级吗。我填成分的时候瞒了一点小事,这可是千万不能说的。"她顿住口好半天,不等姚宓追问,又说:"姚姐姐,我知道姚姐姐和别人不一样,告诉你也不要紧。我说我家是教师成分。"

"大学教授不是教师吗?"

小李放低了声音,在姚宓耳朵里说:"我爷爷是'学老师'。你知道'学老师'吗?'学老师'是个官名。"

"'学老师',那是什么官呢?"

"你果然不知道。姚姐姐,你可千万不可以说出来的。我爷爷是个举人。举人做了'学老师'吃朝廷的俸禄。我的再上一辈,是进士出身,做过很大的官。幸亏我们填成分不问上辈,我都隐瞒了。姚姐姐,我知道你不会戳穿我的。"

姚宓叫她放心。她们俩分享着许多秘密,两人更要好了,成了无话不说的好朋友。

第 六 章

小李告诉姚宓:"我爸爸很赏识许彦成先生。"她觉得姚姐姐一惊,好像脸都红了。她说:"姚姐姐认识许先生吗?"

姚宓只好说,许先生从前是她的老师。小李顶乖觉,她怀疑姚宓看中许先生,或是许先生看中姚宓。她说:"爸爸说,标准美人出风头,不稀奇。许先生淡定低调,装得自己庸庸碌碌,装成庸中之庸,很不容易啊!他老是忧忧郁郁的,肯定和那个标准美人合不到一处。"

姚宓装作不经意地说:"许先生和杜先生很要好的。"她急着要改个话题,就说:"你爸爸和妈妈一定很要好,他们爱说爱笑吗?"

小李说到她妈妈,不由得自豪地说:"我妈妈是奇女子!我妈小时候不肯裹脚,逃到了她姨妈家。姨妈还算疼她,可是姨夫很小气,把她当丫头使唤。有一晚,姨夫发现她一个人偷偷在灯下读书,就把她打了一顿。她十六七岁逃到北京,到人家帮佣。后来她考取了师范学校,毕业成绩第一名。她就做了商务印书馆的职员。她由商务印书馆的一位编辑做媒,介绍给爸爸的。爸爸说我性格像妈,相貌像他。"说着,她拿出一幅全家福的照片,问:"姚姐姐,你觉得我像爸爸吗?"

姚宓说:"很像。"

小李说:"我觉得我妈是天下最好看的女人,我不如爸爸好看。"

"你妈妈很严肃吗?"

"一点儿不,她很爱说笑。她穿衣服比爸爸和我讲究。"

姚宓说:"你妈妈算什么成分呢?"

"职员。"

姚宓说:"你妈妈真了不起!我真羡慕你。"她越发拿定主意要给罗厚介绍这个对象了。她也很想见见小李的妈妈。

她找了一张罗厚的照片给小李看,说:"这个人算是我的表哥,因为他是陆舅舅的外甥。"

小李说:"他好帅呀!可是他完全没有帅哥那种气派,他不臭美。"

姚宓拿着照片说:"送给你,要不要?"

小李摇摇头,可是她又拿来仔细看了,好像很喜欢。

姚宓回家对她妈妈说,自己同房间的女孩子非常可爱,下次带她来见见妈妈,行吗?姚太太果然很有兴趣。

姚宓打算邀请小李到她家去,她得见见小李的父母。她问小李:"我想请你到我家去,我是不是先得求得李先生和师母的准许呀?"

小李说:"得求得他们准许,因为我今年才十七岁,还没有成年呢。"

"我上大学时,比你大一岁。今年我快要二十八岁了。日子过得真快!小李,这个星期日下午,我想到府上拜见李先生和师母,问问他们是否准许你到我家去。反正我只问个准许,不会耽误他们的工作。"

姚宓到李先生家拜见了老师和师母。师母非常清秀,比姚宓想象的美得多。她和小李一点儿也不像。小李的相貌完全像爸爸。她那两个深深的酒窝,在爸爸脸上却是两道深深的皱纹。

李师母早就听她女儿讲姚姐姐了。她已经准备了晚饭,要留她多坐会儿。她说:"晚饭后,我送你回家。"

姚宓说:"晚饭后我自己会回家。不过我得和妈妈通个电话,告诉一声。"

接电话的是陆舅舅。他说:"阿宓,你在哪里?说得出地名吗?"

姚宓说了李先生家的地名。她说:"不远,舅舅放心。"

陆家舅舅说:"我派车来接。你别出门,等着车,免得两头跑个空。"他说完就挂上电话。

姚宓觉得不好意思,先悄悄告诉了小李。她说:"小李,你对妈妈说,我的陆家舅舅是'汽车阶级',他要派车来接。"

李师母已经听见了。她说:"嗜,我想送你回家,趁便见见你妈妈。既然你那位陆家舅舅要派车来,只好等以后再见面了。"

姚宓看到李家的陈设,远比陆家讲究。他家挂的字画都是名家手笔。房子也很好。虽然陈旧,门窗隔扇都非常精致。李家是举人,进士出身。"学老师"这官名她都不知道,她妈妈也许知道,回家得记着问问。她暗想:陆家舅舅不过是民主人士罢了。

李先生也知道陆家舅舅的大名。他毫无老师架子,对姚宓像慈父。姚宓记得自己家的四合院,比李先生家差多了。小李是住惯了这种房子,不知道自己家境多么优越。

他们四人一桌,菜也不多,都很可口。姚宓特爱喝他们的不知什么汤,没好意思问。她喝了满满一小碗汤,门上传进话来,陆家的汽车来了。

姚宓很有礼貌,认为车可以等人。她在李家谈完了话,才起身告辞。

姚宓到家,只她妈妈还在等她,别人都睡了。

姚宓问妈妈,什么是"学老师"。

妈妈说:"那是官名,中了举,才能当'学老师'。你那个小李,脾气犟吗?厉害吗?"

姚宓细细地把小李的言谈举止一一向妈妈讲,又讲了李家的房子、家具、陈设等等。妈妈听得很有兴趣。她说,一定得把李家人都请来。她又问女儿:"李先生不常请客吧?"

姚宓想了一想说:"好像他从不请学校的人到他家去。"

妈妈点点头说:"你那位李先生很有道理。小李也很聪明,知道姚姐姐和别人不一样。"

姚宓存心要把罗厚介绍给小李。可是陆家人和她妈妈都把阿宓看成罗厚的未婚妻。姚宓虽然向妈妈声明罗厚和她性格不相投,但妈妈并未放弃这个打算。将来小李见了罗厚准以为姚姐姐给她介绍的是自己的未婚夫呢。她得趁早跟小李说说明白。

下周到学校之后,姚宓对小李说:"我要给你介绍一个男朋友,可以吗?"

小李急忙说:"不行,我还小,爸爸妈妈早说过,'进了大学可不许交男朋友,好好念书。'"

姚宓说:"不过认识认识,不是谈情说爱的,决不妨碍你学习。这个人,我家都看作我的未婚夫。可是我决计不会嫁给他的。"

小李调皮地说:"姚姐姐心上有一个人了。"

姚宓说:"对,可是我和他只是纯粹的朋友。我要给你介绍一个非常合适的朋友。这句话,你记在心上就行。我妈妈和陆家目前都想垄断我的婚姻呢。"

这个星期日上午,许彦成来拜访姚太太,知道了姚太太要请客,就说:"伯母,我就走了。"

姚太太说:"你是我多年的老朋友,阿宓说,李先生称赞你有学问、有见识。你该帮我招待客人。"

但许彦成还是客气地辞谢了。

陆家舅舅连最高学府的中文系主任都没听说过,可见李先生在学校多么低调。李先生一家由陆家的汽车接来了。一家人都很朴素,小李和平时一模一样,并没有打扮,只李太太穿得比较考究。

罗厚在门口接见了客人,把他们让到客厅里。小李见过了一位陆伯伯、一位陆伯母、一位姚伯母,没有和罗厚招呼。她悄悄地问姚宓:"那一位,我怎么称呼?我总不能叫他罗厚同志呀。"

姚宓笑说:"叫他猴儿哥。他小名就叫猴儿。"

"姚姐姐,我该叫罗哥哥吧?"

"骡子比猴儿更是畜生。"姚宓想了想说,"他是齐天大圣弼马温,叫他温哥哥吧。"

小李低声说了两遍"温哥",觉得很顺口。

姚宓叫罗厚过来给他介绍说:"这位是我的新朋友小李。你叫她李妹妹。你是齐天大圣弼马温,这名字太长,就叫温哥哥,怎么样?"

罗厚笑嘻嘻地叫了一声"李妹妹",小李笑着叫了一声"温哥哥",声音小得都听不见。姚宓看到罗厚对小李很喜欢,小李对温哥哥很仰慕。

姚太太看到这个大酒窝姑娘,酒窝里填满了甜软的笑,喜欢得搂在怀里说:"这孩子太可爱了,认我做干妈吧!李师母,我的阿宓太一本正经,我不要她了。"

姚太太是何等聪明的人,她见了女儿这个小友,立刻完全明白了女儿的心意。她是要为罗厚找个对象,摆脱她自己。

李师母笑说:"我这个没头没脑的傻孩子,姚伯母不嫌弃啊?我正羡慕姚姐姐又有学问,又有头脑,咱们交换,让我也认个干女儿吧!"

姚宓笑着过去挨在李师母身边,和她贴贴脸,表示亲热。

陆舅妈高兴说:"认干亲是要送大礼的。"

姚太太说:"我们是交换,一切俗礼全都免了!我是光棍无赖,舅妈休想从中取利!"

大家都哈哈笑。这天宾主尽欢而散。李家仍由陆家的汽车送回家。

第 七 章

姚宓注意到李家的房子虽然比她们家的好,却不像陆家有那么大的花园。李家四邻都是相仿而较小的四合院,李家杂在中间也不惹眼,只显得比别家旧。她想:这么大的房子原先准有个大花园。她第一次到李家是大白天,所以当时就注意到了。她想起小李的话,猜想花园准是归公了。

她到校问小李。小李说:"可不是吗!那时候地租很贵,实在交不起,只好归公了。我已经记事了,我家前前后后的房子,都是后来盖起来的。盖房子真闹人,近两年才安静下来。姚姐姐,你怎么什么都知道?"

"我家从前有一所两进深的四合院,虽然房子没你家的大,后面也有个花园。"

她接下说:"陆家有个很大的花园,不知原先是什么人家的。哪天我带你到花园去玩玩。下星期六,我叫你的温哥哥来接你,好不好?我妈妈想你呢!"

小李很高兴,她笑着说:"我也想我的干妈,你干妈也想你呢!"

据陆家司机说:他那天接送李先生一家,走了冤枉路。陆家的汽车特大,只好规规矩矩走大道,其实他们两家并不远,坐十六路公交车,至多六七站路,而且下车不用走几步路就到家了。

姚宓听了这话,拿定主意,再也不用陆家的汽车了,太招摇。她邀小李到她家玩,就请罗厚送李妹妹回去。

李先生在姚家宴会时注意到这个"敬陪末座"的青年人气度不凡,对他颇有兴趣。他猜想这人是姚宓的未婚夫,想亲自问问。所以他请罗厚到他家吃晚饭。他说:"只是便饭,别客气。"

罗厚下次送李妹妹回去,就在李家便饭了。李先生问他哪儿工作,他说,在外国语学院,毕业后留校当助教,现在是讲师。

李师母问起从前文学研究社的事,罗厚讲了朱千里"洗澡"的故事,逗得人人大笑。

客人走了,李先生对老伴说:"这孩子不俗。"

李太太更有兴趣,因为做妈妈的比较敏感,觉得女儿很崇拜他。她问女儿:"温哥哥是不是姚姐姐的未婚夫?"

小李不敢告诉妈妈,姚姐姐特地为她介绍温哥哥做朋友的,她只讲了温哥哥从前怎么保护姚姐姐,怎么和流氓打架的事。小李的爸爸妈妈觉得这个年轻人很侠义,对他更器重了。

小李说:"姚姐姐只把他当亲哥哥,亲哥哥怎么能做未婚夫呢!反正她怎么也不嫁给他的。"她附着妈妈的耳朵说:"告诉妈妈一个秘密,只有我知道的秘密。姚姐姐心上有一个人。"李太太听了这话,心上踏实了。她说:"放心,除了爸爸,我不会告诉别人。"她也附着李先生的耳朵,说了这个秘密。他们心上都踏实了。

第 八 章

姚宓拿定主意,她决不能让妈妈知道她和许先生天天在书库见面,也决不让许先生和她说话,因为保不定会有人看见。她妈妈只知道女儿在图书馆工作,图书馆的规模她也不全知道。李先生家藏书丰富,不用借图书馆的。至于杜丽琳,她是从不跑图书馆的,姚宓尽可放心。

一年以后,姚宓进修期满,又回到原先的博文图书馆。博文图书馆已并入市图书馆。市图书馆等待编目的书,一批又一批地送来。姚宓工作努力,效率特高,市图书馆为她评定的工资相当高,而且市图书馆离她家不远。她清早喝一杯鲜奶就赶去上班。中午吃食堂。五点下班。工作虽忙,她不像教师得准备功课,也不像图书馆其他员工,假期特忙,不得休息。她只在书库里编书目。当初博文图书馆馆长照顾她,星期六只上半天班。市图书馆照样照顾她,星期六也只上半天班。

姚宓回家后,可以读书到夜深。她夜夜还是抱着妈妈的病脚同睡一床。姚太太和陆家合伙,陆家只收她四分之一的伙食费,和自己家开伙相差无几。姚太太这两年开始有富余的钱让女儿买一双新鞋,或添一件新衣服之类。姚宓的古董衣服,料子原是上好的,配上新式点缀,让姚宓显得更年轻了。她在同事中交了些新朋友,也更活泼了。每星期六,她照旧和小李家来往。每星期天上午,许彦成总来看望姚伯母,当然也和姚宓相见。姚宓见了许先生,照常总那么淡淡的。

第 九 章

这年春分前后,许彦成忽得他伯父来电报,通知侄儿:妈妈病危。许彦成和杜丽琳忙向学校请假回天津。但是他们赶到天津,许彦成的妈妈已经走了。据他伯母说,他妈妈的胃癌加重,自己觉得不好,说肚里胀痛,只怕不行了,趁早叫彦成和丽琳回来见个面。想不到她去得很快,昨天晚上就去世了。

许彦成很伤心,觉得自己一辈子对不起妈妈,无法叫她称心,连她临终想见他一面,他也未能让她如愿。他大伯母安慰他说:去得快是她的福气。彦成还是很伤感。

杜丽琳想带女儿同回北京,小丽却连爸爸妈妈都不认了。她已经上幼儿园,只和姑姑好,对爸爸妈妈只像陌路人。她衣服很整洁,相貌也不错。许彦成说:"这孩子像谁呀?"

他伯母说:"就像你的父亲。"

许彦成是遗腹子,当然不知道父亲的相貌。他这位古怪的妈妈,不知出于什么迷信,连照片也没有留下一张。

杜丽琳不能哄女儿跟她回北京,痛哭了一场。

许彦成的伯父原是开诊所的,解放后,私家诊所取消了。伯父当了本地区医院的内科主任,每天忙得吃饭也没工夫,只好大口吞。幸亏晚上能回来休息,医院有值夜班的大夫。他这天老晚才到家,见到了彦成夫妇,他们好久没见面了。这晚上,他们一同商量怎么为彦成的妈妈办后事。老太太曾经对哥嫂说,留骨灰是骗人的,只给一点点,叫人家死了也不得全尸。埋在坟墓里呢,旁边坟里都是死人,死人都变了鬼了。她怕鬼,所以宁愿不留骨灰,她就干脆什么都没有了。许家就按照她的遗愿,办了她的后事。

杜丽琳有一枚陪嫁的钻戒,曾交许伯母保管。她这次回天津,就问许伯母讨还这枚钻戒。许伯母忙取出这枚钻戒还给丽琳。她对丽琳说:"这么大的钻石不多见的。"许伯母觉得带着钻戒上火车太惹眼,特为她细针密线缝在内衣口袋里。杜丽琳回北京后,也不敢放在那个没有关栏的宿舍里,只好缝一只小口袋,系上带子,挂在身上。她的钻戒一直是这么挂在身上的。直到后来再婚做新娘,才戴在手上。

　　杜丽琳失去了一个女儿。许彦成的妈妈虽然不喜欢他,他还是觉得失去了妈妈。两人都含悲回学校。

第二部

第 一 章

一九五七年早春,全国都在响应号召,大鸣大放,帮助党整风。陆舅舅很起劲,他对姚宓说:"阿宓啊,你瞧着吧,学生都动起来了,要上街了!"

姚太太和王正、马任之是很要好的。王正、马任之都亲耳听到党关于"敞开思想,大鸣大放"的动员报告,但他们是很理性的人,有他们自己的认识。他们来看姚太太,和姚太太交换过对整风运动的个人意见。姚太太和女儿私下讨论,姚宓说:"我不是党员,不用太积极,只求'安居中游'。不过,中游也不稳当,最好少发言,只说自己'觉悟不高','认识不足',总比多说话稳当。"

陆舅舅一度很兴奋,很热衷,觉着这是国家大事。

姚宓不敢把王正、马任之他们的意思说出来,可是爱护舅舅,还是劝了一句:"舅舅,说话小心啊!"

陆舅舅说:"你小孩子家懂什么,这可是国家大事啊!"姚宓就没再多说。

陆舅舅没想到早春天气,阴晴不定,第二天醒来,风向突转,气候大变。他的鸣放言论,让他犯了大错,受到猛批。他吓得不能睡,饭也吃不下,他病了。

姚太太有个庶出的妹妹,嫁在陈家,是姚宓的陈姨妈。她丈夫去世后,因媳妇不贤,她想投奔北京的姐姐。她从天津写信来问是否能留她住下。

陈姨妈不如姐姐美,身材高高的,也很俊俏。脾气性格和姐姐很相像。她和姐姐一样,很沉静,也很有主意,不过她特能干。姚太太是家里的宝贝,她一点儿不能干。

陈姨夫性情狷介,以前因为姚家阔,不愿攀附,所以姊妹也疏远了。这次姐妹暮年相见,都不免伤感,姚家老一辈的亲人,只有她们姐妹俩了。现在姚太太已经瘫痪,走路得拄着拐杖了;陈姨妈呢,相依为命的丈夫去世了。姊妹俩紧紧握着手,都凄然泪下。姚宓在旁想起自己父母双全时的情景,也不免泪下。

陈姨妈第一次来姐姐家,略显身手,做了几个好菜。陆舅舅已病了两天,顿顿稀饭咸菜,不免害了馋痨,吃到可口的好菜,便放怀大吃,一下子吃得过饱,半夜起床,中风倒地了。

他是个大胖子,瘦弱的陆舅妈扶不动他,只好去找罗厚,叫他帮着扶扶倒地的舅舅。

陆舅舅实在太胖了,扶不动,而且脸色已经变了。他瞪着两眼,伸着一个指头,不知指着什么东西,好像想说什么话,却一命呜呼了。

罗厚急了,说:"咱们找姚伯母吧。"

陆舅妈说:"胡闹!她是中过风的。咱们千万不能找她,瞒她还怕来不及呢。"

陆舅妈向来是不动脑筋的,这时急了,忙想了想说:"我想起一个人来了。你陈姨妈不是老伴儿去世不久吗,咱们这会儿守着舅舅,明天一早,我悄悄地过去问问陈姨妈。"

陆家和姚家距离相当远。陆家住在花园深处,姚家却住在近门口处。罗厚没见过死人,陆舅舅面貌也实在可怕。罗厚和陆舅妈都觉得害怕,亮着灯在外间坐了一夜。第二天早上,罗厚告诉舅妈:"待在这屋里怪害怕的,让我过去找陈姨妈吧。"

罗厚跑到姚家,姚宓还没醒,姚太太还没起来,陈姨妈倒是起来了,正在洗脸漱口。她看见罗厚探头探脑,轻声问:"找阿宓吗?她还没醒呢。"

罗厚说:"陈姨妈,我舅舅不好了。"

"怎么不好?"

"我舅舅死了。"

姚太太耳朵特聪,在里间听见了。她很镇定,忙起来问罗厚:"舅舅怎么了?"

罗厚哭着说:"他走了,我怕吓坏了姚伯母。"

"舅妈呢?"

"她一人在家守着我舅舅呢。舅妈让我过来问问现在我们该怎么办?"

陈姨妈说:"你得先找街道红医站验看遗体,开死亡证明,然后到派出所在户口簿上注销你舅舅的名字,才能火化。他属什么单位,请他们来个人,帮着料理后事。"

姚太太一点儿经验都没有,因为她自己是中风。

罗厚急忙打了电话,通知了民主同盟。

姚宓已经起来了。姚太太由女儿扶着同到陆家去。陈姨妈也要过去,姚太太说:"你是刚来的客人,我们都要对遗体叩头行礼的,陆舅舅不能受你的礼,你只能算一个吊丧的客人,况且你刚下火车,该休息一下,你在这儿看家吧。"陈姨妈觉得姐姐说的不错,就留在姚家休息。

民盟机关反右斗争正在火热进行,接到电话后,答应派人来帮着料理后事。陆舅舅是犯有严重错误在受批判的对象,所以丧事从简,一切低调处理。

姚太太对陆舅妈、罗厚和姚宓等说:"单位上照例要问'家属有什么要求',咱们自己识趣吧,咱们还能提出什么要求呀!还有谁给他开追悼会吗!咱们就说:'什么要求都没有,骨灰也不留。'我记得陆舅舅说着玩儿说过,他不留骨灰。陆舅妈也记得。"

姚太太又说:"咱们家里人,磕三个头送送就完了。"

她们母女和过来报丧的罗厚,一起到陆家,会合了陆舅妈,同向陆舅舅的遗体告别,磕了三个头。沈妈也跟了去的,她在两位太太、姚宓、罗厚等一一行礼之后,也跪下叩了三个头。

民主同盟的人很快就来了。陆舅妈把姚太太教她的一套话,结结巴巴地照说了一遍。姚太太姊妹也过来陪着招待单位派来的人。

民主同盟的办事人员很干练,很快就和有关各方交涉妥帖,为陆家雇了一辆运送遗体的车,付了焚化费。

陆舅舅由陆舅妈和罗厚给穿着得整整齐齐,装入纸棺,抬上运纸棺的车,送往火葬场。罗厚骑了车含泪陪着运送遗体的车同到火葬场。然后又飞快地骑车回家,找出陆舅舅最漂亮的照片给加急放大了,配上镜框,由家人帮着布置了灵堂。

不可一世的陆舅舅就这样走了,从此走了,去了,没有了。

姚太太对阿宓说:"咱们原先是两家同桌吃饭的,现在陆家只剩下陆舅妈和罗厚了;那边已布置了灵堂,咱们过去吃饭合适吗?"

姚宓说:"妈妈的意思我明白,咱们得请他们两个到咱们这边来。"

姚太太说:"我就是这么想。"

陆舅妈和罗厚到姚家来同吃了晚饭。晚饭以后,罗厚老实不客气说:"姚伯母,我不敢回那边去了,怎么办?"

陆舅妈虽然没说话,她也不敢回去了。

姚宓说:"咱们得请他们两个到咱们这边来吧?"

姚太太说:"我就是这么想。"紧接着,姚太太又说:"陆舅妈和罗厚干脆搬我们这边来同住,两家并作一家。"

姚宓说:"妈妈的主意真不错!"

陆舅妈和罗厚巴不得搬过来同住。当夜陆舅妈借了一条薄被,在姚太太的榻上睡了一宿。罗厚要了一条夹被,脱了鞋,就连着衣服睡在姚家客厅里的长沙发上。

第二天,他和陆舅妈大白天不那么害怕了,两人过去把日常需要的东西收拾收拾,请沈妈帮着一件一件搬过来。陈姨妈特能干,她使唤门房帮忙,帮着打扫屋子,准备陆家搬过来。

第 二 章

陆舅舅去世后,原单位派来的服务员全撤走了。陆家花园,没人收拾了。

姚太太、陆舅妈、陈姨妈、沈妈几个女眷住在偌大一座宅院里。日子久了,打开花园门一看,只见一片荒芜。沈妈伺候几位老太太吃饭、睡觉,够忙的。她每天一早出门买菜,晚上独自一人到大门口锁门,只觉得汗毛凛凛,怪害怕。姚太太嘴上不说,心上也觉着悲凉犯怵。原先茂盛漂亮的陆家花园已成了一个荒园。几位老太太要等姚宓、罗厚回家才稍稍感到些生机。可是姚宓住在学校里,杜先生反右挨批下乡劳动改造去了,罗厚陪许先生也住在学校宿舍里呢,他俩周末才回家。

姚太太是个有主意的人,凡事采取主动。她知道陆舅舅单位早晚会收回陆家花园,顶多给陆舅妈安置个小住处。姚太太打算早些搬入她家的老四合院,免得临时手忙脚乱。只是她那宅四合院,多年不住人,得好好收拾一番,才能搬进去住。于是又让姚宓去与马任之夫妇商量,向他们求助。

马任之和王正向来与姚太太母女很亲密,每有什么政治运动,马任之总叫王正过来跟她们母女打招呼,叫她们小心,别犯错误。他俩是负责文教工作的领导干部,学校归文教部门主管。

王正最近告诉姚伯母和姚宓,最高学府有些事没做对,说:"我问过党委有关负责人,杜丽琳一向紧跟领导,发言最正确,怎么会发右派言论?那位负责人说,她开会的时候说,她'同意方才那位同志的话'。我问:'杜丽琳自己说了什么呢?她同意大右派的言论,就是小右派吗?既然和大右派的言论相同,就该是大右派啊。'那位负责人说:'她结结巴巴,学舌也不会,只说:"听党的号召,响应号召,大鸣大放"。'我说:'她的右派言论呢?听党的话,没错呀!'可是那位领导只呆着脸。我想杜丽琳是凑数弄上去的,每个单位都有划右派的指标呀!我知道这位负责人得保全自己的面子,我也得顾全他的面子。我就笑笑说:'谁叫她说错了话呢。错误既不严重,就对她从轻发落吧。'另外一个是政治经济系的叶丹。他不懂马列主义,他教政治经济学,肯定出毛病。可是上课说错了话,并不等于就是右派言论呀。还有历史系一个刘先生,也是讲课说错了话,也没有右派言论。他们三个同在一个地方劳动改造,都调回来了。"

王正接着说:"伯母,我对您是推心置腹的。我和任之当年在地下活动,全靠姚伯母和姚宓的掩护。白色恐怖最严重的时候,任之撤退了。我和几个地下党员还照常在文学社工作。伯母,您是我们地下党的大恩人呀。姚睿先生是阔公子,人家说他把家产都败光了。其实还不都是支援了地下党活动嘛。他是对新中国的建立有功的。"

王正又感叹说:"哎,生活在不断革命的时代,日子过得真快,一场斗争刚完,接着又是一场。任之和我满心想为伯母和姚宓做点什么,报答一下您一家人的恩情,却始终没能实行。现在你们那个陆家花园已被很体面的大人物看中了,你们可能也住不下去了。我们很高兴能为姚伯母整理一下四合院,帮助搬个家,让我们尽尽心意。"她提议这个周末就与任之陪姚宓同去看看那所四合院,不知房子多年不住人,荒成什么样儿了。

星期六下午,姚宓问妈妈要了大门的钥匙,和马任之夫妇、罗厚同去看姚家的四合院。大门是锁得好好的,锁上连尘土都没有,大约是每晚巡逻的人顺手拂拭干净了。开门一看,只见落叶遍地,杂草丛生,院子里的几棵树倒还好好的,只是多年没有修剪,都长得没样式了。

罗厚、姚宓和王正一群人说着话一同进去看房子。王正说："这棵枣树高得惹眼了，得截去一截，丁香、海棠多年没有修剪，枝叶乱长，不成模样了。围墙太矮，不安全，得加高，再围上铁丝网。后园里那口沤肥的大瓮头，还在原处，篱笆歪斜了，没倒，扶扶直就行。"他们看到篱笆上结得满满的丝瓜、扁豆，沿墙种的南瓜、老玉米，还有几畦菜，都枯死了。

王正叹了一口气又说："真还得感谢你们那位陆舅舅，总算把这个四合院买回来了。"罗厚想到了他死去的舅舅，也黯然泪下。大家都很感慨。

王正说："修理房子的事交给我和任之吧。这事由我们去办，房子收拾好了，我们也会找人来帮你们搬家。"

他们出门，又锁上大门，王正把钥匙放在自己的手提包里。

姚宓家的四合院，就交由王正、马任之派人去收拾了。王正带着马任之的办事人员，加高了围墙，又围上可以通电的铁丝网。房子还是好好的，因为油漆并未剥落，只是蒙上了一层尘土，因此不用修缮。他们已经吩咐办事人员打扫了一下，现在可以住人了。

约莫过了二十来天，就有人来为姚家安上电话。王正通知姚家准备搬家，并且已经叫大卡车到陆家花园去帮姚家、陆家一同搬回四合院了。王正对姚太太说："你家那四合院，都收拾妥当了，四合院大门上的钥匙交给帮你们搬家的老王了。好在房子没有油漆味儿，因为原来的漆并没褪色，洗刷一下就焕然一新。还有什么不满意的地方，吩咐老王就行。搬完了，给我来个电话，我家电话号码问老王就知道。"

罗厚早把卖家具的钱交给姚伯母，又把陆舅妈没用的衣服全卖了钱。他把陆舅舅的家当一一整理，发现有一只箱子里藏个存折，打开一看，好大一笔钱呢。陆舅妈说："钱的事我从来不管，交给姚伯母吧。"

姚太太打开一看，果真是好大一笔钱。她叫罗厚到银行去开个长期存折，把以前的和以后的利息都存上，她说："陆舅妈无儿无女，这笔钱就是她的养老金了。"她把陆舅妈的存折收入她的首饰盒里，和她珍贵的东西放在一处。

正值秋风送爽的好天气，姚太太说："咱们还等什么黄道吉日吗，房子既然可以住人了，咱们就搬家吧。"罗厚干脆请了两天假，许彦成不能干，姚太太只叫他随陈姨妈同到四合院去，听陈姨妈使唤。姚宓倒相当能干，姚太太带了姚宓和陆舅妈同到陆家花园去看看有多少东西要搬入四合院的。

陆舅妈跟着姚太太过日子，很称心愉快。这回临走不禁哽哽咽咽地哭了。姚太太也很感慨，姚宓也很伤心。他们只搬走一张陆家的大床，因为这张床特考究，床头床尾都有安放东西的地方。她们等大卡车搬走了大床，拣了些零碎物品和陆舅妈经常使用的缝纫机，另雇了一辆车回四合院。

许彦成觉得四合院里全是女眷，如果单留罗厚陪伴，他自己一人也没着落，所以他和罗厚就住在四合院里做义务男仆。他们有陈姨妈和罗厚做饭，沈妈买菜。他和罗厚同住在外面一进，和姚家一处吃饭。

他看到姚宓安静地和妈妈一起生活，阿宓近在咫尺，又远在天边。

第 三 章

姚家搬回四合院,姚太太不免触景生情,引发出对以往生活的回忆。姚太太曾对女儿说:"阿宓,你记得吗?咱们从前家里用三个男用人,三个女的。男的只两个住咱们家,一个就是厨子,一个是看门的,另一个北京有家,每晚回家;女的呢,一个沈妈,每晚睡在我床后,有什么要茶要水的事,可以叫她;现在只剩下沈妈一人了,唉……"母女俩一想起姚謇先生去世后那段孤寂无助的日子,就黯然神伤,悲叹不已;如今幸得家中有陆舅妈、罗厚同住,能互相照应,心上宽慰许多。

这位同住家中的陆舅妈,有一次,无意中听到姚太太对女儿说:"阿宓,你是不是太劳累了,睡着了直踢被子,我盖上你又踢开,害得我睡觉也不得安宁。"陆舅妈听在心里,就请教了阿宓每晚临睡怎么为妈妈按摩。其实那是很简单的,她学会了,就对姚太太说:"阿宓白天劳累,让我抱着你的脚睡可以吗?我一个人睡怪害怕的,睡都睡不着,现在我也会按摩了,让我睡你的脚头,让姚妹妹一个人睡。我挨着你,我也睡得安稳。"她从此就和姚太太一床睡了。

姚太太不愿意自己的合婚床上睡个陆舅妈。她和陆舅妈同睡的是陆舅舅、舅妈的合婚床。那是一张非常考究的床,床头床脚都能安放有用的东西。床头呢,热水瓶、杯子,或有什么半夜要填肚子的点心之类,放在床头,不怕翻倒或滚落地下。床尾呢,脱下的衣裤或可以减的被子,都放得妥帖。这张床,因为考究,没有留在原处由罗厚出卖,却随着其他家具,一起搬入四合院了。

姚太太原有一张笨重的榻床,家里来了女客往往在这个榻上睡。姚宓自此每次由学校回家,就和陈姨妈同睡这个榻上,也不再睡姚太太房里了。

第 四 章

杜丽琳不幸划为右派,立即工资降了三级,限期下放劳动改造。她家阿姨,都看在眼里,不等东家辞她,她自己辞了东家。杜丽琳送了她两个月的工资。

杜丽琳心境不好,嘀嘀咕咕,嫌彦成不能干,她自己亲自出去置备行装。她买了六双棉纱袜子,三双黑,三双白;又买了两双帆布面的胶底鞋,好走路;又买两双方头"懒汉鞋",早晚穿。她收拾了一堆旧衣服,厚的薄的都有,出发前夕,塞在一只可以上锁的铺盖袋里,叫彦成卷作一卷,扛着方便。

那天晚上,杜丽琳蒙着头哭了一夜,哭得床都震动了。许彦成的床和她的床是并排着放的,当然也一起震动。许彦成陪着她一夜没睡。天蒙蒙亮了,彦成推她说:"丽琳,别哭了,哭红了眼睛,给人家看出来,不好意思。"不料她眼睛却不肿,原来她的眼睛是哭不肿的。可见她往常哭了,许彦成却不知道。

丽琳把脖子上挂的那只钻戒,脱下套在许彦成的脖子上,她说:"这只钻戒给你留个纪念吧。我这一去,死活不知,如果能活着回来,咱俩再做夫妻,我死了呢,就送给姚宓吧。说句平心话,她是个厚道的人,宁可自己伤心也不愿伤害我。"

彦成就把脖子上的钻戒塞进内衣。他深情地搂着丽琳,在她额上亲了一下说:"丽琳,你放心,我绝不乘人之危,绝不抛弃你。只是你得吃苦了,希望你好好当心自己,早回家。"

杜丽琳特别伤心,因为彦成的拥抱从没有像这次的温暖。她是一个爱面子的人,拭去眼泪,赶忙收拾了行李,和同伙到安徽和河南接壤处一个贫穷地带去劳动改造。许彦成扛着铺盖卷送行。人人觉得他们俩是标准的恩爱夫妻呢。

许彦成见了姚太太,把钻戒交给她说:"这是丽琳托我保管的,我不会保管,交给伯母行吗?"他把丽琳感谢姚宓的话告诉了姚伯母,叹气说:"这个杜丽琳啊,就是好出风头,爱跟风。当时伯母警告我们的话,我能告诉她吗?"

姚宓听了杜丽琳的"平心话",很是感动,她噙着泪没说什么。姚太太收下了许彦成交给她的钻戒,对杜丽琳很是同情。

杜丽琳一群右派,随带队的人来到皖北一个荒僻的山村落户,初下乡就遇上了闹心事。那里家家墙上都画着大大的白圈。在行的人,就知道当地有狼。他们吃饭、住宿的两个席棚,又不在一处,大家心上寒凛凛地害怕。

有一个人发表了他的高见。他说:"一个村子也有好几户人家呢,狼是合群的。如果有狼群,早把村里人都吃光了,几个大白圈顶什么用呀!照我看,这里的狼只是失群的狼,准怕我们成群的人。咱们一群人也不少呢,寡不敌众,那一只两只失群的狼,咱们不用害怕,防着点就行。"

大家觉得这话有理,出了宿舍总结队同行。女同志都挨着壮硕而比较友好的男同志,指望他们保护。那时候,男同志还没有消瘦。一星期左右,女同志发现,女人比男人经得起折磨。她们胖的瘦的,都还如旧,胖的没瘦,瘦的也没有更瘦,男同志却开始消瘦了。也许男的劳动量比她们重吧。再往后,女同志也显得憔悴了。只有杜丽琳,虽然晒黑了些,还照样很美,因为她的劳动总是最轻的,带队的都偏护她。

很多人愿意走在她旁边保护她呢。她对这些人很少看得上眼的。有的两眼贼溜溜的,有的一双眼睛好像害了馋痨。她留心挑选,中意的只有两个人,一个比较壮硕,一个很文秀。文秀的就是那个断定村里没有狼群的人。他个子高些,比另一个瘦。他对杜丽琳最冷漠,好像对这位美人漠不关心。她常看见他捡起路上碎石块向远方投掷,好像在练什么本领。杜丽琳对这两人倒是很感兴趣。

天气渐热,这群劳改的知识分子连日连夜地盖房子,防失群的狼夜间把睡熟的人叼去吃掉。他们盖房子毫无经验,房子尽量盖得小,不至散架。先盖的是女宿舍,男宿舍就盖得大些了。女宿舍在西,男宿舍在东,中间有一段距离,防止男女之间出点什么事。

大家都穿上最风凉的薄衣服。

一次,丽琳中意的那个壮硕的男同志走在她旁边,他故意放慢脚步,落在一群人的最后面了。他站定了对丽琳说:"瞧,夕阳西下,多美啊!城市里倒是看不见的。"

他们不敢走远。附近有一个比较隐蔽的地方,在女宿舍西边的大树下。那儿有块大石头,可以坐两三个人。那人带了杜丽琳去坐在石上。他忽在杜丽琳胸口摸了一把。杜丽琳立即反手重重地打了他一巴掌,飞快逃回宿舍。她自己都惊奇,"我怎会这么泼辣呀!"她也警惕地对自己说:"黑地里男人会变相。

看上去老实的人,黑地里会变流氓。"

第二天,那个吃了大巴掌的人照样对杜丽琳殷勤保护,昨夜的事好像不曾发生。杜丽琳仔细观察,看出那人一双眼神有点油滑,不像那个文秀的凝重。

杜丽琳存心要试验一下,那个文秀的人黑地里是否也会变相。她故意和那人走在最后,模仿昨天那人的话说:"看,夕阳西下,城里是不多见的。"

那人说:"我早注意到了。乍一见,是很美,可这里太干燥,没有一点云彩,太阳一下,天就黑了,什么都看不见了。"

杜丽琳想把他领到那个隐蔽的大树下去坐坐。那人说:"那边不是好地方,说不定还会碰上失群的狼。"

他忽然很聪明地问:"你是不是去过了?"

丽琳撒谎说:"没去过。"

那人说:"那么我警告你,谁要带你去,你不要去,那人准是不怀好意。"他只送丽琳走近女宿舍,就急急回自己宿舍去了。

丽琳有许多话想问他,可是得另找机会了。这人叫叶丹,是本校政治经济系的教师。丽琳和他不熟,现在却心上念想着他。

有一天,丽琳看见叶丹捧着饭碗,在破席棚的一个风凉的角落里吃。丽琳走过去站在他旁边,悄悄地问:"叶丹,你结过婚吗?"

劳动队的同伙彼此之间表示亲密团结,只称名,不称姓,除非是单名。叶丹是单名。

叶丹说:"我没有,不过我有女朋友。"

"有许多吧?"

"只两个。"

"就没有第三个了?"

"没有了。"

"为什么呢?"

"第一个,不合我的理想,吹了。我又交了第二个,她也不合我的理想,也吹了。"

"还没找到第三个?"

"不找了。有过两次经验,懂事了。这种事,没意思。"

丽琳还想问,可是怕人注意,没敢多问。

他们俩没机会深谈,丽琳心上老在跟叶丹说话,老在想他。丽琳忽然明白,她是爱上叶丹了。她细细观察,同队来所有的人,数叶丹最聪明,人品亦好,是她最中意的人。她只恨自己是有夫之妇,不能追求他了。

她回想当年追求许彦成,只是为自己找个可以托付终身的丈夫,她从来没有为他魂思梦想。

同时,她也注意到,叶丹对她的淡漠是假装的。他常在偷偷儿看她。一个男人深情爱恋的目光,女人会感觉到的。她做大学生的时候,课堂上,如果觉得背后有人看她,就知道谁在看她。她从不敢回头,到下课时能看到后排的人,就知道自己感觉不错。不知道男人有没有这种敏感。她得小心。可是再想想,让他知道也好啊,单相思是很苦恼的。但是怎样才能让他知道呢?

有一天,叶丹忽然问丽琳:"你到了这里来,怎么没寄过家信?我妈已经给我来过四次信了。最近的信是八月中秋。"

丽琳到了这个劳改营,从没想念过许彦成,从未写过家信。他们这个劳动队允许每月写一次家信,但只限至亲。写信的时间很难得,不写家信的居半数。丽琳从没有写过家信。许彦成不知她的地址,怎能来信呢。丽琳经常感到自己的孤单。这时听了叶丹追问,不由得一阵心酸,眼泪簌簌地掉入饭碗。她没带手绢儿,只好用手背去抹。

叶丹是很聪明的人。心有灵犀一点通。丽琳爱他,他哪会不知道呢?可是丽琳对丈夫的情谊,他无从得知。下放那天,她丈夫不是扛着个大铺盖卷儿,提着其他行李,为她送行吗?丽琳是见异思迁吗?她觉得心上矛盾吗?她显然很痛苦。叶丹虽然不由自主地迷恋着丽琳,他却不愿拆散别人的家庭。如果他的猜想不错,就该及早退步抽身,他不是没人追的。

那天他看到丽琳簌簌落泪,当时他背着席棚,丽琳在他面前。她的眼泪,没有别人看见。他小声说:"你赶快走吧,过一会儿人就多了。"

丽琳很听话,连泪吞下了剩饭。

叶丹说:"丽琳,现在天越发长了,七点以后才天黑,你宿舍西头的大树底下,天黑了没人,今晚八点我在那儿等你。八点。"

丽琳点点头,急忙走了。

他们那儿五点晚饭。丽琳同屋共有三人。她们那间屋子是最先盖的,最简陋,也最小,铺板上至多挤三人。男宿舍里,一屋至少挤六七个人呢。同屋的以为美人就有优越感,拿架子。但丽琳向来会做人,一点没有架子,还顶会照顾人。所以三人过得很融洽。

那天晚饭以后,丽琳回屋,同屋两人已经回来了,坐在门口乘凉呢。丽琳和她们一起乘凉,到了七点半,丽琳说:"天黑了,坐在门口危险,保不定会有狼来,咱们还是进屋去吧。"那两人同意,三人都进了屋,把门也关上。

丽琳忽然说:"不好,我闹肚子了,得出去拉野屎。"

同屋的人说:"能忍就忍吧,天黑了,野地里有狼。"

丽琳说:"不行,我忍不住了。"她拿了铺板底下藏着的棍子急急出门。

她赶到大树底下,叶丹也刚到。他们都准时。他们就在大树底下的大石头上坐下。

叶丹说:"我约你来,不是为了谈情说爱,我有要紧话问你。我们得把话缩得越短越好。这里很危险,如果给人知道了,咱们俩就永远不能见面了。"

丽琳点点头。

"我先问你,你和老伴儿感情很好吗?下乡那天,他不是扛着你的大铺盖卷儿送行吗?你是不是变心了?"

丽琳说:"他不过是可怜我罢了。他无情无义,我一片痴心地爱他,他只是嫌我。他有他的意中人。"

"那么,你应该和他离婚和我结婚。你愿意吗?"

"我不做女朋友。"

"当然,我现在好比跪着向你求婚。你答应了我,我就好比和你行了订婚礼,好比给你戴上了一个钻戒,从此你就是我的未婚妻了。你爱我吗?爱我,就说:'叶丹,我爱你。'"

丽琳说:"叶丹,我爱你。"

叶丹紧紧抱住她,吻了她一下。这一吻,直吻到她心窝深处了。她是结婚多年的女人,却从没有体会过这种情味。

他们忽然看见一双碧绿的眼睛在黑地里看着他俩,真的是狼来了。"

叶丹拾起一块石头,向黑地里那只狼投掷去。那只狼哀号了几声。

叶丹说:"快!快!快逃回宿舍去。"

丽琳虽然给他吻得浑身酥软,却很听话,一溜烟似的奔回宿舍,推开了门。同屋的两人,正等着她呢。见她神情异常,忙问:"怎么了?狼来了?"

丽琳说:"没什么,我害怕了。"她重重关上门,躺上铺去,一遍又一遍重温那一吻。

第二天,她见了叶丹,小声问:"你没事吗?那只狼没在那等你吗?"

叶丹说:"我也急忙逃回宿舍了。那只狼如果还等着我,我也没本领和它斗了。好在咱们要说的话都说完了。"

杜丽琳和叶丹私定终身之后没几天,主管他们劳动的头头,把丽琳、叶丹和同校一个历史系的刘先生叫到他办公的地方,对他们说:"你们来了快半年了吧?你们的学校召你们回去了。这里没一个大右派,都要回原单位了。你们三个是第一拨。你们赶紧把该办的手续办妥,带了自己的东西回北京吧。"他们临走无意向同伙告别,只丽琳和同屋伙伴儿有交情,她找了一张纸,简略地转述了那个头头的话,还留下了她自己家的地址。

他们一群人,当初是学校用大卡车送上火车的。这会儿,带出来的行李一大堆,怎么办呢?

叶丹说:"咱们那许多行李还带回去吗?我是不要了。"刘先生和杜丽琳也都表示不要了。可是主管他们劳动的头头叫他们带了自己的东西回北京。他们不敢违拗。三人各自把带来的行李扛在肩上,夹在夹肢窝里,提在手里,出了劳改营。他们居然雇到一辆黄包车,于是把东西都堆在车上,三人齐用力,帮车夫拉到火车站。他们不敢把大堆行李扔在车站,怕又退回,只好都结了票。他们这才轻松了,三人在车上各买了一碗汤面吃下,坐下打着盹,到了北京。他们互相商量,结票的行李,还带回去吗?杜丽琳是个当家的女人,她说,咱们既然千辛万苦带回北京了,就带回去吧,当破烂卖掉,也值几个钱呢。大家觉得有理,就准备把结票的行李领出来,各自带上各自的行李,乘黄包车回家。

在火车上,叶丹只怕刘先生看破他和杜丽琳的关系,就写了他家地址偷偷塞给丽琳。丽琳忙把叶丹的地址藏在手提包里。

车到北京,约莫是下午五点。三人一同下车,领了行李出站,正逢小雨。刘先生和叶丹城里有家,不住校。所以,三人就各乘黄包车,分路回家。

杜丽琳到校,正是黄昏时分,风凄雨寒,下课出校的学生不少。她一直把手提包遮着脑袋,没碰见认识的人。车夫一口气把车拉到许家门口,按了一下门铃,开门的是罗厚。他正在许彦成家陪伴独居的许先生呢。

杜丽琳问罗厚:"许先生呢?"

"出去了。"

"你怎么在这儿?"

"是姚伯母叫我来陪伴许先生的。啊呀,我家出了许许多多事。陆舅舅去世了,他差点儿成了大右派。杜先生还记得姜敏、老河马吧？都是大右派,姜敏自杀了,老河马不知到了哪里去了。"

他看到杜丽琳疲倦的脸,很知趣地说:"咱们要谈的事太多了,您且歇歇,我给您做饭去。"他先给坐在沙发里的杜丽琳沏了茶,倒了一杯,端给她。

杜丽琳没有心情关心那几个不相干的人。她喝了几口茶说:"我不想吃什么饭和菜,我只想喝热烫烫的小米粥,喝满满三大碗。"

她深深吸了一口气,闭着眼说:"哎！我总算回家了！"

第 五 章

一天早上,许彦成接到李先生打到姚宓四合院转来的电话,说校内传说你夫人和一同下放的两位先生明天傍晚要回北京了,你是不是到车站去接接。许彦成想到杜丽琳临走时对他说的"重做夫妻",心里很不是滋味,苦着脸说:"姚伯母,我真不想去接她,叫罗厚替我去接接吧。"

姚宓耳朵和她妈妈一样聪,许彦成和妈妈说的话她都听见了。她接过话茬说:"许先生,你得把杜先生的钻戒还她呀,不然的话,她会以为咱们想私吞她的钻戒呢。"

许彦成一想不错,赶忙请姚伯母找出那枚钻戒,他带了一早赶回学校宿舍。他当初搬入四合院时,罗厚想得很周到,把宿舍屋子的窗户都开着一条缝,他说这样对房子和室内家具都有益。好在在校园里,不怕外贼撬窗。许彦成这时走进宿舍,室内果然没有一点儿尘土味儿。

他忙把窗户开了，一人草草收拾了一下。他把客房床上的被单撤下，抖了抖灰尘，反过来重又铺上，又把自己的被子和枕头都搬入客房，让杜丽琳独睡卧房。

　　中午，他到学校后门外的小饭馆去吃饭。他回校路上买了两个面包，睡了一个午觉，这午觉倒睡得相当熟。醒来后，又出去办了一趟事，回来就见到了已经吃饱喝足的杜丽琳。

　　许彦成把塞在裤兜里那枚系着带子的钻戒往杜丽琳的脖子上一套，对她说："你的钻戒，快收好吧。丽琳，你怎么不写封信来告诉一声？"

　　他挨着杜丽琳，坐在她身边。她是刚下火车的人，身上又脏又臭，他不愿碰她。

　　杜丽琳对他看了半天，立即起身，坐得更远些，把她在火车上想好的话，一口气说了出来。她说："许先生，请你解放了我，你有你的意中人，我也有我的意中人，我和你从此分手吧。"

　　许彦成心里快活，他抑制了自己，客客气气地说："你的意中人是叶丹吧！"因为送行那天，看见这位帅哥和杜丽琳在卡车上坐在一处。

　　杜丽琳点点头，鄙夷地看着许彦成。

　　许彦成说："我明天就走，让出这屋子给你将来和叶丹同住。"

　　杜丽琳说："谢谢你，不过眼下不行，叶丹和我还有刘先生都还得监督劳动呢。况且我和你还没有离婚，咱们先得把离婚手续办了。"

　　许彦成知道丽琳不会做饭，所以照旧到经常吃饭的小饭馆去吃，然后又买两份饭，装在他自己带去的饭盒里，让傍晚回家的杜丽琳和叶丹煮煮热再吃。这样,他在学校宿舍又住了一段时日。

第 六 章

许彦成正要回四合院那天,罗厚忽然来了。彦成把他的喜讯告诉了罗厚,罗厚"嘣"一下坐在沙发里,又拍手,又跺脚,高兴得不知怎么好。许彦成说:"你来得正好,告诉你吧,我已经和杜丽琳办了离婚手续。"罗厚为许老师的最终解脱出了一口气。接下他说:"许先生可知道我怎么会来的?"

他看着许彦成的脸说:"陈姨妈家的儿子,新娶了一个贤惠娘子,两口子又搬了新房子。这儿子惦着妈妈,又怕妈妈赌气不肯回去,所以亲自来接了。我和沈妈跟陈姨妈最要好,都舍不得她走。可是那个贤惠媳妇说车票都买好了,明天下午的车。他们明天下午就走。我想,远客既然只住一宿,不用再动用干净的床被了。我体谅陆舅妈,同时也和许先生几日不见,很想你了。我说出城去看看许老师,两位远客就委屈住我和许先生的床吧。这样我就买了点许先生爱吃的鱼虾之类出城,也是乘机来看看许先生。"

他看着眼前的床位说:"啊呀,都没我睡觉的地方了,客房让了你了,我得睡你的书桌上,你只要把客房里的被子分一条给我,我半垫半盖就行。"

他一面就把他的新闻,一一讲给许彦成听。

罗厚说:"朱千里娶了一个悍妇很运气。她厉害得很,谁来动员朱千里鸣放,她都赶出去。她说:'你们倒好,又来害人了!

我们先生的死活,你们就不顾了吗?不只苦了我啊!'朱千里只好一声不响,躲在家里,倒由此免了一场大祸。他要是鸣放,肯定放成大右派!"

许彦成听了也开怀大笑。罗厚就用他带来的海鲜为许彦成做了一餐好晚餐。他经常帮陈姨妈做饭炒菜,手艺也不输陈姨妈了。他帮许彦成做晚餐时,许彦成也帮了他一手。他们吃了一餐好晚饭,留了些饭菜给杜丽琳和叶丹。

这天晚上,罗厚细细形容了来四合院的远客,告诉许彦成说:"你能想象吗,那陈姨妈的儿子,形貌很像姚宓的亲兄弟,怪不得一个一个女人都愿嫁他呢!不过他一副精明相,和姚宓一点也不像。姚太太大约也注意到了,只管看他。陈姨妈家和姚太太家从来没有来往。我和他们非亲非故,何必夹在里面呢。陈姨妈叫我为她存的钱,我拿出来交还了她,请她点收。她来了姚家,没花过一文钱,你就知道姚太太对穷妹妹多么体贴周到。其实姚家后来并不如陈家阔了。"

许彦成当然知道,他只点点头说:"姚太太气派大,自己俭省,待人却从不小气。"

罗厚对许彦成说:"对呀,咱俩不是住在她家,吃在她家吗?她肯受咱们的钱吗?她那副气派,叫我口都不敢开。我舅妈是她养活的人,舅妈的钱,她不是都为她保管着,作为她的养老金吗?我舅妈只觉得有靠了。"许彦成笑着说:"我将来是姚家倒插门女婿,你是李家倒插门女婿;李家阔,不会要你费力,我可负担着姚家的生活呢,姚宓是最孝顺的好女儿。"

他们在厨下洗了碗碟,杜丽琳和叶丹就回来了。

第 七 章

罗厚涎皮赖脸地招呼了杜老师,问叶丹:"你们两位准备坐在饭厅里吃,还是就像我们站在厨房里吃呀?"杜丽琳说:"我们在图书馆里搬书,整理书架子,累得腰酸背折。我们俩把你们留下的好菜分了,坐在沙发里吃多舒服呀!"

罗厚对杜丽琳和叶丹说:"我们都担心你们下放要吃苦了,谁知道你们是去谈情说爱的,一个找到了如意郎君,一个找到了心爱的美人。"

杜丽琳马上接话说:"你们哪里知道我们这群倒霉蛋过的是什么日子,半死半活的天天受罪。说一句没良心的话,我们干脆死了,倒也不知不觉。人家还以为我们多浪漫呢,劳改劳改,倒是去谈情说爱了!"

许彦成问叶丹:"你爸爸是经济学院的主任吗?"

叶丹笑着说:"我爸爸不是主任,不过是穷教授罢了。"

杜丽琳恨恨地说:"我早打定主意了。我们俩要是留得性命回北京,再也不做倒霉的教书先生了。当然我们怕是也没有资格了。想当年,我做校花的时候,也是好一朵校花呀。做了教书先生,胭脂、粉都不敢用了。咳,现在竟变成犯人似的了。不过,即使是劳改犯,也有个刑满的日子,到我们劳动期满,我们就该滚蛋了,有什么脸做降了级的教书先生呀!我现在想想,从此我就隐姓埋名,哎,我当个大户人家的老妈子,多享福呀!"

叶丹说:"我也在想从此改行了,你当老妈子,我开饭馆,都能过日子。"

许彦成说:"别开什么饭馆,饭馆不是好开的,得和流氓、瘪三、混蛋打交道。我倒有个好主意,叫叶丹学照相,将来可以开个照相馆,把自己最美的照片摆出来做'招牌'。"

杜丽琳说:"照相是叶丹的专长,不用学。"

罗厚说:"太好了!你们开照相馆吧,你们两个照一张漂亮的结婚照,放在橱窗里。你们专给明星照相,也照名人,说不定还有领导人来照标准相呢!"

杜丽琳看看许彦成:"也给名教授照相。"

许彦成笑说:"我只是普普通通的教书先生,一辈子不会出名,只是个穷教师。我预祝你和叶丹发大财!"

罗厚想不到许先生会有这么妙的好主意。忙说:"杜先生,先把你那钻戒卖了做本钱,买一只假钻戒戴在手上,不比装在口袋里挂在脖子上强多了吗!"

叶丹拍手叫好,他说:"我们这样也能过日子,只求后半生两个人能够厮守在一起足矣。"

许彦成没说什么,心里却充满感激,从今以后自己也能和相爱的人终身相伴。

罗厚直在旁边拍手道喜。

叶丹随即把他们半饥半饱,求生不能、求死不得的苦况向他们诉说。他吃着饭说,这么好吃的饭,像是一辈子都没吃过!你们过着好日子,世上苦人多,我们算是尝到点滋味了!可怜我们从没有闲工夫想想从前的日子!做不完的工,吃不完的苦,想到将来,只是一片漆黑。可是我们只怕死,只求活下去,求生的本能真强。妙的是我们活得那么苦,没一个生病的,而且大家团结一致,因为我们有公敌——失群的狼。

杜丽琳叹了一大口气说:"穷人是穷惯的,我们却是忽然间从上面倒栽下去的,到现在头还没着地呢!"

叶丹说:"大约等我们两个结了婚,成了家……"

大家默然。许彦成说:"你们这会儿还觉得没有着地吗?"

杜丽琳说:"我伸了胳膊,在四面探索,想抓到许先生建议的照相馆。"四人坐在客厅里谈到夜深。

第二天早上,许彦成醒来,罗厚已经为他们做好早饭,许彦成和他同在厨房里吃了。罗厚说:"许先生啊,你是在伺候他们两个!你伺候杜先生也罢了,她毕竟是你多年的老伴儿。那位帅哥,又凭什么受你伺候呢?"

许彦成笑说:"感谢他解放了我吧?"

罗厚说:"我可看不惯,他们的劳动没个完呢,你就老陪着他们?陪到几时?我舅妈正忙着布置新房呢,你难道要等着和他们一对儿一起结婚吗?"

许彦成说:"我不忍叫他们两个没饭吃呀。"

罗厚嘀咕说:"许先生啊,你就是心肠太好。杜先生欺负得你还不够吗?你真是个扶不起的阿斗吗?我这会儿就为他们找个阿姨,要求住在东家吃一顿晚饭,白天为家家干活的阿姨肯定有。"

他说着就出门去找邻家的阿姨,邻家阿姨说:"有,有,现成就有一个。我去叫她。"不一会儿,果然来了一个干干净净的林妈,她先看了自己的房间和厨房,都满意。罗厚就预付了半个月的工资,说明是伺候下乡劳改才回来的一对未婚夫妇。林妈把宿舍那间下房打开,看了被褥都干净。下房只有半墙高,透气的。她就要了一把大门的钥匙,罗厚吩咐她多买些小米儿,连带一天的小菜也让她随意买点回家。他把许先生的钥匙给了她。

他要和许先生一起回四合院。许彦成不肯,说要当面和杜丽琳、叶丹交代清楚,马上就回来。

罗厚说:"你留下一封信就行了。他们一对儿情人没准儿趁你不在,就睡一床去,你管他们的闲账!"

许彦成说:"别胡说,丽琳不过是俗气点儿,她不轻骨头,也不贱,别说这些胡话糟蹋她。"罗厚承认自己胡说了,他说,等许先生明天上午自己回去吧。

林妈洗了小米,煮了一大锅小米粥。就自己铺好了床,把带来的一包衣服,一件一件放在床前的矮柜子里。

杜丽琳和叶丹都回家了,他们问,罗厚呢?

许彦成说:"罗厚为你们找了一个林妈,叫她为你们煮了一大锅小米儿粥,你们不是想吃三大碗小米粥吗?我不会洗米,只好叫你们帮我吃那又干又陈的面包。我也想喝小米粥了呢。"他介绍林妈见了杜丽琳和叶丹,彼此都表示满意。

许彦成说:"已付了半个月的工资。"叶丹要还他,丽琳只说了声谢谢。彦成接着又说:"明天一早上,我就走了,祝你们幸福快乐。"

许彦成就此和多年的老伴儿分手了。他临走利用学校热水方便洗了一个干净澡,好像把过去的事一股脑儿都冲洗掉了。

第 八 章

许彦成接到天津来的一封信。

信是许先生的伯父和伯母大人写来的。原来,许彦成和杜丽琳在婚姻登记处办了离婚手续,就给他家唯一健在的长辈大伯父母写信,禀告此事,并说他将和姚宓小姐结婚。

伯父恭喜侄儿终于甩掉了那个俗气美人。除了恭喜,还说为侄儿汇上一笔钱,不是贺仪而是侄儿的一份遗产。信是伯父亲笔。

信里还附有小丽的两张照片,照片上是小丽的近影。相貌活像许老师,和妈妈一点儿不像。小丽的照片用信纸包着,上面是许彦成伯父的附言,说孩子不愿称"小丽",姑姑为她改"许玉林",她也不愿意,因为玉林分明就是杜丽琳的"琳"字。她对妈妈一点情分都没有。

许伯父学历是正途出身,只是没有出洋而已。老大娶了那位性情古怪的夫人,他们简直无法理解。但是儿子历年寄给他们的钱,他们分文没用,想将来用做女儿的嫁妆。

许伯母的信最长,是写在宣纸上的,字很娟秀,许彦成从没见过。她信中说,她的女儿向来有个使命感,说自己是上天派来伺候爹妈工作并为他们养老的。她不嫁人,认小丽做了女儿,姑侄俩亲如母女。还说她见了许彦成寄来的姚小姐照片,赞叹说,真是幽娴贞静的大家闺秀,并说彦成从前那位夫人,相貌虽然端正,却俗在骨里,开水冲也冲不掉的。伯母的信最后说:"目前你伯父工作忙,等过两年退休了,我们才能得空来拜见亲家。彦成你先向亲家道喜并问好。"许伯母还附送了一份贺仪,说只是送姚小姐买一双鞋袜或喜糖之费。

罗厚说:"你们真是门当户对,我妈妈也是老式女人,字也写得不错,但是只会看信,不大会写,你伯母是洋式才女。"彦成高兴地把信揣在怀里,然后又郑重地交给罗厚,叫他带给姚伯母看。

姚太太看了许彦成托罗厚带给她过目的信,随后就收到天津许家汇来的一笔钱。她说:"这是许先生家送的聘金,我还没有为阿宓办嫁妆呢!"

罗厚说:"许先生是倒插门女婿呀!这笔钱是他的'陪嫁'。"

陆舅妈笑说:"你将来也是倒插门的女婿呀!以后也像我一样没陪嫁!"

罗厚说:"李妹妹还小呢,我到银行立个零存整取的存折,四五年后也该有一份'陪嫁'了。反正舅妈放心,我是有志青年,不指望舅妈为我办'嫁妆'的。"

第 九 章

许彦成见了姚太太,姚太太悄悄地问他:"阿宓是不是只肯跟你做朋友,不愿和你做夫妻?她嫌你吗?"

许彦成说:"不会吧!"他给姚伯母问得心慌了。他满以为阿宓会笑着投入他的怀抱。可她却是怯怯地直躲着他,紧跟着妈妈,寸步不离,也不抬眼看他。

许彦成急了,她不愿意和他结婚吗?他忙给王正打了一个电话,请王正到四合院儿,说有要事相商。

王正果然很快就和马任之到了四合院。他们说:"我们来带你们上婚姻登记处去登记。"姚宓没有反对。

王正拣了一件秋香色的旗袍叫姚宓换上,她乖乖地换上了,又自己穿上一双半高跟的皮鞋。她和许彦成一起上了汽车,到婚姻登记处,人并不多,据那边的办事人员说,再过几天,就要大忙了,人人都要求八月中秋花好月圆的口彩,所以这两天比较闲,没人和他们抢先登记。

王正坐在姚宓旁边,觉得姚宓的手冰凉。马任之坐在司机旁边,许彦成坐在姚宓旁边,姚宓却贴近王正坐,尽量离许彦成远些。他们很快就登记完毕,马任之让罗厚去叫一桌上好的酒席。

他们回家,陆舅妈已经把新房都布置停当了。姚太太留给女儿的大床,已经铺上刚缝好的大红被子。姚太太大皮箱里藏了多年的喜事绣花枕头,也找出来放在新床上了。这是姚太太自己的结婚床,这张床也非常考究,因为喜事的床,总是男家买的。俗语说:"先嫁床,后嫁郎。"一年三百六十五天,三分之一的时光躺在床上。所以姚太太把自己结婚的新床,留给女儿了。这张床很别致,四围是珠罗纱帐子,帐子里显得安全舒服。新房窗外搭着个窗帘,原先没挂,这会子也换了个新的挂上了,这是一间特别安适的新房。

姚宓看了一看,就逃出来了,仍是紧紧挨着妈妈。姚太太假装不知道马任之通知了李先生家请他们吃喜酒。李先生来不及买礼物,只买了大包喜糖,准备改日宴请。

许彦成换上了最好的新西服。罗厚会办事,请附近的好馆子来一位最高级的厨师,挑了担子到他们家去办喜事筵席。店家说:"我们的厨师,再过几天家家抢。七月十五是鬼节,做阴寿的都挑那天。八月十五是人节,办喜事又是扎堆儿。现在是七月底八月初,恰好闲着。到人人抢的时候,就只有二等三等的厨师了。"

老厨师还记得这个姚家,他和姚家的厨师很哥们儿,不过不是一个师傅。头等厨师,不肯做私家厨子的。

姚太太和陆舅妈已经找了一件玫瑰红的旗袍叫阿宓试装,她一穿果然合身。姚太太的个儿没阿宓高,那个时期的旗袍做得长,阿宓个儿高,穿上正好,不长不短,恰恰合身。

姚太太就叫女儿洗澡,这是照例规矩。姚太太告诉许彦成,附近有澡堂。许彦成说:"妈妈,我恰巧今天早上在那边宿舍里洗了一个干净澡,连内衣也换了干净的。"姚太太点头满意。姚宓乖乖地洗完了澡,换上玫瑰红的旗袍,由陆舅妈为她装新,她让陆舅妈给她涂些她自己的胭脂。姚太太留着些不伤皮肤的好粉为她扑上。恰好小李来了,一见这个打扮好的姚姐姐,高兴地说:"姚姐姐呀,你简直是天上掉下来的美人儿,我从来没想到姚姐姐竟是这么美!"

许彦成登记回来,见了姚太太,就称"妈妈",姚太太听了特称心。这时他进来迎姚太太母女去坐席。姚太太由陆舅妈扶着。姚宓不要许彦成扶,他便出去站在大圆桌前面等待。姚宓由李妹妹扶着出来,满桌客人都拍手欢迎。姚太太坐留给她的空位子,挨着她的就是姚宓,旁边是许彦成,对面是马任之和王正。马任之旁边是李先生,李先生旁边是李师母。李先生叫女儿出来斟酒,小李也换了一件红色的新衣,围着桌子,一一敬酒。姚太太座后是沈妈,她一年到头为姚家做饭。姚太太说,这回她也坐席坐个上上座儿,姚太太吃不了的请沈妈代吃。沈妈声明:她只代吃菜,不管喝酒。酒,她也爱,可是姚小姐的喜酒席上,她多喝了发酒疯不好。

王正看着姚宓那副害怕的样子,忍不住说:"姚宓笑笑!干吗吓得傻乎乎的,谁要吃了你吗?"

姚宓苦着脸说:"他……"

大家等她下文,姚宓反倒不响了。

王正说:"他要吃了你吗?"

姚宓还是苦着脸不响。

满座哄然大笑,连姚太太也笑了。

马任之笑着说:"老许啊,你是老师,该知道咱们孔老夫子的名言:夫子循循善诱!"

许彦成会意,他红了脸,当众轻轻地搂搂姚宓说:"我保证,我永远是最温柔的好丈夫!"大家都又笑又拍手。

正好厨师端上第一道热菜,许彦成站起来,谢谢马任之和王正为他请这顿喜酒。他请大家放怀喝酒,品尝这个厨师的手艺。

李先生说:"老许啊,今天最乐和的,该是你了,我先贺你喝三杯。"

姚太太把筷子打着碗说:"老李啊,这话错了,今天最乐和的是我!我现在有儿有女,不再是孤寡老人了!"

李先生豪爽地认错,自己斟满了酒,连喝三杯。李师母和小李陪喝,马任之自己斟了酒也给王正斟了酒,也举杯祝贺姚太太。李师母很调皮地说:"瞧丈母娘多会护女婿呀。"

姚太太举起一个指头,对她点了三点,意思是彼此彼此。李师母会意,自己也笑。大家在欢声笑语中吃完了酒席,大伙把一对新人送入洞房。

客散以后,罗厚独自一人,坐在门口,抬头只见一弯新月,满院寂寞得没法儿摆布。

他只好到厨房去刷洗了杯盘碗碟,又把剩下来的菜肴折在一处烧了一开,免得馊掉。他尝味儿倒不错。他想,这大概就是叫花子所谓的"折箩"了,从前酒席的剩余,酒家挑回店去,叫花子都来抢,酒家干脆并做一大锅,煮一煮施舍叫花子,称"折箩"。他这锅"折箩",可供他家几天的荤菜,每天添些蔬菜就行了。他一个人刷盘洗碗,把厨房收拾得干干净净,忙得劳累了,回房一觉,睡到天亮。

一老早,他就进去向姚伯母道喜,只见姚宓和许彦成已经在姚伯母屋里问安。他说了昨天的寂寞,大家都笑了,许彦成说:"罗厚,以后我还是和你一起管大门。沈妈平常就爱忘,昨晚更忘得干干净净了。"

姚太太和女儿女婿,从此在四合院里,快快活活过日子。

结 束 语

中秋佳节,李先生预备了一桌酒席,一来为姚太太还席,二来也是女儿的订婚酒。时光如水,清风习习,座上的客人,还和前次喜酒席上相同,只是换了主人。

许彦成与姚宓已经结婚了,故事已经结束得"敲钉转角"。谁还想写什么续集,没门儿了!